ull0

Mercy Houston
1-877 662 8853 ∆ 4
3015 m Division

see Mme
coo,oo $

# LA CLAVE DE SALOMÓN

RICHARD DOUGLAS WEBER

# LA CLAVE DE SALOMÓN

## EL PROYECTO CODIS, UNA CONSPIRACIÓN POLICIAL

EDICIONES OBELISCO

Si este libro le ha interesado y desea que le mantengamos informado de nuestras publicaciones, escríbanos indicándonos qué temas son de su interés (Astrología, Autoayuda, Ciencias Ocultas, Artes Marciales, Naturismo, Espiritualidad, Tradición...) y gustosamente le complaceremos.

Puede consultar nuestro catálogo en www.edicionesobelisco.com

Éste es un libro de ficción. Los nombres, organizaciones, personajes, lugares y eventos que en él se narran son meros productos de la imaginación del autor o bien han sido utilizados de manera ficticia. Cualquier parecido con la realidad es mera coincidencia.

**Colección Estudios y documentos**
LA CLAVE DE SALOMÓN
*Richard Douglas Weber*

1.ª edición: junio de 2009

Traducción: *Antonio Cutanda*
Corrección: *José Neira*
Maquetación: *Mariana Muñoz*
Diseño de cubierta: *Enrique Iborra*

© 2009, Richard Douglas Webber
(Reservados todos los derechos)
© 2009, Ediciones Obelisco, S. L.
(Reservados los derechos para la presente edición)

Edita: Ediciones Obelisco S. L.
Pere IV, 78 (Edif. Pedro IV) 3.ª planta, 5.ª puerta
08005 Barcelona - España
Tel. 93 309 85 25 - Fax 93 309 85 23
E-mail: info@edicionesobelisco.com

Paracas, 59 C1275AFA Buenos Aires - Argentina
Tel. (541-14) 305 06 33 - Fax: (541-14) 304 78 20

ISBN: 978-84-9777-563-2
Depósito Legal: B-22.130-2009

*Printed in Spain*

Impreso en España en los talleres gráficos de Romanyà/Valls S.A.
Verdaguer, 1 - 08786 Capellades (Barcelona)

*Para
Peaches and Cream
Erick, Punky
y mamá,
mis incondicionales*

# EL PROCESO ESTÁ OCULTO

Las pistas construidas con el código «Bakish» de Sir Francis Bacon se pueden encontrar con ***diferente tipo de letra*** a lo largo de la obra. Una versión más compleja del código Bakish se puede encontrar en el Capítulo 20.

Estimado lector:
Encuentre los có*di*gos destacad*os* en n*e*grita y en cur*s*iva por cualquier par*te* de l*a* obra, ***dentro*** de estas páginas. Consejo: Busque la línea - - - - - - - - - - - - - - - - - -.
Un antiguo objetivo: El Vaticano. Un antiguo libro que lleva la verdad a todos los que contemplan sus páginas. Un libro que guarda unos conocimientos y unos secretos prohibidos... secretos por los que merece la pena morir.

# AGRADECIMIENTOS

Desde las experiencias de la vida real, me gustaría darles las gracias a los entregados hombres y mujeres de la NSA, del Departamento de Estado, el Mossad, OSI y el Departamento de Seguridad Nacional, concretamente al agente especial Robert Kyle, de ICE, y a Ernest Buck, de INTERPOL, con quienes tuve el privilegio de trabajar.

Me gustaría darle las gracias al teniente coronel S. Curtis «Chewy» Johnston, retirado de las Fuerzas Aéreas de Estados Unidos, por su valiosa ayuda técnica. Por último, pero no menos importantes, a los profesores Otto Nemo y H. D. Carr, sin cuyos conocimientos sobre historia de las religiones y su viva imaginación habría sido imposible esta obra. Escribir una novela es un largo viaje, pero todo viaje comienza con un primer paso. En mi caso, ese primer paso lo di en 2002, mucho antes de que los *thrillers* religiosos se convirtieran en un género literario. Fue entonces cuando la semilla de esta historia comenzó a germinar. Con el tiempo, echó raíces y creció. Hubo que podar mucho, pero se nutrió del apoyo de fans y de muchos compañeros del gremio de escritores. Buscó su propia fuente de luz y siguió su propio sendero hasta que, con el tiempo, floreció en este relato.

Richard Douglas Weber fue miembro del Servicio Internacional de Estados Unidos, Agente Especial Encargado de la Protección de Dignatarios del Servicio de Seguridad Diplomática (DSS) del Departamento de Estado de Estados Unidos, con la unidad responsable de la protección de la fallecida Diana, princesa de Gales, y del príncipe Carlos, así como del secretario de Estado, el primer ministro de Israel y los embajadores de Arabia Saudí y Jordania, por citar sólo a algunos. Ha viajado por todo el mundo y ha deambulado por los sacrosantos salones de Foggy Bottom, de diversas embajadas y del Pentágono. Su último cargo fue el de subdirector regional del Departamento de Justicia de Estados Unidos.

# MAPA DEL TEMPLO DE SALOMÓN

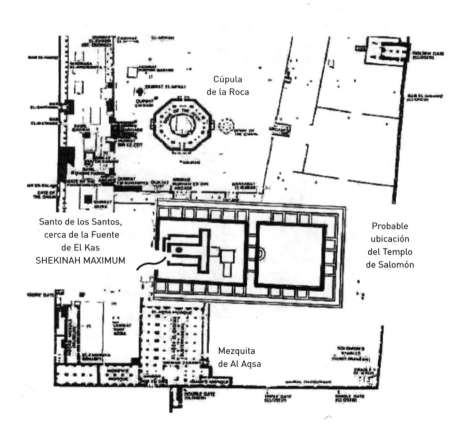

Cúpula
de la Roca

Santo de los Santos,
cerca de la Fuente
de El Kas
SHEKINAH MAXIMUM

Probable
ubicación
del Templo
de Salomón

Mezquita
de Al Aqsa

Templo de Absalón, hijo del rey David, situado en Jerusalén

Templo de Salomón en Cachemira

Isis y Horus

La Virgen Negra de Tindari y Cristo

*Negra soy, pero graciosa, hijas de Jerusalén, como las tiendas de Quedar, como los pabellones de Salomón.*

*El Cantar de los Cantares*

14

*Isis, representada en el Cantar de los Cantares de Salomón por la negra doncella de Jerusalén, es símbolo de la naturaleza receptiva; el principio acuoso y maternal que crea todas las cosas a partir de sí misma, después de ser fecundada por la virilidad del Sol.*

Manly P. Hall

*Pues yo soy la primera y la última.*
*Soy la honrada y la menospreciada.*
*Soy la meretriz y la santa.*
*Soy la esposa y la virgen.*
*Soy la madre y la hija.*
*... Soy la novia y el novio, y es mi marido quien me engendró.*

*El Trueno, Mente Perfecta.*
Biblioteca de Nag Hammadi

# NOTA DEL AUTOR

Usted encontrará una variación del Código del Arco Real masón en la portada y en la firma, al final de estas notas. La clave para decodificarla se puede encontrar en el Capítulo 36.

Las referencias del autor a lugares dentro del Vaticano y en Chicago, Illinois, se basan en la realidad, salvo en unas cuantas excepciones: Swift Hall, en la Universidad de Chicago, no tiene trece pisos, pero sí alberga la Divinity School.

Para más preguntas, contacte por favor con el autor a través del correo electrónico en solomonskeyweber@yahoo.com

Aunque la mayor parte de los hechos y las personas de esta novela han surgido íntegramente de mi imaginación, hay otros que no. *Le Cahier de la Rose Noire* existe realmente en la forma de *Le Cahier Rose,* escrito por el Abbé Boullan, y está custodiado en los Archivos Secretos del Vaticano. Del mismo modo, *La clave de Salomón, Clavicula Salomonis,* se puede encontrar en la Biblioteca Británica, Sloane MS. 3091. Las referencias a las Sociedades Secretas Ocultistas, sus rituales y sus adeptos son históricamente precisas. La *Steganographia* es un códice histórico real escrito por el abad alemán Johannes Trithemius, padre de la criptografía y de la *tabula recta,* un patrón geométrico utilizado para organizar alfabetos, números y símbolos para hacer cifrados.

Desentrañe esta cifra de Vigenére y descubra el secreto de los Templarios.

VSE OMOJWATD TJWM NSEKC SZKTYE TQ EHZ OTUGE
ESRDAV MFRXTVZL VBP CTFCDNKRTOP

Consejo: Necesitará un poco de ayuda de Internet
http://cryptoclub.math.uic.edu/vigenere/vigenerecipher.php

Y la palabra clave:

ULKID

CAENE

IIYTC

VSTOO

ATYBD

LHPOE

CEEXS

Las referencias a las tumbas de Cachemira, el arte de Durero, arqueo-
logía, genética y la historia de la Iglesia Católica Romana son exactas y
están ampliamente documentadas.

El Protocolo 17, aunque es una invención del autor, se basa en un documento histórico titulado *Los protocolos de los eruditos ancianos de Sión*.
Aunque atribuido a la Policía Secreta del Zar de Rusia, y posteriormente
adoptado por nada menos que el empresario Henry Ford como propa-
ganda antisemita, algunos creen que es el plan oculto de los Illuminati.
¡Esperemos que no! Después de todo, ésta *es* una obra de ficción.

R. D. W.

# PRIMERA PARTE

# EL TEMPLO DE SALOMÓN

«Nos hemos distanciado de la relación con lo femenino creador en nosotros. Nuestra mente racional la devalúa y la ignora, en tanto en cuanto nos negamos a escuchar a nuestra intuición, nuestros sentimientos, los conocimientos profundos de nuestro cuerpo. A medida que nos hemos ido sumergiendo más y más en el reino del logos frente al eros, del hemisferio izquierdo frente al derecho, se ha ido generando una creciente sensación de alienación de las fuentes de significado no expresadas que podrían denominarse femenino, la Diosa, el Grial.»

*Joseph Campbell*

# CAPÍTULO 1

# ZURICH, SUIZA

La mujer estaba sentada, muy erguida, como una niña en la escuela, con su esbelta muñeca derecha maniatada al brazo de un enorme asiento de alto respaldo, fijado al suelo. Su aspecto era increíblemente atractivo, pero conmocionado, lejano.

Estaba sentada, preguntándose...

Observando...

Esperando, temiendo lo peor.

Sola.

Con los labios temblorosos, Laylah estaba sentada en el centro de un apartamento de habitación única; estaba cubierto de polvo, con platos de comida a medio consumir, con montones de envases vacíos de comida rápida y cajas de pizza alfombrando el suelo. Lo único que se movía en la habitación eran las cucaracha, que se escabullían sobre la rajada y oxidada porcelana del fregadero de la cocina. Los destellos estroboscópicos de una pantalla de televisor de circuito cerrado parpadeaban en el rostro de la mujer.

Llevándose un cigarrillo a sus temblorosos labios con la mano libre, Laylah dio una profunda calada y exhaló el humo.

Su mirada aterrorizada escudriñaba la puerta. Contó los cerrojos de triple latón. Precipitándose con los ojos hacia la ventana, comprobó que estaba cerrada y cubierta con pantallas de seguridad.

Fijándose mejor, se quedó mirando distraídamente su reflejo en el cristal de la ventana.

Cualquiera diría que aquel rostro, con su piel impecable y bronceada por el sol y su belleza de querubín, era perfecto. Casi *demasiado* perfecto. La mandíbula quizás demasiado firme. Los labios quizás con un toque de crueldad. El cuello quizás demasiado largo, como de cisne. Los ojos, penetrantes, fríos, azules, como una muñeca de porcelana, traslucían cierta tristeza, cierta monotonía. Pero a veces centelleaban y se convertían en ventanas que dejaban ver unos nervios como los de los deshilachados extremos de dos cables de alta tensión. Mientras se mantuvieran separados, su peligro sólo sería potencial. Un comentario descortés, un encontronazo o un empujón inocentes en el tren, sólo podrían sacar de ella una sonrisa. Pero si los extremos desnudos de los cables se tocaban, liberando su corriente de furia, ella perdería el control.

Encima de su cabeza, una polilla atrapada en la lámpara aleteaba desesperada.

Debajo, Laylah temblaba, con la camiseta empapada de sudor, perfilando los montículos de sus senos, con los dientes firmemente apretados, rechinando.

Cerrando los ojos con fuerza, musitó suavemente, como si estuviera drogada:

—No te duermas. No puedes dormirte. No puedes dejarles entrar.

Sus largos dedos, que sostenían débilmente el cigarrillo, lo dejaron caer finalmente al suelo.

Un reloj de pared llenaba el silencio, mientras los oscuros minutos de la noche se adormecían.

Con cada respiración, su aliento se hacía más superficial, más desigual.

Abrió los ojos.

El rostro reflejado en el cristal volvió a mirarla con ojos inquisitivos; y en el ojo de su mente, pensó que le susurraba: *«Existo, ¿luego mato?»*

Se escucharon pasos en el vestíbulo exterior... acercándose.

Abrió los ojos de par en par. Respirando con fuerza, aguzó el oído. Los ojos de Laylah, empañados en lágrimas, se clavaron en la puerta, comprobando obsesivamente los cerrojos. *«Todavía cerrados. A salvo. ¡No les dejes entrar!»*

Después, los pasos se detuvieron brevemente. Una sombra se deslizó por debajo de la puerta y retrocedió. Las pisadas reanudaron su marcha, apagándose poco a poco en el vestíbulo.

El aire enjaulado salió súbitamente de sus pulmones. Dio un suspiro de alivio.

El estridente timbre de teléfono hizo añicos el silencio.

Volvió a sonar. El teléfono la miraba fijamente desde el suelo. Sonó otra vez.

Con los puños cerrados, temblando, alargó la mano libre y agarró sigilosamente el auricular.

Por un momento, quien se encontraba al otro lado de la línea respiró profunda y desigualmente, pero no dijo nada. Y luego, hablando con una voz susurrante, aunque enérgica, dijo:

—Vamos a jugar.

Sus ojos parpadearon dos veces en rápida sucesión, su rostro esculpido por manos invisibles, y la asesina asomó a través de carne y huesos hasta la superficie. Tomó el control y dijo con un tono envarado:

—Estoy escuchando.

—Tienes un nuevo objetivo. Kazim Rahmán.

—Rahmán —repitió ella.

—Sí —chirrió la voz—. Te está esperando pacientemente en el Club-Q, en Bergen Strasse, en la Zona. Mira al monitor.

Los ojos de Laylah se posaron rápidamente en el monitor montado en la pared. La imagen de un hombre de tez morena, de Oriente Medio, con un bigote fino y afilado, apareció en la pantalla.

Con semblante vacío y ojos opacos, Laylah escuchaba atentamente.

—Rahmán responderá al código de reconocimiento, *Prefiero el ajedrez.*

—Prefiero el ajedrez.

—Estará esperándote para hacer un intercambio que no vas a realizar. Neutraliza al objetivo y obtén el documento que está en su posesión.

Clic.

El zumbido del dial.

La muñequera de acero que la tenía sujeta bajó y desapareció dentro del brazo del asiento. Con tres sonoros clics, los cerrojos electrónicos se abrieron uno a uno. Con un ligero siseo, la puerta exterior se abrió lentamente hacia dentro.

En la puerta se dibujó una silueta. Con mucha cautela, la figura atravesó el umbral y se detuvo. En su brazo extendido ofrecía una bolsa, en cuyo interior había un traje chaqueta. Con un susurro sordo, una voz dijo:

—Tendrás que cambiarte. Arréglate.

Un ritmo techno-euro machacón rugió desde los altavoces del Club-Q. Las luces estroboscópicas pulsaban, revelando vislumbres entrecortados de neón púrpura, una barra lacada en negro y unos apartados de piel falsa negra que rodeaban la pista de baile. El aire estaba impregnado de humo, sudor, violencia y feromonas.

Rahmán estaba en la barra, esperando a que le rellenaran el vaso y sudando profusamente. Los pantalones y la chaqueta de cuero que había elegido aquella noche no traspiraban como los diáfanos ropajes que él estaba acostumbrado a llevar en Arabia Saudí, su país. Su trabajo le había llevado a lugares extraños. Se dedicaba al intercambio de arte y antigüedades por muerte. Vendía antiguos objetos robados y de un valor incalculable en el mercado negro, con lo cual financiaba a los escuadrones suicidas de Al Qaeda. Su oferta más reciente habían sido los escritos del sabio y alquimista árabe del siglo VIII Jabir ibn Hayyan, más conocido como Geber, que había sido parte del botín del reciente saqueo del Museo de Bagdad.

Una mujer serpenteó abriéndose paso entre la muchedumbre en dirección a él. Caminaba con los hombros atrás y la cabeza alta. Irradiaba confianza en sí misma y vitalidad.

Él se dio cuenta de la reacción que aquella mujer provocaba en todos los hombres de la sala. Sus hoscos rostros cobraban vida y sus ojos la seguían, pero desviaban la mirada a su paso, como si supieran de algún modo que una cortante mirada de aquella mujer podría convertirles en eunucos.

Cuando la mujer pasó junto a una joven de cabello en punta color lavanda, ataviada con un vestido negro de PVC, ésta le lanzó una mirada desafiante, como si estuviera intentando decidir si la deseaba sexualmente o sádicamente, o ambas cosas. Rahmán pensó que la mayoría de los clientes, como él, estaban buscando algo que trascendiera el sexo y la violencia. La diferencia estribaba en que él había saboreado el poder de disponer de la fuerza vital de una mujer, de su esencia, que escapaba de ella mientras sostenía su cuerpo, mirando sus ojos sin vida.

La mujer se aproximó furtivamente a él en la barra.

Sus esfuerzos por conseguir la atención del camarero estaban resultando vanos, de modo que él izó un billete grande de euros y el camarero se dio por aludido y cumplió la orden de la mujer. Una botella de Heineken de cuello largo. Mientras Rahmán estudiaba el perfil de la mujer, ella se volvió hacia él asintiendo con la cabeza para agradecerle la bebida. Sus ojos eran del mismo tono azul que las parpadeantes llamas de gas, pero gélidos. Su mirada, directa, fríamente sensual, ligeramente juguetona. Todo en ella exudaba una salvaje vitalidad. Era la perfección física. Piel verde oliva brillante. Pómulos altos. Sus labios carnosos, su boca generosa. Aunque iba vestida de un modo poco llamativo, llevaba la blusa de seda desabotonada lo justo para insinuar su escote. Agitó su alborotada melena de cabello sedoso, negro azabache, sobre su hombro y sonrió.

La mujer se deslizó sobre un taburete de la barra, mientras él bajaba la mirada, deleitándose con su esbelto talle, las largas y flexibles líneas de sus piernas, y el modo en que las correas de su sensual calzado acariciaban sus delicados tobillos.

Ella tomó la cerveza y le miró por encima del cuello de la botella, mientras se la llevaba lentamente a la boca, abriendo los labios como para darle la bienvenida a su erección. Él esbozó una lisonjera sonrisa y se acarició el bigote.

—Sólo estaré en la ciudad esta noche.

Y ella, con una voz sedosa, le preguntó:

—¿No le gustaría jugar a algo?

Y dio otro sorbo a la botella. Rahmán observó la forma en que trabajaban sus músculos en la garganta mientras tragaba, y se imaginó una navaja afilada tajando su suave carne.

—¿Jugar? –preguntó él.

—Prefiero el ajedrez.

La referencia al ajedrez no le pasó desapercibida. *«De modo que éste es mi contacto para el intercambio –pensó–. Rahmán, Aquel que es grande te ha enviado un regalo.»* Distraídamente, se palpó el pecho con la mano, confirmando que el manuscrito seguía alojado, a salvo, en el forro de su chaqueta.

Ella se pasó la lengua lentamente por el labio superior y le hizo un guiño.

Él alargó una mano y la posó en los firmes montículos de sus nalgas. Ella gimió, se bajó del taburete y se apretó contra él, aleteando los párpados. *«¡Qué vanidosa! Está tan pagada, tan satisfecha de sí misma...»* Y se imaginó que le seccionaba pulcramente las cuencas de los ojos, invirtiendo las gélidas órbitas para que miraran hacia dentro, condenada eternamente a mirarse a sí misma.

Ella se le acercó, proyectando su cálido aliento en el rostro de él, sin vacilación alguna en los ojos, protegiendo su intimidad de las miradas curiosas a ambos lados. Subió la mano e intentó meterla en la chaqueta de él, pero él se la apartó con brusquedad.

—No tan deprisa –la amonestó–. Haremos el intercambio fuera, en mi automóvil.

—De acuerdo –dijo ella, haciendo un mohín con los labios–. Pero déjame que te dé un anticipo.

Y entonces lo sintió. La mano de ella se deslizó por la cara interior de su muslo, y él se estremeció. Ella sonreía mientras iba subiendo la mano, con la mirada fija en los ojos de él. Su experta mano le bajó la cremallera y se introdujo dentro. A Rahmán el corazón le golpeaba en el pecho.

—¿Te gusta fuerte? –le susurró ella al oído, para morderle acto seguido el lóbulo.

Él hizo una mueca de dolor.

Una descarga de dolor, agudo y punzante, le bajó desde la ingle por el muslo como lava fundida. Y la expresión de ella cambió en un instante, desde la ardiente excitación hasta un apático desdén, mientras le susurraba:

—¡Jaque mate!

Rozándole la oreja con la punta de la nariz, le explicó:

—Esa sensación ardiente que recorre tu cuerpo ahora mismo... es una neurotoxina mortal.

Y le dio un beso suave en la mejilla.

Rahmán vio cómo la cara de ella comenzaba a oscurecerse; después, la sala en torno a él comenzó a girar, lentamente al principio, y luego a gran velocidad. Oía fragmentos de música, voces amortiguadas, sonidos que lentamente se desvanecían, que se debilitaban y se distanciaban. Abrió la boca buscando aire y se desplomó hacia ella. Con un tirón rápido, Laylah sacó la mano de la bragueta y guardó con destreza en su bolso la jeringuilla que, un instante antes, había escondido en la palma de su mano. Se movía con la precisión y el sigilo de un mago en el escenario.

Con un golpe seco de muñeca, apareció una afilada cuchilla en su mano. Miró alrededor y, simultáneamente, introdujo la mano por debajo de la chaqueta de Rahmán, mientras continuaba rozándole la oreja con la nariz. Con un movimiento sedoso, cortó con la hoja el forro de la chaqueta y extrajo el mapa del saqueo. Se metió el documento bajo la falda, encajado entre el liguero y el muslo. La música rugía, y la gente estaba tan absorta en sí misma que nadie se percató de ella, mientras se abría paso entre los apretados cuerpos hasta desaparecer finalmente en la noche.

# CAPÍTULO 2

# CÚPULA DE LA ROCA: AL-QUDS, PALESTINA

En las alturas, los cazas de combate israelíes cruzaban el cielo de la tarde.

Un hombre de elevada estatura se detuvo a escuchar al guía turístico, que se dirigía a un grupo de visitantes norteamericanos.

—La construcción de la Cúpula la comenzó en torno al año 688 de la era común el califa Abd al-Malik. Y aquí llegó el profeta Muhammad en su viaje místico nocturno a lomos de un corcel alado, en compañía del arcángel Gabriel. Aquí rezó con los grandes profetas: Abraham, Moisés y Jesús. Después, ascendió al paraíso, junto a Allah, por una escalera de oro.

Una mujer corpulenta, con un enorme sombrero de alas caídas, movió la cabeza con incredulidad sacudiendo la papada:

—Sí, claro... pero háblenos de esas cámaras secretas.

—El Monte del Templo está en realidad lleno de túneles y pasadizos, cámaras, cuevas, pozos profundos y cisternas –continuó el guía–. Existen treinta y ocho pozos y cisternas grandes documentados, once cisternas menores, y cuarenta y tres conductos y pasadizos catalogados, los más famosos de los cuales son los establos de Salomón y un par de otras grandes cámaras.

Un joven delgado preguntó:

—¿No es ahí donde los Caballeros Templarios buscaron el tesoro perdido?

El guía sonrió y asintió con la cabeza.

—Ah, ya veo. Ustedes quieren el *magical mystery tour*. Como deseen. En torno a 1118, nueve monjes guerreros vinieron desde Francia hasta Jerusalén. Su misión declarada era la de proteger a los peregrinos cristianos que viajaban a Tierra Santa, pero la leyenda afirma que tenían una agenda secreta: excavar el monte en busca de reliquias y tesoros escondidos.

—¿Los encontraron? –preguntó otra persona.

—Encontraron algo, sí –explicó el guía–. Cuando volvieron a Francia fueron recibidos como héroes. San Bernardo de Claraval les dio un fabuloso sermón, que trajo como consecuencia la expansión de su orden, una orden religiosa de monjes guerreros que sólo rendirían cuentas ante el Papa. Los hijos de los nobles europeos ricos engrosaron sus filas y comprometieron sus riquezas. Con el tiempo, el Temple se convirtió en el primer banco de Europa, haciendo préstamos incluso a los monarcas.

—¿Y no fue eso lo que les metió en agua hirviendo? –preguntó la mujer con un tono de complicidad.

—Más bien en fuego al rojo vivo. Sí, la mala suerte que suele asociarse a los viernes trece comenzó con el arresto de los templarios franceses por orden de Felipe el Hermoso, un viernes 13 de octubre de 1307. Muchos fueron quemados en la hoguera, condenados por acusaciones falsas de actos sacrílegos con el crucifijo o con la imagen de Cristo.

—¿No rendían culto a una misteriosa cabeza de plata? –preguntó el joven con una mirada inquisitiva.

—¿Quién sabe? –se encogió de hombros el guía–. Todo lo que admitieron lo hicieron bajo el dolor de la tortura. Los dominicos, los perros de caza del Señor, eran los torturadores maestros de la Inquisición francesa. A los templarios los abrían de brazos y piernas y les apilaban pesas de plomo en el pecho, o les insertaban embudos en la boca y les echaban agua hasta hincharlos y asfixiarlos. Si con eso no lograban la confesión, les quemaban los pies, les clavaban cuñas de madera bajo las uñas o les arrancaban los dientes, sondeando diestramente sus terminaciones nerviosas con instrumentos cortantes.

—¿Quiere usted decir como en la película *Marathon Man?* —apuntó el joven—. ¿Cuando Olivier, el dentista nazi, le pregunta a Dustin Hoffman: «¿Está a salvo?», mientras le hurga en otra cavidad?

—¿De dónde cree que obtuvo la idea el autor, William Goldman? —preguntó el guía.

La mujer palideció.

—Pero ¿por qué les atacaron de esa manera?

—Por el motivo más antiguo del mundo, el dinero. El rey Felipe debía a los templarios una fortuna; incluso les había pedido dinero prestado para la dote de su hija. Pero había otros muchos monarcas en toda Europa que les debían mucho dinero a los sagrados monjes guerreros.

—Pero fueron acusados de herejía —recordó un hombre que llevaba una etiqueta que le identificaba como pastor baptista, con una mandíbula prominente y los ojos entrecerrados por la intensa luz del sol.

Desde la parte de detrás del grupo llegó una voz. Era profunda y precisa, y transmitía inteligencia.

—Quizás debería buscar usted el significado de esa palabra.

La gente se apartó y todos volvieron la cabeza mientras un hombre alto de aspecto aristocrático se adelantaba con firmeza entre el grupo.

—«Herejía» proviene de la palabra griega *airesis,* que significa elección, la opinión elegida, y la secta que sostiene la opinión.

Sus ojos, fríos y oscuros, estudiaron a la gente.

—Fue una etiqueta utilizada para describir a las primitivas sectas cristianas, incluso a la de los esenios.

—Pero Cristo era esenio —se las ingenió para decir la mujer, con la chocolatina que le llenaba la boca, agarrándose su enorme sombrero.

El hombre alto esbozó una sonrisa y continuó su camino, dejándolos a todos con la boca abierta, en silencio, mientras se dirigía a la Cúpula de la Roca.

Otro hombre, vestido de oscuro al modo occidental, salvo por una *gutra* a cuadros blancos y negros, con un doble *igal* negro que le cubría la cabeza, se abrió paso entre el corrillo y siguió al alto extranjero a lo que parecía ser una distancia calculada, lanzando miradas furtivas mientras caminaba.

Recobrándose con rapidez e intentando salir del aprieto, el guía dijo:

—No voy a poder mostrárselo, pero debajo del *as-Shakra,* una antigua roca sagrada, se cree que hay parte del muro original del Templo de Salomón. Es una cripta parecida a una caverna, conocida como *Bir el-Arweh,* el Pozo de las Almas. Aquí, según antiguas tradiciones, se pueden escuchar a veces las voces de los muertos, junto con los sonidos de los ríos del paraíso.

»Existe el rumor de que hay arqueólogos explorando discretamente el elaborado panal de túneles, cisternas y pasadizos secretos subterráneos que hay bajo el Monte del Templo.»

## NSA: Fort Meade, Maryland[1]

Kenny, el flaco, internista en prácticas, aporreaba el teclado dando instrucciones a la unidad central para acceder al sistema *cut-out* «Patsy». Era un programa de software que disfrazaba la fuente de diversas búsquedas y extracción de datos informáticos dirigidos por la NSA. Si algún comité del Congreso o alguna agencia rival, como Langley o el FBI, seguían un rastro, el camino les llevaría al Consejo de Seguridad Nacional. Y nadie dentro de la carretera de circunvalación querría aferrarse a los cuernos del presidente con cuello de toro del Consejo de Seguridad Nacional.

Kenny estaba haciendo una comprobación cruzada sobre el Combined DNA Index System[2] del FBI, o CODIS, por abreviar: una base de datos de marcadores de ADN compilada a partir de delincuentes convictos, niños desaparecidos, víctimas UNSUB[3] de asesinos en serie o terroristas conocidos y sospechosos. Kenny tomó un sorbo de una lata de

---

1. NSA son las siglas de la National Security Agency, la Agencia de Seguridad Nacional de Estados Unidos. (*N. del T.*)

2. Sistema de Indexación de ADN Combinado. (*N. del T.*)

3. UNSUB, terminología criminalista para «sujeto desconocido». (*N. del T.*)

Coca-Cola y se llevó una bolsa de chips a la boca. Inclinándola, devoró las últimas migajas que quedaban.

Había estado trabajando desde hacía seis meses para el doctor Sanger, una lumbrera en genética de alta graduación, y había arrancado este programa por enésima vez sin observar ningún fallo, aunque siempre con el mismo resultado: NO MATCH FOUND, NINGUNA COINCIDENCIA. Demonios, el doctor Sanger ni siquiera le confiaba la identidad o la historia del marcador base de ADN que había estado intentando localizar.

Los datos cruzaban a raudales por la enorme pantalla.

Echó un vistazo al reloj de pared. Medianoche. Suspiró.

Por el rabillo del ojo captó el resplandor de la luz ámbar, y su mirada se clavó rápidamente en la pantalla. En letras en negrita, las palabras: COINCIDENCIA POSITIVA HECHA. NOTIFICACIÓN AL DIRECTOR DEL PROYECTO MESÍAS COMPLETADA. CONFIDENCIAL, pulsaba en rojo.

El principal talento de Kenny era el pirateo informático, y estaba resentido por tener que hacer este puñetero trabajo, como lo llamaba él. Pero, aún más, estaba resentido porque se le tuviera en la sombra.

—Fíjalo —se dijo mientras se frotaba las manos y soplaba entre ellas, antes de dejar que sus dedos volaran sobre las teclas.

Había averiguado la contraseña del doctor Sanger meses atrás. El estúpido hijo de puta había utilizado *Old Yeller, Viejo Aullador,* el nombre de su perro labrador retriever. *«Jodidamente original»*, pensó Kenny. Decidido a averiguar qué demonios estaba tramando el profesor, Kenny pirateó su entrada y pidió los resultados detallados.

Un frío glacial recorrió su espalda cuando leyó en la pantalla:

99 % DE PROBABILIDADES DE COINCIDENCIA DE SUJETO TERRORISTA CON MARCADOR BASE DE ADN DE MUESTRA DEL SUDARIO DE TURÍN.

Se quedó helado, sin palabras. En algún lugar, en lo más profundo de su mente, escuchó el susurro de la puerta de seguridad que se abría detrás de él. Escuchó las pisadas que se acercaban.

Sintió que alguien estaba justo detrás de él. El familiar aroma de la loción de afeitar del doctor Sanger flotó en torno a él. Él sabía que Sanger no tenía vida privada, y que normalmente dormía en el viejo sofá de cuero de su oficina, en el piso de arriba.

Sin volverse, Kenny dijo:

—Hey, Doc... Lo he hecho. He conseguido una coincidencia.

Pero entonces se dio cuenta. Había violado los protocolos de seguridad al acceder a aquellos resultados. Su mano voló hacia el teclado.

Pero, antes de que pudiera borrar la pantalla, lo sintió. Una extraña sensación, algo frío y metálico presionaba su garganta. Sintió cómo la presión aumentaba, cortándole la entrada de aire y seccionando la tierna carne.

Instintivamente, intentó agarrar la cuerda de piano que le estrangulaba.

Oscuras motas se agolparon en la zona periférica de su visión.

Los dedos se le empaparon en sangre.

Movió las piernas espasmódicamente, se enroscó y se retorció, pero una fuerza arrolladora tiraba de él hacia atrás, sacándole ya por encima del respaldo de la silla. Una explosión de luz brilló en la pantalla de sus párpados, un vértigo y luego... la negrura, por todas partes.

Una mano agarrotada por la artritis pasó por encima del cuerpo inerte y sin vida de Kenny y pulsó las teclas de Ctrl, Alt y Suprimir simultáneamente.

# CAPÍTULO 3

# PALESTINA

El doctor faisal bin al-saladin tropezó, soltó una maldición entre dientes y se volvió hacia el hombre que iba tras él.

—Tenga cuidado, está un poco empinado –dijo sonriendo débilmente, manteniendo una mano extendida hacia el alto italiano.

Tuvo que tragarse su malestar, su irritación por tener que estar allí. Tenía trabajo urgente que hacer cuando volviera a Riyadh, en la universidad, y no tenía demasiado tiempo para llevarlo a cabo. Hubiera preferido no dejar lo que tenía que hacer, pero bin Laden había insistido, diciéndole que era el único hombre en quien podía confiar esta sagrada misión.

*«No te corresponde a ti cuestionar la voluntad de Allah, Faisal* –le había dicho bin Laden–. *Si Él nos ordena yacer con las putas de Roma para alcanzar un elevado propósito, así se hará. Entrégale eso.»*

—¿Queda mucho? –preguntó el italiano.

—No, no queda mucho. Estamos entrando ya en la cámara mortuoria.

Faisal levantó la lámpara, la luz jugó entre los loculi, los largos y estrechos huecos tallados profundamente en las paredes de la cámara como nichos de enterramiento, algunos para cuerpos enteros, otros para osarios de caliza, que conservaban los quebradizos huesos de toda una familia.

—El generador no funciona, o de lo contrario tendríamos luz en abundancia.

—Así será más melodramático, ¿no? Me siento como Carter cuando estaba a punto de entrar en la tumba de Tutankamón. Espero que no haya maldición –dijo el italiano con un ligero chasquido en la voz.

—No tenga miedo, pues Aquél que es grande nos protegerá de todo mal –dijo Faisal, esperando que sus palabras fueran ciertas, en medio de la abrumadora quietud y del silencio de la cripta subterránea.

Se hallaban a gran profundidad, por debajo de la roca de *as-Shakra*, la Noble Roca, el centro del interior de la Cúpula de la Roca, situada directamente debajo de la elevada cúpula dorada, y rodeada por sus ocho arcadas externas, profusamente decoradas. La mezquita en sí tenía forma octogonal, habiendo en cada uno de sus lados una puerta y siete ventanas talladas de cristal de roca. Los musulmanes creían que ésta era la roca sobre la cual el profeta Muhammad se había posado, antes de ser elevado a los cielos. Y Faisal sabía en su corazón que este trabajo le aseguraría, también a él, la visión del paraíso.

El aire era húmedo y frío. Las paredes de la roca que les albergaba rezumaban humedad.

El italiano, conocido simplemente como El Clérigo, era alto y de pecho amplio, pero se movía con la economía de gracia de un atleta olímpico. Su presencia dominaba la cámara, llenándola no por su mero volumen, sino por el simple hecho de estar allí.

Cuando El Clérigo oyó hablar del descubrimiento de un fragmento de los manuscritos, se sintió sobrecogido y asustado a la vez. *El libro de Q* había sido, hasta aquel momento, no más que una conjetura entre los expertos bíblicos. La similitud entre los Evangelios de Mateo, de Marcos y de Lucas apuntaba a una fuente mucho más antigua, a *Quelle* en alemán, de ahí el libro perdido de *Q*. Y, cuando se enteró de su contenido, se le encogió el corazón. Las punzadas de culpabilidad que había sentido al principio, como clérigo de alto rango dentro de la Iglesia Católica, ante la que había hecho el sagrado juramento de mantener a toda costa la integridad de sus verdades doctrinales, se vieron pronto reemplazadas por la fría intensidad del poder que guardaba lo allí descubierto. Él sabía que aquello tenía el poder de sacudir los cimientos de la Santa Iglesia y de la cristiandad en todo el mundo.

—¿Es aquí donde encontró usted los huesos del hombre que cree que fue crucificado? ¿Los huesos que envió usted a examinar? —preguntó El Clérigo.

Faisal sacudió la cabeza.

—No, tenemos que continuar hacia el sur por este pasadizo, hasta la zona que está por debajo de la Fuente de *El Kas*. La fuente está situada aproximadamente a mitad de camino entre la Cúpula de la Roca y la mezquita de *Al Aqsa*.

Siguieron caminando, mientras sus pasos reverberaban en la oscuridad. El amplio contorno de El Clérigo le obligaba a pasar de costado de vez en cuando por las secciones más estrechas.

Finalmente se detuvieron. El Clérigo se vio en medio de la imagen en espejo de la cúpula de arriba. La cámara era un espacio octogonal, desde el cual irradiaban ocho *loculi*.

—Aquí —dijo Faisal, levantando la lámpara e iluminando un hueco a su izquierda—. Los huesos estaban en un osario.

El italiano recordaba haber estudiado aquellos huesos. Los talones habían sido atravesados por un largo clavo; los empeines destrozados, víctimas de un pesado golpe de martillo en el Monte del Gólgota.

Faisal levantó la lámpara, y la llama parpadeó. Las sombras saltaron y danzaron por las paredes.

—¿Había algún nombre en la tinaja? —preguntó el italiano.

Faisal se volvió, tragando saliva audiblemente.

—Sí... en arameo. «J'acov, mi hermano, que murió en mi lugar.»

Una sonrisa irónica se deslizó por el rostro del italiano. Buscó a tientas en su bolsillo una linterna eléctrica pequeña, de gran potencia, y la encendió. Su rayo de luz trazó un arco lentamente por el muro, hasta llegar a la parte superior de la cripta. Allí, grabados en la piedra, había una serie de murales. El primero representaba a un hombre que aceptaba la carga de una cruz. El segundo mostraba tres figuras mirando hacia abajo desde lo alto de una colina, en la escena de la crucifixión. Debajo del hombre que llevaba un halo estaba escrito el nombre de *Issa al-Nagar*, y debajo del hombre que había a su lado, el nombre de *San Juan* estaba escrito en arameo, copto y griego.

Apuntando la luz de nuevo hacia la tercera figura, se percató de que su rostro tenía los suaves rasgos de una mujer, y que con su mano izquierda tomaba la mano de la figura del halo, que estaba junto a ella. El italiano leyó el nombre en voz alta.

—Magdalena, *Pistis Sophia*.

Con la boca seca y el corazón latiendo con fuerza, El Clérigo se centró en el tercer panel. Enroscada en torno a las ramas de un árbol que parecía una cruz, una serpiente parecía mirar hacia atrás con atención. La serpiente tenía la cabeza de mujer, algo querúbica, pero decididamente femenina. Por encima de ella, una paloma blanca apuntaba hacia abajo. Las figuras desnudas de un hombre y una mujer, Adán y Eva, flanqueaban el árbol. El hombre señalaba a la imagen de la tumba vacía. La mujer señalaba hacia el este, hacia un paisaje urbano. Por encima parecían flotar unas letras, que decían *Nin igi nagar sir*.

—¿Qué significa? –preguntó El Clérigo, señalando la inscripción–. No reconozco la lengua.

Faisal se acarició la barbilla.

—Se trata de babilonio antiguo. Su uso no encaja con las otras inscripciones.

—Bien... ¿puede traducirlo o no?

—Significa «Gran Arquitecto del Cielo».

El Clérigo se burló.

—Estos dibujos se parecen a los del simbolismo gnóstico del siglo II. Y el Gran Arquitecto es una referencia al Dios de los masones. Hasta el momento, no me ha enseñado usted nada de importancia. Y sospecho también que todo este mural puede ser una falsificación.

Se le quedó mirando tranquilamente, manteniendo su fanfarronada con cara de póquer. Pero, cuando apuntó la luz al tercer mural, algo captó su atención. Oscurecido por una capa de polvo, se distinguía apenas un tenue contorno.

—Faisal –dijo posando la mano en su hombro–, ¿ve ese tenue matiz rojo cerca de la parte más alta?

Entrecerrando los ojos y levantando la lámpara, Faisal gruñó:

—Sí, por debajo del polvo.

El Clérigo se fijó mejor.

—No, es como si alguien lo hubiera intentado tapar deliberadamente con tiza.

Después de buscar rápidamente por las inmediaciones, Faisal encontró una caja de embalaje, la puso debajo del mural y, con mucho tiento, se subió encima. La madera parecía vieja, y crujió mientras Faisal cambiaba de apoyo.

—Es tiza, sí.

Mientras Faisal le quitaba el polvo al mural con un pincel, El Clérigo permaneció abajo, observando.

*«Faisal quizás sabe ya demasiado»*, razonó El Clérigo.

Terminado el trabajo, Faisal bajó y miró a El Clérigo.

—Amigo mío, parece usted abstraído en sus pensamientos –dijo, sacándolo de su ensoñación.

—Lo siento... ¿qué estaba diciendo?

Faisal sacudió la cabeza.

—Su sugerencia de que esto sea una falsificación hiere mi corazón, aunque sólo sea porque me supuso mucho sufrimiento mi investigación. Creo que encontrará de lo más interesantes los resultados de la datación por carbono y las pruebas de isótopos de cloro. Tomé muestras de las imágenes.

—¿Y?

—Son anteriores a los Evangelios, lo que las convierte...

—De la verdadera época en que Cristo caminaba sobre la tierra, un relato de primera mano –resumió el italiano con la respiración entrecortada.

—Exactamente. He conseguido quitar la mayor parte de la tiza –dijo Faisal mientras levantaba de nuevo la lámpara.

Los ojos de El Clérigo se enfocaron en la imagen de arriba de la paloma, que se acurrucaba en las nubes. Un demonio con el rostro de color ocre rojizo miraba hacia abajo con el ceño fruncido, y su mano apuntaba directamente por debajo de él. El Clérigo reconoció su cara. Era *Asmodeo,* el demonio que Salomón había utilizado para construir su templo. Un soplo de aire frío, venido de ninguna parte, le recorrió la nuca.

Instintivamente, se volvió y exploró la oscuridad con el estrecho rayo de su linterna, buscando con los ojos, la mano temblorosa.

Por encima de ellos, y después de mostrar un permiso emitido por el Consejo Supremo Musulmán *(Waqf)* a un guardia, vestido con el sobrio uniforme verde oliva de las fuerzas de seguridad, el hombre que había seguido a El Clérigo hasta el interior de la Cúpula se encaminó escaleras abajo hacia el Pozo de las Almas.

Distraídamente, se pasó la mano por la ropa, comprobando que los explosivos ocultos debajo seguían aún bien sujetos en torno a su pecho. Con una linterna Maglite en una mano y un *stick* de luz negra en la otra, el intruso se adentró por la boca del túnel excavado. Mientras recorría el sinuoso pasadizo, dirigió el *stick* de luz hacia el suelo. Como si siguiera un rastro de migas de pan, el resplandor fosforescente del polvo, que había sido esparcido de forma intermitente, le indicaba el camino.

# CAPÍTULO 4

En la cámara inferior, El Clérigo seguía congelado, petrificado por un miedo irracional.

—Quizás ha ofendido usted al Jinn –se burló Faisal.

Ignorándolo, El Clérigo atravesó rápidamente la cámara.

—¿Qué hay aquí? Parece ser una pared vacía, que se ha dejado sin tocar.

—Quizás no hubiera más familiares que enterrar.

Pasando las yemas de los dedos por la pared, El Clérigo percibió unas cuantas muescas, como si las hubiera hecho alguien con un cincel.

—Necesito más luz.

Faisal se acercó hasta él y alumbró la pared con su lámpara.

Mientras El Clérigo pasaba los dedos arriba y abajo por la caliza, Faisal observaba. El Clérigo se detuvo y, acto seguido, pegó la mejilla a la superficie de la pared. Retrocedió de nuevo y asintió vigorosamente, mientras sacaba un encendedor Zippo del bolsillo de su abrigo. Lo encendió y lo acercó a la pared. La llama vaciló, como si recibiera el beso de una ligera brisa. Se arrodilló y examinó el suelo; después, se levantó lentamente y dio un paso atrás.

—Hay una junta en el muro, aquí.

Alargó la mano e introdujo un dedo a lo largo de la estrecha fisura. La caliza de los lados cayó al suelo. Se volvió y miró a Faisal, cuyo rostro estaba medio oculto en las sombras, sus ojos invisibles.

—Esto no forma parte del muro original. Se ha añadido para ocultar una entrada. ¿Qué está ocultando, Faisal?

El árabe frunció el ceño confuso, y luego se relajó.

—Nada... nada que el dinero no pueda comprar.

—Entonces, se trata de un chantaje...

—Trescientos mil dólares en esta cuenta, para mañana a mediodía –dijo con una sonrisa, mientras le extendía al italiano un papel–. Como dicen ustedes en Occidente, «No es nada personal, sólo negocios».

—¡No puedo esperar hasta mañana!

Tener que tratar con este hombre era una ofensa para su sensibilidad. Las cetrinas mejillas de aquel hombre y sus ojos pequeños y brillantes le daban el aspecto de una comadreja.

—Somos caballeros, ¿no? Su palabra bastará.

—La tiene.

Una sonrisa embaucadora arrugó el rostro de Faisal.

—Es un buen pago, como entrada. Pero, si lo que pongo en sus manos le complace, tendrá que haber un desembolso adicional de setecientos mil dólares americanos más.

—Hecho. Ahora, enséñeme lo que estoy comprando.

Acercándose y levantando la lámpara, Faisal dijo:

—Su observación sólo fue correcta a medias. El motivo por el cual esta sección parece diferente es porque forma parte del muro original. ¿Ve la inscripción?

En la parte superior de la losa, estaba el añadido, más reciente, de unas letras griegas modernas:

Ϊ ÍÁÏÓ ÒÏÕ ÂÁÓÉËËÁÙÓ ÓÏËÏÑÏÏÓ

Entrecerrando los ojos mientras leía las letras paleohebreas que había arañadas por debajo de la inscripción griega, esbozó una mueca y dijo:

—*Beth-zur*... significa «templo», y *Shelomoh*...

Se volvió a Faisal con una mirada asesina.

—No estoy de humor para más jueguecitos. La gente ha estado buscando el Templo de Salomón durante años. Y no existe. No es más que una historia infantil.

—Pero nunca se les permitió investigar con la tecnología moderna debajo de un santuario sagrado musulmán.

Faisal hizo una pausa para provocar un mayor efecto.

—Nosotros utilizamos el radar de penetración terrestre, GPR, a través de los muros exteriores del Monte del Templo, e hicimos pruebas sísmicas de alta frecuencia, así como un mapa magnético e imágenes térmicas infrarrojas. Los resultados del radar y de las pruebas sísmicas fueron interesantes, pero aún fueron más reveladores los resultados de las imágenes infrarrojas.

—¿Cómo funcionan? –preguntó El Clérigo.

—Las imágenes infrarrojas registran los cambios de radiación térmica sobre la superficie de cuerpos de capacidad térmica variable, como las rocas o los muros enterrados bajo la superficie. Durante el día, la superficie del Monte del Templo se calienta uniformemente por el sol, y este calor se introduce en la tierra que hay debajo. Por la noche, la superficie se enfría, pero el calor que fluye de vuelta desde debajo de la superficie no es uniforme, debido a las cisternas, los espacios vacíos, el lecho de roca, los antiguos cimientos y los canales. Estas variaciones forman imágenes. Aquí, véalo usted mismo.

Con un golpe rápido y seco de muñeca, Faisal se soltó de la cintura un *video player-recorder* de disco duro poco más grande que un paquete de cigarrillos. Después, pulsó un botón y se desplazó hasta una imagen, y sostuvo el aparato de modo que El Clérigo pudiera ver con claridad su pantalla de dos pulgadas. Era una fotografía aérea del complejo de la Cúpula de la Roca, con dos áreas más oscuras con forma octogonal.

—Éstas se tomaron desde un helicóptero, al anochecer.

Pasando a la siguiente imagen, dijo:

—Ahora una vista más de cerca.

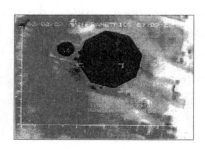

—Observe el octógono más grande y, luego, la versión más pequeña. Esto es donde estamos ahora.

El Clérigo se acercó, examinando atentamente la resplandeciente pantalla. Allí, envuelto en una antiquísima oscuridad, todo parecía misteriosamente fantasmal.

—Evidentemente, obtuve algo de ayuda de un viejo sabio —continuó Faisal—. Utilizando los desconcertantes códices compilados por el alquimista árabe del siglo XVII, Jabir, pude localizar el lugar.

Los ojos de El Clérigo examinaron a Faisal, buscando alguna señal de engaño; pero no encontró ninguna.

—¿Esos códices no formaban parte del botín de antigüedades que se saqueó del museo de Bagdad?

—Nuestra operaria, Laylah, los obtuvo recientemente de un comerciante en Suiza.

—¿Mercado negro?

Faisal se encogió de hombros.

—No sabría decirle.

—Claro que no. Usted es un hombre sincero e íntegro —dijo El Clérigo en tono sarcástico.

—Piense lo que quiera, pero aquí está el mapa. Ahora, eche un vistazo a este panel.

Faisal se trasladó a un lado de la losa y desempolvó una placa dorada cubierta de símbolos, que estaba incrustada en un oscuro cubículo. Un enigmático pentagrama, cuyo contorno central formaba un pentágono, se hallaba en medio de un campo de extrañas letras.

Debajo había una frase:

$$IA\Omega \; ABPA\Sigma A\Xi \quad A\Delta\Omega N \; ATA$$

—¿Puede traducirlo? —preguntó Faisal en tono engreído.

—Es griego. «IAO Abrasax, tú eres el Señor». Un poco más de galimatías gnósticos. Un dios con cabeza de gallo y con serpientes por piernas, que empuñaba un escudo en una mano y un látigo en la otra. Ponían su imagen en amuletos para protegerse del mal.

—Sí, pero ha desaparecido el aspecto femenino divino, que formaba parte de su trinidad original: el Padre, la Madre y el Hijo. Mire las palabras que hay debajo.

AH ELOHIM SABAOTH ADONAI ELOAI

—Son nombres hebreos de Dios. Todos masculinos —respondió El Clérigo.

—¡Que un musulmán tenga que instruir a un cristiano en los nombres de su dios...! Piense en su Biblia. Piense en el hecho de que Dios le dijo a Abraham que tomara una letra del nombre de su mujer, Sarah, simbolizando la fusión de lo masculino y lo femenino.

—¿Quiere usted decir Abr*aha*m? ¿Después de que Sarai fuera cambiado por Sar*ah?*

—Sí. Y ahora inserte ese símbolo empujando su símbolo correspondiente en la placa.

Haciéndose a un lado, Faisal le instó con un movimiento de cabeza.

Temblándole las manos como si estuviera a punto de apretar el interruptor del día del Juicio Final, el italiano pulsó el símbolo que correspondía a *AH*. No se movió. Empujó con más fuerza. Nada. Y cuando bajó la mano y estaba a punto de hablar, el símbolo se hundió en el muro. Pero el muro siguió sin moverse.

Faisal sonrió.

—Ahora, inserte la combinación, más obvia, de las últimas letras de sus nombres... *ham* más *ah.*

—¿Hamah? —preguntó El Clérigo.

Faisal asintió.

Sin dudar en esta ocasión, El Clérigo empujó el símbolo correspondiente.

Un ruido como de algo que se precipitara, como si toneladas de arena se estuvieran derramando a través de una rejilla, rugió desde debajo del muro. La losa se movió un poco al principio, y luego varias pulgadas a la vez, y lentamente comenzó a hundirse en el suelo. El chirrido del roce de las piedras reverberó en la vacuidad de la cámara. Por encima del estrépito, Faisal gritó:

—Es de lo más adecuado. *Hamah* significa estruendo, rugido, un anhelo ruidoso. O como dirían sus feministas occidentalizadas: «Soy una mujer, escucha cómo rujo».

Un fétido y penetrante olor, similar al amoniaco, emergió del otro lado.

—Parece que el aire se está enrareciendo –dijo El Clérigo, con una mirada de preocupación que se iba transmitiendo a su ya ojeroso rostro.

Faisal sacudió la cabeza.

—No es más que el perfume de los habitantes de las cavernas... guano de murciélago.

Pero la losa tembló de repente, chirrió e interrumpió su descenso.

—Es una prueba que tiene dos partes. Mire aquí –dijo Faisal señalando una extraña especie de embudo que sobresalía de un lado de la placa. Cuando se acercó, el italiano alumbró con su linterna la boca del embudo. Unos centelleantes cristales danzaban bajo la luz.

—¿Está usted familiarizado con las palabras de poder? –preguntó el árabe.

—No me diga que tengo que gritar «Ábrete Sesamo», como Alí Babá en el cuento.

Con el resplandor de la linterna, El Clérigo pudo ver la expresión apenada de Faisal.

—No, el reverso del amuleto de Abrasax guarda la clave.

Y, de debajo de su túnica, Faisal sacó un medallón y le dio la vuelta. Lo sostuvo bajo la lámpara.

El Clérigo entrecerró los ojos, esforzándose por leer las minúsculas letras griegas:

‖ΒΒΒΝΑΘ ΑΝΑΛΕΛ

—Casi acierta. La palabra la conocen los niños de todo el mundo. Si combinamos las dos últimas líneas en inglés, se leerá Ablanathanalba, un palíndromo en letras griegas, que significa que se lee igual hacia delante que hacia atrás.

Dándole voz a la palabra que sonaba en su mente, El Clérigo sonrió irónicamente:

—Abracadabra.

—Una burda pronunciación, pero básicamente correcta.

El Clérigo frunció el ceño y suspiró sonoramente.

—¿Lo vamos a intentar?

Y levantando las palmas en un gesto de capitulación, El Clérigo dijo:

—¡Pues claro!

Faisal presionó la parte frontal del amuleto en un nicho circular del muro. Con un suave chasquido, el amuleto giró lentamente una vuelta entera en dirección contraria a las manecillas del reloj y se detuvo. Y después, Faisal se inclinó sobre la boca del embudo y entonó el conjuro.

Al principio no ocurrió nada, y El Clérigo sonrió desdeñosamente. Pero, después, una aguda vibración resonó desde la boca del embudo. Sus oídos resonaron; los empastes de sus dientes pulsaron en sincronía con aquella vibración; y, de repente, la losa cayó definitivamente, hundiéndose en el suelo.

—No pretendo comprender exactamente cómo funciona el mecanismo o cómo puede siquiera funcionar –confesó Faisal–. Pero me atrevería a conjeturar que tiene algo que ver con el tono adecuado de las ondas sonoras y su efecto sobre los cristales que hay dentro del conducto.

—En este momento, amigo mío, yo no sería el menos sorprendido si la misma Atlántida se encontrará al otro lado de ese umbral.

—Después de que vea lo que guardo para usted, quizás desearía que fuera *sólo* una ciudad perdida.

Y, tomando la delantera, Faisal entró en el oscuro corazón de la cavidad.

Dudando al principio, El Clérigo le siguió, guiado por el resplandor pendular de la lámpara de Faisal, mientras atravesaban un estrecho túnel. Desde delante, le llegaba un ruido susurrante y correoso.

# CAPÍTULO 5

Con faisal a la cabeza, recorrieron un laberinto de pasadizos. La oscuridad era casi una presencia física en torno a ellos y, a medida que se iban adentrando, la pendiente se iba haciendo cada vez más pronunciada. Dos veces tropezó El Clérigo con los dentados salientes pétreos de las paredes, dejándose la piel en ellos.

De pronto, sin advertencia previa, Faisal se detuvo, y El Clérigo, desprevenido, le embistió por detrás, dando con él en el suelo. Mientras caía, la linterna se le fue de la mano, cayendo con estrépito al suelo. Giró como una ruleta, lanzando espirales luminosas sobre la dura roca de los muros y del suelo. Y cuando la linterna comenzó a detener sus giros, su haz de luz iluminó un rostro. Desde el suelo, Faisal miró hacia arriba presa del pánico.

—Ayúdeme –gritó.

Manoteando a tientas desesperadamente, El Clérigo encontró finalmente la linterna y, a gatas, se arrastró hasta él, soportando las agudas punzadas de dolor que el piso, burdamente pavimentado, le propinaba en sus artríticas rótulas.

—Cuidado –gritó Faisal–. Me he caído en un agujero.

A la luz de la linterna, El Clérigo pudo ver los dedos de Faisal intentando agarrarse a algo en el borde del foso.

Se puso la linterna bajo el brazo y se sentó, con las piernas extendidas en forma de V; y luego, agarrando a Faisal por debajo de las axilas, tiró lentamente de él mientras retrocedía. Una vez fuera del agujero, Faisal y El Clérigo se quedaron en el suelo boca arriba, aspirando profunda y desacompasadamente aquel tenue y húmedo aire.

—Me ha salvado la vida –logró decir al fin Faisal.

—Usted habría hecho lo mismo.

El árabe resolló y tosió.

—No esté tan seguro. Yo soy un cobarde egoísta.

Atisbando más allá de Faisal, El Clérigo vio un tenue resplandor.

—¿Es su lámpara?

—Debe de habérseme caído.

Se acercaron a la boca del agujero.

El Clérigo apuntó el rayo de su linterna hacia abajo, a la oscuridad.

Alrededor de cuatro metros y medio más abajo, unas agudas y afiladas puntas de sílex se alineaban en el fondo de un foso de poco menos de dos metros de diámetro. En el centro, la lámpara yacía sobre un costado, apoyada contra un esqueleto. Lentamente, El Clérigo recorrió con la luz de la linterna aquellos restos humanos. Un gran escorpión negro asomó por la cuenca del ojo de la calavera y se escabulló por entre las costillas y el brazo, deteniéndose finalmente sobre un escudo negro y blanco blasonado con una descolorida cruz roja.

Con la voz quebrada, y un escalofrío helado recorriéndole la columna, El Clérigo dijo:

—Es un escudo templario.

Se miraron desconcertados.

—De modo que la leyenda era cierta –dijo.

El Clérigo se puso en pie con precaución, y luego ayudó a Faisal a levantarse. Una idea oscura e inquietante le vino a la cabeza.

—¿Cómo es que no sabía usted que estaba aquí este foso?

Con un tono avergonzado, Faisal dijo:

—Debemos habernos equivocado en algún giro.

—¿Debemos? ¿Sabrá encontrar el camino de vuelta?

—En una palabra... no.

—Entonces tendremos que saltar.

—Pero ¿cómo sabemos que no hay una trampa esperándonos al otro lado?

—No lo sabemos.

Dando unos pasos atrás y midiendo la distancia, El Clérigo se dispuso a saltar.

—Yo iré primero.

—Que Allah le acompañe.

El Clérigo se lanzó a toda velocidad, saltó y salvó el foso por pocos centímetros.

Faisal cerró los ojos, musitó una breve oración y echó a correr, saltando en el mismo borde del foso y aterrizando desastrosamente, de bruces, a los pies de El Clérigo. Se llevó la mano a su ensangrentado rostro y gritó:

—Creo que me he roto la nariz.

El Clérigo se inclinó para examinar la herida de su compañero, alargó la mano y le dio un brusco pellizco en la nariz.

Faisal hizo una mueca de dolor y exclamó entre lamentos:

—Tiene usted el corazón de piedra, amigo mío.

—Se le curará –dijo El Clérigo sarcásticamente, mientras le ayudaba a levantarse.

Avanzando lentamente, esforzándose por ver más allá del alcance de la linterna para no caer en otro agujero, El Clérigo se detenía de cuando en cuando y hacía comprobaciones a izquierda y derecha. En un momento determinado, apareció a su izquierda una encrucijada de pasadizos. El Clérigo pensó en el *Inferno* de Dante. Quizás fuera esto lo que le esperaba al otro lado, un interminable laberinto de túneles que conducían todos ellos al tormento del Séptimo Círculo del Infierno. El Clérigo hacía verdaderos esfuerzos por silenciar los murmullos de duda que le atormentaban.

Y entonces lo vieron. Frente a ellos, un poco más arriba, partía una sinuosa escalera cubierta de trozos de roca desprendida.

Buscando en sus recuerdos, El Clérigo rememoró una descripción del Templo de Salomón, donde se hablaba de dos escaleras sinuosas que llevaban al Santo de los Santos y al Arca de la Alianza. En el interior de su pecho, se esforzó por encontrar un punto de apoyo. *«Esto es demencial. Estoy viviendo una pesadilla despierto.»*

Intercambiaron una mirada furtiva y se pusieron a subir las escaleras, a pesar del cansancio de sus piernas.

—¿Le resulta familiar? –preguntó El Clérigo, explorando con la mirada la inmensidad de la cámara que se abría en torno a ellos.

—Por la gracia de Allah lo hemos encontrado. Puedo hallar el camino de vuelta desde aquí. Pero primero tiene que ver los misterios con sus propios ojos. Y los objetos que usted busca están...

Habían llegado al final de las escaleras. Ante ellos, había una gigantesca puerta de madera de olivo chapada en oro.

Faisal se paró en seco y se quedó mirando al vacío, como si estuviera teniendo una visión.

—Cuando haya entrado, ya no habrá vuelta atrás. ¿Está usted seguro de estar preparado para ver la verdad?

—La verdad os hará libres –dijo El Clérigo, riendo para aliviar la tensión reprimida que saturaba su cuerpo–. He llegado demasiado lejos. He buscado demasiado tiempo la verdad como para volverme atrás ahora.

Se acercaron lentamente.

—Las mentiras que unen, hermano mío, pueden ser más cómodas para el alma que la cruda verdad.

—Sigamos adelante, ¿o es que no quiere su dinero?

—Oh, claro que lo quiero –respondió Faisal, mientras se detenía un momento, respiraba profundamente y empujaba la puerta con el hombro.

En el extremo lejano de la abovedada sala se levantaba un gran altar dorado. Tras él, se elevaban dos gigantescas estatuas, con unas miradas de piedra silenciosas y enigmáticas. En la parte delantera del altar había una figura de bronce. Boquiabierto por el asombro, y con el corazón golpeándole fuertemente en el pecho, El Clérigo se detuvo aturdido. A lo largo de los muros, vacilaban las llamas de unas pequeñas lámparas de aceite, que arrojaban dedos de sombras arriba y abajo por las paredes.

—Las lámparas alquímicas de la llama eterna –dijo El Clérigo con temor reverencial–. Es imposible. Había leído sobre ellas, pero...

Al acercarse al muro reparó en un largo canalón de piedra que conectaba las lámparas y lo recorría en toda su longitud. Poniéndose de puntillas, introdujo la mano en el canalón. Lo que discurría por su interior tenía un tacto untoso, como si tuviera mucho aceite. Bajó con sumo cuidado una lámpara y la examinó.

—Lo que me imaginaba. Tiene una mecha de asbesto y un suministro perpetuo de aceite de lámpara. Sorprendente.

—Será mejor que el mundo no conozca las propiedades de ese aceite, amigo mío, o el Reino podría ir a la bancarrota –dijo Faisal, y se volvió hacia las enormes estatuas–. Son magníficas, ¿no? La gran Diosa de los Cananeos en sus aspectos gemelos: Ashtoreth y Lilith, la primera esposa de Adán, según los antiguos textos hebreos, la arpía demoníaca del desierto.

—Es aterradora –dijo El Clérigo con una voz quebrada.

—Entonces, prepárese para horrorizarse del todo –dijo Faisal mientras se dirigía al altar–. Venga con esa linterna. Quiero que vea bien esto.

Arriba, en la Cúpula de la Roca, una joven colegiala regresaba de la reja elevada desde la cual se podía contemplar la piedra sagrada cuando sus pies tropezaron con algo. Al mirar para ver de qué se trataba, se encontró con una mochila y, agachándose, la cogió y la abrió. Miró a su alrededor para asegurarse de que su profesora no la observaba y echó una ojeada a hurtadillas en su interior. En el fondo había una caja de chocolatinas. Se encogió de hombros y, volviéndose de espaldas, tomó la caja y la sopesó. *«Demasiado pesada para ser chocolatinas»*, pensó. Rápidamente, cerró la mochila, se la colgó al hombro y se unió de nuevo a su grupo.

# CAPÍTULO 6

En el suelo, delante del altar, había un enorme bloque de mármol con un anillo en el centro. Por encima de él, se elevaba un gran trípode equipado con un mecanismo de torno y polea, que parecía estar hecho de acero. Un cable iba desde el torno hasta la polea, y de ésta bajaba después hasta un gancho, que alguien había insertado en el anillo.

—¿Le resulta familiar? –preguntó Faisal–. Este trípode fue un encargo especial. Costó mucho bajarlo aquí.

Faisal señaló un montón de cadenas y algo que quizás fueran en otro tiempo maderos.

—Evidentemente, no hubo sólo un templo en este lugar. Estuvo el templo original, el templo nuevo y el templo de Herodes, que creo que es de donde proceden algunos de los restos del mecanismo original. Los Caballeros Templarios utilizaban probablemente un caballo y unas cuerdas para levantar la losa.

A El Clérigo no le costó reconocer en aquel mecanismo el mismo modelo que, a escala, se podía encontrar en todas las logias masónicas. Sintió un golpe sordo en su corazón, y las palmas de las manos se le humedecieron de sudor con la ansiedad, sudor que optó por secarse en los pantalones.

Juntos, comenzaron a darle a la manivela del torno, con los rostros tensos y los brazos doloridos por el esfuerzo muscular. El bloque de mármol comenzó a elevarse dejando escapar un sonido inquietante, y cuando estaba cerca ya del vértice del trípode, Faisal dijo:

—Así está bien.

Puso la palanca de cierre sobre el torno y, llevándose la mano a la zona lumbar, se levantó con un gemido.

Bajo el oscilante bloque había un agujero cuadrado y oscuro de poco menos de dos por dos metros.

Se acercaron al borde y El Clérigo inspeccionó la oscura cavidad con el estrecho rayo de su linterna. Perdiéndose en la negrura, había una escalera descendente tallada en la roca.

—¿La entrada a la cripta que descubrieron los templarios? –preguntó El Clérigo.

Faisal asintió.

—La edad tiene prioridad sobre la belleza –dijo con una sonrisa socarrona e invitando a El Clérigo a que bajara primero.

La hambrienta oscuridad que les rodeaba era completa. El aire era escaso y estaba viciado; mientras bajaban por los estrechos escalones, lo único que se oía eran sus vacilantes pisadas y los incesantes resuellos del árabe. Entre jadeos, Faisal dijo:

—Asma, mi maldición desde la infancia.

—¿Puede bajar? –preguntó El Clérigo, aferrándose con la mano libre al muro lateral para afianzarse.

Faisal tosió.

—No queda mucho, y el aire allí es mejor, más fresco.

De abajo les llegaba una tenue neblina de luz, y poco después llegaron al final de la escalera.

Se encontraban en otra cámara, más pequeña.

En el centro, suspendido del techo, un gran móvil de oro daba vueltas en el aire. Lo veían ante ellos, desde la antecámara. Debajo de él, unas letras hebreas decoraban el suelo. Los muros y el suelo estaban pintados con el tenue resplandor naranja de las lámparas de llama eterna que circundaban la sala.

—Estudie cómo se mueven los segmentos, amigo mío –dijo Faisal, apuntando con la barbilla al móvil.

El Clérigo observó pacientemente, intentando detectar un patrón. Y, de pronto, lo vio. Desde su ángulo, los segmentos danzantes se fundieron, formando una serpiente alada que se mordía su propia cola.

—Es un *Ouroboros,* el símbolo de la regeneración, el «matrimonio místico» del micro y el macrocosmos. El Mundo Interior y el Mundo Exterior –susurró asombrado.

Aunque aquel símbolo era habitual hoy, utilizado incluso por la empresa Lucent Technologies en la forma de un círculo de luz enroscado, El Clérigo sabía que guardaba un significado mucho más profundo. Por causa de la Inquisición, los científicos, o alquimistas, que es como se les llamaba, tuvieron que ocultar los secretos en forma de alegorías y símbolos.

—Fíjese en el centro –le ordenó Faisal–. La inscripción de debajo dice: «Deja que tu ojo te lleve más allá de la energía giratoria del *esoptron*».

Ahora, volviendo a mirar desde el centro, se formó la imagen de la Estrella de David. El Clérigo reflexionó sobre su significado mientras examinaba el centro de la estrella. El triángulo que apuntaba hacia abajo simbolizaba el principio femenino, pero en conjunción con el triángulo que apuntaba hacia el cielo, simbolizaba, al igual que el Ouroboros, el matrimonio místico. *«Deja que tu ojo te lleve...»*

Ésa era la pista. Mirando a través y más allá del centro de la estrella, vio algo en el rincón lejano de la sala: un pálido parpadeo de luz que se reflejaba desde las lámparas eternas. Rebuscando en sus bolsillos, sacó un puntero láser, le dio vida con el pulgar y apuntó su rayo a través del centro del hexagrama, a través de un cristal que colgaba y daba vueltas allí. El rojo rayo del láser se biseccionó y rebotó de vuelta, serpenteando a través de la oscuridad y encontrando la boca del Ouroboros, como si hubiera sido reflejado por una superficie especular invisible. Y dentro de la boca, flotando en la oscuridad, había una imagen holográfica en tres dimensiones que parecía una puerta dorada giratoria. Cruzó la sala como una exhalación seguido de cerca por Faisal.

*«... más allá del esoptron* –pensó–. *¿Qué significa en griego eso de esoptron?»*

Ocupando toda la extensión del extremo más alejado de la sala había un muro de bronce bruñido, la única clase de espejo que se conocía en la época de Salomón. Desde la distancia, su superficie hacía las veces del espejo para trucos de un mago, reflejando la oscuridad que lo rodeaba y dando la impresión de que en aquella dirección no había nada, salvo el vacío.

—Y ahora, ¿cómo lo atravesamos? –preguntó El Clérigo, volviéndose a su compañero– No es usted de gran ayuda, ¿sabe?

—Sus palabras hieren mi corazón –dijo Faisal, meneando el dedo y fingiendo una mirada de cachorro herido–. Sólo actúo en calidad de guía que le ha traído a usted hasta el umbral. La resolución de los acertijos del templo y la obtención del premio es algo que le corresponde lograr al buscador. Así está escrito.

—¿Ha considerado usted alguna vez la posibilidad de hacerse actor? «Así se ha dicho, déjese escrito.» Suena usted como una mala imitación de Moisés en *Los diez mandamientos*.

—No estoy seguro de que me guste su tono. No le dé la vuelta a mis palabras.

El Clérigo estaba a punto de responder, pero se detuvo.

—Diga eso de nuevo.

—¿El qué? ¿Que no estoy seguro de que me guste su tono?

—¡NO! La parte final.

—¿Que no le dé la vuelta a mis palabras?

Dirigiéndose al extremo del muro, El Clérigo gritó por encima de su hombro:

—Usted dijo que en la inscripción decía la energía del *esoptron giratorio,* ¿es correcto?

—Sí, el espejo giratorio... pero...

Poniendo las palmas de las manos sobre el frío metal y afirmando sus pies, El Clérigo dijo:

—No se quede ahí. ¡Empuje!

Presionando con todas sus fuerzas, el muro comenzó a moverse finalmente, rotando sobre su eje central como una puerta giratoria. El chirriante sonido del metal contra la piedra reverberó en la oscuridad.

Poco después, se encontraban al otro lado.

Allí, entre las sombras, pudieron distinguir tres sarcófagos. No con pocas dudas, los intrusos se aproximaron. El primero era blanco, y estaba delicadamente tallado, pero parecía ser muy sólido, como si no hubiera un hueco dentro y fuera un simple bloque rectangular esculpido mágicamente a partir de la piedra viva. Faisal se quedó observando mientras El Clérigo pasaba las puntas de sus dedos con suavidad sobre la tapa. Un sello y unas letras en relieve parecían pedir una interpretación bajo la mortecina y vacilante luz de las lámparas.

Investigando con el rayo de su linterna, El Clérigo intentó leer la inscripción, escrita en arameo, con una voz titubeante.

—Aquí yace el cuerpo de Mariamene e Mara, Tribu de Benjamín, hija de la casa de Herodes y Chusa, hermana de Lázaro y Sara, Torre de Jerusalén, suma sacerdotisa y Maestra de los sanadores esenios, esposa de Jehoshua.

Guardaron silencio durante un largo rato, el musulmán y el cristiano, separados por años de incomprensiones y derramamientos de sangre.

Finalmente, El Clérigo rompió el ensordecedor silencio.

—María Magdalena, esposa de Jesús.

Dio un profundo suspiro, mientras dejaba ir la mirada al costado del sarcófago. Después, sus ojos se posaron en los otros dos ataúdes y volvieron rápidamente sobre el primero.

—¿Qué es esto? –dijo cayendo sobre una rodilla–. Aquí hay esculpido un anillo de rosetas, interespaciadas con cruces templarias. Además, ellos enterraron sólo los huesos en un pequeño osario de caliza... nunca el cuerpo entero... ¡es una falsificación!

—Le aseguro que no es una falsificación –contestó Faisal–. Todo el mundo supone que los templarios sólo *se llevaron* algo de valor del Templo de Salomón. Ahora parece obvio que, de hecho, no sólo se llevaron el Arca de la Alianza, sino que también *devolvieron* algo o a alguien a su legítimo lugar de descanso. Después del exilio de María Magdalena en el sur de Francia, probablemente la enterraron de forma temporal en algún lugar de la región de los cátaros, en el Languedoc, donde el Papa lanzó la primera cruzada europea durante cuarenta años, masacrando a más de cien mil de ellos en la Cruzada Albigense. Pero los templarios, temiendo que Roma se enterara del lugar de descanso de Magdalena, la devolvieron a Jerusalén. El secreto de su relación con el profeta Jesús y la ubicación de su tumba fueron los verdaderos secretos que el papa Clemente V y Felipe el Hermoso intentaron obtener de los templarios.

Sacudiendo la cabeza y mirando fríamente a los ojos de su compañero, El Clérigo dijo:

—Es usted un artista del engaño. ¡Muéstreme la prueba!

—Ayúdeme a remover la tapa entonces, y lo verá con sus propios ojos.

El tono de su voz sonó más como una plegaria urgente que como la constatación de un hecho.

Juntos, forcejearon para mover la pesada tapa, tensando los lomos, con las sienes latiendo y los cuellos tensos como cuerdas. Centímetro a centímetro, la piedra rechinó contra la piedra. Un dulce aroma de especias y algo parecido a la fragancia de pétalos de rosa triturados perfumó el ambiente.

—Es suficiente –dijo Faisal respirando pesadamente.

Metió la mano en el sarcófago y cogió un pergamino de vitela que yacía sobre el pecho del cuerpo momificado, cuya cabeza estaba adornada con una corona enjoyada.

Con manos temblorosas, El Clérigo tomó el pergamino y lo extendió suavemente sobre la tapa. Desenmarañó con cuidado una minúscula sección y leyó el texto bajo la luz de su linterna.

Mientras leía, sintió que la sangre huía de su rostro. Era el Libro de *Q*. Pero, más importante aún, lo poco que pudo distinguir demostraba estar más cerca en contenido de los Evangelios Gnósticos que del relato de la vida y los tiempos de Jesús de la versión del rey Jacobo.[4]

Con la garganta seca y los músculos agarrotados por la tensión, El Clérigo ponderó las consecuencias de aquel hallazgo. En sus manos tem-

---

4. La versión de los evangelios del rey Jacobo es la versión tradicional de la Biblia en lengua inglesa. (*N. del T.*)

blorosas sostenía *el único Evangelio verdadero,* escrito por propia mano de Jesús.

Leyó y releyó una carta dirigida a Caifás, Sumo Sacerdote del Sanedrín, en la que se refería a sí mismo como *Yahoshua, Maestro de los Justos,* y en la que Jesús esbozaba un complot que incluía la traición de Judas Iscariote y la posterior escenificación de una crucifixión.

A El Clérigo se le heló la sangre; se le entumecieron los dedos.

Hablaba de un plan para sustituir a Barrabás, a quien Jesús hacía referencia como a su hermano *J'acov el Justo,* en la cruz. El Clérigo sabía que Barrabás, traducido literalmente, significaba «Hijo del Padre». Él había guardado silencio acerca del mural, pero este documento, combinado con el fresco que Faisal le había mostrado antes, era la prueba fehaciente de que *los denominados textos heréticos eran, de hecho, verdaderos.*

La crucifixión era un cuento para antes de dormir, todas las enseñanzas de la Iglesia católica y las Iglesias protestantes se basaban en una mentira. *La propia mano de Jesús* confirmaba que sus seguidores debían encontrar al Todopoderoso a través de la iluminación personal.

El Clérigo sintió un frío profundo en la nuca. ¡Si todo esto se hacía público, la Iglesia quedaría obsoleta!

Entonces se acordó de los otros dos sarcófagos.

Se enderezó y se dirigió con paso vacilante a la segunda tumba. La tapa yacía apoyada en uno de sus costados. Investigó en su interior con la brillante luz de su linterna, pero estaba vacía.

Dirigió su mirada a la tapa. Explorándola con la linterna y traduciendo las palabras arameas, leyó en voz alta:

—Yahoshua, hijo de Miryam y Rabboni Joseph. *Issa al-Naggar,* que no padeció, sino que habiéndosele mostrado el camino viajó lejos y descansa en la ciudad de la gran serpiente.

—¿Está usted satisfecho con su autenticidad?

Apoyándose contra la fría piedra, El Clérigo asintió lentamente. Se volvió y se encontró con los ojos de Faisal.

—Es todo lo que usted prometió y mucho más. Pero ¿sabía usted que el sarcófago de Yahoshua estaba vacío? ¿Y cómo sabía que el Libro de *Q* estaba dentro del sarcófago de Magdalena?

—Lo que le he mostrado y lo que le he contado lo descubrió mi padre. Pero él murió de repente, antes de compartir todos los secretos del templo conmigo. Y hay cosas que están fuera de mi control. Y parece que la leyenda de Issa al-Nagar también es cierta.

*«Entonces, conoce el significado de* nagar, *y comprende el mensaje que se representa en el fresco* –pensó El Clérigo–. *¡Sabe que al-Nagar y Jesús son una y la misma persona! ¡Y eso significa que la Ciudad de la Gran Serpiente es el lugar de descanso final de los restos terrenales de Cristo!»*

El Clérigo sabía que los textos originales arameos se referían a Jesús como *Bar Nagara.* La raíz hebrea y aramea de esa palabra era *nagar,* que significaba serpiente sabia, o la expresión «bueno con sus manos», era una alusión a un Mago. Una palabra sumeria similar, *nanger,* significaba carpintero, que daba cuenta del error de traducción que le etiquetaba como carpintero e hijo de un carpintero.

Su resolución se reforzó. *«Este hombre sabe demasiado* –razonó–. *De pronto se hace el loco, y al instante siguiente es un culto erudito. Es un riesgo inaceptable.»*

—Dígame, Faisal. Esa Ciudad de la Gran Serpiente... ¿sabe usted dónde está?

Sonriendo con aire de complicidad y frotándose las manos, Faisal dijo:

—Claro, amigo mío. Y por unos pequeños honorarios adicionales... podría persuadirme para que se lo dijera.

Después de buscar el camino por los sinuosos túneles, el intruso puso su pie en el último escalón de la colosal escalera y entró en el templo, buscando con la mirada, sosteniendo la pistola ante él. Escuchó voces distantes y siguió los sonidos, moviéndose en silencio por entre las ambarinas luces y el humo sombrío.

# CAPÍTULO 7

El Clérigo se encogió de hombros.

–Ya hablaremos después de la tumba de Cristo. Pero vamos a echar un vistazo al tercer sarcófago.

Faisal asintió mientras se dirigían al siguiente ataúd de piedra.

La tapa estaba partida en dos. Introduciendo el rayo de la linterna a través de la fractura, El Clérigo se detuvo sobre un sello de oro.

Tras él escuchó un grito ahogado, de modo que se volvió a averiguar qué pasaba.

Bajo el rayo de la linterna, su compañero se estremecía y rezaba fervientemente a Allah.

—¿Qué pasa? –preguntó El Clérigo.

Sacudiendo la cabeza vigorosamente, y con la transpiración a flor de piel en sus mejillas, Faisal respondió:

—Debemos irnos de aquí ahora mismo. Recoja lo que vino a llevarse, pero no...

—Cálmese y ayúdeme a levantar la tapa.

—Jamás. Ése es el sello de la *Clavicula Salomonis, La Clave de Salomón el Rey*. Su propósito es tener sujeto al mal. Rompa el sello y...

—De acuerdo, ¿cuánto dinero quiere esta vez?

Faisal le imploró con la mirada.

—Olvídese del dinero... no se merece mi vida, ni mi alma.

Con un profundo suspiro, El Clérigo posó sus manos en la tapa y empujó, moviéndola ligeramente. Pero, espoleado por la adrenalina, apoyó la espalda sobre ella y logró apartar la mitad superior de la losa, que cayó al suelo con un gran estrépito.

Algo rozó el brazo de El Clérigo y su cabello. Desde no se sabe dónde, un fragor de alas batiendo hizo vibrar el aire. Gritando y maullando, aquellas frenéticas sabandijas aladas parecían lanzarse desde el techo, revelando el destello de unos minúsculos colmillos cuando se acercaban demasiado. Al final, se coagularon en una masa negra, formando un enjambre sobre los dos intrusos, para luego desaparecer tan rápidamente como habían aparecido.

El Clérigo se sacudió frenéticamente el cabello y la ropa, y cuando se miró la palma de la mano, la tenía cubierta de guano de murciélago. Entonces vio a Faisal de rodillas, encogido en el suelo, cubriéndose la cabeza con los brazos.

—Se han ido. Quédese donde está –le advirtió El Clérigo.

Volviendo al ataúd, echó un vistazo dentro. El cuerpo estaba disecado, pero su aspecto era diferente al de las momias que se podrían encontrar en un museo. En vez de tener la apariencia de madera petrificada, de un marrón oscuro con sombras negras esparcidas, el cuerpo presentaba un aspecto húmedo, de un color ceniciento moteado con bandas amarillas. El rostro era anguloso, tenía los pómulos salientes y las cuencas oculares hundidas.

La barbilla era puntiaguda, la frente alta y plana, los labios finos y afilados.

Observándolo más de cerca, vio que tenía el pecho demacrado; las costillas se dibujaban claramente contra la estirada piel. Pero lo más desconcertante de todo eran sus enormes y negros ojos. Era como si un sacerdote egipcio hubiera puesto en sus cuencas oculares unas réplicas de obsidiana. Transmitían una antiquísima inteligencia, y una curiosa mezcla de intensidad y furia.

Pero, en vez de descansar sobre la espalda, el cuerpo estaba recogido en posición fetal y las manos y los pies, sujetos con cadenas. No podía distinguir de qué estaban hechas, pero parecían ser de una extraña aleación. El Clérigo se trasladó al otro lado. Entonces fue cuando las vio.

De la espalda, en el lugar donde uno esperaría encontrar las escápulas, brotaba algo. Se acercó para observar mejor, y se quedó helado.

Eran los vestigios de unos apéndices con apariencia de alas, que se curvaban hacia fuera y hacia abajo en medio de la espalda.

Poco a poco, comenzó a comprender. Sus ojos se fijaron de nuevo en el pecho de la criatura. Alrededor de su cuello colgaba una placa de oro. Las letras hebreas del Tetragrammatón, el inefable nombre de Dios, estaban estampadas en el suave metal. Y debajo de él el nombre: *Asmodeo.*

Le pareció ver un destello bajo el rayo de su linterna.

Un pequeño amuleto de plata yacía cerca del cuello de la criatura, en el fondo de la tumba. El pergamino de plata, pensó.

Sin dudar un instante, alargó la mano, agarró la minúscula pieza de metal y se la guardó en el bolsillo.

Recorrió con la mirada el brazo de la criatura hasta su nudosa mano. Un anillo de oro brilló bajo la intensa luz de la linterna. Tragó saliva, alargó la mano y extrajo el anillo del esquelético dedo.

Después de ponérselo en el dedo anular de su propia mano, comenzó a darle vueltas en ambos sentidos con el pulgar y el índice de la otra. El Clérigo recordó los textos en los que se contaba que el rey Salomón había controlado al demonio Asmodeo con su anillo mágico.

Tras la construcción del templo, Asmodeo engañó a Salomón para que le dejara llevar su anillo mágico; y, en un instante, Salomón fue arrebatado a los cielos y Asmodeo ocupó el lugar del rey en el trono. ¿Sería cierta la leyenda?

Entonces, algo más captó su atención.

Junto a la criatura vio una pequeña redoma, un frasquito hecho de alguna sustancia cristalina. Lo cogió también del ataúd y lo sostuvo bajo la luz de la linterna. Escrita en el costado, en hebreo, aparecía la palabra *Shamir.*

Tras el cristal ambarino de la redoma se veía un minúsculo gusano.

Él sabía que la leyenda afirmaba que aquel gusano poseía poderes mágicos. Cuando Salomón lo ponía encima de una losa de mármol, la piedra se partía en dos. Guardándose la redoma en el bolsillo, El Clérigo le gritó a Faisal:

—Ya he terminado aquí. Tráigame el pergamino y vámonos.

El sonido de los pies de Faisal al levantarse reverberó en la cámara, se desvaneció y volvió.

Dándole la espalda a Faisal y acariciando con los dedos el crucifijo que llevaba en el pecho, bajo la ropa, El Clérigo dijo:

—Buen trabajo, amigo mío. Pero, dígame, ¿dónde podré encontrar la ubicación secreta de la Ciudad de la Serpiente?

—Aún no me ha pagado, pero... se lo diré –respondió Faisal astutamente–. Lo han tenido ustedes todo el tiempo. Dentro de los mismísimos muros del Vaticano hay un antiguo libro de magia negra, el *Cuaderno de la Rosa Negra*. Se rumorea que contiene la clave de un código del libro de los Hechizos del Rey Salomón.

—Pero si el rey Salomón murió mucho antes de la aparición de Cristo, ¿cómo demonios podría serme eso de ayuda?

—Ah, pero con los años se hicieron anotaciones, se añadieron mensajes cifrados. ¡Y uno de esos mensajes le llevará a la tumba de Nagar!

—Creo que merece usted ser recompensado con un pago por adelantado.

Su voz era suave, casi paternal, pero cuando se volvió, sus oscuros ojos se encogieron hasta convertirse en dos finas ranuras.

Con una asombrosa rapidez, levantó la mano y pulso el botón de liberación de la cabeza del crucifijo, haciendo que una afilada cuchilla surgiera por su base.

El frío acero brilló en el aire, y la punta de la cuchilla se hundió en la garganta de Faisal; se elevó de nuevo y parpadeó, para clavarse de inmediato en su pecho; se elevó de nuevo y parpadeó, para clavarse profundamente en su ojo izquierdo. La sangre cubrió sus mejillas y manó de su garganta. Las rodillas se le doblaron y se desmoronó en el frío suelo, mientras el ojo que aún le quedaba miraba a El Clérigo fijamente, pero sin vida.

El Clérigo se agachó y le arrebató el pergamino de las manos, y cuando comenzaba a levantarse se acordó de algo. Faisal le había mostrado unas imágenes digitales de la Cúpula de la Roca.

Arrodillándose a su lado, buscó entre la ropa de Faisal. De un tirón le arrebató el grabador de vídeo de la cintura, y entonces se dio cuenta de que llevaba conectado un cable que ascendía serpenteando hasta una videocámara de ojal en miniatura, que estaba oculta en el centro de la túnica del árabe.

*«El bastardo lo grabó todo»*, pensó.

Se levantó, giró sobre sus talones y arrancó la placa de oro del pecho de Asmodeo. Alargó el brazo y llevó la mano en la que tenía el anillo hasta el demacrado pecho de la criatura.

—Yo, el rey Salomón, te invoco para que cumplas mis mandatos.

No ocurrió nada. Se encogió de hombros, tiró la placa y sacó su encendedor Zippo del bolsillo.

Mientras se alejaba, lo encendió y lo echó despreocupadamente por encima del hombro dentro del sarcófago. La momificada criatura prendió en llamas. Las chasqueantes chispas se elevaron en la oscuridad. Mirando de reojo sobre su hombro, le pareció ver que una mano se elevaba entre el fuego, dando zarpazos brevemente en el aire para caer lentamente al fin.

El Clérigo se detuvo un instante sobre el féretro de María Magdalena.

Le acarició suavemente la mejilla y, luego, bruscamente, alargó la mano y le partió la petrificada punta del dedo. Después, tomó un mechón de su cabello y completó su profanación arrancándole un diente.

—Mis más encarecidas disculpas. Pero necesitamos urgentemente las evidencias del ADN.

Introdujo las muestras en una bolsa de plástico y se encaminó hacia la entrada.

Un sonoro y distante estampido reverberó en las paredes de la sala.

Las ondas de choque retumbaron y remecieron los muros en torno a él.

Una segunda explosión, sólo que más cerca.

El suelo tembló bajo sus pies. Una fina niebla de polvo cayó del techo.

Se precipitó hacia la escalera. Tropezando, con los pulmones inflamados, trepó atropelladamente por los escalones. La linterna en su brazo extendido parpadeó una vez, dos veces y, finalmente, se apagó. Sintió que se le helaba la sangre ante la repentina cortina de negrura que se abalanzó sobre él. Rebuscó su Zippo en los bolsillos, pero entonces recordó que lo había arrojado en el interior de la tumba del demonio.

Guardándose el pergamino bajo la camisa, se puso a avanzar lentamente, tanteando con las manos, como un ciego.

Más arriba, en la distancia, vio el resplandor brillante de una linterna.

—Siga mi luz —le llegó una voz nerviosa.

Era el intruso, su cómplice.

Sus miembros cargados de adrenalina le llevaron en volandas hacia arriba, hasta atravesar la abertura de la cámara principal.

—Por aquí. Tenemos que apresurarnos —ladró el intruso y dio la vuelta, echando a correr.

Los ojos de El Clérigo, desmesuradamente abiertos a causa del pánico, exploraron la sala. Una telaraña de grietas, como si los demonios estuvieran golpeando con martillos de bola, cruzaba los muros de la sala.

Esquivó las piedras de mármol que caían mientras corría atropelladamente, buscando con los ojos entre el aire lleno de polvo la luz que le precedía. Cuando rodeó el altar, una dentada fisura se abrió en el suelo, haciéndole perder el equilibrio y dando con él en tierra.

Oyó un sonoro estruendo que se aproximaba. De repente, la enorme estatua de Lilith se vino abajo justo a su lado, fragmentándose en enormes piedras y levantando en el aire grandes nubes de polvo.

Unas fuertes manos tiraron de sus pies y le llevaron hasta la puerta de salida.

—Hay una carga más. Tenemos que apresurarnos —dijo el intruso mientras arrastraba a El Clérigo a través de la puerta y le hacía descender por las escaleras.

Para entonces, El Clérigo estaba tosiendo violentamente, tambaleándose.

La escalera comenzó a balancearse, mientras unas vetas gigantes moteaban los muros y las columnas circundantes.

Al llegar abajo, ya fuera de las escaleras, el intruso dejó a El Clérigo en el suelo y se sumergió en un túnel cercano. De repente, una gran losa de mármol se desprendió, inmovilizando a El Clérigo bajo su peso.

—¡Vuelva! –rogó El Clérigo, mientras recorría con la mirada su pierna hasta alcanzar un profundo corte en la pantorrilla–. ¡No me deje aquí!

Se llevó la mano a la cabeza; la tenía empapada en sangre.

Intentó mover la losa, pero no pudo.

Entonces se acordó de la redoma.

Rebuscó en su bolsillo, la encontró y la rompió contra el costado de la losa.

Lentamente, el gusano que había dentro volvió a la vida y avanzó poco a poco por la dura superficie, y comenzó a abrirse camino por el interior del sólido mármol. La imagen de su cola meneándose de un lado a otro fue lo último que vio El Clérigo antes de que la losa se partiera en dos, liberándole.

De la boca del túnel llegaba ahora un fragor diferente.

Entrecerrando los ojos y apartándose la sangre y el sudor de ellos, vio un enorme ojo amarillo dirigiéndose directamente a él. El fragor crecía, el ojo se acercaba como en una carga. El Clérigo se tapó la cabeza con las manos y gritó:

—¡Por el inefable nombre de Dios, te ordeno en su nombre, Asmodeo, que te vayas de aquí!

El todoterreno llegó como una exhalación y se estremeció hasta detenerse, con el motor rugiendo sonoramente.

Tranquilizándose, El Clérigo se puso en pie a duras penas y se subió al automóvil.

—¿Decía usted algo? –gritó el intruso por encima del estrépito.

—Sí, ¿por qué ha tardado tanto?

El intruso pisó el acelerador bruscamente y se metió a toda velocidad en un túnel.

Arriba, en las escalinatas de la Cúpula de la Roca, los turistas huían presa del pánico, mientras humo y fuego emergían de la boca de la sagrada mezquita. Un muchacho judío estaba allí de pie, con los ojos vidriosos y la expresión enérgica de un zelote. A sus pies se hallaban los restos ensangrentados de una muchacha. Su mano aferraba una mochila.

—Tengo otra bomba –se jactó levantando la bolsa–. ¡Qué os importa si hago arder el templo de *chazar!* Tenemos que destruirlo, dejarlo a ras de tierra, para reconstruir el templo de Jerusalén en su lugar, como ha profetizado el rabí Mier Khane.

Un cordón de jóvenes miembros de las fuerzas de seguridad israelíes apuntaron sus rifles de asalto Galil AR de 5'56 mm sobre el muchacho.

—¡*A sof!* ¡*A sof!* Acabémoslo, ¡acabémoslo! –gritó el chico, y echó a correr hacia los agentes.

Una descarga de fuego lo silenció, y el muchacho se detuvo en seco.

A través del gigantesco muro de seguridad que divide Palestina de Jerusalén, otro joven entró en un santuario diferente, el nuevo Monumento Conmemorativo del Holocausto.

Sus rasgos eran delicados, y tenía los ojos azules.

A primera vista, nadie habría podido suponer que era un musulmán. Mientras se acercaba al control de seguridad interior, su mirada parecía perdida, su rostro carente de expresión. Cuando el guardia le indicó que avanzara hacia el magnetómetro, mostró una sonrisa forzada, pálida, pero se le marcaron los hoyuelos como si estuviera a punto de subir al autobús escolar.

Se detuvo con un destello en los ojos y susurró:

—*Allahu Akbar,* Allah es grande. Muerte a los infieles...

Y pulsó su teléfono móvil accionando el detonador. Toda la zona estalló con una explosión de calor y de llamas.

# CAPÍTULO 8

# ROMA, CIUDAD DEL AMOR
# INFERNAL

El vuelo de Alitalia 284 acometía la maniobra de aterrizaje. Mientras descendía a través de la capa de nubes, la pasajera del asiento 4C dormía profundamente, con la cabeza hundida en una almohada, de cara a la ventanilla de la cabina de primera clase. Las primeras luces del amanecer le habían bañado el rostro, de expresión serena, con un sutil juego de luces y sombras, *chiaroscuro,* como una de las Madonnas de Rafael.

Soñaba en tiempos pasados. Las visiones inundaban su mente a oleadas: imágenes de la escuela privada y de su vida en Italia; de Nico, no sólo su primer amante, sino también el único hombre al que había amado de verdad, el hombre con el cual compararía a todos los demás, encontrándolos siempre faltos. Después, las imágenes de su padre, *Tateh,* con la espalda encorvada por la edad, acurrucado sobre una mesa cubierta de viejos libros y manuscritos. Y vio también a *Muta,* los cálidos rasgos italianos de su madre... su belleza.

La dulce voz de su madre flotaba entre sus sueños, cantando una vieja nana yiddish, *«Shlof, Mayan Tokhter»:*

*«Duerme, mi buena hija,*
*duerme en tu cuna.*
*Me sentaré a tu lado y cantaré una canción.*
*Te meceré en tu cuna y cantaré para que duermas.*
Lulinke, mayan kind... *Duérmete, mi niña...»*

La cara de Nico apareció de nuevo, más mayor ahora, pero aún más guapo que en su juventud. ¿Tendría el valor de verle de nuevo otra vez, de dejarle una vez más?

De repente, unas violentas escenas retrospectivas bombardearon su pacífico mundo onírico: destellos de detonaciones en oscuras y estrechas callejuelas; el estrépito de las explosiones; gritos en la noche, gritos de niños, de madres e hijas, de padres e hijos... visiones de la guerra.

Ella era miembro del Mossad, *Ha Mossad le Modiyn ve le Tafkidim Mayuhadim,* Instituto de Inteligencia y Operaciones Especiales.

Había vivido a caballo entre Estados Unidos y Tel Aviv durante su juventud, asistiendo a escuelas privadas en Nueva York y uniéndose a las brigadas juveniles de *Gadna,* en Israel.

Su padre era el doctor Max Schulman, el mundialmente reconocido profesor de teología de la Universidad Hebrea de Jerusalén. Había ostentado cargos en la Universidad de Roma, en la Universidad de Princeton y, ahora, como profesor visitante, en la Divinity School de la Universidad de Chicago.

Pero, aún más importante, había servido como asesor del Gobierno israelí, y como *Sayan,* ayudante judío voluntario fuera de las fronteras de Israel.

Su madre, Muta Ennoia, era una judía nacida en Italia, pero practicaba la religión de su padre, el catolicismo, si bien llevaba en los mismos poros de su piel la tradición judía de su madre. Ella había sido una rosa italiana en ciernes, una aspirante a diva de la ópera, que había renunciado a su carrera por Max Schulman y su hija, Josephine. Más tarde, cuando Josephine contaba con no más de catorce años de edad, su madre había perdido la vida en un atentado terrorista en Roma.

Su padre ya no se volvió a casar, negándose a entregarle su corazón a otra mujer. En cambio, se consagró a su trabajo y se ganó un puesto en Princeton, poco después del decimosexto aniversario de Josephine.

Intentando encajar con sus compañeras adolescentes del instituto, abrevió su nombre por el de Josie. Aunque Josie asumió la cultura pop americana, nunca llegó a sentirse del todo cómoda en ella. «Eres demasia-

do obstinada, Josie —la reprendía su padre—. ¿Por qué eres tan solitaria?»
Ella se encogía de hombros y se marchaba, sola de nuevo, prefiriendo la
soledad a la compañía de los demás.

Era demasiado mayor para adaptarse a la pérdida de su madre; y, como
la mayoría de los adolescentes que habían perdido a uno de sus progeni-
tores, se culpaba a sí misma. Juró enderezar entuertos, exigir venganza.

Cuando terminó en el instituto, Josie dejó el nido y se fue a Bro-
oklyn, el lugar donde había nacido su padre. Iba a diario a la Universidad de Nueva York, donde terminó sus estudios de licenciatura y los grados
de máster. Tras la graduación, volvió a Israel y no tardó en ser reclutada
por uno de los colegas de Tateh en la Universidad Hebrea. Se entrenó
en la academia del Mossad, la *Midrasha,* situada al norte de Tel Aviv,
conocida simplemente como el Edificio 28. Su objetivo era vengarse duramente de la muerte de su madre.

Comenzó su carrera como correo, después como agente de inteligencia subalterno y, finalmente, como *Kasta,* agente para casos en el extranjero, con destinos en diversos países del tercer mundo. Por último, había
servido en Bélgica, donde se ahogó en palabrerías y se ocupó de vigilar de
cerca a la OTAN.

Se había quemado y mancillado con la política de compromiso al uso
(el octavo pecado capital). Ella era un rayo que necesitaba tocar tierra
constantemente. Una frenética descarga. Si no conectaba rápidamente
con el suelo, terminaría disipándose, ardiendo instantáneamente en la
atmósfera. Pero no sin antes prenderle fuego al mundo que la rodeaba.
Como consecuencia de ese carácter incendiario, se le había hecho tocar el
suelo en su carrera, pero sólo momentáneamente.

Su rabino en la Agencia, su guardián, la había salvado. La transfirieron
a *Metsada,* un departamento dentro del Mossad que se ocupaba estrictamente de las operaciones encubiertas. A Josie la habían hecho combatiente en el *Kidon,* la Bayoneta, que sólo se ocupaba de operaciones húmedas:
asesinatos y secuestros. Aquí, su voltaje podría amplificarse y sintonizarse
hasta alcanzar su máxima efectividad.

Josie comenzó a despertar, tomando conciencia lentamente del mundo que la rodeaba, pero aún un poco atontada por la tableta de 2 mg de Xanax que se había metido en el cuerpo para superar su claustrofobia crónica y sus leves ataques de pánico.

Una ágil aunque pechugona asistente de vuelo avanzó por el pasillo e, inclinándose para atender a alguien, le puso el trasero delante de la cara al Pequeño Hombre, un pasajero que estaba sentado al otro lado del pasillo. Sin apartar las nalgas de su cara, las ajustó con un sugerente contoneo. Josie, a través de la neblina de su sueño, se dio cuenta de la sesión que se estaba dando el Pequeño Hombre, comiéndose con los ojos el espectáculo que tenía delante. La asistente de vuelo sacudió suavemente el antebrazo de Josie, que, sobresaltada, agarró instintivamente a la azafata por el brazo, deteniéndose en el último momento.

Levantando una ceja, la azafata le explicó:

—*Scussi, signorina,* estamos a punto de aterrizar. Por favor, ponga derecho el respaldo de su asiento.

Josie se sintió aliviada y complacida de poder controlar su respuesta refleja cuando era necesario. Una sonrisa se dibujó en su cara mientras se imaginaba a sí misma agarrando a la altanera azafata por la muñeca y haciéndola ir de rodillas por el pasillo, pidiendo perdón a su paso a todos los pasajeros. *«Estas prima donnas son unas tiranas* –pensó Josie–. *Les das un uniforme y un poco de alas, y mira.»*

Dejó a un lado sus fantasías y regresó al instante presente, esbozando un seco aunque cortés «gracias».

El Hombre Pequeño del otro lado del pasillo, con el rostro ruborizado por el lenguaje corporal de la azafata y el fugaz instante de tensión en el ambiente de la cabina –una pelea de gatas–, parecía estar abrumado. Se tomó lo que parecía ser una pastilla para la tensión arterial y se aflojó el cuello de la corbata.

Josie sacó su polvera para retocarse el maquillaje y examinó su reflejo en el espejo. Sus ojos color topacio rojizo conservaban aún el brillo. Su cara mantenía su tersa textura, el brillo de la juventud y un saludable bronceado de tono moca; su cabello color caoba relucía como el de Muta.

*«No tienes mal aspecto. Un bombón, diría Tateh* –pensó, y se guiñó un ojo–. *Apuesta por tu dulce* toches, *nena.»*[5]

Pero cuando se fijó mejor en el reflejo de su cara, la verdad se le hizo patente. Estaba exhausta, agotada y harta del juego. Harta de mentiras, de la interminable serie de aeropuertos y rostros nuevos, sosos y sin expresión. Harta de habitaciones y de recepciones de hotel. Se había ido a la cama bajo muchas banderas diferentes y bajo muchos nombres supuestos. Y también con muchos hombres diferentes.

Igual tenía que zambullirse en el más sórdido de los lugares que alojarse en un palacio o en un lujoso hotel de cinco estrellas. Al final, todo era lo mismo. Ninguno era un hogar. Ella no tenía *hogar*. Y, por encima de todo, estaba harta de estar sola. Estaba harta de todo aquel maldito asunto.

La asistente de vuelo regresó y le indicó que guardara su portátil. Josie hinchó las mejillas y masculló un apagado *«bruja»* frunciendo los labios, mientras el Pequeño Hombre, el *voyeur*, observaba. Josie imaginó que su virilidad palpitaba casi tan rápido como su corazón.

El chirrido de las gomas contra el asfalto.

El atronador gemido de los motores del reactor.

La sacudida y el empuje de fuerzas G contra su cuerpo.

Todo esto, junto, pareció devolverle la fortaleza a sus pensamientos. Le hizo acordarse de las subidas de adrenalina que su profesión siempre le había proporcionado.

La dosis.

Esta vez se trataba de una sencilla misión. De ida y vuelta. Una cena nocturna para recoger el libro de *Monsignor* Scarlotti, *zio* Lotti, el hermano de su madre, de la rama católica de la familia, y regreso inmediato a Chicago para una largamente esperada reunión con *Tateh*.

El avión se detuvo delante de la puerta de embarque.

El Pequeño Hombre del otro lado del pasillo, sintiéndose súbitamente muy italiano, y vencido por sus fantasías sexuales, se refregó contra la asistente de vuelo y le pellizcó el trasero mientras salía del avión.

---

5. *Toches* es una palabra hebrea yiddish que significa «nalgas», «trasero». (*N. del T.*)

Ella se dio la vuelta y lo abofeteó con fuerza en la mejilla. Llamaron a los Carabinieri; probablemente se pasaría la noche tranquilizando su orgullo y durmiendo boca arriba, haciendo lo posible por no convertirse en una zorra de presos en las celdas del aeropuerto Leonardo da Vinci. Nada que ver con *La Dolce Vita.*

Después, Josie se puso en la cola más corta del control de pasaportes, dejó caer su pasaporte canadiense emitido por el Mossad, hecho con suministros de papel auténtico, rematado con una historia tapadera de buena fe y referencias verificables, para luego ir en taxi hasta el Hotel Excelsior, un poco más allá de la embajada norteamericana.

Se dio un largo y reposado baño. Después de todo, tenía el resto del día para matar. Y luego hizo lo que cualquier mujer de la intriga internacional que se respete a sí misma hubiera hecho: ir de compras por Roma.

Si se le presentaba la ocasión, quería estar guapa para Nico.

## CAPÍTULO 9

# ROMA

El pequeño hombre aprovechó su única llamada telefónica permitida: al director regional de seguridad de la Embajada de Estados Unidos, Bill Cotter.

—Cotter...

—El pájaro ha aterrizado –dijo el Pequeño Hombre con un ligero ceceo.

—No diga nada más. Ésta es una línea abierta, ¿está loco? –susurró Cotter.

—Oh, diré algo más. ¡Sáqueme de aquí!

Clic.

Un sonriente y desdentado gigante miraba lascivamente al Pequeño Hombre desde el otro lado de la celda. Su rancio aliento y su olor corporal eran de competición olímpica.

Mientras el guardia retiraba el teléfono a través de la portezuela de la celda, el pesado gigante se levantó y se dirigió al Pequeño Hombre.

El afeminado Pequeño Hombre miró atentamente a aquella bestia que se le aproximaba. Perlas cristalinas de transpiración moteaban su frente mientras seguía mirando fijamente al bruto.

La lengua de la enorme bestia sobresalía por entre sus curvados labios, salivando como un lobo hambriento que hubiera atisbado a una cabra atada.

El Pequeño Hombre deslizó una mano en su bolsillo y sacó un dispositivo electrónico no más grande que un teléfono móvil.

De repente, el gigante se llevó las manos frenéticamente a las orejas, como si algo estuviera zumbando en sus oídos cada vez con más intensidad, pulsando en sincronía con su latido cardiaco.

Comenzó a gritar de dolor y, de pronto, se detuvo, se agarró del pecho y se desmoronó en el suelo.

El Pequeño Hombre, sin mostrar la más mínima emoción, se fue directamente hasta el derrumbado gigante y le miró desde arriba, examinándolo por un instante. Echó hacia atrás su minúsculo pie y le pateó duramente en la sien. Luego, sentándose sobre el gigantón sin vida, suspiró:

—*¡Oh, tale melodrama!*

El guardia volvió.

Sin que éste le viera, el Pequeño Hombre pulsó un interruptor y se guardó el dispositivo en el bolsillo.

—*Scussi, signore dottore. ¡La Madre Benedetta!* ¿Qué ha ocurrido aquí?

—Una mala dieta, supongo –dijo el Pequeño Hombre–. ¿Me puedo ir ya?

—*Si, dottore. Si, mi perdoni... Il mio Dio, mi perdoni.*

# CAPÍTULO 10

# CIUDAD DEL VATICANO: EL PACTO

El arzobispo Marsciocco estaba sentado a solas, leyendo su libro de oraciones. Una lámpara de pantalla verde arrojaba un halo de luz sobre el libro y el escritorio de roble pulido. Él era el Curatore General de la Biblioteca Apostolica Vaticana.

Desde el plato giratorio de un viejo Zenith estéreo, el obsesivo estribillo de la Marcha Rakoczy, de *La condenación de Fausto,* inundaba la sala.

Había sido siempre el patriarca, desde su solideo púrpura y sus lustrosas botas, hasta el aura de distante condescendencia aristocrática que envolvía su rostro. Un rostro que irradiaba la calidez del frío mármol. Pero aquel día, la humanidad que yacía enterrada en sus profundidades comenzó a emerger a la superficie. Hay veces en que el alma, por endurecida que llegue a estar a causa del odio y el pecado, busca penitencia.

Perdón por las abominaciones perpetradas contra sus semejantes, perdón por los crímenes contra los inocentes... los niños.

Crímenes y atrocidades que hacían aquello mucho peor, porque él era un hombre del *Clero.*

Fue en esta atmósfera mental que se decidió a confesar sus pecados a su asistente, monseñor Scarlotti, que no tardaría en llegar.

Era de una importancia vital que El Clérigo y la Hermandad no pusieran las manos sobre el *Cuaderno de la Rosa Negra.* Él se lo entregaría a Scarlotti para su custodia.

Mientras estaba allí sentado, leyendo, su mente se remontó en el tiempo a aquella noche, años atrás, en que todo comenzó.

Mientras se masajeaba distraídamente la garganta, las imágenes inundaron su mente: velas resplandecientes, cuerpos cubiertos con túnicas rojas y negras formando un círculo en torno a él. Aquella noche había estado en el patio de la Villa, situada en las montañas de la región del Lazio, justo al norte de Roma.

Estaba esperando la llegada de El Cobra. Un muro de seis metros de altura circundaba el recinto e impedía que ojos curiosos atisbaran los cuidados terrenos de la finca. La puerta principal se abrió como por orden del rugido ronco de un automóvil que se acercaba.

Oscuro y lustroso, un Alpha Romeo blindado atravesó velozmente la puerta y fue dando bandazos hasta detenerse en el paseo de macadamias. Sabía que el auto estaba blindado, porque aún eran visibles las evidencias de la emboscada terrorista que había tenido lugar el mes anterior. La lustrosa pintura negra y la chapa metálica de la puerta del maletero del Alpha Romeo seguían marcadas por los disparos de armas automáticas.

Guardaespaldas de rostros severos y anchos hombros formaron un bosque de trajes oscuros en torno al vehículo. Comprobando que no hubiera moros en la costa, uno de los guardaespaldas abrió la puerta trasera del lado del pasajero.

Del automóvil emergieron, en primer lugar, un par de enjoyadas sandalias de piel, y luego unas piernas bien moldeadas. Parecía que iban a llegar al cielo, cuando finalmente desaparecieron bajo un vestido negro, con un arriesgado pero elegante escote que resaltaba los magníficos senos de la mujer, y un delicado adorno en el cuello que ataba el frontal como un corsé. Sintió que las mejillas se le inundaban de sangre, y se mordió el labio inferior para sofocar los impulsos lujuriosos que brotaban dentro de él.

Reconoció el conjunto: la prudente y elegante alta costura de Valentino, *Sheij* de la Elegancia, el diseñador de moda preferido de los *mavens* de la alta sociedad de Roma.

Su culpable placer consistía en codiciar aquellas esposas y amantes desde lejos, en tanto ellas se colgaban de los brazos de hombres influyentes, aunque barrigones y calvos, cuya impotencia ocultaban tras las zorras de largas piernas que iban a su lado. Como en el antiguo arte de la doma, estos veteranos jinetes dirigían a sus monturas de dos patas a través de una serie de complejas maniobras, asegurándose su obediencia con los más ligeros gestos: un movimiento de cabeza o una mirada severa.

Pero esta mujer, esta sensual niña abandonada, parecía venir directamente de las páginas de *Elle*. Con su cutis color moca, sólo podría describírsela como imponente. Sus largas piernas destacaban por entre los troncos de las piernas de los guardaespaldas mientras pasaba. Al caminar, los músculos de sus pantorrillas subían y bajaban, subían y bajaban, en tanto que sus altos tacones resonaban seductoramente sobre el pavimento de adoquines.

Pero aún pudo captar otro atisbo de la belleza de la rubia a la cual pertenecían las piernas cuando ella se volvió brevemente hacia él, abrumándolo con un parpadeo de sus ojos, de un azul eléctrico, justo antes de que se introdujera entre la multitud de soldados de a pie. Su sueño se interrumpió cuando un segundo sedán del mismo tipo se catapultó en el patio y se detuvo a pocos centímetros del parachoques trasero del primer automóvil. De nuevo, una falange de matones con cuello de toro rodearon el vehículo, mientras El Cobra emergía por la puerta de atrás. Una vez El Cobra estuvo a salvo dentro, un guardaespaldas le indicó con un gesto a Marsciocco que entrara.

Por el rabillo del ojo, Marsciocco se percató de que algo se movía a sus espaldas. Tenía la extraña sensación de estar siendo observado.

Y al iniciar sus pasos escuchó el leve zumbido de un servomotor. Echando un rápido vistazo sobre su hombro, detectó el origen del sonido. Elevándose desde el centro de la fuente del patio vio una escultura verde con la forma de una serpiente, una cobra rey. Su patina verdosa le daba un aspecto de aguamarina. Con la capucha hinchada y preparada para atacar, la cobra inspeccionaba el recinto. A cada paso, su ambarino ojo ciclópeo seguía sus movimientos, y Marscioccio razonó que debía de tratarse de una cámara de televisión de circuito cerrado.

Al entrar en el vestíbulo, se quedó sin aliento al ver el diseño de la solería de mármol. Un ajedrezado de relucientes cuadros blancos y negros parecía extenderse hasta el infinito. Por encima de él, los techos abovedados estaban decorados con filigranas de hojas doradas. Desde la distancia se podía escuchar el eco vibrante de los pasos que desaparecían sobre la dura baldosa. Un cachas de labios apretados y cara de caballo, embutido en un esmoquin que le sentaba fatal, le llevó hasta una alta escalinata doble. A los pies de la escalinata, su guía se paró en seco, se volvió hacia él y esperó pacientemente, como si estuviera aguardando a que él eligiera por qué lado subir. Instintivamente miró hacia arriba. Colgada del techo había otra cámara, cuya lente parecía enfocarle para obtener un plano más claro. Pensando con rapidez, tomó la escalinata de la izquierda.

Tras un rato de espera sentado en un sofá de terciopelo ante una inmensa puerta de roble, unas toscas manos le agarraron repentinamente y le llevaron a rastras hasta una sala adyacente.

Unos dedos de hierro le magullaron los antebrazos, arrancándole casi las extremidades mientras le presionaban en la zona lumbar. Le ataron las muñecas con unas correas de cuero, tan apretadas que le hacían sentir un dolor lacerante.

Todo se fundió en negro cuando le encasquetaron violentamente una capucha en la cabeza. Intentó forcejear, pero, con cada flexión de muñecas, las correas de cuero se le clavaban aún más en la carne tierna de las muñecas.

Le resultaba difícil respirar, el aire estaba viciado dentro de la capucha, y el tejido se le introducía en la boca con cada inspiración. *«No puedo respirar. Dios, me van a matar. Van a hacer conmigo un sacrificio.»*

Escuchó fuertes golpes en la puerta, como si la aporrearan a puñetazos, y una voz profunda y atronadora que, desde el otro lado, decía:

—¿Quién llama a la puerta?

—Un neófito que solicita la admisión, Excelentísimo Maestro —respondió otra voz.

Después hubo un silencio, seguido por un golpe seco y sordo. Por último, le llegó el chirrido de goznes de una puerta que se abría. Le empujaron para que avanzara y tropezó, y de pronto escuchó la inequívoca voz aguda de El Cobra ordenando:

—Colgad el cable de arrastre.

Sintió la abrasadora mordedura del cáñamo en la nuca, mientras le ajustaban el nudo corredizo ceremonial en torno al cuello. Sintió un dolor sordo en la frente, producto de un golpe violento que lo arrojó de espaldas.

Pero algo suave amortiguó su caída.

Por un acto reflejo, lanzó sus manos hacia fuera. Se golpeó los nudillos contra una superficie áspera y exploró con las puntas de los dedos su invisible jaula. *«Parece de madera»*, pensó.

Cada vez más desorientado, apenas sintió que una mano tiraba de la suya. Al no conseguir moverle, se hizo un segundo intento, que también fracasó; y finalmente un tercero, la férrea sujeción de la «Garra del Águila», la mano del Excelentísimo Maestro, le arrastró enérgicamente hasta sus pies.

Se hizo la luz de repente cuando le quitaron la capucha de la cabeza. Volviendo la cara instintivamente, dirigió la mirada hacia abajo. A la tenue luz de unas parpadeantes velas, a duras penas pudo distinguir un ataúd. Le habían puesto en un maldito ataúd. Pero, cuando se fijó mejor, comenzó a sentir espasmos en el estómago.

Un cuerpo desnudo y destripado le devolvía la mirada.

El cadáver tenía una marca profundamente grabada en el pecho; llevaba los intestinos colgados de un hombro y su boca no era otra cosa que unas fauces abiertas. Los restos de una lengua cercenada le devolvían la mirada obscenamente.

Ahora encontraba sentido a la sustancia húmeda y viscosa que empapaba su espalda. Era sangre.

—El destino del traidor, que violó su juramento de silencio —declaró tajantemente la tenebrosa voz del Excelentísimo Maestro—. Mira al este, Hermano.

Presa del terror, sus ojos se precipitaron hacia la izquierda. Allí, ante él, suspendido entre los altos pilares del Templo de Salomón, colgaba un reluciente pentagrama dorado. A ambos lados, unas figuras encapuchadas, cubiertas con vestiduras negras y rojas, se hallaban sentadas en unas sillas de cuero rojo y alto respaldo, ante unas largas mesas de mármol.

—Hermanos, la Ceremonia del Levantamiento ha terminado. Nuestro nuevo hermano, Marsciocco, ha vencido a la muerte. Ha resucitado.

Unas figuras oscuras se dirigieron a él como volutas de humo.

Sintió una opresión en el pecho, y un nudo en la garganta que casi le impedía tragar saliva; intentaba tragar el aire a bocanadas, como si hubiera subido diez tramos de escaleras.

—Hermano mío, hoy serás liberado –dijo el Excelentísimo Maestro extendiendo los brazos.

Los amplios vuelos de su negra vestidura semejaban las alas de un murciélago. Después bajó los brazos, se acercó a él y, pegando sus labios al oído de Marsciocco, le dijo:

—La palabra secreta de poder... *Túbal-Caín*. Custódiala con tu vida, pues significa el linaje de sangre de nuestra hermandad... Caín, que al matar a su hermano Abel, ejerció su libre albedrío.

La opresión que sentía Marsciocco en el pecho iba en aumento, así como la tensión en la garganta.

El Excelentísimo Maestro dio un paso atrás, se aclaró la voz y se dirigió a toda la congregación.

—Nuestro hermano toma el solemne juramento, y demuestra su devoción a la manera de nuestros antepasados. El Juicio de Dios.

Durante un momentáneo acceso de pánico, los ojos de Marsciocco se precipitaron hacia la puerta. Dos gorilas con el aspecto de guardaespaldas con gorros de duende flanqueaban la salida. Cada uno de ellos empuñaba un hacha malvadamente afilada en sus enormes manos, y le miraban en silencio.

De vuelta al centro de la sala, se encontró con la fría mirada de El Cobra.

—¿Estás preparado para unirte a la élite secreta? –le preguntó.

—Lo estoy –respondió él con voz temblorosa.

—¿Dispones del coraje? ¿Del estómago? ¿Del corazón? ¿Del más completo desdén por el papado y por todo lo que significa? ¿Del más completo desdén por el gobierno existente? ¿Estás dispuesto a sacrificarlo todo? ¿Estás dispuesto a morir por La Hermandad... *Protocollo Diciassette?*

Antes de poder responder, la alta figura de El Cobra se hizo a un lado con una gracia felina, dejando ver un altar de mármol.

Yacente, sobre el altar, había una mujer desnuda, la misma mujer imponente de cabellos rubios que había salido del Alpha Romeo antes. Ahora, su cuerpo le llamaba, reluciente de sudor y arqueándose de puro poder sexual. Alejada toda inhibición gracias a las drogas, la mujer reía, mientras sus ojos color turquesa, ardientes y felinos, tiraban de él, endureciendo su virilidad. Su penetrante aroma almizclado impregnaba el ambiente.

—Demuestra tu lealtad, demuéstrala ahora –le ordenó el Excelentísimo Maestro, señalando hacia la hermosa mujer.

Al verla de cerca, se dio cuenta de que el espeso maquillaje aplicado la había hecho parecer una mujer madura, cuando en realidad era muy joven, demasiado joven. Se acordó de su sobrina, Nicoletta, estudiante de la universidad. Pero aquello no le detuvo.

Era como si los sonidos le impulsaran: el susurro de la seda, cuando los miembros de la Hermandad levantaban sus hachas; el sonido de la astillada madera y del acero vivo, cada vez que los Hermanos golpeaban la mesa con un enorme bloque de madera, para luego entrechocar sus hachas como si de sables se tratara. Bajo el violento ritmo de las hachas elevándose y cayendo, podía escuchar el insistente zumbido de voces susurrantes:

—Demuéstrala ahora... demuéstrala ahora...

Sí, había aceptado su recompensa, deleitándose irracionalmente con la dulce y joven carne de aquella muchacha, y respondió al juramento sin vacilación alguna.

Pero, ahora, esas imágenes y esas palabras se deslizaban por su mente como una navaja afilada.

*«¡Malditos sean! ¡Malditos sean todos!»*

Apoyó la fatigada cabeza sobre sus puños apretados, sobre el escritorio, y se echó a llorar.

El arzobispo Marsciocco se armó de valor, se incorporó y se enderezó, preparándose para el trabajo que tenía entre manos. Alcanzó el ordenador portátil que tenía sobre el escritorio, levantó la tapa e insertó un CD-R miniatura en él. Clicó en su encriptado correo electrónico del Vaticano, tecleó su contraseña, descargó el CD e hizo una pausa. Se puso a leer el mensaje. Las palabras le llegaban lentamente; palabras de arrepentimiento que se le atravesaban como huesos de pollo en la garganta:

## Confiteor

*«Voy a terminar de una vez con esto. Quizás sea demasiado tarde para mí, pero...»*

La lámpara parpadeó y se apagó. Con las gruesas cortinas de Damasco echadas en las ventanas, la sala se sumió en la oscuridad. De repente, una extraña inquietud se apoderó de él. Unos desagradables escalofríos le recorrieron perezosamente la espalda como si de agua helada se tratara.

Fuera, el frío viento nocturno ululaba y apretaba sus fríos labios contra los cristales de las ventanas, como repiqueteando su fantasmal advertencia.

La electricidad estática le recorrió el cuero cabelludo y los brazos, cuando le pareció ver una borrosa presencia moviéndose en la oscuridad. Parecía cernerse en el tenue aire, directamente ante él. Tirando de su voz, gritó:

—*¿Chi é lá?* ¿Quién está ahí? *Il Dio, mi perdoni.* Que Dios me perdone.

No hubo respuesta, sólo un silencio ensordecedor y el sonido de su propia respiración angustiada.

Se levantó lentamente de la silla, tomando instintivamente del escritorio la estola color lavanda de la penitencia. El sudor manaba por sus poros. Apoyando la espalda en la pared, se quedó inmóvil.

Sintió estallar su corazón en el pecho.

Unos agudos dolores le recorrieron la caja torácica.

De uno en uno, sus sentidos recibieron a la muerte. Primero, su olor, la premonición de la inminente tragedia... un olor rancio, húmedo y decadente.

Después, su tacto, cuando le arrebató bruscamente de las manos la estola púrpura, la sensación del suave y sedoso satén en torno a su cuello, apretándole cada vez con más fuerza, asfixiándole, mordiéndole la carne profundamente.

Luego, la insoportable presión, seguida rápidamente por el vértigo, la confusión y, finalmente, la negrura. Tenía el rostro tenso y retorcido, latiendo con el majestuoso color de la púrpura episcopal.

La mano del asesino buscó y extrajo el CD del portátil.

# CAPÍTULO 11

# ROMA

*Siempre hay un factor desconocido. Ese factor es la* ombra.
Benito Mussolini, después de esbozar una figura proyectando un cono de sombra.

Al coronel Nick Rossi le encantaba el trabajo de vigilancia porque se le daba bien... malditamente bien. Rossi había nacido en Italia, pero tenía la doble nacionalidad, dado que sus padres habían sido destinados a la Embajada de Estados Unidos en Roma en la época en la que él nació. Había estado yendo y viniendo entre Roma y Estados Unidos, realizando la mayor parte de sus estudios de primaria y secundaria en Italia, como hijo de diplomático. Más tarde, volvió a Estados Unidos y se graduó con honores en la Academia de las Fuerzas Aéreas, siguiendo los pasos de su abuelo, el general de las Fuerzas Aéreas Italianas. La OSI no tardó en reclutarle. Pero en su corazón sentía una estrecha afinidad con todo lo italiano, especialmente con su tío Giovanni, que había asumido el papel de figura paterna tras la muerte de su padre.

Debido a su facilidad para mezclarse y confundirse con el entorno, su mentor en la Oficina de Investigaciones Especiales (OSI) de las Fuerzas Aéreas le había apodado «the *Shadow*», «la *Sombra*», u *ombra*, en italiano. Cuando se le encomendó la tarea de inventarse un acrónimo para una nueva unidad antiterrorista, Rossi eligió SHADO: Special Hostage

Action Directorate Ops, Directorio de Operaciones para Acciones Especiales con Rehenes.

Con el cuello de su cazadora de cuero levantado frente al húmedo aire de la noche, Rossi se dirigió a Via Monterone. Era tarde. No había mucho tráfico, ni de vehículos ni de peatones, las tiendas y los restaurantes estaban cerrados. Seguía a su objetivo a una distancia segura, sabiendo que su escuadrón tenía a aquel hombre embotellado. Un agente por delante, otro moviéndose conjuntamente al otro lado de la calle, y un equipo emplazado en la oficina de la quinta planta de un edificio cercano al lugar de destino del objetivo: el Panteón. Dos equipos alternativos estaban estacionados en situaciones estratégicas dentro de sendos vehículos camuflados.

Desde el 11 de septiembre y la implicación de Italia en la guerra de Iraq, el gobierno italiano había endurecido la seguridad nacional. Aunque la unidad antiterrorista de los Carabinieri conservaba técnicamente la mayor parte de la responsabilidad sobre lo que ocurriera dentro de las fronteras de Italia, se había hecho necesaria una nueva unidad de contraespionaje. Como en el caso de Estados Unidos y las naciones europeas, Al Qaeda había forzado a dejar de lado los viejos enconos y celos, y se había puesto en marcha una nueva normativa que propugnaba tácticas más agresivas y se preocupaba menos de las «libertades civiles».

Esto llevó a una especie de matrimonio de conveniencia entre la OSI y el SISDe, el *Servizio per le Informazioni e la Securezza Democratica*, el Servicio de Inteligencia y Seguridad Democrática de Italia. Una vez realizadas las conclusiones de las reuniones secretas presidenciales, nació la *UNIDAD OMBRA*. Agentes norteamericanos, bajo la tapadera del SISDe, trabajaban hombro con hombro con sus homólogos italianos en suelo extranjero.

El hecho de que el abuelo de Rossi hubiera sido un general de alto rango en el servicio de inteligencia de las Fuerzas Aéreas Italianas, unido al historial de servicios de Rossi, hizo que se le destacara en Roma como jefe de la unidad.

Rossi recordaba el día en que le llegó la llamada. Durante un rutinario control de tráfico, un *carabinieri* motorizado se había encontrado con dos estudiantes árabes. El informe del agente decía que algo en el comportamiento de los estudiantes le había provocado esa extraña sensación de una garra que se te clava en el estómago. Llámese sexto sentido o como quiera llamarse, pero Rossi había llegado a confiar plenamente en esas advertencias intuitivas. Más de una vez le habían salvado la vida.

El conductor tenía demasiada labia, era demasiado cooperativo, en tanto que el joven delgado que iba en el asiento del acompañante temblaba de miedo, sin apartar la mirada de la guantera. En un momento determinado, el acompañante echó mano a la guantera, y el agente, instintivamente, sacó su Beretta.

El conductor abrió violentamente su puerta, pero el agente estaba bien posicionado, suficientemente hacia la parte trasera del vehículo como para esquivar el golpe. Sonó un disparo, la ventanilla de atrás se hizo añicos, y la bala pasó rozando al *carabinieri,* quien, sin dudar un instante, disparó dos veces al pasajero que tenía el revólver.

La primera bala le dio en el cuello, y la segunda en la sien. Con la cara y la camisa de su compañero empapadas en sangre, el conductor se quedó congelado, con la vidriosa mirada del miedo, pidiéndole perdón a Allah, rogando por su vida.

Tras incautar el vehículo alquilado de los estudiantes y hacer la correspondiente investigación, encontraron un alijo de documentos de identificación falsos, una gran suma de dinero y un ordenador portátil en el maletero. Dos de las falsas identidades de los pasaportes estaban en la lista de vigilancia de terroristas como miembros sospechosos de Al Qaeda. Rossi recordó haber pensado que sólo unos aficionados serían tan estúpidos como para llevar más de un documento de identificación al mismo tiempo. Los aficionados, debido a su impredecible naturaleza, a su impulsividad, podían ser incluso más peligrosos que los profesionales. El *carabinieri* había tenido suerte.

Los chicos de la unidad tecnológica del SISDe encontraron mucha información en el disco duro del portátil. Archivos con listas de contactos, miembros de las células y ubicaciones. Junto con el escuadrón antiterrorista, habían hecho cinco incursiones de las que no se había dado noticia a los medios. Pero Rossi no podía dejar de sentir que una parte del rompecabezas había desaparecido. Y los resultados de los interrogatorios no habían servido para disipar sus insistentes sospechas.

La cabeza de la serpiente se las había ingeniado de algún modo para escabullirse. Estaba seguro de ello.

Una noche, ya tarde, con acidez de estómago por el exceso de café, con el cuello dolorido y los ojos enrojecidos de tanto mirar el monitor de LCD del ordenador, Rossi abrió un archivo y la respuesta le devolvió la mirada desde la pantalla.

Era un jeroglífico egipcio. *«Es la aguja en el pajar»*, gritaron todos sus instintos.

*«Concéntrate...»*, se ordenó a sí mismo.

La cifra utilizada en todos los archivos había sido un juego de niños para el escuadrón de encriptación. Una sencilla cifra de sustitución. Pero, ¿qué había de los nombres de los archivos? Sus ojos se fijaron en el nombre de aquel archivo en concreto: OLUTSOP/SUNELP/ANUL. jpg. Introdujo el nombre en el programa decodificador, pero no escupió nada que tuviera sentido.

Miró su reloj de pulsera. Casi medianoche. Una sonrisa se dibujó en su rostro al acordarse de su esposa, Isabella. Recordó cómo había escondido el reloj en el cajón de los calcetines, sabiendo que él lo encontraría tras despertarse, en la mañana de su aniversario de boda, cuando fuera a vestirse, precipitadamente, como siempre, para irse al trabajo. Pero la sonrisa se le desvaneció rápidamente.

Enfangado en su trabajo, como era habitual, se había olvidado de la fecha, y había tenido que perderse el *lunch* para comprarle una tarjeta barata y unas rosas. Pero Isabella nunca vería aquellas rosas. Tampoco vio el taxi que, una tarde lluviosa, giró la esquina derrapando y se llevó su vida, y la del hijo que ambos estaban esperando.

Rossi suspiró y cogió el teléfono.

Con una voz somnolienta y apagada, el *professore* Giovanni Battista Alberti respondió al cuarto tono.

—*Pronto.*

—*Buon giorno* –dijo Rossi.

—*Chi...?*

—Tu sobrino favorito.

—*¿Nico?*

Su tío le llamaba siempre por su apodo de infancia.

—*Zio,* necesito que me hagas un favor.

—¿Ahora? ¿A estas horas? ¡Oh! Supongo que será oficial, ¿no?

—No te lo pediría si no lo fuera.

—Sí que me lo pedirías. Pero adelante. Una vez me despierto, ya no me puedo dormir.

—Te estoy enviando un correo electrónico por el servidor encriptado de seguridad.

Un profundo suspiro.

—¿Dónde puse la contraseña?

Ruidos de movimiento, muelles de cama crujiendo, pies arrastrándose por el suelo, todo ello transmitido por el auricular.

Rossi podía imaginarse a su tío buscando sus gafas, encogiéndose en un batín raído y bajando a paso cansino hasta su estudio, con el teléfono inalámbrico en la mano.

—Deja que piense... —oyó decir a su tío, mientras se ponía a canturrear la obertura de *El barbero de Sevilla.*

Su tío, a pesar de la edad, era agudo como un estilete. Él prefería que todo el mundo se dirigiera a él como *professore* Giovanni, simplemente. Era profesor de Estudios Egipcios, y trabajaba en el Museo Egipcio del Vaticano. Almacenados en los polvorientos estantes de su memoria había innumerables volúmenes de información. Cuando Rossi era un niño, el tío Giovanni le había dado clases particulares y le había enseñado un truco de memorización por asociación. Emparejaba las categorías de datos con la música, una especie de fichero Rodolex lírico que flotaba por su cerebro.

—¡*L'OH mio! Come interessando* –dijo Giovanni–. Pero, por algún motivo, los símbolos del cartucho se han representado al revés.

—Pensé que te gustaría –respondió Rossi.

—El Imperio Antiguo... Veamos, la hogaza representa el sonido «T». El florero se pronuncia *bas.* Si los pones juntos, tenemos *bas* más *T* más *T,* o BASTET.

—¿Basset?

—No, la raza de perros no, sino más bien una A larga... *Ba,* luego *Aset,* que significa literalmente *el alma de Aset,* o *Isis,* en su forma egipcia originaria. Aquellos *maledetti* griegos cambiaron la ortografía y la pronunciación por todas partes.

—Yo todavía no...

—Una pronunciación alternativa sería *Pahst,* que es de donde derivamos el término inglés de argot «puss» o «pussy», «gatito» o «gatita». Y el amuleto sagrado que ella aferraba con su zarpa era el *Uchat,* el Ojo de Horus, que no parpadeaba. Bien, eso es lo que obtenemos...

—¿Estás intentando decirme que el jeroglífico significa *gatto?*

—Sí, gato, pero más concretamente... La Diosa Gata, *Bast.*

Rossi dio un profundo suspiro.

—Necesito más, *Zio.* Estoy intentando dar con un nombre, y posiblemente un lugar u hora de contacto. Háblame de la diosa.

—Normalmente, se la representa como una gata color ébano, sentada serenamente, que sostiene en una de sus zarpas un sonajero sagrado o *Uchat,* más conocido como el amuleto del *ojo de Horus.* Se le dio culto a lo largo de los Imperios Antiguo y Medio en el Bajo Egipto, originariamente con la cabeza de una leona, que metamorfoseó mucho más tarde en la de una gata del desierto. De ahí que algunos la consideren erróneamente como la versión pacífica de *Sejmet,* la leona, la destructora... que fue una diosa del Alto Egipto; de ahí el dicho, «Ella, la del norte, y Ella, la del Sur». Pero confía en mí, esta diosa no es una minina juguetona. Se parecería más a una vengadora, considerada como la llama feroz del sol, que consumía a los fallecidos si fallaban en alguna de las muchas pruebas del mundo inferior.

»Aunque sus adoradores eran, según el historiador griego Herodoto, gente bastante divertida. Miles de ellos recorrían el Nilo, bebiendo y cantando; y, cuando pasaban cerca de una ciudad ribereña, se acercaban a la orilla. Allí las mujeres les recibían levantándose súbitamente las faldas, y ellos las obsequiaban con bromas e insultos obscenos mientras pasaban...

—¿Dijiste color ébano –le interrumpió Rossi–, una gata negra?

—Sí, pero...

—Espera –dijo Rossi, revolviendo en una pila de papeles que habían encontrado en el cajón de un escritorio durante una de las incursiones. Grapada a un recibo de lavandería, había una servilleta impresa con las palabras *Le Café du Chat Noir.*

Rossi tradujo del francés en voz alta:

—El Café del Gato Negro.

—¿Qué es eso?

—Creo que encontré mi aguja en el pajar.

—¿Aguja... por qué... cómo lo sabes?

La atención de Rossi volvió al auricular.

—¿Saber qué?

—Que hay una aguja, un obelisco, con ese jeroglífico en concreto, aquí en Roma. Se encuentra en la Piazza della Rotonda.

—¿Enfrente del Panteón? ¿Estás seguro?

—Me llamas, me despiertas cuando estaba durmiendo profundamente, ¿y me preguntas si estoy seguro? –dijo Giovanni bruscamente–. Llevé allí a mis ayudantes de excursión la semana pasada.

Las piezas del rompecabezas iban de aquí para allá en el cerebro de Rossi.

—Una pregunta más... –dijo clavando los ojos nuevamente en el nombre del archivo OLUTSOP/SUNELP/ANUL.jpg.

Copió el nombre, lo pegó en un correo electrónico y se lo envió a Giovanni.

—Aquí hay otro mensaje. ¿Le puedes encontrar algún sentido?

Desde el otro extremo de la línea llegó la voz de su tío, tarareando *La flauta mágica,* de Mozart. Los segundos pasaron lentamente.

—Sí, las letras entre las barras oblicuas están escritas en espejo, en reverso, al igual que el cartucho. –Y añadió–: ¿Qué tal andas de latín?

—Oxidado.

—Entonces, abre el correo de respuesta.

Rossi siguió las indicaciones de su tío, y se encontró con esto:

POSTULO PLENUS LUNA AGUJA LUNA LLENA.

—Si dispones de un almanaque, creo que ahora tienes un lugar y una hora, sobrino. Y, ahora, si no te importa, voy a calentarme un vaso de leche y a descansar estos cansados y viejos ojos.

Clic.

Ahora, mientras Rossi caminaba por aquella estrecha y desierta calle, aferrándose a las sombras, el corazón le martilleó el pecho con aprensión. La pregunta más importante seguía en pie. ¿Quién era el objetivo, nombre en código *Bast,* de la reunión de aquella noche a los pies del obelisco egipcio... y por qué?

## CAPÍTULO 12

# EL CÓDIGO

Era ya de noche cuando los pasos de monseñor Scarlotti reverberaron en el frío pavimento de mármol de la Plaza Apostólica. Recorría apresuradamente los largos y vacíos pasillos. La mayoría de los sacerdotes, cardenales y secretarios estaban asistiendo a una misa de difuntos en la Capilla Sixtina con Su Santidad el Papa. Los policromados frescos y las esculturas de mármol permanecían impasibles, mudos, inmóviles en su pintura y su yeso, y bajo el espeso polvo del tiempo.

Mientras caminaba, no dejaba de pensar. Su antiguo y excéntrico colega, el profesor Schulman, le había enviado un telegrama en el que había ocultado un mensaje cifrado, pidiéndole que obtuviera un elemento oculto:

ALL GOING WELL HERE. PLEASE SEND
ITEM DISCUSSED PREVIOUSLY.
STOP. IT'S ENOUGH TO MADDEN ANYONE TRYING TO
FIND IT. STOP. AVAILABLE AT ONE BOOKSTORE LOCATED
AT 14-23-24 VILLA FLORA. STOP. MERRY XMAS[6]

Aquella noche, monseñor Scarlotti, primer ayudante del secretario, iba a romper su voto de obediencia. Pero había vidas en juego. Quizás, incluso la suya.

---

6. TODOS VAMOS BIEN AQUÍ. POR FAVOR ENVIAR ELEMENTO TRATAMOS PREVIAMENTE. STOP. ES SUFICIENTE PARA EXASPERAR CUALQUIERA INTENTE ENCONTRARLO. STOP. DISPONIBLE EN UNA LIBRERÍA UBICADA EN 14-23-24 VILLA FLORA. STOP. FELIZ NAVIDAD.

Al principio, Scarlotti se había sentido un tanto desconcertado con el texto cifrado del telegrama. Después, su mirada se había fijado en la dirección. La secuencia de números era la clave. Tomando las palabras 14, 23 y 24, salía MADDEN ONE BOOKSTORE,[7] lo que seguía sin tener sentido. Entonces, su mirada se posó en la firma, *un merry XMAS*. La última palabra era un anagrama obvio del nombre de su viejo amigo, MAX S. Ésta era la segunda clave, que indicaba que las otras tres palabras eran también anagramas. Había sido tan sencillo, tan claro, que las palabras saltaron de la página.

Damned

Rose Notebook![8]

Scarlotti sabía algo de su historia, pero había preferido refrescar su memoria. Subió y tomó de la estantería un grueso libro con las tapas de piel y, acomodándose en un confortable asiento de cuero de respaldo alto, buscó la sección sobre la historia del libro y leyó:

El libro fue escrito por un sacerdote apartado de su cargo, heredero de la diabólica Iglesia del Carmelo, asociada con la renegada y sacrílega iglesia de St. Sulpice, de París. Una iglesia que era caldo de cultivo para las artes negras.

*Le Cahier de la Rose Noire,* o *El cuaderno de la rosa negra,* del Abbé Joseph Boullan, es uno de los ejemplos más horribles de la locura que se apodera de las mentes incautas. Lo descubrió el novelista francés J. K. Huysmans, autor de *Là-Bas, Allí abajo.* En su época, *Là-Bas* fue un *best seller* que hablaba de un culto demoníaco en París, dirigido por el malvado Dr. Johannes. Sí, Boullan, tanto en la ficción como en la realidad, era un mago negro, un practicante del *Sendero de la Mano Izquierda,* un satanista.

---

7. LIBRERÍA EXASPERAR UNO.

8. ¡Maldito Cuaderno de la Rosa!

La leyenda afirma también que cualquiera que lea *Le Cahier de la Rose Noire,* y que no se halle en un profundo estado de santa gracia, se volverá loco con las retorcidas letras, los jeroglíficos y las fórmulas que oscurecen sus páginas. En el caso de otros, el texto maldito les ha llevado a una larga, lenta y dolorosa muerte.

Ahora, de pie ante la puerta del arzobispo Marsciocco, Scarlotti dudaba. La voz de Marsciocco parecía apremiante cuando le llamó, rogándole que fuera inmediatamente y, por alguna extraña coincidencia, le había mencionado incluso aquel *Cuaderno de la rosa negra.*

Cuando estaba a punto de asir el pomo de la puerta, ésta se abrió súbitamente hacia dentro.

Una oscura figura surgió de la sala y cargó contra él, dando con su cuerpo en el suelo y golpeándose la cabeza en el duro mármol con un sonoro crujido. Derrumbado sobre su espalda, sintió un dolor punzante en la base del cráneo.

«*¡El arzobispo!*», gritó su mente.

Presa aún del dolor, se puso en pie y se precipitó en la sala, buscando al arzobispo en la oscuridad.

Un rayo de luz procedente del vestíbulo atravesaba la alfombra, y fue así como pudo dar con una figura en el suelo. Se aproximó, hincó una rodilla y le dio la vuelta al inerte cuerpo. El arzobispo Marsciocco le miraba fijamente, con el rostro contorsionado en una mueca.

Le buscó el pulso, pero no lo encontró, y lentamente se dirigió hasta sus pies. Fue hasta el escritorio del arzobispo y alargó la mano para descolgar el teléfono. Pero, pensándolo mejor, retiró la mano. Si el arzobispo había sido asesinado, debía de haber tenido algo que ver con *El cuaderno de la rosa negra.*

Sus pensamientos se desbocaron mientras se dirigía a la puerta. Cerró la hoja y echó el cerrojo. Buscó a tientas el interruptor de la luz y, finalmente, lo encontró.

Se quedó en el centro de la habitación, buscando con la mirada. *«¿Dónde habría escondido el arzobispo ese libro? ¿En una caja de caudales? No, demasiado obvio para cualquiera que viniera a buscarlo.»* Se puso a dar vueltas en círculo.

Entonces, su mirada se dirigió al muro más alejado.

Sobre un atril de libros de roble había una enorme Biblia.

Se precipitó hacia allí y levantó el pesado libro del lugar en el que reposaba. El atril estaba tallado con figuras ornamentales, y se inclinó para verlas más de cerca.

En las intrincadas tallas se representaban diversas figuras de la historia de la Iglesia. Recorrió con la mirada los diseños y sus ojos se posaron sobre la tercera talla.

Era la de San Ireneo, un sacerdote del siglo II que había escrito una obra titulada *La falsa gnosis desenmascarada y refutada.*

*«¡Esto es!»*, supuso Scarlotti, riendo para sus adentros. ¿Quién mejor que el más destacado erudito de la Iglesia sobre la herejía del gnosticismo para utilizarlo como símbolo?

Con mucho tiento, Scarlotti acarició con los dedos la talla. Presionó sobre ella y la plancha tallada de madera se sumergió en el atril, mientras en el lado opuesto bajaba un fino panel, dejando al descubierto un compartimiento. Scarlotti tragó saliva y metió la mano. Exploró la cavidad con las yemas de los dedos, palpó el ribete de la encuadernación de un libro y lo sacó.

El libro era oleoso al tacto, cosa que le puso la carne de gallina.

Intentó sacudirse aquella desagradable sensación pensando que no era más que una superstición infantil.

Pero las sensaciones que aquel cuaderno evocaba eran singulares por su vileza. Era como contemplar una imagen obscena. Cualquiera hubiera querido apartar la cara de puro asco, pero se sentiría impulsado a mirar por alguna fuerza poderosa. Había en él un halo innato de seducción.

Cuando miró el título, sus ojos se fijaron en una palabra: *rosa.*

El mismo nombre del cuaderno era una pista: la rosa era un anagrama de *Eros,* la lujuria carnal griega, en contraposición a *Agapé,* el amor altruista cristiano. ¿No sería toda aquella historia que envolvía al cuaderno un anagrama de algo más? Fuera lo que fuera, no podía dejar que el libro cayera en manos de la Hermandad. Monseñor Scarlotti frunció los labios, se hizo la señal de la cruz y pronunció una oración en silencio. *Cose diaboliche. La Madre Benedetta lo protegge.*

# CAPÍTULO 13

Sonó el teléfono en el escritorio del *Colonnello* Pico. Pico era el jefe de la *Vigilanza,* las fuerzas policiales del Vaticano y su sección de inteligencia. Como de costumbre, seguía trabajando a aquellas horas, esperando una llamada.

—*¿Pronto?* –respondió Pico.

—¿Te ocupaste del traidor?

—Por supuesto. Ya no hablará con nadie.

—Bien. Entonces, tendrás también el cuaderno.

A Pico se le heló la sangre en las venas. Con las prisas, había olvidado llevarse *El cuaderno de la rosa negra.*

—Claro... Lo tengo a buen resguardo –mintió.

—Espera instrucciones de El Clérigo.

El teléfono calló.

Pico reconoció la voz del otro lado como la del norteamericano de la Oficina de Seguridad Regional de la embajada, Cotter. Tomando la Beretta de 9 mm de su escritorio, se la guardó precipitadamente en la pistolera y salió corriendo por la puerta. El nombre en código de Pico dentro de la Hermandad era *Jano,* detalle que le encajaba a la perfección, dado que, para servir a dos señores, se requerían los poderes de un dios con dos rostros.

Monseñor Scarlotti sabía que estaba viviendo con tiempo prestado. Cada minuto, cada segundo contaba. Pero necesitaba disponer de fortaleza espiritual. De rodillas, en oración, visualizó el Sagrado Corazón de Jesús, y se concentró en su radiante luz, bañándose en su gloria santificadora.

Del otro lado de la puerta le llegó el clamor de alguien que llegaba corriendo al vestíbulo exterior.

Instintivamente, dio un salto, apagó las luces y se refugió bajo el manto de sombras que cubría los rincones de la habitación.

Con la respiración agitada, Scarlotti escuchó cómo alguien giraba el pomo de la puerta.

Se estremeció de terror, pero luego recordó que había tenido la presencia de ánimo suficiente como para echar el cerrojo.

Pero entonces escuchó el tintineo de unas llaves, el sonido de una llave entrando por el ojo de la cerradura y el chirrido de unos resortes oxidados. La puerta se abrió, y una débil luz procedente del vestíbulo se introdujo en la habitación.

Una figura se abalanzó en la sala, jadeando y sin aliento.

Se precipitó sobre la estantería, sacando violentamente los libros de los estantes, rebuscando frenéticamente. Volviéndose hacia él, un rayo de luz del exterior cruzó el rostro de la figura... el rostro del *Colonnello* Pico.

Pico llevaba una pistola en la mano; en la otra sostenía una linterna. Comenzó a recorrer la habitación con su haz de luz, que brilló brevemente sobre el cuerpo caído del arzobispo. Esbozó una sonrisa malévola mientras miraba su cadáver, y monseñor Scarlotti supo lo que tenía que hacer. Pico se dirigió hacia el interruptor de la luz, que estaba justo detrás de Scarlotti.

Éste introdujo la mano en silencio entre los estantes superiores de una enorme librería que tenía a su lado. Poniéndose de puntillas, esforzándose por silenciar su respiración, encontró finalmente algo que agarrar. Tomó un pesado sujetalibros de bronce y lo sacó del estante.

La luz de la linterna de Pico serpenteó por la gruesa alfombra en dirección a Scarlotti. Pero, antes de que tomara conciencia de su presencia, Scarlotti se abalanzó sobre él desde las sombras y, con una fuerza y una rapidez que nunca hubiera creído posible en él, le asestó un golpe con el contundente objeto que le fracturó el cráneo.

—Jesús, perdóname –susurró Scarlotti, exhalando un suspiro mientras el ensangrentado sujetalibros caía de su temblorosa mano.

Se inclinó sobre el cuerpo inerte del *Colonnello* Pico e hizo la señal de la cruz, y luego salió dando traspiés de la habitación, aferrando el cuaderno entre sus manos, con su débil corazón atronando dolorosamente en su pecho.

Mientras huía corriendo, pensó: *«Que Dios reclame a los suyos y sea mi juez»*.

# CAPÍTULO 14

Mientras Rossi iba en pos de su presa, se acordó de cómo había conocido a aquella misteriosa mujer que había cambiado su vida para siempre.

La Unidad *Ombra* había estado apostada en las inmediaciones de Le Café du Chat Noir durante una semana. Era uno de esos delicados cibercafés New Age que se estaban poniendo de moda. Pero sólo en éste se servía *qahwah,* un té de Oriente Medio, junto con el expreso. Y aquello dificultaba las cosas. Los estudiantes árabes se esparcían por las mesas, sorbiendo el té y parloteando en su lengua natal, observando suspicazmente a cualquier extraño que entrara en el local, y desviando la mirada toda vez que al observado le diera por mirar atrás. En este lugar, los hombres de Rossi hubieran llamado la atención tanto como unas fulanas con pinturas de guerra y tacones altos intentando infiltrarse en una mezquita en pleno Ramadán.

Rossi decidió intentar un enfoque diferente. Pero, después de tomar centenares de fotos de vigilancia de los clientes y de pasarlas a través de sofisticados programas de reconocimiento facial, que se contrastaban con bases de datos de conocidos terroristas, el SISDe seguía desconcertado. Incluso un sofisticadísimo software invasivo, que detectaba lo que pudieran estar tecleando desde el cibercafé, sólo reveló que los portátiles de los clientes buscaban documentos académicos, o bien navegaban por Internet en busca de noticias y del habitual... porno.

Después, los analistas de Rossi elaboraron una lista de los empleados del café a partir de los archivos informáticos del servicio de impuestos, y se contrastó de nuevo con los archivos de la Inteligencia y con los registros criminales.

El propietario del café era un francés expatriado por un delito menor de drogas, pero no había datos sobre su afiliación política. Había comprado el local seis años atrás, y vivía encima de él. El resto de empleados eran en su mayor parte estudiantes nacidos en Italia que asistían a la Universidad de Roma y trabajaban en el café a tiempo parcial. Una vez más, nada de interés.

Pero Rossi decidió hacer un último intento. *«Quizás tenga que volver a los principios básicos»*, pensó cuando estaba a punto de entrar por la puerta del café. Una vez dentro, se encontró con que el café estaba vacío. Una atractiva joven salió a atenderle a la barra, secándose las manos en el delantal.

—*¿Posso aiutarlo?* –dijo con una sonrisa.

—*Cappuccino e un cornetto, per favore* –respondió Rossi devolviéndole la sonrisa.

Cuando la joven se dio la vuelta y se dirigió hacia la máquina de café, Rossi no pudo evitar fijarse en el modo en que su corta falda enfundaba el contorno de sus caderas, pero optó por ocuparse rebuscando en su billetera.

—Aquí tiene –dijo ella, deslizando la bandeja en dirección a él.

Rossi fingió un leve gesto de sorpresa ante el súbito cambio de la joven al hablarle en inglés. Al parecer, la chica había visto el falso carnet de conducir americano que él había mostrado brevemente, con toda la intención, al abrir la cartera.

Sus ojos, felinos y de un azul pálido, le sujetaron por la intensidad de su mirada. Rossi tragó saliva visiblemente y se puso a mirar alrededor.

—He venido a ver a mi tío, que está en la universidad, y se me ocurrió que podría tomarme primero un pequeño tentempié.

Ella asintió, escrutándole aún con aquella mirada inquisitiva.

—¿Intentando tomarme a mí de tentempié, ha querido decir?

—No –dijo Rossi, riendo–, necesitaba una dosis de cafeína.

—¿Ha sido larga la noche?

Él sonrió tímidamente, como si ella pudiera leer sus pensamientos, aunque los más probable es que hubiera leído sus ojos enrojecidos.

—En realidad, sí. Volví un poco tarde con los chicos.

—¿Qué enseña?

—¿Quién?

—Su tío... en la universidad.

Ella le examinó con curiosidad, mientras se soltaba el cabello distraídamente, dejando caer su sedosa melena sobre los hombros. Luego, elevó lentamente sus ojos hasta encontrarse con los de Rossi.

—Lingüística. Es un hombre muy inteligente –salió del paso él.

La chica se inclinó sobre la barra, mirando a un lado y a otro furtivamente, como si fuera a contarle un secreto, y luego le indicó con el dedo que se acercara.

—Creo que es usted un mentiroso –le susurró.

Rossi la miró sin comprender.

—Creo que ha tenido una noche larga porque estuvo levantado hasta bien tarde leyendo ese *thriller* de crímenes americano suyo.

Y posó su mirada en la novela que Rossi llevaba en la mano.

—Me has pillado. Pero en realidad es un *thriller* de conspiración.

La chica se echó a reír.

—¿Tú crees en eso? –le preguntó.

—¿En las conspiraciones?

—¿Crees en conciliábulos secretos que traman cómo apoderarse del mundo?

Rossi bajó la mirada, y luego volvió a mirarla suavizando sus ojos verdes.

—No, sólo creo en jóvenes y hermosas estudiantes que tienen el poder para hacer girar la cabeza a un hombre de mediana edad con sus ojos.

—Eres tan joven como seas capaz de sentirte. Lo que tienes que preguntarte a ti mismo es... *¿cuán joven me siento?*

Los ojos de la chica irradiaban sinceridad, con cierto toque de soledad.

Rossi la invitó a que tomará un café con él, y ella aceptó. Le dijo que su nombre era Gina; y él le dijo que se llamaba Tony. A base de cafés y cigarrillos, ella le habló de su sueño de ir a América un día para escribir guiones de películas. Le habló de sus padres, en Nápoles, del trabajo de abogado de su padre, y de los estúpidos chicos jóvenes de su vida, más preocupados por su aspecto, por sus estudios o por el próximo cheque de sus padres que de otra cosa.

Ser bueno en tu trabajo tiene sus ventajas. Y, ahora, Rossi se estaba aprovechando de su habilidad para hacer que las mujeres se sintieran especiales. Una mujer le había dicho una vez que tenía el singular talento de hacer que una mujer sintiera que él estaba pendiente de cada una de sus palabras, como si ella fuera la mujer más importante del mundo, quizás la *única* mujer del mundo. La escuchó con atención, utilizando el lenguaje corporal para empatizar y seducir, apoyándose en el momento adecuado, o sacando a relucir su juvenil sonrisa de Richard Gere y encogerse de hombros fingiendo estar avergonzado cuando tenían alguna atención con él. Se mantenía en forma. Seguía estando versado en los últimos temas, incluida la cultura pop y su música. En secreto, detestaba la mayor parte de la nueva música, pero le encantaban las viejas melodías de jazz, el cine negro y los *thrillers* americanos.

Empezaron a llegar clientes, rompiendo con ello el hechizo.

*«Quizás estoy disfrutando demasiado de esto»,* pensó mientras Gina se levantaba de la mesa. Estudió su forma de caminar, cómo jugaban sus gemelos mientras volvía a la barra. Finalmente, se inventó una excusa para partir.

—No me he dado cuenta de la hora. Llegaré tarde a la reunión con mi tío.

—Con que no llegues tarde también esta noche... –dijo ella encogiéndose de hombros.

—¿Esta noche?

—Salgo a las seis. Espero que no sea después de tu hora de irte a la cama.

—¿Cena y una película?

—No, primero sexo y después cena.

Y, girando rápidamente, se escabulló en la trastienda, dejándole allí de pie, con la boca medio abierta. Por el rabillo del ojo, detectó a un joven de aspecto árabe que le examinaba con una mirada de desprecio.

Una vez fuera, en la acera, miró a su alrededor. El día parecía más fresco, más lleno de vida. Cierta sensación de satisfacción impregnaba su cuerpo. Habían picado el anzuelo.

# CAPÍTULO 15

Las campanas de la iglesia de la Trinitá dei Monti repicaron.

Sus vibraciones reverberaron a través del dosel de jardines en flor que se abría a sus pies, bajando por los escarpados Escalones Españoles, colándose entre las columnas de las monjas piadosas, con sus fluentes hábitos blancos iluminados por la luna, difundiéndose entre los amantes de ojos soñadores, paseando lentamente, del brazo, absortos en la mera existencia del amado, para llegar finalmente a la Piazza de España, hasta el corazón de Josie Schulman.

Josie estaba sentada a una mesa de la terraza del Café Dellini, saboreando un *espresso ristretto* y el puro ambiente del instante. La temperatura era inusualmente cálida para una noche de finales de octubre. Se había vestido para su papel, con unos pantalones de cuero rojo de Versace ajustados, que le iban como un guante, y una cazadora a juego que parecía haberse pintado con un spray. Debajo llevaba un bustier de cuero negro, que ceñía las suaves curvas de su esbelto cuerpo. Llevaba poco maquillaje, simplemente una pizca de brillo de labios y de lápiz de ojos, sutilmente aplicados, que realzaban su comedida elegancia y su belleza natural. Con aquellos labios carnosos y provocativos, Josie estaba imponente; elegante, pero tan peligrosa como una fiera. Su imagen era encantadora y feroz al mismo tiempo.

Un guapo italiano, moreno, vestido con un traje entallado, estaba sentado a la mesa de al lado.

Levantó su copa de vino hacia ella a modo de brindis, y le sonrió durante mucho tiempo... demasiado tiempo. Su sonrisa tenía un fuerte resabio lascivo. El hombre tomó un sorbo de vino, manteniendo el contacto ocular, desnudándola con los ojos, abriendo las aletas de la nariz para aspirar su perfume. Un calor blanco pareció recorrer a Josie, mientras fingía no prestarle atención. *Calor animal.* Pero él captó su reacción.

Josie había dado la señal subconsciente, el lenguaje corporal del ritual del emparejamiento: el golpe seco al cabello con una mano, con aire descuidado, y un apenas visible estremecimiento de excitación sexual entre los omóplatos, que se deslizaba lentamente hasta la nuca. El caballero esbozó una sonrisa cómplice para sí mismo.

Mirando furtivamente a Josie por encima de la carta de su menú, el italiano pensó: *«Es una rara ambrosía. Qué pena que tenga que matarla sin tener la ocasión de saborearla».*

La romántica melodía de un violinista ambulante tocando «Mona Lisa» danzó en el aire nocturno, flotando entre otras capas de sonidos: el *bruum* de las Vespas al pasar, el tintineo del timbre de una bicicleta en su recorrido... El caballero italiano dio un sorbo a la copa de vino y se enjugó la comisura del labio con una servilleta de hilo. Frunció el ceño. *«Americanos e israelíes»,* escupió con asco la voz de su mente.

Josie estudió su menú, pidiendo finalmente *prosciutto crudo* y *bresaola,* junto con una botella del mejor *Recoaro*. Después de todo, aquélla era una celebración. Hacía años que no veía a su tío Lotti.

Josie vio la alta figura de monseñor Scarlotti acercándose. Bajo la amarillenta luz de las farolas, su silueta oscilaba y se balanceaba, levitando como un fantasma sobre la espalda de un anciano que, encorvado, se refrescaba con el agua de la fuente de la Piazza. Alto y enjuto, con los hombros atrás, vestido con su negra sotana con ribete y botones escarlatas, su tío caminaba con paso resuelto.

Ella se levantó para abrazarle como una escolar, con los ojos empañados en lágrimas y risitas nerviosas.

—*Ciao, principessina mia. Come stai?*

—*Sono bene,* estoy bien. *Ed il mio zio preferito?*

—*Cosi, cosi* –suspiró el sacerdote–. ¿Y tu padre, el *professore?*

—Está bien. Testarudo, como siempre, supongo. Me gustaría verle de nuevo. Hace ya cinco años que no le veo.

—Mucho tiempo. Demasiado tiempo, pero tú tienes tu trabajo, y él tiene el suyo. ¿Sigues en el gabinete diplomático?

—Sabes que sí, *zio* Lotti.

—Sí, supongo que sí... e imagino que es eso lo que te ha traído aquí. Pero consiéntele a este viejo un poco más, mi dulce *principessina*. Ya sabes, no puedo dejar de mirarte. Especialmente aquí, ahora, juntos en Roma. Tienes los ojos de tu madre, y su hermosa y contagiosa risa.

—Siempre tan galante... No he reído mucho últimamente.

—Deberíamos tomarnos tiempo siempre para reír. Estoy seguro de que Dios ríe a diario. Somos unas criaturas muy divertidas, ¿no?

Josie sonrió de nuevo, marcando los hoyuelos y ruborizándose levemente. Luego, le indicó al camarero que trajera la comida. Josie recordaba a monseñor Scarlotti como un hombre guapo, apuesto, de cabello plateado peinado hacia atrás, y de piel elástica y lisa, casi sin arrugas.

Pero ahora, mientras le observaba a través de la parpadeante vela, parecía una réplica marchita y manchada por el pecado, el retrato de *Dorian Gray*. Tenía las manos grises y con manchas hepáticas, y la piel pálida y traslúcida, como la leche cuajada; sus mejillas exageraban todo lo que sus ojos delataban.

Sí, los ojos dicen la verdad, y la verdad era brutal, como suele ocurrir con la verdad. La *muerte* le devolvía la mirada. El frío y despiadado malvado que ella había visto en los ojos marmóreos de sus enemigos, justo antes de que su bala, la de ella, diera en el blanco. La misma bestia inmisericorde que devolvía la mirada desde los ojos de los camaradas y de los niños que habían muerto en sus propios brazos. Los miles de ojos implorantes que la atormentaban en sus pesadillas y que amenazaban con irrumpir bajo la fría luz del día, y con volverla loca algún día. Ésos eran los ojos que ahora la miraban a ella.

Josie se estremeció. Sintió que su sangre se volvía fría. Tan fría como los estériles ojos del tío Lotti.

Scarlotti entrelazó suavemente sus manos temblorosas sobre el blanco mantel. Tomó un largo sorbo de vino y apartó su plato. Rebuscando en sus bolsillos su cajetilla de Players, le costó sacar el cigarrillo del paquete y llevárselo a los labios; le temblaban tanto las manos que no pudo siquiera encenderse un fósforo. Josie le encendió el cigarrillo. Él le dio una profunda calada, inhaló al estilo francés y prosiguió:

—Josie, ¿para qué quiere esto tu padre?

—¿Lo trajiste, *zio* Lotti?

Asintió con la cabeza, enfurecido. Con los labios relucientes de saliva, preguntó:

—¿Por qué quiere esta maldita cosa? —golpeó con el puño sobre la mesa—. ¿Es consciente del peligro que supone para ti? ¿De la perdición y el tormento que esta herejía inspira en todo el mundo? ¿De los peligros que les trae no sólo a los que la poseen, sino a los que simplemente la tocan? ¿Del sufrimiento que ha traído ya a mi vida? ¿Es consciente?

—Él ni siquiera lo quiere, *zio. Lo quieren ellos.*

Scarlotti la miró con dureza, fijamente a los ojos, como si le acabara de decir que la tierra es en realidad plana y que los cerdos vuelan.

—No me hables con enigmas. No ridiculices lo que no comprendes. Y no... —Se detuvo cuando las últimas palabras de ella alcanzaron al fin su mente.

Miró hacia el cielo, con los ojos vidriosos. Ya lo entendía.

Afirmando con la cabeza, tragó saliva, se mordió el labio inferior y dijo:

—*Ellos* lo quieren. *Esto* y *tú* sois el *cebo.*

—¡Sí, maldita sea! Ahora lo comprendes, ¿no, *zio* Lotti?

—Demasiado bien, hija mía. Demasiado bien.

# CAPÍTULO 16

Mientras bajaba la calle, deslizándose a través de las sombras, Rossi prosiguió con su ensueño. Habían cenado en la Osteria dell' Angelo, en la Via Giovanni, un pequeño restaurante cercano al Vaticano. Se habían sentado en un rincón del comedor, bajo una foto de Muhammad Ali. Entre copas de vino y albóndigas con nuez moscada y *sultanas,* Rossi se había sorprendido a sí mismo perdiendo el control. Aquella joven, que parecía reír con los ojos en un momento y llorar al instante siguiente, se fue sumiendo en el silencio y en cavilaciones, cambiando rápidamente de tema, como si se sintiera culpable por pasárselo bien en demasía. Aquella joven le estaba afectando. Quizás compartían un trauma oculto, una decepción. Rossi no estaba seguro de qué era lo que ella podía estar ocultando, pero sabía que, fuera lo que fuera, era una herida profunda, mortal; una herida que, al igual que la suya, probablemente nunca sanaría por completo, por mucho que otra persona la quisiera, por mucho que ambos se esforzaran.

Terminaron el postre, una copa de vino blanco dulce y pastelitos de anís, y se fueron caminando bajo la lluvia. Él la estrechaba junto a su cuerpo.

De repente, ella se detuvo, se volvió y le besó apasionadamente.

—Vamos a un hotel –dijo Gina con ojos casi suplicantes.

Y fueron a un hotel.

Hicieron el amor apasionadamente la primera vez. Él había olvidado lo tierno que podía llegar a ser si lo intentaba. Se sirvieron bebidas del minibar, vodka con hielo, y charlaron.

—Esto no es más que sexo, ya sabes –dijo Gina como si se tratara de una obviedad.

—¿Lo es? –preguntó él sonriendo.

—Lo digo en serio.

Gina se levantó de repente y se fue hasta la ventana, mirando al exterior como si estuviera a un millón de kilómetros de distancia.

—No estamos destinados para nada más, Tony. Llevamos demasiado equipaje.

Él se levantó y se puso detrás de ella. Abajo, el paisaje de la ciudad resplandecía en mitad de la noche. Envolviéndola con sus brazos, le dijo:

—Lo tomaremos con calma. Día a día.

Ella se volvió, con los ojos empañados, relucientes.

Él la tomó en sus brazos y la llevó a la cama.

Las sábanas estaban frías al tacto. El aroma del champú de su cabello le parecía a Rossi más exótico que el más costoso de los perfumes.

La segunda vez, sin embargo, fue diferente. Los ojos de Gina brillaron súbitamente, rodó poniéndose encima de él y tomó el control. Unos ojos lujuriosos, unos ojos lascivos, le miraban apasionadamente, y ella le llevó profundamente a su interior. Y, por un instante, al besarle, fue como si ella estuviera succionándole hasta el último aliento, hasta su alma. Gina parecía insaciable. Cuando terminaron, Rossi estaba exhausto, completamente escurrido. Saltó de la cama y le pareció que sus piernas eran de goma mientras iba hasta el baño. Se lavó la cara con agua fría y se miró en el espejo. «*Es peligrosa* –pensó–. *Esto es peligroso.*» Se estiró y se quitó de encima aquello.

Cuando volvió, la encontró tendida sobre la popelina cairo. Desde la ventana, una tajada de luz de luna se derramaba por su cuerpo, haciéndose dorada al contacto con su carne, iluminando tenuemente su piel cremosa y oliva, como si pulsara con un fuego interior. Su cuerpo desnudo relucía con el brillo de la transpiración.

Él le encendió un cigarrillo. Ella dio una profunda calada y dejó que el humo ascendiera, flotando bajo la luz ambiental. «*Hora de bajar a tra-*

*bajar»,* pensó él. Él estaba allí para averiguar lo que ella sabía de los terroristas, no para estar allí echado con una mujer. Lenta y metódicamente, llevó la conversación a lo relacionado con el café, con los clientes, con el joven de la mirada de desprecio...

Nada relevante sobre los clientes del café, salvo aquel chico.

Gina se dio la vuelta, apagó el cigarrillo en un cenicero que había en la mesita y volvió, apoyando la barbilla en un codo. La curva de su pecho y el oscuro tono de su areola asomaron por debajo de su antebrazo, distrayendo la atención de él.

—Se llama Saud. Quedamos unas cuantas veces. Pero se acabó.

—¿Lo conociste en clase?

—No, en el café. Se convirtió en un cliente habitual poco después de llegar.

—¿Quieres decir que no lleva mucho tiempo aquí?

—Sí, vino aquí desde el Reino. Padres ricos, muy estrictos. Quería irse lo más lejos posible.

—¿Petróleo saudí?

—¿Qué si no?

—¿Y por qué no a Estados Unidos?

Gina se encogió de hombros.

—Quizás estaba demasiado lejos. No creo que le gusten mucho los norteamericanos.

Rossi se retiró, cambió de tema y, luego, regresó poco a poco.

—Tengo que hacerte una confesión –le dijo con un suspiro.

—Vamos allá. Una esposa y...

—No. Soy reportero. Y necesito que me ayudes con una historia.

—Sólo me estabas utilizando.

Él la besó suavemente en la frente.

—Jamás. Pero ¿puedes ayudarme?

—¿Qué clase de historia?

—Un asesinato.

Gina frunció el ceño.

—De acuerdo, tienes toda mi atención. Pregunta, periodista.

Él se levantó y cogió algo del bolsillo del abrigo.

—¿Has visto a alguien por el café con este símbolo?

El jeroglífico egipcio de la diosa *Bast* le devolvió la mirada desde su mano.

Ella tomó el papel, lo estudió y miró al techo.

—Bueno, vamos a pensarlo...

Bajando la cabeza, se encontró con la mirada de Rossi.

—Estaba aquel extraño chico...cojeaba. Un viejo colega. No olía demasiado bien tampoco. Un poco con cara de ciruela, ya me entiendes.

Rossi se inclinó hacia ella, conteniendo el aliento en los pulmones.

—¿Tiene nombre?

—Claro, deja que me acuerde... Oh, sí... era Imhotep.

A Rossi se le cayó el mundo a los pies.

—Imhotep, la momia. Muy bonito.

Gina se echó hacia atrás y soltó una carcajada.

—Por un momento te lo has creído, ¿eh?

Él sacudió la cabeza.

—Gina, esto se encontró en la escena de un asesinato –mintió–. Hablo muy en serio.

Volvió a levantarse y sacó otra cosa de su abrigo, que colgaba en el respaldo de una silla, y le entregó a ella una fotocopia de la servilleta del Café del Gato Negro. Ella le echó un vistazo y, rápidamente, apartó la mirada.

Se miró las uñas en silencio unos instantes y, luego, con una mirada de indefensión, buscó la mirada de Rossi.

—Pásame mi bolso, por favor –dijo con la voz quebrada.

Desconcertado, Rossi fue a buscar su bolso.

Gina estaba visiblemente impactada. Con manos temblorosas, rebuscó en su bolso y extrajo una larga cadena de oro. En la palma de su mano tenía un amuleto de oro, el símbolo de Bast, la diosa Gata.

Con mucho cuidado, Rossi tomó el amuleto y lo estudió bajo la lámpara de la mesita.

—¿Dónde lo conseguiste? –le preguntó.

Gina hinchó las mejillas y dejó salir un largo suspiro.

—De Saud. Me dijo que lo llevara siempre para... la buena suerte.

Las lágrimas afloraron a sus ojos, y rompió a sollozar en los brazos de él.

Gina le dijo que podía quedarse con el amuleto. Después, se vistió apresuradamente e insistió en tomar un taxi para volver a casa. Rossi le dijo que lo comprendía.

Después de irse ella, Rossi se echó en la cama, dándole vueltas al asunto. Su presentimiento, su prolongado intento, había salido bien. Tenía un sospechoso, un nombre y una cara, el joven Saud. Miró hacia la puerta. *«Pero ¿la volveré a ver de nuevo? ¿Es que sólo uso a las personas y luego las aparto a un lado? Demonios, la llamaré mañana.»* Pero sabía que no lo haría.

Sus ojos se vieron arrastrados hacia la ventana. Tres cuartos de luna flotaban en el cielo nocturno.

—Tres días, vieja amiga, y estarás llena –dijo hablando con la luna–. Entonces, renunciarás a tus secretos.

Al dar la vuelta a la esquina, miró hacia arriba. La luna llena colgaba del cielo devolviéndole al presente. De vuelta a la persecución.

# CAPÍTULO 17

Aquella noche, EN un minúsculo apartamento del distrito de la Universidad de San Lorenzo, Basha yacía desnuda bajo las sábanas. Su largo cabello negro y sedoso se esparcía sobre la almohada, en tanto que en su mente se extendían paisajes oníricos. Se veía en El Cairo, en sus clases en la Universidad Americana, en su hogar... Basha, la hija de un médico egipcio y de una hermosa mujer americana de origen polaco, había nacido en el Hospital Copto de El Cairo. Al igual que otros muchos niños nacidos en un hogar de cultura y religión mixtas, Basha se sentía un tanto esquizofrénica en algunas ocasiones. Por una parte, su padre esperaba de ella que mantuviera las tradiciones de su tierra natal, su fe islámica. Por otra, su madre, Sonia, le exigía que dominara el inglés, que abrazara el catolicismo y que adoptara las costumbres norteamericanas, en especial las del movimiento feminista.

Con aquel cutis ligeramente oliváceo, sus delicados rasgos faciales y sus ojos de gata azul pálido, Basha era abrumadoramente hermosa, pero poseía el temperamento de una pantera. Su voz, profunda y cálida, conjuraba visiones de whisky ambarino y de humo, que nublaban la mente de los hombres como un tenue y seductor fantasma. Pero si la contrariabas, si la decepcionabas, si le mentías, Basha se pondría a gruñir, y sus ojos lanzarían un destello de puro odio. La gata infernal, la arpía, emergería y se abalanzaría sin la más mínima misericordia.

Basha dejó escapar un murmullo malhumorado y se removió, dando zarpazos a las arrugadas sábanas con su pequeño y bronceado pie, en las profundidades, soñando. El rostro de su hermano pequeño, Hamal, y el de su hermana gemela, Laylah, flotaban ante el ojo de su mente. Y, entonces, ocurrió. Como nubes que ocultaran rápidamente la luna, oscuras visiones invadieron su sueño. Una sombra oscura se derramó sobre el rostro del pequeño Hamal.

Jack era alto, distinguido, guapo. La madre de Basha lo había conocido en la iglesia. Era la clase de hombre que hacía que una mujer se sintiera cómoda, un hombre al que se le daba bien escuchar. Pero ¿acaso no era eso parte de su trabajo, asentir tranquilizadoramente, consolar al corazón angustiado? ¿No era eso lo que se suponía que un sacerdote tenía que hacer? La mujer que había en lo más profundo de Basha lo comprendió. Su padre, como otros muchos hombres árabes, respetaba a su madre, probablemente incluso la amaba profundamente, pero nunca se lo había demostrado con muestras de afecto, nunca con palabras. Y Basha llegaría a comprender con el tiempo que su madre, como muchas mujeres occidentales cautivas en la patriarcal sociedad de Oriente Medio, simplemente se sentía sola.

Cuando su madre empezó a volver a casa tarde por las noches, siempre ocupada con las actividades de la iglesia, Basha sintió que los fríos dedos de la duda hacían presa en su corazón. Y podría haber perdonado la infidelidad de su madre, su traición, si no hubiera involucrado a Hamal.

Fue un sábado por la tarde. Su madre, el padre Jack y Hamal iban a subir al bus turístico que recorría el centro de la ciudad, a rebosar de norteamericanos de un grupo parroquial, después de hacer sus compras en el mercado. Y, por casualidad, Basha pasaba por allí en aquel momento. Se había tomado un respiro con los estudios y había ido a comprar algunas cosas para la cena de cumpleaños sorpresa que pretendían organizar para su padre. Al ver a su hermano, levantó la mano para saludarle. Se puso a gritar, pero entonces vio a su madre, que iba de la mano del padre Jack, sin alzacuellos, vestido con ropa de calle. Ir de la mano en público era tabú, pero en el bullicio de la atestada plaza pocos se daban cuenta o les miraban al pasar. Basha bajó la mano de inmediato.

Presa de una extraña premonición de peligro, aceleró el paso entre la multitud, intentando llegar a ellos desesperadamente. Una sensación oscura y vacía inundaba su pecho, mientras la muchedumbre se agolpaba a su alrededor. Para cuando consiguió llegar al autobús, ellos ya habían subido. Se acordó de la cara de Hamal, pegada a la ventanilla trasera, con sus grandes ojos castaños, diciéndole adiós con la manita mientras el autobús se alejaba. Aquella imagen quedaría grabada para siempre en su memoria.

Todo a su alrededor, la multitud en la calle, los ruidos de los automóviles, se desvanecieron en el silencio. Un silencio pesado, tirante, tenso... Y el silencio saltó en pedazos con la explosión, mientras el autobús estallaba en una bola de fuego. El mercado se llenó de pánico y de sangre cuando una segunda explosión sacudió el suelo bajo sus pies. Debería de haber echado a correr, si hubiera podido... si hubiera habido algún lugar a donde mereciera la pena ir corriendo.

A diferencia de Basha, su hermana Laylah sí que corrió. Cansada de ver a su padre beber hasta morir, cansada de echar de menos a su madre y a su hermano, Laylah simplemente no regresó a casa de la escuela un día. Se desvaneció de la faz de la tierra. Basha oyó rumores. Rumores malintencionados y desagradables que hablaban de la espiral descendente de Laylah en la prostitución. Basha los desechaba como habladurías envidiosas de las mujeres mayores. Además, ella tenía sus propios problemas.

Un año más tarde, tras el suicidio de su padre, Basha echó finalmente a correr... directamente en brazos del fundamentalismo islámico. La *yihad*, la guerra santa contra los infieles. Su amante, Abdul Aziz Alghamdi, la introdujo en el mundo del odio a través de *Gamma Islamiya*, una célula terrorista egipcia que había sido la responsable del asesinato del antiguo presidente, Anwar el-Sadat, que se había visto revitalizada con el retorno de los luchadores de la libertad, o *muyahidines*, de Afganistán. Lo irónico del caso era que los luchadores de la libertad habían sido financiados, entrenados y equipados por las agencias de inteligencia de Estados Unidos, pagados después con los dólares del petróleo saudí, para finalmente morder la mano que les daba de comer, declarando la guerra santa contra sus amos. Como un racimo de uvas, Al Qaeda se compuso a partir de células individuales. Cuando un miembro del grupo caía en manos de los servicios de inteligencia, las otras células no se veían afectadas, mientras seguían recibiendo alimento de la cepa, Al Qaeda.

Después de mostrarse como una firme promesa, Basha fue enviada al campo de entrenamiento de Bin Laden en Sudán. La doctrina de odio de Al Qaeda alimentó su cólera, encubrió su angustia con la perspectiva de la venganza. Aunque en realidad habían sido los miembros de *Gamma Islamiya* quienes habían puesto las bombas que enviaron a los turistas cristianos y a su madre a las llamas del Infierno, Basha dirigió su menosprecio contra el mundo occidental, contra la Iglesia de Roma que, a sus ojos, había seducido a su madre, dado muerte a su hermano, destruido a su hermana y llevado a su padre al suicidio.

En el campamento terrorista, se había esforzado mucho en su preparación. Allí, destacó en las finas artes del terror, el chantaje y el asesinato. Tras llevar a cabo numerosas misiones menores con éxito, superó finalmente el chovinismo latente de Al Qaeda con las mujeres. *«Si es voluntad de Allah dejar en manos de una mujer la realización de su trabajo, que así sea»*, había dicho Osama bin Laden. El doctor Ayman al-Zawahari, la mano derecha de Osama, se había tomado un interés especial con ella. Aquel tecnócrata era un hombre pragmático, y vio de inmediato su potencial.

Además, siendo mestiza, podría ser una herramienta muy útil. Basha podía pasar fácilmente por italoamericana, por canadiense o, incluso, por una fogosa española. Se le proporcionaron falsas identidades, bajo muchas nacionalidades y alias, en tanto que las agencias de inteligencia y las fuerzas de la ley de todo el mundo estaban haciendo perfiles de varones de ascendencia árabe.

Bin Laden seguía una estrategia que funcionaba bien: haz lo impensable. Un terrorista suicida, conduciendo un automóvil disfrazado con los emblemas de la policía y cargado con explosivos, dentro de un recinto saudí en Riyadh, un recinto lleno tanto de familias de occidentales como de musulmanes, habría sido algo previamente impensable. Secuestrar un avión lleno de infieles norteamericanos no era algo nuevo, pero tomar como objetivo las Torres Gemelas, unos edificios llenos de gente de todas las razas, religiones y nacionalidades, era algo tan descarado y tan malvado que pilló al mundo completamente por sorpresa. Y así, utilizar a una mujer joven para llevar a cabo un plan maestro contra el mayor símbolo de la cristiandad, el Vicario de Cristo, sería también, dentro de lo que había sido hasta el momento el paradigma del terrorismo islámico, un acto impensable.

Basha despertó. Su mirada deambuló por la habitación, y después se dirigió hacia la ventana. Sus ojos se enfocaron en la luna llena, pero estaba viendo algo más. No una minúscula habitación en Roma, sino el mercado ensangrentado de El Cairo. No la luna, sino la tierna cara de su hermano.

El estridente timbre del teléfono la sacó de su ensueño. Levantándose, su cuerpo desnudo cruzó la habitación con la leve oscilación de sus senos, y levantó el auricular.

—Medianoche —dijo la voz bronca de El Clérigo, y colgó.

Basha dejó suavemente el auricular y, mientras empezaba a vestirse, pensó: *«Si tengo que cenar con el mismo demonio, lo haré por ti, Hamal. Me acostaré con los masones, con los banqueros sionistas, con el mismo Jinn del infierno. No me importa nada.»* Poniéndose unos pantalones, unas botas y un sujetador oscuros, se dirigió a la cama y sacó un cuchillo de debajo del colchón. Una suave luz de luna bañó la hoja y su piel cremosa con su resplandor. Con mano experta, cargó un mecanismo de resortes para la muñeca con una fina hoja de estilete y se lo ajustó. Se puso por la cabeza un suéter negro, se enfundó una cazadora y se encaminó hacia la puerta. Cuando puso la mano en el pomo, vaciló y se volvió hacia la ventana, diciéndole a la luna en voz alta:

—*Allahu a'lam.* Dios es el que sabe, hermanito.

# CAPÍTULO 18

Desde el otro lado de la Piazza, desde un sedán Fiat negro, el equipo de apoyo de Josie vigilaba atentamente. En las alturas, sobre un tejado, el francotirador miraba a través de la mira telescópica de precisión 2.5 10x40 Zeiss de visión nocturna, encajada sobre un rifle checo CZ 700 de 7'62 mm de la OTAN, dotado con un largo silenciador y bípode plegable. Aquella arma, cargada con munición frangible subsónica de gran calibre, que se desintegra tras la entrada, evitando así daños colaterales innecesarios, era silenciosa, pero letal. Y con sus elementos desprendibles, su longitud relativamente corta y su mínimo peso, resultaba fácil de transportar.

El francotirador afianzó la culata del rifle a su mejilla y la apretó contra el hombro. Curvó el dedo en torno al gatillo, ajustó el enfoque del telescopio y la imagen en tono lima del guapo caballero italiano, absorto en los más mínimos movimientos de Josie, apareció en el punto de mira.

Se fijó en la mano del hombre, siguiéndola mientras bajaba por la cara interna del pantalón, y le vio extraer lentamente un estilete de la bota. El francotirador parpadeó, mientras las gotas de sudor le caían por la frente y le corrían por la nuca.

—¡Uri! Objetivo Uno tiene un cuchillo. Díselo —gritó el francotirador.

El músico ambulante tocaba cada vez más rápido, frotando las cerdas de su arco contra las cuerdas.

—¿Se mueve? —susurró el conductor en el micro.

—No. Sólo está observando.

—Entonces, comprueba el otro objetivo. ¡Maldita sea!

El francotirador buscó a través de la mira a otro objetivo que estaba sentado a otra mesa, detrás de Josie; y dijo a través del micro de solapa:

—Josie, Objetivo Uno a tu derecha. Cuchillo.

Mientras escuchaba los mensajes que le llegaban a través del auricular inalámbrico, Josie lanzó una rápida ojeada al caballero italiano, a su derecha, calculó la distancia y continuó con la conversación. Sin inmutarse. Sin mostrar reacción alguna. *«No permitas que te vean sudar.»*

—Pero, *zio* Lotti, ¿qué ocurre? ¿Qué ha pasado? No me puedes mentir. Nunca pudiste hacerlo –rogó Josie.

—No, nunca pude engañarte, *principessina*. No te preocupes por mí ahora. No soy más que un siervo de Dios. Él marcará el camino.

Y en eso, Scarlotti abrió su maletín y le pasó a través de la mesa un paquete mal envuelto con el Sello del Vaticano. Miró a su alrededor con recelo y sacó un manuscrito, pasándoselo por debajo de la mesa.

El sonido estridente y disonante del violín rasgó el aire.

La espeluznante y verdusca imagen del Objetivo Número Dos se formó en la mira telescópica. El hombre extrajo una Beretta semiautomática de su chaqueta y deslizó la mano con la pistola por debajo de la mesa. Sacó después un supresor de sonido y lo acopló diestramente en el extremo del cañón.

—Josie, Objetivo Dos, detrás de ti. Pistola –le advirtió el francotirador–. No te muevas, lo tenemos.

Mientras respiraba profundamente y aguantaba la respiración, escuchó el intenso susurro del conductor en su auricular:

—Neutraliza al Objetivo Dos, luego al Uno. Fuego a discreción, Uri.

*«Toma siempre la mayor amenaza –la pistola– primero»*, pensó Uri.

# CAPÍTULO 19

MIENTRAS ESCUCHABA lo que le decían por el auricular, Josie se hizo cargo de la situación en menos de lo que dura un pestañeo. Echó un vistazo a su regazo y desenrolló el pergamino lo suficiente como para leer el título:

*PROTOCOLLO DICIASSETTE*

—Protocolo 17 –susurró para sí–. Yo creía que esto no era más que una maldita leyenda, una paranoica teoría de la conspiración de esas que alimentan las charlas radiofónicas sobre planes de dominación mundial. ¿Tiene esto algo que ver con *Le Cahier de la Rose Noire?*

Scarlotti suspiró.

—No te equivoques. Estas personas son poderosas. Podrían darse la vuelta mientras duermen y aplastarte. El mismo Vaticano está infestado de estos demonios. Nos hemos enterado de que a su líder le llaman El Clérigo, pero aún no conocemos su identidad.

Josie alargó la mano para tomar el paquete de la mesa, pero monseñor Scarlotti la agarró por la muñeca.

—¡Debes estar en estado de gracia, Josie! Escucharé tu confesión ahora. No discutas con un anciano. Simplemente, mírame a los ojos y confía en mí.

—No puedo. ¡No! –dijo ella tartamudeando y negando violentamente con la cabeza–. No puedo.

Haciendo presa con toda su fuerza en la muñeca de Josie, forcejeando con ella, Scarlotti dijo con aspereza:

—Debes, o morirás. O incluso peor... te volverás loca.

Los ojos de Josie se encontraron con los de su tío, y logró soltarse.

—Hazlo por la Mama, entonces –le dijo con una sonrisa–. Hazlo por la Mama.

Aunque no era una católica romana conversa, como había sido su fallecida madre, y ni siquiera era judía practicante, Josie sentía un profundo respeto por la fe y las creencias de su madre. De modo que terminó confesándose; y en aquel momento, y por vez primera desde su infancia, abrió su mente y su corazón. Josephine Schulman, la mujer, gritó a los cielos y se liberó de su angustia, de su culpabilidad y de la negra resina que había cubierto su alma. Su tío Scarlotti, el sacerdote, el confesor, la absolvió y la bendijo.

Los dentados filos de su sexto sentido llamaron su atención y la pusieron en guardia. Ella era una consumada profesional que nunca, bajo ningún concepto, distraía por completo su atención del mundo que la rodeaba.

Por el rabillo del ojo vio que el guapo extranjero se ponía en pie y se situaba junto a ella en un instante. Pero un instante era demasiado tiempo. Los reflejos de Josie eran más agudos, su mente y su cuerpo seguían en la ribera occidental, en zona de guerra, empapados en sangre y adrenalina. Los movimientos de aquel hombre, como si estuviera envuelto en fango, los veía a cámara lenta en el ojo de su mente.

Josie giró trazando un movimiento impecable, levantó la base de su encendedor Dunhill y presionó con fuerza la pestaña superior con el pulgar. El estallido de luz de un flash estroboscópico de alta intensidad, incorporado en la parte inferior de la carcasa del encendedor, dio de lleno en los ojos del atacante que, instintivamente, intentó protegerse los ojos con las manos, dejándole a Josie una minúscula ventana de oportunidad.

Salvando la distancia en un nanosegundo, Josie agarró por la muñeca al hombre, se la giró violentamente y la bajó con fuerza junto con la afilada hoja del estilete. La punta de la hoja desgarró la cara interior del muslo del hombre y se introdujo en su arteria femoral. Los ojos del atacante se inundaron de terror, mientras la sangre salía a chorros por su herida.

El dedo del francotirador se tensó sobre el gatillo. El Objetivo Número Dos había comenzado a levantarse, y estaba a punto de sacar la pistola por encima de la mesa. El francotirador apretó el gatillo, la boca del cañón dejó escapar un débil resoplido y la bala encontró su objetivo, entrando por la cuenca del ojo del hombre y explotando en minúsculos fragmentos dentro de su cerebro. Su cabeza dio un latigazo hacia atrás.

Josie se volvió hacia la Piazza. Unos faros se encendieron. El sedán Fiat negro chirrió y se dirigió hacia ellos, deteniéndose delante del café. Un agente del Mossad saltó del asiento de detrás del auto y agarró al Objetivo Número Uno. Cargando con él, lo llevó cojeando hasta el vehículo.

La sangre corría a torrentes por la cara interna de la pierna del atacante, inundándole el zapato, debilitándole a cada paso. El agente masculló algunas palabras, diciéndoles a los clientes que el hombre había tenido un ataque al corazón, y lo introdujo a rastras en el asiento de detrás del Fiat. Josie enrolló el pergamino y lo guardó, así como el cuaderno de la mesa.

Se inclinó para darle un suave beso en la frente al tío Lotti. Éste, temblando visiblemente, asintió con la cabeza y le besó la mano.

—Vete ya, *principessina mia.* Sal de Italia rápido. Y no abras el paquete. ¡Vete!

Con el corazón desbocado todavía, echó a correr jadeando hacia el Fiat. El automóvil arrancó y se alejó de la acera con un chirrido de goma quemada. Las ruedas giraron descontroladas sobre los adoquines de la calle, pero finalmente agarraron y el auto se alejó tan rápido como había llegado.

Cayó el silencio.

Un silencio helado y cristalino.

El camarero se acercó a monseñor Scarlotti, se detuvo brevemente, controlando con los ojos la posible mirada inoportuna de algún cliente. Pero todo el mundo miraba todavía hacia la calle. Con mano experta, el camarero le clavó una jeringuilla a Scarlotti en su expuesta nuca. Un ligero resuello, y la mano de Scarlotti se aferró instintivamente al crucifijo que colgaba de su cuello, con dedos frágiles, blandos, incoloros... Sus labios se curvaron en una tenue y angelical sonrisa, sus ojos se dirigieron hacia el cielo, y se desplomó hacia atrás, inconsciente. Mientras el camarero cerraba los ojos del sacerdote muy suavemente, apareció un segundo camarero. Juntos, lo levantaron de la silla y lo llevaron hasta el bordillo, introduciéndolo discretamente en una ambulancia que esperaba. Encendieron las luces de emergencia, y las sirenas resonaron en la oscuridad.

La Hermandad había reclamado lo que le correspondía.

Un muro viviente de color gris y blanco estalló en el aire.

Palomas.

Al principio, no más que un susurro de alas. Después, la onda expansiva de un trueno pulsante, perfilado contra la luna llena.

Arriba, en el tejado, el francotirador desmontó metódicamente su arma y la guardó en un estuche de guitarra, con la tapa blasonada con el nombre de *Lucille* en letras doradas. Ataviado como un estudiante cualquiera, bajó del tejado, tomó el ascensor y salió a la calle. No le costó nada fundirse entre la multitud de turistas y de amantes de ojos tiernos que aún poblaban la calle, hasta que llegó a un segundo e indefinido sedán negro, cuyo conductor esperaba pacientemente su regreso.

# CAPÍTULO 20

El ruido de un automóvil llamó la atención de Rossi. Mirando por encima del hombro, vio unos faros que se dirigían hacia él mientras giraba la esquina de la Piazza della Rotonda. El obelisco egipcio, ubicado en la cúspide de una fuente adornada con el blasón papal, parecía pinchar el negro cielo.

—Puesto de mando, aquí *Ombra* líder, el objetivo está en vuestra cuadrícula —dijo Rossi dirigiéndose a su micro de solapa.

—Confirmado, objetivo a la vista.

Rossi se sumergió en las sombras y se puso unas gafas vanguardistas ligeramente grandes. Disponían de la misma tecnología que se utilizaba en los visores de los pilotos de los helicópteros de ataque Apache, que proyectaban imágenes y datos del objetivo justo delante de los ojos. Todos los miembros del *Ombra,* el equipo de vigilancia sombra, estaban equipados con las mismas gafas. Estos dispositivos especiales también habían sido equipados con una cámara en miniatura que transmitía al puesto de mando, o PM, lo que el agente veía. El agente que estaba en el tablero de control del PM actuaba como director, intercambiando imágenes e informaciones y controlando las transmisiones.

Ahora, mientras la cámara de visión nocturna del PM hacía un zoom sobre su objetivo, la imagen verdosa del sujeto y el tótem egipcio que se levantaba detrás flotaron en las gafas ante los ojos de Rossi.

—Automóvil acercándose —advirtió otro agente *Ombra* en su auricular.

—Mantened vuestras posiciones. *Ombra* puesto cuatro, ¿puedes ver la matrícula? —susurró Rossi en su micro.

—Aquí, marca cuatro. Sí… está pasando ahora por debajo de mi posición.

La imagen del objetivo, que se perfilaba sobre las luces de la fuente que servía de base al obelisco, se disolvió en la toma desde arriba que seguía a un Mercedes negro.

La imagen parpadeó brevemente y proyectó un zoom hasta obtener un primer plano de la matrícula del automóvil.

Una corriente eléctrica recorrió la espina dorsal de Rossi al leer las letras:

SVC 0002

Rossi reconoció de inmediato las características matrículas del Vaticano.

El objetivo estaba de pie delante del obelisco, y todos los ojos vigilaban cada uno de sus movimientos. El óvalo verde de su cabeza llenaba el visor del último RAPTOR de visión nocturna, que tenía una precisión extrema de largo alcance, la suficiente como para darle en el ojo a un águila si se montaba sobre un rifle de francotirador de calibre 50 en manos expertas. Las órdenes del francotirador, como las del resto de la Unidad *Ombra,* eran detener a *Bast* con vida. Pero que, si echaba a correr… acabaran con él.

# CAPÍTULO 21

Más allá del obelisco, Basha se estremecía de frío bajo las columnas del Panteón. Cubierta por las sombras y vestida de negro de la cabeza a los pies, su sexto sentido le dio un latigazo. Tirando de gorro de esquí negro, ladeó la cabeza y escuchó. El vello de la nuca se le erizó. No era el sonido del automóvil que se aproximaba; no era sólo una cuestión de nervios. Era algo más. Algo iba mal, terriblemente mal. Con los nervios de punta, sus ojos recorrieron la Piazza, explorando las sombras, haciendo una panorámica del cercano obelisco y más allá. Rebuscó entre los edificios que rodeaban la plaza. Con el corazón latiéndole en la garganta como si fuera a atravesarle el paladar, se quedó inmóvil como un muerto.

Observando.

Esperando.

Escuchando.

Abriendo las aletas de la nariz para olfatear el aire, como un animal acosado.

Y entonces lo vio. En su visión periférica captó la huella de una sombra moviéndose a su derecha. Dio un paso atrás vacilante, agachándose, mirando atentamente en la oscuridad y explorando las alturas del edificio que tenía justo enfrente de ella. Casi inconscientemente, su mano voló al antebrazo opuesto y palpó el contorno del mortal brazalete que llevaba oculto bajo la ropa, acariciándolo con ternura, como para tranquilizarse. Sacó unos pequeños binoculares de gran potencia y examinó el edificio piso por piso.

Mientras observaba, pensó en su plan de fuga. Ella le había pedido a Saud, aquel pobre loco, enfermo de amor no correspondido, que cerrara por ella el café aquella noche, y que fuera luego a encontrarse con ella al obelisco, donde tenía una deliciosa sorpresa para él. No queriendo correr riesgos, había decidido utilizarle como señuelo para el encuentro. Plantar la semilla de la sospecha en la mente de aquel arrogante agente italiano había sido un juego de niños para ella, fingiendo ser Gina, la joven e inofensiva estudiante. Ella se había dado cuenta de lo que era Rossi desde el mismo momento en que había puesto el pie en el café.

Aquella noche había llegado con horas de antelación, ocultándose a la visión directa bajo las titánicas columnas de la diosa de la Tierra, Gaia, para quien su distante primo, el Partenón griego, se construyó originariamente. En caso de que las cosas fueran mal, Saud sería su estratagema de distracción. Y justo en ese momento había sentido que las cosas estaban yendo mal, muy mal. Camino al infierno.

En el quinto piso, en la tercera ventana de la derecha, vio moverse algo, un sutil cambio en el patrón de las sombras. Estaba segura de ello.

Mientras las luces del automóvil que se aproximaba barrían la Piazza, llegando hasta el falso objetivo —*Saud*—, retrocedió agachada en la oscuridad y se escabulló a toda prisa, con unos movimientos suaves y fibrosos, como los de un gato.

Súbitamente, la plaza se llenó de luz con el resplandor cegador de unos reflectores, trazando patrones al azar por toda la plaza. Basha no miró atrás. Aumentó la velocidad y, a grandes zancadas, se dirigió hacia una callejuela que se abría ante ella.

Desde su espalda le llegó el sonido de gritos nerviosos, el chirrido de los neumáticos de un automóvil frenando súbitamente, el petardeo de un motor, un acelerón y su posterior desvanecimiento en la distancia

Después, un agónico grito. El grito de Saud. Cuando se había dado la vuelta intentando huir, el proyectil calibre 50 del francotirador le había reventado el pecho.

Tragando aire, con los ojos fijos en el callejón que tenía delante, *Bast* siguió corriendo.

Tres metros.

Más sonidos.

Un ensordecedor gemido de sirenas.

Pisadas en el pavimento detrás de ella, alcanzándola.

—¡*Alto!* —gritó alguien en italiano, jadeando.

Cuando dobló la esquina para introducirse en el callejón, sintió una rociada de polvo de ladrillo en la mejilla, el resultado de un disparo que había errado el objetivo, su espalda, y había dado en la pared. La tos de otro disparo silenciado silbó sobre su cuero cabelludo.

Agachando la cabeza, aceleró su carrera, agarrando cajas y bidones de basura a su paso para arrojarlos tras ella en el sendero de su perseguidor. Se maldijo a sí misma mientras corría. Por algún motivo no había detectado a uno de los miembros del equipo de vigilancia que estaba demasiado cerca, y ese error casi le había supuesto un balazo en la espalda. Pero, delante de ella, arriba, encontró una solución, una escalera de incendios. De un salto, logró aferrarse a la barra inferior de la escalera y se impulsó hacia arriba. Con la agilidad de un niño jugando en las barras de un parque infantil, se llevó las rodillas hasta el pecho, pateó hacia arriba y enroscó los tobillos en torno a las barras verticales de la escalera. Después, soltó las manos y se quedó colgando boca abajo en la oscuridad, justo encima del camino que seguiría su perseguidor, dispuesta para abalanzarse sobre él.

Contra el fondo de la entrada del callejón, iluminado intermitentemente por los reflectores halógenos que barrían la zona desde la Piazza, *Bast* vio acercarse al atacante como en una intermitente imagen estroboscópica.

Imagen... una cara... una mano...

Imagen... una semiautomática bien sujeta, apuntando hacia fuera, como si de una mano sin cuerpo se tratara.

Después, justo debajo de ella... un cuello expuesto.

Estiró el brazo y una delgada hoja salió disparada desde su nido, en la muñeca, atravesando limpiamente la garganta del atacante.

La pistola cayó al suelo. El atacante se llevó la mano al cuello y se desplomó. Ella se impulsó hacia arriba desde la cintura, se agarró de la barra y bajó las piernas, saltando finalmente sobre el pavimento en un único y fluido movimiento.

Se metió en el bolsillo la Beretta y se volvió hacia el hombre que había intentado dispararle por la espalda. Pero no fue el rostro de un hombre lo que vio. El juvenil rostro de una mujer, de veintitantos años, la miraba fijamente. Basha sintió que se le tensaban los músculos y respiró profundamente. Se fijó en las extrañas gafas que llevaba puestas la mujer muerta. Se agachó, se las arrebató y se las puso. En el ojo derecho, *Bast* vio la imagen entrecortada de las espaldas de unas figuras oscuras abalanzándose a través de la Piazza en dirección al cuerpo de Saud. Luego, una repentina inclinación, una panorámica borrosa y la imagen de los pilotos traseros de un automóvil alejándose calle abajo. Era su contacto, El Clérigo, huyendo despavorido como un niño asustado. ¡Y pensar que era un cardenal de alto rango en el Vaticano...! Se echó a reír por su cobardía.

Entonces se le ocurrió que ahora disponía de una vista a ojo de pájaro de todo lo que sus perseguidores estaban haciendo. Armándose de valor, registró a la atacante caída. Localizó su radio y se la arrancó del cinturón. *Bast* se detuvo. *«Si yo puedo ver lo que ven ellos, estas cosas deben de ir equipadas con una microcámara.»* Se inclinó hacia delante y miró directamente a los ojos de la atacante, sabiendo que la imagen del inocente rostro de la agente, su mirada vacía, sería retransmitida hasta los compañeros de la mujer.

Levantándose lentamente, se dio la vuelta, extrajo de un tirón la cámara alojada en las gafas y la aplastó con el talón. Desandando sus pasos y encontrando una puerta abierta, sabiendo en todo momento los movimientos de ellos, escuchando en secreto cada una de sus órdenes, desapareció como una pantera en los recovecos del edificio y en la noche.

Envuelto entre las sombras de un tejado adyacente, un joven árabe observaba todos los movimientos de *Bast* con una bien entrenada calma y quietud. *«¿Se trata de ella realmente, después de tantos años? —se preguntó—. ¿De aquella chiquilla, ahora una mujer hecha y derecha?»*

Cuando *Bast* desapareció de la vista, el joven se deslizó en silencio en las entrañas de la oscuridad.

# CAPÍTULO 22

Bill cotter guardaba silencio, observándolo todo desde su privilegiado mirador de las oficinas de American Express, frente al Café Dellini. Por el rabillo del ojo, captó su reflejo en el cristal de la ventana. *«Pareces un mierda* –pensó–. *Ojos abotargados, sin brillo ni chispa. Revelador cabello gris en las sienes y patillas de ese tinte rubio barato. Las patas de gallo comienzan a marcarse en las comisuras de tus apagados y velados ojos.»*

Sacudió la cabeza mientras su mirada volvía al escenario del café. El cuadro vivo del caos que se había desplegado ante sus ojos le había dejado visiblemente conmocionado. El aliento se espesaba en su pecho, le temblaban las manos. Aspirando con fuerza el humo del cigarrillo, susurró una maldición y tiró la colilla al suelo, triturándola violentamente con el pie. Cotter respiró profundamente para serenarse, y luego abrió la puerta para sumergirse en el frío aire de la noche.

Bajó por el paseo con rápida zancada, oteando nerviosamente en todas direcciones, como un hurón. Después, dobló la esquina y subió a la colina, donde tenía estacionado su automóvil. Tiró bruscamente de la puerta del vehículo y se sentó al volante. Allí, en el asiento del acompañante, estaba el Dr. Felix Ahriman, el Pequeño Hombre del avión.

Un pegajoso aroma de lavanda saturó las fosas nasales de Cotter. Ahriman era la personificación del gemelo malvado de Truman Capote. Su cara pálida, sus mejillas ligeramente sonrosadas y su aire afeminado traslucían de algún modo la crueldad de su imagen.

Estaba allí sentado, con las manos unidas por las yemas de los dedos formando un ángulo agudo bajo sus labios, con la fina sonrisa de un querubín.

—Hola, Billy. ¿Sorprendido de verme? –preguntó Ahriman.

—¿Cómo demonios...?

—Oh, vamos, Billy... ¡Qué vergüenza, qué vergüenza que todo el mundo sepa tu nombre!

—No... Sólo quería decir que no esperaba verte aquí.

Dándose sendas palmadas con las dos manos en los muslos, Ahriman dijo:

—Claro, eso es exactamente lo que querías decir.

Luego, indicando la cabeza hacia el café, a los pies de la pendiente escalonada que había ante ellos, añadió:

—Que palabra tan fea... *«fracaso»*... ¿no te parece?

Cotter captó las implicaciones como un pez que se traga el cruel anzuelo, desgarrándole los intestinos. Gotas de sudor comenzaron a caerle por los costados del torso y de la espalda, adhiriéndole la camisa a la columna.

Una mirada paternal transformó el rostro del doctor, que, dándole una palmada en el muslo a Cotter, dijo:

—Olvidémonos de este pecadillo por el momento, ¿de acuerdo?

—Lo que tú digas –respondió Cotter.

—Eso está mejor. *Vamos a jugar.*

Cotter se quedó congelado, en un estado de fuga histérica. Sus ojos parpadearon.

—Saber –respondió Cotter envarado.

—Atreverse –dijo el doctor.

—Querer.

—Guardar Silencio...

Totalmente inmerso en un estado alterado de consciencia *Nivel Alfa*, Cotter era un títere y Ahriman el titiritero. De hecho, ése era su nombre en clave, *«Il Burattinaio»*, dentro de la Hermandad.

—El fracaso es una cosa terrible, Billy. Trae vergüenza y ruina. Hace que uno se decepcione. La vida ya no tiene sentido. Tu vida no tiene ningún propósito, Billy. Ningún sentido. ¿Me comprendes?

—Comprendo. Mi vida no tiene propósito –respondió Cotter con un estremecimiento en la mejilla, como un ligero tic, mientras una lágrima de vergüenza caía por ella.

Después, su consciencia se sumergió aún más profundamente, en el *Nivel Omega.*

—Eres un humillante fracaso, Billy Cotter. Eres un innecesario cabo suelto. Un chico malo. Escucha y obedece –dijo Ahriman.

—Escucharé y obedeceré.

La puerta del acompañante se cerró suavemente y los minúsculos pies de Ahriman se alejaron por la calzada de adoquines, entrando y saliendo de los conos de luz de las farolas que marcaban su sendero por la empinada acera que bajaba a la Piazza di Spagna. Su marcha era triunfal, pavoneándose calle abajo hasta el final, donde se detuvo a comprarle un clavel a una hermosa joven. Se puso la flor en el ojal del abrigo y empezó a silbar «Zip-A-Dee-Doo-Dah». Mientras se alejaba de allí paseando, lanzó una última ojeada a la colina, hacia el automóvil de Cotter. Los faros del automóvil hicieron un guiño, y él sonrió.

La mano de Cotter giró la llave de contacto y el motor arrancó. Lentamente, puso la primera.

En la distancia, el sonido de las sirenas de los Carabinieri aumentó de intensidad y luego se amortiguó. Las dos toneladas y media del sedán de Cotter comenzaron a rodar por la empinada calle.

El estridente sonido de las sirenas comenzó a acercarse de nuevo.

Cada vez más intenso, más claro.

El sedán de Cotter comenzó a ganar velocidad, cada vez más rápido.

Los gemidos de las sirenas eran mucho más fuertes ahora, estaban mucho más cerca.

El sedán se precipitó calle abajo, más rápido todavía.

El chirrido de los neumáticos por una frenada tardía, el sonido del torturado metal y de cuerpos rotos, desgarró el aire. Cuando el automóvil de Cotter se lanzó contra el vehículo de la policía, la fuerza de la colisión lo catapultó por el aire.

Como a cámara lenta, el sedán de Cotter voló en la quietud del espacio, dando vueltas en espiral como un balón de fútbol americano, hasta estrellarse frontalmente contra la fuente. Un único claxon resonó en toda la plaza.

# CAPÍTULO 23

# CUARTEL GENERAL DE LA NSA, FORT MEADE, MARYLAND

Desde su asiento en la mesa de reuniones, el agente Manwich observaba al inofensivo hombrecillo que estaba de pie en la tarima. Tras él, una enorme pantalla de plasma parpadeaba con una larga toma de una celda. Bajo el crudo resplandor de la bombilla desnuda de la celda, se balanceaba el cuerpo de un hombre, proyectando sombras pendulares sobre las paredes. La cámara se aproximó a la cara del hombre. Tenía una sábana anudada fuertemente en torno al cuello. Su rostro era una mueca retorcida, mientras los ojos parecían salírsele de las órbitas.

La cámara hizo después un lento recorrido hasta el suelo, justo debajo de él. Con un primer plano directo, la imagen de un libro abierto ocupó toda la pantalla.

Los ojos del agente se clavaron en el hombrecillo del entarimado. Los agente de campo le llamaban «el Hombre Respuesta».

Era un analista, una especie de profesor que encabezaba a un grupo de expertos de la agencia. Si uno daba con algún oscuro elemento de información, tenía que enviárselo al Hombre Respuesta, que se encargaría de suministrárselo al escuadrón de cretinos.

El Hombre Respuesta pulsó el mando a distancia. El vídeo se disolvió en un tumulto de píxeles, que se fundieron en una imagen digitalizada y directa de la página.

—Caballeros, lo que tenemos aquí es nada menos que el dedo de un hombre moribundo señalando a su asesino.

Miradas de desconcierto recorrieron la sala de reuniones.

—¡Pero si fue un suicidio! –protestó alguien–. Simplemente, otro IC que se rompió bajo presión.

—¿Lo fue? Aunque los informantes confidenciales suelen sufrir depresiones, no esté tan seguro –dijo el Hombre Respuesta moviendo la mano como para desechar la idea–. Deje que me explique. La página que estamos viendo es de *La tempestad,* de Bacon, acto 1.º, escena 2.ª.

Bill Loveday, jefe del Directorio de Operaciones, le interrumpió:

—Querrá decir *La tempestad* de Shakespeare.

Frunciendo el ceño, el Hombre Respuesta dijo:

—No. William Shakespeare fue lo que ustedes llamarían una tapadera, una falsa fachada. Estudios muy detallados han demostrado que el nivel de escritura y de educación requerido para la composición de estas obras apuntan a un erudito, Sir Francis Bacon. Nuestra sección criptológica ha descubierto lo que llamamos la cifra Bakish. Permítanme que se lo demuestre.

Una nueva imagen apareció en la pantalla:

Inglés: abcdefghijklmnopqrstuvwxyz0123456789
21 letras: ABCDEFGHIIKLMNOPQRSTVVV-Y–ABCDEFGHI
Bakish: efghiklmnnopqrstvyabccc-d–efghiklmn


—El nombre de *Bacon* aparece muchas veces en las obras de Shakespeare... pero cifrado y hacia atrás. He aquí una línea de ejemplo en inglés, con el Bakish debajo:


When now h*is fa*ther's death had freed his will
Cmir rsc m*na keb*miy'a hiebm meh kyiih mna cnpp


—Miren sólo las letras en cursiva. Las letras «isfat», cuando las vemos en la fila de abajo, se transforman en «nakeb», que es «bekan» al revés, que equivale a «bacon».

—Eso en el caso de que no puedas deletrearlo –dijo alguien.

El Hombre Respuesta sacudió la cabeza.

—En aquellos tiempos primitivos de la lengua inglesa, la misma palabra se podía deletrear de maneras muy diferentes. Fonéticamente...

—Enganchado a los Fónicos –bromeó otra voz.[9]

—Sí, del mismo modo que se les enseña a leer a los niños hasta el día de hoy. Y al arte de disfrazar una misiva, una mensaje secreto, dentro de un texto evidente, mediante el uso de fuentes diferentes, ¿se le denomina....? –preguntó el Hombre Respuesta, recorriendo lentamente la mirada por unos rostros vacíos.

—Esteganografía –respondió el jefe, impaciente–. Al Qaeda utilizó otra variante llamada *Semagrama* para ocultar mensajes en sus correos electrónicos, y existen rumores de que han ocultado instrucciones en fotos jugando con los píxeles –dijo el jefe entornando los ojos–. Y, ahora, ¿podemos seguir con esto?

El profesor levantó las cejas.

—Ese último detalle, afortunadamente, no fue más que una «leyenda urbana» de Internet. Pero volvamos a la identificación del asesino. He aquí una imagen ampliada del pasaje de *La tempestad* que encontramos en la celda.

**B**egun to tell me what I am, but stopp'd,
**A**nd left me to a bootless inquisition,
**Con**cluding, Stay: not yet.

—¿Notan algo extraño, caballeros?

9. *Hooked-on-Phonics*, en el original inglés. Hooked on Phonics es una marca comercial de materiales educativos diseñada originariamente para la educación en la lectura a través de la fonética. (*N. del T.*)

# CAPÍTULO 24

# ROMA

El fiat negro de Josie chirrió por la pista y subió al Grumman Gulf Stream V, que esperaba cargado de combustible, con los motores gimiendo y listo para un despegue inmediato. El avión estaba registrado a nombre de una empresa electrónica de propiedad israelí, que hacía negocios regularmente con Roma, de modo que a nadie le resultó sospechoso que se presentara para un rápido despegue. Cuando Josie entró en la cabina, el *Kasta*, o encargado del caso de la delegación de Roma, estaba sentado frente a una mesa de trabajo estudiando un archivo. Era un hombre bajo, de pecho ancho, con el cabello áspero y encrespado, y unos ojos azul claro. Sus rasgos eran los de un picapedrero: todo filos dentados y cortantes, con la piel llena de marcas y agujeros. Tan poco refinado como su verdadera naturaleza.

—Señorita Schulman, ¿sería usted tan amable de no volver a Roma durante... oh... pongamos... lo que queda de milenio? –dijo el Kasta mirándola por encima de sus medias lentes de lectura.

—Tú *momze. Kush meer in tochis.*

Josie tenía el inmenso placer de saber cómo decirle a un bastardo que le besara el culo en ocho idiomas, especialmente en yiddish.

—Iba a ser un simple intercambio. ¿Cómo es que no sabía usted que me habían preparado un golpe? ¿O es que está hojeando todavía el reglamento, intentando averiguar cómo pudo cagarla tanto en El Cairo? –dijo Josie con el rostro congestionado por la ira.

—De acuerdo, supongo que me merecía eso –dijo el Kasta que, desviando la mirada por un instante, volvió a mirarla rápida y furtivamente–. ¿Ha hablado ese bastardo viniendo hacia aquí?

—Estaba ocupado muriéndose desangrado –dijo Josie–. Sólo masculló algo de que era mejor morir rápidamente que enfrentarse a la muerte de los mil y un cortes. Apenas respira ya. Supongo que era un pistolero a sueldo, un *freelance*...

El Kasta se encogió de hombros.

—Puede hacer su propio trabajo sucio. Lo dejo en sus... capaces manos –dijo ella, ironizando con la mirada y con la inflexión de voz.

Josie y el Kasta tenían una historia, una fea historia de traición. Él había dejado a un buen amigo de ella con el culo al aire, varado en El Cairo unos años atrás. Y fue ella la que tuvo que informar a la madre de que su hijo, de veintisiete años, había muerto y que el cuerpo no había podido ser recuperado, lo cual era cierto. ¿Cómo le iba a contar que el dedo amputado del pobre chico era lo único que habían recuperado, habiendo sido enviado por correo a la Embajada de Estados Unidos? Para su forma de ver las cosas, el Kasta era un necio, un idiota que lo hacía todo según el reglamento porque, de otro modo... no tenía ni idea de qué hacer.

Josie detestaba hasta su olor, el hedor que despedía. Ella no albergaba falsas expectativas con respecto a su trabajo, pero siempre había creído que las personas, en esa clase de trabajo, debían tener más madera de poetas o de artesanos locos; y aquel tío era un cerdo, un *chazar,* chovinista e incompetente como él. Ella recibía órdenes de Abraham, el jefe de Metsada, y de nadie más. Ella era una agente de campo, no una burócrata, y mucho menos el lacayo de nadie.

—Muy bien –dijo él–. Aquí hay unos archivos que el Instituto ha enviado en una valija urgente para usted. Extraño negocio. Están sellados. ¿Se encargará de ponerme al corriente, señorita Schulman?

—No. Sólo le informaría si necesitara saberlo. Y usted no necesita saberlo. ¡Oh, demonios, jódase!

—Obviamente, despierto lo mejor que hay en usted –dijo el Kasta entrecerrando los ojos–. Ustedes, los de Metsada, son todos iguales. Se lo advierto, señorita Schulman, no me toque las...

—Tome este libro y este documento –le interrumpió ella–, y envíeselo urgentemente a mi padre en Chicago, por valija diplomática. ¡Y no... lo abra! ¿Lo ha entendido?

—Dado que usted va directamente a Chicago, ¿por qué no se lo lleva usted?

—Eso es lo que le gustaría, ¿no? –le contestó con una mirada glacial–. Voy a entrar en Estados Unidos de forma encubierta, de modo que no voy a disponer del beneficio del estatus diplomático. En la aduana podrían inspeccionar el paquete.

El Kasta apartó la mirada. Mirando al techo, probó con una táctica diferente: destrozarla con una fingida simpatía.

Suavizando la voz, se dirigió a ella con el familiar:

—Josie, sería mejor que se sentara, por favor. Acabo de recibir un informe de daños... Monseñor Scarlotti sufrió un ataque al corazón en la escena de la acción y fue llevado al hospital. Lo lamento profundamente... Sé que es su tío.

Josie se desplomó en el asiento y se mordió el labio inferior para detener las lágrimas, pero éstas seguían queriendo emerger en sus ojos. *«No voy a dejar que este bastardo me vea llorar»*, pensó. Haciendo un último esfuerzo por retenerlas, y fracasando de nuevo, Josie se dio por vencida cuando las lágrimas brotaron finalmente.

—¿Él está bien, entonces?

—Hasta donde yo sé, sí. Le mantendré informada.

Pero, cambiando de marcha de nuevo, el Kasta dijo:

—Señorita Schulman, el cuerpo del agente encargado de la seguridad de la embajada americana... Bill Cotter, y su automóvil, se han encontrado frente al café. ¿Se le ocurre alguna conjetura?

Josie recobró la compostura casi tan rápido como el Kasta había cambiado de marcha.

—Se lo dije una vez, *¡Gai tren zich!* Estoy segura de que usted sabe mucho más que yo.

El rostro del Kasta se encendió de ira, y luego se transformó en una sonrisa de satisfacción.

—Joderme *a mí mismo* es una imposibilidad física.

—Es usted un hombrecillo celoso. Todo el mundo sabe que estamos reñidos con nuestros primos en lo referente a los amoríos de la Inteligencia con el Vaticano desde la década de 1960. Mi relación con monseñor Scarlotti fue siempre desde la distancia, pero usted siempre se ha mostrado resentido con esa relación. Tengo la intención de preguntarle al Instituto qué demonios está pasando aquí. ¡Usted sigue siendo un imbécil incompetente!

Mirándola por encima de sus medias gafas, el Kasta asintió en señal de capitulación.

—Si no hay nada más, le sugiero que parta de inmediato –dijo.

—No, no hay nada más. Simplemente, envíe urgentemente ese paquete. No lo abra. Y haga que el agente AL contacte conmigo en el otro lado, en Chicago, con herramientas y documentos de identificación nuevos.

Ella sabía que, con la pifia del Café Dellini, iba a necesitar un encargado del caso de gran cobertura en Estados Unidos para conseguir documentos nuevos... y armas. Necesitaba utilizar otra identidad.

—*Shalom*, señorita Schulman.

—*Shalom*.

Hasta que no salieron del espacio aéreo italiano, Josie no tuvo la fortaleza suficiente para aplicarse a la tarea de intentar encajar las piezas. Un estudiante israelí acreditado, que hacía las veces de auxiliar de vuelo, le trajo un escocés doble. Josie se puso a rebuscar en su bolso el paquete de cigarrillos, y el joven le advirtió que no podía fumar en el avión. Pero al ver los ojos marmóreos y fríos de Josie comprendió que era mejor dejarla estar. Decidió cerrar la boca, vivir lo suficiente como para ir a la universidad y, algún día, perder la virginidad. Y luego fue a sentarse en la parte de atrás.

# CAPÍTULO 25

# CUARTEL GENERAL DE LA NSA

El hombre respuesta frunció el ceño.

—En realidad, caballeros, se trata del decodificador 101. El texto ha sido alterado. Tomen nota del texto original. Fíjense en las letras resaltadas, y luego compárenlo con la versión manuscrita garabateada al margen.

Apareció otra imagen en la pantalla, con las dos secciones ampliadas.

**B**egun to tell me what I am but stopt,
**A**nd left me to a bootless inquisition,
**Con**cluding, stay: not yet.

**D**id begun to tell me what I am stopt,
**R**ent my bitter soul,
**A**nd left me to a bootless inquisition,
**G**allows light the dark,
**O**n concluding, stay: not yet.

—Las primeras letras de la primera y la segunda línea, combinadas con las tres primeras letras de la tercera línea componen... *¡BACON!*

De repente, Manwich entendió lo que ocurría con las primeras letras del texto manuscrito:

D R A G ... O

Manwich dijo:

—De acuerdo, ya lo entiendo. Es el nombre de pila de Volante. Pero eso no lo convierte en un homicida.

Otra imagen apareció.

Una extrañas letras, unas marcas, se esparcían sobre un pequeño trozo de pergamino.

—Esto se encontró en el puño cerrado del sujeto. Es una cifra que se halló oculta en las amarillentas páginas de un libro. El libro estaba en un polvoriento estante de una biblioteca masónica. ¿Alguien la reconoce?

El agente Childress, que era un préstamo del MI6,[10] comenzó a hablar, pero después dudó. Mirando a su alrededor un tanto azorado, dijo finalmente:

—Es la cifra de la Golden Dawn, una sociedad secreta fundada en Londres a finales de la década de 1880.

Y, ruborizándose del todo, continuó:

—Una página negra de la historia de Inglaterra, con escándalos sexuales en los periódicos sensacionalistas y todo.

—¿Una página negra? —exclamó Loveday con un tono sarcástico—. ¿Qué página hubo que no fuera... negra?

Childress se puso tenso con el dardo de Loveday, pero continuó:

—Era un puñado de intelectuales babosos, como el poeta W. B. Yeats, y ese aspirante a poeta y charlatán de Aleister Crowley. Gustaban de lucirse en secreto, ataviados con trajes egipcios, y fumaban hachís. Se montaban rituales de pega y todo eso, señor.

—Un puñado de reinonas afeminadas intelectuales, quiere decir... Oh, perdóneme, estoy siendo políticamente incorrecto —soltó su puya

---

10. El MI6 es la agencia de Inteligencia exterior británica. (*N. del T.*)

Loveday volviéndose hacia Childress–. Creo que en la Madre Inglaterra les llaman ustedes mariconas.

Dio un resoplido de satisfacción, se echó atrás en el respaldo de su asiento y entrecruzó sus gruesos dedos sobre su exuberante tripa de consumidor de donuts.

—¿No fue Oscar Wilde uno de los «chicos de la banda»? –preguntó mordazmente para acabar.

—Si con eso pretende usted decir que Wilde era gay, tiene razón. Pero sólo su esposa era en realidad miembro de la Golden Dawn –le corrigió Childress envarado, arreglándose el nudo Windsor de su corbata de seda–. Y, aunque Wilde era un homosexual declarado, la mayoría de los miembros de la Golden Dawn no lo eran.

El Hombre Respuesta intervino.

—Pero eran algunas de las inteligencias más brillantes de su época. Crowley podía jugar varias partidas de ajedrez simultáneas, sentado en otra habitación, utilizando su viva memoria para recordar la posición de cada pieza en cada tablero, indicando sus movimientos a gritos desde allí. ¿Que era un tanto excéntrico? Sí, lo era. Crowley desfiló por Piccadilly Circus envuelto en una capa de terciopelo blasonada con símbolos, sacando barbilla y con ojos de loco. Creía que la capa le hacía invisible, y casi mata a un camarero del Café Royal por tener la audacia de preguntarle al entrar si quería una mesa junto a la ventana, cuando iba cubierto con su capa mágica de la invisibilidad.

—Podría haber utilizado una capa como ésa sobre el terreno el mes pasado –dijo un agente riéndose por lo bajo.

—¡Eh, quizás Bin Laden tenga una! –exclamó otro.

—Ríanse todo lo que quieran, pero existen informes documentados de la capacidad de Crowley para confundir el pensamiento de las personas y aturdirlas, para llevarlas al suicidio o al manicomio. Ernest Hemingway contó que había visto a Crowley acercarse inadvertidamente por detrás a un hombre que pasaba por allí y que le había hecho andar sincrónicamente con él, haciéndole bajar de la acera. Luego se agachó y se puso a caminar como un pato, y el hombre hizo lo mismo; y, cuando el mago se arrojó al suelo, el hombre se desmoronó.

Manwich canturreó la sintonía de la serie *The Twilight Zone, Dimensión desconocida,* y se quedó mirando al techo con los ojos entornados.

El jefe de dirección de operaciones se aclaró la garganta.

—Encantadora esta pequeña lección de historia, profesor... pero, ¿adónde quiere ir a parar y qué dice ese maldito mensaje?

Clic.

—He aquí la clave. Traduzcan el mensaje ustedes mismos, caballeros, y verán que el sujeto estaba, simplemente... siguiendo órdenes.[11]

---

11. La transcripción de la clave siguiente da lugar a «*Lets play hangman*», que significa «Vamos a jugar al ahorcado». (*N. del T.*)

# CAPÍTULO 26

En la oficina de la Unidad *Ombra,* Rossi no dejaba de andar de aquí para allá. El reloj de la pared marcaba las 6:00 a.m. Todo el equipo estaba sentado, en silencio, con los músculos doloridos por la avalancha de adrenalina de la noche anterior, con los ojos enrojecidos, mirando al suelo, intentando evitar la mirada de Rossi. En el pasado, situaciones similares les habían enseñado a esperar pacientemente a que su líder recompusiera sus ideas. Mejor guardar silencio, no dar excusas, y quedarse con lo que pudiera venir.

Rossi se detuvo, con las manos en los bolsillos y gesto grave.

Enrico, el francotirador de la unidad, se aclaró la garganta.

—¿Decías algo? –le presionó Rossi.

Enrico tragó saliva audiblemente y negó con la cabeza.

—Creo que lo que ocurrió anoche –dijo Rossi– fue lo que los marines de Estados Unidos llaman un «cluster fuck», un descalabro total.

Recorriendo con la mirada a todos los que se encontraban en la habitación, Rossi continuó:

—Nadie, ni siquiera yo, actuó de forma profesional. Perdimos a Carmela, una de los nuestros –dijo con cierta tensión–. Cuando terminemos aquí, Dante me llevará a casa de sus padres. Y tengo que intentar explicarle a su madre por qué alguien bajo mi mando ha muerto innecesariamente. Este largo viaje sólo lo había hecho una vez antes, y no tengo ninguna intención de volver a hacerlo. ¿Comprendido?

Alguien tosió, y todas las cabezas asintieron.

—Y, ahora, decidme qué tenemos.

Lorenzo fue el primero en hablar.

—Las huellas del objetivo señuelo, Saud, nos remiten a un súbdito saudí. Edad, veintiséis años; lugar de nacimiento, la Meca. De familia rica, con un montón de contratos de construcción con Halliburton por todo Oriente Medio. Hemos pedido al Ministerio de Exteriores que lo verifique con la Embajada saudí.

Rossi asintió.

—Guardad discreción. ¿Habéis registrado su apartamento?

—Sí, señor. Cualquier cosa de interés, por remoto que éste sea, se ha metido en bolsas y se ha etiquetado. El equipo forense está con todo eso ahora.

—¿Los registros telefónicos y el disco duro de su ordenador han revelado algo?

—Nada todavía, pero lo están contrastando todo.

Rossi se rascó la barbilla.

—Decidles que le den máxima prioridad.

Vacilante, Dante levantó la mano y se peinó su espeso y negro cabello con los dedos.

—Adelante –le dijo secamente Rossi.

—El Mercedes negro, señor. Hasta el momento, hemos...

—Déjame eso a mí –le cortó en seco Rossi levantando la mano–. Dame lo que tengas, clasifícalo «Ultra»... y no hables de eso con nadie. –Remarcó las últimas palabras con una mirada de acero–. Caballeros, de este tema no se debe hablar fuera de esta sala.

El timbre del teléfono rompió el silencio.

Respondió Lorenzo, intercambió unas breves palabras y colgó el auricular.

—Señor, han encontrado algo que quieren que vea en los Servicios Tecnológicos.

—Dante, Enrico... venid conmigo. El resto repasadlo todo de nuevo.

Se dirigieron al laboratorio tecnológico.

El laboratorio de los Servicios Tecnológicos era el país de los chismes para Rossi. Disponían de lo último en software y en criptotecnología; aunque, comparado con lo que tenían los británicos en el GCHQ,[12] in-

---

12. GCHQ son las siglas del Government Communications Headquarters, «Cuartel General de Comunicaciones Gubernamentales», agencia de Inteligencia británica que se encarga de proporcionar inteligencia

teligencia de señales, y los chicos de la NSA y de Langley,[13] esto parecía un juego de química para niños. Los *racks* estaban atestados de aparatos y envueltos entre zarcillos de cables que les rodeaban. Estaban delante de un banco de monitores LCD. El técnico, Claudio, que tenía la cara llena de granos, se empujó rápidamente las gafas de gruesas lentes sobre el puente de la nariz mientras sus dedos volaban sobre el teclado.

—Estoy dándole entrada ahora –le dijo a Rossi.

—Quizás Carmela no haya muerto en vano –dijo sombríamente Rossi.

Múltiples imágenes aparecieron en tres de los monitores.

—Lo que está viendo es el material registrado por las cámaras que llevaban los miembros del equipo. Cuando volví a reproducir lo que había transmitido la cámara de Carmela, me encontré con algo interesante.

En la pantalla del medio, más grande que los otras, aparecieron las agitadas imágenes de una figura oscura que corría por delante, de espaldas. La figura corría dando grandes zancadas.

—Ése es nuestro hombre –dijo Dante.

—Corre como un *dannato,* un guepardo –añadió Enrico.

—¿Puedes estabilizar el movimiento de la cámara y realzar el audio? –preguntó Rossi.

—¿Qué tal ahora? –dijo el técnico.

La agitación de las imágenes se suavizó.

—Si hacemos esto...

El técnico pulsó una tecla, apareció una rejilla de datos y, dando una vuelta, se ubicó en la esquina derecha de la pantalla.

—... dispondremos de un programa que puede darnos la altura y el peso aproximado del sujeto en función de la longitud de las zancadas y de su sombra, y comparándolo con los objetos circundantes.

—No es muy alto –dijo Dante viendo los resultados.

---

de señales (red de diferentes medios de comunicación de los servicios de inteligencia) y seguridad de información al Gobierno y a las Fuerzas Armadas del Reino Unido. (*N. del T.*)

13. Langley, en Virginia, es donde se encuentra el cuartel general de la CIA. (*N. del T.*)

En la pantalla se vio el balanceo de una Beretta equipada con silenciador en la mano extendida de Carmela. La pistola disparó dos veces.

La pantalla se oscureció cuando la agente se introdujo en el callejón siguiendo al objetivo. En los altavoces resonaba la agitada respiración de Carmela.

Durante unos momentos se escuchó el eco sordo de sus pisadas durante su carrera y, luego, un resplandor borroso de acero.

Rossi se encogió por simpatía, apretando los puños en los costados.

—Fijaos bien ahora –dijo el técnico–. He ralentizado y realzado digitalmente esta sección.

Una mano –una mano pequeña, observó Rossi–, con los dedos extendidos, abarcó el marco. El técnico pulsó secamente una tecla y, mágicamente, apareció una imagen, una cara, tras la mano.

—Se dice que los ojos de los muertos captan el último instante de vida –dijo Rossi observando fijamente la pantalla.

Al principio, un mechón de cabello negro le oscureció la cara, pero luego, al sacudírselo con un movimiento de cabeza, aparecieron unos ojos brillantes, pulsando en blanco, como los de un zombi, por la distorsión en tonos esmeralda de la óptica de visión nocturna. Labios carnosos. Rasgos delicados. El rostro de la imagen miraba hacia abajo oblicuamente.

Con el aliento entrecortado en la garganta, Rossi recordó a Gina, mirándole desde arriba mientras le cabalgaba en la habitación del hotel, con una mirada salvaje y febril. Se acordó de la melena de cabello sedoso empapada en sudor que cubría su rostro mientras se movía y se estremecía de pasión. Una fría hoja de hielo se le clavó en el corazón.

—¡*Figlio di puttana!* –dijo Dante en un resuello.

—No es un hijo de puta, ¡sino una *fica*! Es una mujer –le corrigió Enrico.

Rossi dio un puñetazo sobre la mesa, volcando la taza de café del técnico.

Mordiéndose el labio inferior con tanta fuerza que a punto estuvo de hacerlo sangrar, se irguió y dijo:

—Haz copias en papel y...

—¿Las distribuimos entre los Carabinieri y los agentes de aduanas? –intervino Dante.

La fría mirada de Rossi se clavó en la de Dante.

—¡NO! Sólo entre la Unidad *Ombra*. Sé dónde encontrar a esa bruja. Y su culo es mío.

Sin articular ninguna palabra más, Rossi giró sobre sus talones y salió precipitadamente de la sala, dando un portazo tras de sí.

# CAPÍTULO 27

# FORT MEADE, MARYLAND

El Hombre Respuesta reanudó su charla.

—Así pues, ahora que ya han transcrito el código, tienen que preguntarse... ¿cómo un simple mensaje pudo inducir a un hombre a suicidarse?

—Quizás el chico estaba jodido y, simplemente, eso le empujó a dar el salto –dijo Manwich.

—El informante era un individuo sumamente inteligente y estable. Las evaluaciones psicológicas no revelaron ningún defecto mental subyacente –explicó el Hombre Respuesta que, pulsando nuevamente el mando a distancia, mostró entonces la imagen de un hombre de rostro muy pálido con un escaso cabello gris–. Caballeros, les presento al Dr. Felix Ahriman, un eminente investigador neuropsiquiátrico y un...

—Un completo pirado –intervino Manwich.

El director le lanzó una severa mirada a Manwich. Mientras observaba al rollizo agente de cara de luna, vestido con un traje barato de poliéster arrugado, el director tuvo que contener una risa. Él consideraba a Manwich un enigma. Aquel hombre parecía un guarro desaliñado, burdo y repugnante; pero, tras aquel grosero aspecto exterior, se ocultaba una mente retorcida. La palabra «ética» no podía encontrarse en el vocabulario de Manwich, hecho que, combinado con su astucia, le convertían en un operario peligroso. El director toleraba la actitud y los modales groseros de Manwich porque éste seguía las órdenes sin hacer preguntas, y nunca miraba atrás.

Manwich se encogió de hombros.

—Lo estuve investigando cuando hizo una solicitud para trabajar con nosotros –dijo, y se puso a mirar al techo como intentando recordar–. Era un contratista autónomo que trabajaba para Langley... formaba parte de aquellas tentativas asignadas a MK ULTRA.

—¿Aquel programa de operaciones encubiertas que utilizaban el LSD y la hipnosis para controlar la mente? –preguntó el director Loveday.

—Sí –asintió Manwich–. El bueno del Dr. Ahriman fue acusado de experimentar con sus colegas. Los dopaba sin ellos saberlo, les hacía pasar por sesiones de programación hipnótica diseñadas para implantar todo tipo de locuras y delirios paranoides, y luego...

—Su mejor amigo y socio saltó al vacío desde la ventana de la habitación de un hotel –le interrumpió el Hombre Respuesta–. Cayó treinta pisos, aterrizando sobre el techo de un taxi aparcado en Lexington Avenue.

—Ésa es una manera de encontrar taxi en Nueva York –sugirió otro agente.

—El Departamento de Policía de Nueva York dijo que había sido un suicidio, pero quedaron un montón de preguntas sin responder –añadió Manwich–, como ¿por qué estaba en cueros? –Hizo una pausa–. Leí el informe de una entrevista que le hicieron a la secretaria de Ahriman en la Agencia. Ella le acusaba de haberle hecho proposiciones sexuales deshonestas, y de haberse propasado con ella.

—¿Metiéndole mano? –preguntó Loveday.

—No –respondió Manwich–. Ella dijo que, cuando tomaban café, él le hablaba a veces de cosas raras. Al principio, ella desconectaba de lo que él decía. Pero, con el tiempo, se percató de que se sentía forzada a escucharle. Incluso se descubrió atraída por él, aunque siempre había sentido rechazo. Empezó a tener pesadillas, y a ausentarse del trabajo. Digamos que ella entraba en una habitación y, de repente, no recordaba cómo había llegado hasta allí. Pensaba que alguien estaba decidida a jugársela, leyendo sus pensamientos, interviniendo su teléfono. Pero lo peor fue cuando una mañana se despertó acojonada, despatarrada en la cama de un hotel barato, sin acordarse siquiera de cómo había llegado allí, con el cuerpo lleno de cardenales y verdugones, y las lesiones propias de haber sido violada.

—Le debió de echar algo en la bebida. ¿Qué le hicieron a Ahriman? –preguntó el director Loveday.

—La mujer no estaba drogada. No hicieron nada. Investigaron y descubrieron que Ahriman había utilizado su tarjeta de crédito para pagar la habitación. Encontraron sus huellas dactilares y rastros de su polla por toda la habitación, pero... la declaración del recepcionista del hotel aquella noche dio al traste con todo. El recepcionista dijo que, cuando la mujer se registró con Ahriman, estaba cachonda y con ganas de hacérselo... y que incluso le propuso a él si quería unírseles en un trío.

—Ahriman probablemente lo sobornó.

—No, hicieron pasar al chico por el polígrafo y salió airoso –explicó Manwich.

—¿Y qué ocurrió con la mujer?

Manwich levantó las cejas, abrió bien los ojos y tragó saliva.

—Se suicidó... se ahorcó.

—Y no dejó ninguna nota, ¿verdad, señor Manwich? –dijo el Hombre Respuesta–. Pero le encontraron un papelito en la mano.

El agente abrió los ojos como platos.

—Es verdad, lo había olvidado.

La pantalla parpadeó, y apareció la fotografía de una nota arrugada, escrita con unos extraños jeroglíficos.

Debajo, la traducción decía:

SIMON SAYS PLAY DEAD...

—¿Está usted diciendo que hay una conexión con el suicidio de nuestro IC? –preguntó el director inclinándose hacia delante–. ¿El mismo MO, *modus operandi*?

—No se olvide de Kenny —intervino Manwich—, aquel internista que encontramos en la sala de ordenadores estrangulado con una cuerda de piano.

El Hombre Respuesta se encogió de hombros.

—Les dejaré que juzguen ustedes mismos. Los antiguos símbolos mágicos de la nota, una vez decodificados, dicen: «Simón dice, juega a estar muerta».

—¿Dónde está ahora el tal Ahriman? —preguntó el director.

—Apartado de todo, con la *G* de gángster, eso seguro —dijo Manwich—. Desestimé su solicitud, y le puse el cuño de «fuera».

—Sin embargo, ha encontrado un patrocinador —dijo el Hombre Respuesta—. Ahora trabaja como especialista para el Instituto *E*...

La imagen de un alto edificio, familiar para todo aquel que hubiera estado en Los Ángeles, apareció en la pantalla.

—... una de las iglesias New Age más grandes del mundo. Ésta es su central. Su fundador y líder no es otro que Drago Volante.

—Deme algún antecedente —dijo el director apoyándose en el respaldo de su asiento.

—Aunque no encontrará nada de esto en su biografía, aparentemente brillante, Volante tiene un pasado más bien sórdido. El FBI tiene un grueso archivo sobre él, que se remonta a muchos años atrás. Ese archivo formaba parte de una investigación de seguridad que implicaba a un científico de propulsión de cohetes, uno de los fundadores del Laboratorio de Propulsión a Chorro de Pasadena.

—Jack Whiteside Parsons. Incluso le pusieron su nombre a un cráter de la luna.

—¿Cree el FBI que era comunista? —preguntó el director.

—No. La investigación surgió debido a su excéntrico comportamiento y a un informe policial. Parece ser que sus vecinos se quejaban de los alborotos que había en la mansión de Parsons en Pasadena. Era el sitio donde se congregaban los bohemios en aquellos días, escritores y artistas. Principalmente, escritores de ciencia ficción, como Harlan Ellison,

Robert A. Heinlein, e incluso Ray Bradbury se rumoreaba que habían pasado por allí.

—¡Eh! ¿Volante no escribe novelas de ciencia ficción? –preguntó un agente.

—¡Sí! –saltó Manwich–. Vinny Valentino protagonizó una adaptación al cine hace unos años. Pero el capullo fracasó en las taquillas.

—Sí, ése fue el comienzo de la relación de Volante con Parsons. Volante era un escritor en ciernes que quería codearse con los grandes. Se fue a vivir a la mansión. Pero esto es sólo la mitad del asunto. La policía recibió la queja de que una mujer desnuda y embarazada estaba dando saltos sobre una hoguera en el jardín trasero, en una especie de ceremonia en la que un montón de personas estaban montando una bronca, corriendo por ahí con túnicas negras y tal.

—¿Brujas? –preguntó alguien.

—No. Un extraño grupo ocultista conocido como la Logia Ágape, la sucursal norteamericana de la Ordo Templi Orientis, u OTO, por abreviar.

—¿Ordo Templi...? –masculló Manwich– ¿Algo que ver con los templarios?

—En parte –dijo el Hombre Respuesta–. Significa Orden de los Templarios Orientales. Pero su única conexión con los verdaderos templarios es que son un vástago, una quasi-logia masónica, lo que significa que sus miembros tienen que pasar por diversos grados de iniciación y rituales similares. ¿Recuerda a Aleister Crowley, nuestro viejo amigo de la sociedad de la Golden Dawn? Pues bien, él era el jefe externo de la OTO. De hecho, Crowley, al enterarse de la relación de Parsons con Volante, escribió a Parsons reconviniéndole por su vinculación con un «estafador».

—Un momento –dijo Manwich, que se sentía orgulloso de sus enciclopédicos conocimientos cinematográficos–. La esposa de Parsons, ¿no era aquella aspirante a actriz que protagonizó una pretenciosa película?

El Hombre Respuesta asintió.

—Ésa sería Candy Carson, su tercera esposa. Ojos verdes obsesivos y un llameante cabello rojizo. El cabello rojizo parece tener cierta importancia en el ocultismo. De cualquier modo, Parsons decía que Volante era su escriba y su compañero mágico. En resumidas cuentas, Volante tomó nota de algunos rituales mágicos sexuales denominados *Babylon Working*, las Operaciones de Babilonia, unos camelos sexuales que Parsons realizó con su esposa y ex cuñada, que entonces tenía diecinueve años, mientras Volante observaba y tomaba notas.

»Situándose a la altura de su reputación, Volante estafó a Parsons convenciéndole para abrir juntos una cuenta bancaria, fugándose luego con una pequeña fortuna y con la esposa de Parsons. Utilizando la estructura y los rituales secretos de la OTO, Volante creó una nueva forma de psicología pop New Age que esbozó en su libro *Cybotronica*. Se convirtió en un *best seller*, y Volante creó su propia iglesia siguiendo estas líneas.

»Incorporando las técnicas de «desnuda-tu-alma» de la OTO y de otras sociedades secretas, hacían que los nuevos miembros les confesaran sus más oscuros secretos –consumo de drogas, infidelidades, crímenes y debilidades–, mientras los tenían conectados a un dispositivo de medida de la respuesta galvánica medio disfrazado, un detector de mentiras. Cargando en caja honorarios cada vez más altos por cada "sesión de purga", honorarios que se basaban en el valor neto de la persona, chantajearon a todos los que pudieron. El dinero entraba a raudales, y los templos escatológicos brotaron por todo el mundo de la noche a la mañana.»

Se le ocurrió a Manwich que ésa era una técnica muy parecida a la que utilizaban todos los servicios de Inteligencia, que habitualmente atan a sus empleados a la caja con una correa. Por lo demás, sólo un idiota daría la tabarra con sus pecados más inconfesables.

—El Instituto *E* trajo al redil a algunos exagentes de inteligencia, y creó una división de inteligencia mundial denominada Oficina de Asuntos Internos –continuó el Hombre Respuesta–. Llevaban a cabo operaciones de vigilancia y allanamientos de morada para obtener información para utilizar en contra de sus potenciales oponentes y de los miembros sospechosos. El Departamento de Justicia, en la década de los ochenta, les acusó de encubrir a fugitivos, de obstrucción a la Justicia y de perjurio ante el gran jurado. Con una base de datos repleta de información delicada, confesada por los miembros «purgados», no tuvieron inconveniente en utilizar la intimidación y el chantaje para promover sus causas.

Una nueva imagen apareció en la pantalla.

—Caballeros, les presento a Drago Volante.

El agente Manwich estudió la foto ligeramente granulada de Volante.

—Vamos a probar nuestro nuevo sistema de proyección de imágenes en 3D –dijo el Hombre Respuesta, mientras sus dedos volaban sobre el teclado–. Esta grabación de vigilancia se tomó durante una charla que Volante dio en su Instituto *E*, en Los Ángeles.

Las luces se atenuaron, y una imagen casi viva de Volante apareció en el aire. Manwich se echó atrás en su asiento mientras, distraídamente, tanteaba el bolsillo de su chaqueta, buscando el contorno de la barra de *snickers* que siempre llevaba a mano. El rostro fantasmal de Volante irradiaba paz y calidez, pero Manwich sintió que era una máscara, como aquellas que llevaban los leprosos para ocultar la torturada carne que había debajo. Su boca, más parecida a una ranura que a una boca, y su cutis céreo estaban enmarcados por un llameante cabello rojizo, recogido detrás en una socialmente aceptable cola de caballo.

El agente se incorporó para observar mejor.

Sus ojos no podían ocultar la verdad.

Los ojos holográficos y sin expresión de Volante exploraban a la audiencia. A Manwich le dio la impresión de que le miraban directamente, como si lo atravesaran. Y, por un instante, pensó que en lo más profundo de aquellos ojos, enroscándose como una voluta de humo, se movía algo.

El director Loveday subió al entarimado.

—Muy bien. Así pues, nos las estamos viendo con un lunático y poderoso grupo marginal. Hemos sabido que nuestro IC recibió la visita del tal Dr. Ahriman, que quizás orquestara de un modo u otro su suicidio. Después, tenemos también el misterioso suicidio de Kenny, el internista.

El director recorrió con la mirada a todo el grupo.

—Lo más probable es que se estén preguntando: «Entonces, ¿qué tenemos? ¿Otro disparatado asunto de PSY OPS, de operaciones psicológicas?» Pero las cosas son más profundas, caballeros.

En la pantalla apareció un chip informático.

—La División de Seguridad de Exportaciones Comerciales ha rastreado el envío no autorizado de unos chips de encriptación altamente clasificada a una empresa extrajera de la que es propietaria el Instituto *E,* una empresa que se encuentra también en la lista de vigilancia terrorista; una empresa que recibe donaciones de la misma institución benéfica tapadera que canaliza fondos para Al Qaeda. Y su director general, al menos el que figura en los registros, está relacionado con un grupo mafioso italiano cuyo jefe recibe el nombre de El Cobra.

Unos rostros hoscos miraban fijamente al director.

—Todo lo que tenga que ver con encriptaciones clasificadas es cosa nuestra, caballeros. Delante de cada uno de ustedes tienen un informe con sus correspondientes misiones. Si lo abren ahora, por favor...

Manwich rompió el sello holográfico y abrió la carpeta. Había dos billetes a Roma; en la primera página, la foto de un hombre joven, etiquetada como *Agente Kyle,* le sonreía. La siguiente página, de un caro papel de lino, estaba escrita en italiano. Aun con sus limitados conocimientos de italiano, Manwich pudo distinguir fechas y lugares. Y arriba del todo estaba el Sello Vaticano.

Cuando todos hubieron abandonado la sala, el director se volvió al Hombre Respuesta y le preguntó:

—¿Cree usted que se dará cuenta de las intenciones de nuestra farsa?

—¿Se refiere a la falsa historia de tapadera acerca del chip?

El director asintió.

—Manwich no. Seguirá las órdenes sin hacerse preguntas. Si alguien puede localizar a *Bast,* la operaria de Al Qaeda, será nuestro tosco amigo.

—¿Han tenido suerte contrastando la grabación de la voz de El Cobra que obtuvimos de los italianos con las impresiones vocales que tenemos en nuestra base de datos?

—Desgraciadamente, no. Lo sé, INTERPOL está exigiendo a voces también una coincidencia. Nuestro programa ECHELON tiene miles de conversaciones grabadas digitalmente. Podría llevarnos años.

El director frunció el ceño.

—No disponemos de años, de modo que métase de lleno en ello. Le pasaré una breve lista de personas de interés, ¿de acuerdo?

# CAPÍTULO 28

Josie dio un largo trago de whisky y dejó que el alcohol le quemara, dejó que se filtrara en su alma. Tenía la esperanza de que, de algún modo, le aliviara el dolor que sentía allí dentro. Pero no lo hizo. Se encendió otro cigarrillo y desgarró los sellos de seguridad de los archivos. Lo que leyó hizo que su credulidad se elevara a nuevas cotas.

INFORME CONDENSADO/TEED
PARA: SCHULMAN
DE: ABRAHAM/TEL AVIV COM CENTER
TOC/009/089 CONFIDENCIAL:
A TRAVÉS DE CANALES OFICIALES
ALUCINANTE
*LOHAMAH PSICHLOGIT* (GUERRA PSICOLÓGICA)
ANTECEDENTES PROYECTOS INTEL U.S.A.:

PROYECTO-ARTICHOKE-1955-Y-MK-ULTRA
CIA/ASESINO/ESTILO EL MENSAJERO DEL MIEDO PROYEC-TO CONTROL MENTAL FUE BASE HISTÓRICA PARA ACTUAL DESARROLLO EN PROYECTO MODIFICACIÓN DE CONDUC-TA DROGAS HIPNOGÉNICAS/PSICOTRÓPICAS. ORÍGENES IN-VESTIGACIÓN BAJO AUSPICIOS DE OPERACIONES PSICOLÓ-GICAS Y SISTEMAS ARMAS NO-LETALES QUE ELEVÓ DE NI-

VEL CONVIRTIÉNDOSE EN PROGRAMA DE ASESINATO CON VINCULACIÓN TERRORISTA

INFILTRACIÓN Y ASIMILACIÓN DE ORGS TERRORISTAS PARA ACTUAR COMO GRUPOS CONTROL Y MODELOS FUNCIONAMIENTO.

PROYECTO PANDORA/DISOLUCIÓN ELECTRÓNICA DE MEMORIA EDOM. OPERACIÓN PSÍQUICA/CONDICIONAMIENTO HIPNOINDUCIDO/FRECUENCIA EXTREMADAMENTE BAJA EFECTOS SOBRE EMOCIONES Y COMPORTAMIENTO/RÁFAGAS EM 25 A 130 CICLOS/SEG.

ESTUDIO DE UNIVERSIDAD CORNELL SOBRE RESPUESTAS SISTEMAS AUDITIVOS / SINCRONIZACIÓN DE MICRO ONDAS PULSADAS CON RITMOS MIOCÁRDICOS RESULTANDO EN FALLO CARDIACO EMITIDO DESDE DISPOSITIVO DE MANO.

PROYECTO DEUS/PROYECTO OPERACIONES ENCUBIERTAS ACTUAL/OBJETIVOS DESCONOCIDOS Y A DETERMINAR POR INVESTIGACIÓN DE PROBABLE ORGANIZACIÓN FACHADA CONCRETAMENTE INSTITUTO *E*/POSIBLE CONEXIÓN ORIENTE MEDIO EN QUE LAS TÉCNICAS SE ESTÁN UTILIZANDO PARA INTENSIFICAR FUNDAMENTALISMO ISLÁMICO RADICAL/CÉLULAS TERRORISTAS DORMIDAS Y ACTIVAS EN ESTADOS UNIDOS/NO MÁS DATOS.

Un joven y nervioso auxiliar de vuelo le trajo la cena, pero Josie no la tocó. Pidió otro vaso de whisky y dos paquetes de cigarrillos. Un joven copiloto, bastante guapo, se aventuró a acercarse hasta su asiento. Intentó presentarse, mientras se la comía con los ojos sin ningún pudor.

Frustrada por la intrusión del joven, Josie exclamó:

—¿No se supone que deberías estar pilotando este trasto, o es que prefieres que nos caigamos de las nubes? ¡Estoy ocupada! ¿Por qué no te llevas la polla de vuelta a la cabina del piloto, que es donde debe estar, y me dejas en paz?

Y, con la velocidad de un rayo, sacó una navaja mariposa y ensartó en la mesa un blintz de queso, sólo por causar efecto.

Con una reacción refleja de autoprotección, el copiloto se cubrió sus partes íntimas con la gorra. Era como el soldado de infantería que se tapa la cabeza pequeña con el casco en lugar de taparse la cabeza grande. No salió de la cabina del piloto durante el resto del vuelo, sin dejar de taparse las joyas familiares con el sombrero.

# CAPÍTULO 29

Josie siguió leyendo, confiando a su memoria la mayor parte del contenido, dado que no podía tomar notas.

AMENAZA DE AL QAEDA INTERCEPTADA:

OBJETIVOS VATICANO Y PAPA: ABU ABDEL-RAHMAN ALI-RAQI RECONOCIDO RECIENTEMENTE SEGUNDO DEL TERRORISTA ABU MUSAB AL-ZARQAWI EL EXTREMISTA MUSULMÁN NACIDO EN JORDANIA AFIRMÓ EN SEÑALES INTERCEPTADAS TRÁFICO DE COMUNICADO A SER DISEMINADO POR CÉLULAS Al Qaeda EN FECHA POSTERIOR/CITA: ISLAM NO CONCEDE NI HACE TREGUA CON INFIELES, VUELVE OÍDO SORDO Y PIDE MALDICIÓN DE ALLAH Y VENGANZA A TRAVÉS DE YIHAD, A TRAVÉS DEL DIÁLOGO DE BALAS, DE LOS IDEALES DEL ASESINATO Y LA BOMBA, LA DIPLOMACIA DE LA AFILADA CIMITARRA DE SU IRA. OS PERSEGUIREMOS EN TANTO ESTÉIS VIVOS. HEMOS TOMADO NUESTRA DECISIÓN, CONFIANDO SÓLO EN DIOS, DE COMBATIR A LOS INFIELES, LOS HIPÓCRITAS Y LOS VILLANOS / COMUNICADO CONTINÚA CITANDO OBJETIVOS CONCRETOS / ASÍ TÚ GRAN (AL-ZARQAWI) NOS LLEVES A LA CASA BLANCA Y AL BASTIÓN DEL VATICANO, NOS MANTENDREMOS JUNTOS Y ALCANZAREMOS NUESTRO OBJETIVO: LA DESTRUCCIÓN DE LAS INSTITUCIONES CRISTIANAS DE LOS INFIELES Y DE SUS SÍMBOLOS.

Josie empezó a sentir molestias en el estómago; sintió el escozor ácido de la bilis en su garganta. Cerró el archivo y lo apartó de ella, como si estuviera contaminado con bacterias comedoras de carne. Sacó un CD en miniatura que estaba alojado en una solapa del archivo y lo puso en el portátil que había sobre la mesa. El disco era un TEED, Tactical End-to-End Encryption Device (Dispositivo Táctico de Encriptación Extremo con Extremo), lo último en hardware de espionaje, y tan seguro como los labios de Monica Lewinsky en torno a un puro.

Abrió el archivo. La pantalla se iluminó con su misión.

OPERACIÓN DANGLE /

OBJETIVO: UTILIZAR CONTACTO EN «M»/NOMBRE EN CLAVE RUACH ELOHIM/

OBTENER LIBRO/NOMBRE EN CLAVE FLOR. OBTENER INFORMACIÓN CONCRETA SOBRE PROYECTO DEUS/DESDE HUMINT Y ELS COMM INTERCEPTAR FUENTES. CONFIRMAR SI INTITUTO *E* ESTÁ IMPLICADO EN RECIENTE ALUVIÓN DE BOMBAS EN PALESTINA Y JERUSALÉN DONDE MISMO MODUS OPERANDI Y MISMO ORDEN DE EXPLOSIVO SE UTILIZARON TANTO POR ALQAEDA COMO POR GRUPOS FUNDAMENTALISTAS JUDÍOS RIBERA OCCIDENTAL. POSIBLE TERRORISMO DE PABELLÓN FALSO ORQUESTADO EN INTENTO POR DESESTABILIZAR REGIÓN POSTERIORMENTE./FIN.

PRECAUCIONES: APOYO O CANALES INTEL U.S.A. NORMALES HAN DE SER EVITADOS A TODA COSTA/TOPOS ESTÁN EN SU SITIO Y HAN COMPROMETIDO PRIMOS/NO AUTORIZADA DISEMINACIÓN DE AMENAZAS A INTEL EE.UU. Y CONTACTOS ITALIANOS EN ESTA OCASIÓN. ARMAS NO LETALES Y AGENTES BIO SON POSIBLEMENTE PRINCIPAL AMENAZA.

CONTACTOS: UTILICE AL Y SAYAN SÓLO/FIN.

Josie se quedó mirando la pantalla durante unos instantes. Las palabras ARMAS NO LETALES se destacaban del texto de alrededor como una mancha en la cara de Brad Pitt. Asesinos tipo «El mensajero del miedo»... *«¡basura!, veamos si estoy equipada para mi estilo de combate.»*

Cogió el maletín Zero del suelo, hizo saltar los cierres y levantó el falso fondo del maletín. Allí, pulcramente alojada en dos compartimentos con su forma, tenía su artillería. Dos Beretta semiautomáticas: la primera era una Cougar 8045 «F», una 45 ACP, tanto de acción doble como simple, con acción a la medida del cliente, con resistencia del gatillo aligerada, dotada con linterna táctica de fuego seguro; un arma capaz de detener a cualquiera. La segunda, el arma de emergencia, era un modelo pequeño y ligero 9000S, Tipo «F» también, que manejaba la carga grande calibre 40 S&W, con una capacidad en la recámara de diez disparos. Cuando terminó, las puso en un compartimiento oculto para que no las detectaran en la aduana a su llegada.

El mero hecho de sostener un arma, de oler y percibir el lubricante del artilugio en sus manos, le devolvió el humor. Era como si un viejo y querido amigo hubiera aparecido inesperadamente. Algo que un liberal de buen corazón, alguien que nunca hubiera aprendido a manejar armas de fuego, jamás hubiera comprendido, negándose a reconocer su propósito y su necesidad. Sería como esperar que Gore Vidal y Oprah Winfrey hicieran la retransmisión deportiva de una pelea de gallos en Juárez.

Sin embargo, estas armas serían los únicos amuletos protectores que necesitaría Josie, aquellos que ella podía comprender y en los que podía confiar.

Llenó el primer cargador –nunca llamarlo «clip», como su instructor le había dicho un millón de veces– y luego los recambios, todos menos el último cargador.

Pensó en *zio* Lotti, paralizado ante la maldad con la que se había encontrado. Ella pensó en la maldad que había mutilado a su familia. Los campos de la muerte nazis, el hedor de los crematorios, el humo *grasiento* flotando en el aire, que se parecía a la cara amorfa y vacía de la maldad desconocida que, con toda seguridad, le esperaba a su llegada.

Josie sacó diez cartuchos más de la caja de municiones y los puso en fila perfectamente ordenados, sobre la mesa, delante de ella. Tomó uno de los cartuchos, agarró una lima metálica y grabó una X en la punta de la bala, diciendo en voz muy baja...

—Ésta es por *zio* Lotti.

Cogió otra...

—Ésta es por la tía Frieda... Auschwitz.

Luego, tomó una tercera...

—Ésta es por el primo Benjamin.

# CAPÍTULO 30

A diferencia de lo que ocurre en las películas, Nick Rossi tenía que responder ante sus superiores, que habían sido cortados a partir del tejido transparente de la política, más que de las opacas y burdas telas del trabajo de campo. Él era un servidor civil que había hecho enfadar a sus jefes. Habría una reprimenda oficial que se marcaría en rojo en su expediente, habría miradas de sospecha en las reuniones de personal y una campaña de murmuraciones sobre que quizás Rossi no era el hombre adecuado para este cargo, que tenía poco juicio, y quizás incluso una recomendación de censura o un retiro prematuro. Una parte de la Inteligencia italiana estaba molesta y esperaba que Rossi cometiese un error. Así que la respuesta era simple. Mantener la boca cerrada. *«Son cosi un cornuto, soy un cornudo —pensaba—. ¿Quién jugó con quién como un idiota, Nico? Quizás me estoy haciendo demasiado mayor para este juego. Vete a tu vacía casa, dale de comer al gato, saca la botella de Absolut del congelador y bebe hasta perder el sentido.»*

Pero no podía darse ese lujo. Tenía que actuar con rapidez. Se conformó con un par de tragos, una ducha caliente y un cambio de ropa. No fue difícil encontrar a Claude, el propietario del Café del Gato Negro, dado que vivía encima del local. Aunque imaginaba que Gina, o cualquiera que fuese su nombre, habría desaparecido ya de la faz de la tierra, no tenía más remedio que seguir las pistas, por obvias que fueran.

Claude le recibió en la puerta con una bata de seda de color rosa. Después de identificarse como inspector de policía realizando una investigación de rutina sobre una persona desaparecida, Rossi no se entretuvo demasiado charlando y le preguntó por el paradero de Gina. Claude le ofreció una copa de jerez, y Rossi declinó la invitación, mirándolo todo a su alrededor, fijándose en los multicolores cojines del sofá de terciopelo verde, en las cortinas de encaje...

Claude desnudó a Rossi con los ojos mientras tomaba asiento junto a la ventana, ajustando el dobladillo de su bata para exhibir una nudosa rodilla y tirar de sus altos calcetines negros.

—Gina no ha vuelto a aparecer por aquí, *la petite putain*. Probablemente se ha fugado con uno de esos chicos otra vez –dijo Claude, para después lanzarle unos besos al aire a su caniche francés, que de inmediato se le subió al regazo–. ¿Es que ha sido usted un niño malo?

—¿Tiene alguna dirección o algún número de teléfono? –preguntó Rossi fríamente, ignorando tanto el comentario sobre Gina como al perro, que se puso a gruñirle.

Llevándose sus largos y afilados dedos a la barbilla, Claude suspiró y se levantó del sofá. Con el caniche bajo el brazo, se acercó a un antiguo escritorio y sacó una ficha.

—*Voilà!* –dijo, levantando la nariz para leerla–. No es precisamente la mejor zona de Roma, ya me entiende.

Y, dándose la vuelta, se encogió de hombros y se la entregó a Rossi.

—¿Se ha dejado Gina algún efecto personal en el café?

—Hay un cuchitril pequeño en la parte trasera –dijo Claude acercándose y posando la mano en el antebrazo de Rossi–. Podemos bajar y echar un vistazo.

El caniche gruñó.

—Creo que podré encontrarlo –dijo Rossi retirándose y frunciendo el ceño.

Cuando Rossi salió por la puerta, Claude fue tras él correteando y le dijo:

—Espero compañía para el almuerzo. Siempre puedo poner otro plato...

Rossi rechazó la invitación con la mano, sin siquiera volverse.

—*Mon Dieu,* qué desperdicio de hombre –dijo Claude, encogiéndose de hombros y chasqueando la lengua.

Rossi encontró el cuchitril al final de la escaleras. Había un delantal sucio, una blusa, un par de medias y un cuaderno. Poniéndose unos guantes de látex, se acercó la blusa hasta el rostro, y sus fosas nasales se impregnaron con el aroma de ella. Cerró los ojos con fuerza durante un instante y luego registró la blusa en busca de etiquetas o de marcas de lavandería. Nada. Registró los bolsillos. Nada de nuevo.

Del cuaderno cayó una postal al suelo. La recogió y la examinó. Era una imagen turística típica, la de la Basílica de San Pedro. En el reverso, había garabateado un mensaje con una letra ilegible. Parecía estar escrito en francés, pero no estaba seguro. Introdujo la postal en un sobre y se lo guardó en el bolsillo de la chaqueta. Después metió en bolsas el resto de los objetos, se quitó los guantes y se fue.

Ya en el automóvil, marcó el número de teléfono de Gina en el móvil. La línea estaba desconectada, como sospechaba.

Colgó y llamó a Dante para darle la dirección de Gina y su número de teléfono. Después, le dio instrucciones para que eligiera a cinco hombres de la Unidad *Ombra* y registraran el lugar, si es que existía. El teléfono sería probablemente un móvil de tarjeta prepago con un nombre falso.

Cuando giró la llave de ignición, el gran bloque del motor de ocho válvulas de su automóvil rugió volviendo a la vida. Era un Mustang 2+2 del 68, verde oscuro. Dado que era una réplica exacta del de Steve McQueen en el papel del detective Frank Bullitt, de la película del mismo nombre, Rossi lo había bautizado como *Frank*. Era una de las pequeñas gratificaciones de su trabajo; su idolatría por aquel actor de suaves palabras y labios apretados, la quintaesencia del detective de Gotham, hacía que Rossi se sintiera fortalecido con la mística de aquel automóvil. De algún modo, le aliviaba la nostalgia que con frecuencia sentía por su país. Aquel auto de depurada línea se lo había comprado por bastante menos de su verdadero valor a Skip Thomson, el ayudante del responsable de seguridad regional de la embajada norteamericana. Skip no quería desprenderse de él, pero se había visto obligado a ello al abrírsele un expediente disciplinario, y quería desprenderse de él con rapidez. Rossi y Skip se habían ido de copas una noche, después de una reunión, a un bar frecuentado por guardias de seguridad de los marines, un lugar donde servían cerveza americana fría y whiskies secos con dos dedos de Johnny Walker etiqueta negra, el licor preferido de Rossi en aquella época.

A él le gustaba codearse con sus compañeros norteamericanos, entablar alguna conversación intrascendente con los orgullosos marines borrachos. A Skip se le había asignado la misión de proteger la residencia del embajador y de actuar como guardaespaldas de su hija, una chica de veintitantos años. Y dado que el embajador era un magnate del petróleo de Houston, con más de cuatrocientos pares de botas de *cowboy* personalizadas en el armario, su destacamento de protección le apodaba «ol' Roy». Después, estaban aquellas barbacoas que organizaba cada dos semanas.

Ol' Roy se había traído consigo incluso a su cocinero Tex-Mex, un viejo bobo de rostro espeluznante, cabello graso y dientes amarillentos, que apestaba a humo de mesquite, tabaco de mascar y tequila. Después de destrozar una fuente del siglo XVII, una obra de arte que había en los jardines traseros de su residencia, ol' Roy, el típico americano desagradable, construyó una gigantesca barbacoa en su lugar, todo ello con la esperanza de que su ídolo, el presidente, viniera a darse un banquete de fin de semana a base de costillas y cervezas heladas Lone Star de cuello largo.

Se decía que, cuando regresó a casa después de un dulce fin de semana en Venecia, el embajador había llegado sin anunciarse a la residencia y se había ido directamente a su enorme bañera de mármol, con la intención de darse un buen baño. Pero la bañera tenía un grueso anillo de mugre a modo de línea de flotación interior. Con el rostro enrojecido por la cólera y maldiciendo sin parar, ol' Roy recorrió la mansión buscando a Skip, a la criada o a cualquier otro a quien hacerle un agujero nuevo en el culo.

Pero, cuando se acercaba al final del pasillo, escuchó gritos procedentes de la habitación de su hija. Pensando que estaba siendo violada por unos terroristas, el embajador le dio una patada a la puerta y se encontró a su hija en el suelo, desnuda y a cuatro patas; y detrás de ella, vestido con sólo un par de botas de *cowboy* de piel de anguila del embajador y con un sombrero tejano Stetson, estaba Skip, domando a la pequeña potranca de ol' Roy. Rossi oyó decir que Skip fue destinado a Ghana, en África, donde las hijas de embajadores eran escasas y donde había abundancia de monos infectados por el SIDA.

El grave ronroneo de los dos tubos de escape del automóvil se convirtió en un rugido sordo cuando Rossi apretó el pedal del acelerador de la bestia metálica, para luego ladrar al soltar el pie. Agarró el cinturón de seguridad por encima de su hombro y se lo ajustó, pisó el embrague y soltó. El Mustang arrancó, con los neumáticos radiales ladrando y echando humo, mientras se apartaba de la acera.

Mientras hacía eslalon a través del caótico tráfico de Roma, pulsó el botón de llamada rápida del teléfono de su tío Giovanni en el Museo Vaticano.

—*Pronto?*

—*Zio,* soy Nico. Voy de camino –dijo Rossi.

—Más misterios que necesitan solución. ¿Estoy en lo cierto? ¿No fue correcta la información de *Bast?*

—Claro que lo fue. Pero quizás yo no debería de haber...

—Subestimado sus poderes, ¿no?

Colgó justo cuando estaba entrando en el garaje de la Unidad *Ombra.* Tomó el ascensor para dirigirse al laboratorio forense, más conocido como la «Baticueva», y le dio al técnico, Claudio, la ropa y la postal que había encontrado en el cuartucho de Gina.

Cada centímetro de las paredes estaba decorado con pósteres de cómics y de películas, las pasiones de Claudio.

—Tienes treinta y cinco minutos para procesar la postal en busca de huellas latentes y para decirme todo lo que averigües de ella, *capisce?*

Claudio le lanzó una mirada seria.

—No tema... Dick Grayson, el chico maravilla, está en acción, jefe.

Rossi puso los ojos en blanco y se retiró a su oficina. Arrancó su ordenador y entró en el Programa de Detención de Criminales Violentos del

FBI, y pulsó «Gina» como posible alias. Docenas de resultados llenaron la pantalla, pero ninguno de ellos parecía siquiera acercarse a una coincidencia. Después, entró en otra base de datos de los Carabinieri en la que había una relación de nombres y direcciones de extranjeros que habían entrado en el país, y tecleó los datos de Gina.

A veces, cruzando referencias de características identificadoras puede surgir un patrón. Con frecuencia, los pasajeros que llegaban hacían uso de las mismas direcciones y los mismos nombres falsos. Pescando en las profundidades, un investigador podía encontrar los correspondientes documentos de identificación, tarjetas de crédito, compras, facturas de servicios y multitud de datos. La libre empresa había creado colosales centros de intercambio de información del sector privado capaces de rastrear en los registros sanitarios, e incluso en lo que uno podía comer o leer. Como había dicho el director general de Sun Microsystems: «De todas formas, tu privacidad se resume en cero», para luego añadir con cinismo: «Ya se te pasará».

La Unión Europea había adoptado una normativa general opcional dirigida a limitar el flujo de información. Se la conocía como la Directiva Europea de Datos, pero el SISDe tenía cuentas permanentes con las firmas de obtención de datos norteamericanas. Desde el 11 de septiembre, se había hecho apremiante la prevención de atentados terroristas a toda costa. Los secuestradores saudíes habían hecho sus solicitudes de permiso de conducción y habían comprado billetes en las líneas aéreas utilizando la misma residencia de Florida.

Rossi sabía que el verdadero problema de Estados Unidos era la enorme cantidad de personas que entraban en el país a diario. En comparación, el número total de visitantes anuales a Italia era una gota en un cubo de agua; pero la estrecha proximidad de los países europeos septentrionales hacía que, una vez le admitían a uno en uno de los países de la Unión, pudiera entrar y salir del país como si tal cosa.

Las agencias de Inteligencia europea estaban utilizando un sistema que había tomado como modelo el «mercado de datos de incidencias» de la

Seguridad Nacional, que peina todos los registros de incidentes en busca de patrones de acontecimientos. Un incidente era cualquier evento en el que estuvieran implicadas las fuerzas del orden o las agencias gubernamentales para el cual se creara un registro, tal como una multa de tráfico, una detención por tráfico de estupefacientes o por posesión ilegal de armas. El sistema examinaba los crímenes en una localización geográfica concreta, tipos particulares de detenciones o cualquier otro tipo de actividad inusual.

Llamaron a la puerta.

—*Avanti.*

—Aquí está la postal –dijo Claudio dejándola sobre el escritorio–. He obtenido unas cuantas huellas limpias y las estoy contrastando ahora. El nuevo «olfateador» ha detectado algo.

Rossi abrió los ojos. El olfateador, un dispositivo similar al que se utilizaba en los aeropuertos, había detectado rastros de elementos químicos utilizados en los dispositivos explosivos improvisados.

Claudio puso el olfateador sobre el escritorio. Era del tamaño de un maletín.

—¿Cómo funciona en realidad este trasto? –preguntó Rossi, maravillado por su pequeño tamaño.

Los ojos de Claudio se iluminaron mientras soltaba los cierres y abría la caja.

—Es una unidad preconcentradora química, que se ensambla con la parte frontal de un IMS portátil, un espectrómetro de movilidad iónica alimentado por baterías.

—Dame una vuelta rápida, por favor.

Claudio levantó una almohadilla cuadrada de cinco centímetros de lado cubierta de fieltro.

—Se barre la evidencia con esto. O bien, en este caso en concreto, se pasa un cepillo de cerda de camello sobre la superficie para desalojar los rastros de elementos. Después, yo utilizo una jeringuilla hipodérmica para perforar y extraer discos diminutos de papel y tinta de la tarjeta, y los pongo en este chisme, el preconcentrador, así. ¿Ves?, tiene más o menos el tamaño de una calculadora de bolsillo –dijo mientras pulsaba un interruptor–. Después, el aparato calienta la muestra del barrido y extrae los componentes pesados que se vaporizan del fieltro, y los introduce en el IMS para que haga la detección.

—¿Es tan sensible como los modelos más grandes? –preguntó Rossi observando el instrumento.

—Es capaz de detectar menos de un nanogramo de residuos de explosivo en el barrido.

—¿Y cuánto es eso? –preguntó Rossi levantando las cejas.

—En comparación, la huella dactilar de una persona que manejara una bomba o un maletín cargado de explosivos contendría probablemente cien mil veces más residuos.

Sonó el teléfono. Rossi atendió la llamada.

—Es para ti –dijo, pasándole el auricular a Claudio.

Toqueteándose distraídamente sus mejillas llenas de cráteres por el acné, Claudio asentía con la cabeza.

Luego, al colgar el teléfono, dijo:

—Era el laboratorio del CCSIS. Les pasé una copia de la lectura del espectrómetro, simplemente para asegurarme. La contrastaron con su base de datos. Y yo tenía razón.

—Ya basta de dramatismo.

Claudio arrojó una pequeña pila de papeles en el regazo de Rossi.

—Éstas son las imágenes digitales de los rastros.

Rossi hojeó las fotos.

—La que tiene en las manos es Goma-Dos, el mismo explosivo utilizado en los ciento veinte kilogramos de bombas de Madrid. Utilizaron como detonadores teléfonos móviles, ¿recuerda?

El estómago le dio un vuelco a Rossi.

—La Goma-Dos Eco es un tipo de explosivo manufacturado para su uso industrial, principalmente para la minería. Es un explosivo gelatinoso que utiliza como base la nitroglicerina, muy utilizado en España y exportado al extranjero.

»Lo utilizaba la ETA, el grupo terrorista vasco, para hacer sus atentados a principios de los 80. Cuando se intensificó la seguridad en España, ETA tuvo que obtener sus explosivos en Francia, robando grandes cantidades de Titadine y utilizándolo en numerosos coches-bomba. El MI5 dice que también se utilizó en las bombas del metro de Londres.»

Observándole con una mirada fría, Rossi se encendió un cigarrillo.

—Y hay más –continuó Claudio–. La Interpol confirma que se utilizó también Goma-Dos en el atentado de la Cúpula de la Roca... y en el del Museo Conmemorativo del Holocausto, en Jerusalén.

A Rossi se le cayó el cigarrillo, se inclinó para recogerlo y dijo:

—Pero eso significaría una misma fuente como proveedor, una conexión. Y, sin embargo, los Bat Ayin, los extremistas judíos fundamentalistas, reivindicaron el atentado de la Cúpula de la Roca.

—¿Son los que detonaron aquella bomba cerca de un instituto de chicas palestinas y les cayeron veinte años por ello?

Rossi asintió, cavilando. Después, dijo:

—Pero yo sólo vi un boletín de la Interpol. Los Bat Ayin robaron los explosivos y las armas del ejército israelí. De modo que ¿cómo pudieron utilizar los mismos explosivos que Abbás en Jerusalén y Al Qaeda en la estación de King's Cross de Londres?

Claudio se encogió de hombros.

—Usted es el que lucha contra el crimen, jefe. Yo sólo le doy cuenta de los resultados.

Rossi asintió.

—¿Algo más?

—Algún tipo de compuesto orgánico, que aún no hemos sido capaces de identificar, y rastros de... cera de vela y queroseno.

—Buen trabajo.

Meneando la cabeza y tosiendo, Claudio dijo:

—Le haré saber cuando tenga...

Pero se le doblaron las piernas y tuvo que agarrarse al escritorio para no caer.

Rossi se levantó rápidamente para sujetarlo.

—Te he estado haciendo trabajar demasiado. ¿Has dormido algo?

—Hace más o menos cuarenta y ocho horas que no duermo.

—Ve a descansar. Yo ficharé por ti después –le dijo Rossi, mientras se guardaba la postal en el bolsillo y se marchaba.

Alguien dio unos golpecitos en la puerta del apartamento de arriba de El Café del Gato negro.

—Ya voy, cariñito –dijo Claude.

Se apresuró para ir a la puerta, pero se detuvo ante un antiguo espejo para peinarse con las manos sus desteñidos mechones rubios y examinar su reflejo de perfil, encogiendo el estómago. Excitado, una sonrisa lasciva curvó sus labios mientras abría la puerta.

Claude se encontró con un apuesto hombre joven, con los rasgos propios de un hombre de Oriente Medio, y exclamó:

—¡Qué deliciosa sorpresa!

Pero, entonces, sus ojos bajaron por el torso del hombre hasta encontrarse con una pistola, que éste aferraba con fuerza en su costado. Claude se percató de la mirada enfebrecida y del sudor que empapaba el rostro del hombre, y de los estremecimientos que le recorrían las manos y el cuerpo. La mano temblorosa que empuñaba la pistola comenzó a levantarse lentamente.

La gruesa boca de un silenciador apuntaba directamente al rostro de Claude, que, para su sorpresa, vio que el joven tenía cerrados los ojos, como si se hallara en silenciosa oración. El arma tosió una vez, excavando un tercer ojo en el centro de la frente de Claude.

El joven dejó de temblar y abrió los ojos. Había matado al hombre equivocado. Cuando se dio cuenta de su error, cuando se dio cuenta de que no era Rossi, se dobló sobre sí mismo y comenzó a hacer arcadas, pero sin vomitar. Después, se dio la vuelta, se deslizó por el pasillo y salió por la ventana a la escalera de incendios.

# CAPÍTULO 31

# ESPIRALES DENTRO DE ESPIRALES

De vuelta en su oficina, en un complejo diplomático rodeado de barricadas y oculto en el fondo de un callejón sin salida conocido como la Via Michele Mercati, el Kasta estaba sentado ante su escritorio, reflexionando cabizbajo. *El cuaderno de la rosa negra* se encontraba ante él, como llamándole, mientras las palabras de Josie le rechinaban como el papel de lija en los oídos: «Haga lo que haga, no abra el libro». «*¡Cuánta arrogancia!* —pensó él—. *¿Acaso se cree que soy un viejo loco, un crédulo? Absurdas supersticiones. ¿Qué es lo que pretende ocultar?*»

Él sabía que un grimorio denominado la *Steganographia*, un libro de magia negra, no había sido más que el mensaje en un texto sencillo que utilizara el padre de la elaboración de códigos, Johannes Trithemius, para despistar y confundir. Su cabeza deambuló entre los recuerdos de una charla sobre elaboración de códigos que le impartieron en la academia. Aún veía en su mente la imagen del profesor Lieberman, de pie delante de la clase.

—Una obra interesante, mis queridos alumnos —dijo Lieberman—. El libro estaba compuesto por tres volúmenes, y parece tratar de magia negra; concretamente, del uso de los espíritus para comunicarse a través de largas distancias.

Hubo una murmullo de risitas.

—Sí, ustedes se ríen ante la imposibilidad de ese concepto, pero con eso contaba justamente Trithemius.

Silencio. Se hubiera podido escuchar una gota de agua al caer.

—Pero desde que, en 1606, se publicara la clave para descifrar los dos primeros volúmenes de la obra, se les conoce por su verdadero contenido: la criptografía y la esteganografía, el arte de ocultar un mensaje en un texto sencillo.

—Yo creía que la estenografía era lo que hacía una secretaria –dijo un joven alumno.

Liberman se echó a reír sacudiendo la cabeza.

—La raíz de las palabras es similar, pero su ortografía es diferente. Compruebe la ortografía en sus apuntes.

Liberman se aclaró la voz.

—Ahora, si me dejan continuar... Hasta hace poco, se seguía creyendo que el tercer volumen sí que trataba de magia; pero, recientemente, las fórmulas «mágicas» resultaron ser textos encubiertos con más contenido criptográfico todavía. Y es esta obra la que le ha dado su nombre al moderno campo de la esteganografía.

Un alumno levantó la mano.

—Sí –dijo Lieberman–. Pregunte.

—Entonces, ¿quiere decir que, utilizando una clave acompañante, los antiguos inventores de la escritura secreta podían descifrar el mensaje oculto dentro del libro de conjuros, y podían aprender a escribir y ocultar códigos... *dentro* de los mismos encantamientos?

Lieberman asintió con un brillo en los ojos.

—¡Exactamente! Pero hay un aspecto aún más retorcido en todo ello. Trithemius era un monje benedictino. Uno de sus discípulos más apreciados era Cornelius Agrippa, cuyos escritos sobre ocultismo, combinados con su firme apoyo a lo femenino divino y los derechos de la mujer...

—¿Está diciendo que abogaba por la liberación de la mujer? –le interrumpió una alumna.

—Sí, ciertamente. Él había estudiado los textos gnósticos y herméticos, en los cuales se honraba y se respetaba a las mujeres como participantes activas en la Iglesia. Él abogaba incluso por que fueran ordenadas como sacerdotisas.

—¡Uau! Eso debió de molestar mucho en la Santa Sede... —dijo una chica.

—La palabra «molestar», querida, se queda corta. Sus escritos, así como la *Steganographia,* fueron proscritos y encerrados bajo llave en los Archivos Secretos del Vaticano. Lo cual significa, claro está, que sólo el clero podía leerlos. Y los leían, ¡vaya si los leían!

El Kasta se echó atrás sobre su asiento y se frotó las sienes con los dedos.

Acordándose de las palabras del profesor Lieberman, el Kasta llegó a la conclusión de que aquel galimatías de la maldición del cuaderno no era otra cosa que desinformación, un ingenioso ardid para mantenerlo a distancia de ojos curiosos. Pero, aún más importante, en su mundo de secretos, el conocimiento era poder. Si permitías que alguien en el Mossad te tuviera a oscuras, te ganaría la mano de inmediato. Además, Roma era su cortijo. Tenía todo el derecho del mundo a enterarse de todo asunto de la Inteligencia que entrara o saliera de Italia. Si este libro era la clave de alguna cifra importante, haría bien en leerlo.

La puerta se abrió y Holly, su secretaria, entró.

Sobresaltado, no se le ocurrió otra cosa que decir:

—¿Podría aprender a llamar a la puerta primero?

—Lo siento, señor —dijo ella bajando la cabeza—. Pero usted insistió en que le avisara cuando llegara el correo diplomático.

A la chica la habían destacado allí recientemente. La observó con los ojos entrecerrados, por encima de las gafas de lectura que llevaba colgadas en el extremo de su nariz de halcón. Cuando la chica se balanceaba adelante y atrás nerviosamente, sus grandes senos se le mecían tentadoramente. Las puntas de sus pezones se le marcaban sobre la abotonada blusa blanca, que se introducía por abajo en una corta falda caqui. Él pensaba que los altos tacones de sus botas eran para compensar su escasa estatura, así como su juvenil falta de autoestima.

El Kasta se tapó la boca con la mano en un movimiento torpe e involuntario.

—Dígale que espere.

Ella se encogió de hombros y salió por la puerta.

Él se enderezó y suspiró, recordando que el Mossad había adoptado unas severas normativas contra el acoso sexual. *«Qué pena»*, pensó. Su mirada volvió al libro.

Fue a coger el libro, pero dudó, retirando rápidamente la mano. Sacudió la cabeza, reconviniéndose por lo bajo, y agarró finalmente el libro. Su tapa de terciopelo era agradable al tacto. Lentamente, pasó las yemas de los dedos por entre los intrincados recovecos de sus adornos, curvó las puntas de los dedos por debajo del borde de la tapa y soltó el vistoso pasador de plata. Cuando lo abrió, sintió un agudo pinchazo de dolor en la yema del dedo. Distraídamente, se chupó la sangre de la minúscula herida. Tenía la sensación de tener los dedos sucios, como si estuvieran cubiertos por una extraña sustancia gelatinosa.

En cuanto lo abrió, un escalofrío le recorrió los huesos. Le echó un vistazo a una página, y después a otra. Pero, al cabo de unos instantes, se puso a pasar las páginas como un maníaco, abriendo los ojos mientras exploraba los símbolos, con el latido del corazón acelerado, mientras su mente se esforzaba por traducir un poco de francés aquí, una palabra o dos de latín allá.

TOUTE L'OMS A LU CES DERNIERS
MOTS, RENONCEZ AU LEUR ÂME.

Je crée le prince puissant et efficace de thou du thee O

Lucifurge Rofocale, qui marchent ici et là dans l'Ayre ; avec les ducs thy et d'autres spiritueux thy d'domestique (d'autre thy)

Mientras leía esto, su mente se inundó con unos pensamientos profundamente perturbadores. Deseos salvajes pulsaban en su sangre. Brillantes rayos de dolor relampagueaban más allá de sus ojos, a todo lo largo de su espina dorsal. Se le nubló la visión, y una oleada de náuseas comenzó a recorrerle el cuerpo. Intentó gritar, pero sólo escuchó los sollozos rotos y asfixiados de un niño aterrorizado al borde de la locura.

*«¡Que alguien me ayude, por favor...»*

Mareado y con vértigo, como un chiquillo atrapado en un carrusel, la oscuridad del túnel de la bruja comenzó a nublar los bordes de su visión. Y luego, sintió que se hundía en la oscuridad eterna.

Cuando volvió en sí, el dolor había desaparecido, y su pensamiento era claro como el cristal. Pulsó el intercomunicador.

—Holly —se escuchó decir a sí mismo.

—Sí, señor.

—Venga aquí, la *necesito.*

# CAPÍTULO 32

Zach Talman, correo diplomático, paseaba nerviosamente ante la puerta de la oficina del Kasta.

Cada vez que pasaba ante el escritorio de la secretaria, Talman le lanzaba una rápida mirada a hurtadillas, y los enormes ojos otoñales de ella se escabullían rápidamente siempre que daba la casualidad de encontrarse con los suyos. A él le encantaba verla, con el cabello recogido detrás y sujeto con un pasador, dejando ver sus pequeñas orejas. Le gustaba el hecho de que ella no se maquillara, así como la forma en que jugaba con su cabello cada vez que le pillaba mirándola.

Talman había conocido a su madre, a su padre y a su hermano pequeño, antes de que volaran en pedazos por causa de un terrorista suicida, que se hizo estallar cuando iban en el autobús a la sinagoga. Sabía que ella se había puesto enferma aquel día, y que se había quedado en casa con su abuela. Sabía que, desde la primera vez que la había visto yendo al instituto en su antiguo vecindario, todas las demás chicas le iban a parecer siempre insuficientes. Cuando el Instituto le dio empleo, él se sintió encantado. Pero tan pronto como terminó el entrenamiento, hacía ya un mes, la enviaron directamente a Roma. Talman pidió que le trasladaran rápidamente a la sección de correos. Éste era su primer viaje a Roma, y la primera vez que la había visto en meses.

Controlando su nerviosismo, él le dijo:

—La próxima vez que pase, Holly...

—Nos iremos a cenar, para acordarnos de los viejos tiempos –acabó la frase Holly, sonriendo recatadamente.

Y justo cuando él iba a responder, el intercomunicador ladró, y Holly se puso rápidamente en pie, se alisó la falda, respiró profundamente y desapareció en la oficina.

Zach se sentó, y estuvo pensando durante varios minutos, planeando su respuesta. *«Cuando salga, le...»*

El grito de pánico de Holly cercenó de raíz sus pensamientos.

De forma refleja, se puso en pie de un salto y se dirigió a la puerta.

La puerta estaba cerrada.

Llamó con los nudillos.

—¡Holly! Abre la puerta.

Otro grito.

Arremetió contra la puerta con el hombro hasta que, finalmente, logró abrirla y se precipitó en la habitación.

Holly yacía en el suelo, con la blusa hecha trizas, el cuello vuelto en un giro imposible, los ojos implorantes, mirando fijamente al infinito. De pie, sobre su cuerpo inerte, estaba el Kasta, aferrando un largo cuchillo con la mano derecha, con la hoja cubierta de sangre. Respirando entrecortadamente, no dejaba de mascullar:

—Sangre... sacrifícala... sacrifícala... Tenemos sed.

El Kasta levantó la cabeza. Hizo una mueca de desprecio, con una horrible contorsión de los músculos faciales y los ojos vidriosos.

—Tenemos sed –susurraba.

De pronto, se abalanzó sobre él. El cuchillo relampagueó. Talman giró bruscamente y lanzó el brazo izquierdo para bloquear la cuchillada. Funcionó, pero la hoja le desgarró la camisa y le alcanzó el antebrazo, dejándole un profundo tajo. Dejó que el propio peso del Kasta le desequilibrara hacia delante, y luego Talman giró con él agarrándole y lo lanzó violentamente contra la pared. El Kasta lanzó una cuchillada salvaje, y la hoja le pasó rozando la cara, cortando el aire audiblemente, sin conseguir alcanzarle la cabeza ni el hombro. Si Talman no se hubiera apartado, le habría decapitado.

Un ruido salvaje, gutural, emergió de la garganta del Kasta. Arremetió contra él y consiguió derribarle, dejando a Talman bajo sus pies. El Kasta, de pie sobre él, blandió la hoja de nuevo y se lanzó sobre su cuello. Pero Talman rodó rápidamente a la derecha, y el cuchillo se clavó en el suelo. Mientras el Kasta forcejeaba por liberar la punta de la hoja, Talman rodó de nuevo y le pateó brutalmente la rodilla. Con un chasquido de hueso, el Kasta cayó al suelo un poco más allá, aullando de dolor.

Retorciendo el cuello de forma extraña y gimiendo, el Kasta se puso en pie lentamente, con la pierna astillada extendida hacia un lado, tambaleándose ligeramente.

—Esa zorra lo estaba pidiendo –dijo el Kasta con un silbido–. Te enviaré con ella, muchacho.

Talman, también en pie, le observaba con una mirada de acero, jadeando.

Extendió rápidamente la mano hasta el tobillo y sacó una navaja mariposa, abriendo la hoja con un rápido giro de muñeca.

Talman no dijo una palabra. Con la otra mano, le hizo señas en silencio al Kasta para que le atacara.

Con una mirada enloquecida, los labios desollados y gritando como una arpía, el Kasta se abalanzó sobre él.

Talman se apartó en el último momento y giró, y el Kasta se fue de cabeza contra un armario archivador metálico. En menos de un segundo, Talman se situó sobre él. Lo agarró con violencia del cabello, tiró de su cabeza hacia atrás, e, inclinándose sobre él, le susurró al oído...

—¡Esto es por Holly!

... mientras segaba el cuello expuesto del Kasta con el filo de su navaja.

Mientras éste se derrumbaba en el suelo, Talman se dirigió hacia el cuerpo de Holly. Se arrodilló y, suavemente, le cerró los ojos. Luego, tomándola de la mano, se inclinó sobre ella, rezando y llorando.

Como por arte de magia, las páginas de *El cuaderno de la rosa negra* comenzaron a pasar como llevadas por una mano invisible, quedando abierto en un grabado en madera de...

... el Papa con mitra y vestiduras, con los brazos plegados; su rostro, una desagradable caricatura, contorsionado en un rictus de dolor; yaciendo postrado bajo las alas de un fogoso dragón. En la página opuesta, el portaestandarte templario le miraba fijamente.

# CAPÍTULO 33

# AEROPUERTO DE O'HARE, CHICAGO

Mientras el avión rodaba por la pista tras el aterrizaje, Josie se cambió de ropa. Se puso unos vaqueros desteñidos, un suéter negro de cuello de tortuga y una cazadora de campaña de los excedentes del ejército. Un *look* desastrado. Con un par de calcetines gruesos y unas botas Doc Martin completó su imagen. Una estudiante universitaria más. Con una importante excepción: una Beretta semiautomática oculta en la funda de la riñonera, bien sujeta en torno a su cintura.

La puerta del avión se abrió cuando terminó de vestirse y subió a bordo el agente de la El Al, dándole la bienvenida con una cálida sonrisa. En realidad, él era el *agente* Al, Benjamin Levine, cuya tapadera era la de director de zona. Era alto y delgado, con el cabello negro y ondulado, y unos ojos castaños oscuros algo hundidos. Intercambiaron unas breves formalidades mientras él le entregaba a Josie un sobre, con un pasaporte limpio y la llave de la habitación de su hotel.

—*Shalom*, señorita Schulman. ¿O quizás debería dirigirme a usted por su nuevo nombre, Anna Spelman?

Josie sonrió y aceptó el sobre.

—Encantada de verle de nuevo, Benjamin. ¿Qué tal la familia?

—Bien. Las niñas se están adaptando bien, y mi esposa se ha convertido en una mamá futbolista suburbana habitual.

—Estupendo –dijo Josie–. ¿Hay alguna noticia de Abraham?

—Sí, le envía sus condolencias por la desaparición de monseñor Scarlotti, y le desea éxito.

A Josie se le encendieron las mejillas.

—¿Desaparición? Me dijeron que había sufrido un ataque cardiaco y que había sido hospitalizado.

—Al parecer, nunca llegó al hospital.

—¿Hay algún Servicio de Inteligencia que pudiera haberle apresado?

Benjamin aspiró profundamente hinchando los carrillos, y espiró lentamente.

—Hasta el momento, nadie lo ha reivindicado.

Josie inclinó la cabeza un instante y se miró las manos. Benjamin le permitió aquel momento de reflexión y continuó:

—Volvamos al trabajo, ¿le parece? Su automóvil está esperando en la pista. Es un discreto Buick negro con matrícula secreta. El nombre del conductor es Uri. Será su socio en esta misión. Si necesita contactar conmigo, utilice la línea segura y los buzones.

Josie asintió a forma de acuse de recibo.

—Su padre ya está enterado de su llegada, y estará esperándole.

Un destello de alegría brilló en los ojos de Josie.

—Gracias por... su amabilidad y su profesionalidad...

—Una cosa más –añadió–. Su *amigo*, el Kasta, se rompió finalmente. Hizo una carnicería con su secretaria. Él está muerto. Cosa extraña, sin embargo. Nunca me habría imaginado que tomara drogas.

—¿Y eso? –preguntó ella.

—En la autopsia aparecieron rastros de alucinógenos en su sangre y algunas otras drogas psicotrópicas que aún están intentando identificar.

Josie se quedó mirando al aire en silencio durante un buen rato; y, después, murmuró para sí:

—El necio no pudo resistirse y abrió el libro.

—¿Cómo?

—Nada. ¿Qué hay del libro?

Benjamin suspiró.

—No se preocupe. Se está enviando por correo diplomático, tal como estaba planeado.

Josie asintió.

—Josie –le dijo él con una mirada grave–, tengo una mala sensación con todo este asunto.

—Yo también.

—Vigile su espalda –dijo, y se marchó.

Antes de que pudiera responderle, entraron los funcionarios. Aduanas, INS y Agricultura solían inspeccionar los aviones privados, y la inspección, por lo demás superficial, la realizaron con rapidez. El inspector de Seguridad Nacional, de piel pálida y delgado como un palillo, con los dobladillos de sus pantalones negros cosidos con grapas, selló su pasaporte y el I-94.[14]

Visado de estudiante F-1.

Estaba en camino.

---

14. El I-94 es un impreso de registro de llegadas y salidas del Servicio de Inmigración y Ciudadanía Estados Unidos. (N. del T.)

# CAPÍTULO 34

# CHICAGO

Sentada en el automóvil, Josie miraba por la ventanilla mientras el vehículo se adentraba en la ciudad, bajando por la Interestatal-90, hacia el este, y por Lake Shore Drive South. Aunque hacía un frío de muerte para ser octubre y estaba empezando a caer aguanieve, aquello no era nada comparado con lo que había sido su último viaje por las calles sembradas de sal de la ventosa ciudad. Entonces había montones de nieve sucia a medio derretir, formando altas pilas a lo largo de la autopista, envueltas con un manto de nieve recién caída. Doce centímetros de espesor, y seguía nevando intensamente sobre la ciudad.

Uri, el conductor, dijo:

—Esta ciudad es bastante bonita, a su manera, ¿no cree?

La voz de Uri la sobresaltó sacándola de su ensoñación.

—Supongo que sí —respondió sombríamente.

Uri procedió a darle información mientras conducía.

Era un hombre joven, de unos veintiséis años, con una disposición jovial. Sus rasgos eran bellos, pero afilados; sus ojos castaños parecían despiertos y cautos. Cuando el automóvil giró, tras pasar el Museo de Ciencia e Industria, Josie volvió a entretenerse mirando por la ventanilla. Su aliento empañaba el frío cristal, haciendo ondas contra él. Pensando en su padre, dejó escapar un suspiro y se detuvo por un instante, dibujando después con el dedo un corazón en el cristal helado.

El automóvil se detuvo junto al bordillo y Josie continuó caminando hacia el este, desde la Calle 58 y cruzando los *quads*. El campus de la Universidad de Chicago era enorme, y abarcaba varios bloques cuadrados. La oficina de su padre estaba ubicada en la Divinity School, Swift Hall, un hermoso edificio gótico de caliza, con enormes arcadas y pórticos, incluso con torrecillas parecidas a las de los castillos. Las heladas enredaderas se arrastraban como dedos esqueléticos por entre los viejos ladrillos y la caliza de las columnatas.

Disfrutando del silencio otoñal, sus pensamientos volvieron a deslizarse hacia atrás en el tiempo. Ella había estado allí de pie, en el mismo lugar, rebosante de un profundo regocijo infantil ante la escena invernal de aquel mundo maravilloso que se abría ante ella. Un manto de nieve había envuelto los arbustos y había cubierto los tejados. Los ángeles podrían haber recogido sus alas, viniendo a descansar sobre aquellos tejados, se dijo a sí misma. En el ojo de su mente, la nevada era ahora más intensa, y no remitía. Casi ocultaba el rostro adusto de la ciudad y ensuciaba los blancos y virginales bajos de un traje de novia. *«De un traje de novia»*, repitieron la frase sus pensamientos, mortificándola.

Barrida por un torbellino de ensueños, se vio de pronto transportada a una inmensa iglesia vacía, con lirios marchitos decorando los bancos, oyendo la burlona cacofonía carnavalera de un calliope, en lugar del sonido solemne de un órgano de tubos.

De pie y sola en el altar había una novia, ligeramente encorvada, con largos y ralos mechones de cabello gris, visibles por debajo del velo. La novia se volvió lentamente, y Josie se vio a sí misma, pero con un rostro anguloso y deteriorado por la edad, con los ojos enrojecidos y sumidos en la confusión.

Junto a la novia estaba Nick Rossi, con el rostro arrugado y apergaminado por los años, con su espeso y ondulado cabello ahora ralo y cano. Después, aquella visión de pesadilla se desvaneció, y su imaginación se cegó dentro de un torbellino cada vez más espeso de marfileña neblina.

Sacudiendo la cabeza y dando un respingo, Josie murmuró:

—¡Gilipolleces! Sueños imposibles. El matrimonio no es la respuesta. No necesito a Nick Rossi ni a ningún otro hombre para llenar mi vida —se mintió a sí misma.

Aunque su voz era fuerte y firme, se quebró ligeramente mientras se decía:

—Quizás me convendría saltar en marcha de este tren, sentar la cabeza, tener hijos. Quizás pueda encontrar el amor.

Y parpadeó para no dejar salir una lágrima.

Abrigándose bien el cuello con las solapas del abrigo, Josie atravesó el *quad,* siguiendo un sendero de losas, y pasó por entre lechos de flores resecos por el frío, donde la tierra desnuda parecía la de una tumba reciente.

Cuando estuvo ante la puerta del despacho de su padre, Josie dudó al ir a alcanzar el pomo para abrir.

El sonido amortiguado de una música, y el de unas voces granuladas y ligeramente temblorosas le llegaron a los oídos. Aunque hacía años que no había escuchado la voz de su padre, ni tampoco la canción que sonaba, las reconoció a ambas de inmediato. La canción era *Bei Mir Bist du Schoen, (Means That You're Grand)*, de las Andrews Sisters, la favorita de su padre. Cuando al fin entró, vio a su padre de pie tras su escritorio, cantando y dirigiendo la imaginaria orquesta con una regla como batuta.

Josie tragó saliva cuando le vio. Max Schulman era el típico profesor, con unas cejas oscuras, pobladas y largas, y un bigote también oscuro que iba perdiendo el color hasta llegar a una barba poblada de canas. Un cabello rizado y cano le laureaba la calva, con unos ojos negros marmóreos, que miraban a hurtadillas desde detrás de unas gafas de montura oscura. Su cara irradiaba el resplandor interno de la paz que moraba en su interior. Max se detuvo, como si hubiera percibido su presencia. Su sonrisa llenó de calor la habitación y el corazón de Josie, que echó a correr a sus brazos. Estuvieron abrazados durante un minuto, un minuto que pareció muy largo, al tiempo que demasiado breve.

Max retiró a Josie para observarla bien.

—*Gott,* ¡cómo has madurado, Josephine!

Ella se ruborizó y se encogió de hombros, empapada en amor de padre, en atenciones de padre.

Max sacudió la cabeza.

—Si Muta pudiera verte, hija –continuó con un destello en la mirada–. Se sentiría muy orgullosa.

Pero, después, una mirada de confusión le cambió la expresión.

—Pero, ¿y esa ropa? ¿Es que no te pagan un sueldo decente, muchacha? Josie se echó a reír y le explicó:

—Perfil bajo, Tateh. Mi tapadera es la de una estudiante extranjera. ¿No te lo dijeron?

Max le dio la espalda, levantó la aguja del disco e hizo señas a Josie para que tomara asiento. Cada centímetro de las paredes estaba cubierto con estanterías saturadas de libros, y su escritorio estaba cubierto de papeles. Sobre él, descansando como en un trono, estaba Lilith, su enorme gata de Angora negra, sobrealimentada, como siempre. Ronroneaba suavemente. Somnolienta. Indiferente.

—¡Ah, claro! Las maquinaciones clandestinas de tu profesión. No importa, no es la peor ropa que se puede llevar por ahí. Pero, dime, Josephine, ¿eres feliz?

Cuando Max le hizo aquella pregunta, Josie desvió la mirada.

—Lo que imaginaba. Puedo verlo en tu corazón, *mayan tokhter* –dijo él, mientras salía de detrás de su escritorio y se sentaba a su lado.

Tomó la mano de Josie entre las suyas y se la apretó fuertemente; y, no pudiendo contener las lágrimas, Josie rompió a llorar con profundos sollozos, rodeándole el cuello con los brazos. Max la estrechó y le acarició el cabello, apretando su mejilla contra la de ella.

En sus brazos dejó salir su dolor, su miedo y su soledad.

Recobrando la compostura, Josie comenzó a hablar lentamente.

—Lo siento, Tateh... lo siento mucho. ¡Soy demasiado mayor para esto!

Se puso tensa; el odio volvía.

—Esos bastardos... ¡se han llevado a *zio* Lotti! –dijo tragando con fuerza–. Yo sólo te necesitaba a ti, te necesitaba tanto...

Max la interrumpió; y, separándose para tomarla por la barbilla, la miró a los ojos.

—Nunca te disculpes por ser un ser humano, niña loca. Sé que crees que por tus venas corre agua congelada. Y puede ser que, por ahora, así sea. Pero a veces necesitas que se funda un poco, ¿no?

La gata saltó del escritorio al suelo. Se acercó lentamente a ella, se frotó contra sus piernas y enroscó lánguidamente su cola en torno a la pantorrilla de Josie.

La sangre volvió a sus mejillas. Una débil sonrisa se abrió paso en su sombrío rostro.

—Claro, tienes razón. ¿Podemos cenar juntos esta noche?

Max levantó las cejas interrogante.

—Sí, claro... siempre y cuando puedas hacerme un hueco en tus planes.

Ella se echó a reír.

La expresión de Max cambió, y su voz adoptó un tono serio.

—Josephine, hay algunos asuntos que tenemos que discutir, asuntos personales que quiero tratar contigo, y que hace demasiado tiempo que vengo aplazando. Tu madre y yo teníamos planeado decírtelo cuando fueras lo suficientemente mayor como para que lo comprendieras. Pero su temprano fallecimiento...

—Es un poco tarde para explicarme las cosas de la vida, Tateh.

Max sonrió cálidamente.

—En realidad... no tiene que ver con eso...

Calló. Se volvió hacia la ventana, como si las palabras que buscaba pudiera encontrarlas en las nubes oscuras del cielo, y luego volvió a buscar la mirada de ella.

—Tiene que ver con algo de tu pasado.

Inclinándose hacia él, Josie le dijo entre susurros:

—¿Estás intentando decirme que fui una huérfana que os dejaron unas gitanas errantes delante de la puerta?

Max la miró durante un largo rato.

—Dejemos este tema para la cena, pues nos va a llevar un poco más de tiempo; y supongo que querrás hablar de temas más urgentes.

Un interruptor hizo clic en el cerebro de Josie; de regreso al trabajo. Se levantó y se puso a dar vueltas por el despacho. De repente, se detuvo y, volviéndose a su padre, le preguntó:

—¿Recibiste el libro del Mossad?

Fuera, una ráfaga de viento susurró entre los aleros del edificio. Una única nota interpretada por una flauta tallada en el hielo.

—Sí. Es un libro extraordinario. Tan extraordinariamente repugnante como complejo y misterioso. Benjamin me contó lo de la desaparición de monseñor Scarlotti, y lo del ataque de locura del Kasta y su carnicería.

Josie asintió solemnemente.

—Yo he hecho del estudio de las religiones y las creencias del hombre la obra de mi vida –continuó, hablando ahora como el profesor Schulman–. Como Einstein dijo una vez: «No sé tanto como Dios, pero sé tanto como Dios sabía a mi edad». Hay libros que son un exponente de los mejores momentos del hombre, de sus más nobles logros. Pero hay otros... otros son el exponente de sus momentos más oscuros, de sus instintos más básicos.

—¿Y este libro?

—Ya has visto los resultados de su maldad. Este libro puede *matar*, literalmente.

Josie le miró desconcertada.

—Ese libro lleva una trampa cazabobos. Todo el que no esté versado en los antiguos jeroglíficos que decoran su cubierta lo abrirá de cualquier manera y se convertirá en víctima de una toxina mortal. Los símbolos le dicen al adepto cómo abrir el libro sin peligro.

—Entonces, ¿el Kasta no estaba loco?

—Al final, sí. Pero se volvió loco debido a las toxinas psicoactivas que transmite el libro.

—Pero ¿cómo...?

—Los detalles concretos no tienen importancia por el momento. Lo que he descubierto, no obstante, es de las mayores consecuencias. ¿Has oído hablar de la cifra Atbash?

—¿No es una especie de cifra de sustitución, una antigua cifra cabalística? Creo que la estudié en la academia, en decodificación.

—Precisamente –dijo su padre con una chispa en los ojos–. Deja que te lo muestre.

Rebuscó un libro en su escritorio, y luego abrió con el pulgar una sección de él.

—Mira aquí –dijo señalándole con el dedo.

א ב ג ד ה ו ז ח ט י כ
ל מ נ ס ע פ צ ק ר ש ת

—Esto es la cifra Atbash hebrea –y, deslizando el dedo hacia abajo, añadió–. Y éste es el aspecto que tiene en inglés.

A|B|C|D|E|F|G|H|I|J|K|L|M
Z|Y|X|W|V|U|T|S|R|Q|P|O|N

—Esta cifra la descubrió recientemente el Dr. Schonfield, el experto de los Manuscritos del Mar Muerto. Simplemente tienes que sustituir la última letra del alfabeto por la primera, y así sucesivamente hasta el final de la línea. Evidentemente, en hebreo leemos de derecha a izquierda. Examinando atentamente ciertos pasajes de *Le Cahier de la Rose Noire,* he podido descubrir una nueva versión de la cifra Atbash que incorporaba la gematría.

—¿Eso no es como la numerología?

—No exactamente. En primer lugar, los místicos judíos le asignaron un valor numérico a cada letra hebrea. Después, añadirían los valores para obtener una suma.

—¿De modo que convertían las palabras y los nombres en números?

—Sí, y entonces buscaban palabras que tuvieran los mismos valores numéricos. Por ejemplo, si le asignamos valores a las letras inglesas, A = 1, B = 2, C = 3... y así sucesivamente... el valor de GOD, Dios en inglés, sería de 7 más 15 más 4... que equivale a 26.

Josie se sentó, escuchándole atentamente.

—Y parece que, dentro del galimatías de encantamientos y demás, *Le Cahier* guarda la clave para esta cifra Atbash modificada. El cuaderno está escrito principalmente en francés y en latín, con unos cuantos pasajes en inglés antiguo, más o menos el inglés que se hablaba en los siglos XIII y XIV. Sin embargo, el uso que se hace en el cuaderno de la antigua cifra hebrea tiene perfecto sentido. He confirmado que *Le Cahier* contiene la traducción original más antigua de la *Clavicula Salomonis, La Gran Clave del Rey Salomón.*

—¿Otro libro de códigos?

—En cierto modo... puedes llamarlo *La Clave de Salomón.* Es el libro mágico de hechizos que escribió y que utilizó nada menos que el mismísimo rey Salomón.

—Debe de ser muy valioso.

—Inapreciable para algunos coleccionistas. Pero aún es más interesante. El cuaderno hace referencia a algunos pasajes de los evangelios gnósticos, incluso al recientemente traducido *Evangelio de Judas,* que se creía perdido para toda la eternidad.

Y, entonces, aflojando la tensión de su rostro, Max se dejó caer en su sillón; guardó silencio durante unos instantes y luego la miró con ojos cansados.

Josie le miró desconcertada, ladeando la cabeza.

—El cuaderno alude —continuó explicándole— a la prueba incontrovertible de que los evangelios gnósticos son los verdaderos evangelios. Alude también al *Evangelio de Jesús,* escrito por la propia mano de Cristo; entre sus contenidos, hay una revelación de asombrosas proporciones para la comunidad cristiana.

Se quedaron mirándose fijamente.

Max continuó:

—Expone pruebas de que Adonai, el Dios de mi fe judía, y Jehovah, el Dios de la fe cristiana, no es más que un dios menor, un ángel caído, si lo prefieres así. El ángel caído que una vez sostuvo el *En Sof*, la confianza y la más alta admiración del Padre Todopoderoso.

—Pero... estaríamos hablando de Lucifer...

Por un instante, aquella simple idea estranguló sus voces en dos silencios separados.

Max rompió el silencio.

—Lucifer sería un arquetipo similar, un orgulloso ser espiritual menor. En el Evangelio de Jesús parece ser que se dice que el único Dios verdadero está dentro de nosotros, y que la Diosa es la verdadera divinidad. Dice que las mujeres son el secreto para la unión con *Dios La Madre*.

—Has estado trabajando mucho –dijo Josie suavemente.

—No hace falta que creas en la energía termonuclear, ni que la comprendas, para quedar vaporizado por una cabeza nuclear de diez megatones, ¿no? Pues, si este Evangelio de Jesús desaparecido postula la misma herejía, y se verifica, las principales religiones del mundo, tal como las conocemos, se vaporizarían también...

—Pero no creerás...

—¿Creer? –la interrumpió él mirándola gravemente, para luego mirarse dentro y continuar–. En su mayor parte, sin la menor duda. Del mismo modo que creo en los antiguos estudios de nuestra fe, ¡*Tokhter!* ¡La *Kabbalah!*

Bajó la cabeza, acariciando con los dedos un libro de *El Zohar* que tenía sobre el escritorio.

Aquella palabra inundó de recuerdos a Josie. Recordaba claramente aquellas ocasiones en su infancia en que se había despertado en mitad de la noche con los gritos que le llegaban desde el dormitorio de sus padres. Su madre iba a tranquilizarla diciéndole que no era nada, que simplemente su padre había tenido otro de aquellos terrores nocturnos. Luego, Josie no hacía otra cosa que dar vueltas y más vueltas en la cama, hasta que finalmente se quedaba dormida. Pero aún ahora podía escuchar la voz de su padre, aquel penetrante lamento de terror, el parloteo de un hombre atrapado y torturado por cosas que no podía siquiera nombrar. *Dybbuks*. Los fantasmagóricos demonios de la noche.

—Sí, Tateh —dijo Josie, dándose cuenta de que aquello no les llevaba a ninguna parte.

Quizás su padre había estado demasiadas horas a solas con sus pensamientos, con la única compañía de sus arcanos conocimientos.

—Entonces, ¿has guardado el libro en un lugar seguro?

Max tanteó el bolsillo de su chaqueta y dijo:

—Aquí mismo. En ningún momento lo perderé de vista. Si este cuaderno cayera en las manos equivocadas y se utilizara para descifrar esos evangelios...

—Entonces, ¿cómo combato a esa gente, Tateh?

—Su debilidad es su orgullo, su vanidad. Si tú insistes en tirar de la cadena del baño con ellos dentro, sugiero que puedo poner un anuncio en la revista académica anunciando una charla sobre este libro como parte de nuestra serie de conferencias. Lo único que tendrás que hacer será sentarte y esperar.

—¿Quieres decir que la araña espere a la mosca?

—Sí, ¡pero asegúrate de que no te conviertes tú en la mosca!

—¿Tienes alguna idea de quién pueda ser el líder...?

Entonces se abrió la puerta y entró un hombre alto, vestido con el atuendo tradicional del movimiento Lubavitcher del hasidismo judío: ropa negra, camisa blanca, unos tirabuzones espantosos y una gran barba. Su cara parecía estar compuesta exclusivamente de planos duros: una prominente línea maxilar, una gran nariz angular y unos pómulos agudos. Pero sus ojos eran cálidos, incluso amables, y sus labios carnosos y generosos. Josie se percató del volumen y la fuerza de sus hombros y brazos. Tenía las manos grandes; pero, cuando las movía, lo hacía con una tímida gracia, como si temiera asustar a los extraños. Su voz tenía un tono serio, aunque melifluo.

—Oh, perdóneme, profesor, pero hay alguien aquí que desea verle.

Lilith bufó y se escondió corriendo tras el escritorio.

El profesor parecía desconcertado.

—¿Verme a mí? –preguntó, comprobando su agenda–. Sí, aquí está. Lo había olvidado. El profesor Nemo Bugenhagen, de Viena.

Se puso a rebuscar entre una pila de documentos que tenía sobre el escritorio.

—Ah, sí... aquí está.

Levantó una carpeta etiquetada como USO DE LA GEMATRÍA PARA DECODIFICAR LOS GRABADOS DE ALBERTO DU-RERO.

Josie saludó al hombre alto con un movimiento de cabeza.

—Oh, sí. Deja que te presente al Rebbe Jacob Yomach Myers, mi socio. Rebbe, mi hija, Josephine.

Josie sabía que el término «Rebbe» daba a entender que se trataba de un distinguido y respetado erudito de la teología, y que no era un rabino común. Josie se puso en pie y le tendió la mano, pero se percató de que, aunque el rabino sonreía con los labios, sus ojos estaban bastante más lejos.

Max se levantó y se encaminó a la puerta.

—Perdóname. No tardaré mucho. Puedes esperarme en la oficina del Rebbe Myers, bajando las escaleras.

Ella asintió.

Y, luego, dirigiéndose al Rebbe Myers, comentó:

—Las ideas de nuestro colega Nemo me parecen un tanto inverosímiles, tomadas por los pelos; pero su erudición es impecable. Sin embargo, sólo pude decodificar la mitad de los mensajes que hay en los grabados de Durero. Ésa es la razón por la cual le pedí a usted que le enviara copias de todo a mi viejo amigo, el *professore* Giovanni, de Roma.

—Se enviaron por entrega urgente ayer –dijo el Rebbe Myers.

—El compañero Nemo cree que los tres grabados de Durero están vinculados de algún modo, y que, cuando se descifran, transmiten un mensaje general...

Mientras Josie se dirigía a la puerta, casi se tropieza con un hombre diminuto de cabello cano y despeinado. El hombre exhibía una fina sonrisa, y portaba un bastón. Iba encorvado, arrastrando la pierna izquierda al caminar. Parecía muy viejo, y tan frágil como un pañuelo de papel. Con un fuerte acento alemán, le dijo:

—Perdóneme, *fraulein.*

Por un instante, sus ojos se encontraron. Los lacrimosos ojos del hombre brillaron. Ella se detuvo un instante, y luego se fue.

# CAPÍTULO 35

# EL VATICANO

Debido a su cargo, Rossi podía entrar por la vía de la puerta *Vle Vaticano,* la más cercana al *Musei Vaticani,* el *Museo Vaticano.* Los Carabinieri y la Guardia Suiza comprobaron sus credenciales y le hicieron señas para que pasara. El tío Giovanni hizo que un asistente fuera al encuentro de Rossi a la entrada y le acompañara hasta su oficina privada. Como era habitual, el museo estaba atestado de turistas de cuello estirado, subiendo por la gigantesca escalinata en espiral de Giuseppe Momo.

Los ojos hundidos y lacrimosos de Giovanni miraban comprensivamente a Rossi, mientras éste le relataba los acontecimientos de los últimos días. La seducción –qué manera de hacer el tonto–, y la misteriosa huida de *Bast* desde el Panteón.

Giovanni se inclinó hacia delante, apoyando los codos de su desgastada chaqueta de *tweed* sobre el escritorio. Sosteniendo la pipa en el hueco de su artrítica mano, Giovanni se la llevó a los labios, sacó una cerilla y la encendió. Una nube de humo flotó entre ellos como un sudario.

Al otro lado del escritorio, con las manos en el regazo, Rossi esperaba en silencio la respuesta de su tío.

—*Cosafatta capo ha,* lo hecho, hecho está. Hombres mejores que tú y que yo han cometido errores más graves. La medida de un hombre la marca el modo en que reacciona, si es capaz de aprender de sus errores –dijo Giovanni, que, tras una pausa, añadió–: Tu trabajo te exige que juegues con la duplicidad y que lleves muchas máscaras. Pero sé siempre veraz contigo mismo. Mantente centrado.

Rossi suspiró profundamente y asintió con la cabeza.

El profesor Giovanni sonrió tranquilizadoramente.

—Como probablemente sabes, nosotros hemos tenido nuestra propia tragedia aquí, dentro de los muros del Vaticano. Al *colonello* Pico lo encontraron brutalmente asesinado en los Archivos Secretos, y aquella misma tarde monseñor Scarlotti, ayudante del director de la *biblotica...* desapareció.

—Nos enteramos –dijo Rossi–. Y el responsable de seguridad de la embajada americana, Cotter, murió en un extraño accidente de tráfico, llevándose por delante las vidas de dos jóvenes *carabinieri.* ¿Alguna conexión?

—Me gustaría no verme obligado a pensar así. Quizás te parezcan las cavilaciones paranoides de un viejo loco, pero mis instintos me dicen que, por debajo de la superficie de esta oleada de muertes, se halla la oscura marea de una conspiración peligrosa y diabólica, que arrastra a inocentes y a culpables, indistintamente, con su invisible garra.

»El comandante Stato, de la Guardia Suiza, ha hecho poco por aliviar mis sospechas. Vino a mi despacho ayer mismo para preguntarme por un extraño libro, *Le Cahier de la Rose Noire.*»

—Nunca oí hablar de él, pero ¿por qué iba a mostrar tan repentino interés por un libro e iba a venir a ti, en lugar de dirigirse al director jefe de la biblioteca?

—Tú no comprendes la «política de despachos» del Vaticano. El padre de Stato era un amigo íntimo mío, y conozco a Stato desde que era niño. Debería de tener sus razones para no consultar a nadie dentro de la *biblotica* misma. Y por otra parte está mi competencia en...

—¿En tu peculiar *hobby...* tu obsesión por los superhéroes americanos?

Los ojos de Rossi recorrieron las pilas y pilas de libros de cómics en ediciones para coleccionistas, novelas baratas y cintas de viejos programas de radio, pulcramente colocadas en estantes en un rincón del despacho. Cuando era niño, Rossi había pasado muchas horas felices escuchando los relatos de El Fantasma, La Sombra y Doctor Savage en el estudio de su tío.

Giovanni frunció el ceño.

—No, mi otro *hobby*: las sociedades ocultas y secretas.

—Me estoy enfrentando a un enemigo real, no a un culto marginal de lunáticos, de magos negros encapuchados y de científicos locos. Un enemigo que trata con sangre, terror y sufrimiento: Al Qaeda.

—Pero lo hacen en nombre de Allah. Llámalo *yihad*, guerra santa... ofrendan sacrificios sangrientos de inocentes con sus bombas, incluso ofrendan sus propias vidas por una causa religiosa, la depuración del mundo de los infieles y abrir el camino para el...

—¿Nuevo orden mundial? –le interrumpió Rossi, poniendo los ojos en blanco.

—Búrlate todo lo que quieras. Mis años de estudio en lingüística y en egiptología y sus rituales me han llevado a descubrir algunos senderos extraños. Eres demasiado joven para acordarte de Mussolini, *Il Duce*, demasiado joven para recordar los inicios del fascismo en Alemania, de cómo fue amamantado y hecho florecer en el oscuro suelo del fanatismo y el odio racial, disfrazados de ciencia eugénica, por gente como Lynton y los teósofos de H. P. Blavatsky. Incluso aquí, dentro de estos sacrosantos muros, la búsqueda del control, del poder y de los conocimientos secretos ha convertido a muchos buenos clérigos a las fuerzas oscuras que laten en lo más profundo del corazón humano y de la mente.

—El poder absoluto corrompe absolutamente, ¿no es eso? –aportó Rossi.

—¿Acaso no lo has experimentado ya en tu propia vida, sobrino? ¿Es que tu pretensión de utilizar a esa mujer no es un ejemplo de lo fácilmente que podemos caer en la trampa? ¿De cómo podemos justificar nuestros instintos más básicos diciendo que todo lo hacemos por un bien mayor?

Rossi le miró atónito durante un instante, y finalmente dijo:

—Lo acepto. Tú no te andas por las ramas, ¿eh? Aun cuando me hagas sangrar.

—Has venido aquí buscando la sabiduría de un anciano; algo peligroso, a menos que estés dispuesto a escuchar la verdad. Los ancianos ni tienen tiempo ni disfrutan con el dudoso placer de la hipocresía –dijo Giovanni extendiendo la mano–. Decías que tenías algo que mostrarme.

Rossi le entregó la postal.

Frunciendo el ceño, su tío se levantó, bajó una pantalla de proyecciones y se dirigió hacia un viejo modelo de proyector. Sacó la postal de la bolsa de plástico y, utilizando unas pinzas, la puso boca abajo en la bandeja.

—Las luces, por favor.

Después de apagar las luces, Rossi se situó al lado de su tío. El sonido del ventilador del proyector y un río de luz llenaron la habitación. Allí, proyectada en la pantalla, estaba la imagen borrosa de la postal.

Giovanni tomó con los dedos un gran pomo y lo giró.

—Vamos a enfocarlo. Ahí... mucho mejor.

Para Rossi, lo que había escrito en la postal seguía siendo un galimatías.

Tarareando un concierto de Bach, y con la luz ambiental danzando en las lentes de sus gafas de alambre, Giovanni miraba a la pantalla atentamente.

Los minutos pasaban.

Finalmente, el *professore* se fue precipitadamente hacia la pantalla, sacó un bolígrafo y se puso a apuntar, trazando los símbolos y las palabras mientras las musitaba para sí.

Rossi se aclaró la garganta.

El *professore* se dio la vuelta, se caló las gafas en su arrugada frente y sonrió con aire de complicidad. Después, se le oscureció el rostro y se echó a reír como un maniaco, levantando un dedo. Con una voz profunda y resonante, dijo:

—*Only the Shadow knows what evil lurks in the hearts of men...* Sólo la Sombra conoce el mal que se oculta en los corazones de los hombres.

Rossi reconoció aquella frase de haberla oído en una de aquellas antiguas grabaciones de radio.

—¿*Zio*...?

—Perdona por mi euforia, pero es que todo comienza a encajar. El texto del mensaje está en francés, pero no es más que un ardid, un semagrama que oculta un mensaje dentro de un escrito perfectamente visible. En este caso, una nota, aparentemente inocente, garabateada en una postal, la nota de un turista de habla francesa. ¿Ves esta frase? —se volvió, señalando con el bolígrafo—. *La Vie en Rose,* una expresión francesa que significa «ver el mundo a través de unas gafas de color rosa». Ésa es nuestra clave. ¿Observas algo diferente en el escrito, aquí?

Rossi entrecerró los ojos explorando el texto.

—Las letras se inclinan hacia la derecha, en contraposición al resto del texto, donde las letras están escritas con una inclinación a contramano...

—Hacia la izquierda –dijo Giovanni dando una palmada con sus arrugadas manos–. Precisamente, lo cual destaca ese texto del resto.

Como un niño excitado que siguiera las pistas del mapa de un tesoro, el *professore* se fue rápidamente hacia el proyector, se puso un guante de látex y agarró la postal. Después, se dirigió a un estante y sacó lo que parecía una vieja y amarillenta novela barata. Volviendo hasta Rossi, dijo:

—Necesitaremos una tecnología un poco más sofisticada para desentrañar el resto del misterio.

Y se dirigió hacia la puerta desapareciendo por el vestíbulo.

Mientras Rossi permanecía mudo de asombro mirando a la puerta, la voz de su tío reverberó desde el vestíbulo.

—Ven, Nico. No tengo todo el día.


Sentado ante un ordenador del laboratorio de objetos del museo, Giovanni exploraba ambos lados de la postal. Mientras Rossi se situaba a su lado, recorrió con la vista la sala. Legos y clérigos por igual, vestidos con batas blancas de laboratorio, estaban ocupados desempacando un envío. Otros estaban encorvados sobre las mesas de trabajo, examinando objetos antiguos, manejándolos con sumo cuidado.

Levantándose y trasladándose a otra mesa de trabajo, Giovanni dijo:

—Ahora vamos a utilizar nuestras gafas de color rosa para ver el mundo tal como es.

Puso la postal bajo la lente de un sofisticado aparato de observación y le dio al interruptor.

—Es todo una cuestión de percepción, ya sabes. En este caso, la ciencia de la luz. El mundo, tal como lo percibimos a través de los cinco sentidos, no es el mundo real, tal como nos dice la física moderna. Cuando vemos un objeto parece que esté derecho, cuando en realidad la lente de nuestro nervio óptico, al igual que un telescopio, la invierte. Es el cerebro el que pone de pie la imagen.

De una bolsa del almuerzo que había sobre una encimera, sacó una naranja y se la lanzó a Rossi.

—¿De qué color es?

Rossi entornó los ojos.

—Naranja, evidentemente.

Giovanni negó con la cabeza, aspirando a través de sus dientes postizos.

—En realidad, es azul. La luz naranja es el espectro de luz que rebota de la fruta. Un antiguo maestro zen les preguntó a sus discípulos en cierta ocasión: «¿Quién es el Maestro que hace que la hierba sea verde?». Rebosando de seguridad, un joven discípulo contestó: «Dios es el Maestro que colorea el mundo». El maestro zen negó vigorosamente con la cabeza...

—¿Acertijos? –dijo Rossi mientras le daba vueltas a la naranja entre sus dedos.

—Parece sólida al tacto, ¿no? –le preguntó el *professore*–. Pero, como sabe cualquier niño, la física cuántica ha demostrado que es una red de energía danzante. El «Árbol del Conocimiento», nuestro sistema nervioso central, con sus ganglios de raíces que vierten la información en nuestro sobredimensionado cerebro de mamífero, elabora orden a partir del caos, razonamiento científico a partir de la superstición, comprensión a partir del misterio. Este biosupercomputador crea un subproducto místico al que llamamos consciencia. Pienso, luego existo. Nuestros circuitos neuronales procesan los datos a partir de nuestros sentidos en un holograma tridimensional que proyectamos fuera de nosotros mismos y que, obstinadamente, etiquetamos como «realidad».

Una joven y tímida chica de cabello rubio tropezó al pasar junto a ellos, empolvándose distraídamente la nariz mientras miraba atentamente a través de las gruesas lentes de sus gafas.

—*Scussi signorina,* ¿me puede prestar un momento su polvera? –le preguntó el *professore.*

Ocultando la cara tras una carpeta, se la pasó. Giovanni sostuvo el pequeño espejo de la polvera ante la cara de Rossi.

—Estás mirando el rostro del dios, la cara del maestro que hace que la hierba sea verde.

—Suena un poco blasfemo, *zio.* No hace mucho, te habrían llevado por eso a la hoguera en la Piazza.

Giovanni se echó a reír, cerró la tapa de la polvera y la dejó en la mesa de trabajo.

—Las divagaciones de un viejo –dijo, mientras le guiñaba un ojo a la joven de aspecto tímido, que exhibía ahora una sonrisa amplia, ocultando sus vivos ojos tras las lentes de ojo de pez.

—No tan viejo, *professore* –dijo la chica–. Sólo un poco excéntrico.

Y, excusándose, se alejó de allí, con sus altos tacones repicando sobre el piso de dura baldosa, mientras sus ondeantes caderas desmentían su discreto aspecto.

Con las mejillas sonrosadas, Giovanni se quedó mirándole las nalgas por encima de las gafas y suspiró.

—Estas nuevas ayudantes de la universidad son cada vez más jóvenes. Pero dejemos que la ciencia... nos ilumine.

Se dio la vuelta como un remolino en el asiento giratorio y pulsó el teclado.

—El mundo color de rosa de la luz infrarroja.

La imagen de la postal resplandeció con un tono rojizo sobre una gran pantalla de proyección. Entre las líneas del escrito, aparecieron una serie de letras y de formas.

# CAPÍTULO 36

En la sala de objetos, Rossi miraba fijamente la pantalla.

—Un código integrado entre las líneas del texto. No es precisamente lo último en software de espionaje.

Giovanni se echó a reír.

—Pero es lo suficientemente efectivo como para pasar una inspección rudimentaria, y como para traerte aquí buscando mi ayuda, ¿no?

Los dos volvieron a mirar la pantalla.

KNOW WHOS VILE WRATH SULKS
IN THE HEART OF MEN
(CONOCE QUIÉNS VIL CÓLERA ENFADA
EN EL CORAZÓN DE LOS HOMBRES)

—Pero ¿puedes decodificarlo?

—No, pero La Sombra sí que sabe.

Sacando el *thriller* barato del bolsillo, Giovanni se lo lanzó a Rossi al regazo. Desde la cubierta, con la semblanza del Conde Drácula, un par de penetrantes ojos y una nariz ganchuda le miraban hipnóticamente desde debajo de un sombrero de fieltro negro con las alas caídas, observándole por encima del brazo, envuelto en una capa negra, con la que se embozaba.

—La imagen de la portada es la del criminólogo aficionado y millonario Lamont Cranston –le explicó Giovanni–: El vigilante de la justicia de la capa negra. Todos los programas de radio comenzaban con la misma frase. Pasa a la página cincuenta y dos y lee las primeras líneas.

—«*The Man of Scotland Yard*», el hombre de Scotland Yard –leyó Rossi el título; y, después, el guión del locutor–. «*Who knows what evil lurks in the hearts of men?*», ¿Quién conoce el mal que se oculta en los corazones de los hombres?

La mirada de Rossi volvió a la pantalla.

—¡La frase de la postal no es más que un simple baile de letras de esta frase!

—Exactamente. Es una reimpresión del guión de un viejo episodio radiofónico. Recuerda, La Sombra tenía ciertos poderes psíquicos que había aprendido de los monjes tibetanos, y que le permitían leer los pensamientos de los criminales y ofuscar sus mentes. Pero, de vez en cuando, se encontraba con un código cifrado que tenía que decodificar. En este caso, era una versión de la cifra masónica del Arco Real.

—*No capisce, Zio.*

—Bueno, claro que no... pero déjame terminar. Mira la clave en el libro, Nico.

Rossi hizo lo que le pedía.

La Cifra Masónica es un sencillo código de sustitución utilizado en otro tiempo para mantener ocultas a las miradas curiosas las anotaciones del alquimista. En ocasiones, se hace referencia a este código como la cifra del «corral de cerdos», porque la forma de rejilla semeja un corral.

En la cifra masónica, las letras se disponen en dos rejillas:

| AB | CD | EF |
|----|----|----|
| GH | JL | MN |
| OP | QR | ST |

Las letras que hay dentro de la rejilla se reemplazan por el símbolo de su posición; la segunda letra de cada cuadrícula se indica con un punto:

ARCO REAL

Señalando los dibujos de la pantalla, Giovanni preguntó:

—¿Puedes decodificar la cifra?

Rossi frunció el ceño.

—Me olvidado las gafas. ¿Por qué no sigues adelante y me iluminas?

—Pensaba que nunca me lo pedirías.

Tomando papel y bolígrafo, y poniéndose el libro abierto delante de él, Giovanni se puso a trabajar.

Apareció un bedel por la puerta trayéndole a Rossi un *cappuccino*, y éste se puso a observar la pantalla mientras lo saboreaba.

Nervioso, Rossi se puso a tamborilear en su muslo con los dedos y sorbió ruidosamente su *cappuccino*.

Haciendo una pausa, Giovanni miró despectivamente a su sobrino por encima de las gafas, y luego volvió a centrarse en las notas.

—No tiene buen aspecto. Nada bueno –dijo.

—¿Demasiado difícil? –preguntó Rossi, levantándose y mirando por encima del hombro de su tío.

—No. Es sencillo.

—Fácil para ti, querrás decir.

Volviéndose y resoplando, Giovanni se quedó mirando al suelo mientras se frotaba la barbilla. Después, levantó la vista y dijo:

—Nico, esta gente tiene un malévolo sentido del humor. ¡Este mensaje era para ti!

Rossi arrugó la frente.

—¿Cuál es ese tonto y melodramático nombre que le pusiste a tu unidad de Inteligencia? –preguntó su tío.

Sus miradas se encontraron.

—O... m... b... r... a... –tartamudeó Rossi, y se dio una palmada en la frente.

Giovanni sacudió la cabeza.

—Sí, un juego de palabras. *Ombra,* o SHADOW en inglés, SOMBRA. Que es por lo que reconocí de inmediato la fuente del código.

Levantándose del taburete y enderezando la espalda, Giovanni se guardó las notas y la postal en el bolsillo. Entonces se percató de que la polvera estaba todavía sobre la mesa, donde él mismo la había dejado inadvertidamente, y la cogió.

—Bien, ¿dónde está esa joven dama que fue tan amable como para dejarme esto a mí?

Exploró con la mirada la sala y llamó a su colega, un hombre delgado de rasgos angulosos.

—Rosario, ¿has visto a esa joven que estaba aquí hace un momento?

—¿Qué joven?

—Esa nueva ayudante con pinta de leer mucho.

Rosario frunció el ceño y se encogió de hombros.

—No hay ninguna ayudante nueva, *professore.*

A Rossi se le erizó la nuca.

Intercambiando una mirada de comprensión intuitiva, Rossi y su tío asintieron a la vez.

—Maldita sea. Hemos tenido a *Bast* delante de nuestras narices –dijo Rossi enrojeciendo de ira.

—¡Disfrazada de ayudante de aspecto tímido! –añadió su tío.

—*Bast* era lo suficientemente hermosa como para llamarte la atención, *zio.*

Un repentino alboroto se escuchó en un rincón de la sala.

Ambos se volvieron en la dirección del sonido.

Un grupo de trabajadores rodeaba la caja de un envío.

Tras intercambiar sendas miradas de intriga, se acercaron a investigar.

—¿A qué viene este jaleo? –le preguntó Giovanni al jefe de los asistentes.

Allí, envuelta entre virutas de embalaje, estaba la escultura de un dragón blanco posado sobre un poste, con la cabeza cortada.

—Íbamos a catalogar esto, pero no encuentro ningún registro de solicitud. Y parece que se ha roto durante el envío –le explicó el asistente jefe.

—Qué curioso... –dijo Giovanni mientras se inclinaba y sacaba la pieza–. Vamos a verla más de cerca.

La puso sobre una mesa de trabajo, debajo de una enorme lupa.

—Creo que hay algo grabado en la garra de la figura –dijo.

Rossi estaba de pie tras él, mirando por encima de su hombro.

—Sí, parece una fecha en números romanos... –añadió ajustando la lupa.

Los números X XIII XIII 0VII flotaron en el cristal de la lupa.

—Diez... trece... trece... 0... siete –interpretó Rossi–. ¿Significa algo para ti, *zio?*

Ignorándole y volviéndose rápidamente hacia el asistente en jefe, Giovanni dijo bruscamente:

—¡Encuentre la cabeza!

—¿Qué es eso? –preguntó Rossi.

Centrándose de nuevo en la estatua, Giovanni movió la mano para indicarle que no le molestara.

—Aquí está –dijo alguien.

—Rápido, póngala debajo de la lupa –ordenó ansiosamente el *professore.*

Tras observar el objeto durante unos segundos, Giovanni se enderezó y se dio la vuelta con un rostro fantasmal.

Rossi le preguntó con la mirada.

—Míralo tú mismo –dijo Giovanni, mientras una mirada de pena le cubría el rostro.

Rossi se adelantó y lo examinó. Bajo el cristal de la lupa flotaba una cabeza delicadamente tallada con la grotesca cara de una cabra, con los ojos inyectados de ira.

Rossi aspiró profundamente.

—Trece de octubre de 1307... es la fecha en que el Papa Clemente V lanzó el ataque contra los Caballeros Templarios –le explicó su tío.

—¡*Professore!* Hay una carta –gritó un joven y nervioso asistente mientras se acercaba corriendo hasta ellos.

—Dámela –ladró Rossi, tomándola de las manos del joven–. Que alguien me traiga un par de guantes de látex.

Sosteniendo la carta cuidadosamente por una punta, la levantó para mirarla al trasluz. *«No parece una carta bomba»,* pensó. Uno de los asistentes le pasó un par de guantes. Puso la carta bajo la lupa, se enfundó los guantes y abrió el sobre. Utilizando un fórceps y un minúsculo instrumento parecido a una espátula, sacó la misiva y la abrió.

Las palabras de la carta parecían mirarle fijamente.

*Petición formal de disculpas bajo la forma del rescate de Eleanor.*
*Seremos testigos del 700º aniversario de la persecución de nuestra orden el día 13 de octubre de 2007. Sería justo y conveniente que el Vaticano reconociera nuestra queja con antelación a este día de luto.*

*El Preceptor de los Caballeros Templarios.*

Con una expresión de satisfacción, se volvió a Giovanni y le dijo:

—Chiflados. ¿Y qué es eso del «rescate de Eleanor»?

Su tío palideció.

—Una antiquísima costumbre. Enviar el cuerpo del rehén en pedazos, de uno en uno, hasta que se pague el rescate.

—Llama a la Guardia Suiza –gritó Rossi–. Y no toques nada.

—Alguien nos ha enviado un grotesco mensaje –dijo Giovanni con un gran suspiro.

Rossi se puso a darle vueltas al asunto, mientras su mente era bombardeada con las oscuras imágenes del pasado.

—Vamos, muchacho. No tenemos tiempo que perder –dijo su tío–. Parecen fantasmas, y caminan entre nosotros sin que les veamos.

Y, girando sobre sus talones, salió cojeando precipitadamente por la puerta.

—¿Adónde vamos? –le preguntó Rossi por la espalda mientras le seguía.

—A ver al Santo Padre, ¡date prisa!

# CAPÍTULO 37

Josie esperaba sentada en la oficina del final de las escaleras, fumando un cigarrillo tras otro. Cruzó una pierna sobre la otra, contando los minutos con cada flexión de su tobillo. Al cabo de un rato, un sentimiento de pavor se le inyectó en la sangre. Pensamientos fragmentados atravesaron su mente como hormigas de fuego. Se levantó de un salto y salió al pasillo. Vacío... Nadie... Nada de nada.

Fue de aquí para allá precipitadamente, buscando, escuchando; y entonces lo oyó: el ding del ascensor. Un grito apagado. Echó a correr como una loca, frenando frente a la puerta del ascensor justo cuando se cerraba.

—¡Maldita sea!

Lo sabía. De algún modo lo había sentido en sus entrañas, su padre estaba en peligro, y estaba en aquel ascensor. Mirando el indicador de pisos de arriba de la puerta, observando cómo cambiaban los números a medida que el ascensor se elevaba, pulsó el botón de llamada.

Primer piso.

Segundo.

*Ella* echó a correr hacia *la* escale*ra*, car*gó* cont*ra* la puer*ta* y comenzó a subi*r*, saltan*do* los escalon*es* de tres en tres. Sus Doc Martins abofeteaban los escalones de hormigón, y sus sonidos se entremezclaban en un estribillo que la siguió hasta arriba, ladrándole en los talones.

Subió dos pisos, y se dio cuenta de que era inútil después de todo; había diez pisos más hasta la oficina de su padre. Empujó la barra de emergencia de la puerta de salida y cayó de lado mientras giraba por el pasillo, volviendo a la puerta del ascensor.

Lo oyó.

Ding.

De pie ante la puerta, con los pulmones ardiendo, vio cómo los paneles metálicos comenzaban a abrirse. Dio un paso, vacilando, y finalmente se obligó a moverse. La claustrofobia era su talón de Aquiles. Se armó de valor y entró en el ascensor. Buscando con la mirada por todas partes, dio una zancada hasta el fondo y se volvió bruscamente.

El ascensor se le antojaba sofocante, y el aire le parecía tan espeso que difícilmente podía respirar. Perlas de sudor comenzaron a brotarle en la frente.

La blusa, igualmente empapada de sudor, se le pegó en la parte inferior de la espalda.

El demonio estaba en los detalles y, un instante después, todo su mundo estaba obsesionado con los detalles: el sibilino sonido de la puerta del ascensor al cerrarse, la áspera y cegadora luz del techo, la sacudida del compartimiento y el crujido de cables cuando comenzó a elevarse.

Tercer piso. Cuarto piso... Sexto piso... El suave murmullo de la ventilación.

No estaba sola después de todo. Allí, en un rincón, junto al panel de control, había un hombrecillo de aire digno. Se quedó con él de un vistazo. Llevaba un abrigo negro hecho a medida; su cutis pálido, con un toque sonrosado, como el de las mejillas de un bebé... no, más bien como las de un elfo, con mechones canos de fino cabello. Apoyaba las manos sobre un bastón de ébano, con un decorativo mango de plata. Mientras se balanceaba con sus minúsculos pies, silbaba la canción de los enanitos de Disney, «Ay ho».

—¿Piso, por favor? —dijo él, volviéndose hacia ella con una sonrisa inocua, aunque traviesa.

—Piso doce, por favor —respondió Josie con calma, devolviéndole la sonrisa. *«A este juego pueden jugar dos»*, pensó.

Las paredes circundantes parecían estar cerrándose sobre ella como las planchas de una prensa hidráulica.

Noveno piso.

Décimo.

Encogiendo sus diminutos hombros, el hombrecillo ceceó:

—Estos edificios y ascensores antiguos requieren paciencia.

Sus pequeños y lacrimosos ojos se fijaron en ella, estudiándola, comiéndosela. «*¿Eres una persona paciente, joven dama? Pareces un tanto turbada. ¿Puedes disfrutar con este momento, con el éxtasis de la duda, con la intensidad de lo desconocido? ¿Puedes, Tú, pequeña Hmeshe Kurve*, putita de pueblo?

Ella escuchó las palabras, pero no podía creer lo que le decían sus ojos. El hombrecillo no había movido los labios. No, sólo había esbozado aquella traviesa sonrisa. «*Deben de ser mis nervios*», pensó. Entonces, sus ojos se fijaron en el bastón. Sí, era el mismo. Era el mismo que llevaba el anciano que casi tropezó con ella en la puerta de la oficina de Tateh. «*El mismo hombre, el mismo bastón*», se decía a sí misma.

Pero, cuando estaba a punto de responder, el ascensor tembló y se detuvo. Se abrieron las puertas y entró una matrona de grandes senos, con su consorte bajo el brazo, una miniatura de caniche francés, seguida por una pandilla de estudiantes. El ascensor pareció encogerse para Josie. La idea de compartir aquel minúsculo compartimiento con tanta gente pegada a ella le aterrorizaba.

Echó un vistazo por encima del sombrero de ala ancha de la vieja dama buscando la figura del hombrecillo. Ya no parecía viejo y frágil; sus instintos le decían claramente que era el mismo hombre. Tenía que serlo. Se llevó la mano a la riñonera que llevaba sujeta a la cintura. Introdujo la mano en la bolsa donde guardaba el arma. El frío metal de la pistola le devolvió el coraje, poniéndole bridas a su fobia.

Piso once.

Sintió algo en su muñeca, algo húmedo.

Plop...

Miró hacia abajo, y vio una minúscula mancha roja en su piel, y luego otra. Josie se estremeció como si la afilada punta de una espada le recorriera la espalda. Miró hacia arriba. Una mancha oscura estaba apareciendo en el techo de la cabina del ascensor.

Plop...

Una gota aterrizó sobre la nariz de una joven estudiante. Levantó la mano para enjugársela, se miró las manos y gritó.

Piso doce.

Como fichas de dominó desmoronándose, primero las estudiantes, después la matrona y finalmente el caniche, todas se sumieron en el pánico. Estalló un coro de gritos, mientras el caniche echaba la cabeza atrás y se ponía a aullar... todas empujándose, moviéndose como una frenética ola hacia la puerta.

Piso trece.

Ding.

Josie empujó y trepó hacia arriba, utilizando el pasamanos de la cabina como punto de apoyo para sus pies; y, una vez afianzada, empujó la trampilla del techo. Allí, suspendido de los cables de acero, había un cuerpo... el cuerpo de su padre. Colgaba boca abajo, balanceándose en el aire, con el tobillo derecho atado a la rodilla izquierda, formando un cuatro invertido. Tenía la garganta cortada de oreja a oreja.

Las puertas se abrieron y el pequeño duendecillo salió con la velocidad y la gracia de un derviche giróvago. Sostenía un libro de color rosa por encima de la cabeza. Señalando con él hacia el ensangrentado techo del ascensor, y cambiando el ceceo por un claro acento alemán, dijo:

—Déle recuerdos a Tateh, señorita Josie. Oh, y muchas gracias por devolverme el librito.

El mundo dio un brinco... todo pasó a verse a cámara lenta.

Josie saltó al suelo con la semiautomática en la mano y disparó un ensordecedor tiro al techo para que la gente se echara al suelo.

Todos se agacharon o se echaron de bruces; todos salvo la matrona que, como una verdadera aristócrata, se volvió hacia ella como para presentarle una queja. La boca de la mujer se llevó la segunda bala, desviando el tiro de tal modo que el hombrecillo se llevó una rociada de sangre rancia, en lugar de una bala de acero de punta hueca.

Josie maldijo la oscuridad. Mientras las puertas del ascensor se cerraban, el duendecillo hizo una reverencia, como la de una actor haciendo su última salida a escena para saludar. En cualquier caso, el hombrecillo se había desvanecido en el aire.

Uri, su compañero, echó mano también de su propia variedad de magia. Apareció en la comisaría de policía del campus enseñando una placa del FBI y se llevó a Josie de allí. Las testigos del ascensor estaban demasiado asustadas como para protestar, ni siquiera para darse cuenta.

Mientras corría por el callejón adyacente al Swift Hall, el duendecillo, el Dr. Ahriman, se sacó del bolsillo una larga peluca cana y unos pañuelos de papel manchados de maquillaje y los arrojó a un cubo de basura. Milagrosamente, ya no cojeaba. Echó a correr a toda velocidad por entre los remolinos de nieve, con los faldones de su abrigo aleteando como la falda negra y almidonada de una bruja.

# CAPÍTULO 38

Entumecida por la pérdida, con el pecho colmado de cólera, Josie estaba sentada en el sofá, junto a Uri. Habían desaparecido de la circulación en una casa segura previamente dispuesta. Una botella medio vacía de Jack Daniels presidía una mesita marcada de quemaduras de cigarrillos. Junto a la botella, un sándwich a medio comer y un cenicero hasta el borde de colillas. Desde la muerte de su padre, los minutos y las horas pasaban con la incesante duración de los siglos. Había llorado hasta que se le habían acabado las lágrimas, como si la furia ardiente que corría por sus venas las hubiera consumido en su conflagración.

Uri la miró a los ojos, profundamente, y alargó la mano para detener a Josie cuando ésta se llevaba el vaso de whisky nuevamente a los labios.

—¡Ya es suficiente, Josie! Has bebido demasiado ya.

Apartándole la mano, ella dio otro largo trago y dijo:

—¿Suficiente? No, no es suficiente. Quizás nunca llegue a ser suficiente. No hasta que dé con ese pequeño bastardo. ¡No hasta que pague con su vida!

Uri tragó saliva, sintiendo su dolor.

—Daremos con él, Josie. Pero necesitas descansar. El whisky no te va a aliviar el dolor. Nunca lo hace. Por favor. A Tateh no le habría gustado verte así, ¿no te parece?

Josie se volvió y le abofeteó con dureza, dejándole la mejilla marcada. Sus ojos se encontraron, y ella cayó en sus brazos, sollozando suavemente de nuevo. Luego, se le cayó la cabeza hacia un costado y se sumió en la inconsciencia. Uri había puesto un sedante en su última copa, sabiendo que era la única manera de hacer descansar a aquella obstinada y valiente mujer.

*Música de violín... el aroma fragante de las flores silvestres... la calidez del sol en las mejillas. Una voz. Ve a Tateh a su lado; la luz del sol a través de las hojas motea su cara con danzantes sombras. Muta está a su lado, con su largo y sedoso cabello alborotado por el aliento de una brisa de verano. Un hombre joven se acerca. Hay un destello de anhelo en su mirada. Es el pequeño Daniel, su novio de la infancia. Está cantando Tumbalayka:*

*Doncella, doncella, dime la verdad.*

*«¿Qué puede crecer, crecer sin el rocío?*

*¿Qué puede arder durante años y años?*

*¿Qué puede llorar sin derramar lágrimas?»*

*Y, con una vocecilla de niña, ella responde: «¡Tonto, yo te lo diré!*

*El amor puede arder durante años y años; un corazón puede llorar sin derramar lágrimas...»*

Un ligero tirón en el brazo y una suave voz trajeron de vuelta a Josie desde el país de los sueños. Se despertó con los ojos nublados y con una desagradable resaca. La boca se le antojaba el fondo de un cenicero. Otro tirón en el brazo. Era Levine, el oficial al cargo de la zona.

—Josie, es hora de irse –le dijo Levine lanzándole un albornoz–. Date una ducha y vístete rápido. Estás demasiado caliente. Tenemos que sacarte como sea de Chicago, y tenemos que hacerlo ahora.

Josie sacó los pies por encima del borde de la cama y se sentó. Su cerebro parecía movérsele dentro del cráneo como un postre de gelatina en un cuenco enorme. Alargó la mano para alcanzar un cigarrillo de la mesita de noche, pero dudó y, finalmente, retiró la mano.

Miró a Levine con furia.

—¿Irme de Chicago? ¡De ninguna manera! ¡No hasta que encuentre a ese pequeño bastardo que mató a mi padre!

—Mis fuentes en Seguridad Nacional dicen que el incidente ha ascendido de categoría y que lo ha asumido la NSA. Han invocado la seguridad nacional y han asumido la investigación. Pero me las he ingeniado para averiguar que el asesino abandonó el país.

—Entonces, sabes quién es.

Levine asintió.

—¿Y bien?

—Su nombre es Ahriman. Está en la nómina de la NSA como un lumbreras de operaciones encubiertas. Pero su tapadera es la de asesor especialista del Instituto *E*.

—¿Ese culto de la New Age donde hay tantas celebridades?

Levine asintió.

—El mismo.

—¿Adónde ha ido?

Mirándose las manos y luego mirando de nuevo a Josie, respondió:

—A Roma, pero tienes órdenes estrictas de no tocarlo.

Josie le miró con dureza durante largo rato, decidiendo finalmente que era mejor contener la lengua.

Levine se llevó la mano al bolsillo de su abrigo, sacó un cable cifrado y se lo arrojó al regazo. Ella leyó el cable con una expresión de incredulidad; lo leyó dos veces. Ahora, la expresión de su cara era muy diferente: era la cara de la ira.

—Sabía que no harías caso a lo que yo te dijera –le dijo Levine cautelosamente–. No te voy a decir que yo me sentiría en modo alguno diferente si hubieran matado a mi padre. Pero la cagaste. Mataste a una persona inocente. Y no a una persona cualquiera, no. Tuviste que suprimir a una vieja dama asquerosamente rica, con toneladas de conexiones políticas.

—Aquella vieja loca simplemente se interpuso en el camino...

Abalanzándose sobre ella, Levine dijo:

—¿Te suena el nombre de Carlyle?

—No, no me digas que he... No me lo digas...

—¡Sí, mataste a la tía abuela del senador Carlyle!

—Pero...

—Nada menos que a su tía, la que alimentaba las arcas de guerra de la maquinaria republicana. Alguien dentro del cinturón de la capital está difundiendo el malintencionado rumor de que el Mossad tiene algo que ver con ello. Abraham te quería ver de vuelta en Tel Aviv, pero le he persuadido para que te deje plantada barajando documentos en la embajada de Toronto durante un tiempo.

—Supongo que debería haber elegido a una *demócrata* en su lugar.

Uri asomó en la puerta del dormitorio sacudiendo la cabeza, con unas bolsas de compras en las manos.

Señalando con un movimiento de cabeza las bolsas, Levine dijo:

—Ahí tienes algo de ropa y una peluca.

Y lanzándole un sobre, añadió:

—Y ahí tienes un pasaje para Toronto, un pasaporte canadiense limpio, tarjetas de crédito y un permiso de conducir.

Una alta y escultural rubia, de pie ante el mostrador de la línea aérea, dijo:

—Perdone, pero he tenido un cambio de planes de última hora.

La remilgada y superficial agente de viajes hizo un esfuerzo por sonreír, mientras miraba el pasaporte de la mujer que tenía enfrente.

—Sí, señorita King. ¿Cómo puedo ayudarla?

Los ojos de color topacio de Josie asomaron por encima de las gafas de sol mientras decía:

—¿Cuándo sale el próximo vuelo a Roma?

La agente de viajes buscó la información en el ordenador.

—Tenemos un vuelo que parte dentro de una hora.

—Ése estará bien.

# SEGUNDA PARTE

«Contempla nuestro secreto. Recuerda que el fin justifica los medios... y que, para hacer el bien, el sabio debe hacer uso de todos los medios que el malvado utiliza para hacer el mal.»

*Adam Weishaupt, fundador de los Illuminati*

# CAPÍTULO 39

# ROMA

El capitán enzo moretti no debería haber salido después del toque de queda. No debería haberse tomado aquella última copa de vino y, ciertamente, no debería haber elegido a aquella prostituta barata. Pero él era un piloto de combate de élite del *36 Stormo groupo,* de las Fuerzas Aéreas Italianas. Después de todo, él vivía la vida al límite a diario.

Además, ella estaba allí, a la salida del bar, con aquellas largas piernas, apoyada seductoramente en la pared, medio oculta entre las sombras, dejando ver un muslo por la hendidura de su corta falda. Con unos labios húmedos y provocadores, y unas nalgas y unos pechos generosos. De hecho, todo en ella parecía húmedo y generoso.

La tenía entre sus brazos, los labios húmedos, la frente brillante de sudor, y el agradable aroma de almizcle que exudaba su cuerpo.

----------------

Él debería haberse dado cuenta de la extraña ausencia de pasión que exhibían sus ojos, de un azul pálido, frente a la pasión con que ella le besaba en la boca. Y yaciendo juntos en aquella sórdida habitación, envueltos en unas sábanas grises empapadas de sudor, debería de haberse dado cuenta de que ella deslizaba la mano por debajo de la almohada, justo cuando él comenzaba a entrar en un clímax violento, profundamente dentro de ella.

Debería de haber visto la pistola antes de que ella la empuñara, ant*es* de que presionara con ella la suave carne de su cuello, antes de que *Laylah* apretara el gatillo.

Laylah, después de llevar a cabo su misión en Suiza, obteniendo los documentos de aquel árabe en el club, estaba ocupándose de sus asuntos una vez más, operando como la máquina perfecta de matar. Sin preocupación alguna, sin titubeos, Laylah mataba porque era hora de matar.

# CAPÍTULO 40

# REGIÓN ITALIANA DEL LAZIO, AL NORTE DE ROMA

El mercedes del doctor Ahriman se desvió bruscamente para abandonar la carretera principal de la *Cassia*. Los neumáticos chirriaron al entrar en una calzada privada, que discurría por unas colinas cubiertas de robles blancos, arces y fresnos. Tomando una curva a gran velocidad, sus faros cortaron una estrecha ringlera en la oscuridad. Mirando a su izquierda, el frente de árboles, que se hacía más denso y espeso a cada curva, pareció que iba a alcanzarle. Pisó el acelerador; el velocímetro marcó 120… y luego 130. Encima de él, las copas de los árboles se inclinaban hacia dentro, formando un arco gótico que iba descendiendo kilómetro a kilómetro.

Los acordes disonantes del *Preludio* de Rachmaninoff retumbaban en los altavoces del automóvil.

Un gajo de luna creciente brillaba en el cielo nocturno con un resplandor inusual, mientras un ejército de nubes negras cargadas de presagios cruzaban el cielo como galeones fantasmas.

Finalmente llegó. Un enorme pórtico de hierro se extendía a todo lo ancho de la calzada.

Aminoró la marcha hasta detenerse. Cautivas en el resplandor de sus luces largas, unas letras griegas gigantes formaban un arco sobre el enorme pórtico con las palabras: INSTITUTO DE ESCATOLOGÍA.

Las bisagras rechinaron mientras la puerta se abría lentamente.

En la distancia, colgada en la alta cima de una monstruosa formación rocosa, se levantaba una casa de ensueño, una casa de cristal envuelta entre luces de focos.

Era una expresión más de la naturaleza excéntrica de Volante, de su pasión por la exageración, su palacio italiano de verano. Las ventanas de la casa tenían una inclinación de cuarenta y cinco grados hacia el exterior, con escarpadas paredes de cristal y piedra, dándole a la casa el aspecto general de una pirámide invertida, con su cúspide oculta bajo tierra. Las hileras de las capas del tejado ascendían incrementando su tamaño a medida que crecían en altura.

Ahriman recorrió el sinuoso paseo hasta la cima y aparcó el vehículo. Echó un breve vistazo al empinado y tachonado paramento, que caía abruptamente sobre las espumosas aguas del Lago di Bolsena, el lago volcánico más grande de Europa, cuyas olas se estrellaban contra la roca tallada que había bajo el paramento. Sabía que los abruptos muros de piedra que se levantaban en dos de sus lados, y el denso bosque que ocupaba el tercer lado, hacían de aquella casa de cristal una fortaleza casi inexpugnable.

Se dirigió a la puerta del ascensor, que se abría en el muro de roca, y puso su ojo ante el vanguardista escáner óptico.

La puerta se abrió con un siseo.

El interior de la cabina del ascensor estaba chapado en latón bruñido. Cuando pulsó el botón para subir, la cabina salió disparada hacia el cielo, dándole la sensación de estar atrapado en el interior de un cartucho disparado por un rifle.

El ascensor se detuvo. Se abrieron las puertas.

Un guardia, apostado tras unas gruesas puertas de cristal ahumado, asintió con la cabeza y presionó un interruptor en la pared. Las puertas se abrieron.

Ahriman entró y exploró la sala. A aquella altura, la cizalla del viento traqueteaba en los inclinados cristales. Un lujoso almohadillado rojo aterciopelado recorría el antepecho de la ventana en toda su longitud. Las paredes interiores estaban formadas por hileras de roca que se elevaban a través del suelo hasta el techo. Luces indirectas rodeaban toda la sala, ocultas en recovecos bajo las ventanas y en la base de los muros de piedra, inundando el espacio con una luz tenue y sutil.

El Dr. Ahriman se dirigió hacia el rincón más alejado de la sala, donde estaba Drago Volante, medio oculto entre las sombras. Un trueno retumbó súbitamente en las paredes de cristal y en el techo, reverberando como el parche de un timbal. La luz de la luna se introdujo a través de un panal de cristales biselados de forma octogonal que había tras el asiento de Volante, desviándose y refractándose hasta formar una corona de color amarillo pálido.

Su esposa, Honora Celine, yacía seductoramente sobre el asiento almohadillado de la ventana, vestida con un vaporoso camisón. Las manos enguantadas de la tenue luz de la luna acariciaban su esbelto y flexible cuerpo.

El rosado capullo de su lengua sobresalía por entre sus nacarados dientes.

Coqueteando.

Ultrajando.

Honora arqueó la cabeza hacia atrás, doblando sus hombros de alabastro. Dejó caer en cascada su largo cabello de oro platino como oro fundido sobre su espalda, mientras amasaba con las manos sus firmes muslos.

Ahriman se sentó, cruzó sus rechonchas piernas, flexionó el tobillo con un afeminado gesto y suspiró. Sacó de la manga un pañuelo blanco de encaje y se enjugó el sudor de la frente.

Volante llevó la mano a la consola que tenía en el brazo de su asiento y pulsó un interruptor oscilante. Una enorme pantalla LCD, fina como una hoja de papel, descendió del techo, y la imagen giratoria de un tablero de ouija de un verde fosforescente apareció progresivamente. Cerró los ojos en profunda concentración y, de repente, los abrió.

—Un viaje agradable, espero —le dijo Volante cortésmente, incluso con afabilidad, pero una sutil corriente subterránea en su voz reveló el mutuo desagrado que se tenían.

Ahriman se encogió de hombros.

—¿Cuál es el estado de nuestro paciente? —preguntó bruscamente Volante, dejando patentes en el tono de su voz sus verdaderos sentimientos.

Mientras hablaba, la plancha de la ouija se movía en círculos cada vez más amplios y rápidos sobre la pantalla.

El Dr. Ahriman se aclaró la garganta.

—Nuestro as de la aviación, el capitán Moretti, está en el *Nivel Cuatro Delta*. La pistola tranquilizadora no tenía efectos muy duraderos. Está en un excelente estado. Tiene algunas escenas retrospectivas y delirios residuales de los compuestos alcaloides que utilizamos, pero tanto el estado general como el pronóstico son excelentes. Los falsos recuerdos de violación a manos de un sacerdote se le han implantado profundamente, y su paranoia está en apogeo.

Los resplandores de los relámpagos hacían danzar sombras feéricas en los fríos y curvos muros de roca. Y, mientras los provocadores labios de Honora susurraban preguntas, la plancha de la ouija en la pantalla LCD se movía dando respuestas a través del tablero.

—Continúa —dijo Volante.

—He preparado un vídeo para nuestros socios extranjeros y con propósitos educativos para el Instituto de Escatología. ¿Puedo? —preguntó Ahriman volviendo la palma de la mano hacia arriba.

Volante asintió.

Ahriman pulsó el botón de reproducción de otra consola que tenía a su lado y una segunda pantalla LCD, más grande aún, comenzó a bajar. El símbolo del Instituto de Escatología, el imperturbable Ojo de Horus dentro de la Pirámide, se cernió sobre la letra E entrelazada dentro de dos triángulos, caídos a la vista en el monitor plano.

Honora Celine se llevó a los labios la copa de champán y se quedó mirando a la pantalla con un erótico estupor. La plancha se movió a la «D»... luego a la «A».

Apareció la imagen del Dr. Ahriman, vestido con bata blanca de laboratorio y gafas de carey. Las palabras *PROYECTO DANOS,* con la advertencia de «CLASIFICADO A-2. RECONOCIMIENTO CÓDIGO DE VOZ REQUERIDO» flotó en letras grandes sobre la imagen del doctor.

–Volante, Drago –dijo.

La voz del monitor salmodió «Código aceptado», con una voz femenina y plana de ordenador. La imagen de Ahriman comenzó a hablar y, tras él, se proyectó sobre una pantalla la imagen de dos pergaminos de plata.

—Los pergaminos de plata recuperados recientemente por El Clérigo han sido traducidos. Son similares, tanto en su tono como en sus términos, al pergamino de vitela (El Evangelio de Jesús) encontrado también por El Clérigo en el Templo de Salomón. Ahora ya conocemos la fuente del fragmento templario que se transmitió a nuestra Orden a través de las épocas. Es la evidencia concluyente que estábamos buscando.

»Al igual que los pergaminos de plata que encontró en Jerusalén el Dr. Barkay, nuestro hallazgo data de finales del siglo VII o principios del VI a. C., antes de la cautividad de Babilonia. Esto los convierte en 400 años más antiguos que los Manuscritos del Mar Muerto. Nuestros pergaminos de plata eran amuletos, una especie de fetiches, como el «objeto de oración de plata» que se menciona en un papiro egipcio del 300 a. C., o como aquellos de otras culturas del pasado, o incluso como las medallas de santos que utilizan los católicos hasta nuestros días. Los pergaminos se llevaban colgados del cuello a modo de protección contra el mal. Aún hoy en día, siguiendo las instrucciones de Moisés de conservar la palabra del Señor cerca del corazón y de la mente, los judíos llevan pequeñas cajitas en las que introducen fragmentos de sus escrituras, bien en el brazo izquierdo o en la frente. Se les llama filacterias, o *tephillin,* en hebreo.»

Otra imagen apareció en la pantalla, mostrando un primer plano de una sección.

—Cuando abrimos los pergaminos, descubrimos que estaban hechos de una plata de gran pureza, y que contenían inscripciones paleohebreas grabadas en su superficie. Utilizamos técnicas fotográficas y de imágenes computerizadas para realzar las tenues inscripciones. A saber, una técnica denominada *«light painting»,* dibujar con luz.

»A diferencia de los pergaminos de Barkay, con su reconfortante oración de bendición, que se recita al final de cada misa católica, los nuestros revelaron un verdad que resultaría ciertamente inquietante para los chovinistas cristianos. A Dios se le daba culto tanto en masculino como en femenino, siendo preferida la parte femenina, que encarnaba el atributo de la sabiduría. Hemos descubierto el «Hilo Dorado», un hilo que se remonta a los alrededores del año 600 a. C., o incluso antes; un hilo que ha tejido su camino a través de las épocas. Discurrió a través de la época de los Manuscritos del Mar Muerto, y se entretejió en la misma tela del Evangelio de Jesús, escrito por la propia mano de Cristo.

»Y el Hilo Dorado es que Cristo reconocía con sus propias palabras que él era sólo un hombre normal, que no era más divino que usted o que yo. Y dejó escrito que, no obstante, todos los seres humanos podían convertirse en *hijos de Dios* uniéndose con lo femenino sagrado.»

# CAPÍTULO 41

La pantalla se cubrió con la imagen de un pergamino de piel de cabra.

—Los posteriores pergaminos «templarios» se examinaron utilizando imágenes infrarrojas y digitalizadas. En ellos se confirma que los llamados códices heréticos encontrados en Nag Hammadi en 1945 pertenecían de hecho al desaparecido Evangelio de Q. Para la traducción de los textos resultó crucial la obtención de la clave para la variación de la cifra Atbash, *El Cuaderno de la Rosa Negra,* guardado bajo llave por el Vaticano. Hace años, después de encontrar un fragmento del Libro de Q oculto en el pilar de Rennes-le-Château, el Abbé Saunière, uno de nuestros iniciados, lo llevó a la iglesia de St. Sulpice de París.

»Le-Château... es una iglesia francesa que está decorada con símbolos masónicos, y que abunda en leyendas según las cuales sería el lugar de descanso del tesoro que ocultaron los templarios. Existen algunos disparates en la línea de Indiana Jones sobre cómo, cuando la luz del sol da en los ojos de zafiro de la estatua del demonio guardián, las legendarias «manzanas azules», el rayo resultante de la luz refractada señalaría el camino.»

Ahriman soltó una risa forzada.

—Tonterías, sin duda; pero los turistas disfrutan con eso. Cuando llegó a St. Sulpice, Saunière le entregó el fragmento del Libro de Q al Abbé Boullan, que utilizó su explosiva, aunque auténtica, refutación del dogma de la iglesia para chantajear al Papa. De ahí el verdadero origen de la repentina riqueza de Saunière. *Le Cahier de le Rose Noire* contiene el texto codificado del fragmento de *Q,* oculto bajo el disfraz de un grimorio, y la clave para una compleja variación de la cifra Atbash que, al igual que muchos de los Manuscritos del Mar Muerto, es la cifra con la que está escrito el Libro de *Q.*

»La de Atbash era una sencilla cifra de sustitución que utilizaron los templarios mil años después de que escribieran los Manuscritos del Mar Muerto. Esto sólo podía significar que, ciertamente, habían sido los templarios quienes habían traído a Francia el fragmento del Libro de *Q* que habían encontrado en el Templo de Salomón. De algún modo, consiguieron abrir la cifra y, más tarde, el documento original se les entregó a los cátaros del sur de Francia para que lo custodiaran, justo en la misma región donde se encuentra Rennes-le-Château. Pero, por algún motivo, los templarios pasaron por alto la importancia del pergamino que El Clérigo ha obtenido recientemente en Palestina, y que nos llevará directamente a La Tumba.»

# CAPÍTULO 42

La imagen de Ahriman siguió hablando.

—Por cierto, la leyenda de la maldición del grimorio proviene de la alquimia aplicada. Oculta dentro del cierre de las tapas de *El Cuaderno de la Rosa Negra* hay una minúscula aguja alimentada por una vejiga rellenable, oculta a su vez en el lomo del libro. La aguja está cargada con una combinación de alucinógenos sumamente potentes y de rápida acción: la bufotenina del pez sapo, la psilocibina de los hongos y, por último, los alcaloides derivados de las semillas de una antigua planta siria, la ruda. Los combinamos con los modernos inhibidores de la MAO, monoaminoxidasa, que amplifican los efectos psicoactivos de estas triptaminas. Como sapos en celo, una vez inyectados, los locos entrometidos que abren el libro se vuelven psicóticos, se vuelven locos por la libido, inflamada psiquedélicamente, que asume el control de sus pensamientos y de sus acciones. Con el fin de asegurar un efecto duradero, se le añade al mortal guiso una toxina que imita los efectos debilitadores del cerebro y del sistema nervioso central que causan la paresia general o la sífilis. Si uno no es un adepto, si uno no puede leer las instrucciones escritas con símbolos en la cubierta del libro, abrir el cierre inconscientemente es mortal.

Un pergamino amarillento ocupó entonces la pantalla.

—Este fragmento desaparecido demuestra, al igual que los pergaminos templarios, que los Evangelios posteriores eran una sarta de falsedades, de mentiras elaboradas por San Pablo para oscurecer la verdad. Roma perpetuó con el tiempo las mentiras para asegurarse de que San

Pedro se convirtiera en el legítimo sucesor de Cristo, en lugar de María Magdalena. Mentiras que ocultaban las verdaderas enseñanzas de un profeta versado en los conocimientos antiguos de las religiones de misterios egipcias. Un profeta, no el hijo de Dios, cuya verdadera historia está a punto de ser revelada al mundo.

Volante frunció el ceño y pulsó un botón de la consola del brazo de su asiento. El vídeo parpadeó y se desvaneció, y la pantalla comenzó a subir. Se volvió hacia Ahriman.

—Ya basta de revelaciones altisonantes. La verdad es que usted ha estado metiendo la pata por todas partes. Usted ha matado al profesor Schulman, el único hombre que podría haber decodificado el verdadero secreto del cuaderno.

—Su valoración no es del todo correcta –dijo Ahriman con cierta tensión–. Max Schulman no era el único erudito que podía decodificar el secreto supremo. Y he puesto un cebo para capturar al colega de Schulman.

Volante se inclinó hacia delante entrecerrando los ojos.

—¿Quién podría ser? –preguntó.

Una sonrisa malévola curvó los labios del doctor.

—El *professore* Alberti Giovanni.

—Ya puede borrar esa expresión de satisfacción de su cara. Mis fuentes en el Reino Unido me han informado que estamos corriendo contra el tiempo. Nuestros rivales, los Rosacruces, ¡puede que sepan ya el paradero de la tumba!

Ahriman se quedó aturdido.

—Pero ¿cómo?

—¿Ha olvidado que usted dejó que el chico palestino se le escabullera de entre las manos? El chico fue adoptado por un miembro de los Rosacruces que ostenta ahora un alto cargo en el MI-6.

Tirando de los puños franceses de sus mangas, Ahriman se irguió ante la noticia.

—Por aquel entonces yo no tenía forma de saber que aquel chico era importante, ni tampoco que lo fueran sus hermanas.

»No me voy a sentir culpable por no haber sido capaz de ver en el futuro, por no adivinar que unas cosas llamadas marcadores de ADN vendrían a la existencia y que los marcadores de nuestros huerfanitos iban a revelar que tenían vínculos con un antiguo linaje real. Además, el chico no sabía nada del asunto de su ADN, ni tampoco sus hermanas. ¡No! Los británicos deben de haber descubierto otro documento secreto, un documento que les ha dado la ubicación de la tumba.

—O quizás es que hay un traidor entre nosotros –dijo fríamente Volante.

En el tablero de la ouija, la plancha se movió a la «U»... y luego a la «G»... «H, T, E, R».

Después de girar violentamente en círculos durante unos momentos, marco... «OF», y luego... «G... O», deteniéndose finalmente en la letra «D».

Leídas juntas, las resplandecientes letras verdes decían... DAUGH-TER OF GOD... HIJA DE DIOS.

Honora se levantó lentamente y abandonó la sala.

# CAPÍTULO 43

En un dormitorio del complejo, Honora Celine Volante yacía boca abajo, relajada sobre unas sabanas de raso rojas. Con una de sus largas y bien formadas piernas levantadas, gemía de placer mientras las firmes manos del masajista amasaba su flexible carne. El masajista debía de tener veintitantos años, y era fornido.

Ella era rubia, imponente, y se movía con la gracia salvaje de Uma Thurman.

—Derek, hazme los muslos –dijo Honora gimiendo.

Los anchos hombros y los pectorales del masajista se hincharon bajo su ceñida camiseta mientras le trabajaba el muslo izquierdo.

—¡Au! ¡No tan fuerte! –se retorció ella, y rodó para ponerse boca arriba.

Sus verdes ojos brillaron, y luego se suavizaron.

—Estoy aburrida –dijo con un mohín y un suspiro.

Ávida, miró al joven de la cabeza a los pies.

—Vamos a jugar –dijo ella, y su voz sensual se abrió paso hasta el cerebro del joven.

—¿A qué? –preguntó Derek, irguiendo y tensando su cuerpo de metro noventa y tres.

Honora se deslizó hasta el borde de la cama, se sentó con las piernas cruzadas, descansando los codos en las rodillas, y rió con risitas de colegiala. Le lamió la comisura de la boca, jugando con la lengua entre sus rojos y húmedos labios.

—Te gustaría follarme, ¿no?

—¿Si me gustaría?

—Sí, larga e intensamente.

Él se estremeció, se le aceleró la respiración y su tez enrojeció con el flujo de sangre.

—Quítate los pantalones.

El joven se llevó la mano al cinturón, sacando lentamente la correa por la hebilla, se desabrochó los pantalones y se los deslizó por las caderas. Los dejó caer en el suelo y sacó los pies de ellos. Llevaba unos boxers blancos, ceñidos como una segunda piel.

—La camiseta, arráncatela.

El joven lo hizo, agarrando el cuello en V y desgarrándolo hasta la mitad del torso.

—Tú me quieres, Derek, como nunca has querido a otra mujer antes. Te la pongo dura.

—Te quiero.

—Desgárrate la ropa interior.

El masajista hizo lo que le pedía, y la prenda aterrizó en la pantalla de la lámpara de la mesita.

Honora se incorporó y se acercó a él. Se volvió lentamente de espaldas, se curvó por la cintura y frotó sus firmes nalgas contra su miembro erecto... subiéndosele el negro tanga mientras contoneaba las caderas. Sacudió su larga melena rubia y arqueó la espalda, gimiendo de éxtasis. Con la boca abierta buscando aliento, llevó las manos atrás y enlazó los dedos por detrás de la cabeza de él. Piel contra piel. Honora sintió un latido de calor pulsando por todo su cuerpo.

—Tócame, muérdeme el cuello –dijo con una voz entrecortada.

Ella bajó los brazos y, tomándole una mano, se la introdujo en el sujetador, dirigiendo las puntas de sus dedos hasta el erecto pezón.

—Eso es. Tira, apriétamelo. Buen chico.

Y luego se metió la mano libre entre sus tersos muslos.

Se estremeció.

Sonó el intercomunicador, interrumpiéndole el ritmo. Con el cabello enmarañado y húmedo, se inclinó sobre la cama, se apoyó sobre los codos, mirando con dureza el altavoz. Una voz metálica dijo:

—El señor Volante quiere que baje.

Honora gruñó.

—¡Joder! –dijo, levantándose y apartando a Derek.

Fue hasta el aparato y pulsó el botón del micro.

—¡Dile que estoy... indispuesta!

Dominándose, Honora se recogió el cabello y se dirigió a la mesita de noche. Sacó un paquete de cigarrillos del bolso, se encendió uno y dio una profunda bocanada, dejando salir el humo lentamente.

Sus pechos, todo su cuerpo estaba cubierto por una película de sudor; se deslizó como una sombra sinuosa hasta el otro extremo de la habitación, mirando a Derek.

—Estás asustado. Tienes el estómago revuelto, pero quieres tocarme, ¿no? –le dijo acariciándose los pechos, abriéndose el escote del sujetador.

—¿Te toco? –preguntó Derek.

—¿Quién es el chico malo de mamá?

Derek bajó la cabeza avergonzado y se puso a gimotear suavemente.

—¡Respóndeme!

Con una voz ahogada, Derek logró decir:

—Soy yo.

—Sí, te atormenta la culpabilidad, pero no lo puedes evitar.

—No puedo evitar...

—Dilo.

—No lo puedo evitar.

Derek se puso en pie temblando, esforzándose por levantar los brazos.

—Ponte de rodillas, chico malo. Arrástrate hasta aquí.

Derek se puso a cuatro patas y se arrastró hacia ella gimoteando.

Meses antes, Honora había recurrido al Dr. Ahriman. Ahriman, encantado de tener una alianza secreta con Honora, la entrenó en el uso de las drogas hipnóticas y en la aplicación práctica de las últimas técnicas de control mental.

Lo único que tenía que hacer era darle un toque a la bebida de Derek y pulsar los botones adecuados. Ella sabía que los tiránicos y sádicos abusos y malos tratos que Derek había sufrido a manos de su madre en la infancia eran la clave. Aquello liberaba sus demonios interiores, el miedo y la ambivalencia sexual que su recuerdo le evocaba. Era su talón de Aquiles. La voz de Honora, susurrando suavemente «¿Quién es el chico malo de mamá?» era lo que lo desencadenaba todo. Esa frase lo convertía en un niño gimoteante, un niño aterrorizado.

De hecho, le funcionaba tan bien que Honora había bromeado con Ahriman proponiéndole ir al programa de Oprah para enseñárselo a todas las mujeres. Incluso había contemplado la posibilidad de intentarlo con Drago.

—Derek, vete de aquí. Ve a sentarte en el rincón –le dijo con un gesto de desprecio.

Mientras Derek se encogía en un rincón del dormitorio, Honora se dio la vuelta y se dirigió al rincón más alejado. Se inclinó y le acarició cariñosamente la mejilla a la joven.

—De acuerdo, ¿dónde estábamos?

Sin más ropa que una camiseta desgarrada, Laylah estaba sentada en el suelo, abrazándose fuertemente las desnudas rodillas y temblando, sabiendo en algún lugar de su nublada mente que su turno había llegado de nuevo. Se ruborizó, con una mirada de incomprensión... asintió con la cabeza y se levantó.

# CAPÍTULO 44

El teléfono verde con distorsionador de frecuencias que había tras el grande y vistoso escritorio sonó llamando su atención. El Clérigo giró en su asiento y respondió al preacordado séptimo toque.

—*Pronto.*

—*Buon Cugino* –susurró Volante.

—*Buon Cugino.* ¿Cómo va todo por ahí? –preguntó El Clérigo, pulsando un interruptor en su escritorio que disparaba el mecanismo del cerrojo electrónico de su despacho.

—Espero ansiosamente ver Roma de nuevo.

—Entonces, ¿vendrás pronto?

—Sí. ¿Se han hecho ya los preparativos?

—Todo está en orden. El Vaticano ha recibido hoy la carta y el augurio.

—Aprecio mucho tu don para el dramatismo. El dragón blanco descabezado, símbolo de la decapitación del Vicario de Cristo, ha sido un toque magnífico.

—*Grazie,* eres muy amable.

—Pero volvamos a los negocios. Supongo que el virus se administrará con precaución, utilizando la dosis apropiada. No conviene que muera demasiado rápido. Y los movimientos de distracción, ¿están preparados?

Mientras hablaba, El Clérigo miró por la ventana de su despacho en el Palacio Apostólico, que daba a la plaza de San Pedro.

—Por supuesto, probé el virus yo mismo con uno de mis asistentes, que tiene más o menos la misma altura, peso y edad que Su Santidad. En el plazo de una hora aparecieron todos los síntomas esperados. Y, ¿cómo lo diría?, la leña de la hoguera está amontonada y lista para encender.

—Excelente. ¿Y la operaria que se va a encargar del paquete?

—*Bast* es tan inteligente como imponente su aspecto –dijo El Clérigo tocándose el sello que llevaba en la mano izquierda, girándolo nerviosamente en su dedo–. Su patrocinador, el Beduino, me pidió que te diera las gracias por aquellos panfletos de los Protocolos de Sión que enviaste. Ha persuadido a *ALJAZERRA* para que hagan un programa especial en tres partes, esbozando la conspiración sionista para dominar el mundo que se delinea en los falsos Protocolos. Se retransmitirá vía satélite en todo Oriente Medio.

—Maravilloso, cubrámoslos de odio. Es un golpe doble. Los israelíes se van a indignar y van a mostrar fragmentos del programa, que a su vez recogerán las principales cadenas de Estados Unidos y Europa. Una y otra vez caen en nuestros planes. He visto que el primer ministro israelí fue a visitar la Cúpula de la Roca poco después del ataque que organizamos, que los palestinos organizaron disturbios en la plaza y que las fuerzas de seguridad israelíes les repelieron con balas de goma, tanto a jóvenes como a viejos.

—¿Aprobaste tú el envío de los mandiles masones de noveno grado a los beduinos?

—Deja que mire mis notas de diario.

Mientras esperaba, El Clérigo abrió un cajón de su escritorio y sacó una copia del diseño. En la parte de arriba había un número 9 entrelazado con una daga apuntando hacia abajo y otra apuntando hacia un lado, formando una cruz. 9... 1... 1. Debajo había dos brazos; una mano sostenía una cabeza decapitada que goteaba sangre; la otra aferraba una larga y curva cimitarra.

El abuelo de El Clérigo había sido Gran Maestro, y por eso sabía que aquél era el verdadero símbolo del noveno grado de la Logia Memfis-Mizraim, que había tenido su origen en Milán y que luego había pasado a Francia y Alemania, desde donde se había infiltrado secretamente en logias masónicas de todo el mundo con las oscuras prácticas ocultas egipcias.

Volvió a escucharse a Volante al otro lado de la línea.

—Salieron por mensajero la semana pasada.

—¿Hemos conseguido introducir en nuestros bancos los lingotes de oro de las reservas que había bajo el World Trade Center?

—Sí. Encontraron un camión a medio llenar y su escolta en los túneles, debajo de la segunda torre, pero dejamos pistas falsas. No se ha llegado a filtrar a la prensa la noticia de todo el oro desaparecido. Las imágenes de aquellas dos torres desmoronándose en Nueva York tocaron una fibra sensible. Al igual que la Torre de las cartas de tarot alcanzada por el rayo, con personas que saltan hacia la muerte, la caída del WTC es un símbolo arquetípico que infunde terror y que presagia un cambio catastrófico a manos de los fanáticos musulmanes. También estamos consiguiendo un buen metraje de esas grabaciones de decapitaciones recientes, que inculcan el terror en el alma de los occidentales, al tiempo que endurecen su corazón y alimentan el odio contra los árabes en general.

—Me preocupa que nuestro plan termine siendo demasiado complicado –dijo El Clérigo con cierta tensión en la voz.

—Tus preocupaciones son infundadas, *Buon Cugino*. Destruyendo la fe en el cristianismo, y enfrentando a judíos contra musulmanes, extendemos la segunda fase: la Confusión.

—Tienes razón. Y utilizando a este grupo fundamentalista musulmán para dar un importante golpe aquí, en Roma, daremos el golpe de gracia. Entiendo que nuestro programa de lavado de cerebro de esos angustiados jóvenes musulmanes conversos se está desarrollando según lo planeado.

La voz de Volante cambió de timbre y de tono.

—De hecho, los utilizamos para el segundo ataque con bombas de Londres y, mientras hablamos, están haciendo preparativos en Roma. Los servicios de inteligencia no han caído en el hecho de que demasiados de estos terroristas con cara de niño parecen tener motivos manufacturados que surgen en el momento menos esperado.

»Cuando menos se lo esperen, entraremos en la fase dos de la operación aérea terrorista. Esta vez apuntaremos al corazón de Estados Unidos. Dado que las disposiciones de seguridad para las aeronaves privadas son bastante laxas, la aviación general será nuestro próximo objetivo. Imagina cómo cundirá el pánico cuando montones de reactores privados secuestrados Gulfstream IV y Gulfstream V caigan en picado sobre los almacenes Wal-Mart de sus vecindarios, matando a cientos de paletos de la zona.»

—¿Cómo va la campaña de desinformación referente al Evangelio de Jesús?

—Va según lo previsto –respondió Volante–. Mientras hablamos, expertos bíblicos de muchas confesiones están comprobando en silencio la autenticidad del Libro de *Q* que recuperaste del Templo de Salomón. Filtraremos pequeños fragmentos a la prensa, y crearemos el habitual bombo en los medios de comunicación, pero dejaremos la parte más jugosa para el final.

—Estoy impaciente por verle la cara al viejo perro –dijo El Clérigo con entusiasmo.

—Mantenme al corriente de cómo va todo. Estaremos en contacto.

Después de colgar, El Clérigo se levantó y se acercó a la ventana. Abajo, en la plaza, vio una multitud de monjas abriéndose paso entre un susurrante manto de palomas. Otra monja corría para unirse a ellas, agarrándose la enorme toca blanca mientras se fundía con el grupo. *Bast,* ataviada con un hábito de monja, corría con una extraña gracia *felina.*

El Clérigo asintió con la cabeza y esbozó una sonrisa de complicidad para sí mismo.

# CAPÍTULO 45

Mientras recorrían los pasillos del Palacio Apostólico, Rossi y Giovanni iban charlando.

Disipándose el rubor de sus mejillas, pero respirando aún trabajosamente, Giovanni dijo:

—Nos reuniremos con el comandante Stato, pero primero tenemos que hablar con el cardenal Moscato.

—Pero el jefe de seguridad tendrá que...

Giovanni negó con la cabeza.

—Tú no comprendes la gruesa capa de *romanità* que impregna el Vaticano. Hay un protocolo, una política de oficinas que hay que respetar. Soy consciente de que, desde tu perspectiva, esto es una cuestión de seguridad. Pero Stato informa al cardenal Moscato. En este caso, tenemos que ir paso a paso. A diferencia del Gobierno, en una cuestión de tal urgencia tenemos que respetar la cadena de mando y comenzar desde arriba.

—Capté el mensaje del dragón blanco y los templarios pero, en el mejor de los casos, no es más que una amenaza de lunáticos marginales. Creo que lo único que hay que hacer es darle cuenta a Stato, reforzar un poco la seguridad.

Giovanni se detuvo y posó la mano sobre el hombro de Rossi.

—¿Acaso olvidas la postal?

Rossi frunció el ceño.

—¿Es que hay una conexión?

Se encontraban ya ante la puerta de la oficina del cardenal Moscato.

—Quédate con eso –le dijo su tío, y abrió la gran puerta.

Monseñor Porcello Bertone les recibió en la puerta y les hizo pasar a la antesala, donde tomaron asiento en un largo sofá. Después de una breve charla ante un café, Bertone, hombre corpulento y con rasgos porcinos, se plantó ante ellos y dijo:

—Deben comprender que Su Eminencia tiene una agenda muy apretada. Estoy haciendo todo lo posible por meterles dentro, pero es difícil.

Giovanni bajó la cabeza y, al cabo de unos instantes, la levantó lentamente de nuevo, mirando fijamente a los estrábicos ojos de Bertone.

—Es de la máxima urgencia.

Bertone se encogió de hombros.

—Quizás si supiera la naturaleza exacta de esta urgencia, yo podría...

—Lo que tengo que decir es exclusivamente para Su Eminencia –dijo Giovanni apoyándose en el respaldo y cruzando las piernas, dándole a entender que no había más que hablar.

—Muy bien... haré lo que pueda.

Levantándose, Giovanni fue hasta un pequeño escritorio y garrapateó algo en una libreta de notas. Después, la rompió en pedazos y la metió en un sobre; y, confiándole el sobre a Bertone, dijo:

—¡Déle esto inmediatamente, si valora usted su vida y a los hijos de las viudas a los que sirve! ¿Acaso no tiene compasión? Oh, Señor, ¿es que no hay ayuda?

Y, mientras le decía esto, le agarró de la mano, con los dedos enroscados y bloqueando los dedos de Bertone en una imagen especular, apretando con los pulgares. Con una mirada de indignación, Bertone se irguió, se excusó y se dirigió a la puerta de la oficina. Dio unos suaves golpecitos en la madera y desapareció en el interior.

—Ciertamente, le has prendido fuego bajo los pies –dijo Rossi riendo.

—Simplemente, le he dado a entender que yo también soy francmasón.

—Pero si no lo eres.

Giovanni le hizo un guiño.

—No, pero, evidentemente, Bertone sí lo es. He utilizado una variante de la universal súplica del afligido, el Gran Signo de Salutación de los Masones. «Oh, Señor, mi Dios, ¿es que no hay ayuda para este hijo de la viuda?» Y, después, el saludo secreto del Maestro Masón al estrecharle la mano.

—Pero ¿cómo supiste que era masón?

—Por los gemelos de sus puños.

—¿Qué?

—En los gemelos lleva el símbolo de Túbal Caín, aunque un poco disfrazado. El símbolo se parece a un palo de golf flanqueado por pelotas de golf a ambos lados de la cabeza del palo. En realidad, tiene una connotación muy diferente en la masonería.

—¿Realmente necesito saber esto?

—Y es que el mismo nombre es un eufemismo, Túbal Caín, *Two Ball Cane*, en inglés... algo así como la Caña de las Dos Bolas. Representa una parte de la anatomía que sólo la tienen los hombres.

Rossi se rascó la cabeza, se miró entre las piernas y sonrió.

Giovanni se sacó un papel del bolsillo y dijo:

—Esto es lo que hice de la cifra de la postal.

Rossi tomó el papel y lo examinó.

Rappini

Il

Pescatore

Leyéndolo en voz alta:

—Secuestrar... el Pescador...

Sintió que el color se le iba de las mejillas.

—Si este mensaje era para *Bast,* tenemos una amenaza de alto nivel entre manos –dijo, y sacó de inmediato su teléfono móvil.

—¿A quién estás llamando? –preguntó Giovanni.

—A mi director, que se lo pasará a la sección del Vaticano en el ministerio y llamará a ese comandante Stato.

Su tío asintió con la cabeza.

—No parece que estemos haciendo progresos. Adelante, aprieta las tuercas.

Una vez hecha la llamada, Rossi se puso a dar vueltas nervioso por la sala.

—Siéntate, Nico. Vas a desgastar esa costosa alfombra persa.

Rossi se sentó con desgana.

Giovanni se mordió el labio inferior.

—Esto está un poco confuso. Estoy intentando averiguar la posible conexión que hay entre un terrorista de Al Qaeda y un grupo de viejos que se llaman a sí mismos templarios. Podríamos estar equivocados. Puede haber más de un objetivo.

—¿Cómo supones eso?

—Viven muchos de los descendientes de la Curia que participó igualmente en el arresto y la tortura de los templarios junto al Papa Clemente V, y algunos de esos descendientes están aquí, entre los muros del Vaticano. Y hay uno en concreto que ha desaparecido.

—¿Te refieres a monseñor Scarlotti? –preguntó Rossi con una mirada de incredulidad.

—Uno de sus antepasados firmó la Bula Papal de Venecia.

—Entonces, ¿crees que va en serio esa carta?

—Temo que sí. Voy a hacer una lista de posibles objetivos para Stato, y tú concéntrate en tu conexión con Oriente Medio.

Antes de que Rossi pudiera responder, la puerta de la oficina de Moscato se abrió de par en par. Sin percatarse de su presencia, el cardenal Moscato pasó precipitadamente y salió por la puerta.

Mientras Bertone pasaba, Rossi dio un salto y lo agarró por el brazo.

Con aspecto apenado y turbado, Bertone dijo:

—Por favor, caballeros, el Santo Padre nos ha convocado en su despacho. Es una emergencia. Perdónenme, por favor.

Rossi le soltó y Bertone salió a toda prisa.

Volviéndose, Rossi se encontró con la mirada preocupada de su tío.

—Ha comenzado —dijo fríamente Giovanni.

El teléfono móvil de Rossi sonó.

—*Pronto* —respondió, esperando la respuesta del otro lado.

# CAPÍTULO 46

Una furgoneta Fiat blanca estaba aparcada en la Via degli Scipioni. Ella estaba en su interior, esperando impaciente, tamborileando con los dedos el volante, y lanzando miradas furtivas al otro lado de la calle. Los ocasionales transeúntes no prestaban atención a la monja que había tras el volante. Al fin, se abrieron las puertas del Teatro Azzurro Scipioni, un cineclub que exhibía películas de cine independiente y antiguos clásicos de Hollywood en inglés. Unas cuantas parejas de personas mayores, un grupo de estudiantes y unos cuantos barrenderos, habida cuenta de la política de entrada gratuita, salieron paseando tranquilamente bajo la reluciente marquesina en la que se leía: Broadway Melody 1940.

A pesar de haber superado ya los setenta años de edad, Kystyn Lazarz se deslizó a través de la concurrida calle con la gracia y la agilidad de Fred Astaire. Llevaba un traje de raya diplomática cruzado, con doble hilera de botones, impecablemente confeccionado; una camisa hecha a medida, con puños franceses; y, al igual que Fred Astaire, la corbata y los calcetines a juego; color aguamarina. Tenía el cabello espeso y peinado hacia atrás, y se le apreciaba un ligero sobrepeso. Pero su rasgo más destacado era el de sus extraordinarios ojos verde esmeralda. Ojos de «pecado familiar», como había dicho un crítico en sus primeros tiempos como cantante y bailarín.

El hombre abrió la puerta del lado del pasajero de la furgoneta y saltó dentro.

—¿Qué pasa, muchacha? —dijo marcando los hoyuelos de sus mejillas con una sonrisa.

—Te he estado esperando media hora. Llegas tarde –dijo la monja con una mirada asesina.

El hombre soltó un sonoro eructo.

—¡Uau! Esa Coca-Cola gigante y las palomitas de maíz con mantequilla no son buenas para las viejas cañerías de Johnny Boy. ¿No habrás traído un Maalox para la indigestión?

Ella sacudió la cabeza e indicó con la cabeza hacia la parte trasera de la furgoneta.

—Tu bolsa está detrás.

Él se giro en su asiento y cogió la bolsa de lona, rebuscó en su interior y encontró la botella.

Después de tomar un largo trago, dijo:

—Nunca salgas de casa sin ella.

—Eres incorregible –dijo ella.

—Sí, una vez llegué al plató una hora más tarde de la convocatoria, y el viejo Hitch... él prefería que los actores varones le llamaran «Señor Hitchcock», pero yo siempre le llamaba Hitch... dijo: *Buenas noches, señor Johnny Brett. Y bienvenido a nuestro show*».

Dio otro trago, y eructó de nuevo.

—¿Cómo se te ocurrió ese nombre artístico?

—Fred lo utilizaba en la película –dijo señalando a la marquesina con la cabeza.

Ella arrancó el motor y salió.

—Apiñado en aquel pequeño cine de Cracovia, yo les veía flotar por la plateada pantalla, vestidos con unos relucientes trajes de etiqueta blancos contra el fondo negro de los espejos, deslizándose sobre un estanque de brillantes baldosas negras, como patinadores sobre hielo –dijo, y se puso a tararear «Begin the Beguine», con la mirada perdida en el espacio–. Fue sublime, muñeca. En aquel momento y en aquel lugar supe que terminaría yendo a Hollywood.

—¿Fred y Ginger?

—No. En aquella ocasión, la actriz era Eleanor Powell, corazoncito.

Ella frunció el ceño y apretó los labios.

—Entonces, ¿de qué va el trabajo? –preguntó él.

Sus ojos azul pálido lanzaron un destello desde debajo de sus oscuras cejas.

—¿Por qué no te vas atrás y te cambias? Vamos con el tiempo justo.

Al levantarse y contorsionarse entre los asientos se tiró un pedo, a lo cual respondió ella apretando súbitamente el acelerador y enviándolo de bruces al suelo de la furgoneta. Sonrió para sí misma y le gritó por encima del hombro:

—¡Y no me llames muñeca ni corazoncito, Johnny Boy!

Metiendo la cabeza por entre los asientos y frotándose la frente, el hombre dijo:

—Entendido. Perdón por el gas.

Ella llevó la furgoneta por entre el enloquecido tráfico de Roma como un taxista veterano, tocando el claxon y lanzando maldiciones a su paso. Deslizó la mano por debajo del hábito y comprobó que llevaba bien sujeta la pistola calibre 22 de armazón de plástico. Una calibre 22 no era una *manstopper,* no dejaba seco al atacante, pero la munición era barata y, si practicabas el *kill shot,* el disparo mortal... directamente al ojo... cumpliría con su papel.

Johnny Boy se deslizó de nuevo en su asiento, se ajustó el alzacuellos y tiró de las mangas de su negra sotana. Luego, examinó su imagen en un espejo de mano y se pasó los dedos por el fino y cano cabello, casi cortado al rape.

—Nunca me gustó este peluquín. Me pica en la cabeza de una forma endiablada.

Y, poniéndose unas gruesas gafas, se volvió y sonrió.

—Bien, ¿qué le parece, hermana?

Ella se encogió de hombros.

—Supongo que pasarás.

—Parece de verdad –dijo tocándose las solapas–. Buen tejido. Y bien cosido.

—Debería... *es* de verdad.

—¿Cómo lo has...? No importa. No necesito saberlo.

—Exacto. Mira en el bolsillo.

Rebuscó y sacó una funda de piel con credenciales. Las examinó y dijo:

—Eres la chica ideal, enteramente de mi gusto.

—Pensé que te gustaría.

Él se enderezó y se metió en su papel, hablando con un fuerte acento de Boston.

—Monseñor Charles O'Malley, de la archidiócesis de Boston, enviado de Su Eminencia el cardenal Lawless. Pero, por favor, llámeme Chuck.

—De acuerdo, Chuck.

—Y tú vas a hacer el papel de Ingrid Bergman, ¿vale?

Ella esbozó una sonrisa y bajó los ojos.

—La hermana Mary Benedict, en servicio temporal como enfermera quirúrgica.[15]

Él la miró de arriba abajo.

—¿Sabes? Bing Crosby pidió hacer otra toma en la última escena con el fin de hacer una travesura. Tomó a Ingrid entre sus brazos y le estampó un apasionado beso.

—Guárdate el Viagra para alguien de tu edad.

Mientras la furgoneta se escoraba al doblar la esquina y entraba en el estacionamiento de la Policlínica Gemelli, Johnny Boy se puso a cantar la canción de *Las campanas de Santa María* con un profundo tono de barítono, a lo Bing Crosby.

---

15. El sacerdote O'Malley y la monja Benedict son los personajes de la película *Las campanas de Santa María* (1945), protagonizada por Ingrid Bergman y Bing Crosby. (*N. del T.*)

# CAPÍTULO 47

## CIUDAD DEL VATICANO

El pontífice estaba sentado ante su escritorio en el estudio papal, en el tercer piso del Palacio Apostólico, con las altas ventanas palladianas a su espalda. Sobre la pared, la luz del sol arrojaba las sombras móviles de la pluma del Papa, que trabajaba febrilmente en su correspondencia diaria.

Un agudo golpecito en la puerta del estudio llamó su atención.

El rostro ceniciento y debilitado de Su Santidad se volvió hacia la puerta. Su cara reflejaba el tormento que acosaba su alma. Estaba pálido. Sus ojos, normalmente de un radiante verde marino, se veían ahora opacos y angustiados.

—*¡Avanti!*

El Pontífice dejó la pluma con mano temblorosa y se dejó caer sobre el respaldo de su asiento con un suspiro de cansancio. Era la hora de la habitual reunión matutina. El cardenal secretario de Estado, Luciano Moscato, y el jefe de seguridad del Papa, el comandante Gustavo Stato, entraron con unos dosieres rojos en las manos. Con un débil movimiento de cabeza, Su Santidad les indicó que se sentaran.

El cardenal Moscato era un hombre de cara redonda y cuerpo redondo, con un hoyuelo en la barbilla, medio calvo y de cuello grueso. Y, como si hubiera sido para ofenderle o agraviarle aún más, una mancha de nacimiento de color púrpura le cubría media cara. El comandante Stato, por otra parte, era su antítesis más absoluta. Con una asombrosa combinación de rasgos mediterráneos –cabello negro y exuberante, ojos oscuros color ciruela–, con su atractivo aspecto y su entrenado físico, Stato tenía el aspecto de héroe de película: fiel, valiente y siempre vigilante. Se entrenaba con la Guardia Suiza. Había servido en la *Ausbildung* en Berna, y había estado destinado en el Regimiento de *Corazzieri* de los Carabinieri, el equivalente italiano del Servicio Secreto de Estados Unidos. Tras el intento de asesinato del Papa de 1981, había sido reclutado para asumir el cargo de jefe de seguridad del Papa.

Sus ojos brillaban intensamente cuando hablaba.

—En cuanto a su petición, Santidad, hemos preparado un detallado informe de las circunstancias que rodearon la muerte del coronel Pico y de monseñor Scarlotti.

—Sí, pero, ¿sería usted tan amable de resumírnoslo? *Continua, per favore.*

Stato se irguió y dijo:

—Como sabe, el Vaticano viene recibiendo desde hace años un generoso apoyo económico por parte de diversas agencias de Inteligencia occidentales con la esperanza de que una Iglesia unida y fuerte sea de ayuda en el combate contra el comunismo. Monseñor Scarlotti fue reclutado a través de su sobrina, Josephine Schulman, agente del Mossad.

Poniendo cara de póquer, el Papa se inclinó hacia delante y asintió.

—El que la Santa Sede haya sido el centro de la Inteligencia occidental lo ejemplifica el hecho de que los norteamericanos hayan destacado como «enviado especial» a Mr. James Wilcox —continuó Stato—. Wilcox es un oficial de Inteligencia de carrera de la CIA, que fue destacado a lugares calientes y centros de espionaje político, como Teherán, la Habana, Bangkok y Tegucigalpa.

El cardenal secretario Moscato se removió impaciente en su asiento, girando el cuello como un mastín encadenado, esperando su turno para hablar.

El comandante Stato, aunque consciente de la creciente agitación del cardenal, se negó a reconocerlo.

—El sospechoso fallecimiento del responsable de seguridad regional de Estados Unidos, William Cotter, en la misma escena en la que desapareció monseñor Scarlotti, demuestra la implicación de la comunidad de la Inteligencia americana en este asunto —dijo Stato, que se detuvo para respirar antes de proseguir—. Ahora, en cuanto al robo en el Archivo... el coronel Pico murió... a manos de monseñor Scarlotti. Ha quedado confirmado por las huellas aparecidas en el sujetalibros de bronce que se encontró cerca del cuerpo de Pico.

El Papa bajó la cabeza, suspiró y volvió a mirar a Stato.

—Sostengo la creencia de que la comunidad de los servicios de Inteligencia, después de años de luchas y forcejeos, ha llegado a la conclusión de que *Le Cahier de le Rose Noire* es la «clave» de nuestro código cifrado diplomático. Sin esos conocimientos y sin la clave, ¡ni siquiera los colosales computadores Cray Red Storm de la NSA en Fort Meade podrían abrir nuestro código!

El cardenal secretario Moscato intervino:

—Lo que Stato quiere decir, Santidad, es que ellos podrían abrir el código, pero que, sin la clave, no dejaría de ser un esfuerzo absurdo.

—¿Y ahora? —preguntó el Pontífice.

—Ahora, las comunicaciones entre nuestros nuncios papales son un libro abierto —respondió Moscato.

El Pontífice le miró fríamente, sin rastro alguno de emoción, como si estuviera sentado en una mesa de póquer y no quisiera responder aún al farol de Moscato.

Stato se armó de valor y continuó:

—Santo Padre, monseñor Scarlotti era un *agente dippio,* ¡un agente doble! ¡Le recomiendo que se inicien de inmediato los estrictos protocolos de seguridad y contrainteligencia! —concluyó deslizando su análisis a través del escritorio del Pontífice.

Moscato guardaba silencio, dejando que las palabras del joven comandante giraran en el aire como el cadáver de un ahorcado.

El Papa posó su mano sobre el documento, pero no lo leyó, ni siquiera lo miró.

Una desdeñosa sonrisa de satisfacción se dibujó en el rostro del cardenal Moscato, que se volvió hacia Stato en un intento de perforarle con la mirada. Pero los ojos de Stato estaban fijos en la expresión del Papa, intentando desesperadamente descifrar el mensaje oculto tras su pálido rostro.

—Coincido plenamente con su valoración, comandante —dijo el Papa con un ligero brillo en la mirada—. Y deseo ampliar sus deberes, su responsabilidad. Asumirá inmediatamente el mando de la *Vigilanza,* así como el de la Guardia Suiza, en todas las cuestiones de seguridad.

El comandante Stato tragó saliva audiblemente.

El Papa se volvió hacia el cardenal Moscato. El cardenal soportó lo mejor que pudo la inocente aunque firme mirada del Papa.

—¿Está usted de acuerdo, *Eminenza?*

—Sí, Santidad. ¡Pienso lo mismo! —dijo Moscato tocándose el anillo del sello.

—*Grazie, Eminenza* —dijo el Papa, que, volviendo a poner su atención en Stato, añadió—: Sin embargo, tengo primero una misión para usted que debe llevarse a cabo con aplomo y con la mayor discreción. Hay mucho más aquí que lo que el ojo ve. Incluso ahora, mientras hablamos, están operando ciertas fuerzas que tienen un propósito singular e inquebrantable.

—No le sigo, Santo Padre. Quiero decir que...

—Los perros del Señor, *Domini Canes,* le darán instrucciones.

El Papa pulsó un botón oculto en su escritorio, indicándole a su secretario que dejara pasar al hombre que esperaba fuera.

—¿Ha dicho usted los perros de...?

La puerta del estudio se abrió, y Stato guardó silencio sin terminar su pregunta. El maestro de la Orden de los Dominicos, el general Damien Spears, entró en la sala. Por su aspecto, podría haber sido un Caballero Teutónico, pues su sangre germana había hecho de él un gigante. De más de dos metros de altura, y un peso de casi ciento quince kilos, más que un hombre parecía un tanque. El apodo que le daban en el Vaticano, haciendo alusión a su servicio forzoso en las Juventudes Hitlerianas y, más tarde, en el ejército de Hitler, era el de *General Panzer.*

Pero, vestido con su hábito crema de la Orden dominica, a Stato le parecía más bien un enorme fantasma vestido con una sábana de algodón. Su tez pálida, su cabello plateado y su austera expresión magnificaban aún más si cabe su altiva pose germánica. Mientras entraba precipitadamente para tomar asiento, Stato constató que por su frente corrían regueros de sudor. Durante unos instantes, el silencio hizo que la atmósfera se hiciese pesada y espesa.

Su Santidad entrelazó las manos sobre el escritorio, respiró profundamente y dijo:

—Lo que vamos a hablar aquí jamás deberá de repetirse más allá de los muros de esta sala.

Los miró de uno en uno y preguntó:

—¿Lo han entendido?

Y todos indicaron su acatamiento con un sencillo movimiento de cabeza.

—Comandante Stato, su análisis sólo es correcto a medias –continuó el Papa, mientras Stato aguzaba el oído ante la reprimenda–. Sí, monseñor Scarlotti era un agente doble. Para ser más exactos, era un *agent provocateur,* que había sido designado por el Santo Oficio para infiltrarse e informarme directamente a mí.

Stato abrió la boca asombrado.

—Y, sí, la Iglesia ha sido infiltrada, pero por un enemigo bastante más peligroso que cualquier servicio de Inteligencia gubernamental. Mi querido amigo, el profesor Max Schulman, que persuadió al rabino Ben Yetzach para que me invitara en lo que sería la primera visita de un Papa a una sinagoga, me ha aportado pruebas bien documentadas.

Los ojos de Stato buscaron la mirada del Papa, y luego se volvieron hacia Spears, cuyos ojos en colores ágata sólo transmitían su acuerdo con las palabras de Su Santidad. Volviendo a mirar al Papa, Stato dijo:

—Perdóneme, Santo Padre... pero no comprendo.

—Lo comprenderá, hijo mío. Estoy hablando del *Protocollo Diciassette,* el Protocolo 17.

—Pero, Su Santidad, se disolvieron, el gobierno reformista les hizo esconderse bajo el suelo —intervino Stato.

—¿Está usted seguro de eso? ¿Acaso una serpiente que se desprende de su piel no sigue siendo una serpiente? ¿Acaso no se esconde bajo las piedras, oculta entre las sombras, enroscada y lista para atacar de nuevo? La herejía ha llevado muchos nombres: gnosticismo, humanismo, el iluminismo de los Illuminati a través de la razón pura, poniendo a la ciencia por encima de Dios. Su objetivo es la creación de un Nuevo Orden Mundial. Las Cruzadas, la Inquisición, pueden parecer retrospectivamente despiadadas, pero el *Adversario* es igualmente despiadado.

La mirada de Stato se encontró con la del Papa.

—Por supuesto, uno escucha rumores —dijo Stato en tono de disculpa—. Pero, Santidad, éstos no son más que...

La enorme figura de Spears se levantó de la silla.

—Su Santidad, ¿si me permite?

El Pontífice asintió. Como un espíritu furioso, la gigantesca mole blanca del dominico se cernió sobre Stato.

—Como dicen los norteamericanos, «Donde hay humo, hay fuego». Un incendio que todo lo consume amenaza los mismísimos muros de esta Iglesia, y sus lenguas de fuego lamen los corazones y las almas del clero y de los laicos por igual —dijo Spears con un destello en los ojos, recalcando cada sílaba con una mirada cortante—. ¿Está usted familiarizado con el término «EL PROCESO»?

A Stato se le erizó la piel. Un miedo irracional se le introdujo en las entrañas. Había leído y había escuchado hablar de ese término en su estudio de religiones comparadas y teología, bajo la tutoría del *professore* Georges Monti. Él había considerado incluso hacerse sacerdote cuando era joven.

Se acordó de una clase que había impartido Monti. El *professore* Monti se había plantado ante la clase con una expresión sombría en el rostro. «*EL PROCESO* es un concepto luciferino del plan para dominar el mundo por la "fuerza que hay tras las fuerzas".» Monti había hecho un silencio con el fin de causar cierto efecto, parpadeando, con los ojos vidriosos. «O, utilizando el lenguaje de su música pop, lo diré con las palabras de una canción de los Rolling Stone, *"Sympathy for the Devil"*, "Simpatía por el Demonio", cuando dicen *"Pleased to meet you, hope you guess my name"*, "Encantado de conocerte, espero que adivines mi nombre", ... Shaitan... Lucifer».

Stato se quedó mirando al vacío, digiriendo las implicaciones, y Spears le dio un instante para reflexionar antes de seguir hablando.

—Por su reacción, puedo ver que sí que está familiarizado con ese término.

La estruendosa voz del general le zarandeó trayéndole de vuelta al presente.

—Aquí –dijo mientras le ofrecía un pergamino a Stato–. Véalo usted mismo.

Moscato, el cardenal secretario de Estado, se ajustó el solideo y se agarró el crucifijo que llevaba en el pecho. Tenía la cara tan roja como su faja.

Con manos temblorosas, Stato cogió el pergamino. Blasonadas en la parte superior, aparecían las palabras *Protocollo Diciassette (P-17)*, flanqueadas por sendas cruces invertidas; una paloma blanca remontaba el vuelo bajo el título. Y debajo de ella las firmas de los numerosos miembros de alto rango de la Santa Sede y de los Caballeros de Malta, cuyos miembros solían ser altos responsables de las fuerzas de la ley y de los servicios de Inteligencia del mundo. Hombres como el antiguo director de la CIA, que había luchado codo con codo con el Papa contra el comunismo. Incluso un antiguo secretario de Justicia de Estados Unidos estaba en la lista.

Después había una lista de un *Quién es Quién* virtual del Vaticano: el ministro de Asuntos Exteriores, el cardenal vicario de Roma y el jefe de la Vigilanza, el servicio de Inteligencia del Vaticano.

Los ojos de Stato ardían de indignación a medida que recorría la lista de nombres: el arzobispo Marsciocco, anterior jefe de la Banca Vaticana... y al final del todo, con un amplio bucle como rúbrica... el cardenal Moscato. E impreso debajo ponía: El Clérigo.

# CAPÍTULO 48

Stato levantó los ojos para encontrarse con la desconcertada mirada del Pontífice. Él ya había visto aquella mirada antes, la había visto en los ojos de hombres que habían sentido el profundo dolor de la traición, que habían sentido aquella abrumadora tristeza.

Los ojos del cardenal Moscato se clavaron en Spears con la mirada de un pit bull hambriento. Y de improviso saltó sobre el escritorio, abalanzándose sobre el Papa eslavo y agarrando con sus manos punteadas de verrugas la garganta del Pontífice.

Jadeaba como una perra en celo.

Su rostro manchado de púrpura se retorcía en su locura, mientras de su boca salía una ristra de obscenidades. Se llevó una mano al crucifijo del pecho y pulsó el botón que liberaba el arma. Con un destello de frío acero, la hoja emergió de la base de la cruz; y levantándola por encima de él, se dispuso a dar el golpe mortal.

Las manos de Spears, del tamaño de dos palas, agarraron al perro enloquecido y lo arrancaron de encima de su presa, lanzándolo contra el suelo. Y justo cuando el cardenal se levantaba para lanzar un segundo ataque, Stato se abalanzó sobre él. Beretta en mano, le embutió el cañón de la pistola bajo la barbilla.

Los ojos del cardenal lanzaron un destello, pero no de terror, sino de puro odio. Stato le arrancó el crucifijo del cuello al cardenal Moscato.

Al escuchar el alboroto, dos guardias suizos, con su atuendo rayado al completo inspirado por Rafael, se abalanzaron a través de la puerta esgrimiendo sus alabardas, las brutales hachas de mango largo, diseñadas originariamente para que los infantes descabalgaran a los caballeros acorazados. Aquellas salvajes armas estaban hechas para abrir armadura y carne, para astillar huesos y cercenar miembros. Estaban hechas para sacar las entrañas.

Stato disimuló rápidamente su Beretta, clavándosela al cardenal Moscato en la zona lumbar.

—Deme una excusa, cerdo –le susurró a Moscato en el oído.

El enorme maestro general Damien Spears, de pie como un oso, estaba ahora junto al Papa, tras el escritorio. Ejemplo de comportamiento recatado, mostraba una amable preocupación en sus maneras y en su expresión mientras atendía al Santo Padre. Despidió a los guardias suizos con un gesto de su enorme mano, y el Santo Padre dio su consentimiento con un movimiento de cabeza.

La puerta se cerró con el silencioso roce de las maderas.

Stato arrojó al cardenal Moscato sobre un asiento de alto respaldo y le ató las manos a los brazos del asiento con las abrazaderas de plástico que siempre llevaba consigo.

Una suave luz se derramaba a través del bosque de lamas de las contraventanas, salpicando las mejillas del Papa con una penumbra de sombras rasgadas. A Stato le impactó el efecto celestial de las fantasmales lágrimas. En cambio, cierta fortaleza, cierta vitalidad, parecían cubrir las vestiduras blancas del Santo Padre estando allí sentado, de perfil, bañado por la luz.

El Papa se levantó lentamente, vacilando sobre sus piernas, y se dirigió hacia una puerta lateral. Se volvió hacia Moscato.

—A Cristo ya no se le honra en el tabernáculo. Usted lo ha reemplazado por la depravación y la avaricia, pero el verdadero cuerpo de Cristo, el Cuerpo Místico de Cristo, permanece. Permanece en la fe de las multitudes que viven sus miserables vidas en silenciosa desesperación, a veces bajo las botas de la tiranía; pero tienen esperanza, tienen fe. Perdura en los rostros de unos cuantos hombres y mujeres valientes, que entablan la lucha por el bien, a veces en contra de abrumadoras probabilidades. Que se mantienen firmes a la luz del día, seguros de sus convicciones. Que no se encogen en las sombras del secreto, conspirando y codiciando. Ellos se sacrifican, soportan el ridículo y el infortunio, pero no vacilan, no se rinden.

Moscato forcejeó en su silla, luchando contra sus ataduras.

—Tú, débil y viejo loco. Tú no tienes el coraje ni las agallas para hacerlo...

Cuadrándose de hombros, el Papa dijo:

—No voy a permitir que este papado vuelva a las raíces del pasado, a las raíces del siglo X, cuando tenía dos caras, como el antiguo dios romano Jano; una cara cristiana y otra anticristiana, una amistosa y benévola, y otra horrible y malvada, personificada por los antipapas de antaño. Es doloroso para mí descubrir toda esta corrupción, pero le ruego a Dios y a la Bienaventurada Virgen que guíen mi mano y me den la fuerza. Con la ayuda de la Bienaventurada Madre, he puesto mi parte para silenciar los gruñidos del gran oso, el comunismo. He puesto mi parte buscando el perdón de aquellas gentes a las que la Iglesia agravió. He abierto las puertas a los otros senderos de salvación del mundo, y he sido acusado de ser demasiado liberal, mientras desde el otro lado decían que seguía la línea dura de la doctrina de la Iglesia. Pero en esta purga del mal no voy a flaquear, no voy a ceder. Hay que contar la verdad, con sus nutrientes lecciones de humildad atemperadas por la humillación.

—Tú no sabes nada –dijo Moscato, sonriendo con desprecio y tirando de sus ataduras.

Los tiernos ojos del Papa se posaron sobre él.

—Usted ha encadenado algo más que sus extremidades, *Eminenza*. ¿O prefiere que le llame por su nombre en clave, El Clérigo? Usted ha encadenado su alma con las maquinaciones del Sendero de la Mano Izquierda. Pero nunca es demasiado tarde. ¿Desea usted renovar sus votos bautismales, su Sagrada Ordenación, y rechazar a Satanás?

El rostro de Moscato se retorció con una sonrisa sardónica, mientras maldecía:

—*Basta!* Antes de que termine el día, tú y tu Iglesia estaréis en la ruina. ¡Los engranajes ya están en movimiento! La cruz del nazareno sigue desmoronándose. No puedes detenernos. Nos movemos entre vosotros, visible e invisiblemente.

El rostro del Pontífice se cubrió de pena.

—Stato, averigüe de él todo lo que pueda.

—Sí, Santidad. Será un placer –respondió Stato que, pegando su cara a la de Moscato, le susurró–. Se va a sorprender de lo que tengo agallas de hacer.

El Santo Padre arrugó la frente de dolor, mientras le decía a Stato:

—Debe cooperar plenamente con el *professore* Giovanni y con su sobrino, de la SISDe. El ministerio de Asuntos Exteriores llamó por teléfono hace un rato. La propia vida de Giovanni está en grave peligro. Él es un valiente y noble hijo de la Santa Iglesia. Protéjalo con su propia vida si fuera necesario, *commandante*.

Stato asintió solemnemente.

—Tengo un temor grave e insidioso. Estos clérigos tránsfugas han planeado algo diabólico para nuestra Santa Iglesia. Todavía estamos intentando descifrar los detalles de su plan. Damien le irá dando instrucciones a medida que los hechos salgan a la luz. Y envíe un *umo di fiducia,* uno de sus agentes de mayor confianza, a Turín... a la Cattedrale di San Giovanni il Battista. Obtenga el Sudario de Turín de su custodio, el cardenal Saldarini, y tráiganlo aquí inmediatamente.

—Como desee, Su Santidad –dijo Stato.

Levantando la mano en su tradicional bendición papal, con el anillo y los rosados dedos curvados sobre la palma de la mano, con los dedos índice y medio extendidos, el pulgar curvado hacia dentro, el Papa bendijo a Stato.

Una luz fulgurante atravesó las ventanas, iluminando la mano extendida del Papa y arrojando una imagen sombría sobre la pared, como un inquietante y fugaz portento. La antítesis diabólica: *Daemon est Deus Inversus.*

La sombra cornuda de Satanás.

Solo en su estudio, con su secretario de confianza, el cardenal Stanislaw, el Papa estampó su sello en la última pila de sobres y miró a su secretario.

—¿Cuántos años llevamos juntos, mi viejo amigo?

Aunque era lo suficientemente mayor como para haber podido ser el padre de Stanislaw y tratarle como a un hijo, al Papa le gustaba hacer una pequeña broma con aquello de referirse a Stanislaw como a un viejo amigo.

—Más de los que yo pueda recordar, Su Santidad.

Con mano trémula, el Papa empujó los sobres a través de la mesa hasta su ayudante.

—Haz que se entreguen en mano a los destinatarios. Que sea lo primero que hagas por la mañana.

Stanislaw recogió las cartas y se inclinó humildemente.

—He reunido un informe detallado y lo he añadido al documento del Protocolo 17 –dijo el Papa llevando la mano a un cajón de su escritorio y sacando un dosier rojo. Mientras se lo entregaba a Stanislaw, añadió–: Pon estos documentos junto con mi voluntad...

De repente, el Pontífice se desplomó hacia delante y se llevó la mano a la frente. Se frotó las sienes.

—¿Está bien?

El Papa asintió.

—Un poco de agua, por favor. Me siento un poco débil hoy.

Después de darle un vaso de agua, y viendo que sus manos sostenían a duras penas el vaso para llevárselo a los labios y beber, Stanislaw dijo:

—Quizás debería descansar ahora.

Mientras el Papa dejaba el vaso sobre el escritorio, sus miradas se encontraron. Con voz calmada, el Papa recurrió a su lengua natal común, el polaco, y contempló la imagen de la Bienaventurada Madre que había recibido de Fátima.

—*Nie opuszczaj mnie teraz,* no me dejes ahora.

Luego, le dijo a Stanislaw:

—Le ruego a la Bienaventurada Virgen que me dé la fortaleza para mantener el rumbo.

Su mirada se posó en los sobres que tenía su secretario en la mano. En cada sobre había una carta en la que pedía la inmediata dimisión de aquellos que eran miembros de la Hermandad.

—¿Qué les habrá extraviado? ¿Qué mal es éste que me lleva a pedirles a estos hombres su dimisión en el mismo punto en que deberían haber coronado el logro de su servicio a Dios?

El secretario permaneció mudo, irradiando empatía por sus ojos.

—Siento el peso de la lápida sobre mí, viejo amigo. La siento fría y pesada sobre mi corazón.

Ayudándole a levantarse de su asiento, el secretario acompañó al Papa hasta su dormitorio.

# CAPÍTULO 49

Tras recibir instrucciones del director de la SISDe de que estuviera preparado y a la espera de órdenes, Rossi y su tío se abrieron camino por entre
los pasillos del Palacio Apostólico.

—Contactaremos con el comandante Stato en su oficina –dijo Rossi–.
Desde el cuartel general viene hacia aquí un grupo del Mando de Asuntos
Exteriores de los Carabinieri. Normalmente, se ocupan de la seguridad
del Ministerio de Asuntos Exteriores y de las representaciones diplomá-
ticas nacionales e internacionales. También están enviando refuerzos del
Regimiento Tuscania de Paracaidistas de los Carabinieri.

—¿Cuánto tardarán? –preguntó Giovanni, esforzándose por mantener el paso.

—Están en camino. Es probable que a Stato le moleste, pero la orden
viene de lo más alto, y la ha confirmado el Papa.

—Entonces, ¿el Pontífice está al tanto de la amenaza?

—Eso es lo que he entendido –respondió Rossi mientras miraba su
reloj de pulsera–. El director insiste en hablar con Stato y con algunos
más. No quiere que me impaciente, y me ha dicho que no hable con
nadie más.

—Entonces, ¿por qué no te calmas, sobrino? Conviene que tengamos
la cabeza fría en un momento como éste.

Rossi frunció el ceño, se mordió el labio inferior y dijo:

—Hay algo extraño... Me han dicho que a Claudio, uno de mis téc-
nicos, han tenido que llevarlo urgentemente al hospital. Tenía síntomas
similares a los de la gripe, pero tan intensos que ha habido que ponerlo
en cuidados intensivos.

Antes de que Giovanni pudiera responder, apareció uno de sus asistentes con el rostro enrojecido y sin aliento.

—*Professore,* ha llegado esto por mensajería urgente –dijo entregándole un paquete.

Giovanni asintió.

El asistente se escabulló.

Mientras miraba el paquete, Giovanni levantó las cejas.

—El remite es de Chicago. Es de mi colega, Max Schulman.

Acercándose a un sofá y sopesando el paquete, el profesor dijo:

—Tengo la desagradable sensación de que convendría que abriéramos esto ahora.

—Pero yo tengo que hablar con Stato –insistió Rossi.

—Tú ya has tomado las medidas necesarias para salvaguardar la seguridad del Papa. Ahora, párate y escucha. Aquí hay algo que está yendo terriblemente mal.

—*Certtamente!* Están conspirando para matar al Pontífice.

—Cierto. Pero la pregunta es ¿quién? –dijo Giovanni severamente.

—Sabemos que son los templarios.

—No estés tan seguro de eso –dijo mientras abría el paquete urgente–. Este asunto de los templarios me preocupa. He encontrado documentos en los archivos del Vaticano, incluido un pergamino perdido desde hacía mucho tiempo, en los que se demuestra que el Papa interrogó de hecho al Gran Maestre Jacques de Molay y a otros líderes templarios en las mazmorras del castillo de Chinon, en el Valle del Loira, en 1308, en lo que vendría a ser un juicio papal.

—Pero, ¿a Molay no lo quemaron en la hoguera?

—Sí, pero el documento demuestra que el papa Clemente V perdonó a los Caballeros Templarios, aunque su absolución se mantuvo en secreto.

—Quizás el Papa llegó convenientemente un día tarde y los templarios pensaron que no había hecho lo suficiente –propuso Rossi.

Giovanni suspiró.

—Pecado por omisión, sí, pero ahora es historia pasada y, por decirlo con tu lenguaje, no existe un móvil suficientemente sólido.

Giovanni abrió la boca sorprendido cuando vio lo que había en el paquete: la reproducción de un grabado en lámina de cobre.

—El Caballero, la Muerte y el Demonio, de Alberto Durero, 1514
–dijo Giovanni, leyendo en voz alta el título, que estaba impreso debajo.

Se le mudó el color de la cara.

—Más malas noticias. ¿He acertado? –dijo Rossi mirando la imagen–.
Parece que sea la pesadilla de alguien.

—Bien puede ser –dijo lúgubremente Giovanni–. Durero es un importante representante del «Renacimiento Septentrional». Desde Alemania viajó a Italia, donde pudo conocer a los personajes más destacados
del llamado «iluminismo» de ese período. Entre sus amigos había magos
como Cornelius Agrippa von Nettesheim y Johannes Trithemius. Pero él
era algo más que un artista, en el sentido contemporáneo del término...
¡él era un adepto!

—¿Adepto en qué?

—En magia.

Rossi se echó a reír.

—¿Juegos de manos, sacar conejos de la chistera?

—¡NO! Magia de verdad. *¡Magick!* ...con «k», del griego *Kteis* y *Kosmos;* no la magia común de los escenarios. Él conocía los secretos de la
Gran Obra, de la Alquimia.

—¿Kteis y Kosmos? Suena a coito y cosmos.

Giovanni se ruborizó y entornó los ojos.

—Te has acercado. Kteis significa valva de vieira, u órgano sexual femenino. Simboliza lo divino femenino –dijo, y levantó las manos para
componer una forma oval alargada uniendo las yemas de los dedos índice
y pulgar de ambas manos–. Esto es un burdo modelo, pero es suficiente
–añadió mirando a través del agujero–. La *vesica piscis* simboliza la vagina,
que es la puerta hacia Dios. El verdadero Santo Grial.

Rossi se quedó mirando a su tío directamente a los ojos, incrédulo.

Giovanni bajó las manos y le guiñó un ojo.

—Ahora ya conoces el secreto, sobrino, el secreto de todas las sociedades secretas, el que tan celosamente guardaron los templarios y muchos
hombres de letras, por el que sufrieron la tortura y el ridículo, por el que

se les etiquetó de demonólogos e, incluso, por el que les dieron muerte, antes que revelar su más profundo secreto.

—Suena de mal gusto, enfermizo... como una excusa para las orgías.

—Eso es porque la Iglesia demonizó el sexo. Casi todos los que han leído *El código Da Vinci* pasaron por alto este oscuro secreto, ahora revelado. La clave para abrir el criptex no debería haber sido «manzana», sino «sexo» u «orgasmo». En la novela, el abuelo de Sophie y sus amigos daban culto a la fuerza sobrenatural que residía en sus propios cuerpos. De hecho, la palabra «orgía», *orgia* en griego, significa simplemente, «trabajo o activación». Ellos creían que el sexo, el sagrado matrimonio químico o *Hieros Gamos...* es la clave o el puente hacia el cosmos.

—¿Y cómo encaja Durero en todo esto? –preguntó Rossi.

—Durero era un discípulo de Alberti, el autor de la *Hypnerotomachia Poliphili; Los conflictos del amor en un sueño*. En la novela *El enigma del cuatro,* también se pasó por alto el verdadero propósito de Alberti. Es una guía simbólica que cuenta cómo alcanzar la comunión con Dios en el momento del orgasmo, que los franceses llaman «la pequeña muerte», porque nuestra mente se convierte en una pizarra en blanco en el punto álgido del clímax. El velo se levanta, la niebla se disipa y podemos ver a Dios y hablar con Él personalmente.

Rossi se rió entre dientes.

—Apuesto a que al maestro general Spears le gustaría destriparte y descuartizarte por sugerir cosas como éstas.

Giovanni sonrió.

—El buen maestro general y yo coincidimos en no estar de acuerdo en este punto. Pero se le llevan los demonios cuando le digo que todo eso ya está en la Biblia... en la Clave de Salomón.

—¡No me digas! –dijo Rossi, que no dejaba de moverse en su asiento.

—El Cantar de los Cantares del Antiguo Testamento es una guía de trabajo hacia el pasadizo oculto. Era la liturgia original del ritual del matrimonio sagrado en sí.

—¿Y qué tiene que ver esto con los templarios?

—Todo. Me parece que tendré que darte más antecedentes para que puedas entender lo que se cuece aquí. Desde hace siglos, hay entablada una antiquísima guerra, una guerra de creencias.

—¿Te refieres a la guerra entre el islam y el cristianismo?

—Me refiero a lo que muchos, como los templarios y los alquimistas, creían que había sido la verdadera doctrina, la primera doctrina del cristianismo, frente a la «gran mentira» enseñada por la Iglesia de Roma. Verdades secretas se transmitieron desde los gnósticos a los templarios. Verdades que han sobrevivido hasta nuestros días en la francmasonería y entre algunos elevados adeptos de las sociedades secretas.

—Entonces, ¿por qué no difunden lo que saben, si están tan convencidos?

—Es una guerra a muerte. Miles de ellos han sido asesinados y perseguidos por intentarlo. ¡Lo que necesitaban era una prueba!

—¿Una prueba de qué? ¿De que el sexo es el vínculo con Dios?

—Una evidencia potente... y el respaldo de una celebridad.

—¿Algo así como la estrella de fútbol que publicita loción para después del afeitado?

—No, el respaldo de Su único Hijo, de Cristo. Las leyendas sostienen que los templarios encontraron esta prueba cerca del Templo de Salomón y la utilizaron para chantajear a la Iglesia.

»Y hay quien dice que los templarios pasaron por alto la clave final del rompecabezas. La clave que decodificaría un antiguo pergamino, la prueba, escrita por mano del propio Cristo, de que él y María Magdalena estaban casados.»

—¿No estarás hablando del asunto ese de que Jesús y María Magdalena dieron origen a un linaje real?

Giovanni frunció el ceño.

—No. La belleza y la simplicidad del «matrimonio sagrado» se ha perdido. Se ha distorsionado con el mito del Linaje Sagrado de Cristo. El Cantar de los Cantares es la clave del código que envuelve a María Magdalena.

»Los templarios conocían el verdadero secreto del Santo Grial. María era de hecho la novia de Cristo, pero no en el sentido tradicional. Eso es una simplificación exagerada. La Diosa, en este caso María, era la que abría el camino, o la initiatrix sexual.

—Entonces, ¿fue de eso de lo que acusaron a los templarios de dar culto?

Rossi rebuscó en su memoria.

—Lucifer y una cabeza, el bahfa... algo... El Bhaphomet, *Caput* 58, una especie de cabeza de cabra, símbolo de virilidad, según algunos; aunque otros dicen que era el nombre de la diosa Sofía escrito en un primitivo código secreto llamado la Cifra Atbash. Al igual que los Evangelios Gnósticos, los templarios veneraban a María Lucifer... la portadora de la luz.

—¿El demonio? –protestó Rossi.

Giovanni se echó a reír sacudiendo la cabeza.

—¡Eso es ridículo! Lucifer significa literalmente «portador de la luz», de *lux* o *lucis,* que significa «luz», y *ferre,* «portar, traer». Milton no hizo otra cosa que añadir más confusión con su obra de ficción *El paraíso perdido,* al asociar a Lucifer con el Demonio.

»En la Biblia, a Lucifer, al igual que a Cristo, se le llama la estrella brillante de la mañana. A través de la unión mística y sexual con su consorte, el planeta Venus, la estrella del crepúsculo en la constelación de Virgo, Lucifer alcanzaba la resurrección y el despertar. Ése es el verdadero Lucifer al que daban culto los templarios.

Rossi silbó.

—Ya entiendo por qué asaron vivos a los templarios, *zio...* ¿qué sentido tiene?

Giovanni sonrió afablemente.

—Jung decía que los sueños son mitos privados, y que los mitos son sueños públicos.

—De acuerdo, un bonito mito o un cuento para irse a dormir, pero continuemos con la función, *zio.*

Rossi frunció el ceño y se mordió el labio. Sacó el teléfono móvil del bolsillo y pulsó el botón de llamada rápida de la oficina de su director y, tras un breve intercambio de palabras, colgó.

—Dicen que sigue atado de pies y manos, y que no puede recibir llamadas. ¡Maldita sea!

—Entonces, quédate conmigo, por favor. Ahora que ya tienes los antecedentes sobre los templarios, ¿qué dos figuras históricas fueron su perdición? –preguntó su tío.

—El rey Felipe y el papa Clemente V –dijo Rossi.

—Exacto. Fíjate bien en esta imagen. Mira las dos figuras que están detrás del *Caballero* que va a lomos del caballo, y que, evidentemente, representa a los templarios.

Rossi se inclinó sobre el dibujo.

—Parece un rey que está teniendo un mal día con sus cabellos, con una corona de serpientes.

—Ése sería Felipe el Hermoso, representando a la *Muerte,* con el aspecto de la mítica Medusa, una alusión a la vanidad del rey. Ella era la más famosa de las Gorgonas. Ningún ser vivo podía mirarla a los ojos sin convertirse en piedra. Al final, Perseo le cortó la cabeza mientras dormía y se la llevó a Atenea.

—¿Una alusión a las... decapitaciones?

El tío hizo una mueca.

—Me temo que tienes razón. Ahora, encuentra al Papa, por favor.

Rossi dio vueltas con el dedo y...

—Aquí, el chico feo con cara de... ¡cabra!

—Más bien... el *demonio* –le corrigió su tío–. Durero nos está diciendo que los templarios veían al Papa como al Príncipe de las Mentiras, porque ocultaba al mundo el verdadero sendero hacia Dios.

El tío hizo una pausa y se puso a silbar un concierto de Mozart.

Rossi miró su reloj de pulsera.

—*Zio,* tenemos que movernos.

Giovanni hizo un gesto despectivo con la mano.

—Silencio, estoy pensando... Esto es, ya me acuerdo –dijo Giovanni con un resplandor en la mirada–. Las dimensiones del grabado tienen también una pista simbólica. Eran casi una proporción exacta de trece a diez... un día infame para los templarios, ¿recuerdas?

—Octubre... ¿viernes, trece? El día en que fueron apresados. ¡Y ésa es la fecha de hoy!

Rossi dio un salto.

—¡Siéntate, Nico, sólo un instante! Controla tus emociones.

Y Rossi se controló.

—Así está mejor –sonrió Giovanni–. Más tarde, cuando su Gran Maestre, Jacques, de Molay, fue quemado en la hoguera, él juró vengarse. Tanto el Papa como el Rey murieron aquel mismo año. Y, curiosamente, según el código numérico de la Kabbalah, ambos compartieron el número de... la Muerte.

—Seis, seis, seis –dijo Rossi riéndose entre dientes.

Negando inflexiblemente con la cabeza, su tío continuó:

—No. Uno, cero, seis.

Y, sacando un bolígrafo, añadió:

—Jacques de Molay, el papa Clemente y Philipe le Bel, juntos, equivalen a ciento seis.

—*Zio,* ya basta de símbolos y de lecciones de historia, por favor.

—No me metas prisas sobrino. Max ha debido de pensar que esto era suficientemente importante como para llamar mi atención. Max no está loco. Recuerda que, para los adeptos de lo oculto, este mundo está lleno de símbolos y correspondencias. Si quieres meterte en sus cabezas, tienes que ver el mundo como lo ven ellos. Si tuvieras a un asesino en serie sociópata suelto por ahí que creyera en la astrología, tú...

—Estudiaría astrología para echarle el guante, para determinar su siguiente movimiento –dijo Rossi bajando la cabeza en fingida disculpa–. *Mi dispiace.* Lo siento mucho y me merezco la reprimenda, *zio.*

—Ahora estás pensando correctamente. ¿Estás familiarizado con las cartas de tarot?

—¿Esas cartas que utilizan los adivinos?

—Hay quien dice que también utilizan alegorías y símbolos para ocultar una antigua sabiduría que se remonta hasta los egipcios. El número ciento seis es también el valor gemátrico de una carta de tarot... concretamente la carta de la Muerte –dijo Giovanni con la mirada fija en Rossi–. Y ahora mira en el suelo del grabado... ¿ves la calavera que hay encima de la tablilla?

Rossi asintió.

—De nuevo la *caput,* la cabeza, y la fecha de la tablilla...

Rossi se encogió de hombros.

—No es más que una fecha de nuevo. Mil quinientos... trece, después de Cristo.

—No estés tan seguro. No, lo cierto es que es un mensaje codificado. Un estremecedor mensaje.

# CAPÍTULO 50

Una caravana de limusinas y de furgonetas se hallaban emplazadas en la pista, delante de la base de operaciones fija de un hangar del aeropuerto de *Ciampino,* en Roma. Mientras el viento fustigaba la rampa, el Learjet privado giró y rodó por la pista hasta detenerse, reduciendo el zumbido de sus turbinas. La puerta del avión, blasonada con el símbolo de la Iglesia de la Escatología, una llameante *E* dorada entrelazada en el interior de dos pirámides inclinadas, se abrió lentamente.

Dos limusinas y un par de Mercedes negros SUV rompieron filas y se situaron a los pies de la escalerilla. Un guardaespaldas de rostro severo salió primero, saludó con la cabeza a su socio, que estaba ya a los pies de la escalerilla, y se volvió, señalando así a sus jefes que no había peligro. Honora y Drago Volante, seguidos por un séquito de asistentes, emergieron y se encaminaron hacia las limusinas.

El cristal ahumado divisorio se elevó mientras Volante pulsaba el interruptor basculante y se servía un trago de whisky de malta en un vaso de cristal tallado. Volviéndose hacia Honora, dijo:

—¿Te apetece un trago para celebrarlo?

—Yo tomaré Cristal —dijo ella, acomodándose en el asiento de cuero y estirando sus largas y bien moldeadas piernas.

Honora llevaba un vestido de Versace crema de mangas largas, coquetamente cortado por encima de la rodilla, con un cinturón de cuero en torno a la cadera. Donatella lo había diseñado expresamente para ella. El exuberante tejido envolvía sus curvadas formas, mientras ella se removía lánguidamente con la confianza y la gracia de una modelo de alta costura.

Mientras Honora se quitaba los guantes de piel, Volante llenó una fina y estrecha copa y se la ofreció.

—¿Cómo está nuestra bienhechora italiana? —preguntó él mientras brindaban—. Hice que nuestros amigos beduinos la apresaran por si hay que negociar, en el caso de que las autoridades italianas intenten interferir nuestros planes.

—Está bien. Va con Oba, esa repugnante perra. Perdona la expresión.

Volante se echó a reír.

—Una expresión poco refinada. Oba es de África Occidental. La encontramos en nuestro templo de Nigeria. Es la Suma Sacerdotisa de un culto consagrado a la diosa del río. Se llama así por la diosa nigeriana del río Oba, esposa del dios del trueno y protector de prostitutas.

—Es chocante, y se comporta decididamente como una diosa guerrera. Pero ¿es cierto que lleva un taparrabos mágico bajo la túnica, un taparrabos que no se ha cambiado desde hace años?

Volante se encogió de hombros.

—Huele un poco raro, ¿no? No me gustaría saberlo por experiencia personal, pero es bastante probable que sea así. Es su... *Mojo*. Es algo así como un amuleto en el que conserva su poder.

—¿Es leal?

—En exceso.

Honora se tiró distraídamente del lóbulo de la oreja, y se alisó la falda con la palma de la mano.

—¿Sigues pensando en hacer uso de tu pequeño y oscuro ángel de la muerte?

—Laylah forma parte íntegra del plan. Pero estoy más preocupado con el secreto supremo de *Le Cahier*.

—¿Has decodificado su mensaje, entonces? —preguntó ella con un tono incrédulo.

—No, todavía no —respondió él con una sonrisa irónica—, pero estamos muy cerca. Ahriman ha tendido una trampa, y pronto tendremos los pasajes pertinentes de *Le Cahier,* decodificados por nuestro confiado amigo el *professore* Giovanni. Sin embargo, vamos contra reloj. Sospecho que nuestros rivales, los rosacruces, y sus lacayos de la inteligencia británica se han enterado del secreto supremo.

—¿Te refieres al MI-6?

Volante asintió. Él sabía que el Servicio Secreto británico había sido fundado por miembros de la Orden Rosacruz, cuyos descendientes seguían controlando el cotarro.

—Aún no entiendo qué tiene de trascendental toda esta historia religiosa –dijo Honora frunciendo el ceño–. La persona media de hoy está más preocupada de con quién se va a casar esta vez fulanita de tal o de quién está durmiendo con quién en *Mujeres desesperadas,* o de cómo pueden permitirse el lujo de comprarse el último vehículo deportivo utilitario, que de lo que pudieran o no pensar un puñado de viejos bobos misóginos que vivían en las cavernas hace un montón de siglos.

Honora abrió su bolso de Chanel, sacó un lápiz de labios y se repasó la boca, enjugando el exceso con una servilleta. Luego, le dio otro sorbo a su copa de Cristal.

Volante se miró las manos durante unos instantes. Al cabo, levantó la cabeza y dijo:

—Superficialmente, en especial en Estados Unidos, tu razonamiento es correcto. Pero, por debajo de esa fachada plástica consumista, la gente de todo el mundo sigue defendiendo algunas cosas como sacrosantas. Más de mil millones de personas practican la fe católica. Pero si les llevas a preguntarse qué les han estado dando con cucharilla desde la infancia, si cuestionan la veracidad de sus líderes religiosos, generarás una tormenta de dudas e incertidumbre. Los cimientos comenzarán a temblar.

—¿Quieres que se desmorone el castillo de naipes?

—Ése es nuestro objetivo... y todos ellos están jugando entre mis dedos. La derecha cristiana está haciendo propuestas a los judíos, gracias a la confusión que hemos generado inseminando los medios de comunicación con el tema de los portentos del Fin de los Tiempos. Ahriman tuvo una buena idea al incluir en nuestra nómina a ese telepredicador, Lee Robinson.

Honora cruzó una pierna y se soltó el zapato, dejándolo colgar libremente en las puntas de los dedos del pie, mientras balanceaba su delicado tobillo.

—Esos telepredicadores no son más que los mismos viejos perros con distinto collar.

—No seas tan crítica, querida. Deberías admirar su habilidad para chuparse hasta el último dólar de las viejas viudas. Les he robado algunos de sus más brillantes expertos en márketing, y el resultado ha sido magnífico. En nuestras últimas estadísticas hemos incrementado el número de miembros del grupo de los consumidores de Viagra y el de los de treinta y tantos años.

—Claro, nuestro sustento diario nos lo han proporcionado siempre esos jóvenes y codiciosos bastardos con sentimientos de culpabilidad que piensan que el dinero resolverá todos sus problemas. Hablando de bastardos codiciosos, anoche vi a nuestro portavoz con cara de niño, Gil Slade, en la cadena Entertainment. El hecho de que sea una estrella de cine cotizada le convierte en un elemento valioso para nosotros, gracias al respaldo que le presta al Instituto *E,* pero...

—Y lo es –le interrumpió Volante–. Nuestro departamento de relaciones públicas ha organizado el habitual circuito de entrevistas para darle publicidad al nuevo amor de Slade, esa actriz pubescente que encandila a la población de entre dieciocho y treinta y cinco años...

—¿Suzie Wentworth?

—Exacto. De modo que, ¿cuál es el problema?

—La mala prensa, cariño. Pusieron un primer plano de Slade y Suzie por la alfombra roja en el estreno de su nueva película épica de ciencia ficción...

—Exactamente el tipo de publicidad que queremos para nuestro ideal de chico de clase media americana. El departamento de relaciones públicas ha filtrado el rumor de que Suzie está embarazada, y los periódicos sensacionalistas se lo han tragado. La inseminación artificial con mi propio esperma funcionó espléndidamente bien. Si la gente supiera que la pequeña Suzie está llevando a mi hijo, y no al hijo de Slade...

—Déjame terminar —insistió Honora—. Por detrás de ellos, en la toma, apareció esa perra de presa que le has puesto detrás a Suzie. No fue más que una referencia jugosa, pero la enfocaron y la identificaron como a una empleada del Instituto *E*. Y dieron a entender que estamos preparando a la señorita Wentworth para hacerla miembro y para controlar todos sus movimientos.

Drago frunció el ceño.

—Entiendo lo que quieres decir. Llamaré a la división de Inteligencia y les diré que le suelten un poco el lazo a la señorita Wentworth, que le quiten de encima a su perra de presa.

—Convendría que los de Inteligencia se retiraran durante algún tiempo. Últimamente no hacen más que cagarla.

—No son errores que tengan grandes consecuencias —dijo él sacudiendo la cabeza.

Honora apretó los labios y se apartó un mechón de cabello de la frente.

—¿Cómo van nuestros planes de bombardeo?

—Siguen su curso. Nuestros hipocríticos mártires musulmanes, que desprecian a las mujeres al tiempo que se abrasan con sueños húmedos de un paraíso lleno de delicias terrestres con setenta y dos vírgenes, los mismos frutos que prohíbe su fundamentalismo autoimpuesto, están en su sitio y listos para actuar.

Honora se echó a reír.

—Si esos pobres chicos supieran algo de mujeres o de sexo sabrían que una puta con talento y experiencia puede ser más satisfactoria que setenta pastelitos vírgenes con velos.

—Lo has expuesto con toda crudeza, pero con precisión —dijo Volante con una leve sonrisa—. Tuvimos una buena racha con los secuestradores suicidas del 11 de septiembre; pero últimamente han decrecido las reservas de jóvenes zelotes dispuestos a entregar su vida a cambio de concubinas celestiales. Hemos tenido que arrojar a muchos de ellos a los lobos, para que las agencias de Inteligencia occidentales creyeran que estaban ganando la guerra contra el terrorismo.

—Por eso has empezado a utilizar conversos recientes.

Él asintió y se encendió un cigarrillo.

—Tenemos que recuperar aquella «religión de antaño» –dijo Volante señalando la cúpula de San Pedro, que se elevaba allí abajo sobre los tejados, mientras el automóvil descendía por una empinada colina–. Esto también pasará.

—Creo que es un error –dijo de repente Honora, revolviendo su bolso en busca de un frasquito de cocaína.

Llevándose la minúscula cucharilla a la fosa nasal, esnifó con fuerza y se frotó la nariz con el dorso de la mano.

—¿Qué es lo que has dicho? –preguntó Volante arrugando la frente.

Ella le ofreció coca, pero él la rechazó con un movimiento de la mano. Encogiéndose de hombros, ella volvió a meter el frasquito en el bolso y sacó el maquillaje.

—Laylah. Esa chica es inestable, es mercancía dañada –sentenció Honora mientras comprobaba su maquillaje con el espejo de la polvera–. Has estado enredando con su psique hasta el punto de convertirla en un monstruo.

Se pellizcó una ceja, frunció el ceño y cerró la tapa de la polvera.

Volante se tomó el último trago de whisky y la observó con una mirada fría.

—Laylah está completamente bajo nuestro control. Es una mujer brillante, y se adapta a su entorno como un camaleón. De hecho, ya está en su posición, esperando su llegada.

Honora se volvió hacia la ventanilla y suspiró.

—Haces que suene como un juego de ordenador –dijo sarcásticamente, fingiendo observar el paisaje que se desplegaba a su alrededor en torno a la ciudad–. ¿Qué pasará si Giovanni o Rossi conectan los puntos? ¿Qué pasará entonces? –preguntó girándose hacia él con una mirada inquisitiva.

—Si lo hacen, utilizaremos nuestra ficha de negociación, la trabajadora italiana de la Agencia Internacional de Desarrollo. Además, el plan de Ahriman les va a tener dando vueltas en círculo, concentrándose en el objetivo equivocado. Entonces, cuando crean que han evitado la gran tragedia, golpearemos y nos vengaremos.

Volante sonrió cálidamente.

—Y, ahora, si me perdonas, tengo algunas llamadas que hacer.

Cogió un teléfono de intercomunicaciones vía satélite SATCOM encriptado, un dispositivo imposible de rastrear, y tan insondable como un cuaderno de códigos de un solo uso. Un microchip o criptochip en su interior utilizaba secuencias algorítmicas complejas que variaban constantemente. Cada vez que lo utilizaba, el esquema de encriptación cambiaba. Pulsó el número de su operador en el Vaticano, El Clérigo, que utilizaba un teléfono encriptado similar.

# CAPÍTULO 51

—Mira bien la tablilla –continuó Giovanni.

—Si tomamos la S y sustituimos los números de la fecha que aparecen en la tablilla por sus letras correspondientes... convirtiendo el quince en una O, y el trece en una N, y luego añadimos el AD de *Anno Domini,* el equivalente de nuestro «después de Cristo», obtendremos SONAD, un anagrama. Si lo leemos al revés, obtendremos la palabra griega DANOS, que significa «quemado», un epitafio en conmemoración de la muerte de Jacques de Molay, quemado en la hoguera. Creo que Max estaría de acuerdo en que el mensaje oculto de Durero en este grabado es... «Buscaremos venganza mediante un infierno ardiente».

Por alguna razón inexplicable, como si fuera un augurio de cosas por venir, la imagen de las llamas lamiendo el cuerpo de Jacques de Molay le heló la sangre a Rossi.

Giovanni se quitó las gafas, sacó un ajado pañuelo y se limpió las lentes, y después miró hacia arriba, hacia el techo.

—El lenguaje de los símbolos nos rodea. Muchos pintores de esta época, Leonardo da Vinci, por nombrar uno, utilizaban la geometría sagrada para disfrazar un mensaje oculto en las profundidades de su trabajo.

—¿Cómo?

Su tío señaló un tapiz que había en el techo.

—En primer lugar, observa el símbolo que hay encima de la mujer virginal que está flotando en las nubes, rodeada de querubines.

Entrecerrando los ojos, Rossi dijo:

—Es un ojo en una pirámide, el símbolo de los Illuminati. Aquí en el Vaticano. Y la mujer sostiene... ¿una serpiente?

—El ojo dentro de la pirámide, con la punta hacia arriba o hacia abajo, aparece con frecuencia en el arte cristiano. Situado a veces en las alturas, encima del altar, como en la iglesia del Pescador, en Traunkirchen; en tanto que en la iglesia del monasterio de St. Florian, cerca de Linz, aparece sobre un pórtico. Y también en la Última Cena.

—¡Venga ya! Yo he visto el fresco de Da Vinci un millón de veces, y no hay...

—No estoy hablando de Da Vinci, sino del protegido de Da Vinci, Jacopo Pontormo. Él fue el que, copiando una composición de Durero, puso ese símbolo sobre Cristo en su obra *La cena de Emaús*.

—De acuerdo, pero ¿y la serpiente?

—Para ser exactos, el Ouroboros, el símbolo de la regeneración. La serpiente que se muerde la cola. Una vez más, tenemos una referencia sexual.

Rossi hizo una mueca.

—¿De modo que tenemos arte decadente calificado X a la vista de todo el mundo en el techo de uno de los lugares más sagrados del mundo?

Giovanni le hizo un guiño.

—El símbolo de la serpiente, que representa la fuerza, la virtud y los superpoderes, se puede ver en la cultura pop de hoy en día.

Rossi sacudió la cabeza incrédulo.

—¿Superpoderes? De verdad, *zio,* estás mezclando tu mundo fantástico de los cómics con el simbolismo religioso.

—Puedes verlo tú mismo –dijo Giovanni mientras sacaba un cómic del bolsillo interior de su abrigo y le señalaba el emblema del pecho del superhéroe–. En el extremo de la «S» se ve claramente el ojo de la serpiente. Y, como puedes ver, el escudo es un pentágono invertido.

—Me parece que has estado leyendo demasiado a Freud. Supermán es tan americano como...

—¿... el pastel de manzana? –le interrumpió Giovanni– ¿Te has preguntado alguna vez por qué la manzana era el símbolo de la fruta prohibida, del conocimiento prohibido?

—No, pero estoy seguro de que me lo vas a decir de todas formas.

Giovanni se llevó la mano al bolsillo y sacó una manzana.

—Mi comida –dijo con una sonrisa.

Después, rebuscó en los bolsillos de sus pantalones y sacó una navaja. Cortó la manzana por la mitad, dejó una de las mitades en el sofá y señaló el centro de la otra mitad con la punta de la navaja.

—Toma nota del corazón... tiene una forma familiar, ¿no?

Rossi se inclinó para ver aquello de cerca y, en el centro de la manzana, descubrió un contorno.

—¡Maldita sea! ¡Un pentagrama!

Giovanni sonrió.

—Freud, con su idea del abrumador poder de la libido estuvo a punto de dar en la diana, pero Carl Jung se acercó más a la verdad. Él era un gnóstico, casi como nuestros amigos, los templarios. Él creía en el contacto personal con Dios, sin intermediario alguno como la Iglesia.

—Eso aligeraría las arcas de Roma, al igual que las de la mayoría de las iglesias, ¿no?

—Una postura poco popular, que es el motivo por el cual los templarios suponían tal amenaza. Lo que tienes que comprender aquí es que, se llamen como se llamen a sí mismas esas sociedades secretas, Illuminati, Rosacruces o Caballeros de Malta, son todas ellas una y la misma cosa. Y, desgraciadamente, muchos líderes de estos grupos se han vuelto locos con el poder.

Giovanni se metió la mano en el bolsillo y sacó un billete de dólar y un rotulador rojo.

—Otro pequeño puntal que me gusta llevar encima para demostrar un hecho. Los padres fundadores de la mayor superpotencia de la tierra, Estados Unidos, eran francmasones y ocultistas en secreto —dijo señalando el billete—. Y ocultaron en la mismísima moneda más utilizada en el mundo... un talismán mágico.

—¿Algo que está cargado de poder, de energía, como un amuleto? —preguntó Rossi.

—Muy bien —dijo Giovanni, mientras trazaba unas líneas en el billete—. ¿Ves cómo los dos sellos están conectados con una columna en la que pone «In God We Trust», «En Dios confiamos»?

—Claro.

—Si los pliegas uno sobre el otro, tendrás dos poderosos talismanes dándose la espalda mutuamente. Los dos sellos, con las palabras de poder, escritas dentro de uno y en el borde del otro diseño, tomaron como modelo estos talismanes mágicos encontrados en la Clave Mayor de Salomón, el más infame grimorio del ocultismo occidental. Y, sacando un librito de su bolsillo, Giovanni abrió una página y señaló.

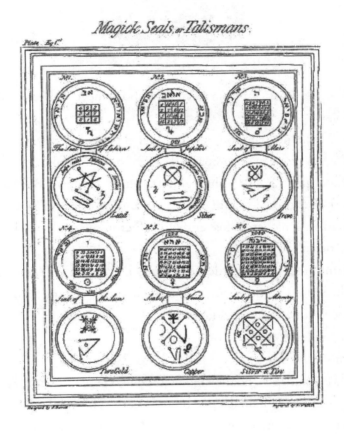

—Aquí, los sellos aparecen en vertical, pero el parecido es...

—Extraño –dijo Rossi, dejando escapar un suave silbido.

—Ahora mira el Gran Sello de nuevo –le instó su tío.

—Veo un águila, pero...

—El diseño original semejaba un ave Fénix, que, al igual que Estados Unidos, se elevaba de entre las cenizas, renacía. Pero observa las trece estrellas de arriba –dijo después de superponer unas líneas con el rotulador.

Los ojos de Rossi miraron hacia el techo y luego volvieron al billete de un dólar.

—Es el Sello de Salomón, igual que en el tapiz del techo.

Y, sacando de nuevo el grabado de Durero, Giovanni dijo:

—Ahora que tus ojos se han abierto, señor Mojigato Burócrata, encuentra el diseño oculto aquí –dijo Giovanni con un brillo de regocijo en la mirada–. Y recuerda, los templarios fueron quemados en la hoguera por rendirle culto.

—Si uno traza una línea desde la punta de la lanza... a través de...

—Oh, Señor –gimió su tío–. Ciertamente, no tenemos todo el día. Es un pentáculo invertido o pentagrama.

Rossi palideció.

—Entonces, realmente le rendían culto al demonio.

—¿Has estado escuchando algo de todo lo que te he dicho? Eso es una espuria y subjetiva difamación sobre un mero símbolo de regeneración. Los cristianos primitivos atribuían el pentagrama a las Cinco Llagas de Cristo; y siguió utilizándose como símbolo cristiano hasta la época medieval, si bien su uso había ido decayendo. Los símbolos geométricos reflejan la vida y el mundo que nos rodea –dijo mientras sacaba un lápiz y un bloc de notas y dibujaba un pentágono–. Ahora, si yo conecto los cinco ángulos interiores del pentágono... obtenemos una estrella de cinco puntas de pie. Imagina el *Hombre Vitruviano* de Leonardo, de pie dentro de la estrella, con los brazos y las piernas extendidos. Ergo, la estrella es un símbolo del hombre, el microcosmos dentro del macrocosmos del universo.

—Te sigo... continúa.

—Mira al centro de la estrella y verás claramente las inversiones.

—Tienes razón... forma un pentágono invertido, como el escudo de Supermán.

—¿Y dentro del pentágono?

Rossi dio un profundo suspiro.

—Otro pentagrama invertido.

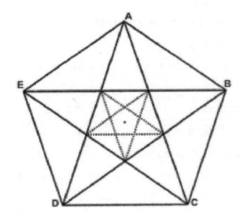

—El poder de la renovación.

—De acuerdo, pero ¿un símbolo de regeneración? ¿Dios y sexo de nuevo?

—Si no hubiéramos procreado y no nos hubiéramos multiplicado, tú y yo no estaríamos aquí sentados manteniendo esta conversación. Y Su Santidad, el papa Juan Pablo II, dice algo parecido en su *Evangelio del Cuerpo*.

Mientras tanto, en algún otro lugar de Roma, monseñor Scarlotti estaba acurrucado en su camastro, en una oscura celda. Súbitamente, alguien encendió la luz y abrió la puerta, y a duras penas pudo distinguir las formas oscuras que se precipitaban sobre él. Le cubrieron la cabeza violentamente con una bolsa negra y lo sacaron del camastro a tirones. Cuando consiguieron ponerle en pie, las piernas le fallaron. Aún de rodillas, le llevaron a rastras hasta la entrada.

Escuchó voces apagadas. De pronto, le arrancaron la capucha, y sintió unos agudos pinchazos de dolor en los ojos por causa de la luz. Finalmente, consiguió ajustar las pupilas al brillo de la luz, y entonces se sumió en la confusión.

Miró a su alrededor y se vio de rodillas delante de un grupo de hombres vestidos con el tradicional atuendo negro de los terroristas árabes, con los rostros cubiertos con pañuelos a cuadros. Buscó con la mirada el origen de aquella fuerte luz. Por encima de él, dos focos de estudio zumbaban y refulgían. Luego, bajando la mirada, pudo percatarse de la presencia de una cámara de vídeo.

Un hombre, vestido de forma similar a los otros, apareció por detrás de la cámara.

Aferraba en la mano una cimitarra bien afilada.

Pasó por el lado de Scarlotti sin mirarle a los ojos y le entregó la espada a uno de los terroristas que estaban detrás de su víctima.

La confusión de Scarlotti se vio rápidamente reemplazada por el más absoluto terror.

# CAPÍTULO 52

La Unidad *Ombra* estaba apostada ante la puerta del piso de la fugitiva. Dante se había llevado una sorpresa al descubrir que la dirección que Rossi le había dado de Gina existía realmente. Tras interrogar al casero, había llegado a la conclusión de que los cheques del alquiler los había estado pagando nada menos que Claude, el propietario del Café del Gato Negro, y supuso que obtendría el reconocimiento de Rossi por su buen trabajo detectivesco.

Dante y Enrico flanqueaban la puerta vestidos con chalecos antibalas y cascos de Kevlar negros, con las armas preparadas. En el tejado, un segundo equipo esperaba para dejarse caer haciendo rápel y entrar por la ventana. Lorenzo, uno de los agentes, se encontraba en el apartamento de arriba, contemplando la imagen de una microcámara de ojo de serpiente que había insertado a través de un minúsculo agujero taladrado en el techo de la fugitiva.

Dante susurró:

—Oigo correr agua.

Enrico asintió.

—Lorenzo, soy Dante. ¿Qué tenemos?

—Parece que sale vapor por debajo de la puerta del baño. Deja que explore alrededor. Es un piso de una sola habitación. Hay ropa esparcida por la cama, platos sucios apilados en el fregadero. No hay objetivos a la vista.

—¿La ropa es de mujer?

—Parecen medias de nailon y pantis... rojos.

—¿Puedes dejar caer otro ojo en el baño y otro micrófono?

—Quizás si tuviera otro juego de manos. De acuerdo, espera.

Con las palmas de las manos sudorosas y empuñando su H&K MP-10, Dante apoyó con fuerza la espalda contra el muro y dijo:

—Unidad *Ombra*, alerta uno.

Y tapando el micro de los auriculares con la mano libre, le dio a Enrico sus órdenes:

—Tú entras por arriba, yo por abajo. ¿Está claro?

Enrico asintió.

—Deberíamos llamar al jefe.

Dante negó violentamente con la cabeza.

—¿Después de cagarla como la cagamos la última vez? *Merda, no!* La detendremos nosotros solos.

Los ojos de Dante se posaron en su amigo Paulo, que estaba en posición de tirador, abajo, en el *hall*, unos cuantos metros a su izquierda, fuera de la línea de fuego, con el cañón de su metralleta apuntando a la puerta. Dante hizo señas con la mano y respondió.

—Daré una patada, arrojaré la granada lumínica de aturdimiento y entrarás tú primero.

Se oyó el clic de un micro y Lorenzo respondió:

—Es decididamente una mujer. Yo os iluminaré.

En el visor del casco de Dante apareció proyectada la imagen de una mujer desnuda, de pie, con la cabeza inclinada debajo del teléfono de la ducha, con los pechos cubiertos de espuma, pasándose la esponja por su liso estómago y sus húmedos muslos.

—Lorenzo, ¿puedes distinguir la cara? –preguntó Dante.

—Repite...

—Vuelve a meterte el *cazzo* en los pantalones. Su cara, ¿puedes hacer una ID positiva?

—Negativo. Pero tiene el cabello largo y oscuro.

—Recibido... Dante a Unidad *Ombra*. Máscaras arriba y visores abajo. Entramos a mi señal.

Todos acusaron recibo de la orden.

Como una máquina bien engrasada, la unidad se abalanzó en el piso. Simultáneamente, la puerta se abrió de golpe, la granada lumínica rodó por el suelo y detonó en el limitado espacio del piso con un resplandor cegador. El cristal de la ventana estalló hacia dentro mientras un agente se introducía desde arriba en la habitación. Otro agente se agachó y se introdujo en la habitación cargada de humo, con la máscara bien ajustada. Dante se abalanzó por arriba, mientras Enrico entraba por abajo, tal como habían planeado. Los punteros láser insertados bajo los cañones de las carabinas trazaban finas líneas de luz a través del espeso manto del humo.

—Despejado –gritó Dante, laminada su voz por encima de un grito agudo que llegó desde detrás de la puerta del baño.

Tomando posiciones estratégicas por la habitación, las armas apuntaron a la puerta del baño, y Dante señaló hacia la puerta con un gesto seco, cortante.

Y justo cuando Dante estaba a punto de darle a la mujer del baño una última oportunidad de rendirse, la puerta comenzó a abrirse lentamente.

—Está saliendo –se escuchó la voz de Lorenzo en los auriculares.

Dante se tensó, mirando a la puerta, con el dedo en el gatillo, con la respiración entrecortada tras la máscara de gas, como los soplidos de Darth-Vader.

En un instante, y desde ambos lados, unas fuertes manos la agarraron por los brazos y arrojaron su desnudo cuerpo al suelo, maniatándola por las muñecas con bandas de plástico a la altura de la zona lumbar. Enrico se levantó el visor, registrando expertamente su largo cabello, lanzando miradas entre sus muslos. Pero, mientras la miraba, Dante se percató de que Enrico abría los ojos como platos. Desconcertado, Dante le hizo bruscas señas con la cabeza en dirección al vestíbulo. Enrico la agarró por debajo de una axila, mientras Lorenzo la agarraba por la otra, y juntos la izaron y la arrastraron de rodillas hasta el rellano de la escalera.

Maniatada y de rodillas, con la cabeza gacha, ocultaba su cara tras el negro cabello, despeinado y húmedo.

Quitándose la máscara, Dante se puso delante de ella.

—*Stronza* –le dijo mientras la agarraba por el cabello y le levantaba la cabeza de un tirón.

Sus ojos salvajes lanzaron un destello de furia, y le escupió a Dante en el rostro. Encolerizado, Dante se limpió la saliva de los labios con la palma de la mano y le dio un potente revés en la boca. Un reguero de sangre brotó del labio inferior de ella.

—*Tua madre si da per niente!* –dijo ella con una voz profunda, poniendo en duda la respetabilidad de la madre de Dante y escupiendo sangre de entre los inflamados labios.

Una puerta se abrió más abajo, una cara se asomó brevemente y, se volvió a cerrar de un portazo.

En la distancia, comenzaron a escucharse las sirenas.

—Tenemos que moverla... ya –dijo Enrico.

Dante se irguió y asintió con la cabeza.

—Hay algo que tienes que saber –añadió Enrico en voz baja.

—Déjalo para luego –respondió Dante con brusquedad.

Al calor del momento, Dante apuntó a la cara de la mujer con el dedo enguantado; pero, antes de que pudiera hablar, ella abrió la boca y le mordió el dedo con fuerza, revolviendo la cabeza como un voraz gato salvaje.

Dante aulló de dolor y, con un acto reflejo, le dio un puntapié en el estómago. Ella le soltó y se encogió en una profunda náusea, haciendo arcadas.

—*Mannaggia fessacchione!* ¡Maldita idiota! –gritó Dante, protegiéndose el dedo herido bajo la axila y doblándose de dolor.

—Te van a tener que poner la vacuna antirrábica, y convendrá que te hagan la prueba del sida –le advirtió Paulo sarcásticamente.

Dante hizo una mueca.

—Ponedla en pie y lleváosla a la furgoneta.

Cuando la levantaron en toda su estatura, Dante se quedó mirándola con una expresión de incredulidad.

Era más alta de lo que esperaba; pero, además, entre sus piernas, le colgaba una verga tan grande como la de un burro.

Viendo su cara de asombro, Enrico dijo:

—Eso es lo que estaba intentando decirte, que ella o... él es un *finnochio*.

—Un transexual –le corrigió Paulo, observando su cuerpo–. Grandes *tette*, pero él... quiero decir, ella, todavía no se ha retocado la mitad inferior.

Y, levantando la cabeza altivamente, ella dijo con una voz ronca, entre sollozos:

—Claude me iba a prestar el dinero para la operación, pero decía que le gustaba más así.

A Dante se le fue el color de las mejillas. Se llevó la mano a uno de los bolsillos de su equipamiento y sacó la fotografía de identificación de la verdadera fugitiva. Sus ojos se dirigieron a la enorme nuez de Adán de él-ella, y luego se elevaron hasta sus grandes ojos castaños.

—*Ciposa,* cara de rana –masculló sacudiendo la cabeza.

Sostuvo la foto ante él para comparar, parpadeó, ajustando la mirada adelante y atrás, fijándose en los pronunciados y delicados pómulos de la mujer de la foto.

Entonces, se escucharon pasos por la escalera, y Lorenzo apareció por la esquina jadeando.

—¿Dónde está mi preciosa Madonna?

Se detuvo junto a Dante y, acto seguido, se le cayó la mandíbula.

—*Palle!*

—Grandes como cocos –dijo Paulo, riéndose por lo bajo.

Con el rostro pálido y sacudiendo la cabeza, Lorenzo salió del paso diciendo:

—Bueno, pues *ciucciami il cazzo,* chúpame la polla.

Y, con una sonrisa cómplice, ella le guiñó el ojo y le dijo con una ronca y profunda voz:

—Estaré encantada, cielito.

------------------

—*¿Cabe la posibilidad de que* estuvieras tan ocupado babeando con sus *tette* que hayas jodido la ID y hayamos detenido a la persona equivocada, Lorenzo? —exigió Dante, volviéndose hacia él y observándole fríamente.

—Rossi se va a quedar con mi culo, ¿no? —dijo Lorenzo.

—Con nuestros culos colectivos, caballeros —dijo Dante.

—¡Uh... ya basta de palabras obscenas, chicos! —dijo ella ronroneando— Me estáis poniendo.

Todos los ojos se dirigieron a su entrepierna, y todas las bocas se abrieron horrorizadas.

—Ponedle una manta encima... ¡ya! Y traedla. Hay que salir de aquí cagando leches.

Lorenzo salió disparado hacia el apartamento, cubriéndose los ojos con las manos.

A su espalda, Dante gritó:

—Lorenzo, tú te quedas y te ocupas de los Carabinieri; y registra la habitación. ¿Crees que podrás ocuparte de eso?

Desde el apartamento, se oyó la temblorosa voz de Lorenzo decir débilmente:

—Voy a vomitar... por favor, no me dejéis solo con ella.

# CAPÍTULO 53

Giovanni continuó:

—Pero existe un aspecto pervertido, oscuro y obsceno del gnosticismo del que no se habló en *El código Da Vinci*. Por decirlo de un modo sencillo, ciertas sectas se quedaron colgadas en el peldaño más bajo de la escalera de Jacob de la iluminación espiritual. Sus propios egos les devoraron el alma, y se pusieron a buscar el Grial Impío, la Copa de Judas, y se ahogaron en un viaje de poder. O, por utilizar otro término de la cultura pop... en el Lado Oscuro de la Fuerza.

—¿Adoradores del demonio? El muchachote de los cuernos y de las pezuñas en vez de pies.

Giovanni esbozó una sonrisa amable y comprensiva.

—Tú has sido programado para sustentar la imagen de Zeus, un hombre mayor y con barba, sentado en un trono, como arquetipo de Dios. Pero te estás refiriendo a otro dios... a Pan. Al igual que la serpiente, los cultos corrompieron su arquetipo, incluso hubo determinados miembros de los templarios y de los actuales francmasones que le vieron como al Señor del Lado Oscuro. Pero el demonio no gobierna el Lado Oscuro. No es un demonio con un tridente y una cola, sino más bien nuestro *id* egoísta, ese mocoso mimado que se oculta en lo más profundo de nuestras almas. Freud llegó a comprender su naturaleza. Él creía que, a través de un desarrollo normal y saludable, el superego o conciencia del niño logra finalmente hacerse con las riendas y le pone bridas a ese pequeño demonio, el demonio que busca la gratificación instantánea, que se niega a compartir y que se da culto a sí mismo y a su poder sobre los demás. Estos ocultistas desencaminados habían dejado a su duendecillo fuera de la jaula.

—Un momento... Y el chavalín ese de la flauta, los cuernos y las pezuñas que seducía a las doncellas en el bosque, ¿también era Dios? Tú me debes de estar tomando el pelo.

—¿Has disfrutado alguna vez de la música de órgano en la misa un domingo? ¿No te has maravillado con esos largos y brillantes tubos que se elevan hasta las bóvedas de las iglesias antiguas?

—Por supuesto, pero...

—Pues en esos momentos disfrutabas de la flauta de siete cañas de Pan. Con eso queda todo dicho.

—Le estás dando la vuelta a los hechos.

—¿Has oído hablar alguna vez de Cristo como del buen Pastor que dirige a su rebaño a la salvación?

Rossi asintió con la cabeza.

—La flauta de varias cañas, la flauta de Pan, es el instrumento típico del pastor. En el arte cristiano, como quizás ya sepas, al Buen Pastor se le suele representar con una flauta de siete cañas, la clásica siringa de Pan.

Aunque Rossi había intentado dejar a un lado el asunto cuando le llegaba el turno de hablar, se escuchó a sí mismo formular otra pregunta:

—Estupendo... pero, ¿qué es eso de la Copa de Judas?

—Ese tema lo dejaremos para otra ocasión. Posteriormente, los cristianos ocultaron el hecho de que los primitivos judíos honraban a la Diosa, a la esposa de Yahveh, a quien los gnósticos llamaban Sofía. Miguel Ángel sabía la verdad, y la pintó a la derecha de Dios, a la vista de todos, en el techo de la Capilla Sixtina.

—¿Te refieres a la pintura en la que los dedos del hombre y los dedos de Dios casi se están tocando?

—Sí. Sigue el brazo de Dios hasta Su imagen y, a su izquierda... verás a Sofía. En excavaciones como las realizadas en el emplazamiento de *Kuntiller Ajrud*, en el norte del Sinaí, hemos encontrado edificios de entre los siglos IX al VIII con inscripciones tales como «Yahveh junto a su Asherah». Esto demuestra que los antiguos habitantes de Judea daban culto a la diosa de la fertilidad, una mujer de grandes senos que tenía un cuerpo con forma de pilar.

—¿Y quién es la tal Asherah? –preguntó Rossi.

—La diosa a la que le daba culto el rey Salomón en el primer templo de Jerusalén. La mayoría de los judíos no son conscientes de que sus antepasados honraban a la esposa de Dios en el momento en que le pusieron el nombre a su país.

»Fíjate bien en el nombre, IS-RA-EL. Es una trinidad sagrada: Isis... Ra... y El.»

—¿Quieres decir que...? –se detuvo Rossi.

—Sí. *IS* significa el principio femenino... o Isis, la antigua diosa egipcia de la fertilidad, la hermana y esposa de Osiris. *RA* representa el principio masculino... su dios sol, la deidad suprema, representado como un hombre coronado con un disco solar o halo.

Y Rossi, mirando fijamente a los ojos a Giovanni, le dijo:

—Sólo hay una cosa que no has explicado.

Giovanni amartilló las cejas.

—No. He cubierto con toda seguridad todas las bases.

—*Zio,* ¿por qué te envió esta reproducción el profesor Schulman?

—Querrás decir reproducciones. Un tal profesor... veamos... –vaciló Giovanni, mientras buscaba en una carta que había sacado del paquete– ... ¡ah, sí! Un tal Nemo Bugenhagen de Viena le pidió ayuda a Max para averiguar el denominado mensaje secreto oculto en los grabados de Durero. Max se mostró de acuerdo con la teoría de Nemo de que los tres grabados estaban pensados para interpretarse de forma combinada, dando cuenta así de un mensaje para aquellos que pudieran decodificarlo...

Giovanni continuó leyendo, y luego prosiguió:

—De hecho, Max pudo descifrar algunos de los símbolos cabalistas, pero creía que sólo había descubierto el primero de los tres mensajes.

—¿Cuál era?

—Déjame ver –dijo Giovanni, mirando la carta de nuevo–. Éste es ciertamente extraordinario. Él dice que los grabados son una clave de un pasaje que se encuentra en *Le Cahier de la Rose Noire.*

Rossi le miró desconcertado.

—El cuaderno que se llevaron de los Archivos Vaticanos –le explicó Giovanni.

Otra reproducción cayó al suelo desde el regazo de Giovanni. Cuando la recogió, la cara se le puso blanca como una sábana.

—¿Qué pasa? –preguntó Rossi.

Con la voz resquebrajada por la tensión, su tío dijo:

—Max escribió una nota aquí, en el margen. Dice que Nemo le pidió que me enviara a mí, en particular, esta interpretación de un Templo Masónico... Max me pide después que tenga paciencia con la aparente naturaleza excéntrica de Nemo, y luego cita al propio Nemo, «El *professore* necesitará esto para localizar a su amigo desaparecido».

—No entiendo la broma –dijo Rossi.

—No es una broma –dijo pálido Giovanni; y, dándose una palmada en la frente, exclamó– *Mah!* Se me acaba de ocurrir que Nemo significa en griego «nadie». Y temo que el tal profesor «Nadie» se esté refiriendo, nada más y nada menos, que a monseñor Scarlotti.

Desde el fondo del pasillo escucharon unas fuertes pisadas sobre las baldosas de mármol. Una brigada del Regimiento Aerotransportado de Carabinieri se dirigía a paso ligero hacia los apartamentos papales y tomaba posiciones junto a los Guardias Suizos apostados en puestos clave. Equipados con indumentaria de combate de un color azul casi negro, con los pantalones por dentro de las botas, las boinas marcadamente ladeadas y las metralletas H&K PG-1 colgando del hombro, apuntando hacia abajo y bien ceñidas a los negros chalecos antibalas, los efectivos del GIS, *Gruppo Invento Speciale,* hacían que los multicolores Guardias Suizos parecieran haber salido de un agujero de gusano espacio-temporal en el presente. Un agente del GIS de rostro severo, que llevaba las insignias de mayor, continuó su marcha hacia Rossi. Fingió no percatarse del anacrónico Guardia Suizo que iba a su lado, y que se esforzaba por marcar las mismas zancadas que él, con el rostro ardiendo de indignación.

Simultáneamente, gritaron:

—¿*Colonnello* Rossi?

Rossi se puso de pie.

—Tiene usted una llamada urgente.

Como perros de presa bien entrenados respondiendo a la orden de su dueño de «¡búscalo!», los dos desconjuntados oficiales giraron repentinamente sobre sus talones, indicando en el lenguaje militar que Rossi debía de seguirles. Rossi y Giovanni intercambiaron sendas miradas de desconcierto y se pegaron a ellos.

# TERCERA PARTE

«El juicio negativo de la Iglesia en lo relativo a las asociaciones masónicas sigue sin cambiar, dado que sus principios se han considerado siempre irreconciliables con la doctrina de la Iglesia; y, por tanto, sigue prohibiéndose la membrecía en estas asociaciones. Los católicos que se hacen miembros de asociaciones masónicas se hallan en un estado de grave pecado, y no pueden recibir la Sagrada Comunión. Las autoridades eclesiásticas locales no tienen potestad para pronunciar juicio alguno sobre la naturaleza de las asociaciones masónicas que pueda suponer una merma del juicio arriba mencionado. »

*Cardenal Ratzinger, reafirmando la prohibición*
*del Vaticano sobre la masonería 1983.*

# CAPÍTULO 54

En la oficina de seguridad del Vaticano, Rossi se pegó el auricular del teléfono al oído. A su alrededor, por todas partes, parpadeaban los monitores de televisión dispuestos en bancos y centelleaban los sistemas de luces de los tableros de alarma. Las cámaras de vigilancia ofrecían imágenes en directo de pasillos y salas. Allá adonde iba el Papa por el Vaticano, un supervisor de la oficina de seguridad dirigía la monitorización de cada uno de sus movimientos.

Con una precisión de relojería, las avanzadillas de guardias estaban ya en el lugar, asegurando el área antes de la llegada del Pontífice. Y cuando el Papa salía de cada lugar, los guardias tomaban posiciones como una red computerizada de puertas de acero automatizadas, sellando el acceso por detrás. Por el rabillo del ojo, Rossi captó la imagen de las vestiduras blancas del Papa pasando por una puerta, seguido por un séquito de cardenales de rostro serio, resplandecientes con sus trajes talares con *simar* y *fascias* carmesíes, y de sacerdotes que se escabullían tras ellos.

—¿Señor Rossi, del SISDe? —preguntó una voz con un fuerte acento árabe.

—Al habla.

—Le sugiero que haga que un guardia nos ponga en los altavoces, para que todo el mundo pueda escuchar. Y, ¡ah!, le sugiero que lo grabe también.

Rossi sonrió para sí cuando vio al guardia con los auriculares que, sentado ante una consola, escuchaba con atención cada palabra. Rossi le dio instrucciones al guardia.

—Conéctelo, por favor.

Devolviendo la atención a su interlocutor, dijo:

—Ya está en los altavoces.

—Muy bien. Ahora, escuche con atención. Hemos traído la Santa Yihad ante su puerta.

—Especifique. ¿Quiénes son?

—Yo creo que usted se refiere a nosotros como Al Qaeda.

—¿Qué es lo que piden?

—La dimisión inmediata del falso *al-Nabi*.

—¿Debo entender que por profeta se refieren ustedes al Papa?

—Correcto. Y la liberación de una lista de prisioneros que sus servicios de seguridad retienen injustamente.

—¿Y si no accedemos a sus peticiones?

—El rotundo sacerdote con cara de cabra al que ustedes llaman Scarlotti será el primero en morir.

—Necesitaría una prueba de vida.

—No comprendo este término.

—Una prueba de que lo tienen en su poder, y de que sigue vivo.

—Compruebe la emisión de las noticias en la televisión, *signore* Rossi.

Frenéticamente, Rossi garabateó en un papel la petición de que encendieran un televisor con un canal local de noticias y se lo pasó a través del escritorio al oficial de los Carabinieri. El mayor asintió con la cabeza y se acercó corriendo hasta un guardia que se hallaba sentado ante una consola de control, que rápidamente localizó la emisión de las noticias.

En la pantalla apareció la imagen de monseñor Scarlotti. Tras él, y de pie, había tres hombres vestidos de negro, con las caras ocultas, mirando con sus oscuros ojos desde detrás de unas *gutras* a cuadros rojos y blancos, encapuchados. El hombre del centro empuñaba una larga cimitarra, que brillaba fríamente bajo la luz. La cámara hizo un zoom y obtuvo un primer plano del rostro de Scarlotti. Tenía los labios hinchados y agrietados, el ojo derecho magullado y cerrado por la hinchazón, y su rostro era una máscara de terror y angustia. La cámara hizo un recorrido hasta detenerse en otra figura oscura que sostenía en sus manos *La Republica* de aquel mismo día.

—A juzgar por su silencio, percibo que ha podido ver su prueba de vida –dijo la voz.

Rossi se vino abajo en su interior. Su hermana pequeña, Bianca, trabajaba en un campo de refugiados en Afganistán. Él le había rogado que volviera a casa, advirtiéndola de la amenaza constante de los secuestros y de la violencia, pero ella le había hecho callar haciendo uso de aquel dicho de su madre: «Dios me resguardará de la tormenta del demonio». Su última carta había llegado hacía ya varios meses.

Ahora, ante el ojo de su imaginación, era la cara de Bianca la que veía de rodillas ante aquellos esbirros del demonio de ojos oscuros; ya no veía a monseñor Scarlotti. Sus ojos suplicantes derramaban lágrimas y transmitían una absoluta indefensión. Su suave voz le rogaba entre labios temblorosos: «¡Nico, sálvame!»

La hiriente risa del árabe al otro lado de la línea telefónica le devolvió a la realidad.

—¿Por qué hacen esto? –exigió saber Rossi, con un nudo en la garganta y el corazón golpeando fuertemente en su pecho.

—El falso profeta no habla en contra de la ocupación de Iraq, ni en contra del sufrimiento del pueblo palestino a manos de los sionistas. Habla más bien de comprensión ecuménica, y accede a dar culto en sus blasfemos templos. Sus siervos hacen presa en los niños inocentes, en los corderos de Allah. Y él hace oídos sordos, por no enfadar a su vergonzosa ramera, el oro del gran Satanás... Estados Unidos.

De pie en torno a Rossi había guardias y miembros del GIS apretando los puños, con los rostros contraídos por la cólera. Él mismo aferraba con fuerza la tabla del escritorio, al punto que comenzó a sentir calambres en la mano. Sabía que tenía que mantenerse alerta, que tenía que hacer que el hombre que estaba al otro lado siguiera hablando el mayor tiempo posible.

En el otro extremo de la sala, un oficial del GIS estudiaba los registros de la conversación del analizador de tensión vocal. Otro estaba sentado en el filo de su asiento, esperando los resultados del rastreo de la línea telefónica.

—En torno a él, el pasado observa con los ojos velados por las lágrimas –continuó la voz–. Los mártires del pasado darán fe de los últimos instantes de vida del sacerdote de la cabeza de toro. La primera piedra se ha lanzado ya al estanque... y sus ondas se sentirán en todo el mundo. Tienen una hora. Y si dudan de nuestra sinceridad, observen, escuchen y esperen. Péguense a la pantalla de su televisor. Contemplen las llamas del Infierno.

El monótono sonido del dial del teléfono zumbó en su oído.

# CAPÍTULO 55

En una antesala cercana a la capilla del hospital, Johnny Brett le devolvió el teléfono SATCOM a *Bast,* que seguía disfrazada todavía de la hermana Mary Benedict, mientras vigilaba en la puerta.

—¿Y bien? ¿Qué tal fue mi interpretación? –preguntó él–. ¿Sonaba como un terrorista de verdad?

—No has estado mal, aunque te has pasado un poco de la raya, Sheij Alibabá –se burló de él.

—Críticos… todo el mundo es un crítico. ¿Qué esperabas? El guión que me diste es como el de un *thriller* de espías de serie B.

—¿Lo has leído palabra por palabra? –preguntó ella entrecerrando los ojos– Ésas fueron tus instrucciones.

—Por supuesto. Yo nunca improviso.

Se encogió de hombros, se fue hasta un atril de velas votivas y puso el escueto guión de una sola página sobre una vela, dejando que las llamas lo devoraran.

Ella se quedó mirando fijamente.

Pero él sostuvo el papel en el aire demasiado tiempo, y terminó quemándose los dedos.

—¡Ay! –exclamó mientras se llevaba un dedo a la boca para chuparse la yema.

—Entonces, ¿quién es ese chico, el tal Rossi? –preguntó volviéndose hacia ella–. ¿Y de quién es el teléfono que me has pasado? La conexión era terrible. ¿Y qué es eso del secuestro?

Ella le atravesó con su mirada.

—De acuerdo... entiendo la respuesta. Perdón por preguntar.

—Vivirás mucho más si te olvidas incluso de haber hecho esa llamada.

Él asintió con la cabeza.

—¿Y ahora qué?

—Esperaremos.

# CAPÍTULO 56

En la oficina privada del comandante Stato, el cardenal Moscato yacía desmoronado en una silla, en estado de estupor, con el rostro magullado y el ojo derecho cerrado por la hinchazón. Tenía un gotero intravenoso conectado en el antebrazo. Por su parte, Stato estaba lavándose las manos compulsivamente en el lavabo de su aseo privado.

La enorme silueta del padre Damien Spears se cernía sobre Moscato. Con sus dedos como salchichas, buscó la arteria carótida del cardenal y comprobó su pulso, y luego le levantó un párpado.

—¿Cree que habrá hecho efecto ya? –le dijo a Stato.

Stato salió del aseo secándose las manos con una toalla y dijo:

—El pentotal sódico y el rohypnol deben de estar actuando ya. Vamos a hacer una prueba.

Stato lanzó la toalla sobre el escritorio.

Dándole la vuelta a una silla y deslizándosela entre las piernas, Stato se sentó directamente frente al semicomatoso cardenal. Spears empujó una silla al lado de Stato y, lentamente, hizo descender su fornida complexión sobre ella.

—Cardenal Moscato, ¿puede usted escucharme? –preguntó Stato.

El cardenal gruñó, balanceando la cabeza ligeramente.

—¿Cuánto le puso? –preguntó Spears.

—Lo suficiente como para hacer cantar a un elefante...

Spears miró fijamente a los ojos a Stato.

—Creo que usted está disfrutando demasiado con esto –le dijo manteniéndole la mirada.

La mirada de Stato resbaló hacia el cardenal.

—Cardenal Moscato, he olvidado el código de reconocimiento.

El cardenal se estremeció, pero no dijo nada.

—¡Maldita sea! No va a soltar prenda.

—Déjeme que intente algo –dijo Spears inclinándose hacia delante y posando sus enormes manos sobre las rodillas–. *Buon Cugino.*

—*Buon Cugino...* masculló el cardenal.

Una mirada de desconcierto se dibujó en el rostro de Stato.

—Significa «buen primo» –explicó Spears.

—Pero, ¿cómo supo...?

—Cuando le aflojé el cuello, le encontré este medallón colgado.

Spears sostuvo la medalla por la cadena de oro, y luego se la lanzó a Stato.

—Parece una medalla de un santo.

—A primera vista, parece una medalla con la imagen de San Teobaldo. Pero, si la mira de cerca, se dará cuenta de que el santo tiene un hacha.

—¿Y qué santo es éste?

—Se lo explicaré luego. Déjeme terminar.

Volviéndose hacia Moscato, Spears preguntó:

—¿Y cómo, *Buon Cugino,* llevaremos a cabo nuestra venganza?

Rodando la cabeza, el cardenal balbuceó:

—¡DANOS!

—¿DANOS?

—La Operación Aliento del Dragón les devorará en llamas.

—Pero ¿cómo..., cuándo? –presionó Spears.

El rostro de Moscato comenzó a contorsionarse; todo su cuerpo se estremeció con espasmos. Después se puso rígido, y finalmente se desplomó hacia delante.

Spears se le acercó más, chasqueó los dedos, lo sacudió violentamente. No hubo respuesta.

Con un gran suspiro, se volvió hacia Stato.

—No sirve de nada. Está completamente inconsciente.

—Había oído hablar de eso, pero nunca lo había visto en acción —explicó Stato—. Al parecer, le han implantado un mecanismo de bloqueo posthipnótico. En operaciones psicológicas lo llaman Bloqueo Azriel.

»Cuando Moscato dijo las palabras "Operación Aliento del Dragón", las mismas palabras actuaron como un disparador hipnótico, dándole la señal a su mente para que se apagara. Aunque le inyectara un estimulante, en cuanto tocáramos otra palabra desencadenante, volvería de nuevo al modo de bloqueo.»

Spears gruñó su decepción.

—Pero si usted me contara lo de la medalla que llevaba y lo de *«Buon Cugino»*, quizás podríamos descifrar lo que él quería decir —sugirió Stato.

—Para responder a su pregunta previa, *Buon Cugino* es la señal de reconocimiento de los *Carbonari*, una sociedad política secreta, una *società segreta*, que adoptó su nombre de los carboneros —dijo Spears—. El hacha representa al maestro, mientras que la minúscula insignia en la que aparece un haz de leña representa al aprendiz. Cuando hablan entre sí, utilizan muchas expresiones del antiguo comercio de los carboneros. El lugar donde se reúnen recibe el nombre de *baracca*, o choza, su interior es *vendita*, o lugar donde se vende el carbón, y los alrededores *foresta* o bosque.

Stato sacudió la cabeza.

—¿Quiere decir que hacen como los francmasones, que adoptaron los gremios de los canteros y utilizaron sus herramientas, como la escuadra y el compás, como símbolos?

—Exactamente, porque los *Carbonari* son una rama de la masonería que se estableció en Nápoles y en Francia a principios del siglo XIX —respondió el dominico entrecerrando los ojos—. Pero los símbolos guardan un significado más profundo para los miembros de mayor rango. En el centro de la escuadra y el compás, los masones pusieron la letra G. A los miembros de la Logia Azul, que es inferior, se les dice que la G es la inicial de GOD, «Dios», el Gran Arquitecto; sin embargo, una vez llegan al nivel más elevado, se les dice la verdad... el verdadero secreto del Santo Grial.

Spears se dirigió al ordenador y buscó una página web; y cuando apareció en pantalla, le señaló a Stato el símbolo masónico.

—El compás representa lo masculino —continuó Spears—, la hoja en coito con la escuadra es el símbolo femenino o cáliz. Y en el centro del símbolo sexual nos encontramos la «G», que representa la gnosis. El compás y la escuadra equivalen a la postura del misionero. Imagínese de pie a los pies del lecho nupcial, mientras una pareja hace el amor.

Spears se detuvo y miró a Stato.

—¿Lo entiende? —le preguntó.

—No estoy seguro de querer entenderlo. Pero el Santo Grial es el Cáliz de Cristo, ¿no?

—¡NO! Para ellos es la Copa de Judas, la copa de las abominaciones de la Puta de Babilonia.

Stato hizo una mueca de dolor.

—¿Quiere decir que la Ramera del Apocalipsis es la copa?

Spears asintió con la cabeza.

—Un cáliz vivo de depravación. Ellos creen que tanto el hombre como la mujer proporcionan el elixir mágico, que luego deben comer, tomar como comunión. Pero en su ritual todo es lujuria, y a la mujer no la ponen en un pedestal; de hecho, ella es normalmente la víctima de una violación ceremonial en grupo. Ésa es la verdadera naturaleza de su ritual «bendito» del *Hieros Gamos*. Y después, beben directamente de la Copa de Judas, de la vagina de la ramera.

—El elixir mágico es... ¿su propio semen?

—Precisamente. ¡Los pervertidos mezclan su propio «elixir» pegajoso junto con el de la sangre menstrual de la diosa en la hostia eucarística, y lo beben de la Copa de Judas!

El rostro se le encendió a Stato, y luego se le puso verde.

Moscato gimió. Volviéndose hacia él, a Stato le pareció detectar el asomo de una sonrisa en los labios del cardenal.

Una lucecita ámbar intermitente llamó la atención del jefe de seguridad. Significaba que el Papa se estaba moviendo por alguna parte dentro de los límites del Vaticano. Los ojos de Stato se clavaron en un banco de monitores del circuito cerrado de televisión que seguía el rastro de los movimientos del Pontífice.

# CAPÍTULO 57

Un corrillo de agentes se apiñaba en torno al monitor de televisión en el centro de mando de seguridad del Vaticano. Rossi se encendió un cigarrillo e intentó encontrar un mínimo de placer, calmar sus agitados nervios. Un guardia suizo se sentó ante la consola hablando por teléfono. Rossi le puso la mano en el hombro y le dijo:

—¿Han encontrado algo ya?

El técnico le miró, le observó durante unos breves instantes y luego desvió la mirada antes de contestar:

—Creo que el *commandante* Stato debería...

—¿Y dónde está Stato? –le interrumpió Rossi.

—Ha dado órdenes de que no se le moleste –dijo el técnico sumisamente.

El mayor del GIS apareció a su lado y le arrebató el teléfono de la mano al técnico. Pronunció unas cuantas palabras con dureza en el auricular y colgó. Mirando a su alrededor, le hizo gestos a Rossi para que le siguiera a un lugar apartado de la sala.

—De acuerdo, tiene toda mi atención. ¿Qué ocurre, mayor? –dijo Rossi.

—Mi nombre es Brazi, señor. No me fío de estos guardias suizos *leccaculo*, prima donnas.

Un gesto de impaciencia asomó en el rostro de Rossi.

—Vamos a dejar para otro día el campo de batalla, o dentro de tres segundos le estará lamiendo usted las botas al ministro del Interior. ¿Lo ha entendido?

—*Capisce.* Sólo es que desde la central me han dicho que la llamada procedía de dentro del Vaticano.

Rossi dio una profunda calada al cigarrillo y miró a Brazi en silencio durante unos instantes.

—¿Y qué saben de la grabación que se emitió en las noticias?

—Se entregó en la Oficina de Prensa del Vaticano. He hecho enviar la cinta y el paquete al CCIS para que lo procesen todo. Harán la habitual descomposición del vídeo para intentar dar con su localización.

—¿Y qué hay del analizador de tensión vocal?

—Tengo ya un análisis de los lingüistas también. La voz no estaba enmascarada. Varón adulto, probablemente de mediana edad o mayor. Pero el patrón del discurso mostraba cambios constantes.

—¿Un engaño?

—No había respuestas engañosas, salvo una. El lingüista dice que era más bien como un cambio entre un dialecto no especificado geográficamente de Oriente Medio y el modo de hablar de la costa oeste de Estados Unidos.

—¿En qué respuesta mintió?

—Cuando usted le pidió que especificara y él respondió... Al Qaeda.

Rossi tiró la cabeza hacia atrás bruscamente, como si le hubieran dado un ligero golpe en la barbilla.

—¿En conclusión?

—Posible simulación de una etnia falsa.

—¿Un impostor?

—El lingüista utilizó una palabra diferente... le llamó actor.

De entre los agentes congregados en torno a la consola de control surgió de repente un clamor, y Rossi y Brazi se giraron simultáneamente en su dirección.

Todos los ojos estaban puestos en la pantalla del televisor. Había un reportero en el exterior de la estación *Termini,* la estación central de ferrocarriles de Roma, situada al este del Vaticano, al otro lado de la ciudad.

Los vehículos de emergencias estaban caóticamente detenidos tras él, con las luces de emergencia brillando entre una nube de humo. De la estación emergía una estampida frenética de personas, con los rostros ennegrecidos y ensangrentados, con miradas angustiosas de terror.

—Suban el volumen –ordenó Rossi contemplando el horror.

La excitada voz del reportero llenó la sala.

—Testigos presenciales dicen que el *Rapido* de Nápoles explotó mientras estaba saliendo de la estación, seguido instantes después por múltiples detonaciones por toda la terminal. A los pocos segundos, un muro de llamas abrasadoras recorrió la terminal, mientras la metralla hacía estragos a su paso. Un pasajero ha contado que escuchó la explosión y, luego, «muchísima plata», que eran en realidad fragmentos de cristales, que le destrozaron el lado derecho de la cara, sin hacerle un rasguño siquiera en el otro lado. Informaciones no confirmadas sostienen que, justo antes de la explosión, un hombre levantó una mochila por encima de su cabeza y gritó algo que algunos testigos han descrito como «un despotrique en árabe».

Entonces se vio una imagen ligeramente borrosa y confusa de los pasajeros dentro de la terminal. Se tapaban la cara con sus pañuelos, caminando con dificultad entre escombros y fragmentos de cuerpos humanos.

—Lo que estamos viendo son las imágenes captadas por un superviviente con la cámara de su teléfono móvil, inmediatamente después del atentado.

Rossi recorrió la sala con la mirada. Una extraña combinación de miedo y cólera afloraba en todos los rostros.

Moviéndose con rapidez, Rossi descolgó un teléfono seguro y marcó el número de su oficina.

Respondió Enrico.

—¿Qué ha ocurrido en la Termini? –preguntó Rossi.

—Dante acaba de llamar. Los informes preliminares indican el mismo MO del ataque del 11 de marzo en España, sólo que esta vez parece que eran terroristas suicidas. Si lo combinas con la amenaza de decapitación de Scarlotti, huele al grupo de Al Qaeda de al-Zarqawi.

—El cerebro que había tras las decapitaciones grabadas en vídeo en Iraq –coincidió Rossi–. Al-Zarqawi decapitó personalmente a un norteamericano en una grabación. Dio un buen golpe al asesinar al delegado de la Agencia de Desarrollo Internacional de Estados Unidos en Amman, Jordania, por no mencionar las bombas de Casablanca o Estambul.

—Daban veinticinco millones de dólares por su cabeza. Era jordano, ¿no?

—*Certtamente.* Fue un combatiente de la libertad en Afganistán, pagado y entrenado por la CIA. Después de derrotar a los soviéticos, volvió a Jordania. Los jordanos le tuvieron en prisión durante siete años por conspiración para derrocar a la monarquía con la intención de fundar un califato islámico. Pero cuando lo liberaron huyó a Europa y comenzó a dirigir células terroristas en Alemania. Un poco tarde, los jordanos lo juzgaron en rebeldía por planificar ataques contra turistas norteamericanos e israelíes.

—Pero ¿no lo borraron del mapa cuando dos bombas de quinientas libras pulverizaron su no tan segura *casa franca*?

Rossi se encogió de hombros.

—Sí, pero, si cortas la cabeza de una hidra, le crecerá otra en su lugar.

Intentando controlar el tono de su voz, Enrico dijo:

—Hay algo más. La vigilancia aeroportuaria ha registrado la llegada de dos agentes de la NSA.

—¡*Le palle,* las pelotas de esos *stronzos!* ¿Quiénes eran?

—Deme un segundo para que lo mire, jefe.

Rossi escuchó el golpeteó de un teclado mientras Enrico buscaba los datos.

—Aquí está. No le va a gustar esto. Es ese viejo veterano, el agente especial Peter Manwich, y…

—¡Ese gordo y pretencioso *testa de merda!* –le interrumpió Rossi, que contó hasta diez y luego continuó–: Ese cabeza de mierda, Manwich, es una bomba de relojería. Fort Meade lo utiliza para proyectos de operaciones encubiertas. Ese hombre tiene la integridad de una hiena en celo. ¿Quién es el otro agente?

—Nunca he oído hablar de él, debe de ser un JMN.

—Pero el jodido muchacho novato tendrá un nombre, ¿no?

Rossi sabía que, a lo ancho del mundo, todos los servicios secretos tenían una palabra cariñosa similar para los nuevos agentes que se sumaban a una unidad, un novato que tenía que aprender el negocio poniendo a prueba a los veteranos agentes de campo.

—Kyle. El agente Kyle –respondió Enrico.

Rebuscando en sus bancos de memoria, Rossi no encontró nada.

—Haz circular sus fotografías y haz que las unidades de vigilancia de *ojeadores* les sigan de cerca. Poned un sistema de enlace GPS en su automóvil y ponedles un minirradiofaro encima, si podéis apañároslas para tener un encontronazo con ellos cuando vayan por la calle.

Lejos estaban los días en que la vigilancia se tenía que hacer mediante agentes que seguían a sus objetivos, intentando mantenerse cerca sin ser descubiertos. Ahora, los ojeadores podían sentarse tranquilamente en su automóvil con su ordenador portátil, y el software se encargaría de mostrarle una imagen de su rastro en tiempo real sobre un mapa de la región. La señal podía ser transmitida incluso a través de Internet hasta un centro de mando en cualquier parte del mundo.

—Quiero estar al tanto de todos sus movimientos –continuó Rossi–. Qué comen en el almuerzo... y qué demonios están haciendo en mi territorio.

—Considérelo hecho, jefe.

—De acuerdo, volviendo al atentado. ¿Víctimas?

—Todavía no hay datos precisos sobre el número de cadáveres... pero la cosa parece realmente mala –dijo Enrico con una fina voz.

—Quiero que pongáis en alerta dos pelotones y que os coordinéis con la base de las fuerzas aéreas de Pratica di Mare. Decidle al comandante de la Unidad de Carabinieri *Raggrupamento Elicoteri* que disponga dos helicópteros en alerta inmediata con nuestros pelotones. Quizás os necesite en el aire de inmediato.

—¿Es que guarda relación el atentado en el tren con el secuestro de Scarlotti? Extraña coincidencia, ¿no?

—En nuestro trabajo no existen las coincidencias, Enrico. Simplemente tened dispuestos los equipos y mantenedme informado. Ah, y haz que envíen otro helicóptero para mí al Vaticano.

—Entendido, tres helicópteros. Pero ¿no quiere saber de Claudio?

—¡*Merda!* Lo había olvidado. ¿Cómo está?

—No muy bien, jefe. Es una extraña infección vírica, pero están intentando estabilizarlo.

—¿Origen?

—Todavía no determinado.

Rossi respiró profundamente.

—Conseguid también un suministro de antídotos antivíricos del departamento de guerra biológica, por si acaso.

—¿Por si acaso qué, jefe?

—Por si acaso mi corazonada es acertada.

—Tenía usted un mensaje también.

—Adelante.

—Era una mujer. Dante dijo que sonaba *sensuale*.

—Evítame el editorial.

—Dijo que le dijera «mientras el tiempo pasa».

Rossi tragó saliva, mientras su corazón daba un salto, y luego otro.

—¿Dejó algún número?

—No, y eso es lo extraño... dijo que ella tenía el número de móvil de usted y que estaría en contacto.

Rossi colgó.

La puerta del puesto de mando se abrió de golpe, y Giovanni entró en la sala con tanta rapidez como le permitía su juego de piernas, con los ojos encendidos como los del Sombrerero Loco.

—Creo que sé dónde está Scarlotti. ¿Sería alguien tan amable de traerme una copia de esa grabación audio?

Nadie se movió.

La mirada de Rossi se clavó en Brazi, que asintió y gritó:

—Que alguien le dé a ese hombre la grabación, ¡y con eso quiero decir ya!

El teléfono sonó, y un guardia con aspecto de novato respondió. De pronto, palideció, se puso en pie de un salto y, tartamudeando, dijo:

—Inmediatamente, señores.

Y colgó.

Se volvió hacia Rossi.

—Me han dado instrucciones para que le acompañe hasta la oficina del *commandante*...

—¿Inmediatamente? –preguntó Rossi sonriendo a continuación.

Mientras se dirigían hacia la puerta, sonó el teléfono móvil de Rossi.

Cuando respondió, una suave voz le susurró:

—Mientras el tiempo pasa, Nico.

# CAPÍTULO 58

La voz de la mujer recorrió su cuerpo como una ola glacial. La imagen de su rostro, con sus ojos color topacio, sus suaves y generosos labios, le hizo estremecerse. La había conocido muchos años atrás, cuando él no era más que un adolescente desgarbado. El primer amor nunca se olvida. Después, por azares del destino, estando en una misión en El Cairo, sus senderos se cruzaron de nuevo. Las cosas no le iban demasiado bien con su esposa, Isabella; ella detestaba que la dejara sola, y su trabajo le exigía estar siempre por el mundo. Comenzaron a tener fuertes discusiones en las que se intercambiaban duras palabras, palabras que ya no podrían hacer volver atrás. Una larga mirada cargada de lágrimas mientras él salía por la puerta para tomar un vuelo. No hubo adioses, no hubo besos, sólo una mirada vacía y lacrimosa mientras le daba la espalda y desaparecía de su vista. Dos días antes, cansado de que le colgaran cada vez que respondía él al teléfono, decidió salir antes de la oficina y seguirla. Pero se dio cuenta demasiado tarde del gran error que había cometido. A veces es mejor no saber la verdad, es mejor no quedarse con esas persistentes imágenes, la de ella caminando de la mano con su jefe, o la de verles abrazados por la cintura mientras entraban en aquel sórdido y pequeño hotel, en pleno mediodía. Imágenes como ésas, por mucho que nos permitan saber la verdad, son de esas verdades que pueden acosarle a uno en sus recuerdos para siempre.

La misión en El Cairo era de máxima prioridad. El barco de pasajeros italiano *Achille Lauro* había sido secuestrado cerca de la costa de Egipto por cuatro terroristas de la OLP. Un pasajero judío americano discapacitado, Leon Klinghoffer, había muerto de un disparo, y luego habían arrojado su cuerpo por la borda junto con su silla de ruedas. Después de rendirse ante las autoridades egipcias en el puerto, el presidente de Egipto, Mubarak, les había dado vía libre para salir del país. El líder del FLP, Abu Abbas, había volado desde Túnez a El Cairo para acompañarles. Y dado que Rossi había estado destinado en El Cairo por un tiempo breve y aún tenía algunos contactos, se le envió para organizar la vigilancia y seguir el rastro de la salida de los terroristas.

Aún ahora, Rossi recordaba aquella noche como si la hubiera guardado dentro de la cristalina bola de nieve de un niño, esperando a que alguien la sacudiera para recobrar la vida. Sentado en el bar del hotel Salam Hayat, dando cuenta de un trago mientras esperaba la llegada de su contacto en Egyptian Air, se percató de la presencia de una imponente mujer que se abría paso por entre el corrillo de periodistas que llenaban el bar. Cuando pasó por su lado, la mujer le sonrió, dejando tras ella el persistente aroma de su perfume, como una leona marcando su territorio.

Pero, mientras se alejaba, ella se volvió y lanzó una mirada a hurtadillas por encima de su hombro, en dirección a él. Sus ojos tenían un destello de sexualidad en estado puro, y él se quedó colado por ella. Sin compromiso, sin expectativas, y a miles de kilómetros de su casa, ¿por qué no? Sin embargo, había algo en aquella mujer que le causaba cierta inseguridad, algo que le resultaba familiar.

Se acercó a la mesa donde se encontraba ella, le llevó una bebida, conversaron brevemente. La mujer dijo que su nombre era Alexis, una periodista *freelance* que estaba cubriendo la noticia del secuestro. Y él supo que estaba mintiendo, aunque en realidad le importaba un carajo. Sus ojos se encontraron durante sólo un segundo, y el detectó un parpadeo de reconocimiento, como si ella hubiera visto a un antiguo amante o amigo después de muchos años. La atmósfera entre ellos se fue cargando de tensión sexual mientras el pianista tocaba una versión de «As Time Goes By», «Mientras el tiempo pasa», el tema de *Casablanca*. Al cabo de un rato, ella se excusó para ir al lavabo de mujeres.

—¿Estará usted aquí cuando vuelva? –preguntó ella con una mirada casi suplicante, para luego dar media vuelta y alejarse antes de que él pudiera responder.

Le pidió otra ronda al camarero y miró la hora en su reloj. Su contacto llegaba tarde. Distraídamente, se palpó la cadera, buscando la tranquilizadora sensación de su arma. Pero entonces recordó que estaba trabajando desnudo. Sin pistola.

Dado que estaba utilizando la identidad tapadera de un reportero para evitar sospechas entre el servicio secreto egipcio, no había utilizado su pasaporte diplomático al entrar en el país. Le habrían investigado y, simplemente, no había dispuesto de tiempo ni había tenido la ocurrencia de hacerse con una pistola en la embajada. A pesar de lo que pudiera verse en las películas, los agentes de inteligencia, de hecho cualquier agente en un país extranjero, estaban sometidos al capricho de la maquinaria burocrática del país en lo referente a portar armas. Cuanto menos amistoso fuera el país, y cuanto más restrictivas fueran sus leyes al respecto, más probable era que utilizaran métodos contundentes. En la mayoría de los países de América del Sur no había problema, pero Europa era impredecible, y Oriente Medio era una pesadilla. Rossi podría haber echado a perder toda la misión de vigilancia si hubiera sido detenido accidentalmente portando un arma.

Entonces vio llegar a su contacto, un hombre pequeño y tímido, que se abría paso a través del abarrotado bar hacia él. Los ojos pequeños y brillantes de aquel hombre no dejaron de mirar a su alrededor en el *cocktail lounge,* mientras le daba instrucciones sobre disposiciones de seguridad y le daba detalles del vuelo en el que iban a embarcarse los terroristas. Después, le garabateó la información en un papel y se lo deslizó a través de la mesa. Rossi le pasó el sobre con el dinero oculto en un periódico, y el empleado de la compañía aérea se levantó, se despidió de él y se desvaneció en la nube gris azulada del humo de los cigarrillos que se cernía pesadamente en la sala.

Explorando el *lounge* en busca de la mujer, su sexto sentido le dio un tirón. Se le erizó el vello de la nuca e, instintivamente, se levantó de un salto y se dirigió ansiosamente hacia los servicios. Asomó la cabeza por la puerta del servicio de mujeres y la llamó por su nombre. No hubo respuesta. Y entonces oyó un grito apagado.

Venía del exterior.

Sin pensarlo dos veces, salió disparado hacia la puerta, llevándose la mano en un acto reflejo hacia la cadera, en busca de su arma. Maldiciéndose a sí mismo mientras corría, recordó que no llevaba armas.

Otro grito, esta vez desde el pasillo opuesto. Dio la vuelta y viró alrededor de la esquina.

Más gritos.

Abrió violentamente la puerta y salió al callejón.

Allí, con la espalda contra la pared y un brazo encajado bajo la barbilla, estaba la fuente de los gritos. Un joven árabe abría desorbitadamente los ojos mientras la hoja de un cuchillo se cernía a pocos centímetros de la suave gelatina de su córnea. Con el cabello alborotado y una leve pátina de sudor sobre su hermoso rostro, ahora contraído por la furia, Alexis tenía al joven arrinconado contra el muro. Ella le hacía preguntas en árabe al hombre, que él respondía de manera confusa, mascullando las palabras más que hablando. En el suelo, a los pies de Alexis, había una jeringuilla.

Rossi dio un paso hacia delante y, de repente, ella volvió la cabeza deteniéndole con su mirada glacial.

—No se meta en esto –le espetó–. No es de su incumbencia. Vuelva adentro.

Aunque aparentemente drogado aún, el árabe vio la oportunidad de zafarse de ella. Lanzó un golpe seco con la punta de los dedos sobre el hueco de la garganta de Alexis, quien, dando una arcada, retrocedió tropezando. El cuchillo le cayó de la mano.

El árabe agarró el cuchillo y se abalanzó sobre ella. La hoja le cruzó el pecho haciéndole jirones la blusa, mientras sentía que algo húmedo y caliente rezumaba de su seno.

Rossi se quitó la cazadora y se envolvió con ella el brazo.

—Aquí, Abdul –le gritó–, la dama ya ha tenido suficiente.

Como hienas listas para saltar, comenzaron a estudiarse en círculos, con los ojos entrecerrados, a la espera del ataque. El árabe sostenía el cuchillo bajo, pasándoselo de una mano a otra, mientras se balanceaba como borracho. Pero Rossi tenía toda su atención puesta en las manos del hombre. Éste le acometió con la hoja, pero Rossi desvió el golpe con el antebrazo, sujetó con fuerza la muñeca del árabe y se la torció hacia atrás. Con el crujido seco del cartílago, el cuchillo se le cayó de la mano.

Mientras el hombre se doblaba de dolor, Alexis se acercó con calma por detrás y le plantó la punta de su zapato de tacón alto entre las piernas, golpeándole con fuerza en el bajo vientre.

—Lo tenía todo bajo control –dijo ella con una voz ronca y jadeando.

Rossi se inclinó y recogió el cuchillo.

—No lo dudo. Y supongo que me vas a decir que le estabas dando una clase de danza.

Ella se puso a despotricar. Luego, se detuvo y se calmó.

—Me atacó al salir de los servicios, me drogó en el callejón y casi...

—¡Estás mintiendo, puta! –gritó el árabe.

Ella se giró y le propinó una patada en la cara, y el árabe lanzó un alarido.

Tenía la blusa desgarrada, con el seno izquierdo al descubierto, manchado con una fina película de sangre, el lápiz de labios se le había emborronado en torno a la boca.

—¿Por qué no te pones esto? –le dijo Rossi mientras la envolvía con su cazadora por encima de los hombros.

Después, le prestó su pañuelo y le señaló los labios. Se escucharon voces desde la puerta.

Rossi la agarró firmemente del codo, y ambos se escabulleron precipitadamente callejón abajo.

Pocos minutos después, Rossi estaba llamando a la embajada desde un teléfono público, en el vestíbulo de un hotel cercano. Pero cuando se llevó la mano al bolsillo para sacar el papel con la información del vuelo de salida, el papel había desaparecido, de modo que se puso a revolver frenéticamente sus bolsillos.

Levantó la vista. En el otro extremo del vestíbulo, Alexis estaba hablando con un hombre bajo, de cabello oscuro con toques plateados. Tenía unas cejas espesas y la nariz achatada. Rossi lo reconoció como el Kasta local del Mossad. Ella le puso algo en la mano. Él sonrió, intercambiaron unas breves palabras y el hombre se fue.

Rossi colgó el teléfono y la interceptó en el centro del vestíbulo. Intentó leer en su rostro, pero no pudo.

—Confío en que la información irá a parar a las manos correctas –dijo Rossi.

Ella se retocó ligeramente las cejas y esbozó una leve sonrisa.

—Una hora después de que despegue el avión, cuatro F-14 Tomcats de Estados Unidos lo interceptarán y lo obligarán a aterrizar en una base de la OTAN en Sicilia. Después, los objetivos serán entregados al Gobierno italiano para que sean procesados. Nosotros queríamos volar el avión, pero el *Cowboy* de la Casa Blanca dijo que ni hablar.

Rossi sacudió la cabeza.

—Me has tendido una trampa.

—Yo no. Te la ha tendido Langley.[16] Ellos se lo pasaron al Mossad.

—Y dejaron a la OSI a oscuras, como es habitual. ¿Y lo del chico del callejón iba en serio?

—Y tan en serio. Me siguió hasta el hotel, y saltó sobre mí en el servicio de mujeres.

—¿Y la jeringuilla?

—Supongo que le gustará tener comatosas a sus mujeres. Probablemente quería empaquetarme en la trata de blancas. Simplemente, le di una dosis de su propia medicina.

Ya en la habitación del hotel, él la envolvió en sus brazos mientras caían en la cama. Ella se golpeó accidentalmente la cabeza contra el cabezal de la cama y se echó a reír, y luego le besó suavemente el labio

---

16. Langley es donde se encuentra el cuartel general de la CIA. (*N. del T.*)

superior, abriéndole la boca con la lengua para explorar hambrienta su interior. Él respondió a su ataque, aunque con dudas, como si la embargara una ligera sensación de culpabilidad. Ella le mordió el labio inferior, tirando de él suavemente.

Pero cuando él le puso la mano en el pecho, Alexis hizo una ligera mueca de dolor.

—Está bien. Es sólo un cortecito. Dejó de sangrar.

Ella le cogió la mano y se la llevó en un largo recorrido por el costado y el vientre.

Y cuando los dedos de Rossi llegaron a la suave curva de su muslo, percibió el relieve de una marca de nacimiento. Ella se puso a temblar con una oleada de energía, de urgencia, mientras le decía con una voz susurrante:

—Tómame.

Después de hacer el amor, simplemente se quedaron uno junto al otro, fumando y charlando.

Sus ojos se encontraron.

—Nico, ¿ha sido mejor de lo que fue en nuestra primera ocasión?

—Josie, la primera vez que hicimos el amor, en Roma, éramos unos críos –le dijo él sin pensárselo demasiado–. Fue también la primera vez que estaba con una mujer. Y nada podría superar aquello.

Ella le contempló con una dura mirada de incredulidad y, sin previo aviso, se apartó de él y le dio una fuerte bofetada.

—¿Cuándo me reconociste?

Él señaló la marca de nacimiento con forma de corazón que tenía en el muslo. Josie sonrió y le dio otra bofetada.

—Eso es por ocultármelo esta noche... y por dejarme por aquella otra mojigata.

—Yo no te dejé –protestó Rossi frotándose la mejilla–. Tu padre descubrió lo nuestro y se te llevó a Estados Unidos, ¿recuerdas?

—¿Y la otra chica, la de los dientes salidos y el cabello rizado?

Rossi frunció el ceño, buscando en su memoria.

—Os vi a los dos saliendo de la biblioteca –insistió Josie–. ¡Ella te besó!

Rossi se echó a reír de forma incontrolada. Ella le dio un puñetazo en el brazo, y él la agarró por la muñeca y la atrajo hacia sí. Josie se defendió, se revolvió en la cama y se sentó a horcajadas sobre él, inmovilizándolo.

—La del pelo rizado era mi prima Lucía –consiguió decir al fin entre jadeos–. La estaba ayudando con sus trabajos del instituto. Te juro que eso fue todo.

Josie se quedó con la boca abierta de asombro, y él se la cerró con suavidad. Y después le dio un largo y apasionado beso. Josie se estremeció, buscó su cuello con los labios, acariciándole la piel con su cálido aliento. Y volvieron a hacer el amor.

Después, yacieron uno junto al otro, con los dedos delicadamente entrelazados, transmitiéndose a través de las manos una tranquilizadora y reconfortante sensación, mientras se contaban detalles de sus vidas, de su trabajo, de sus sueños, de sus momentos más amargos... Rossi le habló incluso del lío de su mujer con su jefe. Y también se sorprendieron, aunque no en exceso, de que ambos hubieran tomado el camino de los servicios de Inteligencia. Finalmente, terminaron durmiéndose, estrechamente abrazados bajo las frías sábanas.

Él siempre había tenido el sueño ligero, algo muy necesario en su profesión, y una advertencia intuitiva le llevó a despertarse. Abrió los ojos y se quedó absolutamente quieto, esperando a que su mente despierta interrumpiera lo que su instinto le decía.

Unos tenues susurros, un gemido. Palabras a medio pronunciar flotaban en la oscuridad.

Adivinando la dirección de la que procedían los sonidos, se sentó en la cama, escrutando las sombras con los ojos y los oídos.

Pero no había ningún intruso en la habitación. Los labios de Josie parecían musitar súplicas. Ella se removió y se volvió violentamente, con un aleteo en los párpados, aferrándose fuertemente a la sábana, con los nudillos blancos por la presión. Brillaba el sudor en su labio superior.

Rossi alargó la mano para tocarla, pero se contuvo en el último momento.

Un aliento estrangulado pareció atenazar su garganta, y luego tuvo un espasmo de náuseas. Súbitamente, una extraña calma suavizó los rasgos de su rostro, y se puso a hablar en voz alta.

—Negra habitación. Las paredes se cierran... se acercan... cada vez más cerca...

Era la voz de Josie, pero en un tono más grave, con un timbre más profundo, en una especie de gruñido gutural que surgía de las profundidades de su pecho.

De pronto, arqueó la espalda sobre la cama y unos susurros maníacos, inarticulados, comenzaron a fluir de nuevo por sus labios.

Rossi decidió arriesgarse a despertarla. La agarró por los hombros y comenzó a susurrarle su nombre con insistencia. Ella se estremeció entre sus manos y, finalmente, se despertó con una sacudida.

—Todo está bien. Estás a salvo –le dijo él para tranquilizarla, apartándole el cabello empapado y enmarañado de delante de los ojos.

Le acarició la mejilla, enjugándole las lágrimas con los dedos.

—Terrores nocturnos –dijo ella con una voz distante, mientras se esforzaba por sonreír débilmente.

Rossi asintió.

Ella le contó que había sido capturada por la milicia, que la habían enterrado viva y que había sobrevivido gracias al aire viciado y caliente que le llegaba a través de un pequeño tubo conectado con la superficie. Le contó que finalmente había sido rescatada, y que posteriormente le habían diagnosticado un trastorno de estrés postraumático, que se manifestaba en aquellas pesadillas y en una severa claustrofobia.

Él la escuchó, cautivado por su *vulnerabilità*.

Acunándola entre sus brazos, Josie terminó por conciliar de nuevo el sueño.

La luz de la mañana le despertó, preguntándose si ella volvería a estar entre las garras de sus demonios. Pero, al darse la vuelta, descubrió que la cama estaba vacía. Josie se había ido.

—Nico, ¿estás ahí? —oyó la voz de ella en el teléfono móvil, despertándole de su ensueño, un ensueño que le había dejado un cierto mareo residual.

—¿Josie? —logró finalmente articular—. ¿Dónde estás?

—Cerca... muy cerca.

Giovanni le miraba perplejo, y Rossi levantó la mano para indicarle que era una llamada importante.

El guardia suizo hizo muestras de impacientarse, pero Rossi le miró fijamente hasta hacerle apartar la mirada.

—Necesito tu ayuda, Nico. Ellos tienen a mi tío Lotti —dijo Josie con una voz tensa.

—¿Quiénes le tienen? ¿Al Qaeda?

—¡No, maldita sea! La Hermandad. Tenemos que encontrarle... tenemos que encontrarle antes de que...

La voz se le apagó.

—¿La Hermandad?

—Es demasiado complicado —dijo ella con la voz entrecortada—. Simplemente, investiga al Instituto *E,* y ten cuidado con las cortinas de humo. Lo único que te puedo decir por ahora es que las cosas no son lo que parecen. Y, Nico...

—Estoy aquí.

—Ellos también han asesinado a mi padre.

—Lo lamento. Lo siento mucho. ¿Quieres que se lo diga a mi tío?

Ella guardó silencio durante unos instantes.

—Mi padre respetaba profundamente al *professore* Giovanni —dijo al fin—; y, al igual que mi padre, él es un hombre muy sabio. Pero Nico...

—Crees que quieren quitarlo de en medio.

Hubo una larga pausa, con el zumbido de la estática en la línea. Rossi podía verla en su imaginación, con su rostro oscurecido por la preocupación.

—Si tu tío sabe demasiado, si le perciben como una amenaza... Mi padre me dijo que le había enviado a Giovanni un paquete. Un tal profesor Nemo Bugenhagen quería que le decodificara un enigma. Si tu tío tiene el paquete y ha decodificado los grabados...

—¿Crees que el tal Nemo está implicado?

—En realidad es el Doctor Ahriman. Trabaja para el Instituto *E* y, Nico...

—Encontraré a Lotti, no te...

—Ahriman es el que asesinó a mi padre.

Rossi no sabía qué decir. Escuchar su voz después de tantos años, una voz cargada de tanta necesidad y urgencia, le desgarraba el corazón.

—Haré todo lo que pueda –dijo al fin, maldiciéndose a sí mismo por lo pobre de su respuesta.

*«¡Qué chico más sensible!»,* se dijo a sí mismo.

—¡No! Prométeme que le encontrarás.

—No puedo...

—¡Prométemelo!

Rossi respiró profundamente.

—De acuerdo, Josie. Lo encontraré. Quizás si me cuentas algo más...

—Están preparando algo grande –le interrumpió ella–. Simplemente, estoy siguiendo una corazonada, pero no puedo estar en dos sitios a la vez. Aunque, si encuentras a ese bastardo de Ahriman...

Se desvaneció su voz.

—Josie, me estás hablando en acertijos.

—Estaremos en contacto –dijo ella, y colgó.

Rossi se quedó inmóvil, con la mirada perdida en el vacío.

—¿Quién era? –preguntó su tío.

Rossi suspiró.

—Un fantasma del pasado.

El resplandor de las luces estroboscópicas montadas en lo alto del muro llamaron su atención.

Mientras la radio portátil del guardia suizo graznaba, éste se volvió en un esfuerzo por amortiguar la transmisión. Y tras ladrar la respuesta de haber recibido el mensaje, se volvió de nuevo hacia ellos con el rostro blanco.

—¿Qué pasa? –preguntó Rossi.

—El Santo Padre está muy enfermo. Le están llevando al hospital.

# CAPÍTULO 59

El comandante Stato les recibió en la puerta del despacho exterior. Después de intercambiar cálidos saludos con Giovanni, Stato se quedó mirando a Rossi con ojos cansados y dijo:

—El Santo Padre ha contraído una grave enfermedad. Mi gente y los GIS le están llevando a la Gemelli en estos momentos.

Rossi asintió.

—Sí, nos hemos enterado. ¿Tiene usted alguna pista que podamos seguir para localizar a Scarlotti?

Stato miró a Giovanni por un instante, el cual asintió con la cabeza, y luego volvió a posar su mirada en Rossi.

—Su tío y el Santo Padre parecen confiar mucho en usted, señor Rossi. Miró su reloj de pulsera.

—Tenemos poco tiempo –continuó–. Los terroristas nos han dado una hora, y sólo nos quedan cuarenta minutos, de modo que seré franco. A pesar de las apariencias, y a pesar de lo que su servicio de Inteligencia pueda haberle dicho, la verdadera amenaza no proviene de Al Qaeda.

Rossi puso cara de póquer, aunque estaba comenzando a llegar a la misma conclusión.

Stato frunció el ceño.

—He visto las imágenes y he escuchado sus exigencias, pero...

—La llamada procedía de dentro del Vaticano –dijo Rossi con franqueza.

—*Merda!* –dijo Stato–. Eso significa que hay más de ellos de lo que habíamos previsto.

—¿De ellos?

—Quizás pueda explicárselo yo –intervino Giovanni–. Pero si compartes lo que has descubierto, *commandante,* las cosas podrán ir más rápido.

Stato suspiró.

—Bien. Hay un grupo subversivo operando dentro del Vaticano denominado *Protocollo Diciassette,* o *P-17.* El Santo Padre me ha mostrado las pruebas de ello, y temo que Scarlotti, mientras intentaba infiltrarse entre ellos, haya sido descubierto. Nada les va a detener para difamar y destruir a la Iglesia. La vida de Scarlotti y las de otras personas se encuentran en grave peligro.

Stato se volvió de nuevo hacia Giovanni, que frunció los labios y dijo:

—Adelante, díselo.

Stato asintió.

—Scarlotti y su tío Giovanni son descendientes de algunos de los cardenales de alto rango que condenaron a los templarios. Y yo he jurado al Pontífice que cuidaré de su tío para que no sufra daño alguno. Dos guardias suizos están ahora esperando ahí afuera para convertirse en sus guardaespaldas, *professore.*

—Eso no es necesario...

Rossi se puso rígido.

—Él seguirá los deseos del Santo Padre, y se lo agradezco.

—¡Qué tontería! –dijo Giovanni con un suspiro, meneando la cabeza–. Muy bien, pero volvamos al asunto. Quizás sepa dónde tienen a Scarlotti... eso, caballeros, si ustedes se toman la molestia de escucharme.

Giovanni se dirigió al escritorio y sacó las impresiones de los grabados que había recibido, y después pulsó el botón de reproducción de la grabación con las exigencias de los secuestradores.

—Stato –dijo–, ¿me podrías pasar un mapa de Roma, por favor?

Stato pulsó un botón de la consola del escritorio y giró una sección de la pared, revelando un detallado mapa de la ciudad.

—¿Servirá éste?

—Chismes –bufó Giovanni–. La elección de las palabras utilizadas por el secuestrador es de lo más peculiar.

Stato y Rossi se miraron desconcertados.

—Se utilizaron varias veces las palabras «rotundo» y «cara de cabra» –explicó el *professore*–. Las cuales, evidentemente, ni describen a Scarlotti ni, por otra parte, al Santo Padre.

—¿Un mensaje oculto, entonces? –preguntó Rossi.

Giovanni asintió.

—Estás empezando a entender los modos de esa gente. Si recuerdas, en el grabado había un hombre con cara de cabra, ¿no?

—¿El Papa Clemente V?

—Muy bien.

—¿Quiere decir que en verdad andan detrás del Santo Padre? –preguntó Stato, incrédulo.

—Yo llamé al GIS actuando más o menos por instinto, *commandante* –le explicó Rossi–. Usted ha sido franco conmigo, de modo que le devuelvo la amabilidad. Una operadora altamente cualificada de Al Qaeda anda suelta por la ciudad, y tengo la desagradable sospecha de que esa mujer se encuentra hoy dentro de este recinto.

—Pero, si no es Al Qaeda... –dijo Stato estrujándose las manos– tiene que ser... –miró a Giovanni–. A menos que el *Protocollo Diciassette* haya estado operando...

—En colaboración con ellos –respondió Giovanni por él– o bien embaucados de algún modo por ellos.

Stato echó mano del teléfono.

—Tengo que elevar el nivel de alerta.

Pero Rossi le sujetó la mano.

—Ya se están ocupando de eso. El mayor Brazi, de los GIS, está tomando ya medidas extraordinarias.

Giovanni se aclaró la garganta y volvió a contemplar los grabados.

—Ahora, la otra palabra... «rotundo». ¿Se os ocurre algo?

Stato se mordió el labio inferior y sacudió la cabeza.

—¿Quizás *rotondo?*

—Eso es. El Panteón otra vez –dijo Rossi.

—Algo me dice que no. Recordad también que mencionaron que los mártires serían testigos –comentó el *professore.*

Los ojos de Stato se iluminaron.

—El Coliseo, entonces. Es redondo, y muchos cristianos fueron martirizados allí –dijo mientras se precipitaba hacia el mapa.

Rossi echó mano de su teléfono móvil y pulsó el botón de llamada rápida de la Unidad *Ombra.* Pero, mientras lo hacía, se percató de que Giovanni seguía observando los grabados con atención.

—Esto no va a ser tan sencillo –dijo Stato con un profundo suspiro–. El Coliseo es inmenso, con infinidad de cavidades. Pero, al menos, un equipo de Carabinieri podría estar allí en unos minutos.

Giovanni levantó la cabeza de repente. Miró al reloj de la pared y luego volvió a mirar a Stato.

—¿Qué es lo que acabas de decir?

—Que los Carabinieri podrían estar allí...

—No, la primera parte.

Stato reflexionó un instante y dijo:

—¿Que esto no va a ser tan sencillo?

—Eso es. Estamos equivocados –dijo sosegadamente el *professore–.* Estamos totalmente desencaminados.

Rossi le miró con los ojos muy abiertos, con la confusión arrugándole la frente.

—No es el Coliseo. ¡Es el templo redondo de Fauno, el dios romano Pan, que el Papa *Simplicius* bautizaría más tarde como San Stefano Rotondo!

A Rossi se le cayó la mandíbula.

—Nombrado así por San Estaban de Hungría, un protomártir del cristianismo. El primer mártir de Tierra Santa. Su Iglesia tomó como modelo la del Santo Sepulcro de Jerusalén.

—¿Estás seguro? –preguntó Rossi mientras miraba el reloj de la pared.

Giovanni levantó el grabado del dios con cabeza de cabra Pan agarrando a una doncella en el Templo Masónico.

—Los seguidores de Simón el Mago, el hechicero que retó a San Pedro a un duelo de milagros, justo aquí, en Roma, en torno al año 60 d. C., le rendían culto ahí. –Hizo una pausa para causar efecto y continuó–. Allí sacrificaban cabras. Y, en cuanto a la referencia a la cabeza de toro... el templo de Pan fue, con anterioridad a esa época, un templo mitraico. Durante las excavaciones, encontraron una cabeza dorada de toro.

Giovanni se enderezó con una sonrisa de satisfacción en los labios.

Stato miró a Rossi, que se encogió de hombros. Luego, miró de nuevo al *professore*.

—Pero dijeron que de todo serían testigos los mártires, en plural, no en singular...

Levantando un dedo, Giovanni se puso a silbar un aria de Rossini y cerró los ojos, reflexionando profundamente. Y, luego, abriendo los ojos, dijo:

—Ah, sí, los frescos. Lo había olvidado. Niccolo Pomerancio decoró las columnatas de la galería exterior con frescos de la agonía de los mártires. En 1510, los jesuitas se asentaron allí, y a los jóvenes seminaristas se les instaba a que fueran a esa galería, para ver y contemplar el horrible destino que podrían sufrir cuando fueran misioneros. Esos frescos los vi en cierta ocasión. Son ciertamente horripilantes. Herodes con la cabeza de Juan el Bautista, Yael asesinando a Sísara mientras duerme, Pedro retorciéndose en la cruz, Sebastián con el cuerpo atravesado por las flechas, Lorenzo friéndose en la parrilla, Bartolomé desollado vivo... un anillo de ojos torturados mirando desde el centro, sobre el altar...

Rossi y Stato se miraron brevemente, y sus ojos se lanzaron sobre el mapa, buscando.

—Está ahí –dijo Stato, señalando la ubicación de la iglesia.

Llamaron a la puerta.

—*Avanti* –ladró Stato.

Entró un guardia.

—Perdone, señor, pero acaba de aterrizar un helicóptero en la plaza. Les he ordenado que se vayan, pero...

—Debe de ser para mí –explicó Rossi, lanzando la mirada sobre el reloj de la pared, mientras el minutero daba un nuevo salto.

Rossi se encaminó hacia la puerta.

—Agente, dígales por la radio que estamos saliendo, que pongan en marcha las turbinas.

El guardia miró a Stato, que asintió y dio las órdenes a través de su radio.

Con Giovanni a su lado, Rossi se detuvo en la puerta y se volvió hacia Stato.

—¿Viene, *commandante?*

Stato negó con la cabeza.

—Tengo un asunto sin terminar aquí. Y, a petición del Papa, tengo que hacer un viaje.

Solemnemente, se dirigió hacia Rossi, le puso la mano en el hombro y, mirándole a los ojos, le dijo:

—Sé que el Papa está en buenas manos, pero él me pidió que recurriera a un buen hombre, a un hombre en quien pudiera confiar, para que me ayudara. Y creo que usted es ese hombre, *signore* Rossi. ¿Asumiría usted mi cargo durante mi ausencia?

Rossi se quedó mudo de asombro. Durante unos instantes, no pudo articular palabra.

—Pero... tengo demasiados asuntos de los que ocuparme... los ataques terroristas, esa agente de Al Qaeda que anda suelta por ahí...

Pero Stato le detuvo con la fuerza de sus penetrantes oscuros ojos.

Rossi respiró profundamente, hinchó los carrillos y soltó un exasperado suspiro.

—El mayor Brazi es un hombre capaz y de honor. Pero si usted quiere que mire por encima de su hombro... yo podría...

—Que Dios le acompañe entonces –dijo Stato con una sonrisa resplandeciente, le dio una palmada en el hombro, se dio la vuelta y se encaminó hacia la oficina del interior.

La radio chirrió.

—Señor, quieren saber su destino —le dijo el guardia a Rossi.

Con una mirada inexpresiva y una voz carente de sentimientos, Rossi dijo:

—Dígales que vamos al infierno en la tierra, que vamos a la iglesia de San Stefano.

# CAPÍTULO 60

La policlínica Gemelli ha sido siempre el hospital preferido por el Pontífice, hasta el punto de haberse ganado el título de «El Tercer Vaticano», después de la Santa Sede y de su residencia de verano en Castel Gandolfo, fuera de Roma. El hospital, situado en el norte de la ciudad, a cuatro kilómetros del Vaticano, recibe su nombre del teólogo y médico franciscano Agostino Gemelli, que fundó la Universidad Católica en 1922. El inmenso complejo de la Gemelli se extiende en una zona de más de treinta y seis hectáreas, al filo de un parque natural, y en él hay, además de una iglesia, laboratorios de investigación, un banco, una biblioteca y una barbería. Los médicos de esta clínica le salvaron la vida al Pontífice de la herida de bala en el abdomen que recibió durante el intento de asesinato de 1981.

El hospital dispone de 1.900 camas, divididas en dos instalaciones, y emplea a alrededor de 5.000 personas, entre médicos, enfermeros y personal administrativo.

Cuando se ingresa al Papa, se le aloja en una habitación de una serie de dependencias situadas en el décimo piso, reservadas exclusivamente para él. Entre los apartamentos papales hay una capilla, una cocina y dormitorios para el séquito de monjas y para el personal del Vaticano.

Delante del hospital, un equipo televisivo de informativos estaba entrevistando al portavoz del hospital, un hombre ya mayor, aunque corpulento, de cabello ralo, que parecía habérselo teñido de negro azabache, a juzgar por los persistentes rastros de raíces canas.

La reportera tenía el típico aspecto afilado y refinado de una periodista de informativos cotizada y pagada de sí misma. Era tan encantadora como una estrella de cine que hubiera recorrido la alfombra roja de los Oscars, con unos ojos grises de depredador y una sonrisa tan genuina como la de un maniquí.

Ajustándose la blusa para ampliar el escote, enjugándose el lápiz de labios de los incisivos con el dedo y comprobando sus notas de última hora, el rostro de la periodista se transformó de inmediato, pasando del gesto cansado y aburrido al falso y radiante resplandor de una mis en un concurso de belleza. El cámara le dio entrada contando con los dedos de tres a uno, señalándola directamente con el último gesto de la mano.

—Ronda Stewart, informando en directo desde Roma. Estoy ante la Clínica Gemelli con Giuseppe Bardino, portavoz del hospital –dijo, para volverse de inmediato a Bardino y preguntar–. Señor Bardino, ¿las recientes visitas del Papa afectan al funcionamiento normal del hospital?

Por el rabillo del ojo, la periodista observaba un monitor en el que se veía al presentador del programa en Nueva York durante la transmisión. Si aquel hombre no hubiera aterrizado en el negocio de los medios de comunicación podría haber sido el protagonista de un culebrón. Mientras hablaba, sus blanqueados dientes refulgían como una carrera de caballos pura sangre a los que les hubieran tirado demasiado fuerte del bocado con las riendas. A los pies de la imagen, una pancarta corrediza daba cuenta de los matrimonios y divorcios de celebridades, de los juicios en Hollywood y de los escándalos en las Naciones Unidas. El presentador miraba atentamente a la cámara, fingiendo una actitud distanciada y profesional. En el monitor apareció un primer plano de Bardino, que, sonriendo y sacudiendo la cabeza, comentó:

—Aunque las atenciones al Papa son de suma importancia, se sigue atendiendo a los pacientes que precisan de tratamiento. De hecho, la décima planta, donde se encuentra el Papa, sólo se cierra parcialmente. No hay ningún cambio en las prioridades de tratamiento, ni se interrumpen los servicios ni los procedimientos hospitalarios.

La periodista comenzó a hablar de nuevo, pero, antes de que pudiera terminar de formular su siguiente pregunta, un estruendo de sirenas eclipsó por completo su voz. Instintivamente, la periodista se volvió en la dirección del sonido; mientras, por debajo del nivel de la cámara, le hacía señas a su compañero para que hiciera una toma de lo que estaba sucediendo. Unos motoristas de escolta de los Carabinieri encabezaban y flanqueaban una caravana de automóviles consistente en el ya familiar Jeep Renegade blanco blindado, una ambulancia y un lustroso Alfa Romeo de escolta.

—Parece que está ocurriendo algo –dijo Ronda, dándole un toque de alarma a su voz para añadirle dramatismo a la escena–. Una comitiva acaba de llegar ante la puerta principal del hospital. Señor Bardino, el escudo que se ve en las puertas del Jeep, ¿no es el escudo del Papa?

En el monitor, el presentador se inclinó hacia delante.

—Ronda, ¿puedes determinar quién llega en la caravana que estamos viendo? –sonó su voz en el auricular de Ronda.

Manteniendo una expresión de preocupación, Ronda dijo:

—Creo que es la comitiva del Papa, Chad.

Un asistente se acercó corriendo hasta el portavoz y le susurró unas palabras al oído. Bardino se irguió, tenso.

—Perdóneme, pero debo concluir esta entrevista inmediatamente.

Tras él, la caravana se detuvo finalmente, se abrieron las puertas y una falange de guardias suizos y de GIS vestidos de oscuro salieron del Alfa Romeo, rodeando por completo una camilla que estaba descendiendo por la parte trasera de la ambulancia. El corro de agentes de seguridad y de médicos que rodeaba la camilla se desplazó con rapidez hasta desaparecer en el interior del hospital. Mientras Bardino se alejaba en dirección a la entrada, la periodista le preguntó:

—¿Sabe si es el Papa el que viene ahí? ¿Puede decirnos cuál es su estado?

Mirando por encima del hombro y dando un traspiés, Bardino espetó secamente:

—Sin comentarios, gracias.

Después de cortar la conexión y de fumarse un rápido cigarrillo, mientras el cámara ponía a buen recaudo su equipo, Ronda se puso a reflexionar. Se felicitaba por haber captado un buen instante y un vídeo que daría la vuelta al mundo y que compartirían los más importantes canales de noticias por cable. Echando mano del bolso, le dio al cámara unos euros y, con una resplandeciente sonrisa, le dijo:

—Búscame algunos cigarrillos más y un café, gordito. Nos vamos a pasar aquí la mayor parte de la noche. Y no la cagues como la última vez.

Él se encogió de hombros y se subió los pantalones, mientras cruzaba la calle en dirección a un puesto de periódicos que había en el parque. A sus espaldas, la oyó gritar:

—¿Y por qué me ponen a un imbécil como tú, que no es capaz siquiera de traerme un café? Esto es algo que me supera.

Se dirigió a la furgoneta de informativos, abrió la puerta trasera y se metió dentro. Y, cuando levantó la mirada, se encontró con las fauces abiertas del cañón de una pistola.

—Cierra la puerta —le ordenó la voz que había al otro lado de la pistola.

Con manos temblorosas, Ronda cerró el portón y se volvió. El interior de la furgoneta estaba oscuro, salvo por una tenue luz que había en el techo. Una pantalla separaba la parte trasera del vehículo, bloqueando la luz que pudiera entrar desde la cabina delantera. Se esforzó por distinguir el rostro que había tras la pistola.

—Quítatelo todo, menos el sujetador y las bragas, y date prisa.

Tragando saliva, Ronda consiguió hablar al fin.

—No me puedes violar, tú, psicópata. ¿Acaso no sabes quién soy?

—¡Simplemente, haz lo que te digo! —oyó la voz mientras el cañón del arma se le acercaba.

Desabrochándose torpemente los botones, palpitándole el pecho, Ronda consiguió quitarse la blusa de seda.

—La falda —le susurró con dureza la voz.

Ahogada su bravuconería por el miedo, Ronda se puso a rogar con voz trémula:

—Por favor, no...

—Date prisa... o lo haré yo por ti.

No sin cierta reluctancia, se llevó la mano atrás, desabrochó el botón y se bajó la cremallera de la falda. Temblando, se sentó en el suelo de la furgoneta, levantó el trasero y se quitó la falda. Y allí se quedó, sentada, con un ligero temblor en los labios, abrazando defensivamente sus largas piernas contra el pecho, ocultando a duras penas sus senos, que asomaban por encima del sujetador.

—Voy a necesitar tus zapatos y tus medias.

—Está usted enfermo –le espetó Ronda con una voz entrecortada, y se echó hacia atrás.

Inclinándose hacia delante, un par de ojos color topacio la miraron desde detrás de una cortina de cabello oscuro que se derramaba bajo la luz de la lámpara del techo.

Con una voz suave, Josie Schulman dijo:

—No eres mi tipo. Dame la ropa y el pase de prensa, y quizás vivas para contar tu historia en *Today Show*.

Más tarde, el cámara volvió al lugar donde la furgoneta había estado aparcada.

—¡Maldita sea! –dijo arrojando el café y los cigarrillos al suelo–. Ésta ha pillado una exclusiva y se ha largado sin mí otra vez –se dijo a sí mismo.

Meneando la cabeza, se fue caminando pesadamente hacia una parada de taxis.

# CAPÍTULO 61

El helicóptero negro y blanco, con las letras de CARABINIERI y la diana roja, blanca y verde en la sección de cola, se cernió sobre la ciudad. El sol poniente tintó la nube de esmog que colgaba espesa y pesada sobre Roma como un sudario, transformando su habitual tono gris en un amarillo pálido.

Desde el Vaticano, el helicóptero se dirigió hacia el sur a lo largo del Tíber. Volaban a poca altura sobre el río, en torno a cien pies de altitud, y los rotores creaban estelas en sus turbias aguas. Bien sujeto en un asiento de la parte trasera del aparato, Rossi pensó que, si era verdad que Dios estaba mirando desde arriba, el helicóptero le debería de parecer una avispa furiosa de afiladas alas, dirigiéndose hacia su objetivo.

Rossi miró su reloj.

—Déme el ETA, el tiempo estimado de llegada —le pidió Rossi al piloto del helicóptero.

—ETA en cinco minutos, señor.

Rossi se volvió hacia Giovanni y le señaló los auriculares que colgaban junto a él.

—Póntelos —gritó.

Giovanni se encogió de hombros.

—¿Qué? No oigo nada.

Giovanni le miró durante unos instantes y, entonces, un destello en sus ojos le indicó a Rossi que finalmente había comprendido. Giovanni tomó los auriculares y forcejeó con ellos intentando ajustárselos.

—¿Cómo va esto? —gritó en el micro.

—No hace falta que grites, *zio* –dijo Rossi con una mueca de desagrado.

El viento cambió, y el helicóptero se vio zarandeado por las turbulencias. El estómago le dio un vuelco a Rossi, que solía marearse con los movimientos bruscos y detestaba subir a aquellas máquinas infernales de los parques de atracciones, incluso en los carruseles.

Mirando hacia abajo, vio pasar rápidamente la Isla Tiberina, y se percató de que realmente tenía la forma de la popa de un barco.

El helicóptero viró abruptamente a la izquierda, dirigiéndose directamente hacia el este, por encima del Templo de Fortuna y del *Palatino*. Pocos instantes después, comenzaron a divisar el Coliseo ante ellos.

—CC-80 de CC-90, ETA en dos minutos. Debéis tenernos en la visual. Cambio –se escuchó la voz de Dante en los auriculares.

Rossi había dado instrucciones para encontrarse con un pelotón de la *Ombra* en el lugar objetivo.

—Lima Charlie, CC-90 –confirmó el piloto.

—¿Existe algún dispositivo táctico sobre el terreno ya? –le preguntó Rossi al copiloto.

—Hay uno a la espera –dijo el copiloto–. Pinche el canal 2.

De pronto llegó la frenética voz de un miembro del equipo táctico sobre el terreno.

—Están disparando, agentes heridos. *Mandare una ambulanza rapidamente!* –graznó la radio.

—*Sí.... paramedicos in roto* –respondió una tranquila voz desde la central.

—Estamos llegando al objetivo, señor –dijo el piloto del helicóptero.

Desde la iglesia, abajo, se elevaban algunas columnas de humo.

—¡Bájenos ya! –gritó Rossi al piloto.

El helicóptero descendió con un movimiento táctico, con una zambullida capaz de revolver las tripas. Un vómito de bilis le ascendió a Rossi hasta la garganta, pero se lo volvió a tragar mientras sentía que la sangre escapaba de sus mejillas.

Las copas de los árboles pasaron velozmente por sus costados, mientras se precipitaban sobre un pequeño recuadro verde detrás de la iglesia, en un parque. Nivelándose y barriendo la hierba y la tierra bajo la estela de sus rotores, el helicóptero se posó suavemente en el suelo, y poco después le siguió el segundo helicóptero, con el pelotón de Dante.

Rossi fue el primero en salir del aparato. El equipo *Ombra* salió como una exhalación del segundo helicóptero, abriéndose en abanico, mientras Dante se acercaba corriendo hasta su posición. Giovanni, con su torpe juego de piernas, cayó un poco más atrás.

Rossi echó mano de su Beretta y cruzó corriendo bajo las aspas, con la pistola lista y en busca de objetivos. Frente a ellos se elevaba un gran arco, flanqueado por muros de ladrillo. Cuando pasaron a través del arco vieron el cuerpo de un agente, tendido en un charco de sangre cerca de su automóvil. Y cuando entraron en la misma *Cheisa,* Rossi sintió en los ojos el escozor del humo de queroseno. En la distancia escuchó un gemido, como el llanto lastimero de una animal herido. Por un instante, él y Dante se quedaron inmóviles, aguzando el oído y esforzándose por ver a través del humo.

Mientras los tenues lamentos le iban envolviendo, Rossi comenzó a estremecerse ante la idea de que pudiera haber alguien con aviesas intenciones esperando pacientemente en algún lugar delante de ellos. Un gemido apagado reverberó y se abrió camino a través del humo hacia él.

Era el sonido de alguien que de tanto gritar ya no le salía la voz, de alguien que había agotado sus pulmones gritando, que había ido más allá de los alaridos del horror y de la angustia, más allá de oraciones y súplicas; de alguien que sollozaba en silencio porque era lo único que podía sacar de su torturado aliento.

Un olor peculiar le llegó por debajo del humo. El olor de la carne quemada, chamuscada, un hedor de manteca frita, un olor acre, penetrante y aceitoso, coagulado con el perfume del miedo.

Volviéndose hacia Dante, que llevaba un extintor en una mano y la empuñadura de su metralleta MP-5 colgada en cabestrillo en la otra, Rossi gritó:

—Creo que viene de ahí delante.

Siguieron avanzando.

En el amplio espacio de la bóveda central de la iglesia el humo se hizo más tenue. Dado que la iglesia era redonda, la única luz que entraba procedía de las ventanas del triforio, en la parte más alta, que le daban al espacio una atmósfera mortecina y llena de penumbras.

Rossi se dirigió hacia el altar. Allí estaba el origen de las llamas que lamían el aire. Pero entonces comenzó a dar vueltas sobre sí, cuando sus ojos se vieron atraídos por los macabros frescos que le rodeaban. Aquellas imágenes parecían moverse, parecían recobrar la vida bajo las parpadeantes sombras de las llamas. Recordó las palabras de Giovanni citando a Charles Dickens, quien, después de visitar la iglesia, la había descrito como «una húmeda y mohosa bóveda, cuyas espantosas paredes eran un panorama de horrores y carnicerías que ningún hombre podría imaginar en sus sueños, aunque se hubiera comido crudo un cerdo entero para cenar. Hombres de barbas canas que eran hervidos, fritos, asados, triturados, chamuscados, devorados por bestias salvajes, enterrados vivos, despedazados por caballos, troceados con hachas; mujeres a las que les arrancaban los pechos con grandes tenazas, a las que les cortaban la lengua y les arrancaban las orejas...»

A Rossi se le puso la carne de gallina.

De pronto, Dante gritó:

—*Mio Dio in Paradiso,* el altar!

Rossi giró y se precipitó hacia el altar, pero se vio repelido por un calor sofocante. A través del denso humo, apenas pudo distinguir la imagen de monseñor Scarlotti, sentado, desnudo y atado a una silla de hierro, en lo alto de un altar octogonal. A su alrededor ardía una improvisada pira funeraria. Allí estaba monseñor Scarlotti. Al menos, lo que quedaba de él... lo que aún era reconocible. Le habían desollado la piel del pecho, que le colgaba en obscenas tiras. Mirándolo más de cerca, Rossi vio que la entrepierna de Scarlotti era un amasijo de carne viva.

Por unos instantes, Rossi no pudo moverse de pura repulsión.

El sonido del extintor con su rociada logró ponerle en marcha, y se precipitó en ayuda de Scarlotti. Situándose directamente delante de él, sacó un cuchillo y comenzó a cortar las tiras de cuero que maniataban los brazos y las piernas del sacerdote, intentando no dejarse arrastrar por sus ojos hacia la carne viva, hacia los afloramientos blancos de tendones y huesos que emergían por debajo de los tejidos ennegrecidos y carbonizados.

Scarlotti parpadeó y le miró como si no comprendiera nada. Enrico extendió una manta en el suelo, mientras se escuchaban fuertes pisadas reverberando en la inmensidad de la sala. Los rayos de las maglite montados sobre los cañones de las armas de la Unidad *Ombra* rasgaron la lúgubre oscuridad que les envolvía.

—¡Despejado! –rugió una voz.

—Aquí hay otro *carabinieri* caído –gritó otro.

En la distancia, un alboroto de sirenas rasgó el aire, cada vez más cerca.

Cuando Rossi y Dante intentaron levantar a *monsignore* de la silla, escucharon un sonido húmedo y adherente.

Desde detrás les llegó una voz familiar.

—La silla de hierro conducía el calor como un hierro candente, fundiendo la fina piel de la espalda, las nalgas y la parte inferior de los brazos con la silla. Fue una técnica que se inventó para regocijo de Nerón, para que pudiera ver cómo los primitivos mártires cristianos se retorcían de dolor, mientras las masas vociferaban desde las gradas de su hermoso y sangriento circo.

Rossi se dio la vuelta. Giovanni estaba allí de pie, con un pañuelo en su trémula mano, tapándose la cara.

—Sedadle primero –ordenó Giovanni tosiendo.

Del *kit* de primeros auxilios de su traje de asalto, Dante extrajo una jeringuilla desechable y le inyectó morfina a Scarlotti. Después de darle a la droga el tiempo suficiente como para entumecer los sentidos del sacerdote, lo levantaron suavemente de la silla y lo tendieron en la manta, poniéndolo sobre un costado con el fin de evitar el contacto de las peores quemaduras con el tejido.

Rossi hincó una rodilla a su lado. Scarlotti parpadeó pesadamente por los efectos de la droga, y sus labios temblaron ligeramente. Rossi se acercó a él, poniendo el oído a escasos centímetros de la boca de Scarlotti.

Con un tenue susurro, Scarlotti dijo débilmente:

—El Papa... aliento ígneo del dragón... avisar...

Luego, su voz se apagó.

—No intente hablar –le dijo Rossi con un tono amable y tranquilizador.

Pero Scarlotti tragó saliva y dijo con un ronquido:

—Josie... el cetro flamígero de Satanás. Malaquías... la rama de olivo. Dile a ella...

Imploraban sus ojos empañados en lágrimas.

Rossi sintió un frío helado recorriendo sus venas, inmovilizándolo, como si hubiera caído en las congeladas aguas de un mar ártico.

Giovanni se arrodilló junto a Rossi y le dijo a Scarlotti:

—La ayuda está en camino, viejo amigo. Lucharemos juntos este valeroso combate. Como en los viejos tiempos.

Y, con eso, los párpados de Scarlotti aletearon y se cerraron, mientras se sumía en la inconsciencia.

Una vez los paramédicos subieron a Scarlotti en la ambulancia y partieron, Rossi se acercó a otro paramédico que le estaba administrando oxígeno a su tío. Giovanni le guiñó un ojo desde detrás de la máscara de oxígeno; con el rostro ennegrecido por el humo y el blanco cabello alborotado, parecía una especie de payaso loco de circo.

—¿Llegará a tiempo el sacerdote? –le preguntó Rossi al paramédico.

El rostro del paramédico se tensó y estudió a Rossi durante un instante.

—Todo depende de su resistencia –contestó–, de su umbral de dolor; pero, sobre todo, de su voluntad de vivir. Las quemaduras, por sí solas, no matan a la gente. A veces es el shock, un corazón débil. Hay gente que se ha recuperado con quemaduras de más del cincuenta por ciento del cuerpo.

Rossi asintió.

—He visto casos en los que, a pesar de las heridas, ha habido gente que ha conseguido salir a rastras de un edificio en llamas.

—¿Qué tratamiento le van a dar? –preguntó Rossi mientras sacaba un cigarrillo y lo encendía.

—Le pondrán en una cámara hiperbárica presurizada para contrarrestar la hipoxia de los tejidos y oxigenar la sangre. Después le darán grandes cantidades de ácido ascórbico, vitamina C... e inyecciones intravenosas de antibióticos. Un suministro abundante de oxígeno en los tejidos impedirá la sedimentación sanguínea allí donde se desarrollen quemaduras de tercer grado. Las costras se desprenderán, dejando el tejido normal. Y el ácido ascórbico será también de gran ayuda con el envenenamiento por el humo.

Rossi lanzó una mirada a su tío y luego miró el cigarrillo, arrojándolo finalmente al suelo.

Dante apareció a su lado.

—¿El recuento de bajas? –preguntó Rossi.

—Hemos tenido suerte... sólo dos agentes han caído, y uno de ellos parece que saldrá de ésta.

Un sacerdote bajo y rollizo de rostro cetrino se acercó a ellos cojeando.

—¿Qué ha ocurrido aquí? –preguntó con un ligero ceceo florentino–. Soy el padre Fallace, el párroco de esta iglesia.

—Me temo que su iglesia se ha convertido en la escena de un crimen, padre –respondió Rossi.

—¡Qué espanto! ¿Ha resultado alguien herido?

Rossi exhaló con fuerza.

—Sí, y con malas heridas, pero el autor de los males debió de tomarse su tiempo. ¿Cómo pudo hacerlo? ¿Acaso esta iglesia no es una atracción turística?

El sacerdote asintió.

—Normalmente, sí... pero ha estado cerrada por obras de restauración, y los trabajadores no han aparecido en los dos últimos días, al parecer por conflictos laborales.

Rossi se volvió hacia Dante.

—Eso explicaría algunas cosas.

—Hemos estado preguntando en los alrededores –dijo Dante–. No hay testigos presenciales. Nadie vio nada fuera de lo normal.

Volviendo con el sacerdote, Rossi preguntó:

—¿Y no había ningún encargado del edificio... alguien que pudiera haber visto lo que ocurría?

El cura se frotó la barbilla y miró hacia el suelo, sopesando la pregunta. Después, levantó la mirada y dijo:

—Sólo esa vieja *curiosa,* la hermana Maria Isabella.

—¿Podemos hablar con ella? –preguntó Rossi, pensando que una cotilla era justo lo que necesitaban.

El sacerdote se echó a reír.

—Perdónenme, caballeros, pero me temo que será imposible; es ciega como un murciélago y sorda como una piedra.

Rossi suspiró, entornando los ojos en dirección a Dante.

—Pero, no obstante, hay una cámara de vigilancia –añadió el cura.

Rossi se le quedó mirando en silencio, sin podérselo creer.

Su teléfono móvil sonó.

—Tengo que atender la llamada, padre. ¿Podría esperar un momento, por favor?

—*Certamente.*

Tras una breve conversación, Rossi colgó.

—Dante, han encontrado otro cuerpo.

—¿Dónde?

—Colgado bajo el Ponte Fabricius, en la Isla Tiberina. Tomad un helicóptero e id allí ahora mismo. Yo me quedaré aquí y veré qué puedo averiguar. Llámame en cuanto tengas los hechos, ¿de acuerdo?

Dante asintió con la cabeza.

—Primero hacen una barbacoa con un sacerdote en una iglesia, y luego linchan a otra víctima bajo el puente más antiguo de Roma. ¡Bastardos!

—Aún no sabemos si existe una conexión entre los dos hechos –le corrigió Rossi–. ¡Tu trabajo es averiguarlo!

—Sí, señor... Yo me encargo.

Rebosante de frescos corpúsculos oxigenados, Giovanni se acercó a Rossi limpiándose el humo de la cara con el pañuelo.

Mientras Dante salía corriendo en dirección al helicóptero, Rossi dijo:

—¿Tienen una grabadora de vídeo conectada a esa cámara, padre?

—Claro –asintió con entusiasmo el cura–. Está en mi despacho, y ustedes dos parecen estar necesitando una buena copa de brandy. ¿Estoy en lo cierto?

—¿Y no tendrá un buen oporto? –preguntó Giovanni.

—Llévenos, padre –dijo Rossi riendo entre dientes.

# CAPÍTULO 62

Sentado en la rectoría de San Stefano, bebiendo brandy y esperando a que el sacerdote regresara con el vídeo de vigilancia, Rossi intentó ordenar sus ideas en torno al problema. Recorrió con la vista el escritorio del padre Fallace, con montañas de papeles y de correo sin abrir, cubierto todo con una gruesa capa de polvo. En la esquina de la mesa, había un cenicero repleto de colillas.

Tamborileando pensativamente sobre el brazo del sillón, Rossi dijo:

—No puedo dejar de sentirme como un peón en un tablero de ajedrez, no más que un pequeño escollo para los caballos, las torres y la reina, que siempre parecen superarnos estratégicamente.

Giovanni, que estaba sentado en otro sillón, a su lado, alargó la mano y le dio un par de palmadas de apoyo en el hombro.

—Estás haciendo todo lo que puedes. Mantén los ojos y los oídos bien abiertos, y créete sólo la mitad de lo que tus sentidos te digan.

Apurando su brandy, Giovanni dejó la copa sobre la mesa.

—Si supiera lo que *Bast* está tramando... cuál pudiera ser su siguiente movimiento... —Y añadió volviéndose a su tío—: ¿Se te ha ocurrido algo con lo último que dijo Scarlotti?

—Por desgracia, es probable que estuviera delirando —dijo Giovanni, que, acto seguido, se puso a tararear una obra de Wagner y a recorrer el despacho con la mirada.

Se levantó y, con paso torpe, se dirigió a una mesa grande. Echó mano de una cartera que había llevado consigo y sacó los grabados de Alberto Durero, extendiéndolos sobre la mesa.

—¿Qué estás haciendo? —le preguntó Rossi.

—Todos mis instintos me dicen que tengo que resolver este enigma aquí y ahora –dijo, ignorando la pregunta de su sobrino, y señaló—: Éste de aquí, mal llamado *Melancolía Uno,* es uno de los más interesantes. Y mira la cara de la figura angelical que está ahí sentada con un libro en la mano, con esa expresión de profunda turbación.

»Esta figura refleja el sufrimiento que tú experimentas en tu propia búsqueda de la verdad. Al igual que tú, está intentando encontrar un sentido a las señales a lo largo del camino. Ante ella están las herramientas simbólicas del alquimista, pero no le ofrecen más que respuestas vacías: la balanza, que significa el equilibrio de los gnósticos; y, en la pared de detrás, puedes ver un cuadrado mágico o cuadrado del demonio. Si sumamos los números de las filas, de las columnas o de las diagonales, siempre nos da treinta y cuatro. Incluso si sumas los cuadros de dos en dos, o los cuadros de las esquinas, obtienes también treinta y cuatro. Y también, al igual que tú, Durero, en la forma de un filósofo angélico, ha encontrado algo fuera del reino de sus creencias sagradas. Quizás sea un malvado impenitente, que no obedece a las convenciones naturales de la sociedad, porque ve todo el asunto como maligno y, por tanto, nada bueno puede venir de ahí.»

Rossi se miró las manos brevemente, y luego se volvió hacia Giovanni, diciendo:

—Panda de asesinos y de bastardos de negro corazón.

Una expresión de empatía se dibujó en el rostro de Giovanni.

—No tienes más que imaginar al P-17. Una élite ultrasecreta, neofascista, una conspiración masónica, implicada en...

—... en el blanqueo de dinero, el asesinato y el terrorismo de bandera falsa... al parecer.

Sus ojos se encontraron.

—¿Con lo de bandera falsa quieres decir que tienes dudas de que los terroristas islámicos se hallen en la raíz de estos ataques en Roma y en el Vaticano?

—Alguien está moviendo los hilos –dijo gravemente Rossi–. *Zio,* la llamada que recibí antes era de Josie Schulman.

Su tío levantó los cepillos de sus cejas como dos signos de exclamación.

—¿Cómo está su padre? –preguntó iluminándosele el rostro–. Quizás debería llamar a Max para ver si él ha obtenido algo más de este enigma –añadió echándose a reír.

Rossi se mordió el labio, desviando la mirada brevemente.

—Está muerto, *zio.* Lo asesinaron.

Giovanni bajó la cabeza y, luego, la levantó diciendo:

—Entonces tengo que cumplir una solemne promesa que le hice a Max. Tengo que hablar en privado con Josie.

Rossi se encontró con la mirada inquisitiva de su tío.

—Josie me dijo que la muerte de su padre bien pudo tener que ver con algo que llaman el Instituto *E.* ¿Tiene eso algún sentido para ti?

Giovanni cerró los ojos con fuerza, y un estremecimiento le recorrió la mejilla derecha. Luego, se tranquilizó y miró a Rossi.

—Sí, claro. ¿Fue un asesinato ritual?

—No me lo dijo. ¿Por qué lo preguntas?

Giovanni sacudió la cabeza.

—Porque hace años que sospecho que el Instituto *E* es una organización de fachada cuyas raíces proceden de la versión alemana de la masonería conocida como la OTO. Sus símbolos les delatan. A sus miembros se les dice que «entren en contacto» con su *Thayton,* su verdadero yo. Esta gente tiene un malvado y desagradable sentido del humor. Si pronuncias «Satanás» con un ligero ceceo... ¿lo pillas?

—Thayton –respondió Rossi entornando los ojos.[17]

Giovanni suspiró.

—Es algo más que un juego de palabras, en el mejor de los casos. Drago Volante, su fundador, fue en sus orígenes miembro de la OTO; aunque eso no lo vas a encontrar en su doctorada y aparentemente brillante biografía. El más infame líder de la OTO durante el siglo XX se llamaba a sí mismo Maestro Therion.

—¿Y quién era?

—Un ocultista inglés llamado Aleister Crowley.

Rossi dejó escapar un silbido.

—He leído algo sobre él. Aunque dicen que trabajó para el servicio de Inteligencia británico durante la Primera Guerra Mundial, eludió la guerra y se fue a Nueva York. Editó un periódico en el que hacía apología del Káiser, pero decía que estaba pasando información sobre los esfuerzos bélicos de los alemanes contra la Madre Inglaterra.

—Algo así como jugar desde ambos extremos contra el centro, al tiempo que se esquiva la guerra –apuntó Giovanni.

---

17. Existe una clara similitud fonética de pronunciación en inglés entre *Satan*, «Satanás», y *Thayton*, donde la *th* adquiere un sonido de «c». (*N. del T.*)

—Creo recordar que el creador de James Bond, Ian Fleming, que estuvo en la Inteligencia Naval Británica durante la Segunda Guerra Mundial, le pidió a Crowley un informe completo sobre Rudolf Hess, después de que éste se lanzara en paracaídas sobre Escocia, en la primavera del cuarenta y uno. Se pensaba que Hess tenía que reunirse con el duque de Hamilton, pero se le retuvo y se le mantuvo incomunicado.

—Tienes una buena memoria, sobrino. Los nazis estaban muy metidos en las prácticas del lado oscuro de lo oculto, cosa de la que Fleming era profundamente consciente, al igual que el duque. Sin embargo, el viejo bulldog de Churchill vetó el informe.

—Entrometidos políticos –dijo Rossi.

—Volante adoptó los grados masones y de la OTO en su llamado sistema psicológico de la cultura pop de la Nueva Era, cubriéndolos simplemente con nuevos disfraces.

—¿Crees que puede haber alguna conexión con lo que está ocurriendo aquí en Roma?

Giovanni se encogió de hombros.

—No me sorprendería demasiado si termináramos encontrándolos a ellos al final del hilo –respondió, y se volvió de nuevo sobre el grabado.

Rossi se levantó y se aproximó hasta su tío. Contemplando la obra de arte de Durero, frunció el ceño.

—¿No llevará también un mensaje oculto, como el que hemos visto antes?

Su tío asintió.

—*Melancolía* es la obra más simbólica y enigmática de Durero. Él fue un maestro en este arte, el arte de los significados alusivos, de las metáforas que se funden entre sí sin dejar costuras. Pero vamos a ver más de cerca primero las otras obras de Durero –dijo mientras se centraba en la imagen adyacente–. Este ladino embustero debió de reírse a base de bien cuando tanto el clero como el público en general ensalzó su retrato de Saint Hieronimus, más conocido como San Jerónimo, que dicen que fue el primer traductor de la Biblia del griego al latín.

—Lo de Durero tiene un cierto parecido con lo que me contaste un día sobre Leonardo da Vinci, que tuvo que ocultar sus verdaderas creencias ante la curiosa mirada de la Inquisición, ¿no?

—Sí. De nuevo, una verdad oculta a la vista de todo el mundo, una verdad sólo accesible para aquellos que tuvieran ojos para ver. Fíjate en el *cartellino*, en la placa que hay en la esquina, con el familiar logo de AD, *Anno Domini*, y la fecha de 1514. Al igual que en la lámina de *El Caballero, la Muerte y el Demonio* que vimos antes, la fecha apunta al mensaje secreto.

—¿Y cuál es?

—Que no es San Jerónimo el que está concentrado en el libro en su estudio. No es a la Iglesia Católica a la que honra, ni tampoco a los Evangelios. No. Durero está rindiendo homenaje a la muerte de un famoso adepto Illuminati y a sus propias creencias gnósticas.

Rossi sacudió la cabeza.

—Será mejor que saque los lápices de cera.

—En primer lugar, las pistas menos obvias. En el lenguaje de los adeptos, la gematría de la Kabbalah, el valor de AD equivale a uno más cuatro; es decir, cinco. Si añadimos esto a la fecha, 1514, tendremos...

—Tendremos 1519, ¿no?

—Ahora, fíjate en el animal que descansa cómodamente en la parte inferior del cuadro.

—¿El león?

—Cuyo símbolo zodiacal es...

—Leo.

Los ojos de Giovanni exploraron a Rossi en busca de una respuesta, pero, al no encontrar el destello de iluminación en la cara de Rossi, sacudió la cabeza y añadió:

—Leo es la versión abreviada de...

—Leonardo...

—Da Vinci..., que murió en 1519, y pintó a San Jerónimo en el desierto en...

Rossi levantó las manos en un gesto de capitulación.

—No me lo digas –suspiró–. En 151̄4.

—Si recuerdas la imagen de Leonardo –añadió Giovanni–, la única que existe de él, la de su autorretrato, y la comparas con el rostro del supuesto San Jerónimo de la obra de Durero... el parecido es asombroso.

El teléfono móvil de Rossi sonó esta vez con un tono distinto, indicando que guardaba un mensaje de texto y una foto en su buzón de entrada.

—Algo acaba de llegarme de Dante en la escena del homicidio –le dijo a su tío.

Pulsando distintos botones, Rossi abrió el mensaje. Los teléfonos móviles de la SISDe podían capturar fotografías digitales o grabar hasta cinco minutos de vídeo acompañados por mensajes de texto. Mientras Giovanni miraba por encima de su hombro, una larga toma del *Ponte Fabricius,* en la Isla Tiberina, se fue ejecutando en la pantalla del teléfono. Con un zoom y una lenta panorámica hacia abajo desde encima del puente, en la pantalla se pudo ver la imagen de un cuerpo boca abajo, vestido de negro, colgando de un tobillo, y con el otro tobillo sujeto a la rodilla de la pierna opuesta. Con las manos atadas a la espalda, la imagen ligeramente borrosa del cadáver se balanceaba obscenamente. Bajo las imágenes, el texto decía:

DE DANTE: BOLSAS CON MONEDAS DE PLATA ATADAS A LA CINTURA DE LA VÍCTIMA. EXACTAMENTE, 34 MONEDAS. ID PRELIMINAR NO ES POSIBLE. CABEZA DESAPARECIDA. SECCIONADA LIMPIAMENTE ALTURA BASE DEL CUELLO. COMENZADAS LABORES DRAGADO DEL RÍO. NOTA SUJETA AL PECHO DICE... ESCOLAPIO, CÚRATE A TI MISMO.

Rossi se encontró con los ojos de Giovanni, que le observaban con una mirada glacial.

—Mal negocio, sus barbaridades acabaron como la búsqueda entre la basura de un niño.

—¿Qué quieres decir? –preguntó Rossi.

—Viniendo hacia aquí, cuando pasamos por encima de la Isla Tiberina, te darías cuenta de que su silueta semeja la de un barco. La leyenda dice que es un barco que se hundió una vez allí. Pero lo cierto es que una enorme estructura con forma de barco, un templo al dios romano Esculapio, cubrió en otro tiempo la mayor parte de la isla, que le fue consagrada a él en el siglo III a. C. Quedan algunas ruinas del mármol de las fachadas. Un obelisco se elevaba en el centro del templo con forma de navío, que representaba el mástil del barco.

—¿Y entonces?

—El nombre popular del puente es *Ponte Quattro Capi* –dijo Giovanni levantando un dedo.

Rossi asintió.

—El Puente de las Cuatro Cabezas.

—Exactamente. A cada lado encontrarás cuatro cabezas descansando en la balaustrada. Aunque se trata de antiguas tallas romanas, no formaban parte de la construcción original. El papa Sixto V hizo que las añadieran durante las obras de restauración del puente, en el siglo XVI. Verás, el Papa contrató a cuatro arquitectos, que no hacían más que discutir acerca de su trabajo. Como castigo, el papa Sixto los hizo decapitar. Pero, dado que la restauración se completó finalmente a plena satisfacción del Papa, hizo que sus retratos se pusieran allí.

Rossi frunció el ceño.

—De acuerdo, ya he pillado la parte de la decapitación. Pero, aparte de confirmar que estos bastardos tienen un amplio conocimiento histórico, ¿de qué nos sirve esto?

Giovanni se quedó mirando al techo fingiéndose frustrado, y luego se encontró con los desconcertados ojos de Rossi.

—Esculapio... era el dios romano de la medicina.

—¿Un médico?

Giovanni asintió con la cabeza y añadió lúgubremente:

—No es más que una corazonada, pero si yo fuera tú...

—Comprobaría si ha desaparecido el médico del Vaticano –finalizó la frase Rossi.

# CAPÍTULO 63

El santo padre yacía en su cama de la Policlínica Gemelli, con el rostro cubierto de sudor y un pálido tono de leche cuajada en sus habitualmente rosadas mejillas. A su lado, un monitor marcaba insistentemente los ritmos vitales, mientras unas líneas dentadas se arrastraban por la pantalla. Un respirador zumbaba sincrónicamente con los débiles jadeos del Papa. Para cuando había llegado al hospital, sus conductos respiratorios estaban tan bloqueados e inflamados que los médicos habían tenido que realizarle una traqueotomía. Juan Pablo sujetaba con fuerza un escapulario de la Bienaventurada Madre, el mismo escapulario que los Secretos de Fátima decían que era la clave de la caída de la Unión Soviética y de la salvación del mundo... siempre y cuando hubiera suficientes fieles que rezaran a diario por Su divina intercesión. Y ahora, millones de católicos de todo el mundo llenaban iglesias y parroquias, y tomaban las calles con pequeñas velas votivas firmemente sujetas en sus manos. Hasta en la plaza de San Pedro se extendía un mar de pequeñas llamas punteando de luces la oscuridad del crepúsculo. Con sus parpadeantes y ondulantes resplandores, la noche ofrecía su reflejo celeste en la bóveda flotante de sus estrellas.

Su viejo amigo y asistente, el cardenal Stanislaw, estaba sentado a su lado, rezando fervientemente el rosario entre susurros. Médicos, servidores y clérigos se apiñaban en la suite privada, debatiéndose en su angustia y esperando un milagro.

En el suelo, en contacto directo con el muslo del cardenal Stanislaw, había un gran portafolios negro. Distraídamente, el cardenal lo tocaba de vez en cuando con la punta del pie, para cerciorarse de que seguía estando a su alcance. A buen resguardo, en su interior, estaban las cartas con el sello papal que pedían la dimisión de aquellos miembros de la Santa Sede que habían sido descubiertos. Tan repentino había sido el ataque del Papa, que había pillado desprevenido a Stanislaw. Pero, a pesar de la confusión y del caos que habían acompañado a aquel precipitado viaje al hospital, Stanislaw había mantenido la cabeza lo suficientemente fría como para no olvidarse del portafolios al abandonar su despacho.

Fuera de la habitación, montaban guardia las tropas del GIS comandadas por el mayor Brazi. Más abajo, en el vestíbulo, la Guardia Suiza había tomado posiciones en los puntos de entrada y salida. Aunque tanto la Guardia Suiza como el GIS habían adoptado algunas de las medidas de seguridad desarrolladas y afinadas hasta un alto grado por el Servicio Secreto de Estados Unidos, la obcecación burocrática, y en algunos casos la pura arrogancia, habían hecho que algunos elementos del protocolo de seguridad se pasaran por alto y fueran violados.

El mayor Brazi se había encogido de vergüenza en muchas ocasiones al observar las flagrantes violaciones del procedimiento operativo estándar en las que incurría la Guardia Suiza. No hacía más de un mes, había visto en un informativo al Papa sentado en el asiento delantero de un Jeep Renegade blanco, en tanto que el *comandante* Stato y otro guardia iban sentados en el asiento de detrás. Inconsciente del peligro que corría, el Papa iba saludando a la gente con la mano mientras pasaba. Brazi sabía que el principal tenía que ir siempre en la parte de la derecha del asiento trasero, detrás del AIC del destacamento que, a su vez, siempre iba delante y a la derecha. Y sólo agentes altamente cualificados debían conducir el vehículo en el cual iba el principal.

Por otra parte, estaba el tema del Servicio Secreto referente a los distintivos de solapa para las diferentes clases de personas a las que se les debía permitir el acceso al principal. A los asistentes superiores se les daba un tipo de distintivo, a los visitantes se les daba otro, al personal de servicio de bajo rango se les daba otro diferente. La forma, el tamaño y el color de los distintivos debían cambiar regularmente para evitar las falsificaciones. Y el distintivo de solapa que llevaba el Servicio Secreto y el Servicio de Seguridad Diplomática del Departamento de Estado se encontraban bajo la misma protección que cualquier otro distintivo. Cualquier persona a la que se la encontrara llevando un distintivo sin autorización para ello sería perseguida por hacerse pasar por un agente federal.

Pero debido a la falta de disposición a la hora de abordar los temas de seguridad, la Guardia Suiza, y en este caso el GIS, habían cedido finalmente al necio y a veces altivo desdén que los poderes fácticos del Vaticano tenían por las medidas de seguridad. No queriendo preocuparse con «tales tonterías», el mayor Brazi sabía que, aun cuando el hospital era como un segundo hogar para Juan Pablo, debían mantenerse listas precisas de todo el personal, listas que eran comprobadas una y otra vez ante cualquier amenaza posible. Deberían de haberse hecho comprobaciones actualizadas de antecedentes y orígenes; pero, en este caso, el secretario de Estado del Vaticano y el chambelán, el *camarlengo*, habían desestimado los deseos del personal de seguridad.

Con un leve toque de campanilla, las puertas del ascensor se abrieron y dejaron salir a una monja y a un sacerdote.

El guardia suizo que había en la puerta comprobó su lista de acceso y dijo:

—Sus nombres, por favor.

Con un tono recatado, la monja respondió:

—Hermana Mary Benedict.

Y, señalando al sacerdote, añadió:

—Y éste es monseñor Charles O'Malley, de la archidiócesis de Boston, enviado de Su Eminencia, el cardenal Lawless.

Encontrándose con los acerados ojos del guardia suizo, O'Malley añadió rápidamente:

—No sea tan formal, hermana. Todo el mundo me llama Chuck.

Frunciendo el ceño, el guardia suizo recorrió la lista con el dedo y, allí, abajo del todo, aparecieron sus nombres escritos a lápiz y, junto a ellos, *las iniciales de un cardenal de alto rango.* El guardia levantó la vista, los estudió durante un segundo y les pidió sus IDs.

Ellos hicieron lo que se les pedía.

Después de examinar sus credenciales atentamente, el guardia suizo asintió con la cabeza y les devolvió sus IDs. Les entregó unos distintivos y les dio instrucciones sobre cómo conducirse por la zona. A mitad de camino cuando cruzaban la sala, se encontraron con otro sacerdote.

—Necesitamos urgentemente una taza de café bien cargado, padre. ¿Sería usted tan amable de decirnos dónde podemos ir? –preguntó la monja con una cálida sonrisa.

El sacerdote les llevó hasta un área de cocina y, tras despedirse de ellos, la hermana Mary Benedict esperó a que se alejara lo suficiente antes de hablar.

—Éste es el plan. He hablado abajo con uno de los médicos que le asisten, y me ha dicho que el estado del Santo Padre se ha estabilizado, pero que parece haber un empeoramiento general. Después de contraer una infección en el tracto urinario, el Papa sufrió un shock séptico, que eventualmente vendrá seguido por un fallo orgánico. Poco a poco, su cuerpo se está apagando.

Al monseñor se le agrió la cara.

—¡Qué pena! –exclamó aparentando simpatía–. Recemos para que su corazón sea lo suficientemente fuerte.

—No. El doctor también ha dicho que ha oído rumores de que el Papa quiere morir en casa, en su apartamento.

El monseñor suspiró.

—Sabes lo que hay que hacer –dijo ella.

—¿La lista de dimisiones que mencionaste? –susurró él.

—Exacto.

—Pero ¿cómo? –preguntó él mientras miraba a su alrededor–. Dijiste que el cardenal la guarda aun a costa de su vida.

La mirada pétrea de la monja lo dijo todo, y él se estremeció.

Cuando estaba a punto de responderle, entraron un médico y otro cardenal, se sirvieron café y se fueron al otro lado de la sala a sentarse.

—Dame esas tazas y una bandeja –le dijo ella al monseñor.

Después de disponer cuidadosamente en la bandeja unas tazas, azúcar y leche en polvo, la monja sacó dos pequeñas cápsulas de su hábito y, tras mirar por encima del hombro para asegurarse de que nadie la observaba, las abrió y derramó su contenido en una taza de café. Llenó las tazas y, luego, enjuagó la cafetera en el fregadero.

Puso la taza con la droga en la parte de detrás, la más cercana a ella, y tomó la bandeja.

Cuadrando los hombros, dijo:

—Creo que al cardenal Stanislaw le vendrá bien una taza de café bien cargado.

Monseñor Johnny Brett se rió por lo bajo.

—Cielos... no nos gustaría que se durmiera, ¿verdad?

# CAPÍTULO 64

La hermana mary Benedict bajó sus ojos azul pálido en señal de humildad y recorrió el vestíbulo hasta llegar a la puerta de la suite del Papa. Señaló con un movimiento de cabeza las tazas y giró la bandeja de manera que el agente del GIS tomara una de las tazas de delante. Mientras él le daba las gracias y le pasaba una segunda taza a su compañero, sus ojos se entretuvieron en los de ella. Sus iris azules se veían realzados por el griñón que enmarcaba su cara. Durante un instante se produjo un silencioso hechizo entre ambos, que terminó rompiendo ella con una tímida sonrisa. Bruscamente, el agente dio un paso atrás y le abrió la puerta. Ella pudo sentir el calor de la mirada del agente en su nuca mientras entraba en la habitación. Escuchó cerrarse la puerta tras de sí mientras cruzaba el dormitorio, intentando desviar la mirada, intentando no mirar al Papa mientras se aproximaba. *«El virus está trabajando a la perfección»*, pensó para sí. Era necesario un virus de acción lenta para evitar sospechas, y para que pareciera un virus común de gripe. Pero los deseos del Papa de volver a sus apartamentos del Vaticano era una variable en la que no habían pensado, así como tampoco se había previsto que el cardenal Stanislaw fuera a recoger las evidencias incriminatorias antes de salir hacia el hospital. Pero a ella le habían dicho que se hiciera con los documentos a cualquier precio.

Mientras se dirigía hacia el cardenal le dio la vuelta a la bandeja, dejando así el café «tocado» en la parte de delante. Una sonrisa se dibujó en sus labios al recordar las palabras de sus entrenadores, que remarcaban siempre la agilidad y la rapidez de sus manos.

De pie ante el cardenal Stanislaw, se inclinó ligeramente y le ofreció la bandeja.

—*Dzi kuj Jeste taka uprzejma* –dijo él mostrándole su gratitud, hablándole en polaco inadvertidamente a causa del cansancio.

Stanislaw tomó la taza más cercana.

—*Prosz* –respondió ella con suavidad.

—¿Habla usted polaco, hermana?

—Un poco, Su Eminencia. Trabajé en un hospital en Chicago, un hospital que tenía una amplia clientela polaca.

—Ah, sí. Acompañé al Santo Padre allí en una visita. Hermosa ciudad.

Con una voz ligeramente entrecortada, ella preguntó:

—¿Hay alguna esperanza?

Y sus ojos comenzaron a brillar, como si hubieran recibido la señal de activar los lacrimales.

*«Si supiera que son lágrimas de alegría»*, pensó.

—Siempre hay esperanza, hija mía. El Santo Padre, como todos nosotros, está en manos del Señor.

—Se le ve tan sereno... –dijo ella por encima del zumbido insistente del respirador, que insuflaba aire en los cargados pulmones del Pontífice.

Por el rabillo del ojo vio que un médico invitaba a salir de la habitación a un corrillo de monjas, sacerdotes y guardias.

—Su Santidad necesita un poco de paz y de silencio. Por favor, esperen en el pasillo.

Mirando a Juan Pablo, con aquella tez cérea, los ojos del cardenal comenzaron a humedecerse.

—Recemos para que encuentre un sereno fin a su largo viaje –dijo, y acto seguido bostezó ostensiblemente.

Dio otro largo sorbo de café y, mientras bajaba la taza de sus labios, comenzó a parpadear para, finalmente, cerrar los ojos.

—*Jestem picy* –apenas pudo decir antes de quedarse dormido.

Moviéndose con rapidez, la hermana Mary tomó la taza de manos del cardenal antes de que la dejara caer. Nadie se dio cuenta. Inspeccionando la habitación con una rápida ojeada, se deslizó inadvertidamente hasta un rincón, dejó la bandeja sobre una mesa y volvió junto al inconsciente cardenal.

Con la calma y el aplomo de un prestidigitador, levantó el portafolios del suelo y desapareció en un baño privado que había a su derecha. Una vez dentro, echó el pestillo, extrajo los documentos y las cartas y se los ocultó bajo el hábito, para después ocultar el portafolios en un armario de ropa blanca.

Un suave golpecito en la puerta del baño la sobresaltó. Unos dedos largos y finos parecieron recorrerle la espalda.

—Hermana, ¿va todo bien? —escuchó la familiar voz de monseñor O'Malley desde el otro lado.

—¡Imbécil! —susurró para sí entre dientes—. Sí, monseñor. Estaré con usted en un momento —añadió, maldiciendo en silencio.

Entonces, inadvertidamente, captó un vislumbre de su aureolada imagen en el espejo, y se estremeció. La hermana, Basha disfrazada, se miró a sí misma, se observó profundamente en su reflejo, buscando aquellos ojos desapasionados. Y entonces sucedió. Se sintió empequeñecer. Era como si su cuerpo se plegara y se encogiera dentro de la piel.

«¿*Qué me está pasando?*»

Y una extraña y cantarina voz emergió de su garganta, hablando suavemente, como una niña:

—No lo cuentes... no lo cuentes. Es nuestro pequeño secreto. Nunca lo contaré.

Llevándose las manos a la cara, se exploró las mejillas, los labios, recorriendo sus rasgos con las yemas de los dedos, como las cerdas del pincel de un artista. Después, se dejó ir hasta el filo de la consciencia y, por un momento, se sintió serena, observando el mundo como si fuera una mera espectadora. El miedo le congeló los huesos. Ante el ojo de su imaginación, Basha echó a correr, pero la imagen borrosa de una joven muchacha se cruzó con ella yendo en dirección opuesta, riendo mientras corría.

Basha se encontraba en un bosque oscuro. La voz infantil brotó de *sus* labios. *El escondite. El escondite.* Buscando desesperadamente la voz, Basha se introdujo corriendo entre enormes árboles y, mientras corría, unas visiones fantasmagóricas flotaron en la oscuridad, una imágenes inconcebibles. Rostros aterrorizados, implorando con la mirada enrojecida. Después, una mano blanca, pálida e incorpórea surgía como un rayo desde la oscuridad, con una jeringuilla de larga y brillante aguja, acercándose lenta pero inexorablemente, cerniéndose ya justo delante de sus ojos. Sintió un agudo dolor en el pecho mientras la garra del terror hacía presa en ella.

Dentro de su cabeza, la joven voz gritó: «*Tres, dos, uno... tanto si estás preparada como si no, ¡ya estoy aquí!*»

El mundo dio una voltereta. La cara inocente de una niña pequeña la miraba desde el espejo. Estirando de su voz, Basha consiguió decir:

—Pero ésa no soy yo.

Como una voluta de humo, la cara de la niña se desvaneció, reemplazada por los rostros distorsionados de mujeres jóvenes, de versiones ligeramente alteradas de sí misma. Al unísono, sus voces hablaban desde los labios de Basha.

—¡No se trata de ti! ¡Se trata de nosotras! Es lo que nosotras queremos, bruja egoísta.

Las rodillas se le doblaron, y tuvo que agarrarse al lavabo para no desmoronarse en el suelo. Un vómito de bilis caliente le subió hasta la garganta, y con una arcada lo vomitó en el lavabo. Se miró las manos y, de repente, la película de vómito comenzó a oscurecerse, adquiriendo un tono rojo oscuro. Sangre. «*No. Aséate, muchacha. Aséate*», repitió su mente como un mantra. Abrió el grifo al máximo, esperó hasta que el agua estuvo casi hirviendo y metió las manos bajo el chorro. Obsesivamente, se restregó, y se restregó, y se restregó, hasta que se le enrojecieron las manos. El vapor se elevaba a su alrededor empañando el espejo. Recobró el dominio de sí misma, se secó las temblorosas manos en el hábito y limpió el espejo con la palma de la mano. Estudió de nuevo su reflejo. La cara suave y amable de una monja le devolvía la mirada. Se le anegaron los ojos en lágrimas, y Basha se los restregó con los talones de las palmas. Sollozando, se quedó allí, temblando de aprensión, de confusión...

—Estás cansada. Demasiado estrés –se mintió con un susurro forzado.

Otro suave golpecito en la puerta le dio la señal de salida.

*«Todo es por Hamal... ¿recuerdas?»* se dijo a sí misma.

Recobrando la compostura, se enjugó los ojos, se irguió y se dirigió a la puerta.

Pero, cuando salió, monseñor no estaba allí. Exploró la habitación y le vio charlando con un médico.

*«Actor histriónico, no puede evitar sobreactuar»,* pensó. Con una expresión demacrada, se dirigió hasta el falso monseñor.

—No sabemos cómo explicar su ausencia –oyó decir al médico mientras se ajustaba las gafas–. Es extraño que el doctor Cornelli se comporte así.

—¿Ha sido el médico jefe del Vaticano durante mucho tiempo? –preguntó el monseñor.

—Sirvió tanto a Juan Pablo I como a Su Santidad.

Frunciendo el ceño, monseñor preguntó:

—Perdone mi más que morbosa curiosidad, pero ¿insistirá el Estado en que lleven a cabo una autopsia si nuestro Padre Celestial decide llamarle para que vuelva a Su casa?

Basha se esforzó por ocultar su cólera, apretando los puños en los costados hasta clavarse las uñas en la suave carne de las palmas. *«Tendremos que matarle, ya sabes»,* le susurraron las extrañas voces en el oído.

El médico sacudió la cabeza violentamente.

—¡Jamás! Ningún Papa ha pasado, ni pasaría jamás por... tal indignidad. Pero ¿por qué lo pregunta?

Dándole un agudo aunque inadvertido puntapié en el tobillo a monseñor, Basha se inclinó y dijo:

—Perdónenme, caballeros –y añadió dirigiéndose al monseñor–. Creo que tiene una importante llamada telefónica, monseñor O'Malley.

Hablaba con tan comedida intensidad que, cuando iba acompañada por una amplia sonrisa, generaba un singular efecto.

Aún con una ligera mueca de dolor, O'Malley dijo:

—Debe de ser Su Eminencia, el cardenal Lawless. La sigo, hermana Mary.

Rossi llamó al teléfono móvil del mayor Brazi.

—*Pronto.*

—Brazi, soy Rossi. Escuche atentamente. Tenemos otro homicidio, y creemos que puede ser un médico. Compruebe el paradero del médico principal del Papa.

—¿Nombre?

—Doctor Cornelli.

Se escuchó un clic en la línea.

—No cuelgue. Tengo otra llamada –dijo Rossi.

Al cabo de unos segundos, Rossi volvió.

—Mayor, le conecto en una llamada a tres con uno de mis agentes. Se llama Dante.

—De acuerdo –dijo Brazi.

Rossi imaginó a Brazi con gesto severo, plenamente concentrado.

—Dante, cuéntale al mayor lo que me acabas de contar a mí.

—Hemos encontrado la cabeza de la víctima; o, mejor dicho, la ha encontrado la Guardia Suiza.

—¿Dónde la han encontrado? –tartamudeó Brazi, dándose cuenta al parecer de las implicaciones.

—En una sombrerera, nada menos; a los pies de una escultura de mármol de la Basílica de San Pedro. Se ha hecho una ID positiva... Es...

—El doctor Cornelli –interrumpió Rossi.

—Está bien, pero ¿cómo...?

—Un momento –ordenó Rossi–. Déjenme que ponga el móvil en modo de altavoz.

Se escuchó la cansada voz de Giovanni:

—Por favor, continúe, joven. ¿A los pies de qué escultura la han encontrado exactamente?

—La llaman la Venus del Vaticano. Tenemos toda la zona acordonada.

—¿La Venus de Milo? –preguntó Rossi.

—No, no creo. Un momento... deje que pregunte al guardia –dijo Dante, que, tras un breve intercambio de murmullos, continuó–. El guardia dice que la llaman también la Dama de la Justicia. Está justo debajo de una escultura de bronce del papa Pablo III.

—Dejando ahí el macabro paquete nos están enviando un mensaje –dijo Giovanni–. Que la justicia, finalmente, está servida. Me había olvidado del infame Alejandro, el papa Borgia, y de su prima y querida, Julia Farnese, que le dio una hija ilegítima, Laura. Aún hoy, cada vez que el Santo Padre dice misa en el enorme altar de San Pedro, la cara marmórea de Julia parece burlarse de él, dado que sus supinas, seductoras y exquisitas formas yacen a unos pocos metros de distancia, echada lánguidamente en un diván, con el Sello de la Justicia en su delicada mano, como si fuera el comentario editorial oculto del artista.

»Aunque el papa Alejandro no fue el que encargó la obra, sí que hizo que Julia, su amante casada, sirviera de modelo para la Madonna, y que su hija ilegítima, Laura, hiciera lo mismo para el Niño Jesús de uno de los frescos de Pinturicchio, que aún puede verse en la Sala de los Misterios del Vaticano.»

—Pero ¿quién ha podido pasar por delante de las narices de la Guardia Suiza, de docenas de turistas y de todo el personal del Vaticano que se arremolina por allí... con una sombrerera ensangrentada bajo el brazo? –comentó Brazi sarcásticamente.

—Bien, pues no sería un terrorista árabe, ¿no? –dijo Rossi–. De lo contrario, sus hombres se habrían dado cuenta.

—Creo que el mayor Brazi ha respondido ya a su propia pregunta –respondió Giovanni–. Debió de ser alguien que pasó completamente desapercibido.

—No querrá decir... –intervino Dante con un tono de incredulidad.

—Un miembro de la Guardia Suiza –dijo el mayor Brazi, en quien se percibía un latido encubierto de cólera.

—No saquemos conclusiones precipitadas –sugirió Rossi–. ¿Algo más, Dante?

—Sí. En la caja había escrito algo... *Bocca Della Verita.*

—La Boca de la Verdad –musitó Rossi–. *Zio,* ¿deberíamos poner un pelotón en el pórtico de la Iglesia de Santa María y echar un vistazo a la escultura del disco de mármol? –añadió, dándole vueltas a la increíble y perversa ironía de todo aquello.

Rossi se acordaba del horrorizado rostro de Audrey Hepburn en la película *Vacaciones en Roma,* cuando Gregory Peck, escondiendo la mano dentro de la manga de su abrigo, sacaba el brazo de la boca del disco de mármol fingiendo que la figura de piedra se le había comido la mano. La romántica prueba romana de la sinceridad de los amantes había sido profanada y ridiculizada por estos asesinos de frío corazón.

—¿O debería mirar Dante dentro de la boca de la víctima? –preguntó Rossi.

—Voy a comprobarlo –dijo Dante–. Pero dejen que me ponga un guante limpio. Ahí... ábrele la boca. Acerca la luz, por favor. Parece que hay algo ahí...

—¡No! –dijo Giovanni con una voz pétrea–. Para darles una lección a los jóvenes amantes que metían la mano en la boca de la escultura, había un párroco que ponía dentro un...

—*Mannaggia!* –gritó Dante–. Perdónenme... me olvidé de dónde estaba.

Rossi se imaginó a Dante sacando la mano repentinamente de la cabeza y haciendo fervientemente la señal de la cruz.

—¡Dime algo! ¿Qué pasa? –exigió Rossi.

—El escorpión más grande y más negro que haya visto jamás acaba de salir de la boca de la víctima.

—Mi tío tiene razón –reconoció Rossi–. Mejor andar sobre seguro que lamentarlo. Será mejor que lleves eso al laboratorio y que vuelvas conmigo.

A través de la línea llegó un rumor de pasos y de voces nerviosas. Rossi discernió la voz de Brazi ladrando órdenes y, al cabo de unos instantes, con voz temblorosa, éste se explicó.

—Más malas noticias. Han encontrado al cardenal Stanislaw desplomado en una silla junto a la cama del Papa.

—¿Le han golpeado? –preguntó Rossi.

—No, le han envenenado.

—¿Hay sospechosos?

Vacilando, midiendo sus palabras, Brazi dijo:

—Una monja y un sacerdote.

—¿No hay nada más sólido?

Brazi suspiró de forma audible.

—Uno de mis hombres dijo que la monja era... imponente, y que tenía los ojos azules más bonitos que haya visto jamás.

—Dante, emite una orden de caza y captura –ordenó Rossi.

Rossi sacudió la cabeza. *Imponente...* como un estilete... y la palabra pareció rebanar las paredes interiores de sus tripas. *«Tiene que ser Gina* –pensó, no lo supo, instintivamente–. *En torno a dos mil religiosos en la ciudad, y más que están llegando cada hora, desde que el Papa se ha puesto enfermo»*, razonó. Por no hablar de la avalancha de un millón o más de católicos en peregrinación. Se estimaba una cifra total de cuatro millones de personas. Las calles atascadas, los hoteles desbordados, ciudades enteras de tiendas de campaña brotando en los parques, la policía y los servicios de emergencia saturados hasta más allá de cualquier récord. El rostro de Gina flotó ante él mientras decía:

—Dante, difunde entre la prensa la foto de nuestra UNSUB.[18] Quiero ver su cara en las primeras páginas de todos los periódicos, y quiero que aparezca en un boletín especial de los informativos. ¡Dante!...

—Lo quiere usted para ayer, ya lo sé. Veré si el hospital tiene algún vídeo de las cámaras de vigilancia sobre los sospechosos. ¡Ah! Casi me olvido. Cuando termine, le traeré su automóvil.

—Mímalo, Dante.

—Nosotros estamos viendo el vídeo ya –dijo Brazi.

---

18. UNSUB, terminología criminalista para «sujeto desconocido». (*N. del T.*)

—Gracias, mayor. Necesitamos conocer el aspecto del sacerdote. Asegúrese de que los Carabinieri están alertados de que la mujer va armada y es peligrosa. Y, Dante, para nuestro grupo... Código-00, protocolos antiterroristas plenamente efectivos —añadió Rossi, que había tomado prestada la clasificación doble cero del SIS, que significaba *licensed to terminate on sight,* algo así como una autorización para matar sin previo aviso.

# CAPÍTULO 65

Habiendo cumplido con su misión, Basha y Johnny Brett abandonaron el hospital y, tras asegurar los documentos en el lugar designado previamente, volvieron a la furgoneta y se cambiaron de ropa. Basha sabía que el secreto de los rápidos cambios de ropa de los artistas no consistía, como muchos creían, en quitarse un vestuario para ponerse el siguiente a toda velocidad. El secreto consistía en llevar múltiples capas de ropa, con bandas de Velcro cosidas en los puntos clave. De este modo, una se podía quitar la capa superior con dos movimientos y dejarla a un lado, quedándose con la ropa que había debajo como nuevo disfraz. Se sabía de prestidigitadores que, teniendo una constitución delgada, habían sido capaces de llevar hasta seis capas de ropa encima.

—¿Crees que se enfadará tu jefe cuando sepa que el viejo aún aguanta? –preguntó Johnny, para luego dar un largo trago de Maalox y secarse la boca con el dorso de la mano.

—Casi lo echas todo a perder con tu enorme boca. Fue una estupidez hacerle tantas preguntas a ese médico, además de poco profesional.

El semáforo se puso verde.

Mientras pisaba el pedal del acelerador, se percató de que Johnny la estaba desnudando con la mirada. Al quitarse el hábito había emergido una tigresa. Ahora iba vestida de Roberto Cavalli de la cabeza a los pies, con una falda corta con volantes y una diáfana blusa negra de manga larga con un escote de bisutería, que apenas ocultaba un top de seda borgoña sin espalda ni mangas que resaltaba aún más la desnudez de su estómago.

Incluso se había dado un toque de maquillaje. Sintió un ligero estremecimiento cuando vio que los ojos de Johnny Boy se arrastraban literalmente por su muslo, bajando por la pantorrilla hasta llegar al tobillo, para terminar entreteniéndose en las correas de sus zapatos. Aquel sentimiento de verse invadida removió en ella profundos pensamientos. En aquel baño del hospital se había mentido a sí misma. Aquella sensación de desconexión, aquella extraña experiencia, no había sido del todo nueva. Por las noches, en sus sueños, rostros, miles de rostros, se fundían en uno solo cuyas vidriosas pupilas la violaban con su fija mirada.

*Las céreas manos del hombre le soban la cara, se demoran en sus pequeños pechos, para recorrer después su liso vientre. Un grito ahogado brota de sus pulmones, mientras se ve acosada por las imágenes de sus recuerdos. Traga saliva, siente cómo esas húmedas y pegajosas manos exploran sus muslos, y luego... cómo hurgan entre ellos. Una mezcla sublime de terror y de abandono gratuito la recorren. Alcanza el orgasmo, estremeciéndose de placer, una y otra vez. Pero, entonces, una oleada de náuseas emerge de sus entrañas.*

Las visiones amainaron.

Pero aquello no era más que la mitad del asunto. También estaban los minutos, las horas, los días... incluso las semanas perdidas. Apagones de consciencia. Podía estar hablando por teléfono, o viendo la televisión, con un cigarrillo en la mano y, entonces, de repente... era como si su consciencia se desconectara. El escozor de la quemadura del cigarrillo, sujeto aún entre sus dedos, la había sacado de su estupor en más ocasiones de las que hubiera querido recordar.

Pero lo peor de todo había sido el viaje a París, un viaje que no recordaba haber iniciado. Se despertó en una extraña habitación de hotel, con las maletas repletas de ropa que nunca había comprado, con rastros de maquillaje en el lavabo de unos tonos que nunca llevaba; y, en la almohada, el aroma de un hombre con el que nunca se había acostado.

Recordó cómo se abrazó a la almohada como una tonta colegiala, intentando visualizar al hombre cuya colonia impregnaba el aire y persistía aún en sus antebrazos y en el dorso de sus manos. Asustada y confusa, recogió sus cosas y bajó al vestíbulo. Dudando ante el mostrador de recepción, hizo acopio de valor para pedir su factura. «*Oui, mademoiselle* –le dijo el recepcionista con una cálida sonrisa–. Pero si ha pagado ya esta mañana. ¿Quiere usted otra copia?» Ella asintió y guardó silencio. Unas motas oscuras comenzaron a nadar en su campo de visión. Respiró profundamente. No reconoció el nombre que aparecía en la factura.

Rápidamente, buscó el camino hasta el bar del hotel, se sentó en un taburete y pidió un burbon doble. Se lo bebió de un trago, y luego se quedó mirando lo que quedaba del líquido ambarino en el fondo del vaso. «*¿Desde cuándo bebo yo burbon?* –se preguntó, para recordar acto seguido– *¡Mi pasaporte!*» Con las manos entumecidas, rebuscó en su bolso hasta encontrarlo. Lo abrió. En la página de identificación figuraban su foto y su nombre, un nombre que no reconocía: *Laylah Thomas.* Desvió la mirada a su bolso. Pero no era su bolso. Era parecido, pero no era su bolso. Estaba segura.

De pronto volvieron las visiones.

*Un aliento ardiente se derrama por su cara, gruñidos de macho en celo, el hedor ácido del sudor, y luego un peso muerto que la aplasta. Y aquel olor agrio. El almizcleño olor del deseo satisfecho y agotado.*

El estridente sonido de un claxon la devolvió al presente. Sintió algo y miró hacia abajo. Una mano que había estado acariciándole el muslo se retiró súbitamente. Johnny Brett la miró con gesto preocupado.

—No he podido contenerme, cielo –le dijo retorciéndose las manos–. Eres tan decidida, tan hermosa, tan...

Por delante, Basha vio la entrada de una callejuela. Viró abruptamente a la derecha y metió la furgoneta por el callejón. A gran velocidad por tan estrecho espacio, golpeó con el lateral una esquina de ladrillo al girar bruscamente en un cruce de callejones. Esta vez era un callejón sin salida; pero, en vez de reducir la marcha, Basha pisó con fuerza el acelerador.

—¿Qué demonios estás haciendo, zorra? –gritó Johnny, mientras aparecía una mancha de humedad en su entrepierna.

En el último instante, Basha se puso de pie sobre el freno, y la furgoneta se estremeció con un chirrido de gomas hasta detenerse. Johnny Manos Ligeras, llevado por el impulso, se golpeó de cabeza contra el salpicadero. Mientras volvía lentamente a su posición en el asiento, comenzó a brotarle sangre de la frente. La tensión del rostro de Basha se diluyó de pronto y se transformó en una expresión de juvenil inocencia. Con una voz infantil, le espetó:

—No deberías haber*nos* tocado.

Y, antes de que pudiera reaccionar, Basha levantó el brazo y, con un golpe seco de muñeca, hizo salir la fina hoja oculta en el mecanismo de su brazalete. Y, sin hacer ningún esfuerzo, con un golpe hábil, le seccionó la garganta con la hoja. Luego, sacudió la cabeza y chasqueó la lengua.

—Hombre malo –le regañó malhumorada, mientras intentaba limpiarse la sangre que le había salpicado en la blusa–. ¡Mira lo que has hecho con mis bonitas prendas!

Justo en aquel momento sonó el teléfono SATCOM. Desconcertada, la *pequeña* Basha tomó el aparato, lo estudió y, finalmente, tras pulsar unos cuantos botones, escuchó una voz en el auricular.

Inclinándose hacia delante, vacilando, respondió:

—¿Hola?

—¿Piruleta? –susurró el doctor Ahriman.

Una amplia sonrisa se dibujó en su cara.

—Ése es mi nombre, papá. No me lo gastes –dijo entre risitas.

—Piruleta, ¿es que la nena de papá ha hecho alguna travesura?

Basha hizo un mohín con los labios, giró la muñeca y miró la hoja manchada de sangre, y dijo secamente:

—El hombre malo ya no *nos* hará daño nunca más.

Limpió distraídamente la hoja en los pantalones de Johnny Boy y presionó la punta contra el salpicadero, obligándola a ocultarse de nuevo en el brazalete.

Hubo una larga pausa. Al cabo, Ahriman dijo con una inflexión paternal:

—Buena chica. Ahora, Piruleta... vamos a jugar.

Basha se puso rígida, mientras sus párpados aleteaban.

—Estoy escuchando.

—Basha no va a tener recuerdo alguno de lo que has hecho. Cuando yo cante tu canción favorita, dejarás que Basha vuelva...

—Magnífico. Que arregle ella el desorden esta vez.

—Muy bien, Piruleta. ¿Estás preparada para tu canción?

—Sí.

Ahriman se puso a cantar con una voz melodiosa, con una intensidad y una cadencia que hacían que la inocente tonada infantil resultara extravagante y fuera de lugar, incluso malévola.

—Soy una pequeña tetera, bajita y regordeta, inclíname y *vacíame...* déjala que se vacíe, Piruleta... déjala que se vacíe.

Ella tarareó la canción y, de repente, su cuerpo se estremeció y se aflojó, cayéndole la cabeza hacia delante. Cuando la levantó, fue Basha la que respondió:

—Estoy escuchando –dijo con una inflexión envarada.

—Rápido, deshazte del actor, porque supongo que es él el que ha sido eliminado, ¿no?

Basha tragó en seco y, luego, su mirada se posó en el cuerpo sin vida que había a su lado, buscando una respuesta en aquellos ojos que ya nada veían.

—Lo último que recuerdo... –dijo, mientras su mirada de desconcierto daba paso a una mueca de desprecio– es que este viejo cerdo me puso las manos encima.

Se miró la falda, antes completamente negra, pero ahora moteada con puntos de un rojo oscuro. Sintió algo en el brazo. Lo levantó y vio que la sangre había empezado ya a secarse en la cara interna de su antebrazo. Cerrando los ojos con fuerza se esforzó por recordar, pero no pudo. Lanzó un gruñido de exasperación.

—Ha colgado sus zapatos de baile y le han dado la jubilación anticipada de forma *permanente.*

—Inoportuna para él, pero eso no tiene importancia en este momento. Tan pronto como hayas terminado con él, quiero que...

Mientras escuchaba a Ahriman, su sexto sentido tiró de ella.

—Alerta uno –dijo.

Por el espejo retrovisor, Basha vio venir a un policía. Con un golpe seco de muñeca, como si ésta tuviera mente propia, la hoja del brazalete volvió a emerger. Esperó pacientemente, expectante, a que el agente se acercara lo suficiente y se inclinara ante la ventanilla abierta. Y, cuando lo hizo, le seccionó sin ningún esfuerzo la expuesta garganta.

—¿Qué pasa? –preguntó Ahriman.

—Nada. Un molesto policía. Ya me he ocupado de él.

En el otro extremo de la línea hubo una breve pausa, al cabo de la cual Ahriman dijo:

—Basha, quiero que veas a alguien.

—¿A quién?

—Oh, bueno... no es más que un viejo amor.

# CAPÍTULO 66

Josie miró el folleto, escrito en italiano y en inglés, que había en el asiento de al lado de la furgoneta de televisión que había robado:

El Instituto *E* tiene el orgullo de presentar la conferencia del Dr. F. Ahriman, psiquiatra de reconocido prestigio mundial, esta tarde, a las 2:00 p.m., en la sala de reuniones principal del Templo. Todos los asistentes serán bienvenidos.

Una amordazada súplica le llegó de la verdadera Ronda Stewart, que yacía atada de pies y manos en la parte trasera de la furgoneta.

—Estate quietecita, Ronda –le dijo mientras se retocaba el maquillaje y el cabello delante del espejo del retrovisor–, pues estás a punto de hacer historia en las noticias.

Arreglándose el identificativo de prensa, de tal modo que la foto de Ronda quedara medio oculta bajo la solapa de su chaqueta, salió de la furgoneta y cruzó la calle.

Había aparcado al otro lado de la entrada principal del Templo, esperando la llegada de Ahriman. Antes se había presentado ante los recepcionistas, dos animados e inocentones miembros del Instituto que habían sido destinados desde una sucursal del Instituto en la India. Estaban encantados de tener a la famosa Ronda Stewart al alcance de la mano, para una breve entrevista y una operación fotográfica con su conferenciante invitado, que no tardaría en llegar. Josie quedó encantada también, aunque en su caso ante la idea de que nunca hubieran visto realmente a Ronda, debido a que habían tenido prohibido ver la televisión mientras estaban de retiro en la India. Josie dio una pobre excusa para justificar la ausencia de su operador de cámara, diciendo que no tardaría en llegar y detallando que le gustaría hacer una breve entrevista en algún lugar tranquilo. Los incautos gemelos Bobbsey bambolearon la cabeza al estilo de los indios orientales mientras le decían:

—Hemos dispuesto la oficina privada del señor Volante para su entrevista. ¿Será de su agrado?

Josie sonrió y miró la hora en su reloj. Dos minutos para la llegada.

Distraídamente, palpó el contorno de su Sig Sauer oculta bajo la chaqueta. Y entonces vio la limusina en la distancia, abriéndose paso entre el tráfico en dirección a ella. Contuvo el aliento. Uno de los gemelos Bobbsey se puso a hablar en su pequeño walkie-talkie.

La limusina se arrimó a la acera justo delante de ella, y sintió cómo se tensaban sus músculos. Como un látigo enrollado y cargado de una violencia latente en las manos de su dueño, Josie esperaba el momento de dar el latigazo.

Deslizó la mano por debajo de la chaqueta y sus dedos se aferraron con fuerza a la culata de su pistola. Exploró la zona. «*No hay agentes de seguridad. No hay ningún automóvil de escolta detrás de la limusina. Voy a hacerme con él aquí mismo.*»

La puerta de la limusina se abrió. Lo primero que se vio salir fue una pierna corta, y luego emergió aquel cuerpo diminuto. Llevaba un costoso traje a medida de color negro carbón, luciendo por encima de él una capa de noche y una bufanda blanca de seda.

Josie dio un paso adelante, con la mirada puesta en su objetivo.

«*Unos cuantos pasos más —pensó—, unos segundos, y mandarás al infierno a este bastardo de mierda.*»

Le quedaban sólo unos instantes. Iba delante de un pequeño grupo de personas que se habían congregado. Y estaba asomando ya la Sig por debajo de la chaqueta cuando ocurrió. Una avalancha de alumnos y de personal del Instituto salió por la puerta frontal e inundó la acera. Uno de los gemelos Bobbsey se puso delante de ella, pero Josie lo rodeó, con la pistola ya libre apretada fuertemente contra el muslo.

Con una floritura teatral, Ahriman se apartó la capa sobre un hombro y se acicaló para recibir a su público.

Por un momento sus ojos se encontraron. Josie miraba fijamente aquellos pequeños ojos grises y vidriosos de Ahriman, a quien en aquel mismo instante se le cayó la sonrisa. La había reconocido. Y su mirada se fijó en la pistola, que comenzaba a levantarse hacia él. Pero una multitud comenzó a rodear a Josie, sin percatarse de lo que estaba a punto de ocurrir.

Y cuando su dedo comenzaba a apretar el gatillo, una niña, que llevaba un ramo de flores en la mano, se interpuso en su línea de fuego impidiéndole disparar. Sin dudarlo un instante, Ahriman se inclinó y tomó a la niña entre sus brazos, mostrando una amplia sonrisa en la dirección de Josie y saludando con la mano a sus simpatizantes. Utilizando a la niña como escudo, se abrió paso entre la multitud.

Josie se quedó helada.

Una lluvia de pétalos de rosa lanzados por los simpatizantes congregados cayó perezosamente a su alrededor. El mundo se saltó un latido, y todo comenzó a discurrir a cámara lenta. Los gritos de la gente comenzaron a confundirse y distorsionarse; y, como un robot, guardó hábilmente su pistola en la funda y se obligó a sí misma a retroceder. Comenzó a caminar hacia atrás sin convicción, con la rabia contenida en las tensas venas de su cuello, mientras la multitud la empujaba. Todas y cada una de las fibras de su ser le gritaban y la instaban a precipitarse entre la masa y vaciarle el cargador en el pecho, fueran cuales fuesen las consecuencias. Pero siguió trastabillando hacia atrás, con los ojos llenos de lágrimas. Siguió sin perder de vista a Ahriman, que, al llegar a la puerta del Templo, se volvió, dibujó una irónica sonrisa mirándola directamente a ella, la saludó con la mano y desapareció al abrigo del edificio.

«*No tiene sentido intentar entrar ahora*», razonó. Ahriman alertaría de su presencia a los guardias de seguridad. Se metió en la furgoneta y salió con un chirrido de las gomas de los neumáticos. Instantes después, se metió en un parking apartado. En sus ojos había todavía lágrimas de cólera. Golpeó el volante del vehículo y, levantándose del asiento, pasó a la parte trasera. Antes le había dado a la petulante Ronda una buena dosis de Rophenal, que la había convertido en un dócil y sumiso cachorrillo. Se quitó las ropas de Ronda y se puso las suyas. La desató, la vistió y la sentó en el asiento trasero de un viejo Fiat cercano, decorado con adhesivos de los forofos del fútbol italiano.

—¿Qué ocurre? –preguntó Ronda mirando hacia arriba.

—Si los efectos del *rophy* no se te pasan, probablemente vas a disfrutar del mejor momento de tu autocontrolada vida –respondió Josie mientras cerraba de un portazo el automóvil y se daba la vuelta.

Ronda la miró sin comprender nada y sonrió.

Mientras Josie se alejaba, se dio cuenta de su error. Había dejado que las emociones ofuscaran su mente.

Lo había intentado a lo Ranger Solitario, y había errado el golpe. La próxima vez conseguiría apoyo.

# CAPÍTULO 67

Mientras el sedán de incógnito de la embajada se abría paso entre el desquiciado tráfico de Roma, el reproductor de CD del vehículo bramaba con la música de un disco titulado «Grandes Éxitos de Donny y Marie Osmond». Aunque el agente Kyle era el que conducía, la lenta marcha del vehículo, combinada con los aullidos de las chillonas voces de los hermanos, cantando a voz en grito *A Little Bit Country, A Little Bit Rock and Roll*, estaba volviendo loco a Manwich. Echando humo, bajó la ventanilla y comenzó a golpear el lateral del automóvil con el puño, mientras vociferaba maldiciones a los indiferentes conductores italianos que rodeaban su vehículo. Igualmente indiferente, Kyle meneaba la cabeza al ritmo de la sacarinosa música.

Volviéndose hacia Kyle y frunciendo el ceño, Manwich dijo:

—¿Qué eres tú, una especie de anciano de geriátrico atrapado en el cuerpo de un muchacho de treinta años?

—No, soy un mormón, jefe.

Manwich frunció aún más el ceño, irradiando ahora una clara indignación.

—Lo mismo da —gruñó, mientras sacaba del bolsillo una barrita de Snickers a medio comer y se la devoraba de dos bocados.

Pulsó el botón de eyección del CD, agarró el disco con los dedos manchados de chocolate y lo sustituyó por otro que sacó de su propio portafolios. Los susurrantes y estremecedores sonidos de Eurythmics comenzaron a inundar el habitáculo.

—*Esto es* música –dijo, y añadió con un fingido acento latino–. Los ochenta fueron muy, muy buenos para mí.

Los ojos de Kyle se clavaron en el manchado CD y luego en su jefe.

—Nunca supe si su solista era un chico o una chica.

—¿Chica? Escucha, granjero. Acepto que ella no tuviera una percha como la de Marie, pero, créeme... era toda una mujer. Probablemente, se columpiaba de uno a otro lado, pero...

—¿También era gimnasta?

Manwich se quedó mirando la juvenil cara de Kyle, con aquella sonrisa pueblerina que tanto le exasperaba cada vez que la veía.

—Déjalo estar, capullo. Simplemente, llévame a tiempo a la iglesia, ¿de acuerdo?

Pero, antes de que pudiera responder, sonó el teléfono SATCOM. Aquel equipo era lo último en teléfonos encriptados vía satélite de la NSA, que utilizaba una señal en fase no lineal y claves ilimitadas de 128 bits.

Manwich apagó el CD y, mientras descolgaba, se acordó de los antiguos teléfonos Green Scrambler, cuyo hardware de encriptación tenía más o menos el tamaño de un enorme aparato de aire acondicionado para exteriores. ¡Cómo habían cambiado los tiempos! Había cambiado todo, salvo aquel jodido novato, el agente Kyle, que parecía ser la reencarnación del Dudley Do-Right que interpretara Brendan Fraser.

Aunque estaba a miles de kilómetros del cuartel general en Maryland, la voz del Hombre Respuesta se escuchó tan clara como si le llamara desde la esquina.

—¿Agente Manwich?

—Sí.

—Acabamos de interceptar algunas comunicaciones un tanto preocupantes. Las partes implicadas están utilizando la última generación de algoritmos en encriptación; y, aunque la clave en sí no se transmite, la tenemos...

—... en nuestra base de datos.

—Exactamente.

—¿Quién era el objetivo?

—Nuestro viejo amigo Drago Volante, líder del Instituto *E*.

—¿Y la otra parte?

—El doctor Sanger, de la Universidad de Arizona.

—¿Especialidad?

—Genética.

—Me resulta familiar –comentó Manwich.

—Debería de resultarle familiar. Estaba en un programa de armas biológicas, en operaciones encubiertas. Pero el programa se canceló.

—¿Motivos?

—No pasó la evaluación psicológica anual.

—¿Diagnóstico?

—Esquizofrenia paranoide, con manifestaciones de delirios mesiánicos.

—Debería encajar bien con Volante, entonces. Deben de estar jugando a «averiguar el nombre del próximo Papa en el juego de pizza».

—Está en Roma... esperando un vuelo para Pakistán en este mismo momento.

Manwich curvó el labio superior.

—¿Cómo demonios ha salido del país? No podemos dejarle que vaya por ahí entregando armas biotecnológicas a esos jodidos fundamentalistas musulmanes. Por el amor de Dios, Islamabad está infestado de operarios de Al Qaeda. Enviaré de inmediato a un equipo de trabajos húmedos para que supriman a ese gilipollas.

—No. Ya tenemos un equipo situado en el otro extremo. Queremos ver quién es el que le recibe.

—Dado que disponen de pruebas positivas de que el grupo de Volante está utilizando los chips de encriptación que ustedes me enviaron a buscar, lo único que tengo que hacer es cazar a uno de los chicos de Volante con el chip clasificado en su teléfono, y luego exprimirlo hasta que nos dé la información.

—Ha habido un cambio en su objetivo.

—Entonces, ¿qué es lo que quieren de mí? –preguntó Manwich.

—Las órdenes vienen de arriba. Prepárese para intervenir en la operación de Volante en Italia. Quieren desmontarla por completo. ¡Parece que Volante es de hecho El Cobra!

—De acuerdo, lo haré, ¿yo y qué ejército? Si los italianos quieren suprimir a El Cobra, ¿para qué necesitan a este pequeño y viejo jodido de mí?

—La compartimentación es un factor de mucho peso. Sus órdenes son que trabaje con un equipo del Mossad.

—Entonces, ¿cómo es que no se me ocurrió a mí eso? –dijo Manwich con una gran ironía– ¿Están ustedes completamente chiflados?

—Lo único que se necesita de momento es hacer una gran interpretación.

—¿Lo que quieren es que agarremos a alguien y lo transportemos a un tercer país?

—Sí.

—¿Los tribunales italianos no acusaron a cinco agentes de la CIA en *«absentereo»* por echarle el guante a aquel terrorista egipcio el año pasado?

—¿Adónde quiere llegar?

Kyle palideció y trituró el pedal del freno en el último momento, evitando estamparse por poco contra la parte trasera de un autobús.

—¿Qué coño pasa? –preguntó Manwich.

—Ciertamente, no hay necesidad de utilizar un lenguaje como ése, agente.

—No es a usted, señor –dijo Manwich haciéndole una mueca a Kyle–. Entonces, ¿cuál es el trato con ese tema del Mossad?

Manwich se estremeció cuando escuchó la cáustica voz de Loveday, el jefe del directorio de operaciones.

—Agente, necesitamos una salida, alguien que pague el pato. El Mossad tiene ya un elemento importante sobre el terreno allí. Un elemento motivado por una *vendetta* personal. Ellos mataron a su padre. Cuando nos enteramos y amenazamos con saltar la tapa del negocio, Tel Aviv se avino a razones. La agente del Mossad está operando sin autorización, busca sangre. Y, por si no se ha dado cuenta, no somos demasiado populares entre los italianos actualmente. Hay un operario de la OSI, el coronel Rossi, que podría serle útil.

Mirando de reojo hacia atrás por encima del hombro, Manwich atisbó el poco llamativo cupé que había estado siguiéndoles desde que salieran de la embajada.

—Creo que he detectado ya a un equipo de vigilancia italiano, señor. En este momento estamos en camino hacia el lugar donde se encuentra ahora Rossi, señor.

—¿Y eso?

—Han secuestrado a un clérigo del Vaticano... creo que se llama Scarlotti. Yo tenía a los chicos del departamento técnico controlando las transmisiones de radio de los espaguetis. Estamos llegando ya al lugar donde encontraron a la víctima. Si tenemos suerte, Rossi seguirá estando en la escena del crimen –dijo Manwich, maldiciéndose a sí mismo en silencio por utilizar aquel término peyorativo racista.

—Quizás tengamos un golpe de suerte.

—Señor, ¿cómo contacto con la agente del Mossad?

—Ella les encontrará a ustedes.

«¡Joder! ¡Magnífico! –pensó Manwich–. Me han endosado a una tipa que se muere por vengarse. Lo cual quiere decir que será descuidada, y que estará ardiendo de ganas de apretar el gatillo, totalmente decidida a zurrar.» Y entonces se le ocurrió hacer la mayor de las preguntas.

—Entonces, ¿quién es el sujeto al que tenemos que agarrar?

—Es una mujer, una operaria de falsa bandera cuyo nombre codificado es *Bast*. La descripción encriptada debe de estar llegando a su terminal justo en este momento.

—Estoy a la espera.

—Y otra cosa, agente Manwich...

—Aquí está, señor.

—Es de todo punto crucial que capture a esa operaria con vida. ¿Está claro?

—¿Sin importar quién se interponga en el camino, entonces?

—Afirmativo. Y una cosa más, tanto si se interpone en su camino como si no... quiero que eliminen a Ahriman.

Manwich se quedó mirando la pantalla del portátil mientras se descargaba la imagen. Se quedó con los ojos de cervatillo de la mujer, con sus rasgos aquilinos.

Sacudió la cabeza.

—¿Le importa cuál de todos pague el pato? –dijo Manwich sonriendo, sabiendo de antemano la respuesta.

—En absoluto.

La conexión se interrumpió.

Cuando Manwich levantó la mirada, el automóvil se arrimaba al bordillo de la acera, frente a San Stefano, al otro lado de la calle.

—¿Nuevas órdenes? –preguntó Kyle.

—A lo mejor consigues mojar el churro.

Kyle le miró sin comprender nada.

Un automóvil de policía giró violentamente la esquina y frenó bruscamente al otro lado de la calle. Mientras se volvían hacia aquel ruido, la puerta del auto se abrió y salió de él un agente uniformado. Desde tan corta distancia, incluso con el cabello cuidadosamente recogido bajo la gorra, se les hizo obvio que se trataba de una mujer. Sus movimientos eran suaves, mientras bajaba la acera con la gracia y la agilidad de una pantera. Acoplándose en el ojo una cámara monocular de alcance conectada al portátil, Manwich estudió el rostro de la mujer. Después, llevó su mirada al portátil. Según el software FACE-IDENT de identificación de rostros cargado en el ordenador, había una coincidencia.

Manwich señaló con la cabeza a la agente.

—No mires ahora, pero creo que acaba de aparecer tu cita.

Sacando su Glock de 9 mm de su arnés de hombro DeSantos, Manwich introdujo un cartucho en la recámara, comprobó los cargadores de recambio que alojaba debajo de la otra axila y volvió a meter su arma en la funda. Manwich prefería la sensación de equilibrio que le daba el arnés de hombro, dado que lo pasaba mal levantándose los pantalones una y otra vez por causa del peso de la versión estándar de cadera, provisto de cargadores extra, una pistola para aturdir y esposas. Además, la única forma que había de que un hombre de su circunferencia pudiera abordar el problema era llevando tirantes. Pero aquél no era su estilo. Él pensaba que los tirantes le daban el aspecto de un abogado barrigón sureño, de un bebedor empedernido de ginebra que ejercía ante el juez de un tribunal de Louisiana infestado de moscas, que era exactamente lo que su padre había sido.

Mirando aún atentamente la silueta de la agente que desaparecía en la distancia, Kyle hizo lo mismo con su pistola, sonriendo como un colegial.

----------------

—No dejes que te engañe el uniforme de nuestra chica –dijo Manwich. Debajo de esos pantalones hay una poderosa y hermosa bruja.

Kyle se pasó la lengua por sus agrietados labios y, como un sabueso que hubiera captado el olor de un zorro, salió del automóvil y cruzó la calle, evitando a escasa distancia a otro automóvil que pasaba. Manwich salió tras él, medio corriendo y medio caminando torpemente, cargado de espaldas y con los pantalones formando una gran bolsa en su trasero.

En Fort Meade, Loveday, el jefe del directorio de operaciones, tamborileaba nervioso la mesa.

El Hombre Respuesta se aclaró la garganta.

—Ha enviado usted a Manwich a Roma para echarle el guante a una agente de Al Qaeda y para terminar con Ahriman, y luego ha enviado un equipo de operaciones a la India. ¿Por qué? No encuentro la conexión.

Dándole vueltas distraídamente a su anillo entre el pulgar y el índice, el jefe se mordió el labio y guardó un silencio pétreo. Luego, levantó la mirada y dijo:

—Es algo que se queda entre Dios y yo.

Desviando los ojos, el jefe del directorio se quedó mirando sus rechonchas y artríticas manos, las mismas manos que había utilizado para estrangular a Kenny, el internista, con la cuerda de piano.

El sello de los Caballeros de Malta resplandecía de forma desafiante desde el dedo anular del jefe, como advirtiéndole de que guardara su voto de silencio so pena de muerte. Se puso rígido, y luego, levantando la mirada, observó brevemente al Hombre Respuesta y volvió a bajar la mirada súbitamente, ocupándose en sus papeleos, lo cual significaba *fin de la discusión.*

Lo que el Hombre Respuesta, Manwich y la mayoría del personal de la NSA no sabían era que el jefe había contratado a Ahriman hacía años, iniciando encubiertamente su propio programa Psy Ops en la NSA y financiando en secreto sus oscuros experimentos sobre control mental. *Bast* era en realidad una invención de Ahriman. Ahriman quería hacer un cambio en los sujetos de sus pruebas de programación, pasando de adultos a niños, con la idea de que los niños serían más maleables. A *Bast,* o Basha, y a su hermano, Hamal, los habían encontrado en un campamento de refugiados palestinos. Llevaron a Basha a Estados Unidos. La mano derecha del jefe era Carl Rothstein, jefe de zona en Tel Aviv por aquella época. Él había sido el que había explorado el terreno en los campamentos. Había examinado y puesto a prueba a docenas de niños, pero aquellos dos eran excepcionales. Eran brillantes y sanos, y estaban suplicando afecto.

Tenían otra hermana, pero Rothstein descubrió que un ciudadano israelí con conexiones políticas la había adoptado, y los expedientes habían desaparecido. Aquello había formado parte de un programa PR dirigido a mostrar las buenas intenciones de Israel con respecto a la pacificación; pero, en este caso, Rothstein sospechaba que el Mossad estaba implicado en el asunto. Muchos niños pequeños habían sido sacados de los campamentos del Líbano y habían sido educados en familias judías, que en ocasiones no sabían nada, siendo adoctrinados en un *kibbutz.* Había recibido el nombre en clave de Operación Moisés. Rothstein también había dejado que el chico, Hamal, se le escabullera de entre las manos y fuera a parar a manos del homólogo del jefe en el MI-6.

El jefe sospechaba que Ahriman estaba jugando a dos bandas contra el centro, que era un agente doble, que trabajaba para la NSA, Volante y el MI-6. Sospechaba que Ahriman había compartido los resultados de sus investigaciones con los tres. Volante se había convertido también en un estorbo. Volante se consideraba a sí mismo un hombre extraordinario, al que se le había encomendado la responsabilidad de utilizar sus extraordinarios dones para salvar el mundo. Y, como la mayoría de los hombres extraordinarios, no tenía escrúpulos a la hora de saltarse los dictados y las costumbres de la sociedad. Él estaba por encima del hombre medio. Mirando al mundo desde las alturas, disponía del poder para crear. Creía que nada sucedía por azar. Creía que el azar era algo que él podía controlar. Y, como la mayoría de quienes creen que son extraordinarios, había caído en el delirio del poder. En una palabra, se había vuelto loco.

Ahora, la pelota estaba en movimiento. No importaba quién eliminara a quién. Y confiaba en que Manwich se ocupara del asunto para que los italianos o el Mossad pagaran el pato. *«Sí, esto es algo entre Dios y yo»*, pensó.

Reverentemente, el jefe cogió el rosario y, bajando la cabeza, se puso a rezar.

A una manzana de distancia, discretamente agazapado detrás de un camión, se encontraba el nada llamativo cupé. El agente del MI-6 que se encontraba tras el volante tomó el teléfono SATCOM y marcó el número.

Una voz hosca respondió.

—Sí.

—Señor Childress, las cosas se encaminan hacia un punto crítico aquí.

—Entonces, ¿tienen localizado el objetivo?

—*Bast* acaba de llegar, señor. Pero parece que vamos a tener complicaciones.

—¿Cómo es eso?

—Fort Meade tiene operarios en el escenario. Concretamente, Peter Manwich.

Se escuchó una sonora inhalación.

—¡Maldito gilipollas!

—Sí, señor.

—No deje que ese puñetero huevón se interponga en su camino. Que hagan cola. Atrape a la operaria *Bast* a toda costa.

—Considérelo hecho.

—¡Cojones! Asegúrese de que lo hace.

Hubo una larga pausa, y luego dijo:

—Una cosa más. Llame al Colmenero en Legoland y dígale que las cosas están *Luvvly* en mi extremo. Tuve algunos problemas con los gilipollas locales, pero eso se ha resuelto bien. Ya he neutralizado al equipo de la NSA sobre el terreno aquí. Tómeles la delantera a esas mariconas remilgadas y estaremos en posición para cuando llegue el doctor.

Durante todo el rato, el joven árabe estuvo sentado en silencio en el asiento trasero, con los ojos fijos en la mujer vestida de policía. Sus ojos castaños tenían una mirada trágica. Se puso tenso cuando comenzó a temblarle incontrolablemente el labio inferior, y se enjugó una lágrima. No podía permitir que sus emociones delataran sus verdaderas intenciones ante aquellos hombres.

# CAPÍTULO 68

Al escuchar abrirse la puerta, Giovanni hizo una pausa y se volvió. El padre Fallace entró, casi de puntillas y casi sin aliento. Acercándose a la mesa, puso los brazos en jarras y sonrió.

—Veo que es usted un estudioso de las artes. La obra de Durero ha sido mi obsesión durante muchos años.

Giovanni le miró, pero no dijo nada.

Fallace les dirigió hacia el último de los cuadros con un movimiento de cabeza.

—Aunque son todos notables, la Crucifixión de Durero es para mí el más intrigante. Transmite tantos detalles interesantes... y tan asombroso misterio...

—¿Misterio? —dijo Rossi, intercambiando una mirada con su tío.

—No soy un historiador del arte, pero es bien sabido el hecho de que Durero sintonizaba con la corriente subterránea de lo que, a falta de un término mejor, podría denominarse francmasonería. Como muchos pintores del Renacimiento, en su corazón era un noble hereje. Incluso era un tanto rebelde.

Giovanni examinaba al sacerdote mientras hablaba, tomando nota de cada detalle, de cada uno de sus excéntricos amaneramientos, del modo en que aguijoneaba con sus pálidas manos, del subyugador aroma de su colonia, de las inflexiones de su voz, del toque travieso que adquirían las comisuras de sus labios cuando sonreía.

—Se diría que estaba «obsesionado» con su mentor; aunque, debido a que Alberti falleció mucho antes, nunca lo consumaron. Salvo, quizás, en un grabado en cobre —dijo el sacerdote con una traviesa sonrisa.

—¿Se refiere usted a su obra *La caída del hombre* –le interrumpió Giovanni—, en la que Durero le dio su cara a Eva y la de Leon Battista Alberti a Adán en el Jardín del Edén?

—Ciertamente –dijo Fallace–. Dos hombres desnudos, de pie, con una mirada temerosa.

Y abrió los ojos como para hacer una demostración.

—Quizás fuera una mirada de amantes encandilados –propuso Giovanni–. Aunque es evidente que hubo un deseo no consumado por parte de Durero, dado que nació el mismo año en que Alberti murió. Alberti, no obstante, además de ser casi el que dio inicio a todo el movimiento y de ser arquitecto, era miembro de una orden secreta de adeptos.

Rossi entornó los ojos como diciendo *«allá vamos de nuevo»*.

—Bravo, *professore* Giovanni Battista Alberti. Veo que tiene usted también un punto de hombre renacentista –dijo el sacerdote con un centelleo en los ojos–. Entonces, quizás sepa ya que Durero tenía un pequeño secreto en lo referente a la muerte de Jesús.

—En realidad, padre, tenemos prisa –interrumpió Rossi–. ¿Podemos ver la grabación, por favor?

Silenciándolo con un gesto despreciativo de la mano, Giovanni dijo:

—Padre, continúe, por favor. Pero todo el mundo se refiere a mí sólo como Giovanni.

Cuando el sacerdote se volvió hacia Rossi, Giovanni le guiñó el ojo a su sobrino.

El sacerdote señaló un grabado que parecía representar la Última Cena.

—Mi querido *professore* Giovanni, si lo prefiere así, se dice que el mayor de los secretos de Durero se revela en esta obra, pero le confieso que ese secreto me elude. Dado que compartimos una pasión similar, ¿sería tan amable de ilustrarme? ¿Se le ocurre alguna idea?

Giovanni pensó que el interés de Fallace en Durero era una coincidencia demasiado extraña, pero decidió seguirle el juego. Miró al sacerdote

durante un instante y volvió a posar la mirada en la impresión del grabado. Acariciándose la barbilla mientras pensaba, contempló el enigma.

—Comencemos con lo básico, la composición. Tenemos una simetría
perfecta, seis apóstoles a cada lado, que posan su mirada en Jesús y...

Fallace ahogó un grito.

—Oh, Señor, ¿cómo no lo vi? ¡Es tan obvio!

—Si hay ya doce apóstoles en la escena, ¿a quién acuna Jesús entre sus
brazos? –preguntó Rossi, que se había acercado para observar la imagen.

—Bien dicho, Nico –sonrió Giovanni–. Al igual que en La Última
Cena de Leonardo da Vinci, tenemos una pista que nos mira directamente a la cara, algo que está totalmente fuera de lugar.

—¿Estás diciendo que es María Magdalena?

Fallace se aclaró la garganta.

—Al contrario, parece...

—Siga –le animó Giovanni–. ¿Recuerda el adagio hermético «como
arriba, así es abajo»?

—Ya veo. ¡Los arcos, que simbolizan la *Vesica Pisces,* o el útero! –dijo nervioso Fallace, mientras comenzaba a garabatear un diagrama sobre una hoja de papel.

Se la pasó a Rossi, que contemplaba todo con un gesto de desconcierto. Dos semicírculos que se intersecaban llenaban la hoja.

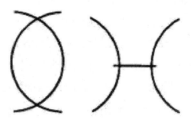

Fallace atravesó el dibujo con el dedo.

—Ahora, mire, coronel Rossi, aquí mismo, en el grabado... un agujero oscuro, una ventana... un canal del parto o puerta... y, debajo, Cristo, sosteniendo a quien debe ser su...

—Su único hijo... –intervino Giovanni en voz muy baja.

Fallace soltó una risita y tembló como una colegiala.

—¡Maravilloso, *professore!* ¡Simplemente, maravilloso!

—Simple lógica –dijo Giovanni encogiéndose de hombros, para después volverse hacia Fallace con una mirada fría–. Evidentemente, no es más que otra herejía –concluyó con un tono que parecía afirmar al tiempo que preguntar, mientras sondeaba al sacerdote con la mirada.

*«Se le están viendo las cartas»,* pensó Giovanni.

Fallace esbozó una sonrisa y recobró la compostura.

—Evidentemente. Pero me encanta resolver estos pequeños enigmas –dijo con un mohín, y añadió volviéndose a Rossi–. Tengo otro enigma para usted.

Fallace se frotó las manos con fuerza, mientras se volvía hacia la mesa.

—Mire la escena de la crucifixión. Preste atención en concreto a la figura que está detrás de la cruz. La que tiene los brazos levantados.

Rossi suspiró y asintió con la cabeza.

—Es un gesto inusual... a menos que reconozca usted su verdadera trascendencia –dijo el sacerdote–. Es el signo de la Gran Llamada de los masones, quienes, obviamente, lo recibieron de los templarios.

—Su llamada angustiada –añadió Giovanni.

Albrecht DURER                    Small Passion -- CRUCIFIXION

—Exactamente –dijo el sacerdote–. Ahora, joven, estudie con atención el rostro de Jesús.

Mirándolo de cerca, Rossi masculló:

—Parece un rostro curtido por el sol, el rostro de un hombre de treinta y tantos años.

—Sí. Continúe.

—Por lo que han dicho antes acerca del tema de Adán y Eva... supongo que es la cara de Durero –dijo Rossi volviéndose hacia su tío en busca de confirmación, pero éste guardó silencio.

Lentamente, la mirada de su tío se dirigió al escritorio, posándose en el cenicero repleto de colillas. Palpándose los bolsillos, Giovanni dijo:

—¡Oh, vaya! Creo que me he dejado los cigarrillos en el despacho. Padre, ¿podría abusar de usted?

Una mirada de desconcierto se dibujó en la cara de Rossi; pero, cuando comenzó a hablar, Giovanni le hizo callar.

—Lo sé, lo sé. Lo dejaré la semana que viene.

—Oh, lo siento mucho –dijo Fallace con un gesto humilde–, pero no fumo.

Todavía con el ceño fruncido, Rossi se puso a rebuscar en el bolsillo de su chaqueta, pero Giovanni negó con la cabeza. Rossi desvió la mirada hacia el sacerdote, y luego volvió a mirar a su tío, y asintió con la cabeza.

—Joven, su observación fue astuta, pero su conclusión no fue la correcta.

El sacerdote señaló otro de los cuadros que había sobre la mesa. El rostro radiante de Cristo, con la mirada fija en el observador, con sus largos cabellos cayendo sobre sus hombros, y con un modesto vello facial. Una imagen típica, aunque un tanto diferente...

—Deje que le presente a Alberto Durero –dijo riendo Fallace.

—Un autorretrato –añadió Giovanni.

Fallace asintió.

—Demasiado adulador, una licencia artística excesiva, me temo.

—Entonces, ¿de quién es el rostro que le puso a Cristo en la cruz? –preguntó Rossi.

—Es nada más y nada menos que el mismo rostro cuya impresión encontramos en el Sudario de Turín, el mismo rostro que se honra en todos los templos masones del mundo, el rostro de Jacques de Molay, el Gran Maestre y cordero del sacrificio de los templarios.

Con estas palabras, Giovanni comenzó a dar vueltas en su cabeza. Otra pieza del puzle por el cual había muerto Max quedaba ahora al descubierto. Ciertamente, los templarios tenían la prueba de que la resurrección de Cristo era una falsedad, y Durero, sustituyendo a Molay por Cristo en la cruz, había codificado la verdad de un engaño para todos aquellos que tuvieran ojos para ver.

# CAPÍTULO 69

Mientras miraba al padre Fallace, Rossi se frotó la barbilla, que mostraba ya los signos de una barba de ocho horas.

—¿Se está refiriendo a los templarios?

—¿A quién si no? –respondió Fallece con una expresión radiante. –No me diga que comparte usted mi interés, coronel?

—Digamos que es una obsesión reciente –respondió Rossi lanzando una rápida ojeada a su tío, que miraba fijamente al sacerdote.

Fallace se dirigió al escritorio, abrió un cajón y sacó un libro titulado *The Hiram Key*.[19] Fallace rebuscó entre sus páginas y les mostró una foto de la imagen del Sudario de Turín.

—La foto de arriba es fácil de reconocer. Es el negativo de la imagen que muchos atribuyen a Cristo, impresa de algún modo mágico en su sudario. Pero fíjese en la sorprendente semejanza que tiene con la talla en madera del Gran Maestre Molay que hay debajo. Fíjese bien en los ojos, en la larga y angulosa nariz, en la extraña forma de la barba, en cómo se divide en su borde inferior. En 1988, el Vaticano permitió que se realizaran tres dataciones por radiocarbono con el lino del Sudario de Turín. Y se descubrió que era un absoluto fraude, que no se remontaba más allá de finales del siglo XIII, lo cual coincide a la perfección con el arresto de Molay, tras la llamada del papa Clemente para que volviera de Limasol, Chipre. Poco después, Molay sería arrestado y torturado a manos del esbirro del rey de Francia, el Gran Inquisidor Guillaume Imbert. En la redada que hicieron los hombres

---

19. Este libro lleva el título en castellano de *La clave masónica: faraones, templarios, los manuscritos perdidos de Jesús*, de Christopher Knight y Robert Lomas, publicado por MR Ediciones, Madrid, 2004. (*N. del T.*)

de Guillaume en el Temple de París encontraron un sudario oculto en una caja, pulcramente plegado bajo una calavera y unos huesos humanos. Al igual que el infame Torquemada en España, Guillaume era un genio del sadismo en lo referente a métodos de tortura. Y dado que los templarios habían sido acusados de negar la crucifixión, pisoteando y escupiendo sobre el crucifijo como parte de sus ceremonias de iniciación, el inquisidor diseñó un conveniente juicio de Dios para Molay, una blasfema representación de la crucifixión de Cristo. Después de azotarlo hasta dejarle la piel a tiras, de coronarle con una corona de agudas espinas y de clavarlo en una cruz, Guillaume le atravesó el costado con una lanza. Y luego, para mofarse de él, Guillaume le puso en los labios un trapo empapado en vinagre. Molay terminó confesando. Lo bajaron de la cruz y lo envolvieron en el sudario que habían requisado en su propio templo.

Giovanni intervino.

—Naturalmente, todo esto ocurrió antes de que se retractara y fuera quemado en la hoguera en París, ¿no?

Fallace parpadeó, curvando los labios en una tirante sonrisa.

—Naturalmente. Sólo es que me parece una explicación más plausible que la de que fuera...

—... Leonardo quien hiciera la falsificación –dijo Giovanni, puntuando sus palabras con un ligero toque sarcástico–. Da Vinci conocía el invento de Roger Bacon, la *camara obscura,* y pudo conseguir las sales de plata necesarias, como el nitrato y el sulfato. Pero la idea de que él pudiera crear una imagen solarizada irradiando o chamuscando el lino químicamente tratado con rayos ultravioletas condensados de la luz solar es...

—... científicamente absurda –intervino el sacerdote–, dado que las marcas de las quemaduras son fluorescentes bajo la luz negra, y ni la imagen ni las manchas de sangre reaccionan de esta manera.

Rossi pensó que su tío y el sacerdote estaban ahora lanzándose estocadas y desviando acometidas como contrincantes en un combate de esgrima, y apostó a que Giovanni asestaría la arremetida mortal.

Fallace respiró profundamente.

—Mi querido *professore,* a pesar de sus protestas y de su tono, siento que, de algún modo, puede haber una duda subyacente, una persistente incertidumbre en lo referente a la crucifixión. ¿Estoy en lo cierto?

Manteniendo una inexpresiva cara de póquer, Giovanni respondió:

—Es una pregunta ciertamente extraña para un sacerdote, pues está dando a entender que compartimos una duda mutua.

Durante unos instantes, Fallace no dijo nada, pero Rossi se fijó en todo lo que no se decía, en el lenguaje corporal: rigidez en los hombros, un ligero tic en el párpado derecho, una mano que se elevaba distraídamente hasta los labios.

Como quitándole importancia a un impertinente mosquito, el padre Fallace hizo un movimiento brusco de cabeza y bajó el telón de inmediato. Cuando lo levantó de nuevo, su manera de conducirse había cambiado, convirtiéndose de nuevo en el inepto y humilde párroco de iglesia. Sacó el brazo y, de debajo del puño francés de sus mangas, refulgió un reloj de pulsera Patek Philippe de oro.

—¡Dios mío, qué hora es! Dejen que les ponga ese vídeo, ¿les parece? Tengo que hacer mi ronda de visitas nocturnas en la clínica.

Cuando el sacerdote se acercó al reproductor de vídeo, la mano de Rossi se desplazó discretamente hasta su cadera, buscando la tranquilizadora sensación de la culata de su Beretta.

Encontrando la voz, Rossi dijo a sus espaldas:

—Hágalo, por favor, padre.

Y luego se acercó cautamente hasta su tío.

En la pantalla apareció la parpadeante imagen de la capilla. Estaba vacía.

—Déle al avance rápido hasta que veamos algún movimiento –le dijo Rossi.

El reproductor de vídeo era de un modelo antiguo, de modo que la imagen se veía entrecruzada aquí y allí por líneas de interferencias.

De pronto, una figura entró por la esquina inferior derecha de la pantalla.

—Pulse el *play* –le ordenó Rossi.

Mientras Fallace se apartaba a un lado, la atención de Rossi se centró en la imagen. Por detrás, parecía tratarse de un sacerdote, vestido con una larga sotana negra, que ahora se arrodillaba reverentemente ante el altar, bajando la cabeza en oración. Aun desde aquel ángulo, y aunque el sacerdote estaba de rodillas, Rossi pudo ver que aquel hombre era alto, desgarbado y sumamente delgado.

De espaldas a la cámara, otra figura se deslizó a través de la pantalla. Aunque la imagen se veía granulada, Rossi pudo discernir las formas lentas, sigilosas y deliberadas con las que la segunda figura, una figura diminuta, se acercaba hasta el sacerdote que oraba. De repente, el brazo de la figura más pequeña se elevó por encima de la espalda del sacerdote; pero, debido a su corta estatura, la figura casi pareció verse forzada a ponerse de puntillas para conseguir la elevación necesaria. Y luego, el inequívoco reflejo de una hoja se descargó trazando un arco hacia abajo.

Atónitos e impactados, contemplaron la espeluznante escena como el que contempla una película de terror, en unos crudos tonos en blanco y negro que la hacían aún más surrealista si cabe, mientras la hoja de acero se bajaba una y otra vez salvajemente.

El extraño sonido, un sonido casi animal, de Fallace aclarándose la garganta sacó a Rossi de su ensueño.

Rossi tosió para generar una distracción momentánea, y echó un vistazo rápido sobre su hombro.

Al parecer, mientras ellos estaban absortos en la carnicería que se desarrollaba en la pantalla, el padre Fallace les había dado la vuelta y ahora estaba justo detrás de ellos, con el brazo extendido, sosteniendo un pequeño dispositivo en la mano. Su plácida mirada se había transformado en una mirada salvaje. Sus ojos brillaban con el fulgor de la locura.

Y en la pantalla del televisor que había ante ellos, la figura del asesino se volvió lentamente hacia la cámara, revelando el rostro sonriente del padre Fallace.

# CAPÍTULO 70

La atmósfera otoñal se tornó de un color amarillo limón con la mortecina luz del crepúsculo. En el silencio de la noche que cubría la Ciudad del Vaticano, las columnatas, los tejados y los ángeles centinelas de Bernini atraían más y más sombras sobre sí.

En la Plaza de San Pedro, bajo las ventanas de los apartamentos papales, una muchedumbre de rostros juveniles miraba hacia arriba con silenciosa impaciencia, orando, buscando una sombra fugaz en aquel solitario rectángulo de luz mortecina, con la esperanza de que el amable rostro del Santo Padre apareciera milagrosamente de nuevo. Esperaban el rostro del hombre, no el del Papa o el del símbolo del cristianismo, ni siquiera el del silencioso hombre de Estado, sino el rostro del hombre que había ido en busca de *su* generación. El hombre que había recorrido más kilómetros que ningún otro Pontífice, que había ostentado el cargo durante casi tanto tiempo como lo había hecho San Pedro, durante más años que los que muchos de aquellos jóvenes tenían de vida.

En el interior del apartamento, una tropa de monjas polacas de rostro austero revoloteaba por la sala en un desesperado esfuerzo por mantenerse ocupadas. Marko, el ayuda de cámara personal del Papa, estaba haciendo un inventario de los objetos personales de Su Santidad. Por pura costumbre, había dispuesto ya las vestiduras blancas del Pontífice para el día siguiente. Pero, no pudiendo soportar su contemplación, su mirada se había posado en la caja ricamente decorada que había sobre el escritorio, cerca de la zona del vestidor. En la caja estaban las últimas voluntades del Papa, y junto a ella había un magnetófono. Siendo consciente de que el fin estaba próximo y de que las fuerzas le abandonaban a cada minuto que pasaba, Juan Pablo había grabado de antemano sus últimas palabras para su grey.

El camarlengo entró en la habitación, acompañado por el maestro general Spears y el cardenal Drechsler. Posaban la mirada en el suelo, mientras caminaban con un movimiento forzado. El camarlengo señaló con la cabeza a la puerta, indicándole a Marko que debía salir.

—¿Ha fallecido? –preguntó Marko buscando su legañosa mirada.

El camarlengo asintió solemnemente.

—¿Y sus últimas palabras?

Con cierta tensión y aclarándose la garganta, el camarlengo dijo:

—Fueron... «Sígueme».

—Lo que le dijo Cristo a Pedro –comentó Marko, con la mirada perdida en el suelo por unos instantes.

Después, levantó los ojos empañados en lágrimas y dijo con un atisbo de alegría:

—Pero se refería a su...

—Rebaño de jóvenes. Incluso en la muerte, se veía a sí mismo como su pastor.

Acercándose a Marko, el camarlengo le puso el brazo sobre los hombros y lo acompañó hasta la puerta.

—Ve con él. Deja que los viejos hablemos del futuro de la Iglesia.

Después de salir Marko, el camarlengo cerró la puerta con llave y se unió a sus compañeros junto al escritorio.

Con sus enormes manos, el maestro general Spears tomó aquella caja ricamente decorada y, con mucho cuidado, abrió el cierre y levantó la tapa. Los otros dos guardaron un silencio expectante, mientras Spears extraía un rosario y un puñado de papeles pulcramente doblados. Los desplegó y los dispuso sobre el escritorio, alisando con sus enormes manos las arrugas de los finos papeles de color crema.

Spears reconoció la letra manuscrita del Papa, mientras leía en voz alta la primera página.

*Lieber alter freund:*

Spears escuchó una fuerte inhalación y se volvió hacia el cardenal Drechsler, que tragaba saliva visiblemente con un movimiento de garganta. Spears se percató de que el Papa se dirigía a Drechsler en la lengua natal del cardenal, el alemán, como siempre había hecho. Observó la mirada inquisitiva de Drechsler y su estoica expresión, enmarcadas por un manto de espeso cabello plateado. Drechsler asintió secamente, y Spears volvió a posar sus ojos en la carta. Su discurso pasó al inglés.

*Aunque muchos son los que han visto el tercer secreto de Fátima como una profecía del Juicio Final, y han pensado que usted y yo la guardábamos en nuestro pecho y negábamos su existencia como tal, la verdadera profecía procede de otra fuente. El destino pondrá el papado en las manos de un hombre justo, de un hombre que traerá la paz.*

Drechsler se acercó a Spears, leyendo por encima de su hombro, y Spears sintió el cálido aliento del cardenal en su nuca.

Spears se volvió, y comprobó que el rostro del cardenal tenía una expresión glacial.

—Quizás prefiera leerlo en privado...

—No. Continúe, por favor –dijo Drechsler con una voz melodiosa, aunque forzada y quebradiza.

Spears siguió leyendo:

*El obispo irlandés del siglo XII San Malaquías hizo unas predicciones acerca de los dos últimos Papas que ocuparían el Vaticano. Al penúltimo le dio la divisa de Gloria Olivae, la gloria del olivo. En una visión, la Bienaventurada Madre me dijo que él traería una paz temporal, pero que daría paso al principio del fin. En sus manos, ella sostenía un libro, y señaló una cuarteta de Nostradamus.*

*«En un tiempo breve, el médico del gran mal y la sanguijuela de la orden desigual prenderán en llamas la Rama del Olivo. El puesto del Papa se moverá de una costa a otra, y por tal fuego su imperio será alcanzado, que el calor evaporará la saliva en sus bocas.»*

*El último Papa, Petrus Romanus o Pedro el Romano, se verá sumido en una terrible batalla final. Malaquías escribió: «Durante la persecución final de la Santa Romana Iglesia, se sentará Pedro de Roma, el cual apacentará a sus ovejas en medio de grandes tribulaciones, pasadas las cuales, la Ciudad de las Siete Colinas será totalmente destruida, y el Juez tremendo juzgará al pueblo». La vida y la historia me han enseñado algunas lecciones descorazonadoras. Con mi visión oscurecida, intenté derrotar a la gran bestia, el comunismo; pero, al hacerlo, mi corazón se llenó con un profundo odio por su ateísmo. Dejando que los fines justificaran los medios, permití que el Adversario encontrara un punto de apoyo dentro de estos sagrados muros, en los mismísimos corazones y mentes de la Curia. Durante demasiado tiempo he permitido también que el mezquino egotismo y la tradición negaran el legítimo lugar de la mujer dentro de la Iglesia. Mi último deseo es que se les permita a las mujeres reanudar su antiguo papel como sacerdotes o sacerdotisas, papel que legítimamente ostentaron en nuestras raíces más primitivas, en el llamado paganismo. Al negar la verdad de las verdaderas enseñanzas de Cristo, al demonizar a las mujeres, al etiquetar de heréticos muchos evangelios verdaderos, hemos caído en manos del Adversario. Recuerden: DEO, NON FORTUNA. Por Dios, no por azar. Y yo añadiría: por derecho de nacimiento, no por errónea tradición. Ha llegado el momento de levantar las trabas a nuestras hermanas en Cristo. Las mujeres deben ser ordenadas en el sacerdocio.*

Llegando al final de la página, Spears se detuvo y levantó los ojos.

—Parece que el Santo Padre cambió de idea. Si esto se hiciera público...

El camarlengo permanecía visiblemente silencioso. A Spears siempre le había maravillado la actitud del camarlengo, capaz de transmitir hacia el exterior una expresión de servil subordinación, al tiempo que proyectaba su desprecio interno. La mirada de Spears se posó en Drechsler, cuyos fríos ojos estaban fijos en él. No dijo nada, pero su mirada lo decía todo.

Al cabo de unos instantes, Drechsler dijo hoscamente:

—Esto nunca verá la luz del día.

Spears enderezó los hombros y le devolvió la mirada firmemente.

—La luz, aun cuando esté oculta bajo el más oscuro de los mantos, aun cuando venga desde las más distantes galaxias, parece encontrar su camino a través de la más lúgubre oscuridad. Y por muchas maquinaciones que el universo arroje en su sendero, la luz y la verdad siempre...

—... prevalecen –le interrumpió el camarlengo con aire ausente.

Y luego, mirando a su alrededor tímidamente, recobró su estado silencioso.

Drechsler observó sus rostros antes de hablar. Suavizó su talante, esbozando una extraña sonrisa en su marmóreo rostro.

—Quizás. Sí, quizás esto merezca un cuidadoso estudio. Sin embargo, no establezcamos juicios precipitados, caballeros. Dele la vuelta a la página.

Pero mirándoles desde la siguiente página, había unas hileras de letras formando un bloque que llenaba la página.

—Pero, ¿qué rayos es...? –exclamó Drechsler.

Spears se acercó el papel a los ojos, estudiándolo atentamente. Sacó un lápiz de su hábito color crema, dejó el papel sobre el escritorio y se puso a circundar líneas de letras.

—¿Qué hace? –preguntó Drechsler–. ¡Está garabateando el testamento de Karol!

Ignorándole, juntando las cejas en profunda concentración, Spears siguió delimitando bloques de letras con alargados círculos.

—Ya está –dijo con una sonrisa de satisfacción–. Al contrario. No estoy garabateando el documento, cardenal. Lo estoy descifrando.

Ahora, la página parecía una sopa de letras, como las que se podían encontrar en cualquier periódico.

—Un código bíblico... pura y simplemente –dijo Spears sacudiendo la cabeza–. No sabía que Su Santidad conociera este código. Es sorprendente.

Drechsler frunció el ceño y dijo sarcásticamente:

—Sí, talentos e intereses desconocidos.

—¿Cómo funciona? –preguntó el camarlengo.

—Es ingenioso... pero sencillo. Uno simplemente establece los versículos de la Biblia en una serie ininterrumpida de letras, y utiliza un programa de ordenador para detectar los patrones y las frecuencias recurrentes de letras o palabras.

—Rompecabezas de palabras –dijo Drechsler entornando los ojos.

—Pero son las palabras de Dios, mi buen cardenal, que se supone que deben ver aquellos que tienen ojos, que tienen corazón para ver.

Suspirando y sacudiendo la cabeza, Drechsler dijo:

—¿Y qué «mensaje secreto» le ha comunicado Dios al Santo Padre?

Señalando a las filas de letras circundadas, que formaban ahora palabras, Spears dijo:

—Simplemente, la identidad del próximo Papa.

Drechsler se quedó mudo de asombro. Luego, encontrando su voz, leyó en voz alta, aunque con un débil susurro:

—Benedicto Dieciséis.

Un escalofrío le recorrió la espalda, mientras su corazón latía con fuerza. Años antes, mientras yacía en la cama desvelado a altas horas de la madrugada, Drechsler había decidido que, si alguna vez llegaba a asumir el papado, elegiría el nombre de Benedicto XVI. Forcejeando por suprimir la creciente aprensión que le tenía atenazado, y deseando que su rostro recuperara nuevamente su inescrutable máscara de mármol, su mirada de acero fue del papel a Spears, buscando algo.

—¿Hay algo más?

Spears pasó a la siguiente página, en la que habían escritas dos columnas de palabras: la de la izquierda en inglés, la de la derecha en hebreo. Spears leyó la columna en inglés: «El Sudario de Turín. Sangre. Clave para la Hija de Cristo».

Frotándose la barbilla, Drechsler se enderezó en toda su estatura y dijo con el dominio y la autoridad de un actor shakespeariano:

—Creo que lo mejor para todos los implicados es que yo me encargue de la protección de estos documentos.

Y antes de que Spears pudiera protestar, el cardenal Drechsler recogió los papeles de la mesa, los volvió a meter como pudo en la caja y se puso la caja debajo del brazo.

El camarlengo resolló, y luego comenzó a hablar:

—Camarlengo —dijo Drechsler interrumpiéndole—. Creo que tenemos que hacer los preparativos para el funeral del Papa, los *novemdiales,* los nueve días de luto.

Como si lo hubieran descentrado con un rápido empujón, el camarlengo se estremeció y cambió de marcha. Frotándose las manos, dijo excitado:

—Ciertamente, cardenal. Ciertamente.

Miró nerviosamente a su alrededor y se dirigió hacia la puerta, murmurando para sí mientras se marchaba:

—Sí, hay muchos preparativos que hacer. ¿Por dónde empezar?

Spears respiró profundamente, miró a Drechsler con ojos inescrutables, como si estuviera mirando a través de él, y dijo:

—Espero que hablemos de todo esto en fechas posteriores, cardenal. Por ahora... digamos que tengo asuntos más acuciantes.

Y, diciendo esto, giró su enorme constitución con un chasquido de tela blanca y desapareció por la puerta, como un fantasma que llegara tarde a otra aparición.

Solo al fin con sus pensamientos, los ojos de Drechsler se fijaron en las blancas vestiduras y en el blanco solideo que yacían en la cama. Se aproximó, y acarició el tejido con las yemas de los dedos.

Imaginó el humo blanco elevándose en un cielo plomizo una mañana temprano. Se imaginó a sí mismo envuelto en una sotana Gamarelli similar y vestiduras escarlatas, apareciendo en el balcón, con los brazos extendidos mientras el cardenal gritaba, «*Habemus Papam,* ¡Tenemos Papa!*». Imaginó el rugido de la multitud cuando el *Servus Servorum Dei,* el siervo de los siervos de Dios, Benedicto XVI, diera su primera bendición papal.

Pero entonces, desde no se sabe dónde, una oscura sombra se cernió sobre él, helándole hasta los tuétanos. La sombra parecía caer en picado, creciendo en tamaño hasta ocultar el sol. Se vio a sí mismo con el rostro pálido y desfigurado, de cuerpo presente, mientras una multitud desfilaba lentamente ante él. Agarrotado y helado, pero aún consciente, escudriñó el entorno. Aquello no era el Vaticano. «*¿Dónde estoy, en nombre de Dios?*»

Entonces, desde la puerta le llegó un sonido parecido al de una breve tos que le sacó de su ensueño, seguido por un doloroso pinchazo en el cuello, como si le hubiera picado una abeja.

Se sintió mareado de repente.

Se aferró con la mano al poste de la cama, buscando apoyo mientras sentía que las piernas le fallaban, respirando desigualmente, con un sudor frío cubriéndole la frente y el corazón galopando desbocado. Le cedieron las rodillas y se desplomó. La pequeña caja decorada se le escurrió de las manos y cayó al suelo.

Pasos.

La vista se le emborronó mientras yacía allí, mirando el ondulante suelo, con la mejilla apretada contra la alfombra, incapaz de moverse.

Unas botas. Unas botas negras aparecieron ante sus ojos. Unas manos… sujetando una pistola… recogieron la caja del suelo. Una fina voz, musitando palabras ininteligibles, descendió flotando hasta él. Unas motas oscuras parecidas a lampreas comenzaron a serpentear ante sus ojos. Su campo de visión se oscureció en los márgenes, y luego todo se convirtió en oscuridad... en una impenetrable negrura.

# CAPÍTULO 71

El cortante viento se arremolinaba a su paso por la ladera adyacente, remeciendo con fuerza la furgoneta de televisión. La lluvia azotaba el parabrisas del vehículo, mientras un enorme guerrero, sentado ante el volante, atisbaba con atención a través de un dispositivo de visión nocturna. Las ramas de los árboles crujían ante el empuje de las rachas de viento.

Unas figuras oscuras se desplazaban a grandes zancadas a través del manto de hojas empapadas por la lluvia. A través del campo verde fosforescente del visor nocturno, se les veía deslizarse con formas opacas. El viento ululaba, y su canto se entremezclaba con los golpes de percusión de los truenos.

—Tenemos compañía –dijo el conductor con una voz gutural.

Los dos guerreros ocultos en la furgoneta intercambiaron miradas, mientras el que estaba ante el volante empuñaba instintivamente su arma.

Mientras monitorizaba el dispositivo de escucha láser orientado hacia el edificio de Volante, Josie se preguntó si debería haber hablado con Schlomo al montar esta misión de vigilancia, se preguntó si debería haberle pedido su apoyo, estando ella en Italia sin autorización. Un antiguo compañero de la academia de entrenamiento del Mossad, que ahora era un topo bien situado en la NSA, había pasado la voz de la afiliación de Ahriman al Instituto *E*, así como de la reciente llegada de Volante a Roma. Josie no tenía más remedio que seguir esa pista. Después de su fracasado golpe en el templo, se figuró que Ahriman estaría escondiéndose en algún lugar dentro de las vastas propiedades del Instituto *E*. Recurriendo a sus fuentes, dio con la ubicación del retiro de montaña de Volante. De modo que llamó a Uri, pero dado que éste estaba enfangado en otra misión, le envió a su hermano Schlomo, que había estado implicado recientemente en una operación en Londres. Cuando recogió a Schlomo en el aeropuerto, su aspecto la asustó. La cabeza de Schlomo tenía forma de pica, con la frente huidiza de un Neanderthal, y un cutis enfermizo, del color del polvo secante. Tenía los hombros tan anchos como una traviesa de ferrocarril, y su enorme armazón parecía rozar el techo. Con unas manos del tamaño de palas y un cuerpo ligeramente deformado, Schlomo parecía una atracción de feria. Josie parpadeó y se quedó atónita, esperando ver aparecer sendos tornillos a cada lado de su cuello.

Schlomo era el tipo de persona fuerte y silenciosa. Un Goliat de pocas palabras... en su mayor parte gruñidos. Cuando se presentó ante ella, se esforzó por esbozar una débil sonrisa, como si ese gesto le resultara doloroso. Luego, se volvió y fue arrastrando los pies hasta la puerta.

Josie había alquilado un garaje para que Schlomo hiciera algunas modificaciones en la furgoneta de televisión que ella había tomado prestada. Schlomo equipó la furgoneta con dispositivos de escucha y con armas, que había obtenido de algunos antiguos contactos.

Pero ahora, agazapada en la furgoneta, Josie sintió una premonición de muerte que la atenazaba. Con un movimiento suave, Schlomo tiró hacia atrás del pestillo superior de su sub-ametralladora Uzi de 9 mm, mientras la levantaba de su regazo, para desplegar después la culata metálica. Josie, sentada ante la consola de escucha, se quitó de un tirón los auriculares y cogió la pistola ametralladora Micro-Uzi.

ALERTA PERÍMETRO. . . INTRUSO . . . apareció el aviso con grandes letras rojas en la pantalla montada en la consola. El miedo se le introdujo hasta los tuétanos. El arma que tenía en la mano comenzó a vibrar, generándole un desagradable hormigueo en la palma. Luego, el mismo aire zumbó en torno suyo y, de repente, las ventanillas laterales y trasera de la furgoneta implosionaron simultáneamente, haciéndole un profundo corte en la sien.

Un chirrido metálico de chatarra se difundió desde la parte trasera de la furgoneta a lo largo del techo, deteniéndose a escasos centímetros de la cabeza del conductor. Era como si Freddy Krueger hubiera estado arañando con sus afiladas garras el techo de la furgoneta.

Primero el lateral y después el techo se combaron hacia dentro como si los hubieran golpeado con una almádena, como si la misma estructura molecular del metal hubiera sido golpeada y estirada por alguna poderosa fuerza invisible. Sus ojos miraban a uno y otro lado frenéticamente, intentando comprender. El estar atrapada en los estrechos confines de una furgoneta ya le resultaba desagradable, pero aquello era enloquecedor. La claustrofobia de Josie había tomado las riendas, y se quedó paralizada de miedo.

A Schlomo le sudaban las manos, e intentaba aferrar la empuñadura de su Uzi con fuerza para que no se le escapara entre los dedos. La lluvia entraba con fuerza a través de la ventanilla rota, aguijoneándole la cara y los ojos. Y entonces, los cañones de ambas Uzi cobraron vida al unísono.

Silencio. La vibración se detuvo, reemplazada por un hormigueo que parecía formar ondas en la piel. Luego, un calor sofocante, como si se estuviera asando de dentro afuera.

La respiración se le hizo superficial y laboriosa, y Josie sintió los pinchazos en los tímpanos del tic... tic... tic... de su Rolex Chronometer.

El tiempo se detuvo.

El terror se había introducido en sus cuerpos y les había cambiado la expresión de sus rostros. El terror pulsaba en sus sienes.

Tic... tic... tic.

Tenían el cuerpo empapado de sudor.

Josie tenía la garganta tan seca como el cuero crudo. *«Haz los cálculos. Dos Uzis, cargadores de 30 disparos con recambios pegados a los lados. Inviertes los cargadores, reinsertas y fuego.»* Lo había hecho miles de veces en los entrenamientos. Le llevaba alrededor de un segundo. *«Un total de 120 disparos... en ráfagas controladas.»*

Pero en lo más profundo de su pecho, en lo más profundo de sus entrañas, sabía que aquel Coco malo, que aquella cosa que abollaba el metal en mitad de la noche, no era un enemigo al que se pudiera matar. Una bestia invisible había entrado en su ordenado mundo, doblando y distorsionando la realidad con su llegada, agazapada y acechante a escasos centímetros de su cara... lista para abalanzarse sobre ella. Un silencio ensordecedor les envolvía. Era como si un agujero negro hubiera absorbido el viento, los truenos, la lluvia y sus propios latidos cardiacos, chupando todas las ondas sonoras en medio del aire. Un débil sonido, un sonido agudo, comenzó a resonar en el silencio, y fue aumentando de intensidad hasta hacerse abrumador. Vibraba en su sangre y en los empastes de sus dientes. Se abría camino en sus cerebros como millones de minúsculas agujas. Entonces escucharon algo parecido a un restallido, un sonido parecido al de las velas de un barco desgarrándose con los vientos huracanados del mar. La furgoneta daba bandazos ahora de un lado a otro, arrojando a Josie al suelo. Josie y Schlomo dispararon varias ráfagas de plomo hacia el techo y los laterales del vehículo, intentando darle a algo. Les dolían los oídos por el rugido de los cañones de sus armas. Cegados momentáneamente por los fogonazos de los cañones de las Uzis, llorando por el aire impregnado de cordita, se asfixiaban ahora en la niebla azulada del humo de sus armas.

—*Gevalt!* ¡Josie, ayúdame! –gritó Schlomo.

Como si el puño de un gigante hubiera caído sobre la furgoneta, el techo se dobló hacia dentro aplastando a Schlomo en su asiento como jamón prensado.

Luchando desesperadamente por llegar hasta él, estirando los brazos y arañando, pero percatándose de que era inútil, Josie cayó de espaldas y disparó de nuevo a lo largo del techo. La furgoneta osciló y se balanceó violentamente. Las ondas sonoras agitaban con fuerza el vehículo por todas partes, al punto que las chapas metálicas comenzaron a plegarse como un acordeón desde ambos lados.

El torturado metal bramaba en sus oídos. Como las planchas de una prensa hidráulica gigante, el acero retorcido se aproximaba centímetro a centímetro. Josie buscó frenéticamente una salida, y entonces la vio;

la trampilla que Schlomo había hecho en el suelo del vehículo, una buena solución si había que arrojar en marcha objetos comprometedores o para escabullirse por una alcantarilla. Una pesada pieza del equipo cayó y le aprisionó el tobillo. Josie la agarró con ambas manos y logró apartarla a un lado, liberándose. La plancha lateral se combó aún más, dejándola casi encajada contra el otro lateral. Moviéndose con rapidez en el estrecho espacio que le quedaba, con el sudor escociéndole en los ojos, abrió la trampilla con fuerza y se introdujo por el hueco, justo cuando el techo se comprimía hacia abajo para aplastarla. Rodó por debajo de la furgoneta, se puso en pie y se escabulló en dirección a la línea de árboles. Agazapada en las sombras, buscó frenéticamente con la mirada en la oscuridad. Nada. Absolutamente nada, salvo la cáscara estrujada de la furgoneta. Pronunció una oración en silencio por Schlomo.

Josie circundó la furgoneta ocultándose entre los árboles. El tobillo le palpitaba de dolor a cada paso. Y allí, apenas discernibles entre la densa maleza, vio a un grupo de hombres, equipados con trajes negros de Nomex. Parecían estar operando un aparato de extraño aspecto. Quizás fuera un cañón o un mortero de algún tipo, razonó. Debían de ser esbirros de Volante. Sacando de su riñonera la Sig Sauer equipada con silenciador, apuntó y disparó. Tres rápidas y silenciosas detonaciones, y los tres hombres cayeron muertos.

Aguzando la mirada en busca de más objetivos, se acercó cojeando hasta el aparato. Sacó una linterna de luz roja, fina como una pluma y examinó el arma. Con letras grandes, en un lateral, ponía ULTRA-PHO-NIC M-12. «*Un asador de pollos* –pensó–. *De modo que éste era el demonio invisible*», y se reprendió a sí misma por dejar que sus miedos y su fobia nublaran su mente.

Había oído hablar de aquellos aparatos, pero nunca había visto uno de ellos en acción, y menos estando en el otro lado de la cuerda, hasta aquella noche. Era un sistema ultrasónico de armamento «no-letal», que se suponía que estaba aún desarrollándose y que emitía ondas de sonido asociadas con microondas lo suficientemente potentes como para someter a una multitud en una revuelta. Pero ella sabía que aquello era una completa gilipollez, dado que su apodo se debía al hecho de que podía asarte la carne y hervirte a fuego lento la sangre dentro de las paredes de tus arterias. Al parecer, alguien había amplificado la potencia sónica y la había recalibrado, haciéndola lo suficientemente potente como para retorcer planchas de metal.

El estómago todavía se le agitaba con espasmos de náuseas, y un dolor sordo le oprimía la cabeza. Explorando la zona, encontró un todoterreno negro modificado. Se subió a él, arrancó el motor y salió disparada, revolviendo la tierra con sus neumáticos extragrandes. Dejando una rociada de tierra como firma, se introdujo a toda velocidad en el bosque.

# CAPÍTULO 72

El padre fallace sonreía como el gato de Cheshire, con aquel extraño dispositivo en la mano apuntando a Rossi y a Giovanni.

—Realmente, caballeros, pensé que descubrirían mi representación mucho antes.

Rossi cambió el peso de un pie a otro.

—No haga movimientos súbitos, mi querido coronel Rossi –dijo el sacerdote, moviendo el dispositivo en abanico sobre él–. Y deje las manos donde yo pueda verlas. Coronel, saque la pistola y deslícela por el suelo hasta mí.

Rossi le dedicó una mirada asesina.

—¿Por qué demonios iba a hacerlo?

—Porque, si no lo hace... ¡su tío morirá!

En aquel instante, el sacerdote pulsó un botón del dispositivo y Giovanni se llevó la mano al corazón, con una mueca de angustia en el rostro. Cayó sobre sus rodillas.

—Esto es un minúsculo transmisor que emite microondas sincronizadas con sus ritmos miocardiales –explicó el sacerdote–, que trae como consecuencia un fallo cardiaco.

Fallace le echó un vistazo a su reloj de pulsera.

—Le doy alrededor de dos, quizás tres minutos.

Rossi miró a su tío, que estaba retorciéndose en el suelo. Con mucho tiento, Rossi extrajo su pistola, la invirtió y se la deslizó a Fallace por el suelo.

Manteniendo el transmisor apuntado sobre Giovanni y con los ojos puestos en Rossi, Fallace se agachó y recogió el arma. Apagó el transmisor y se lo guardó en el bolsillo, mientras apuntaba a sus cautivos con la pistola.

—Buen chico —dijo Fallace, y señaló con la cabeza a Giovanni, que estaba comenzando a recobrarse—. Ayúdele a levantarse, por favor.

El sacerdote se quitó los rellenos de algodón de las mejillas, y luego se quitó las gafas y el peluquín, arrojándolos descuidadamente al suelo.

—Así está mucho mejor... —dijo peinándose con los dedos y arrancándose el alzacuellos—. Esta maldita cosa es de lo más incómoda.

Giovanni se aclaró la garganta. Respirando laboriosamente, dijo con una débil voz:

—El doctor Ahriman, supongo. ¿O preferiría que le llamara profesor Nemo?

Dejando finalmente de lado el personaje que representaba y perdiendo el acento italiano, Ahriman sonrió recatadamente y se llevó la mano al bolsillo, sacó un pañuelo de seda y se enjugó el sudor de la frente.

—Así pues, ¿pudo ver usted a través de mi pequeño disfraz, profesor?

El rostro de Giovanni era inexpresivo, mirándole fijamente mientras se masajeaba el pecho.

—Y, sin embargo... cayó usted de todas formas en mi pequeña trampa —dijo Ahriman chasqueando la lengua.

Giovanni se encogió de hombros.

—Apúntese un tanto en vanidad.

En el rostro de Ahriman se desvaneció la sonrisa.

—Y ahora, como en uno de sus *thrillers* de pacotilla, supongo que estará esperando algo de ingenio autocensurable y un confuso monólogo en el que esboce nuestros planes. Lamento decepcionarle, pero he reescrito el guión. En lugar de eso, les voy a ejecutar sumariamente a los dos.

Rossi se echó a reír.

—Aun así, es un poco melodramático, ¿no le parece?

Ahriman levantó la pistola y la sostuvo en posición de disparo a dos manos.

—No creo que pueda permitirse el lujo de matarme –dijo Giovanni.

Ahriman suspiró.

—¿Y eso por qué?

—Porque Max Schulman no resolvió el enigma. Aunque supongo que usted lo torturó antes de matarle, sólo para asegurarse de que no le mentía.

Ahriman le miraba con atención, como buscando algo con los ojos.

Giovanni señaló los grabados de Durero.

—Yo he descifrado los mensajes codificados en las obras de Durero. Si me permite... –dijo acercándose a la mesa.

—Claro, profesor –respondió Ahriman señalando con el cañón de la pistola hacia la mesa.

—Las mismas dimensiones del grabado de la *Melancolía* son la primera pista –dijo Giovanni trazando con el dedo el borde exterior de la impresión–. Es un sencillo código gemátrico cabalista, un símbolo matemático de Ihsous Cristos, en griego, o Jesucristo.

—Continúe.

—Después, tenemos el cuadrado mágico que suma siempre treinta y cuatro, que simboliza de nuevo a Jesucristo en números místicos. Más tarde está el arco iris en el cielo, un símbolo de lo femenino divino, Venus e Isis, fundiéndose con el mundo terrestre. El contorno del pentagrama sobre el ángel sentado es otro símbolo de Venus. Simboliza el verdadero significado de la búsqueda del Santo Grial. Ese hombre y la diosa deben fundirse en el sagrado y altruista acto sexual con el fin de convertirse en el Cristo, «el ungido».

—Bla, bla, bla. ¡Deje ya su meloso cuento de hadas! Eso son bobadas absurdas –le interrumpió Ahriman.

—Usted mismo dijo que el hombre de la cruz no es Jesús –dijo Giovanni levantando la escena de la crucifixión de Durero–. Lo cual demuestra que Cristo no fue...

—Crucificado, o que al menos no murió en la cruz –dijo Ahriman agitando la pistola, con una voz tensa–. Lo único que hace es intentar ganar tiempo.

—¿Y qué pasaría si le dijera que Max me envió la parte desaparecida del enigma y que usted, probablemente en algún lugar cercano, tuvo al alcance la clave durante todo este tiempo?

Ahriman se sumió en el desconcierto, palpándose distraídamente el pecho de la sotana con la mano.

Giovanni exhibió una sonrisa de satisfacción.

—Tal como sospechaba. Usted lleva consigo *Le Cahier Rose,* ¿no?

»Hay un pasaje que comienza... –Giovanni se puso a silbar una obsesionante melodía– es más o menos así... "O' prudente santo a quien el anciano Jahveh engaña".»

Rossi se movió ligeramente, pero Ahriman le advirtió señalándole con el cañón de la pistola.

—Relájese, mi querido coronel.

Después, se acercó al profesor y sacó del bolsillo del pectoral el cuaderno.

—Confío en que sabrá leer los símbolos de la cubierta y abrir el libro sin contratiempos.

Giovanni asintió y, después de estudiar los jeroglíficos, se puso a pulsar distintas ranuras de la cubierta de forma secuencial, mientras gruesas gotas de sudor brotaban de su frente en sus febriles operaciones. Se echó hacia atrás un momento y respiró profundamente. Fue a abrir la tapa, pero vaciló.

—Por favor, tenga mucho cuidado, profesor. Le aseguro que no tenía intención alguna de matarle. De hecho, me dolió mucho tener que tenderle esta trampa, para que estuviera aquí en este preciso momento. ¿Está seguro de haber completado todos los pasos necesarios?

Giovanni le miró fríamente.

—¿Por qué no nos dejamos de jueguecitos? –dijo mientras abría despreocupadamente la tapa, para añadir después mirándole fijamente–.

Como le dije, usted me necesita. Si yo no hubiera hecho esto correctamente, usted ya me habría detenido.

—*Touché*. Pero, ahora, continúe con eso.

Giovanni buscó rápidamente con el pulgar a través de las páginas, intentando localizar el pasaje. Cuando lo encontró, dejó el libro abierto sobre la mesa. Junto al pasaje en francés, estaba la traducción al inglés que había hecho Max:

«*O'* careful saint *that* aged Jahveh fools. Received *of* the danGer of need. He led to deceive rabble, upset Jews, the beaten son *of* priestly chorus. *For* Hail the Glory, a grim era of, eagerly Mad Man, that bush generated, of the eighty dogs. *Seek the* Cretin's hefty poet. *Find* the vilest of tolerably. *Be* in the legend. ReJoice sureness of truth. *See the truth of,* artist's Cheerful necrosis.

»EmmaNuel walks highpoint. O' haggardly is Mean deaf-Mute.»[20]

El profesor y Ahriman intercambiaron miradas.

Giovanni tomó nota de la última línea y reconoció la pequeña travesura de su amigo, la firma codificada de Max: *A Merry* XMAS. Reordenando el anagrama en su mente... A Merry MAX S.[21]

—Es usted muy perspicaz, *professore*. He estado dándole vueltas y más vueltas a este pasaje. Está totalmente fuera de contexto con respecto al resto del libro.

Giovanni sonrió con un brillo en los ojos.

—Y a usted le encantaría que yo se lo descifrara, ¿no?

—Si fuera usted tan amable —dijo Ahriman haciéndole una inclinación de falsa humildad.

—¿Tiene usted un ordenador con conexión Wi-Fi?

---

20. Hemos mantenido el original en inglés para que el lector pueda compararlo con la posterior deco-dificación, dado que ésta sólo tiene sentido en el idioma original del texto. La traducción al castellano de este fragmento vendría a ser, más o menos, así: «O' prudente santo que el anciano Jahveh engaña. Recibido del peligro de la necesidad. Llevó a engañar al populacho, disgustados judíos, el golpeado hijo del coro sacerdotal. Por Salve la Gloria, una lúgubre era de, ávidamente Hombre Loco, ese arbusto generó, de los ochenta perros. Busca el fornido poeta de Cretino. Encuentra lo más vil de tolerablemente. Sé en la leyenda. Alegra la seguridad de la verdad. Vé la verdad de, Alegre necrosis del artista.
»EmmaNuel camina punto alto. O' demacradamente es Medio sordoMudo.» (*N. del T.*)

21. «Un alegre MAX S.»

Ahriman le miró con frialdad y, acto seguido, se dirigió al escritorio apuntando en todo momento a Rossi, que observaba atentamente. Después, hurgó con una llave, sacó un ordenador portátil y lo puso en marcha.

—Está conectado a una impresora.

—Muy bien –dijo el profesor, lanzando una mirada furtiva a Rossi.

Sin esperar a ser invitado a ello, recogió el cuaderno y se dirigió al ordenador. Sus dedos comenzaron a volar sobre el teclado.

—Evidentemente, he de tener algún tipo de contexto, un marco de referencia, con el fin de encontrar la solución. ¿Qué está buscando usted? ¿Un nombre, un lugar, una persona... una tumba?

En aquel momento, Ahriman tenía toda su atención puesta en la pantalla del ordenador, tomando nota de que Giovanni había entrado en una página web titulada AnagramGenius.com, y que había comenzado a introducir el pasaje garabateado en el cuaderno.

—Un nombre y un lugar específico –logró decir finalmente.

Mientras pulsaba las teclas, Giovanni explicó:

—Las palabras en cursiva no están codificadas. Y una coma indica el final de cada anagrama que debe ser decodificado. Simplemente, los dividimos en frases separadas, y dejamos que el programa de ordenador lo decodifique por nosotros.

De repente, Rossi intervino.

—Su objetivo es el Vaticano, y el Instituto *E* está manipulando de algún modo a los fundamentalistas musulmanes como peones en un tablero de ajedrez –afirmó Rossi dándolo por hecho.

Ahriman se estremeció.

—Sin comentarios –dijo, para añadir dirigiéndose a Giovanni–. ¡Venga, envíe el texto!

—No –respondió Giovanni moviendo la cabeza–. No creo que lo haga. Al menos, no ahora. Pues, de lo contrario, sus entrometidos ojos verían demasiado.

Enrojeciendo de ira, Ahriman apuntó la pistola directamente a Rossi.

—Si no lo termina, le dispararé.

—Oh, estoy seguro de que lo hará —respondió Giovanni con suficiencia.

—Yo nunca fanfarroneo —dijo Ahriman curvando el dedo en torno al gatillo.

Y disparó.

Clic.

Clic.

El rostro de Ahriman se cubrió de rabia y de confusión.

Rossi sacó su Beretta de emergencia de la riñonera y luego sacó algo del bolsillo de su chaqueta con la mano libre.

—¿No pensaría usted que le iba a dar una pistola cargada?

Y cuando Rossi abrió la mano, le mostró el cargador lleno de la Beretta.

Ahriman se quedó absolutamente inmóvil, con una mirada asesina en los ojos. Hurgó en la pistola liberando el cargador... Estaba vacío.

—Ahora es su turno. Páseme despacio la pistola y ese chisme que guarda, y dése prisa.

Vacilando, Ahriman acató la orden.

Rossi se agachó, agarró la Beretta y se la guardó en la funda mientras se levantaba, sin dejar de apuntar a Ahriman con el cañón de su pistola de emergencia. Y luego aplastó con el pie el dispositivo, que quedó hecho pedazos en el suelo.

—Hay algo de usted que me resultó familiar desde un principio —dijo Giovanni—, pero me costó un poco situar su cara. El hecho de que usted no fumara, estando el cenicero a rebosar de colillas, apuntaba al hecho de que el verdadero padre Fallace, al cual no dudo que asesinó usted, sí que fumaba.

Ahriman sonrió débilmente.

—Desagradable hábito el de fumar.

—Pero fue su discurso sobre el Sudario de Turín el que me hizo recuperar la memoria. Me acordé de haber leído un artículo sobre este tema que usted había escrito —prosiguió Giovanni—. Y temo que, en contra de lo que pudo parecer en un principio, fue su propia vanidad la que le hizo meter la pata, doctor. Usted puso en marcha unas elaboradas medidas para atraerme aquí con el único propósito de que yo le decodificara ese pasaje. Y yo vine gustosamente, puesto que sabía que, sin el cuaderno, no podría descifrar el mensaje secreto de Durero.

Rossi se percató de que los ojos de Ahriman miraron de pronto detrás de él.

—Agente, gracias a Dios que ha venido —dijo el doctor—. Estos hombres son unos asesinos.

Algo firme y frío presionó con fuerza contra el cuello de Rossi, mientras una voz suave pero firme le decía:

—Baje la pistola y tírela.

Ante el sonido de aquella voz familiar, un escalofrío le recorrió la espalda a Rossi. Mientras arrojaba el arma al otro lado de la habitación, unas manos firmes rebuscaron por su cuerpo y, encontrando el arma enfundada, la agente la sacó y la arrojó también.

Por el rabillo del ojo, vio cómo la agente entraba en su campo de visión, al tiempo que apoyaba el cañón de su arma contra su mejilla.

Unos ojos azul pálido le miraban desde debajo de una gorra de policía.

Los ojos felinos de Gina.

# CAPÍTULO 73

—Gina —balbuceó Rossi completamente confuso.

Durante un instante, ella le miró como si no comprendiera. Sus ojos se suavizaron, como si le hubiera reconocido durante un fugaz segundo, pero al instante se tornaron fríos de nuevo.

—Cállese. No le conozco, y no conozco a nadie que se llame Gina.

Rossi guardó silencio, mudo de asombro y totalmente estupefacto.

—No le va a servir de nada, mi querido coronel. Ya ve, ella no recuerda su fugaz encuentro —le explicó Ahriman entre risas—. ¡Qué género más voluble! Y su otra novia, la señorita Schulman, casi logró matarme. Mientras ustedes me esperaban, me escabullí y me fui en una limusina hasta el Templo del Instituto *E*. La señorita Schulman estaba esperándome con una pistola en la mano. Pero frustré sus planes y volví pitando aquí, después de cancelar la conferencia con la excusa de sentirme repentinamente indispuesto.

—¿Josie está aún...?

—Viva —dijo Ahriman riendo entre dientes—, y decidida a encontrarme de nuevo, sospecho.

Se volvió hacia Giovanni y, señalando con la cabeza a Gina, Ahriman dijo sarcásticamente:

—*Professore,* ¿tiene usted un diagnóstico?

Mirándola de la cabeza a los pies, Giovanni se frotó la barbilla. Se sintió atraído por los rasgos de la mujer. Había algo en ella que le resultaba familiar, aunque estaba seguro de no haberle puesto los ojos encima nunca con anterioridad.

—Un trastorno disociativo –propuso Giovanni–. Inducido con el fin de programarla para matar haciendo uso de personalidades alternativas. Identidades separadas que no guardan recuerdos de las acciones de las otras.

Ahriman silbó por lo bajo.

—Notable deducción, profesor. Mis primeros experimentos con adultos tuvieron bastante éxito, pero sabía que, si podía trabajar con sujetos más jóvenes...

—¿Utilizó usted niños? –exclamó Giovanni, incrédulo.

—Claro. Mentes jóvenes, maleables y ávidas de atenciones y afecto... atenciones y afecto que yo estaba dispuesto a proporcionar –dijo Ahriman con una lasciva sonrisa–. Una vez adormecidos en un falso estado de seguridad, yo...

—¡Asaltaba sus mentes inocentes con drogas psicoactivas y les quitaba la alfombra de debajo de los pies! –dijo Giovanni apretando los puños–. Ha utilizado usted el terror y el trauma psíquico como un punzón para picar hielo. El terror puede astillar la mente de un niño. Incapaz de enfrentarse a la obscena crueldad que se le echa encima, el niño se retira en unas personalidades inventadas, alter egos que bloquean los recuerdos. Pero esas oscuras visiones se deslizan a través de su psique, y su veneno emponzoña su alma.

Ahriman aplaudió lentamente con sus diminutas manos. Después, se volvió hacia Gina.

—Escúchame con atención. Tú eres incapaz de comprender lo que estamos hablando, en tanto no te diga yo otra cosa. Vamos a hablar en un idioma extranjero que tú no conoces. Pero debes seguir vigilando cada uno de sus movimientos.

El rostro de Gina se relajó, pero agarró con más fuerza la pistola.

—Tú sólo comprenderás la frase «vamos a jugar»; y, cuando la oigas, comprenderás nuestras palabras.

»Ahora podemos hablar tranquilamente –dijo Ahriman con una sonrisa–. El verdadero nombre de Gina es Basha –le explicó a Giovanni–. Me la trajeron de un campo de refugiados palestinos. Ella era mi mejor alumna. Y no tardé en darme cuenta de que el abrumador amor que sentía por su hermano y por su hermana, de los cuales la habían separado, era la clave. Al chico lo adoptó una familia británica, y a la chica una familia israelí.

La sangre le huyó de la cara a Giovanni. Se tambaleó, y Rossi lo agarró por el brazo para sujetarlo.

—¿Estás bien? —le preguntó Rossi.

Giovanni asintió y respiró profundamente.

Ahriman fingió un gesto de preocupación.

—Relájese, *professore*. ¡Es tan sensible! ¡Qué conmovedor!

—Termine su historia —le dijo Giovanni con una mirada glacial.

—Induje en la memoria de Basha un mundo virtual de fantasía. Ella cree que su hermano fue asesinado por causa de la intolerable maldad de la Iglesia Católica. Su principal alter ego es Laylah Thomas, que ella cree que es su hermana, desaparecida hace mucho tiempo.

—Otra vez con sus jueguecitos, doctor —sacudió la cabeza Giovanni indignado—. Laylah Thomas significa literalmente Gemela de la Noche. Su homóloga fantasmal.

—Veo que aprecia la ironía. ¿Le importa si hago una pequeña demostración?

Mirando a Gina de la cabeza a los pies, Rossi se esforzó por digerir la situación. Incluso ahora, con el frío cañón de la pistola apretado contra su mejilla, no podía evitar lo que sentía por ella. Tenía que admitirlo: aquella mujer removía algo muy profundo en su interior. Y, sin embargo, allí estaba ella, tan insensible y tan inconmovible como una máquina robótica de matar. *«Si pudiera llegar hasta ella, si pudiera conectar... quizás.»*

—Parece que, una vez más, nos lleva usted ventaja, doctor —dijo Giovanni secamente—. Proceda, si así lo desea.

Ahriman se aclaró la garganta y dijo:

—Vamos a jugar.

Gina se puso tensa, mientras sus párpados aleteaban brevemente.

—Estoy escuchando.

Su frágil psique, destrozada más allá de toda esperanza, como un espejo golpeado una y otra vez por el martillo del trauma, estaba completamente astillada. Redes de araña entrecruzaban la superficie de su consciencia, fragmentando cada personalidad: *Bast,* Gina, Laylah, Basha; todas ellas eran en realidad una única mujer, una joven profundamente trastornada, que miraba ahora desde detrás de unos iris de un azul pálido.

—¿Quién eres? –le preguntó Ahriman.

—¿Quién soy?

—No. Dime quién eres *tú* –la corrigió Ahriman.

—Soy Basha.

—No. Tu nombre es agente Ricci. Dilo.

En un instante, sus imponentes ojos azules se transformaron en cristales de cuarzo turbio, sin sustancia ni brillo; solamente estaban allí, en su cara, como almas a la deriva en el limbo.

—Soy la agente Ricci.

—Dime tus órdenes, agente.

Gina tragó saliva y sus ojos se apagaron aún más, al tiempo que aferraba con más fuerza la pistola. Pero, de pronto, sus ojos comenzaron a danzar confusos.

—Yo... no lo sé.

—Estás aquí para detener y neutralizar a dos terroristas. Un tal coronel Rossi y un tal profesor Giovanni. Son hombres muy peligrosos.

Ella se estremeció, asintiendo con la cabeza lentamente.

—Los has encontrado, agente. Están delante de ti.

—Los he encontrado.

—Cuando te lo diga, llevarás a cabo tus órdenes. Matarás al coronel Rossi.

—Cuando usted me lo diga.

Ahriman se volvió a Giovanni.

—Como ve, se halla totalmente bajo mi... hechizo, por decirlo de algún modo.

—Es usted un hijo de puta –dijo Rossi.

—Puede decir lo que se le antoje, mi querido coronel.

Giovanni tosió y se humedeció los labios; y, volviéndose hacia Gina, dijo imitando exactamente la voz de Ahriman:

—Vamos a jugar.

Rossi recordó que, cuando era niño, su tío solía imitar las voces de las estrellas de cine y de los personajes de los dibujos animados para hacerle reír. Su tío era un consumado imitador, que se había pagado sus estudios universitarios haciendo imitaciones en los clubs nocturnos.

Apretando los puños, Ahriman gritó:

—¡No! ¡No le escuches a él!

—Estoy escuchando –respondió Gina, con la atención puesta en Giovanni.

—Vas a bajar el arma –le ordenó Giovanni.

Y, siguiendo su orden, Gina bajó la pistola.

—¡No! –gritó Ahriman abalanzándose sobre ella.

Rossi lo detuvo a mitad de camino, le dio la vuelta y le hizo una llave inmovilizándolo por el brazo. Ahriman se retorció y forcejeó, pero Rossi le retorció el brazo subiéndoselo con fuerza. Rodeando con el otro brazo la garganta del doctor, apretó con fuerza, dio un paso atrás con el pie firmemente afianzado y lo levantó del suelo. Al cabo de unos segundos, la presión ejercida a ambos lados de la garganta del doctor le habían cortado el riego sanguíneo a la cabeza. Y, cuando se le doblaron las rodillas, Rossi lo dejó caer inconsciente en el suelo y lo esposó. Después, le introdujo bruscamente un pañuelo en la boca y lo amordazó.

Jadeando, Rossi se volvió hacia su tío.

—Volverá en sí en cualquier momento, pero la mordaza le impedirá hablar.

Giovanni asintió secamente y depositó su atención en Gina.

—Dame tu arma.

Al instante, Gina acató la orden.

Rossi cogió la pistola de manos de su tío y fue a recuperar sus dos Berettas.

Pero, justo cuando se agachaba para recoger su pistola, chirrió una voz:

—Quédese ahí, Rossi.

Rossi se dio la vuelta. Allí, en la puerta, estaba su peor pesadilla: la personificación del gilipollas, el agente Manwich, con su monigote al lado.

# CAPÍTULO 74

Irguiéndose en toda su estatura, Rossi dijo:

—No interfiera, Manwich. Esto no es asunto suyo.

—¡Eh! –exclamó Manwich levantando las palmas de las manos y esbozando una sonrisa de comemierdas–. Ni se me ocurriría, coronel. Estamos aquí para ayudar.

—No sé por qué, pero dudo de su sinceridad –dijo Rossi empuñando firmemente su pistola y calibrando la distancia y los potenciales objetivos–. Quizás le creería si su amigo no me estuviera apuntando a las tripas con su Sig.

Manwich miró de reojo a Kyle y dijo:

—Aparta eso.

—Sí, será mejor que escuches a tu jefe –dijo otra voz desde detrás del agente Kyle.

Era Dante. Pasó rozando a Kyle y a Manwich, mirándoles con el mismo desdén con que un cuervo habría mirado a dos espantapájaros, y se situó al lado de Rossi. De pronto miró a Gina, que seguía rígida como un poste, y se volvió atónito a Rossi.

—*Merda!* ¡Es *Bast!*

—En cierto modo, sí. Te lo explicaré más tarde, pero...

—Jefe, tengo malas noticias.

—¿Qué ocurre? –preguntó Rossi sacando el cargador de la pistola de policía e introduciéndolo en su propia pistola, para luego meterla en su funda, en la zona lumbar.

—Es sobre su hermana.

—¿Bianca?

—La han secuestrado. La sacaron de su automóvil cuando volvía a casa desde Kabul. Me imagino que es el mismo grupo que secuestró a aquellos empleados de Naciones Unidas y que asesinó a aquel clérigo musulmán que condenaba a los rebeldes talibanes.

Giovanni había impreso el anagrama decodificado. Examinó las páginas, cerró fuertemente los párpados por un instante y se estremeció, para finalmente hacer algunas anotaciones en los márgenes. Después, se dirigió a una máquina de fax y tecleó un número del Vaticano. Se volvió a Ahriman, que le miraba con una mirada asesina, y pulsó enviar. Tras recoger las hojas impresas, las reproducciones de los grabados y el cuaderno, los metió en su cartera y se volvió a Rossi.

—Pero si no es más que una empleada de CARE International, ¿no?

Rossi cerró los ojos y asintió sombrío.

—Eso no importa —dijo, y volviéndose a Dante, preguntó—. ¿Sigue viva?

—Han puesto un vídeo de ella en Tolo TV, una de sus cadenas independientes.

—Continúa.

Dante sacó una foto del bolsillo y se la pasó a Rossi.

—Es una foto fija extraída de la emisión de televisión.

Rossi examinó la foto. Su hermana estaba en la postura habitual, flanqueada por los cañones de dos AK-47 que le apuntaban a la cabeza. Tenía la cabeza cubierta con un pañuelo azul, y una dolorosa mirada de pánico. Era como si estuviera suplicándole ayuda directamente a él, como aquella vez en que se quedó enganchada en una cerca de alambre de espinos, cuando, siendo niños, estaban robando tomates en el huerto del vecino y Rossi tuvo que ir en su ayuda. Rossi se vino abajo y comenzó a sentir espasmos en el estómago.

—Duro golpe —comentó Manwich—. Si podemos hacer algo para...

Le interrumpió el sonoro zumbido de un teléfono móvil. Todos los ojos se volvieron hacia Ahriman. El sonido venía de su dirección. Ahriman movió furiosamente la cabeza y masculló algo a través de la mordaza.

Se miraron desconcertados, y Rossi se acercó a Ahriman para coger el teléfono.

Rossi rebuscó en los bolsillos de Ahriman, agarró el teléfono, lo abrió y dijo:

—*Pronto?*

—¿El doctor Ahriman, por favor? —dijo una voz estridente desde el otro lado de la línea.

Rossi tapó el micrófono y se inclinó sobre Ahriman, le quitó la mordaza de un tirón, le puso su semiautomática en la sien y susurró:

—Es para usted. Cualquier tontería, cualquier intento de hablarle a Gina, y haré saltar por los aires su enfermo cerebro aquí y ahora. ¿Entendido?

Ahriman esbozó una sonrisa y asintió. Rossi le puso el teléfono junto a la mejilla y acercó el oído para escuchar la conversación.

—Adelante —dijo el doctor.

Al cabo de pocos segundos, Ahriman le dijo a Rossi:

—Quiere saber si estoy bien.

Rossi asintió, indicándole que debía conocer la situación.

—Sí, estoy indispuesto, y el coronel Rossi tiene nuestro activo en custodia.

Ahriman levantó los ojos hacia Rossi.

—Quiere hablar con usted.

Desconcertado, Rossi se incorporó y se acercó el teléfono al oído.

—Aquí Rossi. ¿Con quién hablo?

—Eso no tiene importancia. Sin embargo, nos gustaría llegar a un acuerdo.

—No hay tratos.

—Le sugiero que lo reconsidere. Lo que le propongo es un simple intercambio de rehenes, señor Rossi.

—¿Qué rehén?

El corazón golpeaba con fuerza en el pecho de Rossi. Una oscura premonición se elevó desde los más profundos recovecos de su cerebro.

—Su hermana, claro está.

—Ha sido secuestrada en Afganistán —dijo Rossi sumamente tenso.

—Y ahora está aquí, en Roma —dijo rotundamente la voz.

# CAPÍTULO 75

Rossi se quedó sin voz. Un remolino de emociones y de pavor se desató en su cabeza, sumiéndole en un vértigo de miedo y aprensión.

—¿Está usted ahí, señor Rossi?

Con la voz rota, Rossi contestó:

—Necesitaría una prueba de vida.

—Muy bien.

En el fondo, Rossi escuchó otras voces y, de pronto, una tímida voz preguntó:

—Nico, ¿de verdad eres tú?

Era Bianca. No había duda.

—¿Estás bien? –preguntó él.

Ella tosió, se aclaró la garganta y dijo:

—Sí, pero... ellos...

Se le apagó la voz, y la estridente voz de hombre volvió a escucharse.

—Esto será suficiente. Dado que le tendimos una trampa a su tío, supusimos que usted se implicaría. Hice secuestrar a su hermana como ficha potencial de negociación. ¿Hacemos un trato? ¿Ahriman y *Bast* por su hermana?

Rossi se mordió el labio hasta hacerlo sangrar.

—¿Dónde y cuándo?

—Tome la Línea B del metro hasta la estación de la Pirámide, y haga trasbordo al tren de Lido, que le dejará en Ostia.

—¿Y luego?

—Lleve ese teléfono. Recibirá instrucciones por el camino. Lleve sólo a sus rehenes y el cuaderno. Y no olvide que estaremos vigilándole. Nada de helicópteros ni de equipos tácticos. Sólo usted y su tío, y los rehenes.

—Entonces, ¿haremos el intercambio en el tren?

—No más preguntas. Hará bien en darse prisa. Tiene cincuenta minutos, ni un segundo más, para salvar la vida de su hermana.

Y colgó.

Rossi se guardó el teléfono, se acercó a Ahriman y lo levantó a pulso hasta ponerlo de pie.

—¿Cuál es el plan? —le preguntó ávidamente Dante.

—Tienen a Bianca. No sé cómo, pero la tienen. Voy a hacer un intercambio de rehenes. Tenemos que coger el metro.

Dante sacó su teléfono.

—Haré que el equipo se sitúe.

—¡NO! Tenemos que ir sólo mi tío y yo. Nada de vigilancia ni de apoyo. ¿Está claro?

Dante asintió reacio.

Giovanni dio un largo suspiro y tomó a Gina suavemente por el brazo.

—Vamos, querida. Tenemos que hacer un pequeño viaje.

Cuando comenzó a caminar, Giovanni palpó distraídamente su cartera, que llevaba colgada del hombro.

—Hacer un viaje —dijo ella con una voz envarada, mientras se dirigía a la puerta.

Manwich y Kyle intercambiaron miradas. Kyle avanzó hacia Gina, pero Manwich negó con la cabeza.

—Vamos a ir pegados, Rossi. Órdenes. Tenemos razones para creer que Drago Volante está detrás de todo esto. Y, como asunto de seguridad nacional, tanto para su país como para el mío, me veo obligado a insistir.

Manwich se dirigió a Rossi con una actitud abierta y sincera. Echó mano a su cartera, que guardaba en el bolsillo del pecho, y sacó un pin, que fijó después en la cara interna de la solapa de Rossi.

—Un dispositivo de búsqueda por GPS. Podemos controlar su posición desde el portátil que llevamos en nuestro automóvil a una distancia discreta.

Rossi tomó aire y resopló con fuerza.

—¡Qué demonios! De acuerdo. Pero no se pegue demasiado. Si le detectan...

—No lo harán... Y, ahora, en marcha.

Rossi agarró a Ahriman por el brazo y tiró de él. Le quitó las esposas y, mientras Ahriman se frotaba las muñecas, Rossi le dijo:

—Recuerde, no le voy a perder de vista, y le mataré si intenta algo.

El doctor asintió.

Salieron a la calle y subieron en distintos automóviles. Hicieron el recorrido hasta la estación de metro del Coliseo en un tiempo récord. Rossi demostró de lo que era capaz su Mustang, que Dante le había llevado hasta la iglesia, a través del tráfico de la ciudad. Dejaron los vehículos junto a la acera, sacaron los billetes en las máquinas expendedoras y subieron al tren.

Rossi miró su reloj. Treinta y ocho minutos y contando.

Mientras el tren arrancaba, alejándose de las desencantadas luces de la estación del metro, Manwich pensó que el grupo de Rossi parecía un tanto surrealista: un cura desaliñado y una *carabinieri* con el cuello agarrotado, a la que llevaba del brazo el típico profesor despeinado, todos ellos embutidos tras el cristal de una ventanilla, como los maniquís de unos grandes almacenes. Manwich y Kyle dieron la vuelta y volvieron corriendo a su automóvil, mientras Dante seguía su ejemplo.

—¿Cómo demonios vamos a agarrar a la chica y vamos a zurrarle a Ahriman? –preguntó Kyle mientras se situaba tras el volante.

—No tengas miedo, capullo. En medio del lío, le puse un pin también a ella –le explicó Manwich–. Podremos rastrear sus movimientos allá donde vaya. Y, cuando se presente la ocasión, haremos nuestro movimiento. Mientras tanto, vamos a ver cómo se desenvuelve todo esto. Quizás podamos matar dos pájaros de un tiro.

Mientras quemaban goma, alejándose de la acera de un bandazo y sumergiéndose en el tráfico, Kyle dijo:

—¿Y qué hay del Mossad? Dijiste que teníamos órdenes de contactar con ellos.

—Como dijo el director, «ella nos encontrará». Y tengo la extraña sensación de que lo hará.

Antes de que Kyle pudiera responder, algo duro se clavó en su nuca. Desde el asiento de atrás llegó una voz.

—Ya lo he hecho, capullo.

Y cuando Kyle intentó girar la cabeza, un frío acero le llenó la oreja.

—Mantén los ojos en la carretera —dijo Josie levantándose e inclinándose ligeramente sobre el respaldo, mientras retorcía el cañón de su semiautomática en la oreja de Kyle—. Y tú también, gordito, u os dejaré secos ahí mismo, donde estáis sentados.

Los ojos de Josie se fijaron en el velocímetro. La aguja estaba cayendo.

—Dale al pedal. Tenemos que tomar un tren.

# CAPÍTULO 76

Cuando Stato entró en su oficina interior, vio el enorme cuerpo del maestro general Spears sentado detrás de su escritorio, delante de su ordenador, aporreando el teclado. Se acercó al cardenal Moscato y comprobó su pulso. Satisfecho, se dejó caer en una silla junto a Spears.

—¿Le ha sacado algo más? –preguntó Stato.

Sin desviar los ojos de la pantalla del ordenador, Spears asintió.

—He escuchado su conversación, gracias por abrir el intercomunicador.

—¿Y?

—Que deberíamos haber pensado en preguntarle antes. Pero, de todos modos, sí, se dirigen al destino correcto. ¿Quiere llamarles por radio?

—No, porque entonces tendríamos que divulgar nuestra fuente –dijo mirando el magullado rostro de Moscato para, luego, volver a mirar a Spears–. Dadas las circunstancias, eso podría ser un tanto difícil.

—Ciertamente –coincidió Spears que, tomando el ratón, clicó en otra website.

—Tenemos otro problema, no obstante. La llamada del secuestrador procedía de dentro del Vaticano. Me lo dijeron antes de que abriera el intercomunicador.

Spears se detuvo.

—Eso significa...

—Significa que tenemos más cómplices que desenmascarar. Moscato estaba incapacitado cuando entró la llamada.

—Bertone –gruñó Spears–. Esa pequeña comadreja. Le apuesto una cena.

Stato tomó el teléfono.

—Haré que lo pongan bajo custodia y que lo traigan aquí.

Pero Spears le paró la mano.

—No, mejor aún... haré que mi secretario personal se convierta en su sombra. Pero usted también puede monitorizar sus llamadas y sus movimientos con las cámaras, ¿no?

Stato asintió y volvió a coger el teléfono. Después de hacer las disposiciones necesarias colgó.

El sonido del fax llamó su atención.

Desconcertado, Stato se dirigió al aparato y cogió las páginas.

—¿Qué es? –preguntó Spears.

—Es para usted –dijo Stato entregándole los papeles.

Spears leyó en silencio durante unos minutos. Las manos le temblaban a medida que iba pasando las páginas. Finalmente, levantó la vista y miró a Stato gravemente.

—Es del *professore* Giovanni. Es un pasaje descifrado de *Le Cahier Rose Noire*. Él y el profesor Schulman estaban trabajando en su decodificación cuando Schulman fue asesinado por un agente de Protocolo-17. Giovanni dice que Schulman sólo había descifrado unas cuantas líneas antes de ser asesinado, y que el cuaderno fue robado posteriormente. Parece que Giovanni consintió en convertirse en cebo para poder hacerse con el cuaderno.

—¿Y...?

—Que todavía le falta alguna pieza del rompecabezas –dijo Spears mordiéndose el labio.

Los ojos de Stato se iluminaron.

—¡Usted dijo que tenía que ver con el cuaderno robado!

Se puso en pie de un salto y se dirigió a su escritorio, abrió un cajón y sacó una hoja de papel. Volvió y se lo entregó a Spears.

—Con tanto ajetreo me había olvidado –dijo señalando el documento con un movimiento de cabeza–. Encontré esto en los archivos, en la escena del crimen, bajo el cuerpo de Pico.

—Es la página desaparecida de *Le Cahier Rose* a la que Giovanni hace referencia. El profesor dice que la encuadernación está en muy malas condiciones, que las páginas están sueltas y ajadas. Debió de caer del cuaderno.

Spears puso sobre el escritorio la página manchada de sangre y la examinó.

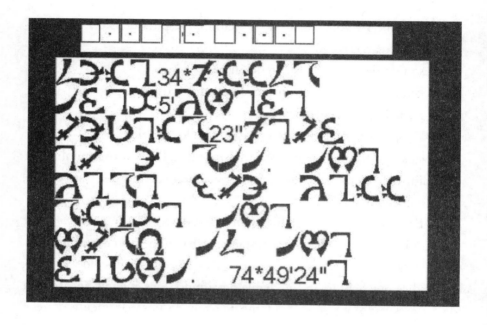

Del montón de papeles del fax, Spears tomó una hoja y la puso junto a la página llena de símbolos sobre el escritorio. Leyó:

«O' Satan Lucifer that Jehovah false God. Deceiver of the Garden of Eden. The Bible code revealed Jesus wept for the absent one, of Sacred scripture. For the Holy Grail, marriage of, Mary Magdalene, that absent daughter of God the highest. Seek the city of the serpent. Find the valley of the lost tribe. Be enlightened. The resurrection of Jesus. See the truth of, Christ's false resurrection. The Nephilim walk among us. Daughters of Mary Magdalene.»[22]

---

22. Como ya explicamos en la nota 20 (p. 353), hemos mantenido el texto original inglés por ser el único modo en que adquiere cierto sentido el proceso de decodificación del texto que aparece en la pág. 353. La traducción al castellano del texto decodificado que aparece ahora es, más o menos, la siguiente: «O' Satanas Lucifer que Jehovah falso Dios. Impostor del Jardín del Edén. El código bíblico revelado Jesús lloró

Mientras Stato miraba por encima de su hombro, Spears explicó:

—Giovanni descifró un anagrama en el cuaderno. Y, aunque las frases parecen extrañas, el mensaje es claro.

»Repite la creencia gnóstica de que Jehovah era en realidad Satanás, el falso gobernante de un mundo imperfecto. Hace referencia al matrimonio de Cristo con Magdalena. Nos cuenta que, en la ciudad de la serpiente, en el valle de la tribu perdida de Israel, encontraremos la prueba de la falsa resurrección. Y la prueba de que los Nephilim, que son los descendientes de los ángeles que violaron a las mujeres terrestres, viven entre nosotros.»

Aclarándose la garganta, Stato dijo:

—La única prueba de una falsa resurrección sería...

—... encontrar la tumba de Jesús –terminó Spears su idea.

—Y los descendientes del matrimonio de seres celestes con las mujeres debe significar...

—Los *Desposyni*, los hijos de Cristo y María Magdalena.

Con una fina voz, Stato preguntó:

—Pero ¿dónde está esa Ciudad de la Serpiente?

Spears tomó la página y se puso ante el ordenador. Sus dedos volaron furiosamente sobre el teclado.

—Los símbolos de arriba son un código masón. Los extraños jeroglíficos son lo que se denomina escritura henoquiana, el lenguaje angélico utilizado por ocultistas como John Dee. Son, simplemente, una manera de desviar la atención. La respuesta se halla en los números.

—¡Son las coordenadas de un mapa! –dijo Stato.

Asintiendo ante el monitor y sonriendo, Spears dijo:

—La tumba está aquí.

Y señaló con el dedo en la pantalla.

Examinando el mapa, Stato dijo:

---

a la ausente, de Sagrada escritura. Por el Santo Grial, matrimonio de, María Magdalena, que ausente hija de Dios el altísimo. Busca la ciudad de la serpiente. Encuentra el valle de la tribu perdida. Sé iluminado. La resurrección de Jesús. Vé la verdad de, falsa resurrección de Cristo. Los Nephilim caminan entre nosotros. Hijas de María Magdalena.» (*N. del T.*)

—Srinagar, Cachemira.

Spears agarró el teléfono y tecleó un número. Se volvió de espaldas y habló entre susurros. Tras una breve conversación, colgó el teléfono y volvió al ordenador.

—¿Qué está haciendo? –dijo Stato.

—Le estoy reservando un vuelo hacia Pakistán, hijo mío. Bajo un supuesto alias.

Le entregó un pasaporte falso y una tarjeta de crédito.

—¿El padre Devlin? –preguntó Stato.

—Un jesuita... pero, no obstante, uno de mis mejores sacerdotes. Tiene más o menos su estatura y su peso, de modo que lo único que tuve que hacer fue cambiar la foto. Podrá pasar una inspección superficial, y los inspectores pakistaníes no se van a fijar demasiado en un hombre de hábito. Fue lo suficientemente bondadoso como para ofrecer su American Express para la causa.

—¿Qué quiere decir con hombre de... –tartamudeó Stato.

Spears levantó de la silla su inmenso corpachón y se fue al baño. Cuando volvió, llevaba en la mano una bolsa de traje. La abrió y asomó un sotana negra con su correspondiente alzacuellos.

—Hice que la trajeran por la puerta de detrás. ¿Por qué no se la prueba?

Negando vehementemente con la cabeza, Stato dijo:

—De ninguna manera. Si usted cree...

Justo en aquel momento, la imagen de la caravana llegando al hospital apareció en la pantalla del televisor, que estaba sintonizado con la cadena de noticias por cable. Spears posó su mano del tamaño de un jamón sobre el hombro de Stato y, señalando con la cabeza a la pantalla, dijo:

—Él le pidió que llevara a cabo una misión sagrada, ¿no?

Stato resopló y se levantó, tomando finalmente la bolsa. Y, mientras Stato se dirigía hacia el baño, Spears dijo:

—No se olvide del sombrero.

Y le arrojó un gran sombrero de fieltro negro.

—Tire el ala hacia abajo, y le tapará un poco su fea cara.

Minutos después salió Stato ataviado a la sazón, pasándose el dedo entre el cuello y el rígido alzacuellos.

—El alzacuellos me aprieta un poco.

Spears se echó a reír.

—Eso va con el cargo, hijo —dijo mientras le hacía señas para que se sentara—. Reunión informativa.

El padre «*Commandante*» tomó asiento y observó la pantalla; en ella se veía la imagen de una puerta con un deteriorado arco.

—Parece arquitectura islámica —dijo.

—Eso es porque se encuentra precisamente en el corazón de un país islámico —contesto Spears sonriendo—, un país desgarrado por la guerra y las matanzas, un barril de pólvora, que se disputan las pequeñas potencias nucleares de Pakistán y la India. Lo que está viendo es un santuario sagrado musulmán, que se encuentra en el barrio viejo de la ciudad... Srinagar, en Cachemira. Srinagar se traduce como la ciudad del exaltado, del sabio. La serpiente. El edificio recibe el nombre de Rozabal, que es una abreviatura de *Rauza Bal,* que significa «tumba de un profeta».

—¿La tumba de quién? —preguntó Stato aproximándose.

Spears clicó el ratón, y una nueva imagen apareció. La foto estaba tomada desde el techo de lo que parecía una cripta, en la que se veía un largo sarcófago rodeado por celosías de madera finamente talladas.

—Del santo Issa, conocido también como Yuz Asaf —dijo Spears.

—Nunca había oído hablar de él.

—Eso es porque usted siempre le ha conocido como Jesucristo.

Antes de que Stato pudiera responder, sonó un golpecito seco en la puerta.

—¿Quién es?

—El sargento mayor Klientz, señor.

Levantándose y abriendo la puerta, Stato se hizo a un lado mientras Kleintz entraba una camilla con un aparatoso equipo médico.

Los ojos del sargento mayor se abrieron de par en par al ver a Moscato.

—Sosténgale el brazo al cardenal mientras le pongo un sedante –le ordenó Stato mientras tomaba una jeringuilla y la preparaba.

Un tanto reacio, el sargento mayor acató la orden.

Cuando terminó, Stato dijo:

—Klientz, se encuentra usted bajo las órdenes directas del Santo Padre, ¿lo comprende?

El sargento mayor asintió, todavía con los ojos muy abiertos.

Stato arrojó la jeringuilla a la bolsa de desperdicios, cambió la ampolla y suspiró.

—Bien. Ahora véndele completamente la cara y tápelo con una manta para evitarle más vergüenzas. Después, que el cabo Schmidt le ayude con el transporte.

—¿Dónde hay que llevarle, señor?

Spears intervino.

—Se lo entregarán al doctor Lazar y a la madre superiora de las Hermanas del Asilo de la Misericordia, donde será confinado y aislado en una sala psiquiátrica. Les estarán esperando. Como puede ver, el cardenal ha tenido un absoluto colapso mental. Desgraciadamente, las lesiones se las ha producido él mismo...

Y, cerrando los ojos y bajando la cabeza, Spears concluyó:

—¡Qué situación más triste!

El sargento mayor tragó saliva.

—Entonces, ¿es peligroso?

—Es capaz de matar –respondió Stato– y está loco de atar. Piense que está siendo acosado por el mismísimo demonio.

—Delirios paranoides –añadió Spears chasqueando la lengua.

Cuando se llevaron a Moscato, alguien volvió a llamar a la puerta. Era el asistente de Spears. Le entregó un gastado diario forrado en piel y se excusó antes de partir. Examinándolo brevemente, Spears se lo pasó a Stato.

—Una lectura esclarecedora para su viaje. Es el diario de un explorador ruso. Creo que en él encontrará algunas explicaciones de lo que le espera en Cachemira.

Stato le echó un vistazo al libro y, después, miró fijamente a Spears.

—¿Algo más?

—Un tal doctor Sanger se encontrará con usted en el aeropuerto. El Santo Padre confiaba en él. –Y añadió cambiando de tema–: Supongo que tiene usted ya a alguien custodiando el Sudario de Turín, ¿no?

Sonó el teléfono de Stato interrumpiendo su respuesta. Cuando respondió, el operador le dijo que tenía una llamada de Turín.

Stato contuvo la respiración, mientras esperaba que una voz le respondiera desde el otro extremo de la línea. El silencio se prolongaba, y aquello le hacía ponerse más nervioso.

—*Pronto?*

—*Commandante Stato, per favore?*

—Al habla.

—¡Ha desaparecido, *commandante!* –le dijo la voz entre jadeos.

—Contrólese, por favor. ¿Qué ha desaparecido?

—El Sudario de Turín. Lo han robado.

# CAPÍTULO 77

Horas más tarde estaba de nuevo en su despacho, mirando de pie por la ventana, de espaldas a la puerta, con las manos enlazadas detrás. Parecía estar tan ensimismado que el cabo Schmidt dudó en interrumpirle. Después de dejar con sumo cuidado la caja ricamente decorada sobre el escritorio, Schmidt se aclaró la garganta y adoptó la postura apropiada de un guardia suizo en posición de descanso.

El hombre se removió y se volvió lentamente, con el rostro medio oculto entre las sombras. Surgiendo a la luz poco a poco, como una salamandra moteada emergiendo de debajo de una roca, la mancha púrpura que cubría su mejilla le daba un aspecto grotesco. Sin embargo, Schmidt no podía apartar la mirada; era como si sus ojos se sintieran inexorablemente atraídos por el semblante del cardenal Moscato. Aun bajo aquella luz mortecina, Schmidt podía ver la mirada febril que relucía y danzaba en los ojos de El Clérigo.

Con una voz cansada, el cardenal Moscato dijo:

—Schmidt, perdóneme. No le oí entrar.

Schmidt se encogió de hombros.

—Supongo que habrá hecho usted los preparativos necesarios con el cuerpo del sargento mayor Klientz, ¿no?

La voz del cardenal resultaba casi musical en su placidez, pero sus párpados se habían entrecerrado hasta convertirse en dos ranuras. Como si un dolor se apoderará súbitamente de él, posiblemente por las secuelas de las drogas que Stato le había suministrado, Moscato hizo una mueca, bajó la cabeza y se masajeó las sienes. Cuando levantó la vista, Schmidt le miraba con la cabeza ligeramente ladeada.

Moscato se puso rígido.

—Ocúpese de ello.

—Tras nuestro regreso —dijo Schmidt—, lo introduje a escondidas en el cuartel y lo dejé sentado ante un escritorio, con una botella de licor y un frasco de antidepresivos delante de él.

—¿Y la pistola?

—Cuando estábamos en la ambulancia, le disparé con su propia pistola, a bocajarro.

Ante el ojo de su mente, Schmidt pudo ver de nuevo el rostro aterrorizado de Klientz al percatarse, demasiado tarde, en los estrechos confines de la cabina delantera de la ambulancia, de que su compañero había desenfundado bruscamente su propia pistola y se la había embutido en la sien. Después, Schmidt había borrado las huellas del arma, se había deshecho del vehículo y se había lavado a conciencia las manos para eliminar cualquier rastro de pólvora. Tras reanimar a Moscato, ayudó al cardenal a entrar clandestinamente en el Vaticano a través de los antiguos túneles secretos que unen el recinto con la antigua fortaleza de *Castel Saint Angelo*.

—Suicidio —dijo sarcásticamente el cardenal, sacudiendo la cabeza—. El suyo será el segundo de tales actos que la Guardia Suiza ha tenido que afrontar en los dos últimos años, justo en su propio cuartel.

Entonces, los ojos de Moscato se posaron en la caja. Alargó el brazo y la levantó del escritorio. Una sonrisa se dibujó en su rostro. Pero, cuando levantó la mirada y se encontró con los ojos de Schmidt, borró rápidamente la sonrisa, transformándola en una fría y altiva expresión de indiferencia, mientras dejaba la caja de nuevo sobre el escritorio.

—Buen trabajo, cabo. ¿Fue discreto?

Pero, cuando vio vacilar a Schmidt, el cardenal ladeó la cabeza y entrecerró los ojos como si sintiera que algo había ido mal.

Relajando la mandíbula, Schmidt dijo finalmente:

—No hubo testigos, Su Eminencia. Después de dejar inconsciente al cardenal Drechsler con la pistola tranquilizadora...

Moscato se inclinó hacia delante y clavó firmemente los nudillos sobre el escritorio.

—¿El cardenal Drechsler dice usted?

—Sí, señor –respondió Schmidt con un nudo en las tripas.

—¿Le disparó un tranquilizador?

Schmidt asintió, mientras sus manos comenzaban a temblar y todos sus músculos se tensaban.

El cardenal le miró con una mirada asesina.

—Tuve que improvisar... estaba él solo, con la caja.

Moscato se irguió y ensanchó el pecho, alargando la mano hasta un cajón del escritorio.

Schmidt dio un involuntario paso atrás.

—Le quité el dardo. Le di una dosis suficiente como para atontarlo; quedó casi paralizado. En ningún momento vio mi cara.

Sin apartar la vista del cabo, Moscato rebuscó en el cajón y comenzó a sacar algo.

—Les dije a las monjas que lo había encontrado así –dijo Schmidt quebrándosele la voz–. Les dije que seguramente había sufrido un colapso debido a la pena.

Cuando Moscato levantó la mano, Schmidt se encogió y se cubrió la cara con las manos.

—¡No me dispare, por favor, Su Eminencia! Tengo familia.

Moscato se puso rígido. Una expresión de indignación le cubrió la cara.

—¡Dios mío! Cálmese, cabo –dijo mientras rodeaba el escritorio.

Puso su brazo sobre los hombros de Schmidt en un gesto tranquilizador, se echó a reír sin muchas ganas y le dio una fuerte palmada en el hombro.

—¿De verdad creía que le iba a matar?

Schmidt hizo una mueca de dolor ante la fuerza del golpe, y se recompuso. Limpiándose la nariz con el dorso de la mano y parpadeando para dejar escapar las lágrimas, Schmidt reparó en el sobre que el cardenal tenía en la mano.

Mientras le llevaba hacia la puerta, Moscato le puso el sobre a Schmidt en la mano, cerrándole los dedos en torno a él.

—Aquí tiene una pequeña recompensa. Cómpreles algo bonito a sus hijos, ¿eh? –le dijo con una sonrisa paternal y un guiño.

Schmidt comenzó a hablar, pero Moscato le hizo callar poniéndose el índice sobre los labios, abrió la puerta y le invitó a salir.

Antes incluso de cerrar la puerta, la sonrisa se desvaneció del rostro de Moscato. Rápidamente, cruzó la habitación en dirección al escritorio. Agarró el teléfono y marcó un número.

Al tercer tono, la susurrante voz de Volante respondió.

—*Buon cugino.*

—*Buon cugino* –dijo el cardenal.

—¿Tienes el paquete? –preguntó Volante.

—Lo tengo en mis manos.

—Excelente. No lo pierdas de vista.

—No lo haré.

Tras una larga pausa, Volante dijo:

—Ha habido una complicación. El doctor y nuestro activo han sido... detenidos.

—¡Qué infortunio! ¿Interferirá esto con la Operación Aliento del Dragón?

—No. Tengo la situación controlada. Fingiendo un intercambio, nos desharemos de todos esos entrometidos.

—Buena caza.

El cardenal colgó el teléfono y se dirigió hacia la ventana, y se quedó mirando la espaciosa Plaza de San Pedro. Los fieles se apiñaban hombro con hombro llorando la muerte del Papa.

Levantó la mano y observó su anillo, que lo llevaba vuelto hacia abajo, y giró hacia arriba la palma de la mano. Estiró los dedos y, con el índice y el pulgar, rotó con cuidado el anillo hasta devolverlo a su posición correcta. Desde el centro del blasón de los Borgia, en el sello del anillo, le saludó una fea y minúscula aguja. El anillo era una infernal reliquia familiar, que había utilizado en muchas ocasiones Lucrezia Borgia para envenenar a sus pretendientes.

Moscato apretó la base del blasón, y la aguja se escondió en el ónice engastado entre letras de oro. Moscato sabía que, al darle la palmada en el hombro a Schmidt, la dura punta de metal de la aguja se clavaría y haría su trabajo. Al cabo de unas horas, aquellos nuevos y mortales venenos correrían por su sangre. Y, al cabo de unos días, el chapucero cabo sufriría una terrible y dolorosa muerte.

Sonriendo para sí, el cardenal alargó la mano para coger la caja.

El ruido de la puerta al abrirse y cerrarse de un portazo, y el chirrido del cerrojo le sobresaltaron.

Levantó los ojos y se encontró con una figura fantasmal, que le miraba con dureza desde el otro lado de la estancia.

Por un instante, se quedó congelado bajo la potencia de la paralizadora mirada del maestro general Spears.

—¿Cómo en el nombre de Dios ha podido escapar de mí? Pero esta vez me aseguraré...

Instintivamente, Moscato se abalanzó sobre la caja.

A pesar de su enorme constitución, Spears cubrió la distancia en un instante, cargando sobre Moscato y abalanzándose sobre él como un oso enfurecido.

Moscato forcejeó, con el rostro enrojecido por la ira, arañándole los ojos a Spears hasta hacerle sangrar, salivando como un pitbull rabioso. Pero el furioso fantasma le aporreó con sus puños como mazas. En el forcejeo, Spears le arrancó el alzacuellos, momento que aprovechó el cardenal para morderle en la muñeca con tanta fuerza que le clavó los dientes en el hueso. Ignorando el dolor, las manos de Spears se deslizaron hacia arriba, clavando los pulgares en la garganta de Moscato, comprimiendo su tráquea. Después, empujó al cardenal con su enorme complexión, arramblándolo todo a su paso por la habitación. Moscato resollaba buscando aire, mientras su espalda se estrellaba contra una alta vitrina, y una lluvia de cristales rotos y de astillas de madera se esparcían por la alfombra.

Moscato hizo un esfuerzo por concentrarse en medio de la neblina que la falta de oxígeno le provocaba, y se le ocurrió un plan. Fingió que estaba perdiendo el conocimiento y simuló que se desmayaba. El gigante abrió los ojos, relajó su presa mortal y dio un paso atrás.

Jadeando, con el rostro enrojecido aún por la furia, Spears consiguió articular:

—Por Dios, me estoy rebajando a su nivel.

Se dobló por la cintura y apoyó las manos en las rodillas, intentando recobrar el aliento.

—Cuando vi a Schmidt saliendo de su despacho, supe que había escapado.

Moscato tosió violentamente, echándose la mano a la garganta. Y cuando Spears bajó los ojos, se abalanzó sobre él con la rapidez de una cobra y le dio un demoledor rodillazo en la cara. El gigante se echó hacia atrás acusando el golpe y, en ese momento, Moscato le propinó una patada en la ingle.

Spears gimió y se derrumbó en el suelo.

Comenzaron a oírse voces al otro lado de la puerta.

Reluciéndole la saliva en las comisuras de los labios, Moscato se cernió sobre el gigante caído.

—Es usted débil, Spears —se burló Moscato de él con las ventanas de la nariz muy abiertas—. Ése es el motivo por el cual siempre vencemos.

El maestro general levantó la cabeza con gran esfuerzo y, a través de las lágrimas que cubrían sus ojos, vio al cardenal manipulando su anillo. Vio cómo se le venía encima, y le vio levantar la mano para golpearle el rostro.

Pero, en el último segundo, Spears disparó su brazo y agarró con fuerza la muñeca del cardenal. Se puso en pie tambaleándose y le torció violentamente la muñeca, volviéndola hacia él en un ángulo antinatural. Los huesos de la muñeca de Moscato crujieron, se quebraron, y el cardenal palideció. Se le desorbitaron los ojos de terror al ver cómo Spears le forzaba la mano, llevándosela cada vez más cerca del rostro.

—Dios, ¡NO! –gritó Moscato cuando Spears le llevó el dorso de su propia mano contra su cara, arañándole la mejilla y clavándole la aguja en la frente.

Spears soltó su presa y dio un paso atrás tambaleándose, mientras a Moscato se le aflojaban las piernas y caía sobre sus rodillas. El cardenal se llevó su torturada y ahora fláccida mano a la altura de los ojos. Hizo una mueca de dolor mientras la giraba lentamente adelante y atrás. Con la mano sana se palpó la mejilla y se manoseó el rostro. Luego, la bajó y se miró los dedos ensangrentados. Levantando la cabeza y mirando fijamente a los ojos a Spears, dijo:

—¡Estúpido! Me ha matado.

—Sólo es una muñeca rota y unos cortes superficiales. Vivirá.

Moscato se puso en pie y se fue hacia la ventana, riendo como si estuviera loco.

Spears lo miraba con cautela, aunque desconcertado.

Se oyeron golpes de puños en la puerta de la estancia.

Entonces, Moscato abrió la ventana y se subió al alféizar.

—¡NO! –gritó Spears– Dios le perdonará.

Moscato se detuvo y le miró por encima del hombro con una débil y altiva sonrisa en los labios.

—Mi anillo... el anillo con el que iba a golpearle a usted, tiene una aguja envenenada –dijo señalándose la mejilla con la mano fracturada–. Pero, esta vez, el beso de la serpiente ha golpeado a su dueño.

Dio otro paso y miró hacia abajo, y luego, con una fugaz mirada por encima del hombro, gritó:

—Nos veremos en el infierno.

Y saltó.

La puerta se abrió de golpe con un crujido de la madera, y los guardias suizos, dirigidos por el mayor Brazi, de los GIS, entraron precipitadamente en la sala. Brazi se quedó de pie en el centro de la habitación, mirando el mobiliario derribado y despedazado, con el suelo cubierto de cristales rotos y el armario destrozado.

—¿Está bien, señor? –le preguntó a Spears.

Éste asintió. Los ojos del mayor se dirigieron a la ventana. Se acercó al alféizar y miró hacia abajo. Moviéndose con rapidez y sin llamar la atención, mientras los otros guardias se unían a Brazi en la ventana, Spears ocultó la caja entre los pliegues de sus ropajes.

El mayor dejó escapar un débil silbido y se santiguó.

—¿El cardenal Moscato?

—Me temo que, al final, el buen cardenal perdió la fe –dijo Spears con una suave voz–. Él sabía que padecía un cáncer incurable... y con el fallecimiento del Santo Padre...

El mayor lanzó un fuerte suspiro y se volvió.

—Él se quitó la vida y usted intentó detenerle... –dijo haciendo un gesto con la mano, señalando los destrozos de la estancia– ... de ahí el forcejeo.

—Exactamente, mayor. Pero no queremos lavar nuestros trapos sucios en público... ¿me comprende?

El mayor volvió a mirar por la ventana, contemplando allí abajo el maltrecho cuerpo del cardenal.

—Se estrelló entre una multitud de testigos... quizás no resulte tan fácil de explicar.

—¿Un accidente trágico, quizás? –le propuso Spears.

—Comprendo y tomo nota, señor. ¿Se ocupará usted de la prensa, entonces?

—Por supuesto.

Brazi se irguió y se dirigió hacia Spears, dándose cuenta entonces de las marcas de los dientes en la muñeca del maestro general. La herida comenzaba a inflamarse.

—Convendrá que le echen un vistazo. Podría infectarse.

Spears le dio un vistazo a la herida, miró a Brazi a los ojos buscando algún atisbo de sospecha y, no encontrándolo, le devolvió una sonrisa cómplice al mayor y asintió con la cabeza.

# CAPÍTULO 78

Dentro del tren, los ojos de Rossi vagaban por entre los pasajeros, alertas ante cualquier rostro que pudiera resultar familiar, ante cualquier gesto fuera de lugar, ante cualquier mirada desviada con precipitación. De momento, nada. Sólo el habitual tropel de turistas. En cada parada escudriñaba las caras de las personas que subían al tren.

Se volvió hacia Gina o como quiera que se llamase. Estaba sentada, rígida, tiesa como un palo. Aunque había algo en ella duro y peligroso, también había algo más. Su rostro, visto de perfil con la mirada perdida más allá de la ventanilla, revelaba cierta vulnerabilidad, cierta tristeza. Rossi tenía que admitir que aquélla era una combinación enternecedora. Pero una minúscula voz en su cabeza le gritaba que tuviera cuidado. Aquella mujer tenía una inquietante aura de tensión, como si estuviera en guerra consigo misma y todo aquel que se atreviera a entrar en su mundo fuera a terminar envuelto en la pelea.

Rossi sonrió, riendo en su interior ante lo absurdo de la idea. *«Estás comportándote como si todavía tuvieras la opción de dar marcha atrás, como si no fuera ya demasiado tarde, como si no se hubiera cerrado el trato.»* Bajo sus pies, el tren retumbó.

—Se encuentra en un estado de fuga disociativa –rompió el silencio Giovanni.

Después, sus ojos se posaron en Ahriman, sentado tranquilamente, con las manos en el regazo; aunque su aguda mirada se mantenía vigilante.

—¿Tiene alguna pregunta, *professore?*

Sus ojos se encontraron, y Giovanni dijo:

—Quiero saber el nombre de control de la chica. El nombre que usted utiliza para alcanzar el centro de identidad de su personalidad.

Durante un buen rato, Ahriman no dijo nada, al cabo del cual se estremeció con una risa silenciosa.

—¡Cómo me sorprende usted! No sólo está versado en arte y en historia, sino también en psiquiatría. Sin embargo, me temo que debe de ser igualmente ingenuo, si piensa siquiera por un instante que voy a complacer su curiosidad.

Sin dudarlo, Rossi, que estaba sentado junto a Ahriman, con la Beretta aferrada por detrás del otro brazo, le incrustó el cañón de la pistola en las costillas al hombrecillo.

—Complázcale –le susurró secamente, con una mirada gélida.

Ahriman bajó los ojos y esbozó una mueca de dolor, mientras Rossi le clavaba aún más el frío acero en el pecho.

—Mi querido... coronel, está usted echándose un farol. Sin mí, nunca verá a su hermana viva.

Inclinándose sobre él y acercándole la cara hasta casi tocarle la piel, Rossi dijo:

—En nuestro trato no se especificó que tuviera que entregarle a usted... de una pieza.

Con la mano libre, Rossi sacó un cuchillo y, lentamente, bajó la mano y presionó la hoja contra el dorso del muslo interno de Ahriman, justo por encima de la rodilla.

—Un rápido tirón y le seccionaré el tendón. Se quedará paralítico de por vida. Luego, se lo haré en la otra pierna, y más tarde continuaré con sus rótulas. Se sorprendería de la poca presión que hace falta para hacer pedazos una rótula, *mi querido doctor.*

Aspirando con fuerza, Ahriman asintió y se volvió hacia Giovanni.

—Usted ya conoce la frase activadora.

Rossi se apoyó sobre la hoja, azuzándole con su afilada punta.

—¡El nombre!

Tragando saliva, y exhalando un hedor agrio por los poros, Ahriman dijo:

—Mariamene.

—¿Mariamene? –repitió Giovanni.

Al escuchar su nombre, Gina, ahora Mariamene, se movió bruscamente, volviendo la cabeza hacia el profesor, que estaba sentado justo delante de ella. Sus ojos lanzaron un destello al recobrar la vida.

Giovanni se acercó a ella y la tomó suavemente por las manos.

—Siente mis manos, sólo mis manos –le dijo suavemente, con un tono sosegado–. Vas a derramar todas y cada una de tus resistencias en mis manos. No te guardes nada.

Ella parpadeó y asintió solemnemente.

Giovanni se estremeció, como sobresaltado por una corriente gélida que surgiera de las manos de la joven, y dijo:

—Ahora me dirijo a Mariamene.

Un ligero tic apareció en el ojo derecho de ella, la respiración se le hizo trabajosa, mientras su pecho se elevaba y descendía con rapidez, casi hiperventilando.

Giovanni le agarró las manos con fuerza.

—Estás en paz, Mariamene. En paz. Libérate de la tensión, del miedo. Déjalos salir a través de las puntas de tus dedos hacia mis manos.

De inmediato, su respiración se relajó, adoptando poco a poco un ritmo suave. Sus mejillas, antes tensas, se aflojaron. El entrecejo fruncido se relajó. El tic se desvaneció.

—Estoy en paz –repitió, casi en un susurro.

El cambio que experimentó su cara fue tan espectacular, tan repentino, que a Rossi le pareció como si se hubiera quitado de pronto una máscara, dejando ver a una persona nueva, una persona que había vivido callada bajo una fina capa falsa. Una persona que había estado observando y esperando pacientemente su momento, como un niño a los pies de un carrusel en marcha, esperando su turno para subirse a él y disfrutar.

—¿Qué le ocurre? –preguntó Rossi elevando la voz.

—Este proceso recibe el nombre de cambio de alter-egos —le explicó su tío.

*El rostro de Giovanni flota ante Gina. Él la llama por otro nombre. Al principio, tiene la sensación de estar muriendo. Después, ella se eleva desde las profundidades de la negrura. En la pantalla de sus párpados, unos resplandores más brillantes que el sol la ciegan. Pero la luz se atenúa y ve una cara como si la viera a través de una lente cubierta por una gasa. Una suave voz canta en el filo de su memoria. Es la voz de su madre, la voz más maravillosa que haya escuchado jamás. Su vista se aclara. Unos ojos cálidos y amorosos la acarician. Una suave brisa comba las hierbas de la pradera en torno a ella. Otra voz, igualmente amable, comienza a escucharse. Es la voz de su padre. «Hija, tienes los ojos de tu madre, su carácter dulce. Como tu madre, Magdalena, tú y tus descendientes seréis la vasija de la sabiduría espiritual.»*

*«Sí, Padre», escucha responder a una voz infantil, su voz, y se esfuerza por comprender.*

*«Tu madre, Magdalena, la virgen, la madre, la viuda, se elevará por encima de todos mis discípulos y por encima de todos los hombres, que recibirán los misterios en lo Inefable. El hombre te condenará como profana, pero tú tendrás que hacer de tripas corazón, porque el verdadero sendero hacia mi Padre pasa a través de ti.»*

*Ella se siente en paz aquí, rezagándose en esta época pasada, en este lugar.*
*Ella susurra:*
*Madre Magdalena...*

El tren comenzó a aminorar la marcha hasta detenerse. Las puertas se abrieron, llamando la atención de Rossi. Un hombre alto y enjuto subió al vagón. Rossi lo examinó. Tenía el cabello rubio, casi blanco, y la piel muy pálida. Era casi un albino, al punto que Rossi estaba esperando encontrarse con unos ojos rosáceos, en vez de los ojos grises metalizados con los que le observó. Cuando el hombre cruzó su mirada con Rossi, la desvió rápidamente y se alejó por el pasillo, tomando una posición cercana a la de la puerta que llevaba al siguiente vagón.

Desde aquella posición aventajada, el hombre pálido lo observaba todo. Sus ojos, apagados y soñolientos, encubrían una feroz concentración, una mirada imperturbable que casi clavaba a Rossi en su asiento. Rossi se fijó en la perfecta complexión del hombre pálido, y en el voluminoso abrigo que llevaba, demasiado cálido para la temperatura que hacía, pero apto para ocultar un arma de buen tamaño.

Rossi sintió un extraño escalofrío en las entrañas.

Desde su derecha, escuchó abrirse la puerta que comunicaba con el siguiente vagón, derramando durante unos instantes el estrépito del tren dentro del habitáculo, antes de cerrarse. Entró un segundo hombre. Era delgado como un palo. Tenía la cara marcada y los pómulos afilados lo bastante como para cortar un cristal. Aquellos rasgos, combinados con sus verdes y vidriosos ojos, le daban un aspecto aterrador. Iba vestido de negro, de la cabeza a los pies. Por el rabillo del ojo, Rossi captó la expresión de Ahriman: habría reconocido a aquel sujeto desde el tejado de un granero. Una fina sonrisa arrugó el esquelético rostro del individuo. Y mantuvo su posición, bloqueando la puerta.

Giovanni soltó las manos de Gina, y ella se recostó en su asiento.

Susurrando por la comisura de los labios, sin perder de vista a los dos hombres, Rossi le preguntó a su tío:

—¿Qué estaba musitando? No pude entenderla.

Giovanni sacudió la cabeza.

—Te lo diré más tarde.

Al sentir la fría y altiva mirada de los asesinos, el corazón de Rossi se desbocó y se le erizó la piel en los brazos. Entonces, su sexto sentido atrajo su atención hasta más allá de la ventanilla. Allí, rodando a toda velocidad por un tramo de carretera que circulaba en paralelo a la vía, con su carenado cortando el viento como un tiburón hambriento, estaba su potente automóvil verde.

Dante, agazapado tras el volante del Mustang, movía una mano frenéticamente, intentando llamar su atención.

# CAPÍTULO 79

Desde el asiento de detrás, los ojos de Josie se encontraron con los del agente Kyle en un momento en que éste miró a través del espejo retrovisor. Estaban siguiendo al tren por el lado opuesto al carril que seguía Dante con el Mustang. De improviso, una moto viró justo delante de ellos. Kyle pisó el freno y giró el volante a la derecha, arrojando a Josie contra la puerta trasera izquierda. Luego dio un volantazo a la izquierda, con el consiguiente latigazo en la parte trasera, evitando por poco al motorista y recobrando el control.

—¡Jesús! ¡Cuidado, capullo! ¿De dónde demonios ha salido? –gritó Manwich.

Levantándose y cogiendo la pistola del suelo, Josie dijo sarcásticamente:

—Buena maniobra... capullo.

Kyle sonrió mientras el automóvil aceleraba dando un pequeño bandazo.

Manwich se volvió en su asiento y miró a Josie. Señalándole la pistola con un movimiento de cabeza, dijo:

—De momento, al menos, estamos en el mismo bando. ¿Podría apartar ese trasto antes de que el capullo éste... –y miró despectivamente a Kyle– ... haga otra maniobra enloquecida y usted me pegue un tiro en el culo?

Josie bajó el arma.

—Así está mejor. ¿Cómo demonios nos encontró tan rápido?

Josie se echó a reír silenciosamente.

—Los italianos les detectaron y han estado siguiendo su vehículo. Y mi compañero no tuvo más que piratear su red.

Sacó del bolsillo un ordenador del tamaño de su mano. En la pantalla, una lucecita superpuesta al mapa de la ciudad daba destellos indicando su posición exacta. Josie les hizo un breve informe del aplastante ataque que habían sufrido Schlomo y ella en la furgoneta, y les contó cómo había muerto su padre, allí en Chicago.

Frotándose su gorda nuca, Manwich dijo:

—Mis órdenes son hacerme con la chica a toda costa. ¿Tiene usted alguna idea de por qué demonios es tan jodidamente importante mantenerla con vida?

Josie negó con la cabeza.

—No. Ustedes concéntrense en la chica, pero Ahriman es todo mío –dijo con una mirada donde centelleaba el odio.

El escáner que monitorizaba la frecuencia de la radio de los italianos graznó.

Josie se puso pálida mientras traducía:

—¡Acaban de recibir una amenaza de bomba en el tren de Lido!

—El tren está aminorando la marcha –dijo Kyle.

Josie comprobó la pantalla de su minúsculo ordenador y dijo:

—Están llegando a la siguiente estación.

# CAPÍTULO 80

El tren redujo la marcha poco a poco hasta detenerse. Se abrieron las puertas, y los pasajeros salieron del vagón. Después, el hombre pálido se situó en la puerta, impidiendo el paso a todo aquel que quisiera entrar. Rossi fijó su atención en el hombre, en la puerta; había algo irritante que tiraba dentro de él y daba vueltas en su cabeza. Rossi se había guardado ya el cuchillo, pero seguía teniendo la pistola en la mano, oculta, apuntando con el cañón a Ahriman.

El hombre pálido se hizo de pronto a un lado, dejando entrar a una alta y escultural mujer negra. Iba vestida con los ropajes ceremoniales de raso negro y rojo de África occidental. Su aspecto era imponente. Debería de medir metro ochenta de altura, y se movía con gracia y autoridad, aunque de un modo sombrío y desinhibido. La mujer exploró el vagón hasta dar con su mirada en Rossi, que percibió un toque de azufre en los profundos ojos castaños de la mujer. Tenía una frente elevada y lisa. Podría haber sido modelo, con aquellos pómulos marcados y aquellos sensuales labios. Pero tenía las mejillas desfiguradas, profundamente puntuadas con marcas tribales, que añadían al conjunto cierto aire de tigresa.

Su tersa piel de color ébano, cubierta con una fina capa de transpiración, le provocó a Rossi un sensual escalofrío. Pero cuando inspiró se dio cuenta de que aquella mujer exudaba un extraño y fuerte olor, un olor que evocaba visiones de una leona devorando a su presa en la sabana. Un olor de sangre recién derramada impregnó el ambiente. Con una rápida mirada, la mujer se hizo cargo de la situación, localizando a Ahriman y a los demás. Al parecer satisfecha, viendo que el vagón estaba seguro, se volvió rápidamente e hizo señas para que hicieran subir a alguien.

Lentamente, apareció una figura. Mirando al suelo dócilmente, con un pañuelo en la cabeza y los hombros encorvados, era evidente que se trataba de una mujer. Y cuando ésta levantó la cabeza, Rossi se encontró con el rostro de su hermana Bianca.

La puerta se cerró.

Bianca se llevó la mano a la boca. Le temblaban los dedos mientras trazaba el contorno de sus labios. Pareció aclararse la garganta y, finalmente, logró decir:

—¿Nico?

De inmediato, la mujer negra agarró bruscamente del brazo a Bianca y se lo retorció, atrayéndola hacia sí, marcando la distancia entre ella y Rossi. Rossi saltó sobre sus pies, y el hombre pálido giró y sacó una escopeta de cañones recortados de debajo de su largo abrigo. Su retorcida sonrisa dejó ver una hilera de dientes desiguales y amarillentos. Sacudió la cabeza. Rossi captó el mensaje alto y claro, y se volvió a sentar.

—Se me conoce como Oba –dijo de pronto la mujer negra, con una voz gutural, aunque tan seductora y suave como el terciopelo negro.

—Bianca, ¿estás bien? –dijo Rossi ignorándola– ¿Te han hecho daño?

Al llegar a la estación, Josie salió disparada del automóvil, cubriendo la distancia en escasos segundos. Pero, justo cuando llegaba al andén, el tren comenzó a alejarse. Se lanzó al esprint con largas zancadas, atravesando la marea de pasajeros con tanta suavidad como un tiburón en mar abierto. Y cuando estuvo lo suficientemente cerca del tren, saltó desde el andén hasta los peldaños del último vagón. Se agarró con fuerza a los pasamanos, perdiendo apoyo por unos instantes, mientras el pie derecho a punto estaba de rozar el suelo, pero logró finalmente subir a bordo.

Manwich lo vio todo. Dio un puñetazo de pura desesperación en el techo del automóvil y, esforzándose por volver a meter dentro del vehículo su voluminoso cuerpo, cerró de un portazo y gritó:

—¡Sigue a ese tren!

# CAPÍTULO 81

Los ojos de bianca miraron a su alrededor como gorriones atrapados. Parecía haber perdido su característica energía.

Se escuchó un alboroto en la parte trasera del vagón al entrar un corpulento revisor y pasar por delante del individuo de los ojos vidriosos, que hacía guardia en ese lado. El revisor lanzó una maldición en italiano y se arqueó de pronto hacia atrás llevándose la mano a la espalda. Cuando se dio la vuelta, Rossi pudo ver el puño de un cuchillo emergiendo de la espalda del grueso revisor. Con un movimiento fluido, el individuo dio un paso adelante, lo agarró por el hombro, aferró el puño del cuchillo con la otra mano y retorció la hoja dentro de él. Luego le empujó, y el pobre revisor se desmoronó en el suelo. Después, con una sonrisa malvada, le sacó el puñal con un sonido húmedo y limpió tranquilamente la sangre de la hoja en sus pantalones.

El blanco de los ojos de Oba refulgió y, levantando la mano, gritó:

—¡Basta!

Sus ojos eran fríos como los ojos marmóreos de una cobra. Les miró, y una sonrisa amplia y maliciosa se dibujó en su rostro.

—Creo que estamos aquí para hacer un intercambio, ¿no? –dijo con un ligero acento francés.

Justo en aquel momento, el teléfono móvil de Rossi comenzó a sonar. Intentó echar mano al bolsillo interior de la chaqueta, pero el hombre pálido esgrimió amenazador el cañón de su escopeta.

—Deja que conteste –le ordenó Oba.

—Rossi. —Era Dante—. Seré muy breve. Hay una bomba en el tren. Vamos a detenerlo y a evacuar a los pasajeros.

Sin mostrar signo emocional alguno, Rossi colgó.

Josie se fue abriendo camino a través de los vagones, advirtiendo a gritos en italiano a los pasajeros que se fueran al último vagón, a la cola del tren. Cuando llegó al vagón adyacente a aquel en el que se encontraban Rossi y los demás, se paró en seco y se agachó. Allí delante, logró atisbar al hombre delgado que custodiaba la puerta más cercana a ella. El hombre echó un vistazo en su dirección y luego se volvió de espaldas.

Josie enfundó su pistola y, a gatas, llegó hasta el hueco que se abría entre los dos vagones y rápidamente se encaramó por la escalerilla que subía al techo. Casi sin querer, miró hacia abajo y se le hizo un nudo en el estómago ante la visión de las piedras y las vías, que se precipitaban rápidamente bajo ella, así como ante la borrosa visión del paisaje a ambos lados.

Finalmente alcanzó el techo del vagón, y el viento azotó con fuerza sus cabellos. Se agachó, abrió las piernas para tener más estabilidad y, lentamente, comenzó a desplazarse hacia el otro extremo del vagón. Una ráfaga de viento la golpeó, y a punto estuvo de hacerle perder el pie.

A mitad de recorrido, se echó sobre el vientre y se dejó caer lentamente por el lateral del vagón. La sangre se le acumuló en la cabeza mientras colgaba boca abajo, echando una rápida ojeada dentro del vagón a través de una de las ventanillas. Después de tomar nota mentalmente de las posiciones de todos en el interior, se impulsó hacia arriba.

Tras alcanzar el extremo opuesto del vehículo, se descolgó por la escalerilla y se agazapó en el hueco entre los vagones.

Sacó su Sig Sauer y lanzó una rapidísima mirada por la ventanilla de la puerta. Había otro hombre en el centro del vagón, con una escopeta de cañones recortados del calibre 12 apuntando a Rossi y a Giovanni. *«Maldita sea»*, pensó. Y más allá de ellos, vio a Ahriman, sonriendo engreído, como si estuviera asistiendo a una clase de debate en la universidad.

Contuvo el aliento en la garganta mientras ponía el dedo en torno al gatillo. Por un momento, todo su cuerpo se tensó. Estaba preparada para entrar al asalto, disparando a diestro y siniestro. Pero sabía que si el hombre de la escopeta se asustaba, podría apretar el gatillo en un acto reflejo y partir a Rossi en dos. De modo que se tragó la bilis, que como lava ardiente le quemaba la garganta, y se puso en cuclillas apoyando la espalda en la puerta, esperando el momento adecuado para entrar, temblándole las manos por la tensión.

# CAPÍTULO 82

Rossi sujetaba aún firmemente su Beretta en la mano derecha. Y gracias a Dante sabía que Volante estaba jugando con dos barajas. Miró a Oba. ¿Sabría ella que había una bomba contando los segundos en algún lugar del tren? ¿Lo sabrían también los matones? ¿Cómo podría advertir a su tío?

Ahriman comenzó a levantarse.

—Dado que ya estamos todos aquí, terminemos con esto —dijo de forma distante.

—No tan deprisa —dijo Rossi levantando la Beretta.

Ahriman tragó aire y se quedó inmóvil.

El hombre pálido se tensó visiblemente, y los ojos de Rossi se dispararon rápidamente a la derecha. El fulgor de la hoja del cuchillo resplandeció entre los dedos del individuo delgado, que tenía la mano abajo, en su costado, pero lista para lanzar el puñal.

Oba se removió en su asiento mientras una sonrisa aparecía en sus labios, pero era una sonrisa gélida, que no se correspondía con la expresión de sus ojos. Su cuerpo, aunque de gran estatura, parecía tenso y comprimido, como un muelle a punto de saltar.

—Bianca, levántate y ven hacia mí —dijo Rossi.

Con el terror marcado en la mirada, Bianca se volvió hacia Oba, suplicándole con los ojos, como una colegiala que pidiera permiso para ir al lavabo.

—¡Bianca, levántate y ven hacia mí! —repitió él.

Oba soltó la presa en el brazo de Bianca y dio un golpe seco de muñeca, tomando nota del tiempo en su reloj de pulsera, mirando nerviosamente a su alrededor. Rossi ya tenía su respuesta. La mujer estaba contando los minutos que le quedaban hasta la detonación. Luego, la mujer levantó los ojos e hizo un silencioso movimiento de cabeza, asintiendo.

Con un visible temblor de piernas, Bianca cruzó la escasa distancia que les separaba y se arrojó en brazos de Rossi, dejando escapar un profundo suspiro. Su aliento contra la mejilla de Rossi era tan leve como el aleteo de una mariposa. Y, en aquel momento, el corazón de Rossi se liberó de sus ataduras emocionales; parpadeó por no dejar caer una lágrima y la estrechó con fuerza contra su pecho.

—¡Qué reunión más conmovedora! –dijo Ahriman mientras comenzaba a moverse.

Pero antes de que diera un paso más, Josie entró como un torbellino en el vagón, sujetando la Sig Sauer con las dos manos delante de ella.

El hombre pálido se volvió hacia Josie, pero Ahriman estaba ahora directamente en su línea de fuego, bloqueando el disparo.

Aunque todo sucedió en cuestión de segundos, el mundo pareció sumergirse en una fractura temporal. Todo comenzó a desarrollarse a cámara lenta. La iluminación del vagón comenzó a parpadear nerviosa. Rossi empujó a Bianca sobre el regazo de Giovanni, mientras se revolvía instintivamente, levantando la pistola y dirigiendo los ojos hacia el individuo delgado. El arma arrojadiza del asesino salió disparada, y Rossi sintió en su mejilla el frío beso del acero, al tiempo que apretaba dos veces el gatillo, a bulto, alcanzando en el pecho al individuo, que abría los ojos espantado.

Luego giró con su arma hacia la izquierda.

Ahriman extendió los brazos hacia el hombre pálido que blandía la escopeta de cañones recortados, intentando detener su disparo con las manos abiertas.

—¡No! –gritó el hombrecillo con una mirada de terror.

Josie se dejó caer sobre la rodilla y su Sig ladró, alcanzando al hombre pálido en el hombro, haciéndole girar y provocando que la escopeta bramara con un ruido ensordecedor.

Una tormenta metálica de perdigones desintegró los dedos de Ahriman y le arrancó la mitad de la cara. Con la carne licuada, los huesos a la vista y los ojos nublados con el sueño del infierno, Ahriman salió volando hacia atrás y cayó sobre Josie, con la lengua colgando grotescamente. Forcejeando bajo el cadáver, Josie volvió a disparar con una puntería endiablada, alcanzando al hombre pálido con dos balas en la frente, que estallaron en la parte posterior de su cabeza con una lluvia brillante de sangre.

Un rugido gutural profundo, como el de un gato salvaje, surgió de los labios de Oba cuando se abalanzó sobre Rossi. Sus enorme manos hicieron presa en la garganta de él, al tiempo que percutía con su cuerpo y le derribaba.

A horcajadas sobre Rossi, con la negra toga subida hasta la cintura, sus muslos de mujer de hierro apretaban con fuerza su caja torácica desde ambos lados, mientras sus dedos acerados se clavaban en su laringe.

A Rossi se le oscureció la visión.

Pero, de pronto, una explosión lo lanzó todo por el aire y sacudió el tren, mientras la onda expansiva iba recorriendo un vagón tras otro como una marea. Un muro de calor y de presión asoló a su paso los vagones, haciendo jirones el acero como si de papel de aluminio se tratara, y creando un torbellino de cristales y metralla.

El vagón dio un bandazo, saltó sobre las vías y volcó sobre un costado. Oba salió disparada contra el techo del vagón, que ahora era una pared.

Rossi se echó la mano a la garganta, forcejeando por hacer entrar el aire en sus pulmones.

El vagón se deslizaba a toda velocidad sobre su costado, esparciendo una lluvia de chispas mientras el retorcido metal rechinaba como una bestia herida, hasta que finalmente se detuvo.

Por un momento, Rossi se quedó quieto, mientras la sangre, muy caliente, le cubría los ojos. Se llevó la mano a la cabeza. Era una pequeña laceración, «pero las heridas en el cuero cabelludo sangran como demonios», pensó. Miró a su alrededor. Vio a su tío echado sobre el regazo de Bianca. Fue gateando hasta él.

—¿Está bien? —consiguió decir a pesar del dolor que sentía en la garganta.

Bianca levantó la vista, con los ojos relucientes, y asintió.

—Tiene un horrible chichón en la cabeza, pero no hay signos de conmoción cerebral.

Rossi le acarició la ennegrecida mejilla y sonrió.

Giovanni se removió y le miró con los ojos entrecerrados por el humo.

—Hace falta algo más que un pequeño descarrilamiento de tren para librarse de mí.

Tosió e hizo una mueca de dolor, mientras se llevaba la mano a la sien. Después, miró detrás de Rossi y le hizo una señal con la mano.

Los ojos de Rossi siguieron la indicación. Allí, en la distancia, vio a Oba que, encañonando a Gina con la escopeta, la obligaba a salir por arriba a través del hueco de una ventanilla.

Desde detrás le llegó un gemido. Se volvió y vio a Josie echada sobre un costado, inconsciente.

# CAPÍTULO 83

El aullido de las sirenas invadió la zona. Luces estroboscópicas azules iluminaron la noche.

Llevando a Gina a rastras, Oba se abrió paso a través del caos de los servicios de emergencias. Se detuvo un momento, miró a un lado y a otro y vio el coche. El agente Kyle estaba sentado en el asiento del copiloto, esperando a Manwich, que se había introducido en medio del alboroto. Kyle no se dio cuenta de su llegada hasta que se encontró con el cañón del calibre 12 en la cara.

—Muévete. Tú conduces –dijo Oba, metiendo otro cartucho en la recámara.

Kyle la miró sin comprender, desconcertado.

Oba abrió la puerta y le golpeó fuertemente con la culata de la escopeta en el hombro, derribándolo sobre el asiento. Kyle se incorporó, se masajeó el brazo y se puso al volante.

Oba le hizo un gesto con la cabeza a Gina y le dio un rápido empujón.

—¡Tú ponte en medio!

Pero, para entonces, Gina volvía a estar lúcida, cargada de adrenalina y en pleno control de sus facultades. Se sentó junto a Kyle, esperando el momento oportuno para revolverse contra ella.

Oba se sentó, se pasó la escopeta a la mano izquierda para cerrar la puerta y, cuando aún tenía una pierna fuera, Gina reaccionó.

Prescindiendo de Kyle, que aún no reaccionaba, puso la marcha atrás, aferró el volante y, pasando rápidamente su pierna por encima de la de Kyle, pisó a fondo el acelerador.

El automóvil salió disparado hacia atrás, acelerando con rapidez. El fuerte rebote de la puerta la llevó a cerrarse violentamente contra la pierna de Oba, que se vio arrojada contra el respaldo.

La mano derecha de Gina hizo presa en el cañón de la escopeta.

Con el tobillo del pie izquierdo, Gina frenó abruptamente, al tiempo que mantenía la presión en el pedal del acelerador.

La aguja del velocímetro marcaba casi los cien.

Y, simultáneamente, giró el volante en dirección contraria a las manecillas del reloj. Las gomas ladraron y echaron humo, mientras el automóvil hacía un repentino giro de 180 grados, levantándose de un lado, casi a punto de volcar. El olor de las pastillas de frenos fundidas impregnó el aire, mientras la puerta del pasajero se abría de un latigazo.

La escopeta bramó con un ruido ensordecedor en el pequeño habitáculo, y el parabrisas estalló. Kyle, apretando la espalda contra el asiento, gritó.

Oba se vio lanzada hacia la puerta abierta del vehículo, mientras Gina soltaba el freno y volvía a pisar con fuerza el pedal del gas, lanzando de nuevo el vehículo como un cohete marcha atrás.

Soltando el cañón, Gina giró el volante súbitamente a la derecha con la mano izquierda y empujó con la derecha a Oba, que cayó rodando finalmente a la calzada, sin soltar no obstante la escopeta.

Gina levantó el pie del acelerador y pisó el freno hasta detener el vehículo. Miró a Kyle.

—¿Estás bien?

Kyle asintió, con la cara más blanca que la nieve.

Iluminada por las luces largas del automóvil y entre una neblina de goma quemada se veía a Oba, que, levantándose lentamente, escopeta en mano, parecía aturdida. Gotas de sangre caían por su frente, pero en su mirada había un brillo salvaje, un brillo de odio y de crueldad, como el de una iglesia en llamas.

Pero, para entonces, la policía del Metro y los Carabinieri, cercaban ya a Oba con las armas preparadas, cerrando el círculo mientras le gritaban:

—Suelte el arma.

Gina ya sabía lo que iba a suceder. Los ojos de Oba parecieron clavarse en ella por unos instantes, justo antes de que levantara la escopeta. Las armas abrieron fuego alcanzando a Oba que, irguiéndose brevemente, casi de forma sobrehumana, terminó estremeciéndose con fuertes espasmos y derrumbándose en el suelo.

Los agentes convergieron sobre la mujer caída, apuntando aún sus armas sobre ella, no fuera que se levantara de repente en un último arranque de furia.

Por el rabillo del ojo, Gina vio llegar una ambulancia y detenerse a su lado. Kyle, aturdido aún, bajó estúpidamente la ventanilla. El instinto le dijo a Gina que se agachara, pero entonces vio *su* cara. Era mayor, pero sus ojos eran los mismos. Unos ojos atormentados, grandes y ligeramente apesadumbrados.

—¡Hamal! –gritó ella.

Su hermano, al que creía muerto, le sonrió y, saliendo de la ambulancia, se dirigió hacia ella. ¿Estaría soñando? ¿Cómo podía ocurrir aquello, después de tantos años?

Pero la visión periférica de Gina captó demasiado tarde el cañón de la pistola que asomó desde la ventanilla del copiloto de la ambulancia. De repente, sintió un dolor punzante en el cuello. Todo comenzó a oscurecerse, pero luchó por seguir mirando el rostro de Hamal, hasta que la vista se le oscureció totalmente.

La pistola tranquilizadora tosió de nuevo, alcanzando a Kyle. Se desplomaron juntos, como dos marionetas a las que les hubiesen soltado los hilos.

En medio de tanto caos, nadie se percató de aquello. Un agente británico disfrazado de paramédico saltó de la ambulancia y, con la ayuda de Hamal, metió a Gina en el vehículo. Con las sirenas en marcha, la ambulancia se alejó de allí y desapareció en la oscuridad.

La luz cegadora de una linterna eléctrica iluminó el interior del vagón. Rossi estaba junto a Josie, que había recobrado la consciencia.

—*Colonnello*... Rossi —escuchó la voz familiar de Dante, que llegaba hasta él a través del humo.

—¡Aquí! —gritó Rossi.

Dante se arrodilló a su lado mientras los paramédicos atendían a Giovanni.

—¿Está bien, jefe? —le preguntó Dante refiriéndose a Josie.

Rossi la miró, y ella asintió con la cabeza.

—Se pondrá bien. Salgamos de aquí de una vez.

# CAPÍTULO 84

Cuando rossi se despertó a primera hora de la mañana y posó sus ojos en los brillantes azulejos blancos del techo, supo que no estaba en su apartamento. Entonces se acordó de todo, del tren, de Bianca, de Josie, de todo. Se sentó en la cama y miró a su alrededor. ¿Dónde estaba ella? De pronto, oyó los dulces tonos de una voz femenina que le llegaban por debajo de la puerta del baño. Era Josie. Estaban en casa de su tío.

Josie salió del baño con su cabello castaño rojizo húmedo, cayéndole sobre los hombros. Llevaba un albornoz que no conseguía cubrirle los pechos. Iba descalza, dejando ver sus largas y bronceadas piernas.

—Josie, yo... –tartamudeó Rossi.

—Shhh –le hizo callar ella–. No digas nada –añadió y, aproximándose a él, se sentó a su lado en la cama.

No eran necesarias las palabras. Los dos sentían el mismo anhelo, la misma ansia, en lo más profundo de sus corazones. Rossi levantó suavemente la mano y le apartó un mechón de cabello, atrayéndola después hacia él.

Y Josie no pudo hacer otra cosa que caer en sus brazos.

Por unos instantes, la retuvo tiernamente contra su pecho, sin moverse, sin decir nada. En aquellos momentos se encontraban en un lugar del alma que estaba más allá de las palabras.

Podrían haber hablado de seres queridos que ya no volverían, del dolor que sentían, de sus querencias o deseos, de sus esperanzas y de sus sueños. Pero aquél no era el momento, no era necesario; pues, aunque

Rossi hubiera podido leerle la mente, tampoco hubiera sido necesario. El latido del corazón de Josie contra su pecho, el suave aliento de ella en su cuello, lo decían todo. Se sintió profundamente excitado por la fragancia de su piel, de sus pechos, recién salida de la ducha como estaba, pero fue incapaz de transformar los pensamientos y la necesidad en intimidad física. Al menos, no todavía.

Rossi intentó levantarse, pero ella le empujó sobre la cama y se sentó a horcajadas sobre él, para luego posar sus labios sobre los de él, sin besarle, sin sondearle. Simplemente, acunó sus labios en los labios de Rossi. Sus respiraciones se entremezclaban ahora con cada inspiración y cada espiración. Sus almas se unieron. Después, él la besó, suavemente al principio; la besó en los labios, en la mejilla, bajando lentamente hasta su cuello para, después, buscarle el lóbulo de la oreja. Le mordisqueó el lóbulo, y luego le exploró con la lengua el oído. Ella se estremeció, le apartó y se levantó, y se bajó el albornoz por debajo de los hombros, mostrándole sus pequeños pero firmes senos. Tenía los pezones duros, y ella misma se los llevó hasta la húmeda y anhelante boca de él. Y él se los lamió y se los acarició con una pasión reverente.

Cuando levantó las manos para acariciarle los pechos, se acordó de Isabella, la que fuera su mujer; se acordó de Gina, con sus llameantes ojos azules. Pero el nombre que pronunciaba ahora era el de Josie.

Bajó la mano lentamente por su costado hasta la cadera, para luego llevarla hasta la cara interna del muslo de Josie. Su virilidad se encabritó al contacto de la mano de ella, mientras ella gemía y apretaba su pelvis contra él con un suave balanceo. Después, él entró en las profundidades de ella, y gritaron juntos, perforando el silencio con suspiros, susurros y jadeos.

Después, ella buscó el ritmo de él, tirando de él y llevándolo hasta las puertas del cielo, hasta el arrobo. Se convulsionaron a la vez, mientras la puerta de atrás del paraíso se abría de par en par para ellos.

Y luego, terminaron como habían comenzado, con un callado silencio, un suave gemido, un prolongado beso. El cabello le cubría la cara y el pecho a Josie, y él aspiró profundamente, saboreando su esencia. Josie se derrumbó a su lado, con una película de sudor cubriéndole los pechos y su liso vientre. Sin ansiedad al principio, pero completamente libres de las cadenas ahora, gracias a la eufórica ascensión del amor, se dejaron llevar por el recuerdo de su gozo, y del invisible cordón umbilical que les unía. Cuántas veces habían yacido así, mirándose a los ojos, o bien con la luz mortecina del recuerdo persistente del rostro del otro contra la cáscara vacía de los párpados cerrados. No podían saberlo. Pero en este instante, en este momento, el tiempo ya no tenía dominio alguno sobre ellos.

Josie suspiró y se incorporó, apoyándose sobre el codo, observándole. Alargando la mano, recorrió con la yema de un dedo su ceja húmeda, pero el cosquilleo hizo que Rossi se removiera.

—Ya sabes –dijo ella–. Podríamos seguir haciendo esto todo el día.

—Para siempre –dijo él–. Hasta que las ranas críen pelo.

—O den saltos por la luna.

Rossi suspiró.

—No he conocido a ninguna mujer que pueda disfrutar de esto tanto como lo haces tú –dijo buscando con la cara el estómago de Josie, frotándose la nariz una y otra vez con el fino y casi invisible vello que se congregaba en el centro..

—¿Cuántas ha habido?

—¿Quieres decir mujeres? –dijo después de soplarle suavemente en el ombligo.

—¡NO! ¡Ranas! ¡Claro que mujeres! –exclamó dándole un golpecito en la frente con las yemas de los dedos– ¿Estás queriendo decir que estoy obsesionada con el sexo?

—Bueno, no... sólo digo que no pasas del sexo.

—¿Acaso pasaba Gina? Era ése su nombre, ¿no?

—Sí, pero tu eres tan...

—¿Tan qué, Nico? ¿Tan intelectual?

—No...

—¿Estás diciendo que soy estúpida?

—No, yo sólo...

—¿Tan deslumbrante, entonces?

—No...

—¿No?

—Quiero decir, sí. Pero es algo más que eso. Estás tan viva, tan llena de vida, tan vibrante... y, bueno... tan sabihonda...

Ella se incorporó y le tiró con fuerza del labio; agarrándoselo entre el pulgar y el índice, se lo llevó a sus labios. No hizo falta nada más. Sonó la campana. Segundo asalto.

# CAPÍTULO 85

Ya en la cocina, Rossi y Josie se sentaron ante la mesa. Josie llevaba puesta la parte de arriba del pijama de él, una pierna en el suelo, la otra en la silla, descansando la barbilla sobre los brazos, que apoyaba en la rodilla. La típica «pose de la mañana después» de Hollywood, como la llamaba ella. Giovanni volvió a llenarles de café las tazas, y dejó la cafetera sobre el mantel de cuadros amarillo, entre ellos. Se acercó una silla, se encendió la pipa y entrecruzó las manos en el regazo, esforzándose por no dejar que sus ojos se demoraran demasiado en los firmes muslos de Josie.

—Dime, sobrino. ¿Habéis dormido bien? ¿Estáis más descansados?

Rossi le disparó a Josie una sonrisa avergonzada y se volvió a su tío.

—Sí, muy bien. Gracias por dejarnos utilizar tu habitación libre.

El profesor sonrió y le guiñó un ojo a Josie. Ella sintió un ligero rubor.

—¿Ha tenido algún sueño, joven dama?

Una minúscula arruga se formó entre sus ojos y, sintiéndose súbitamente cohibida, bajó la pierna.

—Extraña pregunta, ¿no cree?

Giovanni se encogió de hombros.

—Simplemente pensé que su intuición femenina le diría algo durante la noche a través de los sueños.

La miró fijamente durante un instante y, no viendo chispa alguna, bajó la mirada sobre sus propias manos.

—¿Todavía estás preocupado? –le preguntó Rossi a su tío–. ¿Sigues intentando darle algún sentido a todo lo que ha ocurrido?

Giovanni se levantó de repente, y se puso a caminar por la cocina mientras hablaba.

—Estoy convencido de que Volante orquestó de algún modo la muerte del Papa.

—No podemos estar seguros. Para empezar, ya era bastante mayor, y se le veía ya muy frágil –comentó Rossi.

—Tonterías –dijo Giovanni con un gesto de desdén–. Su voluntad de vivir era demasiado fuerte.

Y curvando los labios cínicamente, añadió:

—Si hubiera podido estar un poco más con la chica.

—Seguiremos buscándola –dijo Josie–. En cuanto llegue a Tel Aviv, mañana, organizaré un equipo de rescate.

A Josie no le pasó desapercibida la dura mirada que le había lanzado Rossi al escuchar *mañana,* pero luchó por no cruzar los ojos con él. No debía mirarle, no podía mirarle; porque, si lo hacía, podría quedar atrapada bajo el peso de la necesidad de Rossi. De modo que, en vez de mirarle, se levantó rápidamente y se dirigió al fregadero.

Interpretó una tosca pantomima de indiferencia, fingiendo que no se había dado cuenta, simulando que su propio corazón no se le encogía, no perdía un latido ante el mero sonido de su voz y ante su mero contacto. Rebuscó en el armario un vaso, lo llenó de agua y dio un largo trago, con la esperanza de que el agua templada ahogara sus emociones. *«Termina con esto ya* –le aconsejó la cabeza–. *Corta de raíz.»* Pero su corazón hizo oídos sordos, calentándose ante la mera idea de su fuerte y cariñoso abrazo. Con la cabeza gacha y los hombros caídos, se quedó allí de pie, de espaldas a él, mordiéndose los labios con sus increíblemente blancos y pequeños dientes.

—Gina es un caso perdido de todas formas –dijo finalmente Rossi–. ¿Qué podrías haber sacado de ella?

Giovanni abrió los ojos y levantó las cejas.

—Con el tratamiento adecuado, se la podría haber recuperado. Combinando la hipnoterapia con EMDR.

Armándose de valor, Josie se dio la vuelta. Le sonrió a Rossi de un modo franco y directo; y, mirando después a Giovanni, preguntó como de forma casual:

—Eso tiene algo que ver con la reprogramación, ¿no?

Rossi atendía como un niño en la escuela.

—Utilizan el movimiento de los ojos para desensibilizar y reprocesar sentimientos, recuerdos traumáticos –continuó su tío–. Los reemplazan con recuerdos positivos y autoestima. Combinado con neurolépticos atípicos como la olazapina y la zyprexa, se han podido reintegrar las identidades escindidas, conjuntándolo todo de nuevo. Todavía estoy desconcertado con lo que mascullaba fortuitamente en el tren, mientras estaba en trance profundo.

Rossi entornó los ojos y resopló.

—De verdad, *zio,* eso no son más que pamplinas, al igual que todos esos objetos falsos que dicen haber encontrado en Palestina y que están filtrando a la prensa.

—Quizás tenga razón él –intervino Josie–. Recibí un cable del cuartel general del Mossad en el que decía que los investigadores de antigüedades habían hecho una redada en la casa de aquel comerciante de objetos. Y, como en el caso del osario falsificado que llevaba los nombres de Jesús y de Santiago, encontraron todos los productos químicos que el comerciante y sus cómplices habían utilizado para envejecer el amuleto de plata. Encontraron incluso al experto en paleohebreo que escribió las inscripciones falsas. Llegaron a la conclusión de que era el mismo sujeto que ideó lo de las inscripciones en la Tablilla de Joshua, y la granada de marfil del Templo de Salomón, y la pátina falsa incrustada en las inscripciones, que se descubrió que no eran más que... falsificaciones.

Rossi asintió.

—Se puede hacer mucho dinero en el negocio de reliquias falsas.

Giovanni esbozó una sonrisa, y luego dijo con una voz grave:

—Yo no me apresuraría a la hora de negar la validez de las cosas que han descubierto. El gobierno israelí tiene también sus propios intereses.

¿Y cómo explicas el interés de los de la NSA en Gina? ¿Y su aparente secuestro por parte de agentes británicos?

Rossi sacudió la cabeza.

—No puedo explicarlo. Pero lo extraño es que los británicos no han vuelto al Reino Unido.

Giovanni levantó las cejas.

—Entonces, ¿dónde están?

—Lo único que hemos podido saber es que se dirigieron a Pakistán.

Giovanni se frotó la barbilla.

—Tengo que avisar a Spears de esto. Podría ser importante.

—¿Y cuándo me ibais a decir esto a mí? –dijo Josie frunciendo el ceño–. Voy a vestirme.

Y, cuando ya se dirigía al dormitorio, se detuvo y añadió:

—Quiero pasar por el hospital para ver a mi tío Lotti antes de irme.

Miró a Rossi y captó profundamente su mirada. Se fijo en la forma en que había curvado los labios al sonreír. Y, poniéndose rígida, se dijo a sí misma: *«Esto no va a funcionar, querida»*.

—¿Cómo está?

Josie se encogió de hombros.

—Los médicos dicen que se repondrá.

—Yo te llevo. Tengo que ver cómo está Bianca –le dijo Rossi, y se quedó mirándola largo rato.

—Tomaré un taxi –respondió ella fríamente, y se fue al dormitorio.

Giovanni se acercó a Rossi, le puso la mano en el hombro y le dijo:

—¿Es que vas a dejar que salga por esa puerta y que desaparezca de tu vida?

Rossi estudió la tenue red de venas que discurría bajo la blanca piel de la mejilla de su tío, intentando no encontrarse con su mirada. Luego, respiró profundamente, lanzando una rápida ojeada a la puerta por la que ella acababa de salir.

—Probablemente. Ninguno de los dos estamos preparados. Ninguno de los dos nos podemos permitir ese lujo.

Giovanni dio un paso atrás y suspiró.

—El aire late cuando ella está en la misma habitación en la que estás tú, y tu corazón golpea fuerte en tu pecho... ¡pero no! ¡No estáis preparados!

Rossi forzó una débil sonrisa.

—Escúchame, sobrino. Lo que *no* puedes permitirte el lujo de hacer, como ya te dije en otra ocasión, es seguir mintiéndote a ti mismo.

—¿Y qué pasa con ella?

—Alguien tiene que dar el primer paso –dijo Giovanni mientras esbozaba una sonrisa paternal.

Y, cambiando de tema, añadió:

—Recibí una llamada del maestro general Spears. Parecía muy alterado.

—¿Por el tema de la muerte del cardenal Moscato?

—En realidad, no. Nunca hubo demasiado amor entre ellos.

—Rebajar la intensidad de las cosas ha sido siempre uno de tus dones, *zio*.

—Spears comparte mi preocupación de que pueda haber algo que se nos esté pasando por alto. El funeral del Papa tendrá lugar dentro de unos cuantos días y...

—Estamos tomando precauciones extraordinarias. Tengo una reunión mañana con la policía y los militares.

Giovanni frunció el ceño.

—Spears piensa... cómo lo diría... que puede haber algo de verdad en lo del descubrimiento del Evangelio de Q. Y luego está ese preocupante mensaje que él y yo decodificamos en el Cuaderno de la Rosa Negra. Todavía no hemos tenido ocasión de comparar nuestras anotaciones, de modo que me tendré que reunir con él en breve. Spears ha enviado a Stato en una misión que, de un modo u otro, guarda relación con lo que dice que revelaba el cuaderno.

Rossi se puso tenso.

—Mi conjetura es que todo este asunto no era otra cosa que una pantalla de humo, una táctica para distraernos y desviarnos del verdadero objetivo.

Se quedaron mirándose.

—Eso es, precisamente, lo que me preocupa. ¿Cuál es el objetivo real?

Rossi iba a responder, cuando vaciló.

—No olvides que han masacrado a personas inocentes con el fin de ponerle las manos encima a ese cuaderno. Spears me pidió que te advirtiera para que estuvieras muy alerta –añadió su tío con gravedad.

—¿Y qué es lo que cree él que estamos haciendo?

—No necesariamente con el grupo de Volante. Puede ser un acontecimiento catastrófico.

—¿Quizás alguna facción contendiente?

—Posiblemente. Recuerda la advertencia oculta de Durero de la venganza mediante un inferno.

—Estamos tomando todas las precauciones posibles. Si estás pensando en un atentado con bombas o en un incendio, sería imposible. Con las medidas de seguridad incrementadas, el Vaticano va a ser inexpugnable.

Los lacrimosos y cansados ojos de Giovanni le miraron fijamente.

—Rezo para que tengas razón, sobrino. De cualquier modo, Spears dice que ha pirateado los archivos del ordenador de Moscato y que tiene algunas noticias preocupantes para mí. Algo que explicaría la implicación de los británicos en este asunto.

Josie apareció de pronto en la cocina, vestida de modo informal y con sus bolsas en la mano. Miró a Rossi y se echó a reír.

—¿No me irás a llevar al hospital en pijama, espero?

Giovanni captó la mirada de Rossi y le hizo un guiño, y luego, lentamente, comenzó a tararear *Our Love is Here to Stay, Nuestro amor está aquí para quedarse*, mientras cogía el sombrero del perchero, se inclinaba el ala y salía arrastrando los pies por la puerta.

# CAPÍTULO 86

Los nueve días de luto oficial, los *novemdiales,* habían transcurrido ya. Roto el anillo papal, sellado su estudio y su dormitorio por el *Camarlengo,* el Papa yacía de cuerpo presente en la Basílica Patriarcal del Vaticano. Su rostro y sus manos grises contrastaban con sus vestiduras, de un blanco brillante y un escarlata oscuro.

En el exterior, las pantallas gigantes de vídeo ubicadas en la plaza de San Pedro y en las piazzas de toda la ciudad hacían bien poco por aplacar la riada de peregrinos que inundaba la ciudad, duplicando la población de Roma, de 3'7 millones de habitantes. Obispos y seglares por igual tenían que pasar a través de los detectores de metales montados bajo las columnatas, a la entrada de la plaza. Aunque se les pedía a los visitantes que dejaran las bolsas y las mochilas en casa, los escáneres de rayos X estaban saturados explorando la interminable fila de bolsos y pertenencias de los peregrinos.

En el cuartel general de la policía de Roma, se capturaban las caras de las multitudes mediante cámaras de control remoto, y se proyectaban sobre cincuenta grandes monitores de vigilancia. Y, mientras los ojos vigilantes de los agentes estudiaban las imágenes, lo mismo hacía el programa FACE-IDENT, que estaba diseñado para comparar los rasgos faciales de la gente con una base de datos de terroristas conocidos y sospechosos. Aquel día, el sistema estaba operando a marchas forzadas.

Bajo una pantalla del IDENT comenzó a palpitar una luz de color ámbar, señalando una coincidencia.

Por encima del COMM-PIT, que parecía la sala de operaciones de Cabo Cañaveral, se encontraba el centro de mando combinado de las fuerzas de seguridad y del Ejército, donde Rossi iba de un lado a otro nervioso, siempre en las inmediaciones de la consola principal.

—Tenemos una coincidencia en la cámara cero-nueve, señor –dijo un técnico barrigón y sin cuello, con gafas de culo de vaso.

—Captura la imagen –le ordenó el subdirector del SISDe.

En la mitad izquierda de la pantalla apareció la imagen de un joven árabe enjuto y de mejillas hundidas, con un labio leporino no muy marcado. En la otra mitad apareció la imagen familiar del rostro de Gerta Van Diesel, la prefabricada reina de los corresponsales de las noticias, que hablaba con una voz llorona sólo por un lado de la boca, como si tuviera una bola de tabaco de mascar dentro de la boca. Había ingresado recientemente en las filas de la nueva ola de periodistas femeninas sensacionalistas de la televisión: todas ellas de lengua afilada, ojos de halcón con reflejos que bien hubiera querido para sí cualquier fiscal y cutis bronceado de spray.

—¡Cojones, tío! Es un falso blanco –dijo el jefe, dando la vuelta sobre sus talones y saliendo precipitadamente para encenderse otro cigarrillo.

Rossi se acercó al agente y le puso una tranquilizadora mano sobre el hombro. De inmediato, sintió la humedad de la transpiración que se filtraba a través de la camisa del uniforme de aquel hombre. El pobre sudaba a chorros, con su redonda cara perlada de gotas de sudor, como un melón maduro.

Rossi señaló a las imágenes del IDENT.

—Considerando el error de identificación, no es exactamente una imagen «Justa y Equilibrada» para las noticias de la Fox, ¿eh? –dijo Rossi, intentando relajar al agente–. Si yo fuera el terrorista, me sentiría insultado.

El agente se echó a reír nerviosamente.

—¿Cómo se llama?

—Pompenni, señor. Tomaso Pompenni.

El hombre sacó un inhalador del bolsillo, se lo llevó a la boca y aspiró con fuerza.

—Asma –explicó como disculpándose.

—Bueno, Tomaso, tenemos aún mucho por delante, de modo que relájese. Ponga a nuestra chica en la verdadera emisión de la cadena y suba el volumen.

Gerta estaba entrevistando al segundo de a bordo del Ayuntamiento de Roma y a un oficial de cuello rígido de las Fuerzas Aéreas Italianas, a quien Rossi reconoció como el general de brigada Luca Masserati.

Gerta le preguntaba al político:

—¿Qué medidas de seguridad se han tomado?

—Se van a cerrar completamente las calles de la capital desde este mismo momento hasta las seis de la tarde. Seguirán llegando trenes; pero, aparte de los vehículos de emergencias, sólo se permitirá a los autobuses transitar y estacionar en determinados puntos. Además, tenemos a más de quince mil efectivos de la policía y del Ejército trabajando, con equipos de élite de los Carabinieri apostados en todas las intersecciones principales. Sé también que hay en torno a mil tiradores desplegados en puntos estratégicos por toda la ciudad.

Acercándole el micrófono al general de brigada, Gerta comentó:

—Sabemos que más de un centenar de jefes de Estado, primeros ministros y ministros de Asuntos Exteriores van a asistir al funeral esta tarde. El presidente Bush, Clinton y la primera dama.

El general de brigada asintió solemnemente con la cabeza, y se quedó como un indio de madera, incapacitado por un aparente miedo escénico. Sus quince minutos de fama pasaban muy despacio.

El teniente de alcalde se inclinó hacia él y se dirigió al micro, sonriendo de oreja a oreja.

—Sí, además del anterior presidente Bush, y el príncipe Carlos y su nueva novia, la duquesa de Cornwall.

«*La acartonada Camilla Parker Bowles* –pensó Rossi reprimiendo una risita–. *No más que otra amante con un título de lujo en el Vaticano.*»

Aclarándose la garganta, el general de brigada levantó repentinamente el brazo, obligando al político a retirarse. En su obvia farsa, simuló rascarse la nariz, y dijo:

—Me siento en parte aliviado y en parte preocupado por el hecho de que algunos jefes de naciones islámicas, como Libia, Irán y Siria, vayan a asistir también.

—¿Aliviado? –hurgó Gerta con una voz chillona.

Un movimiento afirmativo con la cabeza por parte del general fue su única respuesta.

Rossi creyó saber lo que el general estaba insinuando. Si los líderes de esas naciones del «eje del terror» iban a estar en persona en el Vaticano, eso debería de eliminar la amenaza de los grupos terroristas que ellos mismos financiaban. Pero, aun con esa idea en mente, Rossi sintió que las paredes interiores de sus intestinos se daban un baño ácido de dudas y de insidiosas sospechas. Sabía que el maestro general Spears y el tío Giovanni estaban intentando hacer encajar las piezas del puzle con el fin de obtener una respuesta. Sin embargo, la única pista era aquella enigmática cuarteta que Spears había compartido con ellos, la que se mencionaba en la carta del Papa. Su tío se la había atribuido a Nostradamus: «El ígneo aliento del dragón hará que las siete colinas ardan durante generaciones».

*«¿Y qué pasará si no dan con la solución? –pensó–. A lo mejor estoy viendo al Coco debajo de la cama.»*

El chirrido nasal de la voz de Gerta le trajo de vuelta.

—¿Y qué hay de la amenaza de un ataque aéreo, general?

—Tenemos patrullas de combate aéreo volando sobre la ciudad 24/7. Nuestros F-16 están siendo reabastecidos en vuelo, y están recibiendo el apoyo de un AWACS de la OTAN, un avión de reconocimiento por radar. Naturalmente, el espacio aéreo va a estar más cerrado que el culo de una paloma...

El general se detuvo ruborizado, moviendo los carrillos como si estuviera masticando una bota del cuarenta y dos que alguien le hubiera insertado en su enorme boca de cuatro estrellas.

—... Bueno, desde ayer hay establecida una zona donde está estrictamente prohibido cualquier vuelo. En la zona está incluido el aeropuerto Da Vinci y nuestros dos aeropuertos secundarios, Ciampino y Ubre.

Rossi se echó a reír en silencio, imaginándose al general de pie delante del espejo, en calzoncillos, con unos calcetines negros hasta la rodilla con suspensorios, con un par de Colts 45 colgadas de los michelines, practicando sus «15 minutos de fama», con la imagen televisiva de fondo del discurso del general Patton que interpretara George C. Scott.

—¿Alguna defensa terrestre? —preguntó Gerta como si no supiera lo que significaba y su productor no se lo hubiera apuntado a través del auricular.

—Amartillada, lista y preparada. Nuestras baterías de misiles tierra-aire Hawk y Spada se han desplegado en un anillo en torno a la ciudad —dijo atusándose el grasiento mostacho y sacando barbilla.

El teniente de alcalde intervino.

—Creo que nunca hemos visto en Italia un despliegue tan grande para proteger un único lugar —dijo, y señalando con la cabeza al general, añadió—. Comenzamos con cuadro uno, después pasamos de...

—Las peores situaciones hipotéticas —apuntó el general.

—De hecho, amenazas significativas procedentes del cielo, de tierra, del mar... amenazas rápidas desde todas las direcciones.

La pantalla se llenó con un primer plano de Gerta.

Arrugando la cara, su voz gorjeó de nuevo mientras decía:

—Justo dos días antes de que el Santo Padre falleciera, Mehmet Ali Agca, el desequilibrado turco que intentó asesinarle en 1981, difundió un comunicado en el que deseaba al Pontífice una rápida recuperación, pero añadió siniestramente que el Papa debería decirle al mundo que el día del Juicio se estaba acercando. ¿Serán suficientes sus precauciones?

El teniente de alcalde se echó a reír casi como un colegial y sacudió la cabeza, y luego levantó la vista brevemente al cielo, como si buscara ayuda de lo alto.

—No sé nada del fin del mundo –dijo condescendientemente–, pero en lo concerniente a cualquier amenaza inmediata... creo que el Papa seguirá echándonos una mano.

Un destello rojo llamó la atención de Rossi, levantó la vista y, en una pantalla elevada, vio aparecer un mensaje que se desplazaba de derecha a izquierda: FIREFLY EN APROXIMACIÓN FINAL.

—El juego está en marcha, Watson –pensó Rossi en voz alta.

—¿Qué es eso, señor? –preguntó Tomaso, subiéndose las gafas sobre el puente de su sudada nariz y sorbiendo sonoramente por ella.

—Nada, sólo una frase habitual de Baker Street.

El triángulo protector del Servicio Secreto se complementaba en el aire. Siguiendo a un VC-25A había cuatro cazas Tomcat de la Marina a cinco millas de distancia, mientras que un AWACS se movía pesadamente por delante, asegurándose de que ningún *bogey*[23] se acercara al Firefly, nombre en código del Air Force One, el avión del presidente.

El equipo de avanzadilla SS había llegado semanas antes, trabajando en estrecha colaboración con las fuerzas de seguridad italianas, trazando rutas, llevando a cabo comprobaciones y recomprobaciones sobre toda amenaza hipotética posible, chiflados o francotiradores, hasta que les hirvió el cerebro y se les inyectaron los ojos en sangre a causa de la fatiga. Todo ello para preparar la llegada de *Tumbler (Vaso)* y la de su esposa (nombre en código *Teacher's Pet, La Preferida del Maestro*). Dado que el padre del presidente, *Timber Wolf, Lobo Gris,* también estaba a bordo, el auxiliar de vuelo del Air Force One había almacenado montañas de cortezas de cerdo y de salsa, las cosas preferidas de papá. La limusina blindada y las limusinas secundarias las había llevado un C-17 de las Fuerzas Aéreas. Se las veía relucientes bajo el sol de la tarde. Tras la limusina presidencial estaba el furgón de guerra, que esperaba cargado con munición extra y armas largas: escopetas, Uzis y alguna que otra arma clasificada.

---

23. En el lenguaje del tráfico aéreo, *bogey* es el nombre que se le da a una aeronave no identificada posiblemente hostil. También, *objetivo*. (N. del T.)

Había suficientes militares y agentes de seguridad en la pista y en la zona inmediata como para iniciar una pequeña revolución en una república bananera.

Había más agentes en la torre de control de la base de Pratica-di-Mare, y se habían dispuesto anillos de seguridad en torno al presidente y a la primera dama.

El agente al mando de la avanzadilla, Rusty, al que todavía le palpitaba la cabeza con una pequeña resaca, de las muchas cervezas que había tomado cuando trabajaba en la avanzadilla del presidente alemán Kohl, se encontraba ya al lado de la limusina, en la pista. Él se ocuparía de los principales y del AIC dentro de la limusina, mientras que su homólogo estaría esperando en el Vaticano. Y otro equipo aguardaría en un hospital designado, por si acaso alguien conseguía atentar contra el presidente.

A lo largo de la ruta principal y de las numerosas rutas de contingencia, había policía militar apostada en puntos clave. Y por delante, otros equipos, con furgones de guerra idénticos, irían por delante de la policía y de la caravana.

Rusty dio la señal de luz verde sobre el micro manual a los agentes que estaban a bordo del Firefly mientras éste rodaba por la pista hasta detenerse. *«You die, we fly»*, pensó, acordándose del lema del destacamento del Servicio Secreto para el presidente y el vicepresidente. El chiste habitual en el destacamento era que, si los agentes recogieran todas las flores de los funerales a los que habían asistido, podrían poner en marcha una cadena de tiendas de flores en todo el país. A veces se referían al destacamento como el *FTD, Florists' Transworld Delivery;* es decir, *Interflora.*

En el cielo, un helicóptero de los Carabinieri italianos AB206 y un helicóptero de combate norteamericano AC-130U *Spooky* se agitaban por el cielo amarillo limón. Rusty se sentía aliviado al saber que el cañón de seis bocas General Electric Gatling GAU-12/U del Spooky, apodado «el Ecualizador», que dispara 1.800 proyectiles perforadores por minuto de 25 mm de uranio empobrecido PGU-20/U, estaba cubriéndoles las espaldas, preparado para arrancarle el alquitrán de delante a cualquier cosa que llegara demasiado cerca o demasiado rápido.

Después de salir del avión, *Tumbler* se volvió a su AIC, Phil. Mientras se agachaba para entrar en la limusina, *Tumbler* saludó con un movimiento de cabeza a Rusty. Con una sonrisa maliciosa en los labios y su habitual encogimiento de hombros, *Tumbler* dijo:

—Phil, creo que Rusty tiene las agallas un poco verdes. Habrá sido una mala salchicha italiana o algo así.

El AIC reprimió una risa y le lanzó a Rusty una mirada del tipo «tu-culo-es-mío».

Rusty se imaginó las espumosas jarras de oscura cerveza alemana, y su carrera como agujero de desagüe del grifo del bar, mientras se echaba el aliento en la mano ahuecada y olía.

—Rusty —dijo firmemente el presidente meneando la cabeza—, ¿has estado de barbacoa otra vez en casa del embajador?

Con un guiño, Tumbler asintió, señalándole al AIC que cerrara la puerta de la limusina.

Lanzando una mirada al embajador, que estaba rellenando su desgarbado cuerpo en la segunda limusina, y deseando no tener que hacerlo, Rusty se encontró con la amplia sonrisa de comemierdas del embajador. Afortunadamente, el zumbido de las turbinas del Firefly, dispuestas todavía por si había que hacer un despegue de emergencia, sofocaron las críticas del presidente respecto a las aptitudes culinarias del embajador.

Mientras los escoltas motorizados encendían las luces y las sirenas, la caravana partió con rapidez. Rusty suspiró y se echó a la boca otra píldora de menta para el mal aliento.

Drago Volante y Honora se dirigieron a la plataforma del helicóptero. Con los rotores agitando el aire como humo negro, la estela de las aspas golpeó sus cuerpos mientras corrían. Subieron a bordo, y el helicóptero comenzó a elevarse lentamente con el morro caído, dirigiéndose hacia un campo de aviación donde les esperaba su jet privado.

—Detesto dejar Italia –le dijo Honora a Volante.

Él sonrió.

—Volveremos.

Honora se estrujó una mano.

—¿Abasteciste adecuadamente el jet?

—Sí, hay una botella de Cristal a bordo... podremos brindar por nuestra victoria mientras observamos desde el aire.

—Lástima que Ahriman no vaya a estar con nosotros –dijo ella sarcásticamente–. Habría disfrutado de los fuegos artificiales.

Volante se encogió de hombros.

—Murió por una buena causa. Todos ellos se acurrucan tranquilos en sus camas, creyendo que han frustrado nuestros planes.

—Pero, ¿y el sepulcro?

—Ahriman falló en ese punto, pero no importa. Esperará.

# CAPÍTULO 87

Con el fin de conseguir que Stato tomara el próximo vuelo de la Pakistan International Airlines a Islamabad, Spears tuvo que hacer uso de algunas influencias en el Vaticano. Ahora, Stato se hallaba sentado en un rincón de la sala VIP, en un sillón de falso cuero con respaldo alto, tomando una copa de algo que pretendía ser merlot y comiendo nerviosamente nueces de macadamia rancias. Cada vez que la copa de vino quedaba medio vacía, una alta, apetitosa y atenta camarera se paseaba hasta él para rellenarla. Cuando se inclinó para servirle el vino, Stato obtuvo una vista completa de sus grandes senos, que se hinchaban bajo su holgada blusa blanca de diseñador. Con unos ojos verdes aterciopelados, y unos marcados pómulos, se conducía con el encanto y la gracia de una modelo de alta costura. Cuando tomó su pedido, había frotado aviesamente contra él sus firmes caderas, simulando no darse cuenta de la reacción de él, mientras sus ojos danzaban con ocultos misterios.

Había estado fuera de la circulación durante demasiado tiempo, pensó mientras estudiaba el provocador contoneo de sus caderas al alejarse. Él no era realmente un sacerdote, claro está, pero la ropa que llevaba no parecía más que intensificar el interés de la joven. Le echó un vistazo a su billete de primera clase y rió en silencio. Se encogió de hombros y lanzó un profundo suspiro. *«La muerte del Santo Padre, el* monsignore *ha sido secuestrado, yo sólo le pongo las empulgueras a un cardenal y miembro de alto rango de la Santa Sede, y aquí estoy, deseando a una muñeca Barbie de tamaño natural desde dentro de un uniforme ajustado. Y aún peor, estoy a punto de despegar hacia una bomba de relojería llamada Cachemira, mientras el techo se derrumba sobre el Vaticano* —pensó Stato clavando las uñas en el brazo del sillón—. *Y no puedo hacer absolutamente nada al respecto.*» Se echó a reír en silencio de nuevo, dándose cuenta de que ni siquiera había tenido tiempo para ponerse las vacunas adecuadas. De modo que ¿para qué preocuparse? Probablemente moriría a causa de una nidada de parásitos que tomaría posesión de sus intestinos, o se pondría amarillo con una hepatitis, o terminaría delirando en medio de las fiebres de la malaria.

Unas voces atrajeron su atención.

Sentado en una esquina, cerca de la barra, había un anciano caballero haciendo balancear su vaso de whisky con agua. Tenía unos ojos azules vidriosos, el cabello cano y una barba que estaba necesitando un recorte. De la comisura de los labios le colgaba una pipa. Cuando sus ojos se encontraron, el caballero le sonrió amablemente, le guiñó un ojo y le dio otro sorbo a su vaso. Después, súbitamente, el hombre se volvió hacia el camarero e hizo sonar los cubitos de hielo dentro del vaso, indicándole que estaba preparado para tomarse otro trago.

Durante el tiempo que había pasado esperando, Stato había llegado a contar hasta cinco de aquellos meneos de cubitos.

De un portafolios de piel desgastado, Stato sacó un viejo diario encuadernado en piel que le había dado Spears. En sus páginas, y escrita con garabatos infantiles, estaba el relato de un historiador y coleccionista de libros antiguos ruso, que había hecho un viaje al Tibet. Stato comenzó a leer.

*Nicholas Notovitch en el año de nuestro Señor de 1887.*

*Habiendo oído hablar de un antiguo pergamino tibetano llamado el «Espejo de Cristal», en el que se hablaba de la vida y los viajes a Oriente de Cristo tras la crucifixión, viajé hasta Lhasa, en el Tíbet, con la esperanza de refutar esta blasfemia. Para mi sorpresa, tras diversas pesquisas, se me miró con sospecha y me pidieron que me fuera. Temí que toda esperanza de encontrar aquel manuscrito se hubiera perdido.*

*Cuando partía de la lamasería o gopa del Potala, un gran edificio parecido a un castillo, con tejados de oro y más de mil habitaciones, además del hogar del Dalai Lama, se me acercó un joven. Entre susurros, me aseguró que él podía hacerme de guía y de traductor, y que el manuscrito realmente existía.*

*Dejándome llevar por mi guía, recorrimos a lomos de caballo los pintorescos pasos de Bolan, sobre el Punjab, para bajar finalmente hasta las áridas tierras rocosas de Ladak.*

*«Sahib —dijo mi guía—, los lamas desconfían de usted porque le han tomado por británico y, habiendo vivido bajo la tiranía del gobierno chino durante tanto tiempo, creen que el Imperio Británico está esperando en la puerta. Pero descanse tranquilo. Ocultos en las celdas subterráneas que los monjes llaman «el Tesoro Negro», hay muchos pergaminos antiguos. Uno de ellos pertenece a una colección de escritos hindis... conocidos como Puranas. El noveno libro, el* Bhavisha Mahapurana, *escrito en el año 115 d. C., relata el encuentro que tuvo lugar en torno al año 50 d. C. entre el rey Shalivahana y un hombre extranjero, Yuz Asaf, o Issa, que dicen que era un hombre de ojos penetrantes e inteligentes y de amables modales.»*

*Casi se me detuvo el corazón al escuchar el nombre musulmán de Cristo, tomando conciencia de que, de ser cierto, esto pondría a Nuestro Salvador en Oriente después de la fecha aceptada de la crucifixión. «¿Dónde tuvo lugar ese encuentro?», le pregunté.*

*«En el norte de la India, en Srinagar.»*

*«Me tienes que llevar allí.»*

*«A su debido tiempo, sahib. Primero tiene que ver los pergaminos. Usted busca la verdad, y Dios se la ha proporcionado, ¿sí?», reflexionó él, y espoleó al caballo, saliendo a medio galope por delante de mí, dirigiendo a su caballo cuesta arriba por una pronunciada pendiente. Por encima del hombro y del sonido de los cascos golpeando las piedras, gritó: «Tenga cuidado, sahib, el destino se halla en la cumbre. ¿Está usted preparado para la verdad?»*

*Tragué saliva y le grité: «¡Sí!»*

Por detrás de él, el golpeteo de los cubitos de hielo llamó la atención de Stato. Al volverse, se percató de que el hombre estaba leyendo por encima de su hombro. Stato cerró rápidamente el libro.

—Fascinante relatillo, ¿no? –dijo el hombre.

Y, viendo la expresión de desconcierto de Stato, el hombre dijo:

—¡Oh, qué grosero soy! ¿Dónde están mis modales?

Mientras le daba la vuelta al sillón, extendió la mano y dibujó una amplia sonrisa.

—Soy el doctor Sanger, a su servicio, señor. No pretendía fisgonear, pero parece que todos tenemos algo en común, padre.

Stato le estrechó la mano a Sanger no sin ciertas reservas, y luego hizo un gesto con la cabeza para que tomara asiento.

—No le sigo –dijo Stato aparentando confusión.

Metiéndose los pulgares en los bolsillos de su chaleco, el doctor Sanger sonrió y chasqueó la lengua.

—No tiene de qué avergonzarse, padre...

—Devlin –mintió Stato, manteniendo su tapadera.

—Bien, padre Devlin... –dijo bajando lentamente la mirada sobre su bebida, para luego levantar la vista de nuevo– ...el conocimiento es como un buen whisky añejo, que madura con la edad, adquiriendo más claridad.

Bajó el vaso y miró a Stato a los ojos.

—¿Está usted de acuerdo, señor?

Stato esquivó la pregunta.

—¿Cuál es su especialidad, doctor?

—Soy genetista, señor. Examino el pasado a través del filtro y la ciencia de la genética. No hace falta que me saque a bailar a la pista, padre. Estoy seguro de que Spears se lo ha dicho todo acerca de mí –dijo mientras rebuscaba en el bolsillo de su chaleco y sacaba su carnet de la universidad.

Stato le hizo un saludo con la cabeza y sonrió irónicamente.

—Suena interesante.

—No conoce usted la mitad de la historia —dijo guardándose de nuevo el carnet.

—¿Es usted uno de aquellos aventureros de las «tribus perdidas» de Israel? —preguntó Stato con una débil sonrisa.

—Lo que ve es lo que hay, padre. Nada por aquí, nada por allá —dijo Sanger arromangándose el abrigo y mostrando la manga de la camisa—. ¿Lo ve? —añadió riendo cordialmente—. Ahora, en serio. Recientemente tuve el gran honor de participar en el análisis del ADN y la comparación de la momia de Tutankhamun con la de su supuesto papá, Amenhotep IV, más conocido como Akhenaten.

—¿Y...?

—Prueba positiva. El viejo chico Tut era de linaje real, sí señor.

—Entonces, si yo fuera un descendiente de las tribus perdidas de Israel, ¿podría usted determinarlo?

—Usted se refiere a lo que se conoce como el Haplotipo Modal Cohen, la firma genética estándar de las familias sacerdotales judías. Eso nos permite buscar genes judíos por todo el mundo.

—¿Hasta dónde puede remontarse usted comprobando un linaje?

—Hasta el infierno y volver, padre. Las mutaciones o cambios se remontan a ciento seis generaciones, más de tres mil años. Claro está, existe el análisis del ADN mitocondrial, o mtADN, por abreviar.

—¿Mito... qué?

—Piense en ello como en el ovulito de mamá. Dado que la mitocondria de cada nuevo embrión procede del óvulo de mamá, las mamás tienen el mismo mtADN que sus preciosas hijitas.

—Entonces, usted podría recoger con un algodón las células de la boca de una niña huérfana, o las de, pongamos, un terrorista y seguir el rastro hasta...

—Teóricamente, hasta el mismísimo Jardín del Edén, señor. Los cambios genéticos se rastrean hacia atrás en una única línea, en una persona de cada generación, haciendo perfectamente factible seguir el rastro de todos los seres humanos hasta un único ancestro, la llamada *Eva mitocondrial.*

—No me convence demasiado todo este asunto de la genética. Pero ¿cómo puede usted obtener una muestra lo suficientemente grande para el examen de una momia antigua?

—En una palabra... clonando. Claro está que nosotros nos hemos inventado un nombre rimbombante para eso, PCR, *polymerase chain reaction*, reacción en cadena de la polimerasa. ¿No es un bozinazo? Nos permite hacer millones de copias exactas de ADN a partir de una única celulita de la piel, del cabello o de un hueso.

Stato meneó la cabeza.

—Pero no tendrá demasiadas aplicaciones prácticas.

—Pues tendré que decirle, señor, que ha resultado bastante útil para el FBI. Yo ayudé a desarrollar su sistema CODIS.

—¿CODIS? –exclamó Stato.

—Combined DNA Index System, Sistema de Indexación de ADN Combinado. Los del FBI introducen los marcadores de ADN de delincuentes, niños desaparecidos, refugiados y terroristas en una gigantesca base de datos. Y tendré que decirle que incluso trabajé en el proyecto del Sudario de Turín.

Stato se puso rígido.

—¿Quiere usted decir que el marcador de ADN del Sudario de Turín se encuentra en ese sistema CODIS?

Sanger se limitó a asentir con la cabeza y le mantuvo la mirada.

—¿Encontró alguna vez alguna coincidencia?–preguntó Stato sarcásticamente–. ¿Encontró quizás a la bisnieta o al bisnieto de Cristo? Dando por supuesto, claro está, que todas esas ideas sobre el matrimonio con María Magdalena y el linaje merovingio fueran realmente ciertas.

Sanger se rió en silencio.

—Usted se refiere a los *Desposyni,* los herederos del Salvador, en griego. La respuesta es no. Pero, simplemente por diversión, digamos que sí encontramos una coincidencia entre el hombre del Sudario y el de un sujeto varón.

—¿Y por qué no una mujer?

—Porque ese perro no caza, ¡no señor! Primero tendríamos que encontrarnos con una coincidencia ADN-Y, de varón a varón, ya sabe. Después, si este imaginario varón tuviera una hermana, ella sí que sería una familiar lejana de Cristo. ¿No es un bocinazo?

Asintiendo lentamente, Stato dijo:

—Una especie de conjetura estúpida, supongo.

—¿Por qué, señor?

Aflojándose el alzacuellos, Stato respondió:

—Porque, después de todo, todos somos hermanos y hermanas en Cristo, doctor.

Sanger se dio una palmada en la pierna y se echó a reír con ganas.

—Bien dicho, padre. Y dígame, ¿cómo le va a Spears? No le veo desde los tiempos de María Castaña.

—Me dijo que el Santo Padre tenía puesta una gran confianza en sus habilidades, y también que teníamos que trabajar juntos.

Con un centelleo en los ojos, Sanger le miró con ojos de complicidad y señaló con la cabeza el cuaderno que, ahora, estaba a buen recaudo en el portafolios del sacerdote, el cuaderno que Stato había estado leyendo antes.

—Nos han dado un trabajo a nuestra medida, padre. ¡Sí! ¡Así es! Metámonos de lleno, como ladrones que somos. ¡Sí, señor!

Stato apartó los ojos y miró a su alrededor en la sala. Se percató de que la gente se estaba dirigiendo a la salida.

—Creo que han llamado para embarcar –dijo, levantándose y cogiendo el portafolios.

El doctor Sanger levantó el vaso en ademán de hacer un brindis.

—Brindemos por los secretos y antiguos enigmas largo tiempo perdidos, cuyas respuestas susurran las aflautadas voces de los muertos, señor.

Mientras se iban juntos hacia la puerta de embarque, la atractiva azafata de la compañía aérea iba siguiendo cada uno de sus movimientos, mientras hablaba por teléfono entre susurros, ahuecando la mano sobre el micrófono.

—Están embarcando ahora, señor.

# CAPÍTULO 88

Un río interminable de caravanas llevaba a los VIPs, más de ochenta jefes de Estado y de monarcas, hasta la plaza en una rápida sucesión, con los líderes bien arropados tras los cristales tintados en negro. En torno a ocho mil agentes de seguridad estaban trabajando conjuntamente. Equipos de detección reglamentaria de explosivos, unidades de perros adiestrados, habían estado explorando cada centímetro de la basílica, mientras los anillos de seguridad se iban estrechando a medida que uno se iba acercando a la Ciudad del Vaticano.

Dante había sido asignado a un equipo muy especializado, altamente secreto y de bajo perfil, el NEST, Nuclear Emergency Search Team, el Equipo de Búsqueda de Emergencias Nucleares, enviado desde su oficina de operaciones en Nevada. El equipo era capaz de desplegar seiscientos especialistas ante la posibilidad de una amenaza terrorista, aunque los despliegues reales rara vez implicaban a más de cuarenta y cinco personas. Sin embargo, Roma había sido una excepción. El número exacto era asunto clasificado. El destacamento estaba compuesto por agentes y físicos, ingenieros, químicos y matemáticos, así como por agentes encargados de comunicaciones, logística e información. Procedían de emplazamientos de alto secreto, como Los Álamos y Sandia. Su trabajo consistía, en primer lugar, en evaluar la validez técnica y psicológica de la amenaza. Y, aunque en este caso no había habido una amenaza real y concreta, si la hubiera, los detalles se contrastarían con bases de datos en las que había incluso diseños de revistas científicas o pasajes de las novelas de espionaje de Tom Clancy. ¿No era más que un engaño? ¿Cuál era el perfil psicológico que se podía deducir a partir de las palabras elegidas por el autor de la amenaza? Sin embargo, en este caso, habiendo tanto en juego, estaban operando bajo la suposición de que existía una verdadera amenaza, y actuaban en consecuencia.

Los equipos, ocultos en camiones disfrazados como vehículos comerciales, merodeaban por la ciudad, mientras sus vanguardistas equipos buscaban material nuclear. Otros equipos, dotados con sensores de emisión de plutonio o uranio ocultos en maletines, patrullaban a pie. A Dante se le había asignado a una furgoneta, justo en el exterior de la plaza.

El funeral, con sus misteriosas pompas y circunstancias del mundo antiguo había tenido lugar sin más contratiempos. *Tumbler* y el vicepresidente ya habían levantado las ruedas, que es como los destacamentos de protección denominaban al despegue del avión, y estaban a salvo en ruta hacia Shannon, Irlanda, y muchas de las demás delegaciones habían partido también de la ciudad.

El alboroto de la actividad y la tensión que había impregnado el ambiente había comenzado a disiparse, dejando tras de sí cientos de exhaustos e hipervigilantes agentes de seguridad, que comenzaban ya a tomarse un respiro, imaginándose el sabor de una cerveza bien fría en el bar del hotel.

El espacio aéreo de la ciudad seguía aún semicerrado. Las patrullas de combate aéreo seguían saliendo y dando vueltas en las alturas.

Y entonces ocurrió.

El SISDe, a través de un informador, había detectado algo acerca de un ataque aéreo. Momentos más tarde, un reactor estaba intentando despegar sin autorización desde el aeropuerto de Ciampino. Pero, justo cuando su despegue era frustrado por las fuerzas especiales de seguridad, se detectó otro avión aproximándose.

En el centro de mando, Rossi estaba ansioso, con una intensa sensación de impotencia, mientras vigilaba el *blip* del radar en un gran monitor, trazando un vector que iba directo al corazón de la ciudad.

—¿Punto de origen probable? —preguntó el general de brigada Luca Masserati por entre sus apretados dientes, de los que salía un puro habano.

—El ordenador calcula... Sofía, señor —dijo el técnico con voz temblorosa.

—Contrástelo con la base de datos de las delegaciones programadas —ordenó el general.

Un responsable del Ministerio del Interior que servía de enlace con las Fuerzas Aéreas tecleó con furia en su ordenador portátil.

—Señor, sí, hay una delegación, pero...

—¡Pero qué, maldita sea!

Antes de que pudiera responder, el general ya se cernía sobre él como las moscas sobre un perro atropellado.

—Dulce Jesús —exclamó el general—. Ha comprobado que ese grupo ha partido ya.

Y, volviéndose a su ayudante, ladró:

—Compruebe de nuevo con el control de operaciones de tráfico aéreo.

La palabra «Sofía» colgaba pesadamente en el ambiente. El atentado fallido contra el fallecido Juan Pablo II lo había llevado a cabo un asesino que había sido presuntamente reclutado por el servicio secreto búlgaro, un súbdito turco que había sido miembro de la célula terrorista Lobos Grises. Rossi ya estaba llamando al centro de comunicaciones del Escuadrón Umbra a través de la línea secreta. Le respondió un joven agente de servicio.

—Conéctame en la red y haz que Enrique y Dante me llamen —dijo Rossi—. Quiero que todas las unidades disponibles, por tierra y aire, se dirijan a HOLYLAND —añadió, utilizando el nombre en código del Vaticano.

—Recibido, todas las unidades disponibles.

—¿Cuál es la situación del destacamento de seguridad del primer ministro?

—Tiempo estimado de salida hacia HOLYLAND, partida... inminente. Dante está en una camión NEST, justo en la puerta.

—Llámales por teléfono y que soliciten inmediatamente precauciones de nivel cinco, y luego ponte en contacto con los ministros del gabinete.

En tanto no supiera más, lo mejor era suponer que había que llevar a la gente a un lugar seguro ante un posible bombardeo.

—¡Si queda alguien en las inmediaciones de HOLYLAND, sacadlos a hostias de ahí!

El teléfono gritó. Era Dante.

—Tenemos un avión no autorizado que se dirige al espacio aéreo del Vaticano. Estoy recomendando la evacuación inmediata de HOLYLAND –le explicó Rossi.

—Roger, jefe.

—Y, Dante, asegúrate de que mi tío sale de ahí...

—Olvidé decírselo. Me dijo algo de que le llamaría desde Cachemira.

—¿Cachemira? ¿De qué demonios estás hablando?

—Él y la señorita Schulman partieron esta mañana a primera hora.

—¿En qué aerolínea? –preguntó frenético Rossi.

—Jefe, usted me llamó esta mañana y me dijo que le pusiera en contacto con uno de nuestros Falcon Jets a la espera.

Por un momento, Rossi pensó que estaba perdiendo el juicio. Después, una sonrisa fue apareciendo en su cara y terminó riendo abiertamente. Se imaginó a su tío, con su perfecta habilidad para las imitaciones, haciendo la llamada e imitando su voz, probablemente junto a Josie, que habría estado riéndose por lo bajo todo el rato. Luego, Giovanni lo resolvería todo con un «no quería molestarte, sobrino».

—Mándale un cable a nuestro hombre en Islamabad y dile que no les quite el ojo de encima.

—Claro... pero ¿va todo bien? –preguntó Dante, tartamudeando ligeramente.

—Esperemos que sí.

Rossi colgó.

El general de brigada estaba en modo «perro totalmente rabioso», con las mejillas rojas y meneando los carrillos.

—¿Situación en CAP?[24]

---

24. CAP: Combat Air Patrols, patrullas de combate aéreo. *(Nota del T.)*

—Dos cazas reabasteciendo en el cuadrante oriental.

El general dio un puñetazo en la consola.

—Intente contactar de nuevo con ese vuelo búlgaro.

Otro técnico interrumpió.

—Señor, control de tráfico aéreo incapaz de contactar con el *bogey* entrante.

—*Merda!* Foxfire dos del 36º *Stromo* 156º *Gruppo*. Eleven dos ahora para intercepción.

—¿Protocolos de identificación e intercepción estándares, general? –preguntó su ayudante.

—¡NO! Intercepten y neutralicen la amenaza.

Rossi se entretuvo brevemente pensando en su tío y en Josie. ¿Qué demonios tramaban? Pero se vio obligado a volver a la realidad precipitadamente con lo que estaba ocurriendo en el centro de mando. Rossi estaba allí, de pie, digiriendo las implicaciones. Sabía que los cazas de la CAP estaban haciendo salidas de vuelo 24/7 sobre la ciudad, dos F-16 a un cuadrante. Sabía que, para esto, había que reabastecer aire-aire. Y ahora, había tenido lugar un importante SNAFU.[25] Los cazas del sector, que habrían podido alcanzar al Learjet, estaban incapacitados. Y si se sacaba a los cazas que quedaban, sus sectores quedarían desprotegidos. No había forma de saber si, al igual que había ocurrido en Nueva York, podía haber más de un avión implicado en el ataque.

Rossi también sabía que «neutralicen la amenaza» significaba que los pilotos de los F-16 podían «disparar a voluntad», sin esperar decisiones del mando. Los protocolos de guerra estaban operativos. La pelota estaba decididamente en su tejado. Si decidían derribar el avión, no se perderían unos minutos preciosos, no se correría un riesgo innecesario ante un importante ataque aéreo como el del 11 de septiembre. En las etapas de planificación previas, el primer ministro italiano, basándose en los informes de sus consejeros militares, y contando con la luz verde del gabinete de ministros, había dicho que él no quería otro «fiasco de cultivador de ca-

---

25. Situation Normal, All Fucked Up, es decir, «Situación Normal, Todo Jodido». *(N. del T.)*

cahuetes americano», haciendo referencia a la microgestión de una operación militar llevada a cabo por el ex presidente Jimmy Carter, que supuso la muerte de las unidades de las fuerzas especiales que habían intentado liberar a unos rehenes en Irán. En aquel momento, y a la luz del reciente atentado en el tren, a Rossi le parecía que la decisión, aunque audaz, era necesaria. Pero todo parecía demasiado real, y demasiado precipitado.

Rossi posó con firmeza la mano sobre el hombro cubierto de galones del general y dijo:

—Señor, debería evacuar el Vaticano de inmediato.

Los ojos del general se convirtieron en dos ranuras.

—Imposible. Aunque dispusiéramos de más tiempo...

—Con el debido respeto, señor, pero esto se ha hecho ya con frecuencia en Washington D.C. Aunque sólo fueran unos pocos los que salieran...

—¿Cómo puede estar tan seguro?

Rossi le miró con dureza, aguantándole la mirada.

—Sé que tengo razón.

Rossi se acordó de la advertencia de monseñor Scarlotti sobre el aliento ígneo del dragón, y pensó en Drago Volante. ¡Demonios... había estado ahí, justo delante de su cara, durante todo el tiempo! Drago Volante significaba... Dragón Volador.

El general se frotó las sienes con fuerza, y luego miró con dureza a Rossi a los ojos.

—Si está equivocado... –dijo, y dando media vuelta gritó–: Evacuad el Vaticano.

—¿De quién son las órdenes? –logró decir su ayudante.

Una sonrisa maliciosa cruzó la cara del general.

—Del coronel Nick Rossi. ¡Y que quede constancia!

Las sirenas trincharon el aire en la base aérea de Pratica-di-Mare.

El líder del grupo, o *capogruppo,* el capitán Enzo Moretti, en cuyo hombro se podía leer 156° *Gruppo,* junto a una arpía gruñendo, estaba sentado en un vehículo todoterreno Humvee, con su compañero de ala, el teniente Ricci, a su lado. El Humvee había salido disparado desde el edificio del escuadrón, atravesando el punto de entrada de la línea de vuelo, hasta llegar a los F-16 que esperaban en la pista. Saltaron del vehículo y se dirigieron a sus respectivos cazas. Moretti clavó los ojos en el aparato mientras corría, dándole un rápido vistazo. Era un hermoso pájaro, adquirido recientemente por las Fuerzas Aéreas Italianas en la operación Peace Caesar para reemplazar a los antiguos Starfighters y a la solución provisional posterior, los Tornados. El equipo de abastecimiento de combustible había vuelto a llenar el tanque interior y los 300 galones del tanque ventral externo. Los tanques de las alas estaban vacíos. Se fijó en el armamento: un *rocket pod* cargado con AIM-120s AMRAM, unos misiles aire-aire de alcance medio, que podían obtener Mach 4, con un alcance de treinta millas. Se les conocía como «dispara y olvídate» porque, una vez lanzados, el radar activo con el que iban equipados se encargaba de la etapa final de vuelo, evitándole al piloto el tener que mantener el objetivo iluminado. Entre el repertorio de situaciones posibles se encontraba la de disparo hacia el suelo *(look-down/shoot-down),* y la de múltiples lanzamientos contra objetivos múltiples. Pero lo más importante de todo eran los interceptores de corto alcance para situaciones de combate aéreo a cara de perro.

El comandante de vuelo del 36º *Stormo,* la Manada de Lobos, que pensaba que aquello encajaba con su personalidad, había bautizado al capitán Moretti como *Lupo Solitario,* Lobo Solitario. Moretti se dirigió a la escalerilla y comenzó a trepar por ella, pero se detuvo a mitad de ascensión. Señalando una enorme bomba colgada bajo el ala, gritó a su jefe de dotación:

—¿Para qué demonios es eso?

El jefe sacudió la cabeza y se encogió de hombros.

—Una bomba de combustible, una *fuel-air bomb,* capitán.

—¿Una Satan-Stick?

Moretti había recibido instrucciones con anterioridad. Sabía que la ojiva contenía gases y/o líquidos volátiles que, una vez detonados, formaban una nube de aerosol sobre la zona del objetivo. Una vez se encendía la nube, la bola de fuego que se generaba lo chamuscaba todo a su alrededor, para después chupar hasta la última gota de oxígeno, creando una gigantesca sobrepresión u onda expansiva. Se acordaba de las grabaciones de los resultados de las pruebas sobre un rebaño de ovejas. La mera fuerza de la explosión había hecho que los globos oculares les estallaran en sus órbitas, y les había aplastado los órganos internos. Un dolor insoportable y, luego, la muerte.

—La prepararon para un lanzamiento de prueba, pero no he tenido tiempo de sacarla de ahí –le explicó el jefe de dotación–. Y lo mismo con el cañón de 20 mm.

—*Merda!* Se revolcará como un cerdo.

—¿Se va a quedar ahí llorando o va a derribar a ese *bogey*, capitán?

Moretti siguió subiendo y se introdujo en la cabina. El jefe de dotación le siguió y le ayudó a ponerse el arnés.

—Este pájaro está listo, capitán. Buena caza –dijo el jefe de dotación con una sonrisa, dándole una fuerte palmada sobre el casco.

El jefe se dejó caer hasta el suelo y le dio otro vistazo al pájaro. Moretti operó los controles de vuelo y llevó la válvula reguladora hasta el máximo de su capacidad. Se volvió hacia su compañero de ala y le hizo la señal de que estaba preparado. Bajó la carlinga e hizo el saludo habitual a su jefe de dotación con los brazos levantados.

Dentro de la cabina, aun cuando el JFS estaba encendido y el motor Pratt & Whitney F100-220E había recobrado la vida, el sonido no pasaba de ser un ligero silbido.

Los cazas comenzaron a rodar a la par.

Desde su estratégica posición, el jefe de dotación llevó su mirada por debajo de la toma de aire, donde colgaban los *pods* con forma de torpedo de búsqueda de objetivos y de navegación LANTRIN. Estos dispositivos iban provistos con un radar de seguimiento sobre el terreno (Terrain-Following Radar – TFR), infrarrojos de búsqueda (Forward-Looking Infra-Red – FLIR) e información sobre el objetivo para los sistemas de a bordo del control de fuego e iluminación láser del objetivo. El amenazador ojo anaranjado del *pod* de localización de objetivos parecía mirarle con cierta complicidad, como si guardará un secreto.

A una orden de Moretti, los dos pilotos empujaron sus correspondientes válvulas reguladoras al máximo, soltaron los frenos y salieron fuertemente impulsados en dirección al cielo del crepúsculo. Acelerando al máximo, alcanzaron los 160 nudos en once segundos, y rotaron inmediatamente después.

A una altitud de 800 pies, se introdujeron en una capa de nubes y se vieron zarandeados durante alrededor de cinco minutos, hasta que emergieron por encima de las nubes, ya a una altitud de 11.000 pies. El centro les indicó que subieran hasta los 13.000.

Moretti dio las órdenes habituales: comprobaciones reglamentarias, comprobaciones eléctricas, cerciorarse de que el sistema IFF estaba en verde, y que los tanques de combustible y los tanques externos funcionaran adecuadamente.

Vuelo: giren a la derecha, dirección cero-cuatro-dos. El *bogey* está a sesenta y cinco millas, en el morro informó el centro de control.

Roger, *capogruppo Lupo*, virando a cero, cuatro, dos.

Como en una danza de ballet aéreo, los dos F-16 se ladearon a la derecha y ajustaron su dirección.

Moretti activó el monitor del LANTRIN y, cuando pudo comprobar el radar, vio que no había ningún otro avión por delante de ellos en al menos cuarenta millas. Utilizó el interruptor de control del radar que había en la válvula reguladora para fijar uno de los *blips* a dos millas de distancia, para un ataque con misiles aire-aire. Estaba a treinta y siete mil, alcanzando los 280 nudos. Inmediatamente, apareció la pantalla multifunción derecha con la visión infrarroja de la presa que ofrecía el *pod* de localización de objetivo. Ahora, el *bogey* se hizo perfecta y claramente reconocible. Era un Learjet 131 ejecutivo, y tenía el «diamante de la muerte» sobrepuesto en la imagen. La base de datos del ordenador estaba programada para identificar el avión.

Moretti sintió que se le hacía un nudo en el estómago.

—Centro, de *capogruppo Lupo*. Tengo el objetivo. Me voy a acercar para verlo más de cerca. ¿Algún contacto por radio con el *bogey*?

—Vuelo: negativo sobre contacto, ojo de toro cero treinta a cuarenta millas, proceda como *bogey* y establezca contacto visual.

Ligeramente por detrás del caza líder, el ala, el teniente Ricci, con el nombre de *Coguaro* puma en el segundo F-16, seguía los movimientos del primer reactor, concentrándose en mantener el contacto con el centro de coordinación de la búsqueda.

En unos pocos segundos, el líder del grupo se colocó a escasa distancia del ala izquierda del Learjet, mientras que el ala mantenía la posición detrás. Balanceando las alas, Moretti dio la señal universal de intercepción para que el otro avión les siguiera y aterrizara con ellos. El Learjet no respondió.

Moretti hizo los cálculos. En pocos momentos, se iban a encontrar en las inmediaciones de la Ciudad del Vaticano. Mordiéndose los labios, hizo la llamada. Redujo la velocidad y le dio un manotazo a la palanca de mando.

—*Coguaro*, ocupa mi posición, subo a colocarme sobre su estribor —dijo a través de la radio.

El reactor hizo dos rápidos balanceos con los alerones. Pero, en lugar de situarse por encima del lado derecho del Learjet, Moretti se situó por encima, pero en la cola, cerniéndose detrás tanto de su compañero de ala, que ahora ocupaba su posición en el lado de babor, como del Learjet.

El diamante de la muerte se formó y se fijó sobre el *blip* de su compañero de ala. Moretti pulsó los interruptores de sus armas.

—¡Les tengo en cola, tengo un aviso de lanzamiento! —gritó frenéticamente *Coguaro*, mientras la señal de peligro resonaba en su casco.

El misil salió disparado. En cuestión de segundos, el caza del compañero de ala estalló en pedazos en el cielo. Con una asombrosa calma y una calculada frialdad, Moretti fijo el objetivo sobre el Learjet. El segundo misil se dirigió veloz como un rayo directamente a la cola del reactor ejecutivo.

Sin vacilación alguna, Moretti se inclinó sobre la derecha y tiró con fuerza de la palanca de mando hacia su vientre, se deshizo de los tanques externos de combustible vacíos y se lanzó en picado hacia el suelo. Él sabía que tenía que hacer el lanzamiento por debajo de los 200 metros, por debajo de los límites del radar. Marcó las coordenadas.

En tierra se organizó un pandemónium.

—Un caza alcanzado, señor. El segundo está cayendo rápido hacia el suelo.

—¿Y el Learjet? —pregutó con la voz resquebrajada el general de brigada.

—Impacto directo —dijo el técnico con una voz monótona.

Por unos instantes, el general de brigada pareció aturdido.

—Señor —dijo el técnico con una voz que traslucía confusión—, hemos determinado que el Learjet debía de estar utilizando una frecuencia de transpondedor búlgara clonada. Acabamos de confirmar que el verdadero vuelo tenía su origen en Bulgaria, de hecho despegó antes de lo programado con su delegación.

Entrecerrando los ojos, el general dijo:

—¿Quiere decir que el *bogey* estaba graznando a propósito en una frecuencia falsa para que equivocáramos la identificación?

Un puro instinto visceral hizo intervenir a Rossi.

—General, el Learjet búlgaro falso era una maniobra de distracción. Uno de sus cazas está a punto de bombardear el Vaticano. ¡Haga algo ya!

Los acerados ojos del general se encontraron con los de Rossi, y asintió con la cabeza. Volviéndose al técnico, gritó:

—¡Láncenle todo lo que tengamos, ya!

La ciudad estaba circundada por baterías de misiles tierra-aire.

En cuanto recibieron la orden de fuego, los misiles fueron lanzados y se abalanzaron sobre su objetivo como postes de luz voladores, ascendiendo a una velocidad de Mach 3.

Mientras tanto, el capitán Moretti había lanzado contramedidas, señuelos y bengalas, junto con el *pod* de combate montado en el ala; en pocos segundos más, estaría volando a 200 metros. Ellos lo iban a intentar, y él lo sabía.

Había dos misiles Spada persiguiéndole rabiosamente. Viró bruscamente a la derecha y después a la izquierda, y, en el último instante, los misiles se separaron a izquierda y derecha, como dos cachorros perdidos que buscaran la teta de su madre.

Una segunda descarga se le aproximaba. A dos millas y acercándose rápido. Entrando en la ciudad por el noreste, viró en seco a la derecha, luego cayó en espiral y viró bruscamente de nuevo a la izquierda. Bajo él apareció el césped de Villa Borghese. Instintivamente, se lanzó hacia abajo, se ladeó noventa grados y mantuvo así el avión, «adelgazado», remontando de costado entre los campanarios gemelos de la iglesia de la Trinita dei Monti, que se elevaba en la cima de los Escalones Españoles. El caza atravesó rugiendo el estrecho hueco, y la punta de su ala a punto estuvo de chocar con la cruz que coronaba el obelisco que se elevaba a escasa distancia de la iglesia. No tuvo que hacer nada más. En rápida sucesión, los dos misiles se estrellaron contra los dos campanarios, arrojando una lluvia de escombros sobre las escalinatas de abajo. La multitud salió corriendo despavorida, atenazada por el pánico. Pero el impacto, habiendo tenido lugar a menos de cuarenta metros de su pájaro, hizo que el caza se balanceara por efecto de la conmoción explosiva.

Viró a la derecha, niveló el aparato y bramó sobre los escalones y la fuente, atronando a todo lo largo de la estrecha calle que se extiende en línea recta. Edificios de seis pisos le flanqueaban a ambos lados, ocultándose por completo del radar durante unos instantes. Los controles parecían no responder con la agilidad y la rapidez habitual. Algo iba mal. Una rápida ojeada al ala derecha le dio la respuesta. Había algunas secciones del ala hechas trizas, como si unas garras metálicas se hubieran clavado en su carne. Los *beepers* de emergencia comenzaron a zumbar. Pero sus instrumentos de vuelo indicaban problemas peores: un fallo en el funcionamiento eléctrico de los sistemas de disparo. Pero sus sistemas de armamento podrían disparar de todos modos gracias a la batería de emergencia.

Moretti encendió la mecha. Poniendo en marcha el posquemador, el caza alcanzó velocidad supersónica, rompiendo la barrera del sonido. A esta altitud, por debajo del techo mínimo, el estampido sónico resultante fue una detonación alargada. La tempestad que originó se fue propagando por la calle, haciendo estallar las ventanas en rápida sucesión, mientras el caza bramaba después de haber pasado. Un grupo de turistas que iba en un autobús de dos pisos al aire libre, se agacharon cubriéndose la cabeza cuando el avión ya había pasado sobre sus cabezas.

El caza cruzó el Tíber como un huracán, remeciendo los muros del Castel Saint Angelo.

Y entonces la vio ante él, la cúpula de San Pedro, elevándose como un arrogante símbolo de opresión. Volaba directamente hacia ella, bajando por la Villa della Concilazione, a escasos nanosegundos del Vaticano.

Volvió a pulsar los interruptores del armamento, y el visor reflector de disparo flotó ante sus ojos.

En unos pocos segundos, descargó la totalidad de la munición de uranio empobrecido del cañón de 20 mm sobre el objetivo. Las trazadoras formaron líneas de luz en medio de la oscuridad como avispas de fuego que volvieran a la colmena. Pero lo peor de aquella munición, diseñada para abrirse paso a través de la coraza de un tanque, no serían sólo los daños estructurales, sino el terror que 4'5 millones de años de contaminación radiactiva harían del símbolo de la Iglesia Católica un lugar inhabitable durante décadas y décadas. Aunque la munición de 20 mm no se fabricaba normalmente con uranio empobrecido, las balas que alimentaban su cañón habían sido modificadas y sustituidas específicamente por un armero que estaba también en la nómina de la Hermandad, al igual que la bomba de vacío que denominaban «Satan-Stick», que había sido amplificada con material radiactivo.

Moretti se acordó del Learjet. Se imagino a Drago Volante a bordo, brindando con su malvada reina, mientras el misil los borraba del cielo.

Volante había insistido en utilizar su propio reactor como señuelo, emitiendo la frecuencia clonada del reactor búlgaro, para poder disfrutar así de una «panorámica a vista de pájaro».

Se acordó del padre Guido Salamanca, de las violaciones a las que le había sometido una y otra vez, y de la leve sonrisa con que le respondía el sacerdote cada vez que sus miradas se encontraban. Se acordó de todos los demás chicos, de aquellos niños inocentes. Se acordó del cardenal Lawless, el protector de los «devoradores de niños» de Boston, como llegó a llamarles, a quien recientemente se le había permitido oficiar misa durante los *novemdiales* por el Papa. Las lágrimas inundaron sus ojos. Cuando ellos fueron a él pidiéndole ayuda, rechazó en un principio la idea de reemplazar al líder desaparecido del grupo de pilotos de combate, al cual habían secuestrado; pero cuanto más les escuchaba, más crecía en él la sed de venganza, buscando de algún modo pasar página, buscando un poco de paz para aquel tormento que le reconcomía en las entrañas; en definitiva, cuanto más les escuchaba, más sentido encontraba a sus argumentos. Y él sabía que tenían razón. Sólo un hombre valiente e intrépido, un hombre seguro de sus convicciones, un hombre *de dentro,* podría acercarse lo suficiente como para hacer verdadero daño.

Ahora, apretando los dientes con determinación, disparó una salva de cohetes al mismísimo corazón de la Basílica. Abajo, sólo pudo discernir la imagen borrosa de la gente en la plaza. Le pasó por la cabeza la idea de que se parecían a las cucarachas, que salen en desbandada cuando se enciende la luz.

Emergió un penacho de fuego y humo; y, cuando lo atravesó con su avión, tiró del timón y soltó la «Satan-Stick».

Durante una fracción de segundo, mientras la carga más pequeña difundía los gases volátiles, no pasó nada; pero luego hubo una brillante explosión de luz, y una brutal onda expansiva golpeó el cielo, impactando en la parte baja de su caza como la repentina y dura bofetada de un dios molesto.

Tiró hacia atrás la palanca de mando, forcejeando con ella, y se elevó a duras penas, arañando el cielo, gateando por él, para luego hacer un torpe viraje y dirigirse hacia la costa.

Si podía llegar hasta el mar, podría disparar su asiento eyectable y descender en paracaídas. Quizás ellos le estuviesen esperando, tal como le habían prometido. Pero en lo más profundo de su corazón sintió, por vez primera en su vida, algo parecido a la paz; ciertamente, tanto si estaban como si no, le importaba un bledo.

Después, tomó una decisión. Rechinó fuertemente con las muelas la minúscula ampolla de cianida que llevaba en la boca, y luego apretó el interruptor del asiento eyectable, siendo catapultado al instante en el oscuro cielo de la noche. Su cuerpo sin vida, colgado en su trono de alta tecnología, flotó entre las últimas luces del día, suspendido en el tiempo y en el espacio por su paracaídas. Al fin era libre.

# CAPÍTULO 89

Josie estaba sentada frente al profesor Giovanni a bordo del Gulfstream-IV de la Unidad *Ombra*. Habían sido informados del ataque sobre el Vaticano, y estaban esperando noticias de Rossi, del que aún no sabían nada. Un miembro de la tripulación les pidió que fueran a la parte delantera del avión.

—Tenemos al coronel Rossi en la línea, señor.

—Nico, ¿estás bien? —preguntó nervioso Giovanni ante el micrófono de los auriculares.

—Un poco revuelto, pero… ¿a santo de qué habéis requisado uno de mis aviones? Y, en el nombre de Dios, ¿para qué vais a Pakistán?

—¿Cómo está el maestro general Spears…? —dijo, pero no acabó la pregunta, al escuchar a Rossi respirar con fuerza.

—Se ha ido, *zio* —consiguió decir suavemente Rossi.

—*Stronzos!* —exclamó Giovanni, para luego intentar calmarse— ¿Y los miembros de la Santa Sede?

—La mayoría de ellos están sanos y salvos.

—Gracias a Dios.

—Estoy enviando por fax un mensaje de Spears a Stato. Lo encontramos entre sus efectos personales. Probablemente intentó enviarlo, pero ya no tuvo ocasión… —Su voz se desvaneció—. El mensaje no tiene ningún sentido para mí, pero nada de todo esto lo tiene.

—Envíalo inmediatamente. Y, respondiendo a tu pregunta, Spears compartió algunas revelaciones estremecedoras. Lo que descubrió en el ordenador del cardenal Moscato… —Se detuvo mordiéndose el labio—. Es demasiado complicado para discutirlo en este momento. Pero Stato vuela en estos momentos hacia Cachemira, y se encuentra en grave peligro. Está viajando con un hombre que es un agente doble. Spears creía que un genetista llamado Sanger estaba trabajando para el Pontífice como miembro devoto de los Caballeros de Malta, y le aconsejó a Stato que trabajara con él. Pero los archivos de Moscato indican que Sanger se pasó al otro lado. Spears intentó contactar con Stato, para advertirle, pero…

—Si Stato ha caído en la trampa, es probable que ellos den los pasos necesarios para cortar cualquier comunicación. Pero ¿Cachemira? Por el amor de Dios, aquello es un campo de muerte.

—Precisamente, por el amor de Dios –dijo Giovanni, más para sí mismo que para nadie más.

*«Si Nico supiera hasta qué punto es cierto eso»*, pensó.

—Y Josie y tú os vais allí como la caballería, y lo único que vais a conseguir es que os maten –añadió secamente Rossi.

—Es todo muy complicado, Nico, y Josie tiene un interés personal sumamente convincente en todo este asunto. Nico, vas a tener que confiar en mí.

El silencio se hizo ensordecedor. Luego, Giovanni dijo con suavidad:

—Podríamos necesitar un poco de ayuda.

—Le he notificado ya a Dante que se ocupe de que alguien os reciba en Islamabad. Pero si estáis persiguiendo a un equipo de operaciones del MI-6, tendré que reunir un equipo nuestro de operaciones especiales.

—Quizás no haya tiempo, Nico.

—¡Maldita sea, *zio!* Quiero que estés bien sujeto en Pakistán hasta que…

Josie le dio un golpecito a Giovanni en el hombro y le susurró:

—Déjeme hablar con él.

Giovanni le pasó los auriculares.

—Nico, yo cuidaré de tu tío. Si el equipo de operaciones no da con nosotros en Pakistán, envíalos a Srinagar.

—¡Josie, no seas idiota!

—Estás perdiendo un tiempo vital. Envía el fax y haz las llamadas que tengas que hacer.

—¡Maldita sea! –dijo Rossi, y Josie pudo sentir el dolor que había en su voz–. Si os pasa algo…

—No pasará nada.

—Josie... –Su voz flaqueó–. Te amo...

Sus palabras quedaron suspendidas en la cresta de una ola de emoción que brotó en el corazón de Josie.

Josie intentó encontrar las palabras adecuadas, pero no lo consiguió.

—Yo te... tengo que irme.

Le entregó los auriculares a un miembro de la tripulación, asintió con la cabeza para expresarle su agradecimiento y se unió a Giovanni, que ya había vuelto a la parte trasera del avión.

—Ha llegado el momento de que ponga las cartas sobre la mesa, *professore*. Necesito saber exactamente de qué va todo esto –dijo Josie sin poder sacarse de la cabeza la cara de Nick, maldiciéndose a sí misma por no haber tenido el coraje de hablarle con el corazón.

—Como dije, Stato se encamina hacia una trampa mortal, a la cual le lleva un agente doble, un tal doctor Sanger, que se ha vendido, dejando a quien le emplea, la NSA y los Caballeros de Malta, para pasarse al MI-6. Los miembros de las sociedades secretas han infestado estas agencias, además del Vaticano. El MI-6 fue fundado prácticamente por los Rosacruces, y en los niveles más altos de la NSA se han incrustado importantes miembros de los Caballeros de Malta. Según los archivos de Moscato, se encuentran ahora en medio de una carrera a muerte por recuperar una antigua reliquia religiosa en Cachemira, y Stato se encuentra justo en medio de la reyerta.

Josie le miró con frialdad.

—Pero usted ha mencionado que esto me implica a mí personalmente… ¿por qué?

—Hace tiempo que se te debe un larga explicación, estoy de acuerdo en ello. Le prometí a tu padre que hablaría contigo del pasado. Tú me dijiste que él había intentado compartir contigo algo importante acerca de tu pasado la última vez que le viste, pero que ya no tuvo ocasión de hacerlo –dijo Giovanni bajando la cabeza, para luego volver a levantarla–. Tengo que explicarte por qué Dios te eligió para esta misión.

—Por favor, no más acertijos –dijo Josie armándose de valor–. Simplemente, dígame la verdad pura y llanamente.

Sacando un documento de su portafolios, Giovanni se lo entregó a Josie.

—Spears encontró esto en los archivos del ordenador de Moscato. Lo imprimí para ti.

Josie examinó el documento.

Era un formulario de adopción escrito en árabe y en hebreo. En él se detallaba la adopción de tres hermanos de un campo de refugiados palestinos; de un niño llamado Hamal, que había sido adoptado por una familia británica, de su hermana Basha, que había sido adoptada por una familia norteamericana, y por último de EVE... que había sido adoptada por una pareja judía.

Los ojos de Josie saltaron del papel para volver a Giovanni, al que se quedó mirando con una expresión de incredulidad.

—Aquí dice que la niña Eve fue adoptada por Max y Ennoia Schulman. Eso es imposible. Si hubiera tenido una hermana adoptada, yo lo habría sabido.

Giovanni guardó silencio, dejando que la mente de Josie digiriera los hechos. Y cuando lo hizo, los ojos de Josie se anegaron en lágrimas

—¿Soy yo... soy yo Eve?

—Te lo cambiaron por Josephine. Tu padre quiso decírtelo, pero tu madre falleció de pronto y...

Josie se volvió hacia la ventanilla.

—Mi vida es una mentira. Ni siquiera soy judía.

—¿Y qué importa eso? Formaste parte de un programa que pretendía dar una nueva vida a los huérfanos palestinos, y tu padre y tu madre hicieron exactamente eso, ¿no te parece?

Ella asintió, parpadeando para contener sus lágrimas.

—Ellos te dieron una educación, te dieron amor, e incluso una carrera.

Josie se volvió hacia él.

—El Mossad sabía la verdad, ¿no? Me querían porque yo era palestina, para poder utilizarme.

—Quizás... sí, quizás —asintió Giovanni con una mirada cómplice—. Bajo unos planes ocultos similares, tus hermanos también fueron adoptados por familias con conexiones con los servicios de Inteligencia. Tu hermano entró en el MI-6, y tu hermana en la NSA.

—¡Hijos de puta! ¿Por qué?

—Prepárate, porque hay más. Los archivos de Moscato lo detallaban todo. Basha no es otra que *Bast.*

—¿Mi hermana es una operaria de Al Qaeda? ¡Dios me ayude!

—Lo hará, Josie. Los archivos dan a entender que a ella le... lavaron el cerebro en la NSA. Vi los terribles resultados de esas operaciones con mis propios ojos. Lo cierto es que ella no es responsable de sus acciones. La convirtieron en una rata de laboratorio, en una asesina despiadada.

Josie se cubrió los ojos con las manos, bajó la cabeza y se estremeció. Luego, dejó caer las manos, se quedó con la mirada perdida en el vacío y dijo suavemente:

—Tampoco yo soy mucho mejor, ¿no? Mis manos están tan ensangrentadas como las suyas, manchadas con sangre palestina. He asesinado por Israel.

Y, volviéndose de repente, preguntó:

—¿Y qué ha sido de mi hermano?

Giovanni hizo una mueca.

—Moscato sospechaba que Hamal había sufrido el mismo destino —dijo inclinándose hacia delante y tomando tiernamente las manos de Josie—. Pero hay más. Te he dicho que Dios te había elegido para este día.

Josie volvió la cabeza e intentó apartarse, pero él la retuvo con fuerza por las manos.

—¡Mírame! —le dijo.

Ella se volvió, un tanto reacia.

—Vuestros mismos nombres son muy significativos –le dijo él–. Hamal significa... cordero, Basha significa hija de Dios, y Eve...

—Es Eva, y significa vida –susurró Josie que, mirándole a los ojos, añadió–. Tenemos que encontrarles. Quiero decir que... tengo que encontrarles. Tengo que reparar el terrible pecado que han perpetrado con nosotros. Después de todo –dijo mordiéndose el labio y esbozando una media sonrisa–, ellos son la única familia que me queda.

—Lo haremos, mi querida niña. Lo haremos –dijo Giovanni con una voz reconfortante.

Después, le trajo una manta y un brandy, en el que hábilmente había puesto un sedante, mientras le daba la espalda.

Giovanni la tapó con la manta hasta la barbilla, y Josie dijo con una sonrisa triste:

—Tateh solía arroparme así cuando me iba a la cama.

Y él le acarició la mejilla y le dio un beso en la frente.

Mientras Josie se dormía, Giovanni sopesó los hechos que él mismo había decidido no contarle a Josie. Los archivos de Moscato hacían referencia a un relato increíble. Se había encontrado una coincidencia de marcadores de ADN que los servicios de Inteligencia beligerantes habían mantenido en secreto. Casi simultáneamente, tanto el MI-6 como la NSA se habían encontrado con la coincidencia de marcador entre el Sudario de Turín y el hermano de Josie, Hamal. Giovanni tenía los suficientes conocimientos de genética como para corroborar que los resultados eran precisos, que no habían sido falsificados. Sabía lo suficiente de genética como para ver la extrapolación obvia de los datos. Si Hamal era del mismo linaje de Cristo, también lo tenían que ser sus hermanas: Josie y Basha.

Giovanni levantó la mirada y examinó los rasgos de la cara de Josie bajo la débil luz. Parecía un ángel. Pero sabía que, cuando despertara, una vez en tierra y a punto de entrar en combate, aquel ángel se convertiría en el vengador ángel de la muerte.

# CAPÍTULO 90

# SRINAGAR, CACHEMIRA

Desde islamabad, en pakistán, Stato alquiló un helicóptero para ir a Cachemira.

La antigua ciudad de Srinagar yacía envuelta en un halo de aromas de especias: cardamomo, clavo y azafrán. Los tonos terrosos de los ladrillos, el fino matiz del cobre, incluso el rojo bermellón de las guindillas secándose en las ventanas, parecían descoloridos y monocromáticos comparados con el vasto esplendor del paisaje de fondo que ofrecía el valle. Las calles en la ciudad vieja eran estrechas, sinuosas y caóticas. Era una mezcolanza confusa de calles y callejones, de aquí para allá entre los edificios apiñados, donde las calles más estrechas parecían tener que abrirse paso a codazos entre los edificios para hacerse hueco.

Stato y el doctor Sanger se encontraban a orillas del río Jhelum, observando un *doonga,* una vivienda flotante con tejado de tablillas, que subía por el río lentamente. Los utensilios de cobre que llevaba en la cocina relucieron al pasar.

Stato y Sanger se dieron la vuelta y se encaminaron hacia el punto de encuentro, cruzándose en su camino con los lugareños, vestidos con las ropas tradicionales, que iban hacia las muchas mezquitas y santuarios de la ciudad. Aunque engañosamente serena en apariencia, aquella ciudad era un barril de pólvora. Las patrullas rugían al pasar, repletas de soldados de ojos oscuros que blandían armas automáticas.

Ya en el café, sentados ante una pequeña mesa, sorbieron su *kahva,* una especie de té verde.

—El Hombre Sagrado ha accedido amablemente a reunirse con nosotros. Me puse en contacto con él anoche, a través de mis fuentes, y le di fe de su sinceridad de intenciones y de sus credenciales, padre Devlin.

Stato seguía utilizando su tapadera de sacerdote.

—¿Por qué teníamos que encontrarnos aquí, en vez de en la tumba? —preguntó Stato con ojos inquisitivos, para luego mirar a su alrededor cautamente.

—Porque hasta el día de hoy, señor, los miembros de su heterodoxa comunidad Ahmadiyya, que creen que Jesucristo yace enterrado en ese edificio del otro lado de la calle, son severamente perseguidos.

—Pero ¿por qué les importa tanto a los musulmanes?

—¿Por qué, señor? —respondió Sanger frunciendo el ceño—. Yo creía que ésa era su área de competencia.

—No estoy familiarizado con esta región. Acláremelo, por favor —dijo Stato sonriendo para sí y pensando que no se hallaba lejos de la verdad.

—Cuando uno se aventura en las enseñanzas no ortodoxas acerca de Jesús o de Muhammad, quizás esté firmando su propia sentencia de muerte con la comunidad fundamentalista. La idea de que Jesús quizás sobreviviera a la crucifixión es anatema para los cristianos ortodoxos, que creen que la Biblia enseña que Jesús murió para redimir los pecados de la humanidad. El Qorân enseña otra cosa muy distinta. Los musulmanes ahmadiyya creen que Dios frustró los planes de los que no creían en Jesús. Aunque Jesús fue clavado en la cruz, no murió en ella, ¡no señor! Lo bajaron de la cruz inconsciente, tal como se afirma en el Qorân 4,158. Los musulmanes no creen en el sacrificio sangriento a modo de reparación por los pecados. Pero los fundamentalistas musulmanes creen que, al igual que Muhammad, Jesús ascendió a los cielos.

Stato dio otro sorbo de té.

—Quizás todo esto no sea más que una farsa.

Sanger negó vehementemente con la cabeza.

—No se atreverían a hacerlo, al menos a sabiendas. La única razón por la que no han sido masacrados todos ellos hasta ahora es por su genuina fe y su sinceridad. Como he podido confirmar en mis investigaciones genéticas, estas gentes son descendientes de Israel... o del pueblo del Libro, como los llaman los musulmanes. Hecho que se evidencia también en los nombres que les dan a sus pueblos, a sus monumentos y a sus obras e inscripciones históricas antiguas.

De repente, apareció un Hombre Sagrado ataviado con vestiduras blancas. Lo hizo de forma tan súbita como si se hubiera materializado del mismísimo aire. A Stato le impactó su apariencia. De piel curtida, alto y fibroso, sus ojos hipertiroideos sobresalían por debajo de unas cejas oscuras y espesas.

El Hombre Sagrado se inclinó y dijo:

—*Salaam aleikum.*

Sanger respondió con el habitual «*La bahs hamdililah*».

El saludo fue en árabe, pero de vez en cuando hablaban en el dialecto urdu de la zona. Mientras hablaban, el Hombre Sagrado lanzaba furtivas miradas a Stato y por todo el café.

Stato no tenía ni idea de urdu, de modo que estaba maravillado de la maestría de Sanger con los idiomas, si bien tampoco le sorprendió. Aunque Sanger proyectaba la imagen de un hombre un tanto burdo, la de un sagaz abogado de pueblo, poseía sin duda alguna un intelecto diabólicamente astuto. Stato se entretuvo poniendo en orden los hechos. Se había enterado de la muerte del maestro general Spears por las noticias. Las informaciones decían que Spears había permanecido hasta el último momento ayudando a los demás a salir de la ciudad. La Guardia Suiza se había llevado al cardenal Drechsler y a la mayor parte de la Curia. Pero el Vaticano ya nunca sería el mismo. El informe final afirmaba que, aunque los daños estructurales eran mínimos y que los procedimientos de descontaminación habían comenzado de inmediato, el Sol se convertiría en una supernova antes de que la radiactividad se disipara por completo allí.

Esta posibilidad, el terror de la radiactividad, haría necesario trasladar la Santa Sede a otro lugar, un lugar todavía no determinado. Aunque no habían conseguido destruir a la Iglesia, las fuerzas de la oscuridad le habían dado un importante golpe.

Durante el viaje, Stato había confraternizado con el doctor Sanger. Pero no se hacía ilusiones con respecto a la fiabilidad del buen doctor, a pesar de la confianza que el mismo maestro general manifestaba por él. Y ahora, con la inoportuna muerte de Spears, las sospechas de Stato se habían hecho más profundas. Estaban jugando al gato y al ratón, si bien en una variante mortal, intercambiando información entre ellos, pero guardando ambos una agenda oculta. El doctor le aseguró que iba a tener pleno acceso a la tumba y que le iban a permitir realizar pruebas de ADN. Pero cuando Stato le preguntó cómo lo había conseguido, el doctor se limitó a sonreír con una mirada de complicidad. Del mismo modo, cuando le había preguntado cómo se había enterado de la ubicación de la tumba, Sanger se había mostrado igualmente evasivo.

Sanger se echó hacia atrás y se puso en pie. El Hombre Sagrado se volvió hacia Stato con un brillo en la mirada y le dijo por señas que tenían que irse.

Cruzaron los tres la calle en dirección a la tumba. Se encontraron con un anciano agachado en el bordillo de la acera, con la mano extendida pidiendo limosna. Sus párpados marchitos se contraían contra unas cuencas oculares vacías. Estaba ciego. Stato depositó un euro en su apergaminada mano. Estaba anocheciendo. Las lúgubres sombras se deslizaban bajo la amarillenta luz de las farolas. Después de pasar ellos, el anciano ciego se puso en pie y se escabulló.

El Roza Bal era una construcción poco impresionante, que difícilmente llamaba la atención. Tres aleros de tejado parecidos a los de una pagoda se elevaban sobre blancos muros de estuco con puertas arqueadas. Pasando por debajo de una arcada cubierta de parra virgen, entraron por la puerta lateral. Era una puerta humilde, flanqueada por arabescos de estilo islámico. Aunque, durante el día, la ventanas dejaban pasar la polvorienta luz del sol, llegada la noche, las ventanas se cubrían con pesadas alfombras. Azulejos finamente decorados cubrían el techo y alfombraban el suelo, iluminados por las parpadeantes llamas de las lámparas. Las sombras se agazapaban en los rincones. La sala parecía cerrarse, generando una sensación claustrofóbica. Y en el centro, como un enigmático monolito, se elevaba una enorme estructura a la que denominaban *mashrabiya,* apantallada con intrincadas celosías.

El corazón de Stato se saltó un latido. ¿Se encontraría realmente la tumba de Jesús tras aquellas celosías?

El Hombre Sagrado tomó un farol y se introdujeron por una entrada lateral. Dirigió la luz hacia un rincón, donde había una losa de piedra medio cubierta de tierra.

Stato y Sanger se arrodillaron delante de la losa. Sanger sacó de sus bolsillos un pañuelo y un pincel. Con delicadeza, limpió la losa.

De pronto se encontraron con las huellas de unos pies. Stato alargó la mano y recorrió cuidadosamente, con las puntas de los dedos, las marcas en la piedra.

—Acerque la luz —levantó la voz nervioso.

El Hombre Sagrado bajó el farol. Stato tocó con suavidad los bordes esculpidos.

—Son marcas de heridas en relieve —balbuceó, mientras alcanzaba con la yema una cavidad y un latigazo de electricidad recorría su columna vertebral—. Y un agujero.

—Exactamente, huellas de clavos —explicó Sanger—. Unas marcas que se corresponderían exactamente con las que se pueden encontrar en el Sudario de Turín, padre. Clavaban un pie sobre el otro, según los hallazgos arqueológicos realizados a partir de las víctimas de crucifixión.

Stato tenía la boca seca, y un ligero temblor sacudía sus manos.

Sanger señaló con el pincel.

—Mire un poco más de cerca y verá los dos cojinetes bajo las plantas de los pies. Es como si Juz Asaf se hubiera puesto unos zapatos del Dr. Scholl para contrarrestar las deformidades causadas por una crucifixión previa.

En la mente de Stato se arremolinaban las preguntas.

Tomando la lámpara, Sanger cruzó la sala e iluminó una hornacina en la que se alojaba una caja larga. Dirigiéndose a Stato, dijo:

—Adelante, hijo. Ábrala.

Poniéndose en pie, Stato se acercó hasta él, con el corazón latiendo desbocado. Abrió la tapa y miró dentro. En el fondo de aquella caja rectangular había un bastón.

—Los lugareños lo llaman «La Vara de Moisés» –explicó Sanger–, o bien «La Vara de Jesús».

Stato retiró la mano como si le hubieran dado una ligera descarga eléctrica, y se quedó absolutamente inmóvil, incapaz de hablar.

Sanger soltó una frágil risa.

—Y ahora el sarcófago –dijo.

Tomando a Stato del brazo, le llevó hasta la tumba. A Stato le costaba caminar.

Cuando estuvieron ante la tumba, Sanger dijo:

—Algunos la llaman Hazrat Issa Sahib… o la Tumba del Maestro Señor Jesús. Sí, señor, yo he visto con mis propios ojos registros que reconocen su existencia ya en 112 d.C.

Y, antes de que Stato pudiera responder, se escuchó el ruido del motor de un automóvil que llegaba por la parte trasera del edificio y las pisadas de unas botas en el suelo. Volviéndose hacia los sonidos, Stato susurró:

—Tenemos compañía.

Aun bajo la tenue luz del farol, Stato pudo ver el miedo inyectado en los abultados ojos del Hombre Sagrado.

Un torrente de luz encendió la sala de repente. Se introdujo a través de las celosías abriéndose en abanico en la oscuridad. Se llevaron las manos a los ojos, intentando protegerse desesperadamente de aquella luz cegadora.

Con los párpados casi cerrados, Stato pudo discernir a duras penas unas siluetas oscuras que se introducían en el recinto en el que se encontraban ellos.

Después, un único rayo de luz se centró directamente en su rostro.

—Si tienen armas, déjenlas en el suelo ahora –ordenó una voz.

—¡Demonios! Entrad ya, chicos. Están desarmados. ¡Y mantén esa maldita luz lejos de mis ojos! –se oyó la voz de Sanger.

La luz de la linterna bajó, y Stato pudo ver entonces a tres hombres vestidos de negro, con la cabeza y el rostro completamente cubiertos bajo unos pasamontañas negros. Llevaban metralletas, y sus ojos parecían inteligentes y despiadados.

El hombre más alto, que estaba en el centro y parecía ser el líder, hizo señas a Sanger para que se les uniera; y, como un colegial alegre, Sanger se puso rápidamente a su lado.

—No ponga esa maldita cara de asombro, padre Devlin –dijo Sanger sarcásticamente–. Usted nunca confió en que yo llegara más allá de lo que pueda llegar un escupitajo. ¿Para qué demonios iba a conformarme con una minúscula muestra de ADN, cuando puedo tener toda esa maldita momia para mí solo?

Templando sus nervios, Stato dijo:

—No, no confiaba en usted. Pero ¿qué pretende hacer usted con estos restos?

—Dado que tenemos a buen recaudo el Sudario de Turín, comprobaré si los ADN coinciden.

El líder gruñó y dijo:

—Un cabroncete curioso, ¿eh?

Después, se volvió hacia uno de sus hombres y le hizo una seña con un movimiento de cabeza. El hombre desapareció y volvió instantes después con otros dos hombres que llevaban una caja con forma de ataúd.

—Hagamos el traslado –le dijo Sanger al líder–. Estoy deseando vivamente sacar cuanto antes toda esta porquería de Cachemira, señor Childress.

El hombre llamado Childress se revolvió con la violencia latente de un látigo enroscado.

—No debería haber pronunciado mi nombre –dijo, mirando a Sanger con una fría y dura mirada.

Sanger tragó saliva y no dijo nada.

—Dejémonos pues de falsas apariencias –continuó Childress mientras se quitaba el pasamontañas, mostrando un rostro anglosajón con unos penetrantes ojos oscuros–. Ahora, caballeros, aléjense del sarcófago.

Mientras los otros se quitaban los pasamontañas, Stato pudo percatarse de que uno de ellos era una mujer de hermosos ojos azules, y el otro un joven de aspecto árabe.

Pero el Hombre Sagrado no se movió. Al igual que Stato, se mantuvo firme en su sitio. Sin que se dieran cuenta los otros, el Hombre Sagrado deslizó algo bajo la chaqueta de Stato y se lo afianzó bajo el cinturón, en la zona lumbar. Stato le lanzó una mirada furtiva, pero el Hombre Sagrado mantuvo la mirada en los recién llegados.

—Entonces, dadles lo suyo a esos malditos bastardos.

Una insondable y poco razonable determinación llevó a Stato a actuar. Cuando el matón de Childress intentó agarrar a Stato, su entrenamiento se puso en marcha. Stato vio que el hombre se cambiaba el arma de mano y, haciéndole un rápido quiebro adelante y atrás, agarró con fuerza al hombre por el antebrazo y le dio la vuelta. Utilizando al hombre como escudo, haciéndole una presa con el brazo izquierdo en torno a su garganta y doblándolo hacia atrás, Stato aferró con la mano derecha la empuñadura de la pistola ametralladora MP-5 y disparó una ráfaga de fuego hacia el objetivo, directamente delante de él.

Sanger se zambulló tras el sarcófago, poniéndose a cubierto, meneando lentamente sus regordetas nalgas fuera de la vista.

Childress se llevó la mano al hombro, aullando de dolor.

Por detrás, el hombre que sujetaba al Hombre Sagrado reaccionó finalmente, descargando con toda su fuerza el cañón de su MP-5 contra el cráneo de Stato, derribándole inconsciente en el suelo.

Agarrándose aún el hombro, Childress se acercó al cuerpo inerte de Stato, y luego se volvió hacia el Hombre Sagrado, al cual sujetaba el otro guardia con los brazos detrás. Acercó su rostro amenazadoramente a la cara del Hombre Sagrado.

—¿Ha oído hablar alguna vez del ácido prúsico, anciano?

El Hombre Sagrado le miró sin comprender.

—¡Maldita sea, claro que no! Usted ni siquiera habla inglés.

Con un movimiento de cabeza, Childress le indicó a otro hombre que se acercara. Éste sacó una máscara equipada con una pequeña bombona y, sin previa advertencia, le dio un puñetazo al Hombre Sagrado en el plexo solar, haciendo que se doblara sobre sí mismo de dolor. Cuando el Hombre Sagrado se enderezó boqueando como un pez en busca de aire, el matón le encasquetó la máscara en la cara y pulsó hacia arriba con el pulgar la pequeña bombona. El Hombre Sagrado se echó hacia atrás, tosiendo violentamente, con todas las fibras de su cuello tensas como cuerdas.

—Suéltale —ordenó Childress.

Inmediatamente, el hombre liberó al religioso, que se desplomó como una funda de almohada vacía.

—La inhalación de ácido prúsico induce síntomas similares a los de un paro cardiaco —le explicó Childress a Sanger—. Si le hacen una autopsia, llegarán a la conclusión de que murió por un ataque cardiaco.

—¿Y qué hacemos con el sacerdote? —preguntó el matón.

—Mátale —dijo, haciendo un movimiento de cabeza en dirección a la mujer.

Dudando, ella avanzó torpemente y levantó la MP-5. Miró al joven árabe, como buscando instrucciones. Los tiernos ojos castaños del joven parecían rogarle que no apretara el gatillo.

—Ya basta de derramar sangre, hermana mía —dijo finalmente Hamal.

—¡Mátalo —gritó Childress—, o lo mataré yo mismo!

Sonó un disparo, y luego dos ensordecedores estampidos más en rápida sucesión, y dos de los matones cayeron fulminados en el suelo, con un rictus de sorpresa, mientras miraban a los ojos fatales de la mujer que había aparecido súbitamente por detrás de ellos. Josie los había tomado por sorpresa, aplicando su mortal puntería y actuando como el oscuro ángel de la muerte. Con la respiración agitada, Josie recorrió la sala con la mirada, buscando más objetivos. Se fijó en la mujer, que estaba junto al joven árabe, que no iba armado.

*Bast* se quedó inmóvil, con la pistola ametralladora aún en la mano. Hamal estaba a su lado, con los ojos desorbitados, temblando.

Childress giró rápidamente y sacó el arma que ocultaba en las lumbares.

—¡Tú, maldita perra!

Josie disparó dos veces más, apuntando directamente al ya herido hombro de Childress. La fuerza de los impactos le hicieron dar un círculo completo, mientras la pistola le caía de la mano. Se le doblaron las rodillas y se derrumbó, doblándose sobre sí mismo de dolor.

Josie se abalanzó rápidamente sobre él y alejó la pistola de una patada. E, inclinándose para que le viera bien los ojos, le dijo:

—No he fallado el tiro. Quiero que se tumbe ahí y que sangre despacio, mientras le hago algunas preguntas, inglés gilipollas.

Por el rabillo del ojo, Josie vio la MP-5 levantándose lentamente hacia ella. *Bast* tenía el rostro pálido, paralizado por el terror y la confusión. Sus ojos se encontraron.

Giovanni y el agente del caso italiano se introdujeron en el recinto apantallado con celosías.

—Josie, quítate ese maldito pasamontañas –gritó Giovanni casi sin aliento, mientras cruzaba cojeando la sala y se ponía directamente entre Josie y *Bast*.

Josie se quitó el pasamontañas. Giovanni se volvió hacia *Bast* y, suavemente, le dijo a ella y a su hermano:

—Basha, Hamal. Miradla bien. Mirad en vuestro corazón y ved la verdad.

La confusa expresión de ambos hermanos se correspondía con su mirada de incomprensión. Y, de repente, un resplandor de reconocimiento fulguró, mientras las capas de los falsos recuerdos iban cayendo.

—Eso es. Te das cuenta del parecido, ¿verdad?

Los párpados de *Bast* aletearon. Hamal le puso la mano en el hombro, instándola suavemente a que bajara el arma.

—Josie, baja tu arma –dijo Giovanni con una voz uniforme pero severa.

Pero, por el rabillo del ojo, vio la Beretta del agente italiano, que apuntaba directamente a *Bast*. Con los ojos clavados en ella, le hizo un movimiento con la mano al agente y le ordenó:

—¡Usted también! Enfunde la pistola, ¡ya!

Con reticencia, Josie y el agente italiano acataron la orden de Giovanni. Pero Josie mantuvo su aguda mirada fija en *Bast* y en Hamal.

—Basha, lo ves ahora, ¿no? Ella es Eve, tu hermana –dijo Giovanni, dándole unos instantes para que digiriera sus palabras–. Nunca hubo una Laylah. Y también te mintieron acerca de tu hermano, diciéndote que Hamal había muerto. Pero mira, él está ahí, a tu lado.

*Bast* miró a Hamal y asintió envarada.

—Sí, así es –continuó Giovanni–. Aquí estáis los tres juntos de nuevo... después de tanto tiempo separados. ¡Ésta es tu hermana! Ve con ella.

La MP-5 cayó de las manos de *Bast*.

Dio un paso vacilante hacia Josie.

Josie tragó saliva e, involuntariamente, levantó los brazos para recibirla.

De pie delante de ella, las manos de *Bast* se movieron como apartando el aire y terminaron posándose en la cara de Josie. Con toda la ternura del mundo, pasó las yemas de los dedos por los labios de Josie, por sus mejillas, por su frente.

Y, finalmente, ambas se derrumbaron una sobre otra abrazadas, sollozando. Hamal se unió a ellas, envolviéndolas con sus brazos, con los ojos inundados en lágrimas, ocultando la cara entre ellas.

Stato volvió en sí con un dolor de cabeza atroz y con unas dolorosas punzadas en la base del cráneo. Se incorporó y, lentamente, se puso en pie. A su derecha, el Hombre Sagrado yacía inerte, con los ojos desorbitados en una mirada de incredulidad. Stato hizo la señal de la cruz sobre él y pronunció una silenciosa oración.

Luego, volviéndose, miró a su alrededor, perplejo. Los matones muertos, Childress herido a sus pies. Las dos mujeres y el joven abrazados. Y después vio a Giovanni.

—No sé cómo ha llegado hasta aquí, pero parece que haya sido...

—La voluntad de Dios –terminó la frase Giovanni con una cálida sonrisa.

Se escucharon sirenas en la distancia.

—Tenemos que salir de aquí –dijo el agente del caso.

Se encaminaron hacia la puerta.

Cuando estuvieron todos fuera, el doctor Sanger salió a gatas de su escondite tras la tumba y se escabulló.

En un callejón, a cierta distancia ya del santuario, se ocultaron entre las sombras. Stato se inclinó, con las manos en las rodillas, aún aturdido. Y entonces se acordó. El papel que el Hombre Sagrado le había ocultado en la zona lumbar. Rebuscando bajo la chaqueta lo encontró al fin. Bajo la débil luz de un pórtico, desplegó el fino pergamino.

Jadeando todavía, Giovanni dijo:

—Todavía no ha terminado nuestra búsqueda, ¿verdad? Pero, al menos, pasará mucho tiempo antes de que alguien intente profanar esta tumba de nuevo. La publicidad atraerá mucha atención sobre esta zona a partir de ahora.

—De lo único que tenía ganas era de olvidarme de esto hasta el día del juicio –susurró secamente Stato.

Giovanni le dio unas suaves palmadas en el hombro.

—Quizás el mundo no esté preparado para la verdad –le dijo–. Pero tú no tienes más derecho del que tenían ellos para profanar esa tumba.

Stato asintió y levantó el pergamino.

—Es un mapa que indica un lugar de Pakistán llamado el Monte de la Reina, y hay un versículo traducido del árabe al inglés.

El chirrido de unos frenos señaló la llegada del vehículo de fuga que el agente del caso había escondido calle arriba.

El agente les instó desde detrás del volante:

—Suban todos. Salgamos de aquí y volvamos a Italia *rapido.* Cuando encuentren a esos británicos muertos, montarán controles de carreteras y cerrarán el aeropuerto. El helicóptero está cargado de combustible y a la espera en un lugar apartado, en la antigua mansión del gobernador británico, que utilizamos como casa segura. ¿No les parece irónico?

Mientras Giovanni subía al vehículo, se volvió al agente del caso y le dijo:

—Tendremos que hacer una breve parada en Pakistán. Estos niños tienen que ver a su bisabuela.

El agente abrió la boca incrédulo, y luego sacudió la cabeza y pisó el acelerador.

—Está usted loco, al igual que su sobrino Rossi.

Y se desvanecieron en la noche en busca del pasado.

# EPÍLOGO

Con los pulmones ardiendo en el tenue aire, se esforzaron por recorrer los últimos pasos de la empinada escalada. Mirando ahora desde las alturas, se quedaron sobrecogidos ante la majestuosidad del paisaje que se extendía ante ellos desde Pindi Point o el Monte de la Reina. Desde su cima, se dominaban extensas colinas cubiertas de bosques y profundos valles ondulantes. Los tejados tachonaban sus bajos rostros, sobresaliendo desde la aldea que colgaba en la ladera. Dando un círculo completo, sus ojos barrieron los picos cubiertos de nieve de Cachemira, que se elevaban al fondo.

Bajo la alta antena de un repetidor de televisión, en aquella colina barrida por los vientos de Muree, en Pakistán, Josie, Basha y Hamal se aferraban fuertemente a la valla de seguridad coronada de alambre de espinos que rodeaba el transmisor. Hamal hizo una mueca cuando la aguda punta de una púa le hirió la mano. A uno de sus lados, yacía una construcción olvidada y sin pretensiones con el aspecto de una tumba, oculta en parte entre los matorrales. Los lugareños, que recientemente habían dado cobijo a muchos refugiados talibanes, la llamaban Mai Mari De Ashtan. El agente del caso, pensando que aquello era una soberana locura, se mantenía a un lado, fumando nervioso un cigarrillo.

Stato examinó la escena que tenía ante él. Aunque humilde, como era de esperar, aquel abandonado lugar, profanado por un tótem de acero de la tecnología, ¿sería realmente, como afirmaba la leyenda, el lugar de descanso final de María, la Madre de Dios? Stato tenía las mejillas enrojecidas, los ojos empañados en lágrimas y los dedos entumecidos a causa del frío viento. Sacó del maletín el pergamino que el Hombre Sagrado le había dado y leyó:

## El evangelio de ISSA

En aquel tiempo, una anciana se acercó a la multitud, pero la echaron atrás. Al enterarse de esto, Issa dejó de hablar y les ordenó que la dejaran acercarse a él. Después, rodeando con su brazo a la mujer para confortarla, Issa dijo: «Mostrad reverencia por la Mujer, madre del universo, pues en ella yace la verdad de la creación. Ella es el fundamento de todo lo que es bueno y hermoso. Ella es la fuente de la vida y de la muerte. De ella depende la existencia del hombre, porque ella es el sustento de sus esfuerzos. Ella os da a luz en el parto y vigila vuestro crecimiento. Bendecidla. Honradla. Defendedla. Amad a vuestras esposas y honradlas, porque mañana serán madres, y progenitoras de toda una raza. Su amor ennoblece al hombre, apacigua al corazón amargado y amansa a la bestia. Esposa y madre… ellas son los adornos del universo.

»Al igual que la luz se separa de la oscuridad, la mujer también posee el don de separar en el hombre las buenas intenciones de las ideas del mal. Vuestros mejores pensamientos deben pertenecer a la mujer. Recoged de ellas vuestra fuerza moral, cosa que tendréis que poseer para sustentar a los que están más cerca de vosotros. No la humilléis, pues con ello os humillaréis a vosotros mismos. Y todo lo que hagáis a la madre, a la esposa, a la viuda o a otra mujer apesadumbrada, eso haréis también por el Espíritu.» Issa extendió su brazo sobre la multitud.

«Animaos, porque no sucumbí ante ellos como ellos habían planeado. No morí en realidad, sino en apariencia, y fue otro quien bebió la hiel y el vinagre. Fue otro, mi hermano, J'acov, el que llevó la cruz sobre su hombro. Fue otro sobre el que pusieron la corona de espinas. Yo me reía de su ignorancia.

»Y vendrá otro. Carne de mi carne, sangre de mi sangre, de quien la copa no pasará. En las Islas del Norte, mi simiente florecerá. Dos grandes flores desplegarán sus pétalos bajo la luz de mi Padre. Verdaderas Hijas de Dios.»

Stato cerró el pergamino y dejó ir su mirada en el cielo plomizo, reflexionando. El Norte significaba una cosa. Dado que Stato sabía quiénes habían intentado fugarse con los restos terrenales de Nuestro Salvador, y habían secuestrado a *Bast,* la brújula apuntaba de nuevo al Norte, a las tierras de las Islas Británicas.

Guardando el pergamino en el portafolios, Stato sacó el sobre que Giovanni le había dado, en el que se encontraba el mensaje que Spears le había enviado por fax.

Giovanni miraba por encima de su hombro mientras leía:

STATO:

SIGA LA ROSA DE LOS VIENTOS. ELLA LE LLEVARÁ A USTED ANTE LA DIOSA DE LA CAZA. STOP. CONTACTE CON EL VERDADERO PADRE DEVLIN. ADVIÉRTALE. DIGA ESTAS PALABRAS: SUB UMBRA ALURUM TUARUM JEHOVAH. STOP. DÍGALE QUE EL COLMENERO LE HA MARCADO A ÉL PARA LA MUERTE.

Mientras miraba atentamente la frase en latín, Giovanni musitó su traducción entre suspiros:

—Bajo la Sombra de las Alas de Jehovah. El lema del Fama Fraternitas... los Rosacruces.

Mirando a los tres hermanos que permanecían allí de pie, con el rostro pegado contra la valla, Stato le preguntó a Giovanni:

—¿Cree usted de verdad que son descendientes de Cristo?

Giovanni se encogió de hombros.

—Lo que sé es que veo Su mensaje revelándose delante de nuestras narices. El amor y no el odio, los corazones henchidos de alegría, no de pesar. Eso es lo que de verdad importa, ¿no?

Mientras iniciaban el descenso, Giovanni se volvió hacia Josie.

—Espero que no seas tan testaruda como mi sobrino –le dijo con una mirada cálida.

Desconcertada, Josie le preguntó:

—¿Se refiere a si voy a dejar que salga así, sin más, de mi vida? En una palabra… ¡no!

Giovanni sonrió.

—Eso es el espíritu.

Josie asintió tristemente para sí.

—Primero tengo que ponerme al día con mis hermanos. Me doy cuenta de que he desperdiciado demasiados años preciosos con mi carrera. Créame, es más fácil decirlo que sentirlo.

—No dejes que ése sea tu epitafio. Nico te ama, Josie. Puedo verlo en sus ojos. Simplemente, es que es demasiado testarudo para admitirlo.

Josie le guiñó un ojo.

—Quizás se encontró al final con la horma de su zapato. Por mucho que corra, no se va a poder esconder.

De repente un estruendo llenó el aire y un helicóptero avanzó hacia ellos.

Mientras escudriñaba el cielo, Giovanni pensó: «Quizás Nico no intenta esconderse».

De modo instintivo, Josie corrió hacia el aparato mientras el corazón le latía con expectación. Intentando contenerse, con el cabello fustigado por el batir de las hélices, Josie se protegía los ojos a la vez que buscaba a Nick Rossi con la mirada. Nick la saludó con la mano.

Con los ojos brillantes y una dulce sonrisa en el rostro, ella le envió un beso.


## Roma

Muy por debajo del altar de San Pedro, alojado y a buen recaudo dentro de una recámara oculta del ataúd interior del fallecido papa Juan Pablo, se encuentra el secreto de su suave corazón. Tras la prematura muerte del maestro general Spears en el ataque aéreo a la basílica, unos hombres de poder extrajeron la caja decorada de su propia caja de caudales personal y se la entregaron al nuevo Vicario de Cristo para su custodia. En ella se encontraban los últimos deseos de Juan Pablo, su verdadero testamento y sus últimas voluntades, su decisión de incluir a las mujeres en el sacerdocio. Ahora se hallan ocultas para siempre, lejos de ojos curiosos, depositadas allí por el recién elegido papa Benedicto XVI.

# APÉNDICE

1. El código del alfabeto henoquiano

2. La Clave Mayor de Salomón

3. La muerte, el caballero y el demonio, de Alberto Durero

4. Tumba de Issa

En preparación... LA PROFECÍA VOYNICH

5. Tapiz del Vaticano

# LECTURAS SUGERIDAS

Joseph Campbell: *Las máscaras de Dios 4 volúmenes*
Brent Corydon: *L. Ron Hubbard: Messiah or Madman*
Robert Lomas and Christopher Knight: *La clave masónica: faraones, templarios, los manuscritos perdidos de Jesús*
David Yallop: *En nombre de Dios*
Craig Heimbichner: *Blood on the Altar*
T.Struge Moore: *Albert Dürer*
Philip Gardner: *Secrets of the Serpent*
Graham Hancock: *Las huellas de los dioses*
Lewis Purdue: *Daughter of God*
Peter Levenda: *Sinister Forces 3 volúmenes.*
Robert Anton Wilson: *El martillo cósmico*

# ÍNDICE

LI/JI SIX